한국 현대소설 인물사전 **1**

한국 현대소설 인물사전 **1**

●

1920년대

이종호 저

문현
MUN HYUN

일러두기 ···

1. 작품은 발표년대 및 월 순으로 실었으며, 발표 월이 같을 경우 작품의 자음과 모음 순을 좇았다.
2. 시대적 배경과 공간적 배경은 작품 내적 배경을 의미한다.
3. 인물 순은 작품에 등장하는 순서를 좇았다.
4. 인물의 이름과 별칭이 있을 경우, 이름을 우선하고 별칭은 (   ) 안에 담았으며, 이름이 없을 경우, 별칭만 제시하였다.
5. 분석 항목 내용 중 추정 내용은 작품의 맥락을 고려하였다.
6. 예문의 경우 저본의 표기법에 따르되, 대화는 " ", 독백은 ' '로 통일하였다.

머리말

    소설담론은 일상사의 총합이다. 그것을 전형성이니 총체성이니 하는 용어로 일반화하지만, 그것은 어디까지나 사회-역사적 맥락과 교차하면서 변혁과 혁명을 꿈꾸는 주체들의 언술체계이다. 그러기에 소설담론의 인물들은 더 이상 언어구조에 갇혀있는 행위자나 수행자도 아니며 텍스트에 용해되어버린 추상적 존재도 아니다. 인물은 작가의 자화상이라는 소박한 원론도 거부한다. 그들은 사회-역사적 상황에 얽혀들어 가며, 그 상황과 대립하고 싸우며, 혹은 그것을 원망하고, 그것에 분노하고, 어찌할 수 없어 그 상황에 끌려가면서도 항상 변혁과 혁명을 꿈꾸는 삶의 구현자들이다. 변혁과 혁명에 대한 이상을 욕망이라 한다면, 그들은 실제의 인간들보다 더 욕망적이고 이상적 존재들이다. 욕망적이고 이상적 존재들이란 변화와 생성의 과정에 있음을 의미한다. 인간 자체가 또는 삶 자체가 고정된 실체가 아니라는 의미이다. 그래서 그들의 욕망적 담론들은 사회와 역사를 추동하고, 역사적 주체로서의 담론으로 재생산되고 '지금-여기'에서 소통되고 살아가는 것이다. 그들의 욕망은 현실태이자 잠재태이기도 하다. 이것이 우리가 우리와 더불어 내재하는 그들과 그들의 담론에 주목하는 이유이다. 그들은 '처해-있음'을 어떤 방식으로 살았고, 그것들을 뛰어넘기 위해 어떻게 사유했으며, 무엇을 사유했는가, 더 나아가 무엇을 실천했는가 등의 물음을 통해 '지금-여기'와 우리를 회의하자는 것이다. 그래서 그들과 접속한다.

소설담론의 인물들과 그들의 '처해-있음'의 상황을 들여다보면 거기에는 억압하고 탄압하는 힘들이 있고 그 힘들에 순응하면서 때로는 저항하면서 어떻게든 살아내려는 몸부림이 있고, 굴종이 있고, 패배가 있고, 눈물이 있다. 그 몸부림과 굴종, 패배, 눈물은 항상-이미 있어온 구조, '지금-여기'의 우리를 옭죄어 오는 구조를 변혁시키고자 하는 욕망의 참담한 얼굴들이다. 그것은 나약한 인간들이 역사를 향해 부르짖은 역설적 저항이자 불안한 희망이기도 하다. 어찌 보면 소설담론 주체로서의 인물들은 거개가 추방과 배제의 정치 논리에 따라 '우리-잃어버린 자'들이다. 소설담론은 바로 추방

되고 잃어버린 자들의 형상, 어떻게든 살아내기 위해 '상황'을 껴안고 싸워가는 자들의 형상을 담아내고 있다. 그리고 그 담론들은 그들을 살려내고 그들이 살아갈 수 있는 구조를 구성하라는 명령체계로서의 언표이자 언표행위이다. 그들은 '지금-여기'의 '나'이기도 하고 '우리'이기도 하다. 그렇기 때문에 그들과 접속하면서 우리는 '지금-여기' 우리의 삶을 함께 구성하고, 새로운 신체를 만들어내고 그리하여 구조를 새롭게 변혁해야 할 의무를 진다. 이 의무는 결국 인간과 비인간의 경계, 근대적 배치의 해체를 목적으로 하는 것이다.

이 책은 1920년대~1960년대까지 한국 현대소설 작품에 등장하는 인물들을 이름(별칭), 성별, 나이, 출생지 및 활동공간, 직업, 출신계층, 교육정도, 가족관계, 인물관계, 인물의 존재방식, 성격, 성격 지표 및 인물 제시방식 등의 항목으로 나누어 분석한 '한국 현대소설 인물사전'이다. 특히 이 사전은 주요인물만을 중시하는 동일자 중심의 시각에서 벗어나 담론에 등장하는 거의 모든 인물을 수록하였다. 아울러 작품의 맥락을 고려하여 발표년도와 시대적 배경, 핵심서사, 주제 등을 분석하여 실었다. 이 사전의 집필 목적은 앞의 내용에서도 암시하듯이, 소설담론의 인물들을 통해서 일상사로서의 삶을 회의하고, 그 삶들을 소환하여 그 주름들이 함축하는 의미를 규명하고 그러한 삶들과 구조와의 관계를 들여다봄으로써 삶의 옳고 그름의 문제, 구조의 정당성 여부 문제 등을 사유하고, '지금-여기'에서의 삶과 구조를 새롭게 변혁하고 욕망하자는 데 있다. 그리고 이 책의 분석 지표와 분석 결과는 국문학의 현대소설 영역에서뿐만 아니라 철학은 물론이고 역사학이나 사회학, 경제학 등의 분야에서도 유용한 기본자료로 활용할 수 있을 것이다. 특히 성격 지표와 인물 제시방식을 알아볼 수 있는 예문을 제시함으로써 당대인들의 성격과 상황에 따른 심리상태 등을 구체적이고 현장감 있고, 생동감 있게 바라볼 수 있을 것이다. 그뿐 아니라 각 작가들의 인물 제시방식들을 공시적 또는 통시적 관점에서 비교할 수도 있을 것이다.

이런 점에서 이 사전은 소설을 창작하는 작가나 창작하고자 하는 '미래-작가'에게는 기본 지침서가 될 수도 있을 것이다. 무엇보다 중요한 것은 이 사전과 접속하면서 '인물-우리'는 운명적 공동체라는 사실의 자명성을 확인하고, '우리가 누구인가?', '우리는 어떻게 살아왔는가?' 그리고 '우리는 어떻게 살아갈 것인가?', '상황이나 현실을 어떻게 변혁해 나아갈 것인가?'와 같은 물음과 그에 따라와야 할 실천적 결단을 제기하고 추동하는 힘을 생산하는 일일 것이다.

   이 사전을 출간하기 위해 애써 주신 도서출판 문현 가족들, 한신규 사장께 감사의 마음을 담는다.

2011년 7월

이 종 호

차례

1920년대

1920년대

이광수

무정

발 표 년 도	〈매일신보(每日新報)〉(1917.1.1~6.14) 126회분 연재
시대적 배경	1910년대 일제 강점기, 경성
핵 심 서 사	① 경성학교 영어교사 이형식은 김장로의 딸 선형을 가르치게 됨. ② 집에 돌아와 칠 년 만에 자신을 찾아온 은인의 딸 영채를 만나 지난 이야기를 들음. ③ 학생들의 동맹 퇴학 사건을 계기로 배학감과 말다툼을 하고, 계월향이 영채라고 생각하여 그녀를 찾아 나섰다가 청량사에서 영채(계월향)가 배학감과 김현수에게 정조를 유린당하는 장면을 신우선과 함께 목격함. ④ 다방골에서 영채의 유서를 읽고 평양으로 자살하러 간 것을 알고, 평양경찰서에 전보를 친 후, 밤에 기생노파와 함께 평양행 기차를 타나 영채를 만나지 못하고 돌아옴. ⑤ 학교에서 월향과의 관계를 오해한 배학감과 학생들에게 모욕을 당하고 집에 돌아왔는데, 중매 서는 목사에게서 선형과의 약혼제의를 받고, 그날 저녁 김장로 집에서 선형과 약혼함. ⑥ 한달 동안 선형과 즐겁게 지내나, 계월향과의 소문을 들은 김장로에게 의심을 받고, 선형에게 자신을 사랑하는가의 여부를 확인한 후, 형식은 학교를 그만 두고 미국유학을 준비함. ⑦ 영채는 평양 가는 길에 병욱을 만나 새로운 깨우침을 얻고, 병욱과 일본 유학을 결심함. ⑧ 유학을 떠나는 기차에서 일본유학을 떠나는 영채를 만나 갈등을 일으키고, 삼랑진에서 수해를 만나 기차가 연착하여 그곳에서 산모가족을 돕고 자선음악회를 엶으로써 그 동안의 갈등을 해소하고 형식, 선형, 영채, 병욱, 우선 등이 교육을 통해 미개한 조선을 계몽하기로 결의함.
주　　　제	일제 강점하 초기 가치관의 혼란과 자기의 발견, 사회 계몽의 자각
등 장 인 물	이형식, 신우선(申友善), 김장로(김광현(金光鉉)), 김장로의 부인(평양 명기 부용, 선형의 모친, 평양의 춘향), 김선형(金善馨), 윤순애, 주인 노파(형식의 주인집), 박영채(계월향), 박진사(박응진), 홍모, 손님 중의 한 분 악한, 김운룡(金雲龍), 이희경, 김종렬, 김계도, 배학감(배명식), 계월화(솔이), 김현수, 뚱뚱한 노파, 계향(혜경), 목사, 김병욱, 김병국(병욱의 오빠), 병국의 아버지

인 물 분 석

● 이형식 ─────────────────────────────

성   별   남자

나   이(추정포함)   스물네 살

출생지 및 거주지, 활동 공간

① 열두 살 적까지 일정한 처소에 있지 아니함.

② 열여섯 살 전까지 박진사의 학생으로 평안남도 안주읍에서 자람.

③ 경성에 올라옴.

④ 동경에 유학함.

⑤ 스물한 살에 경성학교 영어교사가 되어 재직 중임.

직   업   경성학교 영어교사

출신계층   중류계층

교육정도   동경 유학

가족관계   친누이 한 명과 종매 세 명이 있음

인물관계

① 부친과 동년지우인 김장로의 딸 영채와의 각별한 사이가 됨.

② 김선형과 약혼함.

③ 신문기자인 친구 신우선과 가깝게 지냄.

인물의 존재방식(사회계층)   경성 중류계층의 경성학교 영어교사

성   격

① 순결한 청년이며 정직하고 나약함.

② 어려운 학생을 도와주는 착한 심성이 있음.

③ 근대적 인간형으로 민족을 계몽하고자 하는 의지가 있으나 과도기
   의 전형적인 지식인으로서의 한계를 아울러 지님.

성격 지표 및 인물 제시방식

꽃무늬

경성학교 영어교사 이형식은 오후 두 시 사년급 영어 시간을 마치고 내려쪼이는 유월 볕에 땀을 흘리면서 안동 김장로의 집으로 간다. 김장로의 딸 선형이가 명년 미국 유학을 가기 위하여 영어를 준비할 차로 이형식을 매일 한 시간씩 가정교사로 고빙하여 오늘 오후 세 시부터 수업을 시작하게 되었음이라. 이형식은 아직 독신이라, 남의 여자와 가까이 한 적이 교제하여 본 적이 없고 이렇게 순결한 청년이 흔히 그러한 모양으로 젊은 여자를 대하면 자연 수줍은 생각이 나서 얼굴이 확확 달며 고개가 저절로 숙여진다. 남자로 생겨나서 이러함이 못생겼다면 못생겼다고도 하려니와, 여자를 보면 아무러한 핑계를 얻어서라도 가까이 가려 하고, 말 한마디라도 하여 보려 하는 잘난 사람들 보다는 나으리라. 형식은 여러 가지 생각을 한다. 우선 처음 만나서 어떻게 인사를 할까. 남자 남자 간에 하는 모양으로, '처음 보입니다. 저는 이형식이올시다' 이렇게 할까. 그러나 잠시라도 나는 가르치는 자요, 저는 배우는 자라, 그러면 미상불 무슨 차별이 있지나 아니할까. 저편에서 먼저 내게 인사를 하거든 그제야 나도 인사를 하는 것이 마땅하지 아니할까. 그것은 그러려니와 교수하는 방법은 어떻게 할는지. 어제 김장로에게 그 청탁을 들은 뒤로 지금껏 생각하건마는 무슨 묘방이 아니 생긴다. (… 중략 …) 형식은, 아뿔싸! 내가 어찌하여 이러한 생각을 하는가, 내 마음이 이렇게 약하건가 하면서 두 주먹을 불끈 쥐고 전신에 힘을 주어 이러한 약한 생각을 떼어 버리려 하나, 가슴속에는 이상하게 불길이 확확 일어난다. (11~12쪽)

꽃무늬

다른 사람 같으면 이러한 경우에 다만 '급히 좀 볼일이 있어' 하면 그만이려니와 워낙 정직하고 나약한 형식이라, 조곰이라도 거짓말을 못하여 한참 주저

주저하다가,

"세 시부터 개인교수가 있어."

"영어?"

"응."

"어떤 사람인데 개인교수를 받어?"

형식은 말이 막혔다. 우선은 남의 폐간을 꿰뚫어볼 듯한 두 눈으로 형식의 얼굴을 유심하게 들여다본다. 형식은 눈이 부신 듯이 고개를 숙인다.

"응, 어떤 사람인데 말을 못하고 얼굴이 붉어지나, 응?"

형식은 민망하여 손으로 목을 쓸어 만지고 하염없이 웃으며,

"여자야."

"요 - 오메데토오(아 - 축하하네). 이이나즈케(약혼한 사람)가 있나 보네 그려. 음 나루호도(그러려니). 그러구도 내게는 아무 말도 없단 말이야. 에, 여보게" 하고 손을 후려친다.

형식은 하도 심란하여 구두로 땅을 파면서,

"아니야. 저, 자네는 모르겠네. 김장로라고 있느니……." (13~14쪽)

그때 형식은 부모를 여의고 의지가지없이 돌아다니다가 박진사가 공부시킨 다는 말을 듣고 찾아갔던 것이라. 마침 형식은 사람도 영리하고 마음이 곧고 재주가 있고, 또 형식의 부친은 이전 박진사와 동년지우이므로 특별히 박진사의 사랑을 받았다. 그때 박진사의 아들 형제는 다 형식보다 사오 세 위로되 학력은 형식에게 밀리고 더구나 산술과 일어는 형식에게 배우는 처지였다. 그러므로 여러 동창들은 형식이가 장차 박선생의 사위가 되리라 하여 농담삼아, 시기삼아 조롱하였다. (24쪽)

형식은 번개같이 이러한 생각을 하다가 눈물을 거두고 그 앞에 엎더져 우는 영채를 보았다. 그때— 십 년 전에 상긋상긋 웃으면서 어깨에도 매어달리고 손도 잡아끌며 오빠 오빠 하던 계집아이가 벌써 이렇게 어른이 되었다. 그 동안 칠팔 년에 어떠한 풍상을 겪었나.

형식은 남자로되 지난 칠팔 년을 고생과 눈물로 지냈거든 하물며 연약한 어린 여자로 우죽 아프고 쓰렸으랴. 형식은 그 동안 지낸 일을 알고 싶어, 우는 영채의 어깨를 흔들며,

"울지 마시오. 자, 말씀이나 들읍시다. 네, 일어앉으세요."

울지 말라 하는 형식이도 아니 울 수가 없거든 영채의 우는 것은 마땅한 일이라. (26쪽)

형식은 어느 학생에게나 친절하고 다정하게 하므로 형식을 따르는 학생이 많았었다. 그 중에도 형식은 자기의 과거의 신세를 생각하여 불쌍한 학생에게 특별히 동정을 표하고, 그러할뿐더러 그 얼마 아니 되는 수입을 가지고 학비 없는 학생을 이삼 인이나 도와주었다. 그러나 형식에게는 재주 있는 학생 얌전한 학생을 더욱 사랑하는 버릇이 있었다. 무론 아무나 재주 있고 얌전한 사람을 더욱 사랑하건마는, 그네는 용하게 그것을 겉에 드러내지 아니하되, 정이 많은 형식은 이러한 줄을 모르고 자기의 어떤 사람에게 대한 특별한 사랑을 감추지 못하였다. (60~61쪽)

그러나 형식은 우선과 같이 세상을 장난으로 알지는 못하는 사람이라. 형식은 어디까지든지 인생을 엄숙하게 보려 한다.

형식은 인생에서 무슨 뜻을 캐어 내려 하고 세상을 위하여 힘있는 데까지는 무슨 공헌을 하고야 말려 한다. 그러므로 형식에게는 인생의 어떠한 작은 현상

(現象)이나 세상의 어떠한 작은 사건이라도 모두 엄숙하게 연구할 제목이요, 결코 우선과 같이 웃고 지내어 보내지 못한다. 우선은 이러한 형식을 일컬어 아직도 '탈속을 못하였다' 하고, 형식의 말을 빌건데 형식 자기는 '사회 중심의 희랍식 교육을 받은 자'라. 바꾸어 말하면 형식은 영문이나 독문의 교육을 받은 자라. (146쪽)

＊＊＊

그러나 형식은 이 일에 대하여 우선의 생각하는 바와는 다르게 생각한다. 형식도 영채가 그처럼 정절이 굳은 것은 감탄은 한다. 죽으려고까지 하는 깨끗하고 거룩한 정신을 보고 존경도 한다. 그러나 형식의 생각에는 우선과 같이 '영채의 이번 행위가 가장 옳은 일'이라고는 생각지 아니한다. (… 중략 …) 형식은 이론(理論)으로는 영채의 행위를 그르다 하면서도 정(情)으로는 영채를 위하여 울지 아니치 못하였다. 그러나 형식은 영채를 '낡은 여자'라 하고, 다시 형용사를 붙여서 순결 열렬(純潔熱烈)한 구식여자(舊式女子)라 하였다. (165~168쪽)

＊＊＊

그러나 형식은 그렇게 이 무덤을 보고 슬퍼하지는 아니하였다. 형식은 무슨 일을 보고 슬퍼하기에는 너무 마음이 즐거웠다. 형식은 죽은 자를 생각하고 슬퍼하기보다 산 자를 보고 즐거워함이 옳다 하였다. 형식은 그 무덤 밑에 있는 불쌍한 은인의 썩다가 남은 뼈를 생각하고 슬퍼하기보다 그 썩어지는 살을 먹고 자란 무덤 위의 꽃을 보고 즐거워하리라 하였다. 그는 영채를 생각하였다. 영채의 시체가 대동강으로 둥둥 떠나가는 모양을 생각하였다. 그러나 형식은 슬픈 생각이 없었고, 곁에 섰는 계향을 보매 한량없는 기쁨을 깨달을 뿐이다. 이렇게 생각하고 형식은 혼자 놀랐다. 내가 어느덧에 이대도록 변하였는가 하였다. 형식은 너무 놀라서 눈을 부릅뜨고 두 주먹을 쥐었다. 형식은 어저께 영채의 편지를 보고 울었다. 가슴이 터질 듯이 슬퍼하였다. 그러고 밤에 차를 타고 올 때에도 남모르게 가슴을 아프고 남모르게 눈물을 씻었다. 더구나 아까 경찰서에서 영채가 아주 죽은 줄을 알 때에 형식의 몸은 마치 끓는 물에 들어간 듯하였다. 그러고 계향의 집을 떠나 박선생의 무덤을 찾아올 때에도, 무덤에 가거든 그 앞에 엎드려 실컷 통곡이라도 하리라 하였었다. 그리하였더니 이것이 웬일인가. 은사(恩師)의 무덤 앞에서 억지로라도 눈물을 흘리려 하였으나 조금도 슬픈 생각이 아니 난다. 사람이 엷게도 갑자기 변하는가 하고 혼자 빙그레 웃었다. (199~200쪽)

아―내가 잘못함이 아닌가. 내가 너무 무정함이 아닌가. 내가 좀더 오래 영채의 거처를 찾아 옳을 것이 아닌가. 설사, 영채가 죽었다 하더라도, 그 시체라도 찾아보아야 할 것이 아니던가. 그러고 대동강가에 서서 뜨거운 눈물이라도 오래 흘려야 할 것이 아니던가. 영채는 나를 생각하고 몸을 죽였다. 그런데 나는 영채를 위하여 눈물도 흘리지 않. 아―내가 무정하구나, 내가 사람이 아니로구나 하였다. 남대문을 향하고 달아나는 차를 거꾸로 세워 도로 평양으로 내려가고 싶다 하였다. 그러나 형식은 마음은 평양으로 끌리면서 몸은 남대문에 와 내렸다. (206쪽)

"이선생이 잘못해서 죽었구려!"
"어째서요?"
"그렇게 십여 년을 그립게 지내다가 찾아왔는데 그렇게 무정하게 구시니까."
'무정하게'라는 말에 형식은 놀랐다. 그래서,
"무정하게? 내가 무엇을 무정하게 했어요?"
"무정하지 않구. 손이라도 따뜻이 잡아 주는 것이 아니라……."

"손을 어떻게 잡아요?"

"손을 왜 못잡아요? 내가 보니까, 명채……."

"명채가 아니라 영채야요."

"옳지, 내가 보니간 영채 씨는 선생께 마음을 바친 모양이던데. 그렇게 무정하게 어떻게 하시오 또 간다고 할 적에도 붙들어 만류를 하든가 따라가는 것이 아니라……." 하고 형식을 원망한다. (230쪽)

형식은 어찌할 줄을 몰랐다. 평양도 가야 하겠지마는, 김장로의 집 만찬에 참여하는 것이 더 중한 것 같기도 하였다. 그러나 지금까지 영채의 시체를 찾아가기로 결심하였던 것을 버리고 금시에 선형에게 취하여 '네' 하기는 제 마음이 부끄러웠다. '선형과 나와 약혼한다'는 말은 말만 들어도 기뻤다. 영채가 마침 죽은 것이 다행이다 하는 생각까지 난다. 게다가 '미국 유학!' 형식의 마음이 아니 끌리고 어찌하랴. 사랑하던 미인과 일생에 원하던 서양 유학! 이 중에 하나만이라도 형식의 마음을 끌 만하거든, 하물며 둘을 다! 형식의 마음속에는 '내게 큰 복이 돌아왔구나' 하는 소리가 아니 발할 수가 없다. 형식이가 괴로운 듯이 숙이고 앉았는 그 얼굴에는 자세히 보면 단정코 참을 수 없는 기쁨의 빛이 있을 것이다. 처음에 목사를 대할 때에는 형식의 얼굴에는 과연 괴로운 빛이 있었다. 그러나 한 마디 두 마디 흘러나오는 목사의 말은 어느덧에 그 괴로운 빛을 다 없이하고 어느덧에 기쁜 빛을 보이기가 부끄러움이다. 형식은 힘써 얼굴에 괴로운 빛을 나타내려 한다. 그뿐더러 일부러 마음이 괴로워지려 한다. 형식은 이러한 때에는 머릿속이 착란하여 어찌할 줄을 모른다. 그는 욱하고 무엇을 작정할 때에는 전후도 돌아보지 아니하고 작정하건마는, 또 어떤 때에는 이럴까저럴까 하여 어떻게 결단할 줄을 모른다. 길을 가다가도 갈까말까 갈까말까 하고 수십 번이나 주저하는 수가 있다. 이것은 마음 약한 사람의 특징이다. 그가 얼른 결단하는 것도 약한 까닭이요, 얼른 결단하지 못하는 것도 약한 까닭이다. 지금 형식은 이럴까저럴까 어떻게 대답하여야 좋을 줄을 모른

다. 누가 곁에서 자기를 대신하여 대답해 주는 이가 있었으면 좋겠다 한다. 형식은 고개를 들어 건넌방을 건너다보았다. 형식은 우선이가 이러한 경우에 과단 있게 결단할 줄을 앎이다. 우선도 웃으면서 형식을 건너다본다. (236~237쪽)

꽃무늬─────

어서 말을 시작하였으면 좋겠다 하고 목사와 장로의 입을 보았다. 목사가,
"아까 형식 씨를 보고 그 말씀을 하였지요 (하니깐 대강 승낙을 하시는 모양인데) 이제는 직접으로 말씀을 하시지요" 하고 형식을 본다. 장로는,
"녜, 감사하외다. 내 딸자식이 변변치 못하지마는 만일 버리지 아니시면 ……."
"허허" 하고 목사가, "그것은 장로께서 과히 겸사시오마는 두 분이 실로 합당하지요" 하고 혼자 기뻐한다. 장로는,
"만일 마음이 없으시면 억지로 권하는 것이 아니외다마는 형식 씨를 사랑하니까 하는 말이외다."
형식은 아까 모양으로 못난이를 부리지 아니하리라 하여 얼른,
"감히 무어라고 말씀하오리까마는 제가 감당할 수가 있습니까" 하고 대답하였다. 그러나 얼굴은 붉어졌다. 장로는 만족하여 하는 듯이 몸을 젖혀 의자에 기대며,
"그야말로 너무 겸사외다. 그러면 승낙을 하시는구려!" 하고 한번 힘을 주어 형식을 훑어본다. 형식은 문득 고개를 수그렸다가 아까 우선의 '못생겼다'는 말을 생각하며 번쩍 고개를 들고 가슴을 펴고 낯빛을 엄숙하게 하였다. (그러나) 암만해도 '녜' 하는 대답이 나오지를 아니하여 속으로 괴로워한다. 목사가,
"자 얼른 말씀을 하시오" 하는 뒤를 대어 장로가,
"그렇지요. 주저할 것이 있어요."
형식은 있는 힘을 다하여,
"녜" 하였다. 그러고는 혼자 우습기도 하고 부끄럽기도 하여 고개를 돌렸다.

(… 중략 …)

장로는 테이블 위에 놓인 초인종을 두어 번 친다. 그 계집아이가 나온다.

"얘, 가서 마님께 작은아씨 데리고 오십소사고……."

계집 하인도 이 일의 눈치를 아는지 슬적 형식을 보더니 생끗 웃고 나간다. 세 사람은 말없이 앉았다. 그러나 그네의 눈에 나뜨는 웃음은 그네의 마음의 즐거움을 말하였다. 형식은 이제 선형을 만날 것을 생각하였다. 그러고 첫 번 선형을 만날 적과 일전 영어를 가르치던 때에 하던 생각을 생각하였다. 형식의 머리는 마치 술취한 것 같았다. 전신이 아프도록 기쁨을 깨달았다. (247~248쪽)

⁂

영채를 따라 평양까지 갔다가 죽고 산 것도 알아보지 아니하고 뛰어와서, 그 이튿날 새로 약혼을 하고, 그 뒤로는 영채는 잊어버리고 지내 온 자기는 마치 큰 죄를 범한 것 같다. 형식은 과연 무정하였다. 형식은 마땅히 그때 우선에게서 꾼 돈 오 원을 가지고 평양으로 내려갔어야 할 것이다. 가서 시체를 찾아 힘 미치는 데까지는 후하게 장례를 지내었어야 할 것이다. 자기를 위하여 칠팔 년 고절을 지키다가 마침내 자기를 위하여 몸을 버리고 목숨을 버린 영채를 위하여 마땅히 아프게 울어서 조상하였어야 할 것이다. 그런데 어찌하였는가. 영채가 세상에 없으매 잊어버리려 하던 자기의 죄악은 영채가 살아 있다는 말을 들으매 칼날같이 날카롭게 형식의 가슴을 쑤신다. 형식은 이빨을 악물고 흑흑 한다. 곁에 선형이가 앉은 것도 잊어버린 듯 하다. (318쪽)

⁂

형식은 얼마 전에 이 차실에 들어와서 바로 영채의 곁으로 오려다가 영채가 우는 듯한 모양을 보고 영채 앉은 걸상에서 서넛 건너 있는 빈 걸상에 앉아서 가만히 두 사람의 말을 엿들었다. 찻바퀴 소리에 자세히 들리지는 아니하나 이따금 이따금 한 마디씩 두 마디씩 들리는 말을 주워 모으면 대강 뜻은 짐작할 수가 있었다. 그리고 형식은 영채에게 대하여 죄송한 마음과 자기에게 대하여 부끄러운 마음을 금치 못하여 영채에게 정성껏 사죄를 하리라 하였다. (338~ 339쪽)

❀

"참말 죄송합니다. 황주 가서 곧 편지를 드리려다가 언제 죽을지 모르는 몸이 잠깐 살아 있는 것을 알려 드리면 무엇 하랴. 차라리 죽은 줄로만 믿고 계시는 것이 도리어 안심이 되실 듯하기로 그만두었습니다⋯⋯ 이제 보면 아 니 알려 드린 것이 어떻게 잘 되었는지요" 하고 영채도 과히 말하였다는 생각이 나서 웃는다.

"그러면 어찌해서 엽서 한 장도 아니 주신단 말씀이오?" 하고 형식은 분개한 구조로, "그렇게 사람을 괴롭게 하십니까?" 형식은 진실로 이 말을 듣고 영채를 원망하였다. 만일 영채가 엽서 한 장만 하였으면 자기는 마땅히 당장 영채를 찾아가서 영채의 손을 잡았을 것 같다. 병욱과 영채는 형식의 분개하여 하는 얼굴을 본다. (⋯ 중략 ⋯)

형식이 영채의 하는 말을 듣다가 눈물 떨어지는 것을 보고 저편으로 고개를 돌린다. 어디까지든지 자기를 위하여 주는 영채의 심정이 더욱 감사하게 생각 된다. 죽으려 한 것도 자기를 위하여, 살아 있으면서 살아 있는 줄을 알리지 아니한 것도 자기를 위하여 한 것임을 생각하매 자기의 영채에게 대한 태도의 너무 무정함이 후회된다.

마주앉은 눈물 흘리는 영채를 보고, 또 저편 차실에 앉은 선형을 생각하매 형식의 마음은 자못 산란하다. 세 사람 사이에는 한참 말이 없고 기차는 어느 철교를 건너가느라고 요란한 소리를 낸다. 창에 뿌리는 빗발과 흘러가는 물소 리는 큰비가 아직 계속하는 줄을 알게 한다. 홍수나 아니 나려는지 (341~342쪽)

❀

그네는 과연 아무 힘이 없다. 자연(自然)의 폭력(暴力)에 대하여서야 누구라서 능히 저항(抵抗)하리요마는 그네는 너무도 힘이 없다. 일생에 뼈가 휘도록 애써서 쌓아 놓은 생활의 근거를 하룻밤 비에 다 씻겨 내려 보내고 말리만큼 그네는 힘이 없다. 그네의 생활의 근거는 마치 모래로 쌓아 놓은 것 같다. 이제 비가 그치고 물이 나가면 그네는 흩어진 모래를 긁어 모아서 새 생활의 근거를 쌓는다. 마치 개미가 그 가늘고 연약한 발로 땅을 파서 둥지를 만드는 것과 같다. 하룻밤 비에 모든 것을 잃어버리고 발발 떠는 그네들이 어찌 보면 가련하기도 하지마는 또 어찌 보면 너무 약하고 어리석어 보인다.

그네의 얼굴을 보건대 무슨 지혜가 있을 것 같지 아니하다. 모두다 미련해 보이고 무감각(無感覺)해 보인다. 그네는 몇 푼 어치 아니되는 농사한 지식을 가지고 그저 땅을 팔 뿐이다. 이리하여서 몇 해 동안 하느님이 가만히 두면 썩은 볏섬이나 모아 두었다가는 한번 물이 나면 다 씻겨 보내고 만다. 그래서 그네는 영원히 더 부(富)하여짐 없이 점점 더 가난하여진다. 그래서 (몸은 점점 더 약하여지고 머기른 점점 더) 미련하여진다. 저대로 내어버려 두면 마침내 북해도의 '아이누'나 다름없는 종자가 되고 말 것이다.

저들에게 힘을 주어야 하겠다. 지식을 주어야 하겠다. 그리해서 생활의 근거를 안전하게 하여 주어야 하겠다.

"과학(科學)! 과학!" 하고 형식은 여관에 돌아와 앉아서 혼자 부르짖었다. 세 처녀는 형식을 본다.

"조선 사람에게 무엇보다 먼저 과학(科學)을 주어야겠어요 지식을 주어야겠어요" 하고 주먹을 불끈 쥐며 자리에서 일어나 방 안으로 거닌다. "여러분은 오늘 그 광경을 보고 어떻게 생각하십니까."

이 말에 세 사람은 어떻게 대답할 줄을 몰랐다. 한참 있다가 병욱이가,

"불쌍하게 생각했지요." 하고 웃으며 "그렇지 않아요?" 한다. 오늘 같이 활동하는 동안에 훨씬 친하여졌다.

"그렇지요, 불쌍하지요! 그러면 그 원인이 어디 있을까요?"

"무론 문명이 없는 데 있겠지요 — 생활하여 갈 힘이 없는 데 있겠지요."

"그러면 어떻게 해야 저들을…… 저들이 아니라 우리들이외다…… 저들을

구제할까요?" 하고 형식은 병욱을 본다. 영채와 선형은 형식과 병욱의 얼굴을 번갈아 본다. 병욱은 자신 있는 듯이,

"힘을 주어야지요? 문명을 주어야지요?"

"그리하려면?"

"가르쳐야지요? 인도해야지요!"

"어떻게요?"

"교육으로, 실행으로."

(… 중략 …)

형식은, "옳습니다. 교육으로, 실행으로 저들을 가르쳐야지요. 인도해야지요! 그러나 그것은 누가 하나요?" 하고 형식은 입을 꼭 다문다. 세 처녀는 몸에 소름이 끼친다. 형식은 한번 더 힘 있게,

"그것을 누가 하나요?" 하고 세 처녀를 골고루 본다. (… 생략 …) (369~371 쪽)

"우리가 하지요!" 하는 대답이 기약하지 아니하고 세 처녀의 입에서 떨어진 다. 네 사람의 눈앞에는 불길이 번쩍하는 듯하였다. 마치 큰 지진이 있어서 온 땅이 떨리는 듯하였다. 형식은 고개를 숙이고 앉았더니,

"옳습니다. 우리가 해야지요! 우리가 공부하러 가는 뜻이 여기 있습니다. 우리가 지금 차를 타고 가는 돈이며 가서 공부할 학비를 누가 주나요? 조선이 주는 것입니다. 왜? 가서 힘을 얻어 오라고, 지식을 얻어 오라고, 문명을 얻어 오라고…… 그리해서 새로운 문명 위에 튼튼한 생활의 기초를 세워 달라 고…… 이러한 뜻이 아닙니까" 하고 조끼 호주머니에서 돈지갑을 내어 푸른 차표를 내어 들면서,

"이 차표 속에는 저기서 들들 떠는 저 사람들…… 아까 그 젊은 사람의 땀도 몇 방울 들었어요! 부대 다시는 이러한 불쌍한 경우를 당하지 말게 히여 달라고요?" 하고 형식은 새로 결심하는 듯이 한번 몸과 고개를 흔든다. 세 처녀

도 그와 같이 몸을 흔들었다. (371~372쪽)

● 신우선(申友善) ───────────────────────────────

성　　별　남자
나　　이(추정포함)　스물 대여섯쯤으로 추정함
출생지 및 거주지, 활동 공간　경성
직　　업　대신문의 기자
출신계층　상류계층으로 추정함
교육정도　고등교육
가족관계　알 수 없음.
인물관계　친구인 경성학교 영어교사 이형식, 한 때 따라다녔던 여자이자
　　　　　친분이 있던 영채, 이형식의 약혼자인 선형 등과 가깝게 지내
　　　　　며, 이들과 더불어 사회에 공헌하기로 결심함.
인물의 존재방식(사회계층)　대신문의 기자로서 서울 상류계층

성　　격
　　① 파탈하고 쾌활한 기상이 있음.
　　② 방탕한 면도 있으나, 정성이 있고 의리가 있음.

성격 지표 및 인물 제시방식

"미스터 리, 어디로 가는가."
　하는 소리에 깜짝 놀라 고개를 들었다. 쾌활하기로 동류간에 유명한 신우선
(申友善)이가 대팻밥 모자를 갖춰 쓰고 활개를 치며 내려온다. 형식은 자기 마음

속을 꿰뚫어보지나 아니한가 하여 두 뺨이 한 번 더 후끈하는 것을 겨우 참고 지어서 쾌활하게 웃으면서,

"오래 막혔구려" 하고 손을 잡아 흔들었다.

"오래 막혔구려는 무슨 오래 막혔구려야. 일전 허교하기로 약속하지 않았는가."

형식은 얼마큼 마음에 수치한 생각이 나서 고개를 돌리며,

"아직 그런 말에 익숙지를 못해서……" 하고 말끝을 못맺는다.

"대관절 어디로 가는 길인가? 급지 않거든 점심이나 하세그려."

"점심은 먹었는걸"

"그러면 맥주나 한잔 먹지."

"내가 술을 먹는가."

"그만두게. 사나이가 맥주 한 잔도 못 먹으면 어떡한단 말인가. 자 잡말 말고 가세" 하고 손을 끌고 안동파출소 앞 청국 요릿집으로 들어간다. (12~13쪽)

❋

"옳지, 김장로의 딸일세그려? 응. 저, 옳지, 작년이지. 정신여학교를 우등으로 졸업하고 명년 미국 간다는 그 처녀로구먼. 베리 굿."

"자네 어떻게 아는가?"

"그것 모르겠나. 이야시쿠모(적어도) 신문기자가. 그런데 언제 엥게지먼트를 하였는가."

"아니오 준비를 한다고 날더러 매일 한 시간씩 와달라기에 오늘 처음 가는 길일세."

"아따 나를 속이면 어쩔 터인가."

"엑."

"히히, 그가 유명한 미인이라데. 자네 힘에 웬걸 되겠나마는 잘 얼러 보게. 그러면 또 보세" 하고 대팻밥 벙거지를 벗어 활활 부채를 하며 교동 골목으로 내려간다. 형식은 이때껏 그의 너무 방탕함을 허물하더니 오늘은 도리어 그

파탈하고 쾌활함이 부러운 듯하다. (14쪽)

✿━━━━━

  우선이가 형식의 말을 듣고 놀란 것은 까닭이 있다. 그 까닭은 이러하다. 우선이도 계월향을 처음 보고 그만 정신을 잃은 여러 사람 중의 하나이라. 우선은 백에 하나도 쉽지 아니한 호남자였다. 풍채는 좋겠다. 구변이 있겠다. 나이는 불과 이십오륙 세로되, 문여시(文與詩)를 깨끗이 하겠다, 원래 서울에 똑똑한 집 자손으로 부귀한 집 자제들과 친분이 있겠다, 게다가 당시 서슬이 푸른 대신문에 기자였다. 이러므로 그는 계집을 후리는 데는 갖은 능력과 자격이 구비하였다. 그는 여러 기생을 상종하였고, 또 연극장의 차리는 방[樂室]에 출입하여 삼패며 광대도 희롱하였었다. 이렇게 말하면 신우선이란 사람은 계집 궁둥이나 따라다니는 망아지와 같이 들리되, 그에게는 시인의 아량이 있고 신사의 풍채가 있고 정성이 있고 의리가 있었다. 그의 친구는 그의 방탕함을 책망하면서도 오히려 그의 재주와 쾌활한 기상을 사랑하였다. '신우선은 지나 소설에 뛰어나오는 풍류남자라' 함은 형식의 그를 평한 말이니, 과연 그는 소주, 항주 근방에 당나라 시절 호협한 청년의 풍이 있었다. (120쪽)

✿━━━━━

  "응, 형식이가 좋은 사람이지…… 매우 유망하지" 하고는 그래도 행여나 이형식에게 월향을 빼앗길까 두려워, "아직 유치하지……때를 못 벗어서" 하고 자기보다 훨씬 낮은 사람 모양으로 말하였다. 우선은 결코 형식을 자기보다 인격으로나 학식으로나 문필로나 승하다고는 생각하지 아니한다. 그래서 '형식은 우선 한문이 부족하니까' 하고 형식이가 자기보다 일문과 영문이 넉넉한 것은 생각하지 아니한다. (122쪽)

✿━━━━━

(…… 전략) 그러나 이는 우선의 악의에서 나옴이 아니라 어디까지든지 인생을 장난으로 알려 하는 우선의 한 희롱에 지나지 못하는 것이라. (… 중략 …) 그러므로 우선은 이럭저럭 한 세상을 유쾌하게 웃고 지나면 그만이로되, 형식은 인생에서 무슨 뜻을 캐어 내려 하고 세상을 위하여 힘있는 데까지는 무슨 공헌을 하고야 말려 한다. 그러므로 형식에게는 인생의 어떠한 작은 현상(現象)이나 세상의 어떠한 작은 사건이라도 모두 엄숙하게 연구할 제목이요, 결코 우선과 같이 웃고 지내어 보내지 못한다. 우선은 이러한 형식을 일컬어 아직도 '탈속을 못 하였다' 하고, 형식은 우선을 일컬어 '세상에 무해무익한 사람'이라 한다. 그렇다고 우선은 세상의 문명과 행복을 증진하는 데 대하여 전혀 무관언(無關焉)하냐 하면 그는 그런 것이 아니라. 우선도 아무쪼록 세상에 유익한 일을 하려고는 한다. 다만 그는 형식과 같이 열렬하게 세상을 위하여 일생을 버리려는 열성이 없음이니, 형식의 말을 빌건데 우선은 '개인 중심의 지나식 교육을 받은 자'요, 형식 자기는 '사회 중심의 희랍식 교육을 받은 자'라. 바꾸어 말하면 우선은 한문의 교육을 받은 자요, 형식은 영문이나 독문의 교육을 받은 자라. (146~147쪽)

우선은 속으로 영채의 이번 행위는 마땅하다 하였다. 정조가 여자의 생명이니 정조가 깨어지면 몸을 죽이는 것이 마땅하다. 그러므로 여자 된 영채가 어젯저녁 청량사 사건에 대하여 잡을 길은 이 길밖에 없다 하였다. 그리고 영채는 과연 옳은 여자로다 하고 존경하는 마음이 생기고 자기 여태껏 영채를 유혹하던 것이 부끄럽다고 생각하였다. 그러나 자기의 사상(思想)에는 모순(矛盾)이 있는 줄은 우선은 모른다. 영채가 기생 월향일 때에는 기생이니까 정절을 깨트려도 상관이 없고, 월향이가 영채가 된 뒤에는 기생이 아니니까 정절을 지킴이 마땅하다…… 이것이 분명한 모순이언마는 우선은 그런 줄을 모른다. 우선의 생각을 넓히면 '열녀는 열녀니까 정절을 깨트림이 죄어니와, 열녀 아닌 여자는 열녀가 아니니까 정절을 깨트려도 죄가 아니라' 함과 같다. 그러면 이는 선후(先

後)를 전도(顚倒)함이니, 열녀니까 정절을 지키는 것이 아니라 정절을 지키니까 열녀어늘, 우선의 생각에는 열녀면 정절을 지킬 것이로되, 열녀가 아니면 정절을 지키지 아니하여도 좋다 함이라. 그러므로 우선은 영채가 열녀인 줄을 모를 때에는 정절을 깨트려 주려 하다가 열년인 줄을 안 뒤에는 영채의 정절을 깨트리려 한 것을 후회하고 부끄러워함이라. (165쪽)

여러 해 동안 접하여 오던 남자 중에 신우선은 가장 영채의 마음을 끌던 사람이다. 그는 풍채가 좋고, 쾌활한 기상이 좋고, 어디까지 모르게 사람을 끄는 힘이 있었다. (286쪽)

그전에는 한 미인으로 우선이가 영채를 자랑하였지마는, 영채가 형식을 위하여 지금토록 정절을 지켜 온 것과 청량리 사건으로 위하여 죽을 결심을 한 것을 보고는 영채를 색과 재와 덕이 겸비한 이상적 여자로 사랑하게 되었다. 만일 형식을 위한 우정(友情)이 아니었던들 어떤 정도까지나 열광(熱狂)하였을는지도 모를 것이다.

자기가 미치게 사랑하던 계월향이가 형식을 위하여 정절을 지켜오는 박영채인 줄을 알 때에 우선은 미상불 창자를 끊는 듯하는 생각이 있었다. 그러나 우정을 중히 여기고 협기 있기로 자임하는 우선은 힘껏 자기의 정을 누르고 형식과 영채를 위하여 힘을 다하여 주기로 하였다. 만일 영채가 형식의 아내가 되면 자기는 친구의 부인으로 일생을 접할지니, 그것만 하여도 자기에게는 행복이리라 하였다. 그러다가 영채가 그 슬픈 유서를 써두고 평양으로 내려감을 볼 때에 우선은 깊은 슬픔과 실망을 깨달았다. 비록 아녀자에게 마음을 아니 움직이기로 이상을 삼는 우선도 그 후부터 지금까지 일시도 영채를 잊어 본 일이 없었다. 우선의 일기를 뒤져 보면 취침 전에 반드시 영채를 생각하는 단율

한 수씩을 지은 것이 있는 것을 보아도 알 것이다.

그러다가 죽은 줄 알았던 영채가 살아서 같은 열차에 타고 있는 줄을 알고 보니, 우선의 가슴이 울렁거리는 것도 자연한 일이라. 게다가 형식이가 아름다운 선형으로 더불어 아름다운 약속을 맺어 가지고 아름다운 공부를 하러 가는 것을 보매, 더욱 부러운 생각이 난다. (331쪽)

꽃

이러한 우선이가 형식과 선형을 눈앞에 보고, 또 그립던 영채가 같은 차를 타고, 같은 기관차에 끌려가는 것을 생각하니 마음이 괴로울 것도 자연한 일이다. 또 영채는 이미 기생도 아니요, 겸하여 형식의 아내도 아니라. 오직 한 처녀다…… 하고 우선의 가슴에는 알 수 없는 생각이 번개같이 가슴이 일어난다. 그래서 우선은 형식의 간 뒤를 따라, 다음 차실 문 밖에 가서 바람을 쏘여 가며 가만히 엿본다. 형식은 영채의 곁에 앉아서 무슨 이야기를 하고 병욱도 이따금 말참례를 한다. 세 사람의 얼굴은 아주 엄숙하다. 우선은 들어갈까말까 하다가 형식의 돌아나오기를 기다리기로 하고 뒷짐을 지고 기대어서 쿵쿵 찻바퀴 굴러가는 소리를 들으며 무슨 생각을 한다. (333~334쪽)

꽃

우선이가 고개를 숙이고 우두커니 무슨 생각을 하는 것을 보고 형식이가,

"왜, 오늘은 그렇게 점잖아졌나?"

하고 웃는다. 우선이가 고개를 들더니,

"언제인가 자네가 날더러 인생은 장난이 아니라고, 나는 인생을 희롱으로 본다고 그랬지? 마지메(진지)하게 생각지를 않는다고?"

"글쎄, 그런 일이 있던가."

"과연 그게 옳은 말일세. 나는 지금까지 인생을 장난으로 보아 왔네. 내가 술을 많이 먹는 것이라든지…… 또는 되는 대로 노는 것이 확실히 인생을 장난

으로 여기던 증거지. 나는 도리어 자네가 너무 마지메한 것을 속이 좁다고 비웃어 왔지마는 요컨대, 내가 잘못 생각했던 것이어!"

여기까지 와서는 형식도 우선의 말이 오늘은 농담이 아닌 것을 깨닫고 정색하고 우선의 얼굴을 본다. 세 처녀도 정색하고 듣는다. 과연 우선의 얼굴에는 무슨 결심의 빛이 보인다. 우선은 말을 이어,

"오늘 와서 깨달았네. 오늘 정거장에서 음악회 했다는 말을 듣고 비로소 깨달았네. 나는 차 타고 지나오면서 메기슭에 사람들을 보고 불쌍하다는 생각도 나기는 났지마는 그 꾀죄하고 섰는 양이 우스워서 웃기부터 하였네. 나는 어떻게 하면 저들을 건지나 하는 생각도 아니하고, 그들을 위해서 눈물도 아니 흘렸네. 그리고 차를 내리면 얼른 구경을 가리라, 가서 시나 한 수 지으리라, 하고 울기는커녕 웃으면서 내려 가지고, 그 말을 들을 때에 나는 가슴이 뜨끔하였네…… 더구나 젊은 여자가……."

하고 감격한 듯이 말을 맺지 못한다. 듣던 사람들도 묵묵하다. 우선은 말을 이어,

"나는 오늘 이때, 이 땅 사람이 되었네. 힘껏, 정성껏 붓대를 둘러서 조곰이라도 사회에 공헌함이 있으려네. 이제 한 시간이 못하여 자네와 작별을 하면 아마 사오 년이 되어야 만나게 되겠네그려. 멀리 간 뒤에라도 내가 이전 신우선이이가 아닌 줄로 알고 있게. 나는 자네와 떠나기 전에 이 말을 하게 된 것을 큰 기쁨으로 아네."

하고 손을 내어밀어 형식의 손을 잡는다. 형식도 꼭 우선의 손을 잡아 흔들며,

"기쁜 말일세. 무른 자네가 언제인들 잘못한 일이 있었겠나마는 그처럼 새 결심 한 것이 무한히 기쁘이."

우선은 한참 주저하다가,

"영채 씨, 이전 버릇없었던 것은 다 용서하십시오. 저도 이제부터 새사람이 될랍니다. 부대 공부 잘하셔서 큰일하십시오."

하고 길게 한숨을 쉰다. (375~376쪽)

● 김장로(김광현(金光鉉)) ─────────────────────────────

성   별 남자

나   이(추정포함) 마흔 대여섯쯤 됨.

출생지 및 거주지, 활동 공간 경성에서 출생했을 것으로 추정함(서울). 경성
            안동에 거주하며 장로로 활동함.

직   업 외교관(미국 공사 역임), 장로

출신계층 상류계층

교육정도 고등교육을 받았을 것으로 추정함.

가족관계 본부인이 죽어 소실로 있다 정실이 된 부인과 딸 선형이 있음.

인물관계

    ① 서울 예수교회 중에도 양반이며 재산가로 두셋째 꼽히는 사람으
        로서 이형식의 학식을 높이 평가하여 사위로 삼음.

    ② 한 목사와 가깝게 지냄.

인물의 존재방식(사회계층)

    ① 서울 상류계층에 속하는 장로이자, 부호임.

    ② 과거 외교관으로서 미국에 나가 본 적이 있는 사람으로 발달한
        서구 문명을 받아들이려고 하나 진정으로 무엇을 받아들일지 모
        름.

    ③ 조선에 있어서는 가장 진보한 문명 인사로 자임하나, 여전히 구습
        에 젖어 있음.

성   격

    ① 서양 문명을 받아들이고자 정작 무엇을 받아들여야 하는지를 모
        름.

    ② 조선에 있어서는 가장 진보한 문명 인사로 자임할 정도로 자부심
        과 자만심이 있음.

    ③ 무엇이든 서양식으로 꾸미려는 취향이 있음.

    ④ 다소 권위적이고 허영심이 있으며 과시적임.

성격 지표 및 인물 제시방식

✿

이럴 즈음에 김광현(金光鉉)이라 문패 붙은 집 대문에 다다랐다. 비록 두 벌 옷도 가지지 말라는 예수의 사도연마는 그도 개명하면 땅도 사고, 수십 인 하인도 부리는 것이라. 김장로는 서울 예수교회 중에도 양반이요 재산가로 두셋째에 꼽히는 사람이라. 집도 꽤 크고 줄행랑조차 십여 간이 늘어 있다. 형식은 지위와 재산의 압박을 받는 듯한, 일변 무섭기도 하고 불쾌하기도 하면서 소리를 가다듬어, "이러 오너라" 하였다.

(… 중략 …)

"안으로 들어오시랍니다" 하는 어멈의 말을 따라 새삼스럽게 가슴이 두근거리면서 중문을 지나 안대청에 오르다. 전 같으면 외객이 중문 안에를 들어설 리가 없건마는 그만하여도 옛날 습관을 많이 고친 것이라. 대청에는 반양식으로 유리 문도 하여 달고 가운데는 무늬 있는 책상보 덮은 테이블과 네다섯 개 홍모전 교의가 있고, 북편 벽에 길이나 되는 책상에 신구서적이 쌓였다. 김장로가 웃으면서 툇마루에 나와 형식이 구두끈 끄르기를 기다려 손을 잡아 인도한다. 형식은 다시 온공하게 국궁례를 드린 후에 권하는 대로 교의에 앉았다. 김장로는 이제 사십오륙 세 되는 깨끗한 중로라. 일찍 국장도 지내고 감사도 지낸 양반으로서 십여 년 전부터 예수교회에 들어가 작년에 장로가 되었다. (15쪽)

✿

김장로의 서재는 양식으로 되었다. 그가 일찍 미국 공사로 갔다 와서부터는 될 수 있는 대로 서양식 생활을 하려 한다.

방바닥에는 붉은 모란 무늬 있는 모전을 깔고 사벽에는 화액(畵額)에 넣은 그림을 걸었다. 그림은 대개 종교화다. 북편 벽으로 제일 큰 화액에는 겟세마네에는 기도하는 예수의 화상이 있고 두어 자 동쪽에는 그보다 조금 작은 화액에 구유에 누인 예수를 그린 것이요, 서편 벽에는 자기의 반신상이 걸렸다. 다른 나라 신사 같으면, 종교화밖에도 한두 장 세계 명화를 걸었으련마는, 김장로는 아직 미술의 취가 없고 또 가치도 모른다. (… 중략 …)

김장로는 방을 서양식으로 꾸밀 분더러 옷도 양복을 많이 입고, 잘 때에도 서양식 침상에서 잔다. 그는 서양. 그 중에도 미국을 존경한다. 그래서 모든 것에 서양을 본받으려 한다. 그는 과연 이십여 년 서양을 본받았다. 그가 예수를 믿는 것도 처음에는 아마 서양을 본받기 위함인지 모른다. 그리하고 그는 자기는 서양을 잘 알고 잘 본받은 줄로 생각한다. 더구나 자기가 외교관이 되어 (미국 서울) 워싱턴에 주재하였으므로 서양에 관하여서는 더 들을 필요도 없고 더 배울 필요는 무론 없는 줄로 생각한다. 그는 조선에 있어서는 가장 진보한 문명 인사로 자임한다. 교회 안에서와 세상에서도 그렇게 인정한다. 그러나 다만 그렇게 인정하지 아니하는 한 방면이 있다. 그것은 서양 선교사들이라.

선교사들은 김장로가 서양 문명의 내용이 무엇인지 모르는 줄을 안다. 김장로는 과학(科學)을 모르고, 철학(哲學)과 예술(藝術)과 경제(經濟)와 산업(産業)을 모르는 줄을 안다. 그가 종교를 아노라 하건마는 그는 조선식 예수교의 신앙을 알 따름이요, 예수교의 진수(眞髓)가 무엇이며, 예수교와 인류와의 관계 또는 예수와 조선 사람과의 관계는 무론 생각도 하여 본 적이 없다. (… 중략 …) 그러므로 그네는 김장로를 서양을 흉내내는 사람이라 한다. 이는 결코 김장로를 비방하여서 하는 말이 아니라, 김장로의 참상태를 말하는 것이다. 서양 사람의 문명의 내용은 모르면서 서양 옷을 입고, 서양식 집을 짓고, 서양식 풍속을 따름을 흉내가 아니라면 무엇이라 하리요. 다만 용서할 점은 김장로는 결코 경박하여, 또는 일정한 주견이 없어서, 또 다만 허영심으로 서양을 흉내내는 것이 아니라, 진정으로 서양이 우리보다 우승함과, 따라서 우리도 불가불 서양을 본받아야 할 줄을 믿음— 깨달음이 아니요— 이니 무식하여 그러는 것을 우리는 책망할 수가 없는 것이라. 그는 과연 무식하다. 그가 들으면 성도 내려니와 그는 무식하다. 그는 눈으로 슬쩍 보아 가지고 서양 문명을 깨달을 줄로 안다. 하기는 그에게는 그 밖에 더 좋은 방법이 없다. 그러나 눈으로 슬쩍 보아 가지고 서양 문명을 알 수가 있을까. 십 년 이십 년 책을 보고, 선생께 듣고, 제가 생각하여도 특별히 재주가 있고, 부지런하고, 눈이 밝은 사람이라야 처음 보는 남의 문명을 깨달을 동 말 동하거든, 김장로가 아무리 천질이 명민하다 한들 책 한 권 아니 보고 무슨 재주에 복잡한 신문명의 참뜻을 깨달으리요 그러나 김장로는 그 자녀를 학교에 보낸다. 학교에서 어떤 것을 배우는지 자기는 잘 모르면서도 서양 사람들이 다 그 자녀를 학교에 보내므로 자녀는 학교에 보내는 것이 옳은 일인 줄을 안다. 안다는 것보다 믿는다 함이 적당하겠다. 그러므로 그의 자녀는 마침내 문명을 알게 될 것이리라. 이리하여 조선도 점점 신문명을 완전히 소화(消化)하게 될 것이다.

오직 한 가지 위험한 것이 있다. 그것은 김장로 같은 이가 자기의 지식을 너무 믿어 학교에서 배워 와 신문명을 깨달아 알게 되는 자녀의 사상을 간섭함이다. (243~245쪽)

김장로는 자기의 방이 신식이요 화려한 것을 자랑하고 만족하는 듯이 한번 방 안을 둘러보더니, 목사와 형식에게 의자를 권한다.

(… 중략 …)

장로는 형식과 선형을 번갈아 돌아보더니 목사를 향하여,

"어찌하면 좋을까요" 한다. 아직 신식으로 혼인을 하여 본 경험이 없는 장로는 실로 어찌하면 좋을지를 모른다. 무론 목사도 알 까닭이 없다. 그러나 이러한 경우에 모른다 할 수도 없다.

(… 중략 …)

장로는 어떻게 말을 해야 좋을는지 모르는 모양으로 오른손으로 테이블을 툭툭 치더니 부인에게 먼저 말하는 것이 옳으리라 하여 양반스럽게 느럭느럭한 목소리로, "여보, 내가 형식 씨에게 약혼을 청하였더니 형식 씨가 승낙을 하셨소 부인의 생각에는 어떠시오?" 하고는 자기가 경위 있게, 신식답게 말한 것을 스스로 만족하여 하며 부인을 본다. (246~253쪽)

- **김장로의 부인(평양 명기 부용, 선형의 모친, 평양의 춘향)** ───────────

성   별 여자

나   이(추정포함) 마흔이 약간 넘음.

출생지 및 거주지, 활동 공간

    ① 평양의 명기였음.

    ② 김장로의 소실이었다가 본부인이 죽자 그의 정실이 됨.

직   업 김장로의 아내로서 특별한 직업은 없음.

출신계층 하류계층이었을 것으로 추정함.

교육정도 평양의 명기였던 만큼 기생으로서의 지식과 교양을 갖추었을 것
         으로 추정함.

가족관계 남편 김장로와 딸 선형이 있음.

인물관계 가정에서 주로 내조에 치중함.

인물의 존재방식(사회계층) 외부활동은 전혀 하지 않고 김장로와 딸 선형의
         내조에 전념함.

성   격

    ① 정숙하고 침착함.

    ② 부끄러움을 많이 탐.

성격 지표 및 인물 제시방식

✿───────────

  이윽고 건넌방 발이 들리니 나이 사십이 될락말락한 부인이 연옥색 모시 적삼, 모시 치마에 그와 같이 차린 여학생을 뒤세우고 테이블 곁으로 온다. 형식은 반쯤 고개를 숙이고 일어나서 공손하게 읍하였다. 부인과 여학생도 읍 하고, 장로의 가리키는 교의에 걸터앉는다. 형식도 앉았다.

  (… 중략 …)

"이가 내 아내요, 저애가 내 딸이오 이름은 선형인데 작년에 정신학교라고 졸업은 하였지마는 아무것도 모르는 어린애요."

형식은 누구를 향하는지 모르게 고개를 숙였다. 부인과 선형이도 답례를 한다. 부인은 형식을 보며,

"제 자식을 위하여 수고를 하신다니 감사하옵니다. 젊으신 이가 언제 그렇게 공부를 많이 하셨는지, 참 은혜 많이 받으셨삽니다.

(… 중략 …)

그 부인은 원래 평양 명기 부용이라는 인물 좋고 글 잘하고 가무에 빼어나 평양 춘향이라는 별명을 듣던 사람이러니, 이십여 년 전 김장로의 부친이 평양에 감사로 있을 때에 당시 이십여 세 풍류 남아이던 책방 도령 이도령이라, 김도령의 눈에 들어 십여 년 전 김장로의 소실로 있다가 본부인이 별세하자 정실로 승차하였다. 양분의 가문에 기생 정실이 망령이어니와, 김장로가 예수를 믿은 후로 첩 둠을 후회하나 자녀까지 낳고 십여 년 동거하던 자를 버림도 도리에 그르다 하여 매우 양심에 괴롭게 지내다가, 행인지 불행인지 정실이 별세하므로 재취하라는 일가와 붕우의 권유함도 물리치고 단연히 이 부인을 정실로 삼았음이라. 부인은 사십이 넘어서 눈꼬리에 가는 주름이 약간 보이건마는, 옛날 장부의 간장을 녹이던 아리땁고 얌전하나 모양을 지금도 볼 수 있다. 선형의 눈썹과 입 얼레는 그 모친과 추호 불차니, 이 눈썹과 입만 가지고도 족히 미인 노릇을 할 수가 있으리라. (17~18쪽)

〰️

장로는 어떻게 말을 해야 좋은지 모르는 모양으로 오른손으로 테이블을 툭툭 치더니 부인에게 먼저 말하는 것이 옳으리라 하여 양반스럽게 느럭느럭한 목소리로,

"여보, 내가 형식 씨에게 약혼을 청하였더니 형식 씨가 승낙을 하셨소 부인의 생각에는 어떠시오?" 하고는 자기가 경위 있게, 신식답게 말한 것을 스스로 만족하여 하며 부인을 본다. 아까 둘이 서로 의논한 것을 새삼스럽게 또 묻는

것이 우습다 하면서도 무엇이나 신식은 다 이러하거니 하여, 부끄러운 듯이 잠깐 몸을 움직이고는 고개를 숙이며,

"감사합니다" 하였다. 장로는,

"그러면 부인께서도 동의하신단 말씀이로구려."

"녜, 하고 부인은 고개를 들어 맞은편 벽에 걸린 그림을 본다. (252~253쪽)

● 김선형(金善馨)

성 별 여자

나 이(추정포함) 열일곱 여덟쯤 됨

출생지 및 거주지, 활동 공간

① 서울에서 출생했을 것으로 추정함.

② 김장로의 딸로 정신여자학교를 우등 졸업하고 영어를 공부하여 미국에 유학하려고 함.

③ 이형식과 약혼을 하고 미국 시카고 대학으로 유학을 감.

직 업 학생

출신계층 상류계층

교육정도 정신여학교 졸업

가족관계 아버지인 김장로와 어머니가 있음.

인물관계

① 아버지인 김장로의 뜻으로 영어를 가르쳐 주던 이형식과 약혼함.

② 박영채를 이형식의 과거의 여자로 낙인을 찍고 미워하였지만, 후에 수해지역의 산모를 도와주면서 정이 들고 다 오해를 풀게 됨.

③ 김병욱과는 아는 사이임.

인물의 존재방식(사회계층)

① 서울 상류계층인 김장로의 딸로서 미국 유학을 준비하는 학생임.

② 당대의 조선 현실에 무지하다 형식을 통해 민족계몽의 필요성을

깨닫고 실천함.

성   격
　　① 김장로의 딸로서 기독교 집안의 개화된 신여성임.
　　② 서양 문명을 받아들이려는 부친의 영향을 받아 신교육을 받았으
　　　나 구습을 완전히 벗지는 못함.
　　③ 허영심과 공명심이 많음.
　　④ 부끄러움이 많고 질투심이 있음.

성격 지표 및 인물 제시방식

꽃무늬

　경성학교 영어교사 이형식은 오후 두시 사년급 영어 시간을 마치고 내려쪼이
는 유월 볕에 땀을 흘리면서 안동 김장로의 집으로 간다. 김장로의 딸 선형(善馨)
이가 명년 미국 유학을 가기 위하여 영어를 준비할 차로 이형식을 매일 한
시간씩 가정교사로 고빙하여 오늘 오후 세시부터 수업을 시작하게 되었음이라.
(11쪽)

꽃무늬

　형식은 하도 심란하여 구두로 땅을 파면서,
　"아니야. 저, 자네는 모르겠네. 김장로라고 있느니……."
　"옳지, 김장로의 딸일세그려? 응. 저, 옳지, 작년이지. 정신여학교를 우등으로
졸업하고 명년 미국 간다는 그 처녀로구먼. 베리 굿."
　"자네 어떻게 아는가?"
　"그것 모르겠나. 이야시쿠모(적어도) 신문기자가. 그런게 언제 엥게지먼트를
하였는가."
　"아니오 준비를 한다고 날더러 매일 한 시간씩 와달라기에 오늘 처음 가는

길일세."

"아따, 나를 속이면 어쩔 터인가."

"엑."

"히히, 그가 유명한 미인이라대. 자네 힘에 웬걸 되겠나마는 잘 얼러 보게. 그러면 또 보세." (14쪽)

＊＊＊

"이가 내 아내요, 저애가 내 딸이오 이름은 선형인데 작년에 정신학교라고 졸업은 하였지마는 아무것도 모르는 어린애요."

형식은 누구를 향하는지 모르게 고개를 숙였다. 부인과 선형이도 답례를 한다. 부인은 형식을 보며,

"제 자식을 위하여 수고를 하신다니 감사하올시다. 젊으신 이가 언제 그렇게 공부를 많이 하셨는지, 참 은혜 많이 받으셨삽니다."

"천만에 말씀이올시다." 하고 형식은 잠깐 고개를 들어 부인을 보는 듯 선형을 보았다. 선형은 한 걸음쯤 그 모친의 뒤에 피하여 한편 귀와 몸의 반편이 그 모친에게 가리웠다. 고개를 숙였으며 눈은 보이지 아니하나 난 대로 내어 버린 검은 눈썹이 하얗게 널찍한 이마에 뚜렷이 춘산을 그리고 기름도 아니 바른 까만 머리는 언제 빗었는가 흐트러진 두어 오리가 불그레 복숭아꽃 같은 두 뺨을 가리어 바람이 부는 대로 하느적하느적 꼭 다문 입술을 때리고, 깃 좁은 가는 모시 적삼으로 혈색 좋은 고운 살이 몽롱하게 비추이며, 무릎 위에 걸어 놓은 두 손은 옥으로 깎은 듯 불빛에 대면 투명할 듯하다. (… 중략 …) 옛날 장부의 간장을 녹이던 아리땁고 얌전한 모양을 지금도 볼 수 있다. 선형의 눈썹과 입 얼레는 그 모친과 추호 불차하니, 이 눈썹과 입만 가지고도 족히 미인 노릇을 할 수가 있으리라. (17~18쪽)

＊＊＊

장로와 부인은 저편 방으로 들어가고 형식과 두 처녀가 마주앉았다. 형식은 힘써 침착하게,

　"이전에 영어를 배우셨습니까."

하고, 이에 처음 두 처녀의 목소리를 듣게 되었다. 그러나 두 처녀는 고개를 숙이고 아무 대답이 없다. 형식도 어이없이 앉았다가 다시,

　"이전에 좀 배우셨는가요."

　그제야 선형이가 고개를 들어 그 추수같이 맑은 눈으로 형식을 보며,

　"아주 처음이올시다. 이 순애는 좀 알지마는."

　"아니올시다. 저도 처음입니다."

　"그러면 에이, 비, 시, 디도……? 그것은 물론 아실 터이지오마는."

　여자의 마음이라 모른다기는 참 부끄러운 것이라 선형은 가지나 붉은 뺨이 더 붉어지며,

　"이전에는 외웠더니 다 잊었습니다."

　"그러면 에이, 비, 시, 디부터 시작하리까요?"

　"네" 하고 둘이 함께 대답한다. (19~20쪽)

　두 처녀는, 에이, 비, 시를 잘 외워 썼다. 선형은 어서 미국에 갈 생각으로, 순애는 아무에게나 남에게 지지 않게 많이 배울 생각으로 어제 종일과 오늘 오전에 별로 쉬일 틈 없이 에이, 비, 시를 외우고 썼다. 또 그들은 영어를 처음 배우게 된 것이 자기네가 학식이 매우 높아진 표인 듯하여 일종 유쾌한 자랑을 깨달았다. 선형은 자기가 좋은 양복을 입고 새깃 꽃은 서양 모자를 쓰고 미국에 가서 저와 같은 서양 처녀들과 영어로 자유롭게 이야기하는 모양을 상상하고 혼자 웃었다. 자기가 영어를 잘하게 되면 자기의 자격도 높아지고 남들도 자기를 지금보다 더 사랑하고 존경하리라 하였다. 자기가 미국에 가서 미국 처녀들과 같이 미국 대학교를 졸업하고 집에 올 때에 그때에는 암만하여도 자기와 동행하는 사람이 있으리라 하였다. 그리고 그 동행하는 사람은 남자요……

키 크고 얼굴 번듯한 남자요…… 미국서 대학교를 졸업한 남자라 하였다. 선형은 무론 일찍 그러한 남자를 본 적도 없고, 그러한 남자가 있단 말도 못 들었거니와, 하여간 자기가 미국서 대학교를 졸업하고 돌아올 때에는 반드시 그러한 남자가 자기의 동행이 되리라 하였다. 그러나 태평양 한복판에서 배 갑판 위에 그 사람과 서로 외면하고 서서 바다 구경을 하다가 배가 흔들려 제 몸이 넘어질세, 그 사람의 가슴에 넘어지면 어떻게 하나. 그러나 그것이 인연이 되어 본국에 돌아온 후 그 사람과 따뜻한 가정을 짓게 될는지도 모르겠다. 그리하고 벽돌 이층집에 나는 피아노 타고…… 이러한 것이 영어를 비우기 시작한 선형의 꿈이었다. 그는 아직 큐피드의 화살을 맞지 아니하였다. 그의 가슴에는 아직 인생이란 생각도 없고 여자 남자라는 생각도 없다. 그는 전세계는 다 자기의 가정과 같고 천하 사람은 자기와 같거니 한다. (88~89쪽)

※※

선형은 고개를 숙이고 앉았다. 지금껏 형식이가 자기의 남편이 되리라고는 생각도 아니하였었다. 오늘 아침에야 비로소 장로가 웃는 말 모양으로,

"이선생께서 잘 가르쳐 주시더냐?" 하고 유심히 자기를 보았다. 그때에도 선형은 무심히,

"네, 퍽 친절하게 가르쳐 주셔요" 하였다.

"네 마음에 좋은 사람이라고 생각했니?"

그제야 선형은 부친의 말에 무슨 뜻이 있는 줄을 알아듣고 잠깐 주저하였으나 대답 아니할 수도 없어서,

"네" 하고 고개를 돌렸다. 그리고 나서는 종일 형식의 일을 생각하였다. 형식이가 과연 자기의 마음에 드는가, 과연 자기는 형식의 아내가 되고 싶은 생각이 있는가를 생각하여 보았다. 그러나 어떤지를 몰랐다. 형식이가 정다운 듯도 하고 그렇지 아니한 듯도 하였다. 그래서 순애더러,

"애 순애야, 집에서 내 혼인을 할라나 보다. 어쩌면 좋으냐?" 하고 물었다. 순애는 별로 놀라는 양도 보이지 아니하고,

"누구와?"

"자세히 알 수는 없는데, 아마 이선생과 혼인을 할 생각이 있는지⋯⋯."

"이선생과?" 하고 순애는 놀라는 빛을 보이며, "무슨 말씀이 계셔요?"

"아까 아버지께서 이선생을 좋은 사람으로 생각하느냐 하고 이상하게 내 얼굴을 보시던데⋯⋯."

(⋯ 중략 ⋯)

선형은 답답한 모양으로,

"그러면 네 생각에 이선생이 사람이 어떠냐⋯⋯ 좋을까."

"좋겠지요."

"그렇게 말하지 말고!"

"이삼 일 동안 한 시간씩 글이나 배워 보고야 어떻게 그 사람의 마음을 알겠어요. 형님 생각에는 어때요?"

"나도 모그겠으니 말이다⋯⋯ 에그, 어쩌나⋯⋯ 어쩌면 좋아."

이러한 회화가 있었다. 이 회화를 보아도 일 것같이 선형은 형식에 대하여 어떻게 할지를 몰랐다. 그러나 십칠팔 세 되는 처녀의 마음이라, 아주 악인이거나, 천한 사람이거나, 얼굴이 아주 못생긴 사람만 아니면 아무러한 남자라도 미운 생각은 없는 것이다. 게다가 형식은 세상에서 다소간 칭찬도 받는 사람이므로 선형도 형식이가 싫지는 아니하였다. 차라리 어찌 생각하면 정다운 듯한 생각도 있었고, 아침에 부친의 말을 듣고는 전보다 좀 더 정다운 듯한 생각도 있었고, 더구나 아침에 부친의 말을 듣고는 전보다 좀 더 정다운 생각도 나게 되었다. 그러나 무론 선형이가 형식을 사랑하는 것은 아니라, 그렇게 이삼일내로 사랑이 생길 까닭이 없을 것이다. 장차 어떤 정도까지 사랑이 생길는지 모르거니와 적어도 아직까지는 사랑이 생긴 것이 아니다. (249~251쪽)

❀ ──────────────

선형은 여자라, 비록 신식 여자로 아무리 공명심과 허영심이 많아서 미국으로 유학 가는 것을 기쁘게 생각한다 하더라도 사랑하는 아버지와 어머니와 동생들, 동무들이 차차 차창에서 멀어지는 것을 볼 때에는 가끔에 고였던 눈물이 일시에 폭 쏟아져서 저도 모르게 소리를 내어 울며 걸상에 쓰러졌다. 형식은 처음에는 가만가만히 선형의 어깨를 두드리며,

"자, 일어나시오. 눈물 씻고" 하다가, 이제는 이렇게만 할 처지가 아니라 하여 한참 주저하다가 한 팔을 선형의 가슴 밑으로 넣어 안아 일으켰다. 형식의 팔에 닿는 선형의 살은 부드럽고 따뜻하였다. 선형도 형식의 하는 대로 일어나면서 잠깐 형식의 손을 쥐었다. 그리고 수건으로 눈물을 씻으면서,

"아이구, 이게 무슨 꼴이야요. 내지 사람들이 웃었겠습니다"

하고 웃는다. 그 눈물로 붉게 된 눈과 뺨이 더 곱게 보였다. 내지 사람들은 과연 웃었다. (328~329쪽)

❀ ———————————

"가서 박영채 씨를 좀 보고 와야겠소"

"가보시지요" 하는 선형의 대답은 형식에게는 무슨 특별한 뜻이 품긴 것같이 들렸다. 실로 선형은 지금까지 마음이 불쾌하였다. 그러면 그것이 월향이라는 기생인가. 죽었다더니 그것은 거짓말인가. 속에는 별별 흉악한 꾀를 품으면서도 겉으로는 저렇게 얌전을 빼는가. 사람 좋은 병욱이가 고것의 꾀에 넘지나 아니하였는가. 오늘 형식이가 자기가 떠난다는 말을 듣고 일부로 이 차를 골라 탄 것이나 아닌가. 혹 형식이가 아직도 영채를 잊지 못하여 남모르게 영채에게 떠나는 날을 알려 미국 가기 전에 한번 더 만나 보려는 꾀는 아닌가. 이렇게 생각하매 선형은 일봉 투기가 일어나서 픽 고개를 돌린다. 형식은 선형의 불쾌한 낯빛을 이윽히 보고 섰더니 변명하듯이,

"그래도 한차에 탄 줄을 알고야 어떻게 모르는 체하겠어요" 하고 다시 앉아서 선형의 대답을 기다린다. 선형은 말없이 앉았다가 웃으며,

"글쎄 가보세요. 누가 가시지를 말랍니까." 끝에 말은 없어도 좋은 말이다. 형식은 고개를 숙이고 우두커니 앉았더니 벌떡 일어서며,

"그러면 갔다 오겠소" 하고 우선더러,

"가서 영채 씨 좀 보고 오겠네."

"응, 가보게. 그리고 내가 문안하더라고 그러게" 하고 슬쩍 선형을 본다. (330쪽)

그러나 선형의 가슴은 그렇게 평안하지 아니하였다. 형식이가 영채를 찾아가고 없는 동안에 더욱 마음이 산한하게 되었다. 영채가 이차에 탔단 말을 듣고 몹시 괴로워하는 형식의 모양을 보매 암만해도 형식의 마음에는 자기보다도 영채가 더 사랑스러운 것 같이 보인다. 설혼 형식의 말과 같이 영채가 죽은 줄을 믿고 자기와 약혼을 하였다 하더라도 형식의 가슴속에는 영채의 기억이 깊이깊이 들어박혀서 자기는 용납할 곳이 없을 것 같다. 영채가 살아난 줄을 알매 다시 영채에게 대한 애정이 일어나는 것 같다. 자기는 형식에게 대하여 임시로 영채의 대신을 하여 준 듯하다. 이렇게 생각하매 더욱 불쾌하여진다.

(… 중략 …)

형식이가 속으로 자기와 영채를 비교할 것을 생각해 본다. 영채는 참 곱다. 그리고 영리하고 다정하게 생겼다. 선형도 자기가 친히 거울을 대하거나 남의 칭찬하는 말을 들어 자기의 얼굴이 어여쁘고 태도가 얌전한 줄을 안다. 그러므로 선형은 자기와 연치가 비슷한 여자를 볼 때에는 반드시 그 얼굴을 자세히 보고, 또 속으로 자기의 얼굴과 비교해 보는 버릇이 있다. 아까도 영채를 보고 곧 자기의 얼굴과 비교해 보았다. 그때에 선형은 매우 영채를 곱게 보았다. '친해 두고 싶은 사람이로군' 하였다. 그러나 알고 본즉, 그는 다방골 기생이다. 형식이가 자기의 얼굴과 더러운 기생의 얼굴을 비교할 것을 생각하매 더 할 수 없이 패씸하다. 영채의 얼굴이 비록 곱다 하더라도 그것은 기생의 얼굴이다. 내 얼굴이 비록 영채의 것만 못하다 하더라도 그것은 양반집 처녀의 얼굴이다. 어찌 감히 비기랴 한다. 형식의 끈끈한 것을 보건대 당당한 여학생인 자기보다도 아양을 떨고 간사를 부리는 영채를 곱게 볼 것 같다. 영채가 무엇이냐, 다방골 기생이 아니냐, 하여 본다. 형식이가 계월향이라는 기생과 좋아하다가 평양까지 따라갔다는 말을 들을 제 형식을 조곰 의심하게 되고, 그 후 형식이가 자기더러 '나를 사랑하시오?' 하고 염치없는 소리를 물으며, 나중에 자기의 손을 잡을 때에 '과연 기생집에나 다니던 버릇이로다' 하였고, 지금 와서 선형은 더욱 형식을 더럽게 본다. 한참 악감정이 일어난 이 순간에는 선형의 보기에 형식은 모든 더러운 것, 악한 것을 다 갖춘 사람 같다. '아이 어찌해!' 하고 화가 나는 듯이 선형은 고개를 짤레짤레 흔든다. 자기의 앞에, 형식의 빈자리에 허깨비 형식을 그려 놓고, '엑, 나를 속였구나' 하고 두어 번 눈을 흘겨 본다. 그러고는 또 한번 속에서 불이 일어서 몸을 흔든다. (348~350쪽)

꽃

형식이가 영채한테 간 지가 두 시간이나 세 시간이나 된 것 같다. 퍽도 오래 있는 것 같다. 오래 있는 것 같을수록 선형의 마음이 더욱 산란하였다. 선형은 지금까지 형식에게 사랑을 받고 싶다 하는 생각은 별로 없었다. 형식이가 퍽 자기를 사랑하여 주니 자기도 힘껏 형식을 사랑하여 주어야 되겠다 하는 생각은 있었다. 아내 되어서는 지아비를 사랑하라 하였고, 부모께서는 자기더러 이형식의 아내가 되어라 하였으니 자기는 불가불 형식을 사랑하여야 한다는 생각은 있었다. 그러나 형식이가 자기더러 요구하는 그러한 사랑, 손을 잡고 허리를 안고 입을 맞추려 하는 사랑은 없었다. 그러므로 만일 어떤 다른 여자가 형식을 안아 준다 하면 자기의 생각이 어떠할까 하는 것은 생각하여 본 적도 없었다. 그러므로 선형은 지금 자기가 가진 생각이 무엇인지를 잘 모른다. 선형도 시기라든지 질투라는 말은 안다. 그러나 시기나 질투는 큰 죄악이라, 자기와 같은 예수도 잘 믿고 교육도 잘 받은 얌전한 아가씨의 가질 것은 아니라 한다. (351쪽)

꽃

이때에 네 사람의 가슴속에는 꼭 같은 '나 할 일'이 번개같이 지나간다. 너와 나라는 차별이 없이 온통 한몸, 한마음이 된 듯하였다.

선형도 아까 영채가 "제 물 끓여 올게요" 하고 자기의 손목을 잡아 앉힐 때부터 차차 영채가 정다운 생각이 나고 또 영채가 지은 노래를 셋이 합창할 때에는 영채의 손을 잡아 주도록 정다운 생각이 나고, 또 지금 세 사람이 일제히 "우리지요!" 할 때에 더욱 영채가 정답게 되었다. 그러고 형식이 지금 병욱과 문답할 때에는 그 얼굴에 일종 거룩하고 엄숙한 기운이 보여 지금껏 자기가 그에게 대하여 하여 오던 생각이 죄송한 듯하다. 자기는 언제까지 형식과 영채를 같이 사랑하고 싶었다. 그래서 새로이 형식과 영채의 얼굴을 보았다.

형식은 숙였던 고개를 들어,

"우리가 늙어 죽게 될 때에는 기어이 이보다 훨씬 좋은 조선을 보도록 합시다. 우리가 게으르고 힘없던 우리 조상을 원하는(원통히 여기는) 것을 생각하여 우리는 우리 자손에게 고마운 조상이라는 말을 듣게 합시다" 하고 웃으며, "그런데, 이 자리에서 우리가 장래 나갈 길이나 서로 말합시다" 하고 세 사람을 본다. 세 사람도 그제야 엄숙하던 얼굴이 풀리고 방그레 웃는다.

(… 중략 …)

영채의 눈에서는 눈물이 뚝뚝 떨어진다. 선형은 이제야 형식에게 영채의 말이 모두 참인 줄을 깨달았다. 그러고 가만히 영채의 손을 잡고 속으로 '형님 잘못했습니다' 하였다. 영채는 선형의 손을 마주 쥐며 더욱 눈물이 쏟아진다. 형식도 울었다. 병욱도 울었다. 마침내 모두가 울었다. (372~376쪽)

● 윤순애

성   별   여자

나   이(추정포함) 열일곱 여덟쯤 됨.

출생지 및 거주지, 활동 공간 출생지는 정확하게 알 수 없으며 김장로 친구의 딸로서 경성 안동 김장로 집에서 선형과 함께 지냄.

직   업   정확하게 알 수 없음.

출신계층 하류계층일 것으로 추정함.

교육정도 정확히 알 수 없지만, 보통학교 이상의 학력은 있을 것으로 추
정함.

가족관계 부모님을 여읨.

인물관계

① 김장로 친구의 딸로서 김장로 집에서 동년배인 선형과 함께 지냄.

② 형식의 영어 수업을 선형과 함께 받음.

인물의 존재방식(사회계층) 부모를 여의고 김장로의 집에 머물고 있는 고아

성 격

① 선형에 비해 조숙하고 주관이 있음.

② 부끄러움이 있지만, 개방적임.

성격 지표 및 인물 제시방식

형식이 말없이 앉았는 양을 보고 장로가 선형더러,

"애, 지금 곧 공부를 시작하지. 아차, 순애는 어디 갔느냐. 그애도 같이 배워
라. 나도 틈 있는 대로는 배울란다."

"녜" 하고 선형이가 일어나 저편 방으로 가더니 책과 연필을 가지고 나온다.
그 뒤로 선형과 동년배되는 처녀가 그 역시 책과 연필을 들고 나와 공순하게
읍한다. 장로가, "이애가 순애인데 내 딸의 친구요. 부모도 없고 집도 없는
불쌍한 아이요" 하는 말을 듣고 형식은 자기와 자기의 누이의 신세를 생각하고
다시금 순애의 얼굴을 보았다. 의복 머리를 선형과 꼭 같이 하였으니 두 사람의
정의를 가히 알려니와, 다만 속이지 못할 것은 어려서부터 세상 풍파에 부대긴
빛이 얼굴에 박혔음이라. 그 빛은 형식이가 거울에 자기 얼굴을 볼 때에 있는
것이오, 불쌍한 자기 누이를 볼 때에 있는 것이라. 형식은 순애를 보매 지금껏
가슴에 설렁거리던 것이 다 스러지고 새롭게 무거운 듯한 감정이 생겨 부지불

각에 동정의 한숨이 나오며 또 한번 순애를 보았다. 순애도 형식을 본다.

장로와 부인은 저편 방으로 들어가고 형식과 두 처녀가 마주앉았다. 형식은 힘써 침착하게,

"이전에 영어를 배우셨습니까."

하고, 이에 처음 두 처녀의 목소리를 듣게 되었다. 그러나 두 처녀는 고개를 숙이고 아무 대답이 없다. 형식도 어이없이 앉았다가 다시,

"이전에 좀 배우셨는가요."

그제야 선형이가 고개를 들어 그 추수같이 맑은 눈으로 형식을 보며,

"아주 처음이올시다. 이 순애는 좀 알지마는."

"아니올시다. 저도 처음입니다."

(… 중략 …)

"그러면 오늘은 글자만 읽기로 하고 내일부터 글을 배우시지요. 자 한번 읽읍시다. 에이." 그래도 두 학생은 가만히 있다.

"저 읽는 대로 따라 읽읍시오. 자, 에이, 크게 읽으셔요. 에이."

형식은 기가 막혀 우두커니 앉았다. 선형은 웃음을 참느라고 입술을 꼭 물고, 순애도 웃음을 참으면서 선형의 낯을 쳐다본다. 형식은 부끄럽기도 하고 답답하기도 하여 당장 일어나서 나가고 싶은 생각이 난다. (19~20쪽)

"얘 순애야, 집에서 내 혼인을 할라나 보다. 어쩌면 좋으냐?" 하고 물었다. 순애는 별로 놀라는 양도 보이지 아니하고,

"누구와?"

"자세히 알 수는 없는데, 아마 이선생과 혼인을 할 생각이 있는지……."

"이선생과?" 하고 순애는 놀라는 빛을 보이며, "무슨 말씀이 계셔요?"

"아까 아버지께서 이선생을 좋은 사람으로 생각하느냐 하고 이상하게 내 얼굴을 보시던데……."

순애는 잠깐 생각하더니,

"그래, 형님 생각에 어떻소?"

선형은 고개를 기울이더니,

"글쎄 모르겠어. 어쩐지를 모르겠구나. 애 어쩌면 좋으냐?"

"형님 생각에 달렸지요. 좋거든 혼인하고 싫거든 말고 그럴 게지."

"아버지께서 하라고 하시면 그만이지."

"왜 그래요 내 마음에 없으면 아니하는 게지. 부모가 억지로 혼인을 하겠소 지금 세상에……."

"그럴까?" 하고 결단치 못한 듯이 가만히 앉아서 고개를 기웃기웃하다가,

"애 순애야, 그런데 네 생각에는 어떠냐?"

"무엇이?"

"내가 혼인하는 것이 ─ 이선생과."

"내가 어떻게 알겠소."

"그러지 말고 말을 해라. 너밖에 뉘게 의논을 하겠니. 아까 어머님께 말씀을 하려다가 어째 부끄러워서……."

"글쎄 형님도 모르는 것을 내가 어떻게 알아요. 이런 일이야 자기 마음에 달렸지 누가 말을 하겠소."

선형은 답답한 모양으로,

"그러면 네 생각에 이선생이 사람이 어떠냐…… 좋을까."

"좋겠지요."

"그렇게 말하지 말고!"

"이삼 일 동안 한 시간씩 글이나 배워 보고야 어떻게 그 사람의 마음을 알겠어요. 형님 생각에는 어때요?"

"나도 모그겠으니 말이다…… 에그, 어쩌나…… 어쩌면 좋아." (249~250쪽)

● **주인 노파(형식의 주인집)** ────────────────────────

성   별   여자

나　　이(추정포함)	육십대로 추정함.
출생지 및 거주지, 활동 공간	출생지는 알 수 없으며 서울 교동에 객주가 있음.
직　　업	객모
출신계층	하류계층
교육정도	무학으로 추정함
가족관계	남편과 자식이 다 죽어 홀몸임.
인물관계	자기 집에 머물고 있는 형식과 친분이 있음.
인물의 존재방식(사회계층)	서울 하류계층의 객모
성　　격	친절하고 정이 많음.

성격 지표 및 인물 제시방식

──────────────

　형식은 김장로 집에서 나와서 바로 교동 자기 객주로 돌아왔다. 마치 술취한 사람 모양으로 아무 생각도 없이, 어디로 가는지도 모르고, 다만 일년 넘어 다니던 습관으로 집에 왔다. 말하자면 형식이가 온 것이 아니요, 형식의 발이 형식을 끌고 온 모양이라.

　주인 노파가 저녁상을 차리다가 치마로 손을 씻으면서,

　"이선생 웬일이시오" 하고 이상하게 웃는다. 형식은 눈이 둥글하여지며,

　"왜요."

　"아니, 그처럼 놀라실 것은 없지마는⋯⋯."

　"왜 무슨 일이 생겼어요?" 하고 우뚝 서서 노파를 본다. 노파는 그 시치미떼고 놀라는 양이 우스워서 혼자 깔깔 웃더니,

　"아까 석점쯤 해서 어떤 어여쁜 아가씨가 선생을 찾아오셨는데 머리는 여학생 모양으로 하였으나 아무리 보아도 기생 같습니다. 선생님도 그런 친구를 사귀는지."

"어떤 아가씨? 기생?" 하고 형식은 고개를 기웃기웃하며 구두끈을 끄르고 마루에 올라서면서,

"서울 안에는 나를 찾아올 여자가 한 사람도 없는데, 아마 잘못 알고 왔던 게로구려."

"에그, 아주 모르는 체하지시. 평양서 오신 이형식 씨라고, 똑똑히 그러던데."

형식은 멍하니 하늘만 쳐다보고 앉았더니,

"암만해도 모르는 일이외다. 그래 무슨 말은 없어요······?"

"이따가 저녁에 또 온다고 하고 매우 섭섭해서 갑데다."

"그래 나를 아노라고 그래요."

"에그, 모르는 이를 왜 찾을꼬 자 들어가서서 저녁이나 잡수시고 기다리십시오. 밥맛이 달으시겠습니다." (21~22쪽)

주인 노파는 처음에는 이형식을 후리려고 나오는 추한 계집으로만 어겼더니 차차 이야기를 들어 보니 본래 양가 여자인 듯하고, 또 신세가 가이없는지라, 자기 방에 혼자 울다가 거리에 나아가 빙수와 배를 사가지고 들어와 영채를 흔든다.

"여보, 일어나 빙수나 한잔 자시오 좀 속이 시원하여질 테니. 이제 울으시면 어짜요? 다 팔자로 알고 참아야지. 나도 젊어서 과부 되고 다 자란 자식 죽고······ 그러고도 이렇게 사오 부모 없는 것이 남편 없는 것에 비기면 우스운 일이랍니다. 이제 청춘에 전정이 구만리 같은데 왜 걱정을 하겠소. 자 어서 울음 그치고 빙수나 자시오 배도 자시구" 하며 분주히 부엌에 가서 녹슨 식칼을 가져다가 배를 깎으면서,

"여봅시오, 선생께서 좀 위로를 하시는 것이 아니라 당신이 더 울으시······."

"가슴이 터져 오는 것을 아니 울면 어찌하오 이가 내 사오 년간 양육받은 은인의 따님이오그려. 그런데 그 은인은 애매한 죄로 옥에서 죽고, 그의 아들 형제는 아버지를 좇아 죽고, 천지간에 은인의 혈육이라고는 이분네 하나뿐이오

그려. 칠팔 년 동안이나 생사를 모르다가 이렇게 만나니 왜 슬프지를 아니하겠소."

"슬프나 울면 어찌하나요" 하고 배를 깎아 들고 영채를 한 팔로 안아 일으키면서,

"초년 고락은 낙의 본입니다. 너무 설워 말으시고 이 배나 하나 자시오." 영채도 친절한 말에 감격하여 눈물을 씻고 배를 받는다. (27~28쪽)

※

형식은 집에 돌아왔다. 노파는 형식이가 전에 없이 늦게 온 것을 보고 제 방에 누운 대로, "왜 늦으셨어요?" 한다. 그러나 형식은 대답도 아니하고 자기의 방에 들어가 불을 켜고, 모자도 쓴 대로 두루마기도 입은 대로 책상 앞에 앉았다. 노파는 대문을 잠그고 가만가만히 형식의 방문 앞에 와서 형식의 얼굴을 보았다. 형식은 눈을 감고 앉았다. 노파는 요새에 형식에게 무슨 걱정이 있는고 하였다. 형식은 이 집에 삼 년이나 있었다. 그러므로 노파는 형식을 친자식과 같이 동생과 같이 여겼다. 이제는 형식은 자기 집에 유하는 객이 아니요, 자기의 가족과 같이 여겼다. 그러므로 부엌에서 형식의 밥상을 차릴 때에도, 이것은 내 집에 와서 돈을 주고 밥을 사먹는 손님의 밥이라 하지 아니하고, 수십 년 전에 자기의 남편의 밥상을 차리던 생각과 정성으로 하였다. 노파는 친구도 없고 친척도 없다. 노파의 이 세상에서 유일한 친구는 형식뿐이었다. 형식도 노파를 잘 사랑하고 공경하였다. 형식은 노파에게 극히 경대하는 언어와 행동을 하고 그러면서도 어머니 모양으로 친하게 정답게 하였다. 형식은 노파가 무슨 걱정을 하는 양을 볼 때에는 담배를 들고 노파의 방에 가거나, 노파를 자기의 방에 청하여다가 여러 가지 재미있는 이야기로 노파를 위로하였다. 그러면 노파는 반드시 '그렇지요, 세상이란 그렇지요' 하고 걱정이 다 스러져 웃고는 형식에게 과일도 사다 주고 떡도 사다 주었다. 노파도 형식의 말을 들으면 무슨 근심이나 다 스러지거니와, 형식도 노파를 위로하고 나면 이상하게 마음에 기쁨을 깨달았다. (… 중략 …) 노파가 형식을 위로하는 말은 대개는

형식이가 노파를 위로하던 말과 같았다. 대개 노파는 이 세상에 친구도 없고, 글도 볼 줄 모르는 사람이라, 지식을 얻을 데는 형식밖에 없었다. 그러므로 노파가 지금 가지고 있는 지식은 대개 형식의 위로하는 말에서 얻은 것이라. 형식의 말은 노파에게 대하여는 철학(哲學)이요, 종교(宗敎)였다. (… 중략 …) 그러나 열 번에 한 번이나 혹은 스무 번에 한 번씩 노파의 특유한 사상도 있었다. 노파는 극히 둔하나마 추리력(推理力)이 있었다. 형식에게 들은 재료로 곧잘 새로운 명제(命題)를 궁리하여 내는 수도 있었다. (… 중략 …) 노파는 젊었을 때에 어떤 양반집 종이었다. 그러다가 그 양반집 대감의 씨를 배에 받아 한참은 서슬이 푸르렀다. 그 대감의 사랑은 극진하여 동무들도 자기를 우러러보고 자기도 동무들에게 자랑하였었다. 그러나 노파는 그 늙은 대감에게 만족지 못하여 몰래 그 대감집에 다니는 어떤 젊고 어여쁜 문객과 밀통하다가 마침내 대감에게 발각되어, 그 문객은 간 곳을 모르게 되고 자기는 인두로 하문을 지짐이 되어 그만 사오 삭의 영화가 일조에 한바탕 꿈이 되고 말았다. 그러므로 노파는 벼슬하는 양반의 세력 좋음을 잘 보았다. 그의 생각에 세상에 벼슬을 못 하는 남자는 불쌍한 사람이라 한다. 그래서 노파는 삼 년 전부터 형식에게 벼슬하기를 권하였다. (… 중략 …) 그래서 근래에는 형식을 부를 때에 '나리'라 하지 아니하고 '선생'이라고 부르게 되었다. 그러나 '벼슬을 하였으면' 하는 생각도 아직도 가슴속에 깊이 박혔다. (135~138쪽)

● **박영채(계월향)**

성   별 여자

나   이(추정포함) 열아홉 살

출생지 및 거주지, 활동 공간

    ① 박진사의 딸로서 평안남도 안주읍에서 열 살즈음까지 살았음.

    ② 가족들과 떨어져 외가로 감.

    ③ 외갓집을 나와 떠돌아다니며 전전긍긍하다 평양의 김운룡의 집에

서 기거하다 기생이 됨.

④ 서울 종로에서 기생 일을 함.

⑤ 평양으로 가는 차안에서 우연히 병욱을 만나 병욱의 집인 황주성
서문 밖에서 지냄.

⑥ 병욱과 함께 일본 동경으로 떠남.

직   업 기생

출신계층 중·상류계층

교육정도 고등 교육을 받은 것으로 추정. 후에 동경에서 유학을 하고 동
경 상야 음악학교 피아노과와 성악과를 우등으로 졸업함.

가족관계 아버지 박진사와 두 오라비가 있었으나, 아버지가 누명을 쓰고
감옥에서 죽고, 두 오라비마저 아버지를 좇아 죽음.

인물관계

① 이형식을 어렸을 때의 인연으로 섬겨야 할 사람으로 알고 연모해
왔음.

② 신우선은 영채가 여러 해 동안 접하여 오던 남자 중에 가장 영채의
마음에 끌렸던 사람이었음.

③ 평양서 기생이 되어 맨 처음 '형님' 하고 정들인 기생 계월화,
평양가는 기차안에서 만난 신여성 병욱 등과 가깝게 지냄.

인물의 존재방식(사회계층) 서울 종로의 기생으로서 조선을 계몽하자는 데
뜻을 더함.

성   격

① 유교 교육을 받아 순종적임.

② 양반의 집에서 태어나 유교 교육을 받았지만 집안의 몰락으로
기생이 됨.

③ 배명식과 김현수에게 수모를 당함.

④ 병욱을 만나 신사상의 영향을 받게 되고 그녀의 도움으로 일본에
유학함.

성격 지표 및 인물 제시방식

❀ ————————

형식은 김장로 집에서 나와서 바로 교동 자기 객주로 돌아왔다. 마치 술취한 사람 모양으로 아무 생각도 없이, 어디로 가는지도 모르고, 다만 일년 넘어 다니던 습관으로 집에 왔다. 말하자면 형식이가 온 것이 아니요, 형식의 발이 형식을 끌고 온 모양이라.

주인 노파가 저녁상을 차리다가 치마로 손을 씻으면서,

"이선생 웬일이시오" 하고 이상하게 웃는다. 형식은 눈이 둥글하여지며,

"왜요."

"아니, 그처럼 놀라실 것은 없지마는……."

"왜 무슨 일이 생겼어요?" 하고 우뚝 서서 노파를 본다. 노파는 그 시치미떼고 놀라는 양이 우스워서 혼자 깔깔 웃더니,

"아까 석점쯤 해서 어떤 어여쁜 아가씨가 선생을 찾아오셨는데 머리는 여학생 모양으로 하였으나 아무리 보아도 기생 같습니다. 선생님도 그런 친구를 사귀는지."

"어떤 아가씨? 기생?" 하고 형식은 고개를 기웃기웃하며 구두끈을 끄르고 마루에 올라서면서,

"서울 안에는 나를 찾아올 여자가 한 사람도 없는데, 아마 잘못 알고 왔던 게로구려."

"에그, 아주 모르는 체하시. 평양서 오신 이형식 씨라고, 똑똑히 그러던데."

형식은 멍하니 하늘만 쳐다보고 앉았더니,

"암만해도 모르는 일이외다. 그래 무슨 말은 없어요……?"

"이따가 저녁에 또 온다고 하고 매우 섭섭해서 갑데다."

"그래 나를 아노라고 그래요."

"에그, 모르는 이를 왜 찾을꼬 자 들어가셔서 저녁이나 잡수시고 기다리십시오. 밥맛이 달으시겠습니다." (21~22쪽)

형식은 번개같이 이러한 생각을 하다가 눈물을 거두고 그 앞에 엎더져 우는 영채를 보았다. 그때— 십 년 전에 상긋상긋 웃으면서 어깨에도 매어달리고 손도 잡아 끌며 오빠 오빠 하던 계집아이가 벌써 이렇게 어른이 되었다. 그동안 칠팔 년에 어떠한 풍상을 겪었나.

형식은 남자로되 지난 칠팔 년을 고생과 눈물로 지냈거든 하물며 연약한 어린 여자로 우죽 아프고 쓰렸으랴. 형식은 그 동안 지낸 일을 알고 싶어, 우는 영채의 어깨를 흔들며,

"울지 마시오. 자, 말씀이나 들읍시다. 네, 일어앉으세요."

울지 말라 하는 형식이도 아니 울 수가 없거든 영채의 우는 것은 마땅한 일이라.

"자, 일어나시오."

"녜, 자연히 눈물이 납니다그려."

"……"

"선생을 뵈오니 돌아가신 부친님과 오라버님들을 함께 뵈온 것 같습니다" 하고 또 울며 쓰러진다. (… 중략 …)

"돌아가시다니, 선생님께서 돌아가셨어요?"

"녜, 옥에 가신 지 이태 만에 아버님께서 돌아가시고, 아버님 돌아가신 지 보름 만에 오라버니 두 분도 함께 돌아가셨습니다."

"어떻게…… 그렇게?"

"자세한 말은 알 수 없으나, 옥에서는 병에 죽었다 하고 어떤 간수의 말에는, 첨에 아버님께서 굶어 돌아가시고 그 다음에 맏오라버니께서 또 굶어 돌아가시고, 맏오라버니 돌아가신 날 작은오라버니는 목을 매어 돌아가셨다고 합데다" 하고 말 끝에 울음이 복받쳐 나온다. 형식도 불식지간에 소리를 내어 운다.

(… 중략 …)

형식은 다시 영채의 얼굴을 보았다. 이제 보니 과연 그때의 모양이 있다. 더욱 그 큼직한 눈이 박진사를 생각게 한다. 영채도 형식의 얼굴을 본다. 얼굴이

이전보다 좀 길어진 듯하고 코 아래 수염도 났으나 전체 모양은 전과 같다 하였다. 마주보는 두 사람의 흉중에는 십여 년 전 일이 활동사진 모양으로 획획 생각이 난다. 즐겁게 지내던 일, 박진사가 포박되어 갈 적에 온 집안이 통곡하던 일, 식구들은 하나씩 하나씩 다 흩어지고 수십 대 내려오던 박진사 집이 아주 망하게 되던 일, 떠나던 날 형식이가 영채를 보고 "이제는 언제 다시 볼지 모르겠다. 네게 오빠란 말도 다시는 못 듣겠다" 할 적에 영채가, "가지 마오. 나와 같이 갑시다" 하고 가슴에 와 안기며 울던 생각이 어제런 듯 역력하게 얼른얼른 보인다. (26~29쪽)

❀

"서로 떠난 후에 지내던 말을 하여 주십시오" 하였다.

"선생께서 가신 뒤에 이삼 일이나 더 있다가 저는 외가로 갔습니다" 하고 말을 시작한다.

외가에는, 외조부모는 벌써 죽고 외숙은 그보다 먼저 죽고, 외숙모와 내종형 두 사람과 내종형 자녀들만 있었다. 이미 자기 모친이 없고, 또 가장 다정한 외조부모도 없으니, 외가에를 간들 누가 살뜰하게 하여 주리요 더구나 내 집이 잘살고야 친척이 친척이라, 내 집에 재산이 있고 세력이 있을 때에는 멀디멀디 한 친척까지도 다정한 듯이 찾아오고, 이편에서 어린아이 하나가 가더라도 큰 손님같이 대접하거니와, 내 집이 가난하고 세력이 없어지면 오던 친척도 차차 발이 멀어지고, 내가 저편에 찾아가더라도 '또 무엇을 달래러 왔나' 하는 듯이 눈살을 찌푸리는 것이다.

"외숙모님은 저를 귀여하셔서 머리도 빗겨 주시고 먹을 것도 주시건마는 그 맏오라버니댁이 사나워서 걸핏하면 욕하고 때리고 합데. 그뿐이면 참기도 하려니와, 그 어머니의 본을 받아 아이까지도 저를 업신여기고, 무슨 맛나는 음식을 먹어도 저희들만 먹고 먹어 보라는 말도 아니해요 그 중에도 열세 살 된 새서방 — 제 외오촌 조카지요 —은 가장 심해서 공연히 이년, 저년 하였습니다. (… 중략 …) 제일 걱정은 옷 한 벌을 너무 오래 입으니깐 이가 끓어서 가려워 못 견디겠어요. 그러나 남 보는 데서는 마음대로 긁지도 못하고 정 견디기 어려울 때에는 뒷울안, 사람 없는 데 가서 실컷 긁기도 하고 혹 이를 잡기도 하였습니다. 하다가 한번은 맏오라버니댁한테 들켜서 톡톡히 꾸중을 듣고, '아이들에게 이 오르겠다. 저 헛간 구석에 자빠져 자거라' 하는 소리를 들었습니다. (… 중략 …) 한번은 궷속에 넣었던 은가락지 한 쌍이 잃어졌습니다. 저는 또 내가 경을 치나 보다 하고 부엌에 앉았노라니, 아니나다를까, 맏오라버니댁이 성이 나서 뛰어들어오며 부지깽이로 되는 대로 찌르고 때리고 하면서 저더러 그것을 내어놓으랍니다. 저도 그때에는 하도 분이 나서 좀 대답을 하였더니, '이년, 이 도적놈의 계집년, 네가 아니 훔치면 누가 훔쳤겠니' 하고 때립니다. 제 부친께서 도적으로 잡혀갔다고 걸핏하면 도적놈의 계집년이라 하는데, 그 말이 제일 가슴이 쓰립데다."

(… 중략 …)

몸이 팔려 기생 노릇 한 지가 몸을 허한 적이 없음은 어렸을 적 소학 열녀전을 배운 까닭도 되거니와, 마음속에 형식을 잊지 못한 것이 가장 큰 까닭이었다. 부친께서, '너는 형식의 아내가 되어라' 하신 말씀을 자라나서 생각하니, 다만 일시 농담이 아니라 진실로 후일에 그 말씀대로 하시려 한 것이라 하고 내 몸이 가루가 되더라도 부친의 뜻을 아니어기리라 하였다. 그러나 형식은 살았는가 죽었는가. 살았다 하더라도 이미 유실 유가하고 생자 생녀하였으려니 하고는 혼자 절망도 하였으나, 설혹 그러하더라도 나는 일생을 형식에게 바치고 달리 남자를 보지 아니하리라고 굳게 작정하였었다. 이번 우연히 형식을 만나게 되니 기쁨은 기쁘거니와, 자기는 영원히 혼잣몸으로 지내려니 하였다. 그러나가 형식이가 아직 장가 아니 들었단 말을 들으니, 일변 놀랍기도 하고 일변 기쁘기도 하나, 다시 생각하여 보건대 형식은 지금 교육계에 다니는 사람이라, 행실과 명망이 생명이니 기생을 아내로 삼는다 하면 사회의 평론이 어떠할까 하고 다시 절망스러운 마음도 생긴다.

(… 중략 …)

"마침 저녁에 옷을 다려서 대청에 놓은 줄을 알므로 가만가만히 대청에 가서 제 옷을 벗어놓고 조카의 옷을 갈아입었습니다. 그때는 팔월 열사흘이라, 달이

짜듯하게 밝고 밤바람이 솔솔 부옵데다. 가만히 대문을 나서니 참 황황합데다. 평양이 동인지 서인지도 모르고 돈 한푼도 없이 어떻게 가는고 하고 부모 생각과 제 몸 생각에 저절로 눈물이 납데다. 그러나 이 집에는 더 있지 못할 줄을 확실히 믿으므로 더벅더벅 앞길을 향하여 나갔습니다. (… 생략 …)" (30~35쪽)

❀

영채는 지금 자기가 일생에 잊히지 아니하고 생각하고 그리던 형식을 만났으니 지금까지 가슴속에 간직하였던 회포를 말하리라 하였다. 세상도 제 회포를 들어줄 사람이 있는 것을 생각하고 영채는 더할 수 없이 기뻐하였다. 그러나 영채는 다시 생각하였다. 형식의 얼굴빛을 보매, 자기를 만난 것은 반가워하는 것과 자기의 신세를 불쌍히 여기는 줄은 알건마는 만일 자기가 몸을 팔아 기생이 되어 오륙 년간 부랑한 남자의 노리개 된 줄을 알면 형식이가 얼마나 낙심하고 슬퍼하랴. 또 형식은 아주 품행이 단정한 사람이라는데 만일 내가 기생 같은 천한 몸이 되었다 하면 싫은 마음이 아니 생길까. 지금은 형식이가 저렇게 나를 위하여 눈물을 흘리고 나를 대하여 사랑하는 빛을 보이건마는 내가 만일 기생이 되었다는 말을 하면 곧 미운 생각이 나고 불쾌한 생각이 나지나 아니할까. 그래서 '너는 더러운 사람이로다. 나와 가까이할 사람이 아니로다' 하고 얼굴을 찡그리지 아니할까. 이러한 생각을 하매, 영채는 더 말할 용기가 없어졌다. 지금까지 죽은 부모와 동생을 만나 보듯 한 반가운 정이 스러지고 새로운 설움과 새로운 부끄러움이 생긴다. (46쪽)

❀

다른 교원 하나가, "불문가지지요 아마 이번 배학감과 월향의 사건이겠지요" 하고 찬성을 구하는 듯이 형식을 보며, "그렇지요?" 한다. 형식은 책상 서랍에서 집어낸 종잇조각을 혹 찢기도 하고 혹 읽어 보다가 접어 놓기도 한다. 셋째 교원이,

"학감과 월향의 사건?"

"모르시오? 학감과 월향의 사건이라고 유명합데다. 근래에 월향이란 기생이 화류계에 썩 유명합니다. 평양서 두어 달 전에 왔다는데 얼굴을 어여쁘지요, 글은 잘하지요, 말은 잘하지요, 게다가 거문고와 수심가가 일수라는구려. 그래서 장안 풍류 남아가 침을 흘리고 들어 덤빈다는데, 한 가지 이상한 것이 있어요. 아직 아무도 그를 손에 넣어 본 사람이 없다는구려."

정직하여 보이는 교원 하나가 말에 취한 듯이,

"손에 넣다께?"

"하하하하, 참 과연 도덕 군자시로구려. 퍽 여러 사람이 월향이를 손에 넣을 양으로 동치서주를 하고 야단들을 하나 봅데다마는, 거의 거의 말을 들을 듯 들을 듯해서 이편의 마음을 못 견디리만큼 자릿자릿하게 하여 놓고는 이편이 이제는 되었다 할 때에 '못하겠어요' 하고 똑 끊는다는구려. 그래서 알 수 없는 계집이라고 소문이 낭자하지요." (76~77쪽)

※

"여보시오 박영채 씨!" 하였다. 우선은 그 여자가 월향인 줄을 알며 또 월향은 즉 박영채인 줄을 알았다. 그러므로 한 달 동안이나 '애, 월향아!' 하던 것을 고쳐 '여보시오, 박영채 씨' 한 것이라. 갑자기 '씨'를 달고 '애'를 변하여 '여보시오' 하기가 보통 사람에게는 좀 어려운 일이언마는 우선에게는 그처럼 어려운 일이 아니라 우선은 다시,

"여보시오! 박영채 씨! 여기 이형식 형이 오셨습니다" 하였다. 이 말을 듣고 여자는 몸을 흠칫하며 두 손을 갑자기 떼더니 정신없는 듯한 눈으로 형식을 본다. 형식도 그 얼굴을 보았다. 그는 월향이었다! 박영채였다! 영채도 형식을 보았다. 그는 형식이었다! 이형식이었다! 형식과 영채는 한참이나 나무로 새긴 사람 모양으로 마주보았다. 우선은 말없이 마주보는 두 사람을 번갈아 보았다. 이렇게 세 사람은 한참이나 마주보았다. 이윽고 우선의 눈에는 눈물이 핑 돌았다. 다음에 형식과 영채의 눈에도 눈물이 돌았다. 영채는 피 흐르는 입술을

한번 더 꼭 물었다. 옥으로 깎은 듯한 영채의 앞닛박이 빨갛게 물이 든다. 형식은 두 팔로 가슴을 안으며 고개를 돌린다. 우선은 형식과 함께 고개를 돌렸다. 형식은 소리를 내어 운다. 영채는 다시 앞으로 쓰러지며 운다. 우선도 입술을 물로 옷소매로 눈물을 씻었다. 종소리가 서너 번 뚱……뚱 울어 온다. (126쪽)

✿

그러나 이따금 나는 죽으러 간다는 생각이 난다. 그러면 영채는 죽었다 살아나는 듯이 한번 눈을 깜박 하고 진저리를 친다. 그러고는 집 생각과 평양 생각, 형식의 생각이 쑥 나온다. 그러나 조곰씩조곰씩 나오다가는 얼른 스러지고 또 여전히 꿈꾸는 사람같이 된다.

그러다가는 혹 청량리의 광경이 (눈에) 보인다. 그 짐승 같은 사람들이 자기의 손목을 잡아 끌던 생각이 나고는 혀로 입술을 빨아 본다. 조곰 힘을 들여 빨면 짭짤한 피가 입에 들어온다. 그러면 그 피 맛을 보는 듯이 가만히 입을 다물고 한참 있다가는 만사를 다 잊어버리려는 듯이 한번 고개를 흔들고 침을 뱉고는 아까 모양으로 메와 들을 바라본다. 바람이 영채의 머리카락을 펄펄 날린다. (264쪽)

✿

"그런데 방학이 되었어요?"

나를 여학생으로 하는구나 하고 한껏 부끄러웠다. 그리고 이 일본 부인이 어떻게 이렇게 조선말을 잘하나 하다가 너무도 조선말을 잘함을 보고 옳지 일본 가 있는 조선 여학생이로구나 하면서,

"아니야요. 잠깐 다니러 갑니다. 저는 학교에 아니 다녀요."

"그러면 벌써 졸업하셨어요. 어느 학교에 다니셨어요. 숙명이요, 진명이요?"

"아무학교도 아니 다녔어요."

이 말에 그 부인은 입에 떡을 문 채로 씹으려고도 아니하고 우두커니 앉아서

영채를 본다. 그러면 이 여자는 무엇일까 하였다. '남의첩'이라는 생각도 난다. 학교에 아니 다녔단 말에 다소 경멸하는 생각도 나나 또 그것이 어떤 계집인지 알아보고 싶은 호기심도 난다. 그러나 어떻게 물어 보아야 할지를 한참 생각하다가,

"그러면 평양에는 친척이 계셔요?"

영채도 어떻게 대답을 할 것인지 모른다. 오늘 저녁이면 죽어 버리는 몸이요, 또 이 부인이 이처럼 친절하게 하여 주니 자초지종을 있는 대로 이야기하고 싶기도 하나 그래도 말을 내기가 부끄럽기도 하고 또 어디서부터 어떻게 시작할 것인지를 몰라 떡을 든 채로 고개를 숙이고 잠자코 앉았다. 부인도 가만히 앉았다. '이 여자에게 무슨 비밀이 있구나' 하매 더욱 호기심이 일어난다. 그러나 영채의 불편하여 하는 것을 보고 말끝을 돌려,

"제 집은 황주요. 동경 가서 공부하다가 방학이 되어서 돌아옵니다. 쟤는 제 동생이구요"

(… 중략 …)

"여봅시오, 왜 그러셔요?"

영채는 자기의 가슴 밑으로 들어온 그 여학생의 손을 꼭 쥐어다가 자기의 입에 대며 엎딘 채로,

"형님, 감사합니다. 저는 죽으러 가는 몸이야요. 아아, 감사합니다"

하고 더 느낀다.

"에?" 하고 여학생은 놀라 "그게 무슨 말씀이야요? 왜, 무슨 일이야요 말씀을 하시지요. 힘 있는 대로 위로하여 드리지요. 왜 죽으려 하셔요. 자 울지 말고 말씀합시오 살아야지요. 꽃 같은 청춘에 즐겁게 살아야 하지요 왜 죽으려 하셔요?" 하고 수건으로 영채의 눈물을 씻는다. (269~270쪽)

⁂

"아니오 영채 씨는 지금까지 꿈을 꾸고 지내셨지요 (허깨비를 보고 지내셨지요.)

얼굴도 잘 모르고 마음도 모르는 사람에게 어떻게 마음을 허합니까. 그것은 다만 그릇된 낡은 사상의 속박이지요. 사람은 제 목숨으로 삽니다. 제가 사랑하지 않는 지아비가 어디 있겠어요. 하니깐 영채 씨의 과거사는 꿈입니다. 이제부터 참생활이 열리지요" 영채는 이 말을 듣고 놀랐다. 열녀라는 생각과 틀리는 것 같다. 그러나 그 말이 옳은 것 같다. 과연 지금토록 형식을 사랑한 적은 없었고, 다만 허개비로 제 마음에 드는 사람을 만들어 놓고, 그 사람의 이름을 형식이라고 짓고, 그러고는 그 사람과 진정 형식과를 같은 사람으로 생각하고 그 사람을 찾는 대신 이형식을 찾다가, 이형식을 보매 그 사람이 아닌 줄을 깨닫고 실망하고 나서는, 아아, 이제는 영원히 이형식을 보지 못하겠구나 하고 실망한 것이다. 이렇게 생각하매 영채는 잘못 생각하였던 것을 깨닫는 생각과 또 아주 절망하였던 중에 새로운 광명이 발하는 듯하였다. 그래서 영채는, "참생활이 열릴까요? 다시 살 수가 있을까요?"하고 여학생을 보았다. (273쪽)

※

영채는 차차 남자가 그리워진다. 전부터 외롭게 적막하게 지내 왔거니와, 지금은 그 외로움과 그 적막과는 유다른 적막이 더 굳세게 영채의 가슴을 누른다. 이전에는 넓은 천지에 저 혼자만 있는듯한 적막이더니 지금은 제 몸이 반편인 듯한 적막이로다. 다른 반편이 있어야 제 몸은 온전하여질 것 같다. 공연히 가슴이 울렁울렁하고 얼굴이 홋홋하여진다. 피곤한 듯도 하고, 술취한 듯도 한다. 무엇에 기대고 싶고 누구에게 안기고 싶다.

영채는 가만히 앉아서 이때껏 접하여 오던 여러 남자를 생각하여 본다. (… 중략…) 지금 내 곁에 남자가 하나 있었으면 작히 좋으랴. 누구든지 손을 달라면 손을 주고 안아 준다면 안기고 싶다.

영채는 신우선을 생각하고 이형식을 생각한다. 여러 해 동안 접하여 오던 남자 중에 신우선은 가장 영채의 마음을 끌던 사람이다. 그는 풍채가 좋고, 쾌활한 기상이 좋고 어디까지 모르게 사람을 끄는 힘이 있었다. (285~286쪽)

※

"왜, 형식씨가 그리우냐. 아직도 단념이 아니 되는 게로구나." "아니, 그런것
은 아니지마는…….""그러면 왜 휘 하고 한숨을 쉬어?"

"나도 왜 그런지 모르겠어" 하고 병욱의 무릎을 치며 웃는다.

"그래도 아주 마음이 편치는 안을걸" 하고 병욱도 웃는다. 영채는 한참 생각
하더니 병욱의 손을 꼭 쥐며, "참 그래요"하고 부끄러운 듯이 웃으며, "어째
마음이 좀 불쾌한 듯해요"하고 얼굴이 빨개진다. (334쪽)

※

영채는 형식의 하는 말을 다 들었다. 그리고 형식에게 대하여 원통하는 듯하
던 마음이 얼마큼 풀린다. 그러나 형식이 즉시 자기의 뒤를 따라 평양으로
내려온 것과, 열심히 자기의 시체를 찾아 준 고마움도 자기가 죽은 지 한 달이
못하여 선형과 혼인을 하여 가지고 미국으로 간다는 생각에 눌려 버리고 만다.
영채의 생각에는 형식 한 사람이 정다운 애인도 되고 박정한 낭군도 되어 보인
다. 그러나 만사가 이미 다 지나갔으니 이제와서 한탄하면 무엇 하고 분풀이를
하면 무엇하랴. 차라리 웃는 낯으로 형식을 대하여 저편의 마음이나 기쁘게
하여 줌이 좋으리라 하는 생각도 난다. 그래서 마음을 좀 돌리기는 돌렸으나
그래도 아주 웃는 얼굴을 보여 형식에게 안심을 주고 싶지는 아니하여,

"참말 죄송합니다. 황주 가서 곧 편지를 드리려다가 언제 죽을지 모르는
몸이 잠깐 살아 있는 것을 알려 드리면 무엇 하랴. 차라리 죽은 줄로 믿고
계시는 것이 도리어 안심이 되실 듯하기로 그만두었습니다……. 이제 보면
아니 알려 드린 것이 어떻게 잘 되었는지요." 하고 영채도 과히 말하였다는
생각이 나서 웃는다.

"그러면 어찌해서 엽서 한 장도 아니 주신단 말씀이오?" 하고 형식은 분개한
구조로, "그렇게 사람을 괴롭게 하십니까?" 형식은 진실로 이 말을 듣고 영채를
원망하였다. 만일 영채가 엽서 한 장만 하였으면 자기는 마땅히 당장 영채를

찾아가서 영채의 손을 잡았을 것 같다. 병욱과 영채는 형식의 분개하여 하는 얼굴을 본다. 더구나 영채는 형식에게 대하여 불안한 생각이 나서,

"그러나 저는 제가 살아 있는 줄을 알게 하는 것이 도리어 선생께 부질없는 근심을 끼칠 줄로 알았어요 만일 제가 선생의 몸에 누가 되어서 명예를 상한다든지 하면 도리어 ― 주저하다가 ― 선생을 위하는 도리도 아니겠고…… 그래서 억지로 참고 가만히 있었습니다" 하고 또 영채의 눈에서는 눈물이 흐른다.
(341~342쪽)

＊＊＊＊＊＊＊＊＊＊＊＊＊＊＊＊＊＊

병욱이가 적삼 소매와 치마를 걷고 앉아서 부인의 손을 쥐물며,

"애 영채야, 자 우선 좀 주무르자."

영채도 병욱과 같이 소매와 치마를 걷고 노파의 뒤로 가며,

"자, 어머니는 좀 일어납시오" 하고 자기가 대신 병인을 안으려 한다. "웬걸요, 이렇게 전신이 흙투성이이야요 고운 옷에 흙 묻으리다" 하고 좀처럼 듣지 아니한다. 하릴없이 영채는 그 곁에 앉아서 흐트러진 부인의 머리를 거두어 준다. 선형은 앉아서 발과 다리를 주무른다. 구경꾼들이 죽 둘러선다. 세 처녀의 하얀 손에는 누런 흙이 묻는다.

얼마 않아서 형식이가 땀을 흘리며 뛰어나오더니,

"자, 저리로 갑시다. 방에 불을 때라고 이르고 왔으니……"

(… 중략 …)

객주에 들여다가 옷을 갈아입혀 누이고, 일변 형식이가 의사를 불러오며, 일변 세 처녀가 전신을 주물렀다. 노파는 병인의 머리맡에 앉아서 울기만 하더니 가슴이 아프다고 하며 눕는다. 젊어서 가슴앓이가 있었는데 종일 찬비에 몸이 식어서 또 일어난 것이다. 영채와 선형은 태모를 맡고, 병욱은 노파를 맡아서 간호한다. 노파는 한참씩 정신을 못 차리다가 조금 정신이 들면,

"이런 은혜가 없어요. 백골난망이외다. 부대 수부귀다남자하고 아들 딸 많이 낳고 잘살다가 극락세계에 가시오" 한다. 세 처녀는 고개를 숙이고 씩 웃었다.

영채와 선형은 땀을 흘리며 태모의 사지를 주무르고 배도 쓸어 준다. 영채의
손과 선형의 손이 가끔 마주 닿는다. 그러할 때마다 두 처녀는 슬쩍 마주본다.
영채는 선형더러,

"제가 부엌에 가서 물을 끓여 올게요" 하고 일어선다. 선형은,

"아니오, 제가 끓이지요!" 하는 것을 영채가 선형의 손을 잡아 앉히며,

"어서 주무르셔요. 제가 끓여 올게" 하고 일어나 나간다. 선형은 물끄러미
영채의 나가는 양을 본다. 그러고 가만히 눈을 감는다. 선형은 지금 어떤 영문을
모른다. 병욱은 영채와 선형의 말하는 양을 보고 혼자 빙긋 웃는다. (362~363쪽)

우선은 정거장에서부터 병욱 일파를 만나면 기어이 하려던 말이 있었다. 그
래서 하인이 가져온 차를 마시며,

"지금 무슨 하시던 말씀이 있어요?" 하고 자기의 말할 기회를 얻으려 한다.

"응, 지금 우리는 장차 무엇으로 조선 사람을 구제할까 하고 각각 제 목적을
말하려던 중일세."

(… 중략 …)

형식은 병욱을 향하여,

"무론 음악이시겠지요?"

"녜— 저는 음악입니다."

"또 영채 씨는?"

영채는 말없이 병욱을 본다. 병욱은 어서 말해라 하고 눈짓을 한다.

"저도 음악입니다."

"선형 씨는?"

하는 말이 나오지 아니하여서 형식은 가만히 앉았다. 여러 사람은 웃었다. 선형
은 얼굴을 붉혔다.

"선형 씨는 무엇이오…… 무론 교육이겠지."

하고 병욱이가 웃는다. 모두 웃는다. 형식도 고개를 수그렸다. 선형도 병욱이가

첫마디에 "네, 저는 음악이외다" 하고 활발히 대답하는 것이 부러웠다. 그래서,
 "저는 수학을 배울라바니다."
하고 있는 힘을 다하여서 말하였다. 학교에서 수학을 잘한다고 선생에게 칭찬
받던 생각이 난 것이다. 다른 사람들도 수하가이 좋은 것인 줄은 알았으나 수학
과 인생에 어떠한 관계가 있는지를 모른다.
 "그 담에는 자네 차례일세."
 "나는 붓이나 들지!"
 한참 말이 없었다. 제가끔 제 장래를 그려 본다. 그러고 그 장래의 귀착점은
다 같았다. (373~375쪽)

● **박진사**(박응진) ────────────────────────────

성   별 남자
나   이(추정포함) 쉰여덟 아홉 살 정도로 추정함.
출생지 및 거주지, 활동 공간
     ① 평안남도 안주읍에서 남으로 십여 리 되는 동네에서 유세력자로
        삶.
     ② 젊은 사람들에게 사상을 강설하고, 불쌍한 아이들을 데려다 공부
        를 시킴.
     ③ 학교를 세워 동네 사람들, 아이들, 청년들에게 교육을 시킴.
     ④ 누명을 쓰고 평양 감옥에서 옥사함.
직   업 학자, 교육자
출신계층 중·상류계층
교육정도 선구적 학자로서 새로운 문명운동을 펼칠 정도로 학식이 깊고
         의식이 깨어있는 사람
가족관계 딸 영채와 두 아들, 두 며느리를 둠.

인물관계
① 조선에 새로운 문명을 시작하려 새로운 사상을 강설하고 학교를 세워 교사를 연빙하여 교육에 힘씀.
② 이형식의 부친과 동년지우로서 이형식을 사오 년간 양육하고 사위로 삼으려 함.
③ 박진사 집 사랑에 살는 홍모가 자기의 은인인 박진사의 곤고함을 보다 못하여 부잣집에 강도로 들어가 돈을 강탈한 사건이 있었는데, 그 사건에 연루되었다는 누명을 쓰고 평양 감옥에 들어갔다 그곳에서 옥사함.

인물의 존재방식(사회계층) 조선에 새로운 문명을 일으키려 사상 전파와 교육을 위해 자신의 재산을 바친 선구자

성   격
① 점잖고 인자하며 근엄하고도 쾌활함.
② 조선에 새로운 문명운동을 시작하여 새로운 사상을 보급하고 동네 사람, 젊은이, 아이들을 교육하는 데 열의를 보임.
③ 선구자적 안목을 갖추고 있음.

성격 지표 및 인물 제시방식

벌써 십유여 년 전이로다. 평안남도 안주읍에서 남으로 십여 리 되는 동네에 박진사라는 사람이 있었다. 사십여 년을 학자로 지내어 인근 읍에 그 이름을 모르는 사람이 없었다. 원래 일가가 수십여 호 되고, 양반이요 재산가로 고래로 안주 일읍에 유세력자러니, 신미년 난 역적의 혐의로 일문이 혹독한 참살을 당하고, 어찌어찌하여 이 박진사의 집만 살아 남았다 하더니 거금 십오륙 년 전에 청국 지방으로 유람을 갔다가 상해서 출판된 신서적을 수십 종 사가지고 돌아왔다. 이에 서양의 사정과 일본의 형편을 짐작하고 조선도 이대로 가지

못할 줄을 알고 새로운 문명운동을 시작하려 하였다. 우선 자기 사랑에 젊은 사람을 모아 들이고 상해서 사온 책을 읽히며 틈틈이 새로운 사상을 강설하였다. 그러나 당시 사람의 귀에는 철도나 윤선이라는 말이 들어가지 아니하여 박진사를 가리켜 미친 사람이라 하고, 사랑에 모였던 선배들도 하나씩 하나씩 헤어지고 말았다. 이에 박진사는 공부하려도 학자 없어 못하는 불쌍한 아이들을 하나 둘 데려다가 공부시키기를 시작하였다. 이러한 지 삼사 년 후에는 그의 교육을 받은 학생이 이삼십 명이나 되게 되었고, 그동안 그 이삼십 명의 의식과 지필묵은 온통 자담하였다. 그러할 즈음에 평안도에 새로운 운동이 일어나고 각처에 학교가 울흥하며 눈물 흘리는 사람이 많게 되었다. 박진사는 즉시 머리를 깎고 검은 옷을 입고 아들 둘도 그렇게 시켰다. 머리 깎고 검은 옷 입는 것이 그때치고는 대대적 대용단이라. 이는 사천여 년 내려오던 굳은 습관을 다 깨트려 버리고, 온전히 새것을 취하여 나아간다는 표라. 인해 집 곁에 학교를 짓고 서울에 가서 교사를 연빙하며 학교 소용 제구를 구하여 왔다. 일변 동네 사람을 권유하며, 일변 아이들과 학교 소용 제구를 구하여 왔다. 일변 동네 사람을 권유하며, 일변 아이들과 청년들을 달래어 학교에 와 배우도록 하였다. 일년이 지나매 이삼십 명 학생이 모이고, 교사도 두사람을 더 연빙하였다. 학생은 삼십 이하, 칠팔세 이상이었다. 이렇게 학교 경비를 전담하는 외에도 여전히 십여 명 청년을 길렀다. (23~24쪽)

※※※

대개 우리 소견에 박선생이라 하면 전국에 제일가는 선생인 줄 알았음이라. 그때 박진사의 딸 영채의 나이 열 살이니 지금 꼭 열아홉 살일 것이라. 박진사는 남이 웃는 것도 생각지 아니하고 영채를 학교에 보내며 학교에서 돌아온 뒤에는 소학, 열녀전 같은 것을 가르치고 열두 살 되던 여름에는 시전도 가르쳤다. 박진사의 위인이 점잖고 인자하고 근엄하고도 쾌활하여 어린 사람들도 무서운 선생으로 아는 동시에 정다운 친구로 알았었다. 그는 세상을 위하여 재산을 바치고 집을 바치고 몸과 마음을 다 바치고 목숨까지라도 바치려 하였다. 그러나 그 동네 사람들은 그의 성력을 감사하기는커녕 도리어 미친사람이라고 비웃었다. 이러한 지 육칠 년에 원래 그리 많지 못하던 재산도 다 없어지고 조석까지 말유하게 되니, 학교를 경영할 방책이 만무하다. 이에 진사는 읍내 모모 재산가를 몸소 방문도 하고 사람도 보내어 자기 경영하는 학교를 맡아 주기를 간청하였다. 그는 오직 세상을 위하여 자기의 온 재산과 온 성력을 다들인 학교를 남에게 내어맡기려 하건마는 어느 누가 '내가 맡으마' 하고 나서는 이는 없고 도리어 '제가 먹을 것이 없어 저런다' 하고 비웃었다. 육십이 다 못 된 박진사는 거의 백발이 되었다. 먹을 것이 없으매 사랑에 모여 있던 학생들도 사방으로 흩어지고 제일 나 많은 홍모와 제일 나 어린 이형식만 남았다. 형식은 그때 열여섯 살이었다.

그해 가을에 거기서 십여 리 되는 어느 부잣집에 강도가 들어 주인의 옆구리를 칼로 찌르고 현금 오백여 원을 늑탈한 사건이 일어났다. 그 강도는 박진사 집 사랑에 있는 홍모라, 자기의 은인인 박진사의 곤고함을 보다 못하여, 처음에는 좀 위협이나 하고 돈을 떼어 올 차로 갔더니 하도 주인이 무례하고 또 헌병대에 고소하겠노라 하기로 죽이고 왔노라 하고 돈 오백 원을 내어놓는다. 박진사는 깜짝 놀라며, "이 사람아, 왜 이러한 일을 하였는가. 부지런히 일하는 자에게 하늘이 먹고 입을 것을 주나니…… 아아, 왜 이러한 일을 하였는가" 하고 돈을 도로 가지고 가서 즉시 사죄를 하고 오라 하였더니, 중도에서 포박을 당하고 강도, 살인, 교사 급 공범 혐의로 박진사의 삼부자는 그날 아침으로 포박을 당하였다. 박진사의 집에 남은 것은 두 며느리와 영채와 형식뿐, 영채의 모친은 영채를 낳고 두 달이 못하여 별세하였었다.

(… 중략 …)

두어 달 후에 홍모와 박진사는 징역 종신, 박진사의 아들 형제는 징역 십오 년, 기타는 혹 칠 년 혹 오 년의 징역의 선고를 받고 평양 감옥에 들어갔다. (24~26쪽)

● 홍모 ──────────────────────

성　별　남자

나　이(추정포함)　정확 제시되어 있지는 않으나 삼십대 정도로 추정함.

출생지 및 거주지, 활동 공간
　　　① 박진사 집 사랑에 기거하며 공부함.
　　　② 박진사의 곤고함을 덜어주기 위해 부잣집에 강도로 들어가 돈을
　　　　늑탈했다 평양 감옥에 들어감.

직　업　박진사의 가르침을 받던 학생

출신계층　정확하게 명시되어 있지 않으나 하류계층일 것으로 추정함.

교육정도　박진사에게서 새로운 사상과 학문을 배움.

가족관계　알 수 없음.

인물관계
　　　① 박진사에게 교육을 받음.
　　　② 이형식과 동문수학함.

인물의 존재방식(사회계층)　환경이 열악하지만, 배움에 뜻을 두어 박진사
　　　　　집 사랑에 머물며 새로운 사상을 익히고 신학문을 익히던 학생

성　격
　　　① 교육을 받고자 하는 열의와 의협심이 있음.
　　　② 은인에 대한 각별한 존경심과 애정이 있음.
　　　③ 다소 성미가 급하고 절제력이 부족함.

성격 지표 및 인물 제시방식

❧ ──────────────

　그 해 가을에 거기서 십여 리 되는 어느 부잣집에 강도가 들어 주인의 옆구리
를 칼로 찌르고 현금 오백여 원을 늑탈한 사건이 일어났다. 그 강도는 박진사

집 사랑에 있는 홍모라, 자기의 은인인 박진사의 곤고함을 보다 못하여, 처음에는 좀 위협이나 하고 돈을 떼어 올차로 갔더니 하도 주인이 무례하고 또 헌병대에 고소하겠노라고 하기로 죽이고 왔노라 하고 돈 오백원을 내어놓는다. 박진사는 깜짝 놀라며, "이 사람아, 왜 이러한 일을 하였는가. 부지런히 일하는 자에게 하늘이 먹고 입을 것을 주나니…… 아아, 왜 이러한 일을 하였는가" 하고 돈을 도로 가지고 가서 즉시 사죄를 하고 오라 하였더니, 중도에서 포박을 당하고 강도, 살인, 교사 급 공범 혐의로 박진사의 삼부자는 그날 아침으로 포박을 당하였다.

(… 중략 …)

두어 달 후에 홍모와 박진사는 징역 종신, 박진사의 아들 형제는 징역 십오 년, 기타는 혹 칠 년 혹 오 년의 징역의 선고를 받고 평양 감옥에 들어갔다. (25~26쪽)

● 손님중의 한 분 악한

성   별   남자

나   이(추정포함) 사오십대로 추정함.

출생지 및 거주지, 활동 공간   숙천 땅 어느 촌

직   업   협잡꾼

출신계층   중·하류계층

교육정도   문벌이 낮음

가족관계   아내와 아들 형제가 있음.

인물관계   오갈 곳 없는 영채를 탐하려하는 악한

인물의 존재방식(사회계층)   하층민으로 그 동네에 유명한 협잡꾼이자 몹쓸놈.

성   격   양반이 되기를 바라여 양반의 체면과 신사의 체면도 차렸으나 가난해지면서 몹쓸 짓을 하고 다니며 악함. 게으름.

성격 지표 및 인물 제시방식

✿ ────────────

"그래 한참 우는데 제 몸을 보던 사람이 말하기를, '자—여러분, 이제는 내가 내기한 대로 내가 이 계집아이를 가지겠소' 하면서 제 등을 툭툭 두드립데다. 그래 저는 평양 계신 아버님을 찾아가는 길이라고 간절히 말하고 빌었습니다. 한즉, 그 사람 대답이, '아버님은 오는 달에 찾아가고 우선 내 집으로 가자' 하면서 팔을 제 목 아래로 넣어 저를 일으켜 앉히며, 어서 가자 합데다. 저는 다른 사람들의 얼굴을 보았습니다. 행여나 나를 도와 줄 사람이 있는가 하고"

"아까 밥값 내어 준다던 사람은 어디로 갔던가요" 하고 형식이가 주먹을 부르쥐고 물었다.

"글쎄 말씀을 들으십시오 지금 저를 데려가려는 사람이 바로 그 사람이외다 그려. 여러 사람들은 그 사람을 무서워하는지 아무 말도 없이 빙글빙글 웃기만 합데다. 저는 울면서 빌다 빌다 못하여 마침내 사람 살리시오 하고 힘껏 소리를 내어 울었습니다. 제 울음 소리에 개들이 야단을 쳐 짖는데 그 중에 제가 데리고 온 개 소리도 납데다. 그제는 그 사람이 수건으로 제 입을 꼭 동여매더니 억지로 뒤쳐업고 나갑데다. 방에 있던 사람들은 내다보지도 아니하고 문을 닫칩데다" 하고 잠시 말을 그친다. (38~39쪽)

✿ ────────────

영채는 마침내 그 악한에게 붙들려 갔다. 그 악한의 집은 산밑에 있는 조고마한 집안이었다. 얼른 보아도 게으른 사람의 집인 줄을 알겠더라. 그 악한은, 지금은 비록 이러한 못된 짓을 하거니와, 일찍은 이 동네에서 부자라는 이름을 듣고 살았었다. 그러나 원래 문벌이 낮아 남의 천대를 받더니, 갑진년에 동학의 세력이 창궐하여 무식한 농사꾼들도 머리를 깎고 탕건을 쓰면 호랑같이 무섭던 원님도 감히 건드리지를 못하였다. 이 악한도 그 세력이 부러워 곧 동학에 입도 하고, 여간 전래의 논밭을 다 팔아 동학에 바치고 그만 의식이 말유한 가난한 사람이 되고 말았다. 그러나 감사도 되고 군수 목사도 되리라는 희망은 물거품으로 돌아가고 이제는 논밭 한 이랑도 없는 거지가 되고 말았다. 마음이 착하고 수양이 많은 사람이면 아무리 가난하여도 절행을 고칠 리가 없건마는, 원래 갑작 양반이나 되기를 바라고 동학에 들었던 인물이라, 처음에는 양반의 체면과 신사의 체면도 보았건마는 점점 체면을 차리는 데 필요한 두루마기와 탕건과 가죽신이 없어지매 양반의 체면과 신사의 체면도 그와 함께 없어지고 말았다. 그 악한은 아무러한 짓을 하여서라도 돈만 얻으면 그만이요, 술만 먹으면 그만이라 하게 되었다. 그래서 그는 그 동네에 유명한 협잡군이 되고 몹쓸놈이 된 것이라. 객주에 앉아서 영채의 밥값을 담당함은 잠시 이전 신사의 체면을 보던 마음이 일어남이요, 영채가 계집아이인 줄을 알며 그를 업어 감은 시방 그의 썩어진 마음을 표함이라. (40~41쪽)

※

　그가 처음 영채를 업어 갈 때에는 이십이 넘도록 장가를 들지 못한 맏아들에게 주려 하는 마음이었다. 그같이 마음이 악하여져서 거의 짐승이 된 놈에게도 아직까지 자식을 생각하는 마음은 남았음이라. 그러나 영채를 등에 업고 캄캄한 밤에 사람 없는 데로 걸어가니, 등과 손에 감각되는 영채의 따뜻한 살이 금할 수 없이 그의 육욕을 자극하였다. 연계로 말하면 제 손녀나 될 만한 이제 겨우 열세살 되는 영채에게 대하여 색욕을 품는다 함이 이상히 들리려니와, 원래 몸이 건강한데다가 마음에 도덕과 인륜의 씨가 스러졌으니 이러함도 괴이치 아니한 일이라. 집에 아내가 없지 아니하나 나도 많고 또 여러 해 가난한 고생에 아주 노파가 되고 말아 조곰도 따뜻한 맛이 없었다. 이제 꽃송이 같은 영채가 내 손에 있으니, 짐승 같은 그는 며느리를 삼으려 하던 생각도 없어지고 불길같이 일어나는 육욕을 제어하지 못하여 외딴 산모루 길가에 영채를 내려놓았다. 아직 나이 어린 영채는 그가 자기에게 대하여 어떠한 악의를 품은지는 모르거니와, 다만 무섭기만 하여 손을 마주 비비며 또 한번 '살려 주오' 하고 빌었다. 그러나 그는 듣지 아니하고 미친 듯이 영채를 땅에 눕혔다.

(… 중략 …)

악한이 영채를 땅에 누일 때, 영채는 웬일인지 모르거니와 갑자기 대단한 무서움이 생겨 발길로 그의 가슴을 힘껏 차고 으아 하고 소리를 내어 울었다. 악한은 푹 꺼꾸러졌다. 영채가 아무리 약하고 어리더라도 죽을 악을 쓰고 달려드는 악한의 가슴을 찼으니, 불의에 가슴을 차인 악한은 그만 숨이 막힘이라. 영채는 악한이 거꾸러지는 것을 보고 벌떡 일어나서 도로 일어나려는 악한의 얼굴에 흙과 모래를 쥐어 뿌리고 정신없이 발 가는 대로 달아났다. (41~42쪽)

● **김운룡**(金雲龍) ────────────────────────────

성 별 남자

나 이(추정포함) 사십대 후반에서 오십대 초반으로 추정함.

출생지 및 거주지, 활동 공간 출생지는 알 수 없으며, 남대문 안에 거주함.

직 업 여자를 기생집에 주선해 주는 사람으로 추정함.

출신계층 평양의 중류계층 이하일 것으로 추정함.

교육정도 알 수 없음.

가족관계

　　① 젊은 부인과 처녀 하나가 있어 부인과 누이로 추정함.

　　② 영채의 몸값을 받아 가정을 버리고 도망함.

인물관계

　　① 평양 감옥 대합실에서 울던 영채를 거두어 줌.

　　② 영채의 몸값 이백 원을 받아 도망감.

인물의 존재방식(사회계층) 평양 중류계층으로서 친절하고 다정한 체하여 여자들을 유인하여 기생집에 소개하고 그 몸값을 갈취하는 악인

성 격 정성스럽고 다정하며 친절한 체하나 음흉함.

성격 지표 및 인물 제시방식

✿ ————————

    그때에 곁에 앉았던 어떤 머리 깎고 모직 두루마기 입은 사람이 영채더러, "너 왜 우느냐. 여기 누가 와서 찾느냐?" 하고 아주 친절하게 묻는다. 영채는 그 아버지와 두 오라비는 기실 아무 죄도 없다는 말과 자기는 아버지를 뵈올 양으로 혼자 이 먼 곳에 찾아왔다는 뜻을 고하였다. 영채 생각에, 이런 말을 하면 혹 자기를 불쌍히 여겨서 아버지도 자주 뵈옵게 하여 주고 또 얼마 동안 밥도 먹여 주려니 하였다. 그 사람이 이 말을 듣더니 아주 정성스럽고 다정한 말로 영채를 위로한다. "참 가엽고나. 아직 내 집에 있어서 다음 번 면회일을 기다려라. 한 달에 한 번씩밖에 면회를 아니 시켜 주는 것이니, 내 집에 가서 한 달쯤 있다가 또 한번 아버지를 만나 보고 집에 가거라" 한다. 영채는 한 달을 더 있다 가야 또 아버지를 만날 수 있다는 말을 들으매, 마음이 답답하기는 하나 그 사람의 친절히 구는 것이 어떻게 감사한지 몰랐다. (49쪽)

✿ ————————

    여러 날 괴로운 길의 노독과 고생과 또 오늘 아버지를 만날 때에 슬픔과 낙심으로 전신에 기운이 한땀도 없고 촌보를 옮길 생각이 없다. 이때에 마침 어떤 사람이 이렇게 친절하게 자기를 거두어 주니 영채는 슬픈 중에도 얼마큼 안심이 되었다. 그러나 숙천 땅 어느 주막에서 머리 깎은 사람에게 속은 생각을 하매, 이 사람이 또 그러한 사람이나 아닌가 하고 의심이 나서 자세히 그 사람의 언어와 행동을 보았다. 그러나 이 사람은 숙천서 보던 사람과 달라 옷도 잘 입고 얼굴도 점잖고 아무리 보아도 악한 사람은 아니로다. (50쪽)

✿ ————————

그래서 영채는 그 사람의 말대로 그 사람의 뒤를 따라갔다. 가는 길에도 그 사람은 영채의 손을 잡아 끌며 친절하게 여러 가지 말을 묻는다. 영채는 기운 없이 그 묻는 말을 대답하였다. 그 사람의 집은 남대문 안이었다. 영채가 아주 피곤하여 걸음을 못 걸으리만한 때에 그 사람의 집에 다다랐다. 집이 그리 크지는 아니하나, 얼른 보기에도 깨끗은 하였다. 문에는 김운룡(金雲龍)이라는 문패가 붙었다. 영채는 글씨를 잘썼다 하고 생각하였다. 안에 들어가니 마당과 방 안이 극히 정결하고, 어떤 어여쁜 젊은 부인과 처녀 하나가 있었다.

(… 중략 …)

옛날 책을 보면, 혹 어떤 처녀가 제 몸을 팔아서 죄에 빠진 부모를 구원하였다는데, 나도 그렇게나 하였으면…… 이렇게 생각하고 영채가 하루는 그 사람에게 이 뜻을 고하였다. 그 사람은 영채의 뜻을 칭찬하면서, "돈만 있으면 음식도 들일 수 있고, 혹 옥에서 나오시게도 할 수 있건마는……" 하고 영채의 얼굴을 보았다.

(… 중략 …)

그래서 영채는 결심하였다. 그리고 그 사람께, "저는 결심하였습니다. 저도 기생이 되렵니다. 저도 글을 좀 배웠습니다. 그래서 그 돈으로 아버지를 구원하려 합니다" 하고 영채는 알 수 없는 기쁨과 일종의 자랑을 감각하였다. 그 사람은 영채의 등을 만지며, "참 기특하다. 효녀로다. 그러면 네 뜻대로 주선하여 주마" 하였다.

이리하여 영채는 기생이 된 것이라. 영채는 결코 기생이 되고 싶어서 된 것이 아니요, 행여나 늙으신 부친을 구원할까 하고 기생이 된 것이라. 기실 제 몸을 판 돈으로 부친과 형제를 구원치만 못할뿐더러 주선하여 주마 하던 그 사람이 영채의 몸값 이백 원을 받아 가지고 집과 아내도 다 내어버리고 어디로 도망을 갔건마는, 또 영채가 그 부친을 구하려고 제 몸을 팔아 기생이 되었단 말을 듣고 그 아버지가 절식 자살을 하였건마는— 그러나 영채가 기생이 된 것은 제가 되고 싶어 된 것은 아니라, 온전히 늙으신 부친과 형제를 구위하려고 하였다. (50~53쪽)

● 이희경 ───────────────────────────────────────

성　별　남자

나　이(추정포함)　열일곱 여덟 살쯤

출생지 및 거주지, 활동 공간　경성

직　업　경성학교 학생

출신계층　알 수 없음.

교육정도　경성 학교 사 년 급 첫 자리

가족관계　알 수 없음.

인물관계

　　　① 김종렬, 김계도와 동급생임.

　　　② 어려운 일이 있을 경우 의논하는 이형식 선생과 친분이 있음.

인물의 존재방식(사회계층)　경성학교 학생

성　격

　　　① 이해심이 많고 생각이 깊음.

　　　② 이기적인 면도 있으나 예의바름.

성격 지표 및 인물 제시방식

☙ ───────────────

　지금 형식을 찾아온 두 학생 중에 십칠팔 세 되는 얌전해 보이는 학생은 형식의 특별한 사랑을 받는 자 중에 하나이요, 그와 함께 온 키 크고 얼굴 거무테테한 학생은 형식을 미워하는 학생중의 하나이라. 형식을 사랑하는 학생의 이름은 이희경이니 지금 경성학교 사년급 첫 자리요, 다른 학생의 이름은 김종렬이니, 겨우하여 낙제나 아니하고 따라 올라오는, 역시 경성학교 사년생이라. (61쪽)

형식은 궐련을 피워 물고 김종렬과 이희경 두 학생을 웃는 낯으로 대한다. 무슨 일이 있어서 이 두 학생이 찾아왔는지는 모르거니와 김종렬, 이희경 양인이 함께 온 것을 보니 학생 전체에 관한 일이거나, 그렇지 아니하면 사년급 전체에 관한 일인 줄은 알았다. 대개 전부터 학생 전체에 관한 일이거나, 사년급 전에 관한 일에는 이 두 사람이 흔히 총대가 됨을 앎이다. 원 격식으로 말하면 최상급의 반장인 이희경이가 으레 그 총대가 될 것으로되, 이희경은 아직 나이 어리고 또 김종렬과 같이 얼굴(일을) 좋아하는 마음과 일을 잘 처리하는 수단이 없으므로 항상 김종렬의 절제를 받는다. 혹 이희경이가 갈 일에도 김종렬은 마치 어린것을 혼자 보내는 것이 마음이 아니 놓이는 듯이, 반드시 희경의 뒤를 따라가고, 따라가서는 이 희경이가 두어 마디 말도 하기 전에 자기가 가로맡아 말을 하고 이희경은 도리어 따라온 사람 모양으로 한 걸음 물러서서 방긋방긋 웃고만 있을 뿐이다. 이희경은 이렇게 김종렬에게 권리의 침해를 받으면서도 처음은 자기의 인격을 무시하는 듯하여 불쾌한 생각도 있었으며(있었으나) 점점 습관이 되매, 도리어 김종렬이가 자기의 할일을 가로맡아 하여 주는 것을 다행으로 여길뿐더러, 혹 자기가 공부가 분주하거나 일하기가 싫은 때에는 자기가 김종렬을 찾아가서 자기의 맡은 일을 위탁하기조차 한다. 그리하면 김종렬은 즉시 승낙하고 저 볼일도 내어놓고 알선한다. 이러한 때마다 이희경은 혼자 웃었다. 이번에 형식을 찾아온 일도 아마 명의상으로는 이희경이가 대표요, 김종렬은 수행원인 줄을 형식은 알았다. (63~64쪽)

김종렬은 퇴학 청원서를 내어 형식을 주며 자기도 형식의 곁으로 가까이 자리를 옮겨 그 글을 낭독하려는 모양을 보인다. 형식은 너무 김종렬의 예절답지 못한 데 불쾌한 생각이 나서 얼른 퇴학 청원서를 책상 위에 올려놓고 자기 혼자만 소리 없이 읽었다. 김종렬이가 또 형식의 책상머리로 따라가려는 것을 이희경이가 웃으며 잡아당기어 그대로 앉아 있으라는 뜻을 표하였다. 그러나 김종렬은 이 뜻은 못 알아보고, '왜 버릇없이' 하고 이희경을 흘겨보았다. 이희경은 얼굴이 발개지며 고개를 돌리고 손수건으로 코를 푸는 듯 웃었다. (65쪽)

이희경은 꽤 이해력이 있었다. 형식의 생각에 희경은 가장 사상이 익었는 듯하고 희경 자신도 제법 형식의 하는 말을 깨닫는 줄로 믿었다. 그래서 형식과 희경이 같이 앉아 있을 때에는 마치 뜻맞는 사상가들이 오래간만에 만난 모양으로 인생 문제와 우주 문제가 뒤를 대어 흘러나왔다. 그러나 형식은 아직도 희경에게 말할 수 없는 고상한 사상을 많이 가진 듯이 생각하였다. 그는 사실이었다. 형식이가 한참이나 자기의 사상을 말하다가 희경의 멍하니 앉았는 것을 보고는 '너는 아직 모르는구나' 하는 듯이 빙그레 웃으며 말을 끊었다. 그러할 때에는 희경은 형식에게 모욕을 당한 듯하여 얼굴이 붉어졌다. 무론 희경은 형식이가 자기보다 지식이 많고 사상이 깊은 줄을 인정한다. 그러나 자기보다 여러 십 리 앞섰으리라고는 생각하지 아니한다. 그래서 형식이가 자기를 '네야 알겠니' 하는 듯이 대접할 때에 형식에게 대하여 불쾌하고 반항하는 생각이 났다. 희경이가 이년급까지는 형식은 자기보다 수천 리나 앞선 사람인 듯이 보였다. 형식의 머릿속에는 없는 것이 없고, 형식의 입으로서 나오는 말은 모두 다 깊은 뜻이 있는 것같이 생각하였다. 형식은 조선에 제일가는 지식도 많고 생각도 깊은 사람으로 여겼다. 그러나 삼년급이 반쯤 지나간 뒤로부터는 형식도 자기와 얼마 다르지 아니한 사람과 같이 보았다. 형식의 지식은 그렇게 많지 못하고 형식의 생각하는 바는 자기도 생각하는 것 같이 생각하였다. 그러고 형식이가 강단에서 하는 말도 (별로)감복할만한 말이 아니요, 자기도 강단에 올라서면 그만한 말은 넉넉히 할 수 있으리라 하였다. 그러나 정작 토론회에서 말을 하여 보면 암만하여도 형식만 못한 것 같았다. 그러나 이는 결코 자기가 형식만 못하여 그러한 것이 아니라 형식은 여러 해 교사로 있어 말하는 법이 익은 것이지 자기가 그만큼 연습하면 형식보다 나으리라 하였다. 희경의 생각

에 삼 년만 지나면 자기는 생각으로나 지식으로나 말로나 모든 것으로 형식보다 나으리라 한다. (213~214쪽)

※※
_____

교사들은 대개 될 대로 다 된 작은 인물같이 보이고 자기는 무한히 크게 될 가능성(可能性)이 있는 듯이 생각한다. 그러나 희경은 형식도 육칠 년 전에는 자기와 같은 생각을 가졌던 줄을 모른다. 희경이 보기에 형식은 본래 그릇이 작아서 높이 뛸 줄을 모르고, 사 년이 넘도록 중학교 교사로 있고, 또 일생을 중학교 교사로 지내는 것같이 보여서 일변 형식을 경멸하는 생각도 나고 일변 불쌍히도 여긴다. 이러한 생각을 하는 것은 희경뿐이 아니다. 희경과 같이 어려운 책을 읽으려 하는 자는 다 이러한 생각을 가지게 되었다. 다른 학생들은 애초부터 형식을 존경하지도 아니하였고, 다만 끔찍이 친절하게 굴려하는 젊은 교사라 할 뿐이었다. 그뿐더러 그들은 형식이 이희경 일파를 편애하는 것과 특별히 희경을 사랑하는 것을 비웃고 얼마큼 형식을 싫어하는 생각까지 있었다. (214~215쪽)

● **김종렬**
_____

성   별   남자

나   이(추정포함) 정확히 명시되어 있지는 않으나 동급생들보다 나이가
        많음.

출생지 및 거주지, 활동 공간

        ① 서울에 거주함.

        ② 후에 북간도 등지로 갔다고 함.

직   업   경성학교 학생

출신계층   알 수 없음.

교육정도 경성학교 재학

가족관계 알 수 없음.

인물관계 연치가 상적하고 의취가 상합하는 절친한 지기지우 김계도가 있음.

인물의 존재방식(사회계층) 경성학교 학생

성　　격

　　① 일을 하는 수단이 능란함.

　　② 외향적이고 용기가 있지만, 다소 과장하는 버릇이 있음.

　　③ 정직하나, 성적이 좋지 않아 비웃음을 받음.

성격 지표 및 인물 제시방식

　　지금 형식을 찾아온 두 학생 중에 십칠팔 세 되는 얌전해 보이는 학생은 형식의 특별한 사랑을 받는 자 중에 하나이요, 그와 함께 온 키 크고 얼굴 거무테테한 학생은 형식을 미워하는 학생중의 하나이라. 형식을 사랑하는 학생의 이름은 이희경이니 지금 경성학교 사년급 첫 자리요, 다른 학생의 이름은 김종렬이니, 겨우하여 낙제나 아니하고 따라 올라오는, 역시 경성학교 사년생이라. 그러나 김종렬은 낫살이 많고 또 공부에 재주는 없으면서도 무슨 일을 꾸미는 수단이 매우 능란하여 이년급 이래로 그 반의 모든 일은 다 제가 맡아 하게 되고, 그뿐더러 이 김종렬이가 무슨 의견을 제출하면 열에 아홉은 전반 학생이 다 찬성한다. 전반 학생이 반드시 그를 존경하거나 사랑함이 아니로되, 도리어 그의 성적이 좋지 못한 방면으로, 전반 학생의 미움과 비웃음을 받건마는 무슨 일을 하는 데 대하여는 전반 학생이 주저하지 아니하고 그를 신임하며 그를 복종한다. 그는 무론 정직은 하다. 속에 있는 바를 꺼림없이 말하며 아무러한 어른의 앞에 가서라도 서슴지 아니하고 제 의견을 발표하는 용기가 있다. 아무려나 그는 일종 특수한 능력을 가진 사람이로다. 지금은 최상급 학생이므로 다만 사년급에만 세력이 있을뿐더러, 온 학교 학생간에 위대한 세력을 가져

새로 입학한 일년급 어린 학생들까지도 그의 이름을 알고 그를 보면 경례를 한다. 만일 어린 학생이 자기를 대하여 경례를 아니하면 당장에 위엄 있는 태도와 목소리로, "여보, 왜 상급생에게 경례를 아니하오" 하고 책망한다. 그러므로 어린 학생들은 경례하고 돌아서서는 혀를 내어밀고 웃으면서도 그와 마주 대하여서는 공순히 경례를 한다. (61~62쪽)

⁂

원 격식으로 말하면 최상급의 반장인 이희경이가 으레 그 총대가 될 것으로 되, 이희경은 아직 나이 어리고 또 김종렬과 같이 얼굴(일을) 좋아하는 마음과 일을 잘 처리하는 수단이 없으므로 항상 김종렬의 절제를 받는다. 혹 이희경이가 갈 일에도 김종렬은 마치 어린것을 혼자 보내는 것이 마음이 아니 놓이는 듯이, 반드시 희경의 뒤를 따라가고, 따라가서는 이 희경이가 두어 마디 말도 하기 전에 자기가 가로맡아 말을 하고 이희경은 도리어 따라온 사람 모양으로 한 걸음 물러서서 방긋방긋 웃고만 있을 뿐이다. (63~63쪽)

⁂

이번에 형식을 찾아온 일도 아마 명의상으로는 이희경이가 대표요, 김종렬은 수행원인 줄을 형식은 알았다. 그리고 정작 대표자는 상긋상긋 웃고만 앉았고 수행원인 김종렬이가 입을 열어, '저희가 오늘 선생을 찾은 것은' 함이 하도 우스워서 형식은 속으로 웃었다. 그리고 김종렬 같은 사람도 사회에 쓸 곳이 많다 하였다. 저런 사람은 아무 재능도 없으되, 오직 무슨 일이나 하기 좋아하는 성미가 있으므로 그것을 잘 이용하면 여러 가지 좋은 일을 실행하기에 편리하리라 하였다. 김종렬 같은 사람은 조고마한 일을 맡길 때에도 그것을 큰일인 듯이 말하고, 조고마한 성공을 하거든 그것이 큰 성공인 듯이, 사회에 큰 이익이 있는 성공인 듯이 말하고, '노형이 아니면 이 일을 할 수가 없소' 하여 주기만 하면 그는 물불을 가리지 아니하고 아무러한 일이나 맡으리라 하였다. 지금 자기가 자기보다 유치하게 보고 철없게 보는 이희경이가 얼마나 아니하여 자기를 부리는 사람이 되고, 자기보다 세상에 더 공경받는 사람이 될 것이언마는 김종렬은 그런 줄을 모르는 것이 김종렬에게는 행복이라 하였다. 또 학생들이 무슨 일을 의논하여 김종렬을 내어세웠는고 하고 형식은 지극히 은근하게,

"왜 무슨 일이 있습니까."

"네, 학교에 중대사건이 발생하였습니다." 김종렬은 이렇게 조고마 한 일에도 법률상, 정치상 술어를 쓰기를 좋아하며 또 다른 것을 외우는 재주는 없으되, 자기의 유일한 숭배 인물인 나폴레옹의 이름이 보나파르트인 줄도 외우지 못하되, 법률상 정치상의 술어는 용하게 잘 되운다. 한번 들으면 반드시 실제에 응용을 하나니, 혹 잘못 응용하는 때도 있거니와 열에 네다섯은 옳게 응용한다. 이번 형식에게 '중대사건이 일어났습니다' 한 것 같은 것은 적당하게 응용한 일례라. (64~65쪽)

김종렬은 퇴학 청원서를 내어 형식을 주며 자기도 형식의 곁으로 가까이 자리를 옮겨 그 글을 낭독하려는 모양을 보인다. 형식은 너무 김종렬의 예절답지 못한 데 불쾌한 생각이 나서 얼른 퇴학 청원서를 책상 위에 올려놓고 자기 혼자만 소리 없이 읽었다. 김종렬이가 또 형식의 책상머리로 따라가려는 것을 이희경이가 웃으며 잡아당기어 그대로 앉아 있으라는 뜻을 표하였다. 그러나 김종렬은 이 뜻은 못 알아보고, '왜 버릇없이' 하고 이희경을 흘겨보았다. 이희경은 얼굴이 발개지며 고개를 돌리고 손수건으로 코를 푸는 듯 웃었다. 김종렬은 마침내 책상 맞은편에 가서 형식과 마주앉았다. 형식은 또 돌아앉으려다가 차마 그러지도 못하여 청원서를 도로 내어주며,

"종렬군, 그러나 이것은 좋지 못한 일이외다. 무슨 이유를 물론하고 학생의 학교에 대한 스트라이크는 좋지 못한 일이외다" 하였다.

김종렬은 스트라이크라는 말의 뜻은 자세히 모르거니와 베이스볼에 스트라이크란 말이 있음을 보건댄, 대체 학교를 공격하는 것이어니 하였다. 그러고

청원서를 접으며 장중한 목소리로,

"아니올시다. 저의 모교 당국은 부패지극(腐敗之極) 달하였습니다. 차제(此際)를 당하여 저희 용감한 청년들이 일대 혁명을 아니 일으키면 오히려 모교는 멸망할 것이올시다" 하고 결심의 굳음이 말에 보인다. 형식은 어찌할 수 없음을 알고 이희경을 돌아보며,

"희경군도 의견이 그렇소?"

"네, 어저께 하학 후에 삼사년급이 모여서 그렇게 하기로 결정이 되었습니다."

"그래, 증거는 확실하오!"

김종렬이가 소리를 높여,

"확실하올시다. 저희 학생 중에서 몇 사람이 바로 목격을 하였습니다." 하고 주먹을 내어두르며, "증거가 확실하올시다. 그대로 간과할 수는 없습니다." 한다. (65~66쪽)

● **김계도**

성   별 남자
나   이(추정포함) 김종렬과 같음.
출생지 및 거주지, 활동 공간 서울에 거주함.
직   업 경성학교 학생
출신계층 알 수 없음.
교육정도 경성학교 재학
가족관계 알 수 없음.
인물관계 연치가 상적하고 의취가 상합하는 절친한 지기지우 김종렬이 있음.
인물의 존재방식(사회계층) 경성학교 학생
성   격
　　　① 온화하고 공손함.

② 일하기를 좋아하고 어른스럽게 행동함.

성격 지표 및 인물 제시방식

동급생 중에 김계도라 하는, 김종렬과 비슷한 학생이 있다. 김계도는 김종렬보다 좀 온화하고 공손하여 사귈 맛은 있으나 그 일하기를 좋아하고 어른스럽게 행동하는 점에는 서로 일치한다. 게다가 연치가 상적하고 의취가 상합하므로 김종렬과 김계도 양인은 절친한 지기지우라. 김종렬의 생각에는, 세상에 족히 마음을 허하고 서로 천하를 의논할 사람은 나폴레옹과 김계도밖에는 없다 하였다. (62쪽)

● **배학감(배명식)**

성   별 남자
나   이(추정포함) 정확하지 않으나 사오십 대로 추정함.
출생지 및 거주지, 활동 공간
        ① 동경고등사범 지리역사과의 전과를 졸업함.
        ② 이삼 년 전에 환국하여 경성학교 교주 김남작의 청탁으로 대번에 경성학교의 학감이라는 중요한 지위를 얻음.
        ③ 후에 교주와 충돌이 생겨 황해도 어느 금광에 가 있다고 함.
직   업 경성학교의 학감 겸 지리역사를 담임한 교사
출신계층 중·상류계층으로 추정
교육정도 동경고등사범학교 졸업
가족관계 알 수 없음.

인물관계

　① 술 잘 먹고 화류계에도 출입하는 교사로서 기생 월향(영채)을 겁탈
　　하려 교주의 아들 김현수와 작당함.

　② 동경 유학생 이형식을 무시하지 않지만, 미워함.

　③ 교주 김남주의 신용을 얻고 있으며 그에게 아부함.

인물의 존재방식(사회계층)　서울 중·상류계층의 경성학교 학감 겸 지리역
　사 담당 교사로서 신분에 어긋나는 행동을 서슴 없이 하는 타
　락한 교사

성　　격

　① 자기중심적이고 권위적임.

　② 아부하는 처세에 능함.

　③ 교만하고 독선적임.

　④ 교사로서 비윤리적임.

성격 지표 및 인물 제시방식

━━━━━━━━━━━━━━

　그 퇴학 청원의 이유는 대개 이러하였다. 경성학교의 학감 겸 지리역사를
담임한 교사인 배명식이 술을 먹고 화류계에 다니매, 청년을 교육하는 학감이
나 교사 될 자격이 없을뿐더러, 또 매양 학생 전체의 의사를 무시하고 학과의
배당과 기타 모든 것을 자기의 임의대로 하며 학생의 상벌과 출석이 항상 공평
되지 못하고 자기의 의사로 한다 함이다. 학감 배명식은 동경고등사범 지리
역사과의 전과를 졸업하고 이삼 년 전에 환국하여 경성학교주 김남작의 청탁으
로 대번에 경성학교의 학감이라는 중요한 지위를 얻었다. 경성학교의 십여 명
교사가 다 중등교원의 법률상 자격이 없는 중에 자기는 당당히 동경고등사범학
교를 졸업하였노라 하여 학교 일에 대한 만반 사무는 오직 자기의 임의대로
하였다. 그의 주장하는 바를 들건대 동경고등사범학교는 세계에 제일 좋은 학

교요, 그 학교를 졸업한 자기는 조선에 제일가는 교육가라. 교육에 관한 모든 것에 모르는 것이 없고 자기가 하려 하는 모든 일은 다 교육학의 원리와 조선의 시세에 맞는 것이라 하였다. 그러나 곁에서 보기에는 고등사범을 졸업하지 아니한 다른 교사들보다 별로 나은 줄을 모르겠더라. (66~67쪽)

배학감은 또 규칙을 좋아한다. '규칙적'이란 말과 '엄하게'라는 말은 배학감이 가장 잘 쓰는 말이었다. 취임 후 얼마 아니하여 친히 규칙을 재정하였다. 개정이 아니라 이전 잇던 규칙은 교육의 원리에 합하지 아니하고 폐지하고 자기의 신학설을 기초로 하여 온통 이백여 조에 달하는 당당한 대규칙을 제정하였다. 어느 날 직원 회의에 교원 일동을 소집하고 친히 신규칙의 각 조목을 낭독하며 일일이 그 규칙의 정신을 설명하였다. 오후 한시에 시작한 것이 넉점이 지나도록 끝이 나지 못하였다. 배학감은 이마와 코에 땀이 흐르고 목이 쉬었다. 교원 일동은 엉덩이가 아프고 허리가 아파 연방 엉덩이를 들먹들먹하였다. (… 중략 …) 그 때에 형식은 참다 못하여 "그것은 학교 규칙이 아니라 한 나라의 법률이외다 그려" 하고 그 조목이 너머 많음을 공격하였다. 자리에 있던 오륙 인—뒷간에 가고 남은—교원은 일제히 형식의 말에 찬성을 표하였다. 그러나 학감의 직권으로 이 규칙이 확정이 되었다. 배학감과 일반 교원 및 학생과의 갈등이 심하여진 것은 이때부터라. (69쪽)

사백여 명 학생과 십여 명 교원 중에 배를 좋아하는 사람은 오직 하나도 없었다. 교원들도 아무쪼록 배학감과 말을 아니하려 하고 학생들도 길가에서 만나면 못 본 체하고 지나간다. 누군지 모르나 익명으로 배학감에게 학감 사직의 권고를 한 자도 있고, 혹 배학감이 맡은 역사나 지리 시간에 칠판에다가 '배학감을 교장으로 할사, 배학감은 천하 제일 역사지리사라' 하는 등 풍자하는

글을 쓰고, 혹 뒷간에다가 '배학감 요리점이라' 하고 연필로 쓴 어린 글씨는 아마 일이년급 학생이 배학감에게 '너도 사람이냐' 하는 책망을 받고 나와 분김에 쓴 것인 듯. 교사치고 별명 없는 이가 없거니와 배학감은 그 중에도 가장 별명이 많은 사람이라. 다른 교사의 별명은 다만 재미로 짓는 것이로되, 배학감의 별명은 미움과 원망으로 지은 것이라. (71쪽)

❀

배학감은 독기 있는 눈으로 물끄러미 형식을 보더니 벌떡 일어나며, "잘하였소. 노형은 철없는 학생들을 충동하여 학교를 망하게 하시구려!" 하고 형식을 흘겨본다. 배학감도 평상시에 학생들이 자기보다 도리어 형식을 존경하여 자기는 방문하는 학생이 없으되 형식을 방문하는 학생이 많은 줄을 알고 늘 시기하는 마음으로 있었다. 그러고 학생들이 형식을 따르는 것은 형식의 인격이 자기보다 높고 따뜻함이라 하지 아니하고, 형식이가 학생을 유혹하는 수단이 있고 학생들이 형식에게 속아서 따름이라 하였다. 학감은 속으로 '형식이가 학생들을 버린다' 하여 자기 보는 데서 학생들이 친절하게 형식에게 말하는 것을 보면 매양 불쾌한 마음을 이기지 못하였다. 학생들이 마땅히 존경하여야 할 사람은 자기어늘, 자기를 존경하지 아니하고 형식을 존경함은 학생들이 미현하여서 그럼이라 하였다. 학생들이 점점 더욱 자기를 배척하게 되는 것을 볼 때에 배학감은 이는 형식이가 철없는 학생들을 유혹하여 고의로 자기를 배척할 함이라 하였다. 배학감이 한번 어떤 사람을 대하여 '형식은 학생을 시켜 자기를 배척하고 제가 교감이 되려는 야심을 두었다' 한 일이 있었다. 이번에도 형식이가 어떤 학생이 퇴학 청원서를 가지고 자기 집에 왔더란 말을 듣고, 이 일도 형식이가 시킨 것이어니 하였다. (74~75쪽)

❀

형사는 김현수, 배명식 양인에게 박승을 지워 마당으로 끌고 들어왔다. 형식은 당장 마주 나가서 그 두 사람의 살을 뜯어 먹고 뼈를 갈아 먹고 싶었다. 두 사람은 그래도 부끄러운 듯이 고개를 숙였다. 그러나 그네는 결코 후회하는 것은 아니었다. 그네의 생각에 기생 같은 계집은 시키는 말을 아니 들으면 강간을 하여도 관계치 않다 한다. 그네는 여염집 부인이 남의 남자와 밀통함이 죄인 줄을 알건마는 기생 같은 것은 으레 아무나 희롱하는 것이 마땅하다 한다. 여염집 부녀에게는 정절이 있으되, 기생에게는 정절이 없는 것이라 한다. 과연 그네의 생각하는 바는 옳다. 법률상 기생은 소리와 춤으로 객을 대하는 것이라 하건마는, 기실은 어느 기생치고 밤마다 소위 '손을 보'지 아니하는 자가 없다. 그러므로 김현수나 배명식의 생각에, 기생이라는 계집사람은 모든 도덕과 인륜을 벗어난 일종 특별한 동물이라 하였다. 그러므로 그가 오늘 저녁에 한 일이 결코 도덕이나 양심에 거슬리는 행위인 줄로는 생각지 아니한다. 다만 귀찮은 법률이라는 것이 있어 '부녀의 의사를 거슬리고 육교를 한 것'을 강간죄라 할 것이 두려울 뿐이었다. 그러므로 그네가 만일 이 자리를 벗어나기만 하면 내일 아침부터는 자기네는 아무 죄도 없는 사람인 줄로 알 것이라. 다만 배명식은 소위 교육자라는 명목을 띠고서 이러한 허물로 박승을 지게 되면, 경성학교의 학감의 지위가 위태할 것을 근심하였을 뿐이라.

(… 중략 …)

배명식은 직접으로 자기의 이해에 상관되는 일이 아니고는 슬퍼할 줄도 모르고 괴로워할 줄도 모르는 사람이라. 자기의 자식이 칼로 손가락을 조곰 벤 것을 보면 명식은 슬퍼할 줄을 알지마는, 남의 집의 아들이 죽는 것을 보더라도 '참 슬프옵니다' 하고 입으로는 남보다 더 간절한 듯이 말하는 대신에 마음으로 슬퍼할 줄을 모르는 사람이로다. 만일 영채가 자기의 누이동생이거나 딸이었던들, 남이 영채를 강간하는 것을 보면 반드시 형식보다 더욱 분을 내어 칼을 들고 덤비려니와 영채가 누이도 아니요, 딸도 아니므로 그가 강간을 받아도 관계치 않고 죽더라도 관계치 않다 한다. (127~128쪽)

● **계월화(솔이)**

성   별 여자

나   이(추정포함) 스무 살

출생지 및 거주지, 활동 공간 평양

직   업 기생

출신계층 하류계층이었을 것으로 추정함.

교육정도 단율도 잘 짓고 묵화도 남 지지 아니하게 쳤으며 거문고를 잘
          다루고 소리를 잘하는 것으로 보아 어느 정도의 지식과 교양을
          갖추었을 것으로 추정함.

가족관계 알 수 없음.

인물관계 기생으로 있으며 정들인 월향(박영채)과 가깝게 지냄.

인물의 존재방식(사회계층) 평양의 기생

성   격

　　　① 기생이지만 사랑하는 사람을 위해 정절을 지킴.

　　　② 정과 사랑이 많음.

성격 지표 및 인물 제시방식

✿

　영채가 평양서 기생이 되어 맨 처음 '형님' 하고 정들인 기생은 계월화라
하는 얼굴 곱고 소리 잘하는 사람이었다. 그때에 평양 화류계에 풍류 남자들의
눈은 실로 이 월화 한 사람에게 모였었다. 월화는 단율도 잘 짓고 묵화도 남
지지 아니하게 쳤다. 그래서 월화는 매우 자존하는 마음이 있어서 여간한 남자
는 가까이하지도 아니하였다. 그러므로 퇴맞은 남자들에게는 '교만한 년' '괘씸
한 년'이라는 책망도 듣고, 그 소위 어미 되는 노파에게는 '손님께 공손하라'는
경계도 들었다. 그러나 월화는 자기의 얼굴과 재주를 높이 믿었다. 그래서 제

눈에 낮게 보이는 손님을 대할 때에는, "솔이 솔이 하니 무슨 솔이로만 여겼던 가 / 천인 절벽에 낙락장송 내 기로다 / 길 아래 초동의 낫이야 걸어 볼 줄 있으랴" 하는 솔이가 지은 시조를 불렀다. 그래서 그의 친구들은 월화를 '솔이' 라고 별명을 지었다. 실로 월화의 이상은 '솔이'였었다. 영채가 월화를 사랑하게 된 것도 이 때문이라. 영채의 눈에 월화라는 기생은 족히 열녀전에 들어갈 만하다 하였다. (100쪽)

———————

그로부터 월화는 더욱 우는 날이 많게 되었다. 영채는 월화와 함께 울고, 틈이 있는 대로는 월화와 같이 있었다. 영채는 더욱더욱 월화에게 정이 들고 월화도 더욱더욱 영채를 사랑하였었다. 열다섯 살이나 된 영채는 차차 월화의 뜻을 알게 되었다. 뜻을 알게 될수록 월화의 눈물에 동정하게 되었다. 영채도 점점 미인이라는 이름과 노래 잘하고 단율 잘 짓는다는 이름이 나서, 영채라는 오늘 아침에 핀 꽃을 제가 꺾으리라 하는 사람이 많게 되었다. 그리하여 일찍 월화가 부벽루에서 하던 말이 무슨 뜻인지를 알게 되었다. 그러나 부벽루 연회 이래로 월화의 변하고 괴로워하는 모양을 보매, 어린 영채도 월화에게 무슨 일이 생긴 줄은 짐작하였다. (104~105쪽)

———————

"나는 지금 스무 살이다. 나는 이십 년 동안 찾던 친구를 이제는 찾아 만났다. 그러나 만나고 본즉 그는 잠시 만날 친구요, 오래 이야기하지 못할 친군 줄을 알았다. 그러니까 나는 그만 갈란다" 하고 영채를 일으켜 앉히며 더욱 다정한 말소리로, "야, 너와 나와 삼 년 동안 동기같이 지내었구나. 이것도 무슨 큰 연분이로다. 안주 땅에 난 너와 평양 땅에 난 나와 이렇게 만나서 이렇게 정답게 지낼 줄을 사람이야 누가 뜻하였겠느냐. 이후도 나를 잊지 말고 '형님'이라고 불러 다고" 하면서 그만 울며 쓰러진다. 영채는 월화의 말이 이상하게 들려

몸에 오싹 소름이 끼치면서, "형님! 왜 오늘 저녁에는 그런 말씀을 하셔요?" 하였다. 월화는 일어나 눈물을 씻고(뿌리고 망연히 앉았다가), "너는 부디 세상 사람에게 속지 말고 일생을 너 혼자 살아라, 옛날 사람으로 벗을 삼아라, 만일 네 마음에 드는 사람 만나지 못하거든" 한다. 이런 말을 하고 그날 밤도 둘이서 한자리에 잤다. 둘은 얼굴을 마주대고 서로 꼭 안았다. 그러나 나 어린 영채는 어느덧 잠이 들었다. 월화는 숨소리 편안하게 잠이 든 영채의 얼굴을 이윽히 보고 있다가 힘껏 영채의 입술을 빨았다. 영채는 잠이 깨지 아니한 채로 고운 팔로 월화의 목을 꼭 쓸어안았다. 월화의 몸은 벌벌 떨린다. 월화는 가만히 일어나 장문을 열고 서랍에서 자기의 옥지환을 내어 자는 영채의 손에 끼우고 또 영채를 껴안았다. (110~111쪽)

● 김현수

성   별   남자

나   이(추정포함)   삼십대 정도로 추정함.

출생지 및 거주지, 활동 공간

   ① 서울에서 출생했을 것으로 추정함.

   ② 경성학교주 김남작의 아들로 서울에 거주하며 청량사에서 배학감 과 함께 월향을 겁탈하려 함.

직   업   교육 사업가라지만, 허세에 불과함.

출신계층   상류계층

교육정도   동경 유학파 출신

가족관계   부친 경성학교주 김남작이 있음.

인물관계

   ① 배학감과 어울려 음모를 꾸며 월향(박영채)을 겁탈하려 함.

   ② 신우선과 이형식이 현장을 급습하여 뜻을 이루지 못하고 형사에 게 잡힘.

③ 이형식에게 복수를 벼름.

인물의 존재방식(사회계층) 서울 상류계층 남작의 아들로서 집안의 권세와 금력을 믿고 방탕한 생활을 함.

성   격

① 집안의 권력과 금력을 믿고 방탕한 생활을 함.

② 약자를 업신여기고 멸시함.

③ 부끄러워하거나 반성할 줄을 모르는 파렴치한 기질이 있음.

성격 지표 및 인물 제시방식

우선은 경성학교 교주 김남작의 아들 김현수와 배명식 양인이 월향을 청량리로 데리고 갔단 말을 월향의 집에서 듣고, 월향은 오늘 저녁에는 김현수의 손에 들어가는 줄을 짐작하였다. 그래서 우선은 빨리 종로경찰서에 가서 형사에게 말을 하여 (귓속하여) 후원을 청하고, 김현수의 계교를 깨트리려 하였다. 월향을 아주 김현수의 손에서 뽑아 내지 못한다 하더라도, 그 사실을 신문에 발표하여 실컷 분풀이나 하고, 혹 될 수 있으면 김현수에게서 맥줏값이나 빼앗으려 하였다. (123쪽)

두 사람은 그래도 부끄러운 듯이 고개를 숙였다. 그러나 그네는 결코 후회하는 것은 아니었다. 그네의 생각에 기생 같은 계집은 시키는 말을 아니 들으면 강간을 하여도 관계치 않다 한다. 그네는 여염집 부인이 남의 남자와 밀통함이 죄인 줄을 알건마는 기생 같은 것은 으레 아무나 희롱하는 것이 마땅하다 한다. 여염집 부녀에게는 정절이 있으되, 기생에게는 정절이 없는 것이라 한다. 과연 그네의 생각하는 바는 옳다. 법률상 기생은 소리와 춤으로 객을 대하는 것이라

하건마는, 기실은 어느 기생치고 밤마다 소위 '손을 보'지 아니하는 자가 없다. 그러므로 김현수나 배명식의 생각에, 기생이라는 계집사람은 모든 도덕과 인륜을 벗어난 일종 특별한 동물이라 하였다. 그러므로 그가 오늘 저녁에 한 일이 결코 도덕이나 양심에 거슬리는 행위인 줄로는 생각지 아니한다. 다만 귀찮은 법률이라는 것이 있어 '부녀의 의사를 거슬리고 육교를 한 것'을 강간죄라 할 것이 두려울 뿐이었다. 그러므로 그네가 만일 이 자리를 벗어나기만 하면 내일 아침부터는 자기네는 아무 죄도 없는 사람인 줄로 알 것이라. (127쪽)

꽃

형식은 김현수를 대하여, "여보, 당신은 귀족이오! 귀족이란 악한 일을 하는 사람이라는 칭호는 아니지요. 당신도 사오 년간 동경에 유학을 하였소. 당신이 어느 회석에서 말한 것을 기억하시오? 당신은 일생을 교육사업에 바친다고 한 말을" 하고 형식은 발을 굴렀다. 현수는 시골 상놈한테 큰 수모를 당한다 하였다. 암만하여도 나는 남작이요, 수십만 원 부자요, 너는 가난한 일서생이로 구나. 지금은 네가 나를 이렇게 모욕하되, 장차 네가 내 발 앞에 꿇어 엎드릴 날이 있으리라 하였다. 나는 이렇게 형사에게 포박을 당하더라도 내일 아침이면 놓여 나올 수 있건마는, 너는 한번 옥에 들어가기가 바쁘게 일생을 그 속에서 썩으리라 하였다. 네가 아무리 행실이 단정하다 하더라도 일생에는 무슨 허물도 있으리니. 그때에는 내가 오늘 받은 수모를 네게 갚으리라 하였다. 그리고 아까 영채를 안던 쾌미를 생각하매 중도에 방해를 더한 형식의 행위가 괘씸하다 하였다. 그러나 이 자리에서는 말할 바가 아니니 외따른 청량리 솔수풀 속에서는 남작의 권위와 황금의 힘도 부릴 수가 없음이라. (129쪽)

● **뚱뚱한 노파**

성 별 여자

나   이(추정포함)   사오십대로 추정함.

출생지 및 거주지, 활동 공간

　　① 출생지는 명확하지 않으나 평양에서 기생 생활을 함.

　　② 평양의 기생집에서부터 월향을 데리고 있었고 현재 서울 종로에
　　　서 월향을 데리고 '계월향' 기생집을 열고 있음.

　　③ 후에 평양 어느 촌으로 내려감.

직   업   기생집 노파

출신계층   하류계층으로 추정함.

교육정도   무학일 것으로 추정함.

가족관계   식객인지 남편인지 모르는 손이 된 지 십여 년 된 영감쟁이가
　　　　　있음.

인물관계

　　① 식객인지 남편인지 모르는 손이 된 지 십여 년 된 영감쟁이가
　　　있음.

　　② 배명식과 김현수의 음흉한 의도를 알면서도 돈을 탐하여 월향을
　　　청량사로 가도록 함.

　　③ 자신의 잘못을 깨닫고 자살을 결심하고 평양으로 간 월향을 찾아
　　　가는 이형식과 동행함.

인물의 존재방식(사회계층)   서울 하류계층의 기생집 노파

성   격

　　① 속물적이고 음흉하고 간사함.

　　② 자신의 잘못을 깨닫고 남을 걱정하는 마음이 있음.

성격 지표 및 인물 제시방식

❀──────────

형식은 저편 방으로서 나오는 뚱뚱한 노파— 노파라 하여도 사오십이나 되

었을까 — 를 보고, '저것이 소위 어미로구나' 하였다. 노파는 손에 태극선을 들고 담뱃대를 물었다. 지금까지 웃통을 벗고 앉았었는지 명주항라 적삼 고름을 매면서 나온다. '더러운 노파'라는 생각이 형식의 가슴을 불쾌하게 한다. 노파는 형식의 모양이 극히 초라함을 보고 경멸하는 모양으로, "누구를 찾아요?" 하고 냉대함이라. 형식은 노파가 자기를 멸시하는 줄을 알았다. 그러고 더욱 불쾌한 마음이 생겼다. '나도 교육계에 상당한 이름있는 사람'은 없었다. 형식이가 만일 좋은 세비로 양복에 분홍 넥타이를 매고 술이 취하여 단장을 두르며 '여보게' 하고 들어왔던들 노파는 분주히 담뱃대를 놓고 마당에 뛰어내리며 '에그, 영감께서 오시는구랴' 하고 선웃음을 쳤으련마는, 굵은 모시 두루마기에 파리똥 묻은 맥고자를 쓰고, 술도 취하지 아니하고, 단장도 두르지 아니하고, '여보게'도 부르지 아니하는 형식과 같은 사람은 노파의 보기에 극히 하등 사람이었다. (115~116쪽)

'못생긴 년! 저마다 당하는 일인데' 하고 노파는 영채가 아직 철이 나지 못하여 그러함을 속으로 비웃었다. '남작의 아들!' '그 좋은 자리에!' 하고, 영채가 아직 철이 아니 나서 '좋은 자리'를 몰라보는 것이 가엾기도 하고 가증하기도 하다 하였다. '내가 젊었더면' 하고 시기스럽기도 하였다. '지금이야 누가 나를 돌아보아야지' 하고 늙은 것이 분하기도 하였다. '나는 저 못생긴 영감쟁이도 좋다고 하는데, 젊은 사람…… 게다가 남작의 아들을 마다고' 하는 영채가 밉기도 하였다. 그러고 지나간 사오 년 동안 영채가 밤에 '손님을 치렀더면, 일년에 백 명씩을 치르더라도 한번에 오원 치고 오백 명에 이천오백 원쯤은 더 벌었을 것을, 내가 약하여 저년의 미련한 고집을 들어줬구나' 하고 영채를 발길로 차고도 싶었다. 그 동안 영채를 공연히 먹여 주고 입혀 준 것이 한이라고도 하였다. '그러나 이제는 손을 치르기 시작하였는데' 하고 여간 '천 원' 돈에 영채를 김현수에게 파는 것이 아깝다. 이대로 한 이삼 년 더 두고 이전에 밑진 것을 봉창하리라 하였다. '옳지, 그것이 상책이다' 하고 또 한번 웃었다. 만일 김현수의 첩으로 팔더라도 이번에는 '이천 원'을 청구하리라. 김현수가 이제는 이천 원이 아니라 이만 원이라도 아끼지 아니하리라 하였다. 옳다, 그것이 좋다. 영채를 오래 두면, 혹 병이 들는지도 모르니, 약값을 없이하고, 혹 송장을 치르는 것보다 한겹번에 이천 원을 받고 팔아 버리는 것이 좋다 하였다. 내일 아침에는 식전에 김현수가 오렷다. 오거든 그렇게 계약을 하리라 하고 또 한번 웃었다. (130~131쪽)

※

"아프겠구나. 피를 죄 씻자" 한다. 노파의 마음에는 진정으로 영채가 불쌍하다는 생각이 난다. 영채는 노파의 눈에 눈물이 그렁그렁한 것을 보고 '그래도 사람의 마음이 조곰은 남았구나' 하면서, 노파가 수건으로 자기의 입에 피를 씻는 것을 거절하지도 아니하였다. 그러고 저 노파의 눈에도 눈물이 있는 것을 이상히 여겼다. 영채가 칠 년 동안이나 노파와 함께 있으되 아직 한 번도 눈물을 흘리는 것을 보지 못하였다. 한번 노파의 어금니에 고름이 들어서 사흘 동안이나 눈물을 흘려 본 일이 있으나, 그 밖에 누구를 불쌍히 여긴다든가, 또는 제 신세를 위하여서 흘리는 눈물을 보지 못하였다. 영채는 노파의 눈물을 보고 저 눈물 맛은 쓰고 차리라 하였다. 영채는 물어뜯긴 (입술이 아픈 줄도 모른다. 노파는) 입술이 아플까 보아서 부드러운 명주 수건으로 가만가만히 피를 씻는다. 씻으면 또 나오고 씻으면 또 나오고 깊이 박힌 두 앞니빨 자국으로 새빨간 핏방울이 연하여 솟아나온다. 명주 수건은 그만 피로 울긋불긋하게 되고 말았다. 노파는 '휘' 하고 한숨을 쉬며 그 피 묻은 수건을 (물에 비추어 본다. 영채도 그 수건을) 보았다. (133쪽)

※

흐트러진 머리카락이 눈과 뺨을 가리어 그림자에 영채의 얼굴은 마치 죽은 사람과 같다. 노파는 영채의 가슴 안았던 팔을 풀어 영채의 목을 안고 영채의

빰에 자기의 뺨을 비볐다. 영채의 뺨은 불덩어리와 같이 덥다. 노파는 흑흑
느끼며, "월향아, 내가 잘못하였다, 내가 잘못하였다. 월향아, 참아라, 내가 죽일
년이로다" 하고 엉엉 소리를 내어 울었다. 노파는, '월향이가 이처럼 마음이
굳은 계집인 줄은 몰랐구나' 하였다. '아아 어여쁜 월향! 내 딸 월향이' 하고
노파는 마음속으로 합장 재배하였다. 노파는 더욱 울음소리를 내며 영채의 뺨
에다 제 뺨을 비비고 영채의 향내 나는 머리카락을 입으로 씹었다. 영채의 찢기
고 구겨진 치마 앞자락에는 새빨간 피가 뚝뚝 떨어졌다. 영채가 이빨로 물어뜯
은 피 문은 명주 수건 조각이 영채의 발 앞에 넘너로하여 전등빛에 반작반작한
다. 아롱아롱한 자루에 넣어 비스듬히 벽에 세운 가얏고가 웬일인지 두어 번
스르릉 운다. (134~135쪽)

꽃

이 영감쟁이는 평양 외성에 어떤 부자의 자제로 시 잘 짓고 소리 잘하고
삼사십 년 전에는 평양 성내는 모르는 이 없는 오입쟁이였었다. 그러나 십유여
년 방탕한 생활에 여간 재산은 다 떨어 없애고, 속담말 모양으로 남은 것이
'뭣' 하나밖에 없게 되었다. 그래서 하릴없이 일찍 자기의 무릎에 앉히고 '어허
둥둥' 하던 이 노파의 집에 식객인지 남편인지 모르는 손이 된지가 벌써 십여
년이 되었다. 처음에는 노파와 가다가다 다투기도 하고, 혹 심히 성이 나면
'괘씸한 년' 하고 호령도 하더니, 이삼 년래로는 그도 못 하고 사흘에 한번씩
노파에게 '나가 뎨져라' 하는 소리를 들으면서도 다만 껄껄 웃으며 '죄 되느니
라' 할 따름이요, 반항할 생각도 못 하게 되었다. 그러나 노파는 대개는 '영감쟁
이'를 친절하게 대접을 하였다. 그러고 더욱 기특한 것은, '밤에 잘 때에는
반드시 노파가 자기의 손으로 자리를 깔고, 이 '영감쟁이'를 아랫목에 누이더라.
(149~150쪽)

성   별 여자

나   이(추정포함) 열서너 살

출생지 및 거주지, 활동 공간 출생지는 알 수 없으며 평양에서 기생으로
　　　　활동함.

직   업 어린 기생

출신계층 하류계층일 것으로 추정함.

교육정도 기생 수업을 받고 있을 것으로 추정함.

가족관계 알 수 없음.

인물관계

　　　① 월향을 찾으러 간 노파와 안면이 있어 그녀를 '서울 어머니'라
　　　　부름.

　　　② 노파와 함께 간 형식에게 호감을 느낌.

인물의 존재방식(사회계층) 평양의 어린 기생

성   격 친절하고 인정이 있으며 사람을 잘 따름.

성격 지표 및 인물 제시방식

───────────

형식은 노파의 뒤를 따라 어떤 깨끗한 기와집 대문 밖에 섰다. 아직 국태민안
(國泰民安)이라고 쓴 대문은 열리지 아니하였다. 노파는 마치 자기 집 사람을
부르는 모양으로,

"애들아, 자느냐. 문 열어라!" 하면서 문을 서너 번 두드리더니 형식을 돌아보
며,

"영채가 여기는 있으면 아니 좋겠어요" 하고 뜻없이 웃는다. 형식은 속으로
'영채는 벌써 죽었는데' 하고 말이 없었다. 이윽고 방문 열리는 소리가 나더니

누가 신을 짤짤 끌며 나와서,

"누구셔요?" 하고 문을 연다. 형식은 한 걸음 비켜 섰다. 어떤 얼굴에 분자리 보이는 십삼사 세 되는 계집아이가 노파에게 매어달리며 반가운 듯이,

"아이구, 어머니께서 오셨네" 하고 '네'자를 길게 뽑는다. 머리와 옷이 자다가 뛰어나온 사람이로구나 하고 형식은 두 사람이 반가워하는 양을 보았다. 어여쁜 처녀로다. 재주도 있을 듯하고 다정도 할 듯하다 하였다. 그러나 저도 기생이로구나 하고 형식은 불쌍히 여기는 마음이 생겼다. 아직 처녀의 모양으로 차렸건마는 벌써 처녀는 아니리라. (… 중략 …)

"나는 어떤 친구에게로 갈랍니다. 조반을 먹거든 이리로 오지요" 하고 모자를 벗는다. 노파는 문 밖으로 도로 나오며,

"그러실 것이 있어요. 들어오시지. 내 동생의 집인데요." 하고 형식의 소매를 잡아당긴다. 그래도 형식은 굳이 간다 하는 것을 이번에는 그 어린 기생이 나와 그 고운 손으로 형식의 등을 밀고 아양을 부리며,

"들어오셔요!" 한다. 형식의 생각에 아무리 보아도 그 어린 기생의 마음에는 티끌만한 더러움도 없다 하였다. 저 영채나 선형이나 다름없는 아주 깨끗한 처녀라 하였다. 그리고 그 등을 살짝 미는 고운 손으로 따뜻한 무엇이 흘러들어오는 듯하다 하였다.

(… 중략 …)

기생은 저편 방에 가서 기쁜 소리로, "어머니, 서울 어머니께서 오셨어요!" 하는 소리가 들린다. 형식은 그 방에서 무슨 향내가 나는 듯이 생각하였다. 그리고 방바닥을 짚은 형식의 손은 따뜻한 맛을 깨달았다. 이는 그 기생의 몸에서 흘러나온 따뜻함이라 하였다. 이윽고 기생이 어린아이 모양으로 뛰어들어오며,

"지금 어머니 건너오십니다. 그런데 아침차로 오셨어요?" 하고 말과 얼굴에 기쁨을 감추지 못하는 빛이 보인다. 형식은 '다 같은 사람이로구나' 하였다. 따뜻한 인정은 사람 있는 곳에 아무 데나 있다 하였다. 그리고 담배를 내어들고 조끼에서 성냥을 찾으려 할 제 그 기생이 얼른 성냥을 집에 불을 켜들고 한 손으로 형식의 무릎을 짚으면서,

"자, 붙이시오!" 한다. 형식은 그를 깨끗한 어린아이 같다 하였다. (181~183 쪽)

※

형식은 대문을 나설 때에 말할 수 없는 기쁨을 깨달았다. 오랫동안 영채의 일로 근심하고 슬퍼하고 답답하여 하던 마음을 거의 다 잊어버리고 새로운 기쁨을 깨달았다. 아까 오던 안개비가 걷히고 안개낀 듯한 (하늘에는 보기만 하여도 땀이) 흐를 듯한 햇볕이 가득히 찼다. 형식이가 서너 걸음 걸어나갈 때에 뒤에서, "저와 같이 가셔요" 하는 소리가 들린다. 형식은 계향의 소리로구나 하면서 우뚝 서며 고개를 돌렸다. 계향은 형식의 곁에 뛰어와 살짝 형식의 손을 잡으려다 말고 형식을 보면서, "저와 같이 가셔요" 한다. 형식은 칠성문 밖 죄인의 무덤 있는 데와 기자묘 저편 북망산과 모란봉을 넘어 청류벽으로 걸어 갈 것을 생각하면서,

"나를 따라 오려면 다리가 아플걸요" 하고 계향의 눈을 내려다보며 '같이 갔으면 좋겠다' 하면서도 계향을 만류하였다. 그러나 계향은 몸을 한번 틀면서, "아니야요. 다리 아니 아파요" 하고 기어이 따라갈 뜻을 보인다. (190쪽)

● **목사**

성   별 남자
나   이(추정포함) 사십대 후반에서 오십대 초반으로 추정함.
출생지 및 거주지, 활동 공간 출생지는 알 수 없으며, 경성에서 목사로 활동함.
직   업 목사
출신계층 알 수 없음.
교육정도 예수교 관련 신학 교육을 받았을 것으로 추정함.
가족관계 알 수 없음.

인물관계
　　① 김장로와 친분이 있음.
　　② 형식과 선형을 혼인시키려는 김장로(김광현)의 뜻에 따라 그들의
　　　　혼인을 주선함.
인물의 존재방식(사회계층)　경성 예수교회의 목사로 봉직함.
성　　격
　　① 목사로서 어쭙잖음.
　　② 김장로의 눈치를 살피며, 목사로서 체면을 지키려 함.
　　③ 다소 소극적임.

성격 지표 및 인물 제시방식

✿────────────

　이때에 어떤 파나마를 쓴 신사가 형식을 찾는다. 형식은 이마를 찌푸리더니
마지못하여 문에 나갔다. 그는 김장로와 한 교회에 있는 목사다. 젊은 얼굴에
수염은 한 개도 없고 두 뺨에는 굵은 주름이 서너 줄 깔렸다. 정직한 듯한
중늙은이다.
　(… 중략 …)
　목사는 한참 부채질을 하더니 유심히 형식을 보며,
　"다른 말씀이 아니라" 하고 말을 내기가 어려운 듯이 말을 시작한다. 듣는
형식도 무슨 일인지는 모르나, 목사의 태도가 수상하다 하였다. (… 중략 …)
　"다른 말이 아니라, 김장로의 말씀이……" 하고 목사가 말을 시작한다. (…
중략 …)
　"김장로의 말씀이 선형이를 이 가을에 미국에 보낼 터인데……."
　"네" 하고 형식이 조자(調子)를 맞춘다.
　"그런데 미국 가기 전에 어, 약혼을 하여야 하겠고, 또 미국을 보낸다 하더라
도 딸 혼자만 보내기도 어려운즉—이목사는 '어'와 '즉'을 잘 쓴다—약혼을

하고 신랑까지 함께 미국을 보냈으면 좋겠다는데……" 하고 말을 그치고, 또 웃으며 형식을 본다. 형식은 부끄러운 듯이 고개를 들리며

"네, 그런데요" 하였다. 이 밖에 어떻게 대답을 해야 좋을지 몰랐다. 목사는,

"그런데, 김장로께서는 어, 이선생께서 어, 허락만 하시면…… 어, 이선생도 미국 유학을 갔으면 좋겠고…… 그것은 어쨌든 김장로 양주께서는 매우 이선생을 사랑하시는 모양인데, 그래서 날더러 한번 이선생의 뜻을 물어 달라고 해요. 어, 그래서……"

(… 중략 …)

"그만 하면 알으시겠구려."

"……"

"그러면 어, 다시 말하지요. 이선생이 선형과 약혼을 하여 주시기를 바란단 말이외다. 무론 청혼하는 데도 여러 곳 있지마는, 김장로 양주는 이선생이 꼭 마음에 드는 모양이로구려."

형식은 이제야 분명히 목사의 말뜻을 알아들었다. 그리고 가슴이 뜨끔했다. (233~235쪽)

❁

장로는 형식과 선형을 번갈아 돌아보더니 목사를 향하여, "어찌하면 좋을까요" 한다. 아직 신식으로 혼인을 하여 본 경험이 없는 장로는 실로 어찌하면 좋을지를 모른다. 무론 목사도 알 까닭이 없다. 그러나 이러한 경우에 모른다 할 수도 없다. 그래서,

"우리가 지금 인륜에 대사를 의논하는 터인데 위선 하느님께 기도를 올립시다" 하고 고개를 숙인다. 다른 사람들도 다 고개를 숙이고 손은 무릎 위에 얹었다. 목사는 정신을 모으려는지 한참 잠잠하더니 극히 정성스럽고 경건한 목소리로, 처음에는 들릴락말락하다가 차차 크게,

"전지전하시고 무소부지하시며, 사랑이 많으사 저희 죄인 무리를 항상 사랑하시는, 하늘 위에 계신 우리 주 여호와 하느님 아버지시여" 하고 우선 하느님

을 찾은 뒤에 "이제 저의 철없고 지각 없고 죄 많고 무지몽매하고 어리석은 죄인 무리가 우리 주 하느님 아버지께서 만세 전부터 정해 주신 뜻대로 하느님의 사랑하시는 이형식과 박선형과 약혼을 하려 하오니 비둘기 같은 하느님의 거룩하신 성신께옵서 우리 무지몽매한 죄인 무리들의 마음에 계시사 모든 일을 주관하게 하여 주시옵소서. (… 중략 …) 아멘" 하고도 한참이나 그대로 있다가 남들이 다 고개를 든 뒤에야 가만가만히 고개를 든다. (251~252쪽)

※※

목사는 기도나 하는 듯이 하늘을 우러러보는 눈으로,

"네, 그러나 지금은 당자의 의사도 들어 보아야 하지요" 하고 자기가 장로보다 더 신식을 잘 아는 듯하여 만족해하며, "무론 당자도 응낙은 했겠지마는 그래도 그렇습니까— 자기네 의사도 물어 보아야지요" 하고 형식을 본다. '어디 내 말이 옳지?' 하는 것 같다. 형식은 다만 목사를 힐끗 보고 또 고개를 숙인다. 장로가,

"그러면 당자의 뜻을 물어 보지요" 하고 재판관이 심문하는 태도로 위의를 갖추더니 남자 되는 형식의 뜻을 먼저 묻는 것과 다음에 여자 되는 선형의 뜻을 묻는 것이 마땅하리라 하여,

"그러면 형식 씨 동의하시오?"

목사는 장로의 질문이 좀 부족한 듯하여 얼른 형식을 보며,

"지금은 당자의 뜻을 듣고야 혼인을 하는 것이니까 밝히 말씀을 하시오— 선형과 혼인하실 뜻이 있소?" 하고 주를 낸다. 형식은 어째 우스운 생각이 나는 것을 힘껏 참았다. (… 중략 …)

"이제는 선형의 뜻을 물어야 되겠소" 하고 목사가 선형의 수그린 얼굴을 옆으로 보며, "너도 부끄러워할 것 없이 뜻을 말해라."

선형은 우습기도 하고 부끄럽기도 하였다. 그래서 장로가 "네 뜻은 어떠냐" 하는 말에는 대답도 아니하였다. 장로도 목사에게로 고개를 돌리며 빙그레 웃는다. 부인도 웃는다. 그러나 목사는 여전히 엄숙하게,

"그러면 부인께서 물어 보십시오."

"얘, 대답을 하려무나."

"신식은 그렇단다. 대답을 해라" 하고 목사가 또 주를 낸다. 부인이 또 한번,

"얘, 대답을 하려무나." 이번에는 목소리가 좀 날카롭다. 선형은 마지못하여 가만히, "녜—" 하였다. 그러나 이번에도 장로와 목사는 듣지 못하였다. 그러나 부인은 들었다. 또 한 사람 형식도 들었다. 이번에는 목사가,

"어서 대답을 해라!"

"지금 대답을 했어요" 하고 부인이 대신 말한다. 선형의 얼굴은 거의 무릎에 닿으리만큼 수그러졌다. (253~254쪽)

※

"옳지, 이제는 되었소. 이제는 부모의 허락도 있고 당자도 승낙을 하였으니까, 이제는 정식으로 된 모양이외다." 하고 목사가 비로소 만족하여 웃는다. 목사의 생각에 이만하여면 신식 혼인이 되었거니 한 것이다. 장로는 이제는 정식으로 약혼을 선언하는 것이 마땅하리라 하여,

"그러면 혼약이 성립되었소" 하고 형식을 보며, "변변치 아니한 딸자식이오마는 일생을 부탁하오" 하고 다음에 선형을 보고도 무슨 말을 하려다가 그친다. (254쪽)

● **김병욱**

성   별 여자

나   이(추정포함) 이십대 초중반으로 추정함.

출생지 및 거주지, 활동 공간

　　　① 황주에서 출생했을 것으로 추정함.

　　　② 황주성 서문 밖에 집이 있음.

③ 동경 유학 중 방학이 되어 집에 다니러 옴.

④ 음악학교를 졸업하고 독일 백림에 이태 동안 유학함.

⑤ 형식의 일행과 시베리아 철도로 같이 돌아올 예정임.

직   업   동경 유학생

출신계층   중류계층

교육정도   동경에 유학하고 있는 학생

가족관계   황주성 서문 밖 집에 사는 조모, 부모, 오라비, 오라비의 부인,
          함께 동경 유학 중인 남동생, 조모, 후에 태어난 조카 둘 등이
          있음.

인물관계

① 자살을 결심하고 평양으로 향하던 영채를 기차에서 만나 그에게
   새로운 삶을 살도록 용기를 주고 영채를 도와, 동경으로 함께 유
   학을 떠남.

② 선형과도 친분이 있음.

인물의 존재방식(사회계층)

① 여성인 일본 유학생으로서 자신의 삶을 개척해 가는 신여성

② 과거의 정조관에 사로잡혀 자신의 삶을 마감하려는 영채를 계도
   하여 영채가 새로운 삶을 살도록 이끌어 줌.

성   격

① 반봉건적이고 자유분방함.

② 친절하며 남의 입장을 잘 헤아려 줌.

③ 진취적이고 긍정적인 자세를 지님.

성격 지표 및 인물 제시방식

❀

이때에 누가 영채를 가볍게 흔들며,

"여봅시오. 고개를 드셔요" 한다. 영채는 깜짝 놀라 고개를 들어 겨우 한

눈을 떠서 그 사람을 보았다. 어떤 일복 입은 젊은 부인이 수건을 들고,

"이리 돌아앉으세요 눈에 석탄 가루가 들어갔어요? 제가 씻어 내 드리지요"
하고 방그레 웃더니 영채의 얼굴에 슬픈 빛이 있는 것을 보고 한번 눈을 치떠서
영채의 얼굴을 본다. 영채는 감사한 듯도 부끄러운 듯도 하면서 그 부인의 말대
로 돌아앉으며,

"관계치 않습니다" 하고 고개를 숙였다. 부인은 영채를 안을 듯이 마주앉으
며,

"아니야요. 석탄 가루가 눈에 들어가면 잘 나오지를 아니해요" 하고 수건을
손가락 끝에 감아 들고 한편 손으로 영채의 눈을 만지며,

"이 눈이야요? 이 눈이야요?" 하다가 영채의 오른 눈 윗시울을 들고 가만히
들여다보다가 수건으로 살짝 씻어 낸다. 그 하는 모양이 극히 익숙하고 침착하
다. 영채는 하는 대로 가만히 앉았다. 그 부인의 피곤한 듯한 따뜻한 입김이
무슨 냄새가 있는 듯하면서도 향기롭게 자기의 입과 코에 닿는 것을 깨달았다.
(266쪽)

"자, 비누로 왁왁 씻읍시오" 하고 물끄러미 영채의 반질반질한 머리와 꽃비
녀와 하얀 목과 등을 보며, '어떤 사람인가' 하여 보다가 이따금 영채의 어깨를
가리운 수건도 바로잡아 주고 귀밑으로 흘러내린 머리카락도 걷어올려 준다.
남이 보면 마치 형이 동생을 도와 주는 것같이 생각하겠다. 사실상 그 부인은
영채를 동생같이 생각하였다. '얌전한 처녀다. 재주가 있겠다. 교육이 있는 듯하
다' 하였다. 그러고 석탄 가루가 눈에 들어가서 울던 것을 생각하고 '어리다,
사랑스럽다' 하였다. (267쪽)

여학생이,

"그런데 왜 죽을 결심을 하셨어요?"

"아니 죽고 어떻게 합니까. 그 사람 하나를 바라고 지금껏 살아오던 것인데 일조에 정절을 더럽히고……." 괴로운 빛이 얼굴에 나타나며, "다시 그 사람을 섬기지도 못하겠고…… 이제야 무엇을 바라고 사나요" 하고 절망하는 듯이 고개를 푹 숙인다.

"나는 그것이 죽을 이유라고는 생각지 아니합니다."

"그러면 어찌하고요?"

"살지요! 왜 죽어요?"

영채는 깜짝 놀라 여학생을 본다. 여학생은 힘있는 목소리로,

"첫째, 영채 씨는 속아 살아 왔어요 이형식이란 사람을 사랑하지도 아니하면서 공연히 정절을 지켜 왔어요.. 부친께서 일시 농담삼아 하신 말씀 한마디 때문에 영채 씨는 칠팔 년 헛된 절을 지킨 것이외다. 사랑하지 않는 사람을 위해서, 피차에 허락도 아니한 사람을 위해서 절을 지키는 것이 헛된 일이 아니야요? 마치 죽은 사람, 세상에 없는 사람을 위해서 절을 지키는 것이나 다름이 있어요? 영채 씨의 마음은 아름답지요. 절은 굳지요. 그러나 그뿐이외다. 그 아름다운 마음과 그 굳은 절을 바칠 사람이 따로 있지 아니할까요 하니까 지금 영채 씨가 그이를 사랑하시거든 지금부터 그에게 몸과 마음을 바치실 것이요, 만일 그렇지 않거든 다른 남자 중에 구할 것이오. 그런데……."

"그러나 지금토록 마음을 허하여 오던 것을 어떡합니까. 고성(古城)의 교훈도 있는데" 한다.

"아니오 영채 씨는 지금까지 꿈을 꾸고 지내셨지요. (허깨비를 보고 지내셨지요.) 얼굴도 잘 모르고 마음도 모르는 사람에게 어떻게 마음을 허합니까. 그것은 다만 그릇된 낡은 사상의 속박이지요 사람은 제 목숨으로 삽니다. 제가 사랑하지 않는 지아비가 어디 있겠어요 하니깐 영채 씨의 과거사는 꿈입니다. 이제부터 참생활이 열리지요"

영채는 이 말을 듣고 놀랐다. 열녀라는 생각과 틀리는 것 같다. 그러나 그 말이 옳은 것 같다. 과연 지금토록 형식을 사랑한 적은 없었고, 다만 허깨비로 제 마음에 드는 사람을 만들어 놓고, 그 사람의 이름을 형식이라고 짓고, 그러고

는 그 사람과 진정 형식과를 같은 사람으로 생각하고 그 사람을 찾는 대신 이형식을 찾다가, 이형식을 보매 그 사람이 아닌 줄을 깨닫고 실망하고 나서는, 아아, 이제는 영원히 이형식을 보지 못하겠구나 하고 실망한 것이다. 이렇게 생각하매 영채는 잘못 생각하였던 것을 깨닫는 생각과 또 아주 절망하였던 중에 새로운 광명이 발하는 듯하였다. 그래서 영채는,

"참생활이 열릴까요? 다시 살 수가 있을까요?" 하고 여학생을 보았다.

"참생활이 열리지요 지금까지 스스로 속아 왔으니깐 인제부터 참생활이 열리지요 영채 씨 앞에는 행복이 기다립니다. 앞에 기다리고 있는 행복을 버리고 왜 귀한 목숨을 끊어요" 하고 이만하면 영채의 죽으려는 결심을 돌릴 수 있다 하는 생각이라,

"그러니까 울기를 그치고 우습시오 자, 우습시다" 하고 자기가 먼저 웃는다. (272~274쪽)

영채는 여학생에게 끌려 황주서 내렸다. 여학생은 영채를 자기의 친구라 하여 집에 소개하고 자기와 한방에 있기로 하였다. 그 집에는 사십여 세 되는 부모와, 여학생보다 삼사 세 위 되는 오라비와, 허리 구부러진 노모가 있었다. 그 조모는 손녀를 보고 아무 말도 없이 너무 반가워서 눈물을 흘렸다. 여학생의 자친은 다정하고 현숙한 부인이다. 부친은 딸이 절하는 것을 보고도 별로 기쁜 빛도 표하지 아니하고 도리어 고개를 돌렸다. 여학생은 그것을 보고 혼자 빙긋 웃었다. 오라비는 웃으며 누이를 맞았다. 그리고 누이의 어깨를 만지며,

"왜 오는 날을 알리지 아니했니?" 하였다. 그리고 동경에 관한 말을 물었다. 오라범댁은 부모 앞에서는 가만히 웃기만 하다가 여학생과 마주앉았을 때에는 손을 잡고 등을 만지고 하며 반기는 빛이 넘친다. 영채는 이러한 모든 광경을 보고 재미있는 가정이다 하였다. 그리고 없어진 집 생각이 났다. (276~277쪽)

여학생의 이름은 병욱이다. 자기 말을 듣건대 처음 이름은 병옥이었으나 너무 부드럽고 너무 여성적이므로 병목이라고 고쳤다가, 그것은 또 너무 억세고 남성적이므로 그 중간을 잡아 병욱이라고 지은 것이라 하며 영채더러 하루는,

"병욱이라면 쓸쓸하지요. 나는 옛날 생각과 같이 여자는 그저 얌전하고 부드러워야 한다는 것은 싫어요. 그러나 남자와 같이 억세고 뻑뻑한 것도 싫어요. 그 중간이 정말 (여자에게) 합당한 줄 압니다" 하고 웃으며 "영채, 영채…… 어여쁜 이름이외다. (그러나 과히 여성적은 아니외다.)" 한 일이 있다. 그러나 집에서는 병욱이라고 부르지 아니하고 병옥이라고 부른다. '병옥아' 해도 대답은 한다.

(… 중략 …)

병욱과 영채는 깊이 정이 들었다. 둘이 마주앉으면 시간 가는 줄을 모르고 이야기에 취하게 되었다. 영채는 병욱에게 새로운 지식과 서양식 감정을 맛보고, 병욱은 영채에게 옛날 지식과 동양식 감정을 맛보았다. 병욱은 낡은 것을 모두 싫어하였었다. 그러나 영채의 잘 이해한 사상을 접하매 옛날 사상에는(사상에도) 여러 가지 맛있는 점이 있음을 깨달았다. (278~279쪽)

병욱은 음악을 배운다. 한번은 사현금을 타다가 영채더러,

"집에서는 음악 배운다고 야단이야요. 그것은 배워서 광대 노릇을 하겠니? 하시고 학비도 아니 준다고 하지요. 내가 울고불고 떼를 쓰며 이것을 배우게 했어요. 집에서는 난봉났다 그러시지요. 오빠께서는 좀 나시지마는" 하고 웃었다. 한참 사현금을 타다가도 밖에서 부친의 기침 소리가 나면 얼른 그치고 어리광하는 듯이 진저리를 치며 웃는다. (… 중략 …)

병욱도 영채가 이제 변하여 가는 줄을 안다. 그래서 기뻐한다. 무도와 성악(聲

樂)을 배우기를 권하고, 동경을 가면 그것을 전문으로 가르치는 음악학교가 있는 것과, 성악과 무도를 잘 배우면 세계적 공명(世界的 功名)을 이룰 수 있는 것도 말하였다. 병욱은 영채의 목소리에 혹하다시피 취하였다. 서투른 창가를 불러도 저렇게 아름답거든 자기가 익숙한 노래를 부르면 얼마나 아름다울까 하였다.

병욱의 집은 황주성 서문 밖에 있다. 한적하고 깨끗한 집터이다. 이웃에 집도 많지 아니하므로 둘이서 손을 마주잡고 석양에 산보도 한다. 산보할 때에는 두 처녀가 꿈 같은 장래를 이야기한다. (279~281쪽)

❋ ─────────

병욱은 한 걸음 물러서서 다른 데를 보며 비웃는 듯이,

"흥, 그것이 근심이다그려. 내가 돈을 너무 써서. 그렇거든 그만 둡시오. 나는 내 손으로 돈을 벌어서 공부하지요. 여자는 저 먹을 것도 못 번답니까."

병국은 껄껄 웃으며,

"잘못했고, 누님. 그렇게 성내실 게야 있소? 제가 남을 조롱하니까, 나도 당신을 조롱하지요."

병욱은 다시 병국의 곁에 와 서며,

"그것은 농담이구요" 하고 앉아서 몸을 우쭐우쭐하며 소리를 낮추어,

"오빠, 나 영채 데리고 동경 가요. 좋지요?"

"네 마음대로 하려무나" 하고 극히 냉정한 체하나 벌써 가슴이 설레기 시작한다. "그런데 그 말을 왜 하니?"

"일단 가게 해주셔요. 집에 있기도 싫고 또 영채를 데리고 가면 입학 준비도 해야지요. 그러니까 곧 떠나게 해주셔요" 하고 유심하게 병국을 본다. 병국은 누이의 뜻을 대강 짐작하였다. 그러고 누이의 정을 더욱 고맙게 여겼다. 그러나 자기의 생각만으론 확실치 못하므로,

"글쎄, 개학이 아직도 한 달이 있는데, 왜 그렇게 빨리 간다고 그러느냐."

병욱은 형(오라비)의 눈을 이윽히 보더니 힘없는 목소리로,

"어서 가야 해요. 그렇지 않아요?"

'그렇지 않아요' 하는 말에 병국은 가슴이 뜨끔하였다.

(… 중략 …)

"영채도 오빠를 사랑하니 동생으로 알고 늘 사랑해 주십시오 저도 제 동생으로 알고 늘 같이 지내겠습니다. 동경 가면 둘이 한집에 있어서 밥 지어 먹고 공부하지요. 불쌍한 사람을 건져 주는 것이 안 좋습니까. 또 영채 씨는 좀더 공부를 하면 훌륭한 일꾼이 되겠는데요."

병국은 고개를 숙인 대로 누이의 말을 듣더니 손을 무릎을 치고 몸을 쭉 펴면서,

"잘 생각하였다. 네게야 무엇을 숨기겠니. 실로 그 동안 퍽 괴로웠다" 하고 또 잠깐 생각하다가 한번 더 결심한 듯이, "그러면 언제 떠나겠니?"

"글쎄요, 오빠께서 가라시는 날 가지요."

"그러면 모레 낮차에 가거라. 내일 노자를 얻어 줄 것이니." (302~304쪽)

※

"과학(科學)! 과학!" 하고 형식은 여관에 돌아와 앉아서 혼자 부르짖었다. 세 처녀는 형식을 본다.

"조선 사람에게 무엇보다 먼저 과학(科學)을 주어야겠어요 지식을 주어야겠어요" 하고 주먹을 불끈 쥐며 자리에서 일어나 방 안으로 거닌다. "여러분은 오늘 그 광경을 보고 어떻게 생각하십니까."

이 말에 세 사람은 어떻게 대답할 줄을 몰랐다. 한참 있다가 병욱이가,

"불쌍하게 생각했지요." 하고 웃으며 "그렇지 않아요?" 한다. 오늘 같이 활동하는 동안에 훨씬 친하여졌다.

"그렇지요, 불쌍하지요! 그러면 그 원인이 어디 있을까요?"

"물론 문명이 없는 데 있겠지요 — 생활하여 갈 힘이 없는 데 있겠지요."

"그러면 어떻게 해야 저들을…… 저들이 아니라 우리들이외다…… 저들을 구제할까요?" 하고 형식은 병욱을 본다. 영채와 선형은 형식과 병욱의 얼굴을

번갈아 본다. 병욱은 자신 있는 듯이,

"힘을 주어야지요? 문명을 주어야지요?"

"그리하려면?"

"가르쳐야지요? 인도해야지요!"

"어떻게요?"

"교육으로, 실행으로." (370쪽)

● **김병국**(병욱의 오빠) ────────────────────────

성   별 남자

나   이(추정포함) 병욱보다 서너 살 위이므로 이십대 중후반으로 추정함.

출생지 및 거주지, 활동 공간 황주성 서문 밖 집에서 노모, 부모, 아내와
       자식들과 함께 살며 양잠회사를 세우려고 함.

직   업 양잠회사를 세우려고 함.

출신계층 중류계층으로 추정함.

교육정도 동경에 가서 경제학을 배워 옴.

가족관계 황주성 서문 밖 집에서 노모, 부모, 부인, 동경 유학중인 여동생
       (김병욱)과 남동생, 후에 태어난 자식 둘 등과 함께 살고 있음..

인물관계

　　① 동경유학시절 이형식과 함께 공부함.

　　② 누이인 병욱을 적극적으로 후원함.

　　③ 내외 사이에 정이 없음.

인물의 존재방식(사회계층) 동경에서 경제를 전공하였으며, 높은 이상을 가
       치 있게 보며 양잠회사 설립을 계획하고 있음.

성   격

　　① 개방적이면서도 도덕적인 가치관을 지님.

　　② 진실하고 남의 입장을 헤아려 줄줄 하는 아량이 있음.

③ 이상과 목적이 분명한 이를 높이 평가함.

인물유형 주변인물, 평면적 인물

성격 지표 및 인물 제시방식

꽃무늬

영채는 차차 이 집 내용을 알게 되었다. 오랫동안 가정이란 맛을 보지 못한 영채에게는 부모 있고, 형제 있고, 자매 있는 이 가정은 마치 선경같이 즐겁고 행복되어 보이더니 점점 알아본즉 그 속에도 슬픔이 있고 괴로움이 있다. 첫째는 부자간에 뜻이 맞지 아니함이니, 아들은 동경에 가서 경제학을 배워 왔으므로 자기가 중심이 되어 자본을 내어 무슨 회사 같은 것을 조직하려 하나, 부친은 위태한 일이라 하여 극력 반대한다. 또 딸을 동경에 유학시키는 데 대하여서도 아들은 찬성하되 부친은 '계집애가 그렇게 공부는 해서 무엇 하느냐, 어서 시집이나 가는 것이 좋다' 하여 반대한다. 방학에 집에 올 때마다 부친은 한두 번 반대하지마는 마침내 아들에게 진다. (… 중략 …)

이번에도 부친은 기어이 딸을 시집보내려 한다 하고, 아들은 졸업하기를 기다려야 한다 하여 두어 번이나 부자끼리 다투었다. 부친은 자기의 친구의 아들에 경성전수학교를 졸업하고 지금 어느 재판소 서기로 있는 사람이 마음에 들어, 그가 작년에 상처한 것을 좋은 기회로 삼아 기어이 사위를 삼으려 하나 아들은 반대한다. (… 중략 …) 근래에 흔히 있는 청년과 같이 별로 높은 이상이라든지 큰 목적이 있는 것이 아니라, 다만 금줄을 두르고 칼 차는 것을 유익한 (유일한) 자랑으로 알며, 한 달에 몇 번씩 기행을 희롱하여 월급 외에도 매삭 몇십 원씩 집에서 돈을 가져간다. 좀 교만하고 경박하고 허영심 있는 청년이라. 그러나 부친은 무엇에 혹하였는지 모르되, 이 사람밖에는 좋은 사람이 없는 듯이 생각한다. 그러나 아들은 이 사람을 싫어할뿐더러 도리어 천하게 여긴다. 이리하여 부자간에는 만사에 별로 의견이 일치하는 일이 없다. 부친은 아들을 고집쟁이요 철이 없고 부모의 말을 아니 듣는다 하고, 아들은 부친을 완고하고 무식하고 세상이 어떻게 변천하는지를 모른다 한다. 그러면서도 부친은 아들의 진실함과 친구간에 존경받는 줄을 알고, 아들은 그 부친의 진실함과 부드러운 애정이 있는 줄을 안다. 이러므로 부자간에는 무엇이나 반대하면서도 어딘지 모르게 서로 일치하는 점이 있어 모친은 특별한 의견은 없으되 흔히 아들에게 찬성한다. (282~283쪽)

그 다음에 걱정은 아들 내외의 사이에 정이 없음이다. 영채가 이 집에 온 지가 십여 일이 되도록 그 내외간에 서로 이야기하는 것을 보지 못하였다. 지나가는 사람 모양으로 서로 슬쩍 보고는 고개를 돌린든지 나가든지 한다. 그래도 아내는 밤낮 남편의 옷을 빨고 다리고 한다. 영채가 여기 온 후로는 밤마다 며느리와 딸과 자기와 한방에서 잤다. 그리고 아들은 사랑에서 혼자 자는 모양이었다. (… 중략 …) "오빠도 퍽 다정하고 마음씨 고운 사람이언마는, 애정이란 마음대로 안 되나 봐요" 하고 두 처녀는 두 내외에게 무한한 동정을 준다. (283~284쪽)

병국은 유학생 중에도 극히 도덕적 인물이었다. 술도 아니 먹고 계집은 무론 곁에도 가지 아니하였다. 그중에도 부부의 관계에 대하여는 극히 굳건한 사상을 가졌었다. 누가 아내에게 애정이 없다든지 이혼 문제를 말하면 병국은 극력하여 반대하였다. 한번 부부가 된 이상에는 죽을 때까지 서로 사랑할 의무가 있다 하여 예수교적 혼인관을 가졌었다. 당시 유학생에게 연애론과 이혼론이 성하였을 때에 병국은 유력한 부부 신성론자였다. 그러하던 병국이가 이제는 이러한 말을 하게 되었다. '아내를 사랑하려고 있는 힘을 다하건마는 힘을 쓰면 쓸수록 더욱 멀어 가오?' 하는 병국의 편지 구절을 형식은 한번 더 읽어 보았다. 그리고 '나는 무엇을 구하오. 그것은 이성인가 보오. 이것을 못 얻으면 죽을 것 같소' 하는 구절과, '내가 구하는 것은 정신적이라든지 육적이라든지 하는 부분적 사랑이 아니요, 영육(靈肉)을 합한 전인격적 사랑이외다' 한 구절을 생각하매, 병국의 괴로워하는 모양이 역력히 눈에 보이는 듯하여 무한히 동정이 갔다. (295~296쪽)

〰〰

"글쎄 여쭐 말씀이 있으니 여기 좀 앉으셔요" 하는 말에 병국은 또 앉았다. 병욱의(병욱은) 손으로 병국의 등에 붙은 파리를 잡으며,

"오빠, 무슨 근심이 있어요?" 하고 웃기를 그치고 병국의 얼굴을 모로 본다. 병국은 놀라는 듯이 고개를 돌려 병욱을 보며,

"아니, 왜? 무슨 근심 빛이 보이니?"

"네, 어째 무슨 근심이 있는 것 같애요" 하고 '나는 그 근심을 알지' 하는 듯이 생긋 웃는다. 병국은 머리를 벅벅 긁더니 웃으면서,

"양잠회사를 꼭 세워야 하겠는데 아버지께서 허락을 아니 하시는구나. 그래서 지금도 그 일로 갔다가 오는 길이다. 너는 바이올린이나 뿡뿡 울리고, 나는 돈을 벌어야지……." (302쪽)

● **병국의 아버지**

성   별 남자

나   이(추정포함) 오십대 정도로 추정함.

출생지 및 거주지, 활동 공간 황주성 서문 밖 집에서 노모, 아내, 아들, 며느리, 손녀 등 일가를 이루고 살고 있음.

직   업 알 수 없음.

출신계층 중류계층일 것으로 추정함.

교육정도 알 수 없음.

가족관계 조모, 아내, 아들, 며느리, 딸, 손녀 등이 있음.

인물관계

　　① 아들 병국과 뜻이 맞지 않아 갈등이 잦음.

　　② 딸의 유학을 반대하고 일찍 시집을 보내려고 함.

인물의 존재방식(사회계층) 평양 중류계층의 가장으로서 자기중심적이고 독단적으로 가정을 이끌어 가려는 구세대

성　　격

　　① 권위적이고 자기중심적임.

　　② 완고하고 편협함.

　　③ 자식을 사랑하는 마음은 있음.

성격 지표 및 인물 제시방식

　　영채는 차차 이 집 내용을 알게 되었다. 오랫동안 가정이란 맛을 보지 못한 영채에게는 부모 있고, 형제 있고, 자매 있는 이 가정은 마치 선경같이 즐겁고 행복되어 보이더니 점점 알아본즉 그 속에도 슬픔이 있고 괴로움이 있다. 첫째는 부자간에 뜻이 맞지 아니함이니, 아들은 동경에 가서 경제학을 배워 왔으므로 자기가 중심이 되어 자본을 내어 무슨 회사 같은 것을 조직하려 하나, 부친은 위태한 일이라 하여 극력 반대한다. 또 딸을 동경에 유학시키는 데 대하여서도 아들은 찬성하되 부친은 ‘계집애가 그렇게 공부는 해서 무엇 하느냐, 어서 시집이나 가는 것이 좋다’ 하여 반대한다. 방학에 집에 올 때마다 부친은 한두 번 반대하지마는 마침내 아들에게 진다. 작년 여름에는 반대가 우심하여 동경 갈 노비를 아니 준다 하므로 딸은 이틀이 나 울고, 아들과 어머니는 부친 모르게 돈을 변통하여 노비를 당하였다. 그래서 딸은 부친께는 간다는 하직도 못 하고 동경으로 떠났다. 그후에 며칠 동안 부친은 성을 내어 식구들과 말도 잘 하지 아니하였으나 얼마 아니 하여 “애, 이달 학비는 보냈니? 옷값이나 주어라” 하게

되었다.

이번에도 부친은 기어이 딸을 시집보내려 한다 하고, 아들은 졸업하기를 기다려야 한다 하여 두어 번이나 부자끼리 다투었다. 부친은 자기의 친구의 아들에 경성전수학교를 졸업하고 지금 어느 재판소 서기로 있는 사람이 마음에 들어, 그가 작년에 상처한 것을 좋은 기회로 삼아 기어이 사위를 삼으려 하나 아들은 반대한다. 그 사람은 원래 부유한 집 자제로 십육칠 세부터 좀 방탕하게 놀다가 벼슬이 하고 싶다는 동기로 전수학교에 입학하였다. 근래에 흔히 있는 청년과 같이 별로 높은 이상이라든지 큰 목적이 있는 것이 아니라, 다만 금줄을 두르고 칼 차는 것을 유익한(유일한) 자랑으로 알며, 한 달에 몇 번씩 기행을 희롱하여 월급 외에도 매삭 몇십 원씩 집에서 돈을 가져간다. 좀 교만하고 경박하고 허영심 있는 청년이라. 그러나 부친은 무엇에 혹하였는지 모르되, 이 사람 밖에는 좋은 사람이 없는 듯이 생각한다. 그러나 아들은 이 사람을 싫어할뿐더러 도리어 천하게 여긴다. 이리하여 부자간에는 만사에 별로 의견이 일치하는 일이 없다. 부친은 아들을 고집쟁이요 철이 없고 부모의 말을 아니 듣는다 하고, 아들은 부친을 완고하고 무식하고 세상이 어떻게 변천하는지를 모른다 한다. 그러면서도 부친은 아들의 진실함과 친구간에 존경받는 줄을 알고, 아들은 그 부친의 진실함과 부드러운 애정이 있는 줄을 안다. 이러므로 부자간에는 무엇이나 반대하면서도 어딘지 모르게 서로 일치하는 점이 있어 모친은 특별한 의견은 없으되 흔히 아들에게 찬성한다. (282~283쪽)

저본　1995년 동아출판사 출간『한국소설대계 2』

이광수 李光洙, 1892~1950

　　호는 춘원(春園), 고주(孤舟), 외배, 보경(寶境), 경서학인, 장백산인, 평북 정주 출신. 일찍 양친을 잃고 고아로 성장, 도일하여 메이지학원을 졸업했다. 와세다 대학 철학과 재학중『매일신보』에『무정』을 연재하여 폭발적인 인기를 얻고, 한국소설사 상 획기적인 작품으로 평가 받게 되었다. 또 유교적 사회윤리를 비판하고 새로운 서구사상을 도입하는 논설을 발표했다. 소설뿐만 아니라 시·평론·수필 등 다방면으로 활동한 그는, 육당과 함께 신문학운동의 핵심적 역할을 담당했다. 계몽적 민족주의는 후기 친일행위로 그 빛을 잃고 있다. 또한 시대적 흐름에 따라 그를 둘러싼 평가 양상도 달라져 그의 공적에 대해서도 찬반이 엇갈리고 있지만, 현대소설가로서 신문학에 끼친 그의 공은 부정할 수 없을 것이다.

　　작품에「무정」(1917),「소년의 비애」(1917),「방황」(1917),「개척자」(1918),「재생」(1925),「마의 태자」(1926),「단종애사」(1929),「이순신」(1931),「흙」(1932),「그 여자의 일생」(1933),「유정」(1935),「사랑」(1939),「무명」(1939),「꿈」(1948),「원효대사」(1948) 등이 있다.

김동인

배따라기

발 표 년 도	「창조」 9호(1921.5)
시대적 배경	외화(外話) : 1920년대 초반, 삼월 삼짇 대동강 모란봉 기슭. 내화(內話) : 1900년대 초반, 영유 고을서 한 이십 리 떨어진 조그만 어촌
핵 심 서 사	① 나는 일기 좋은 삼월 삼짇 대동강 첫 뱃놀이 하는 날 모란봉 기슭에서 봄의 경치와 정취에 빠져있는데, 기자묘 근처에서 '영유 배따라기' 가락을 들음. ② 나는 이 년 전 영유에서 지내며 들었던 속절없고 애처로운 배따라기를 잊을 수가 없었음. ③ 나는 배따라기 가락을 듣다 참지 못하고 배따라기 부르는 사람을 찾아나서 마침내 기자묘의 하늘이 넓고 밝은 곳에서 뒹굴며 배따라기를 부르는 '그'를 만나 이십 년씩 고향에 가지 않고 떠도는 이유를 청해 들음. ④ 그는 아내, 아우의 부처와 함께 영유 고을서 한 이십 리 떠나 있는 조고만 어촌에서 제일 부자로 삶. ⑤ 그는 팔월 보름 추석 명절을 앞둔 팔월 열하루 날, 명절에 쓸 장도 볼 겸 그의 아내가 늘 부러워하는 거울도 하나 사 올 겸, 장으로 향함. ⑥ 형인 그는 예쁜 아내를 몹시 사랑하여 둘의 사이가 좋으나, 성질이 천진스럽고 쾌활하여 아무에게나 말 잘 하고 애교를 잘 부리는 아내를 시기하고 질투하여 자주 싸우는데, 그가 영유를 떠나기 반 년 전쯤 즉, 그가 거울을 사러 장에 가기 반 년 전쯤에도 아내가 아우에게 친절히 호의를 베푸는 것을 시기하여 크게 싸웠음. ⑦ 시골 장에서 아내가 원하는 거울을 산 형은 기쁜 마음에 아내를 즐겁게 해 주기 위해 탁주집도 안 들르고 집에 왔는데, 아우와 자신의 아내가 옷매무새가 흐트러진 채 자신을 보고 어찌할 줄을 모르는 듯이 움찍도 안 하고 서 있는 두 사람을 보고, 쥐를 잡는 중이었다는 두 사람의 항변에도 불구하고 그들을 때려 내쫓음. ⑧ 아내가 나간 두어 시간 뒤 어떤 낡은 옷뭉치에서 쥐가 튀어나온 것을 보고 그는 자신이 오해했음을 깨닫고 허탈해 하지만, 아내는 다음 날 낮 물에 빠져 죽은 시체로 돌아오고, 장사를 지낸 이튿날부터 아우는 고향에서 없어졌음. ⑨ 그는 아우를 찾아 나섰고, 그 뒤 10년 만에 잠시 아우를 만난 적이 있으나 곧 헤어지고 3년 후에 강화도 어느 포구에서 아우가 부르는 배따라기 소리를 듣고 수소문하였지만, 종내 그를 만날 수 없어 6년이 흐른 지금까지 아우를 만나지 못하고 배따라기를 부르며 유랑하고 있음. ⑩ 그날 밤 이후로, 나는 그의 숙명적 경험담과 삭이지 못할 뉘우침, 바다를 향한 애처로운 그리움이 잠겨 있는 배따라기 노래를 잊지 못함.
주 제	한 인간의 시기와 질투가 빚어낸 비극과 참회의 유랑
등 장 인 물	나, 그, 그의 아내, 그의 아우, 아우의 처

인 물 분 석

• 나 ─────────────────────────────

성   별 남자

나   이(추정포함) 이십대 중후반쯤으로 추정함.

출생지 및 거주지, 활동 공간 평양에서 출생했을 것으로 추정하며, 열다섯
살부터 동경(東京) 생활을 했고, 이 년 전 한여름 동안 영유에서
지낸 이래로 평양에서 생활함.

직   업 명확하게 드러나지는 않지만, 문필계통의 직업에 종사하고 있을
것으로 추정함.

출신계층 평양의 상류계층

교육정도 동경에서 유학한 것으로 보아 고등교육의 학력이 있을 것으로
추정함.

가족관계 알 수 없음.

인물관계 대동강 모란봉 기슭에서 배따라기를 부르는 '그'를 만나 그의
숙명적 경험담과 슬픈 배따라기 가락을 들음.

인물의 존재방식(사회계층) 열다섯 살부터 동경에 유학한 평양 상류계층의
청년으로서 기생들의 노래와 조선 아악(雅樂), 봄의 정취와 영유
배따라기에 남다른 관심을 기울일 정도의 낭만적이고 예술적인
지식인

성   격

① 감수성이 풍부하고 낭만적이어서 눈물이 많고 정취에 흠뻑 빠짐.

② 뱃놀이에서 들리는 기생들의 노래와 조선 아악, 영유 배따기에
관심을 기울이고, 그의 숙명적 경험담을 재구성하여 풀어내는 것
으로 보아 예술적 취향을 지니고 있으며, 상상력이 풍부함.

③ 봄의 정취 속에서 유토피아를 그려보는 이상주의자로서의 면모도

지님.

④ 봄의 경치에서 겸손한 태도를 깨달음.

성격 지표 및 인물 제시방식

❀

좋은 일기다.

좋은 일기라도, 하늘에 구름 한 점 없는 — 우리 '사람'으로서는 감히 접근
못 할 위엄을 가지고, 높이서 우리 조고만 '사람'을 비웃는 듯이 내려다보는,
그런 교만한 하늘은 아니고, 가장 우리 '사람'의 이해자인 듯이 낮추 뭉글뭉글
엉기는 분홍빛 구름으로서 우리와 서로 손목을 잡자는 그런 하늘이다. 사랑의
하늘이다.

나는, 잠시도 멎지 않고 푸른 물을 황해로 부어 내리는 대동강을 향한, 모란봉
기슭 새파랗게 돋아나는 풀 위에 뒹굴고 있었다.

이날은 삼월 삼질, 대동강에 첫 뱃놀이하는 날이다. 까맣게 내려다 보이는
물 위에는, 결결이 반짝이는 물결을 푸른 놀잇배들이 타고 넘으며, 거기서는
봄향기에 취한 형형색색의 선율이, 우단보다도 부드러운 봄공기를 흔들면서
날아온다. 그리고 거기서 기생들의 노래와 함께 날아오는 조선 아악(雅樂)은
느리게, 길게, 유창하게, 부드럽게, 그리고 또 애처롭게, 모든 봄의 정다움과
끝까지 조화하지 않고는 안 두겠다는 듯이, 대동강에 흐르는 시커먼 봄물, 청류
벽에 돋아나는 푸르른 풀어음, 심지어 사람의 가슴속에 봄에 뛰노는 불붙는
핏줄기까지라도, 습기 많은 봄공기를 다리 놓고 떨리지 않고는 두지 않는다.

(… 중략 …)

아아, 사람을 취케 하는 푸르른 봄의 아름다움이여! 열다섯 살부터의 동경(東
京) 생활에, 마음껏 이런 봄을 보지 못하였던 나는, 늘 이것을 보는 사람보다
곱 이상의 감명을 여기서 받지 않을 수 없다.

(… 중략 …)

구름은 자꾸 하늘을 날아다니는 모양이다. 그 밑 위에 비치었던 구름의 그림자는 그 구름과 함께 저편으로 물러가며, 거기는 세계를 아까 만들어 놓은 것 같은 밀들은 물결같이 누웠다 일어났다 일록일청(一綠一靑)으로 춤을 춘다. 그리고 봄의 한가함을 찬송하는 솔개들은, 높은 하늘에서 동그라미를 그리면서 더욱더 아름다운 봄에 향기로운 정취를 더한다.

"다스한 봄정에 솟아나리다. 다스한 봄정에 솟아나리다."

나는 두어 번 소리나게 읊은 뒤에 담배를 붙여 물었다. 담뱃내는 무럭무럭 하늘로 올라간다. (75~76쪽)

⁂

나는 이러한 아름다운 봄경치에 이렇게 마음껏 봄의 속삭임을 들을 때는 언제든 유토피아을 아니 생각할 수 없다. 우리가 시시각각으로 애를 쓰면 수고하는 것은, 그 목적은 무엇인가. 역시 유토피아 건설에 있지 않을까. 유토피아를 생각할 때는 언제든 그 '위대한 인격의 소유자'며 '사람의 위대함을 끝까지 즐긴' 진나라 시황(秦始皇)을 생각지 않을 수 없다.

우리가 어찌하면 죽지를 아니할까 하여, 소년 삼백을 배에 태워 불사약을 구하려 떠나보내며, 예술의 사치를 다하여 아방궁을 지으며, 매일 신하 몇천 명과 잔치로써 즐기며, 이리하여 여기 한 유토피아를 세우려던 시황은, 몇만의 역사가가 어떻다고 욕을 하든, 그는 참말로 인생의 향락자이며 역사 이후의 제일 큰 위인이라고 할 수가 있다. 그만한 순전한 용기 있는 사람이 있고야 우리 인류의 역사는 끝이 날지라도 한 '사람'을 가졌었다고 할 수 있다.

"큰사람이었었다."

하면서 나는 머리를 흔들었다. (77쪽)

⁂

나는 무심코 귀를 기울였다.

'영유 배따라기'다. 그것도 웬만한 광대나 기생은 발꿈치에도 미치지 못하리만큼, 그만큼 그 배따라기의 주인은 잘 부르는 사람이었다.

비나이다, 비나이다.
산천후토 일월성신 하나님전 비나이다.
실낱 같은 우리 목숨 살려 달라 비나이다.
에―야, 어그여지야.

(… 중략 …)

나는 이 년 전 한여름을 영유서 지내 본 일이 있다. 배따라기의 본 고장인 영유를 몇 달 있어 본 사람은 그 배따라기에 대하여 언제든 한 속절없는 애처로움을 깨달을 것이다.

영유, 이름은 모르지만 ×산에 올라가서 내다보면 앞은 망망한 황해이니, 그곳 저녁때의 경치는 한번 본 사람은 영구히 잊을 수가 없으리라. 불덩이 같은 커다란 시뻘건 해가 남실남실 넘치는 바다에 도로 빠질 듯 도로 솟아오를 듯 춤을 추며, 거기서 때때로 보이지 않는 배에서 '배따라기'만 슬프게 날아오는 것을 들을 때엔 눈물 많은 나는 때때로 눈물을 흘렸다. 이로 보아서, 어떤 원의 아내가 자기의 모든 영화를 낡은 신같이 내어던지고 뱃사람과 정처없는 물길을 떠났다 함도 믿지 못할 말이랄 수가 없다.

영유서 돌아온 뒤에도 그 '배따라기'는 내 마음에 깊이 새기어져 잊으려야 잊을 수가 없었고, 언제 한번 다시 영유를 가서 그 노래를 한번 더 들어 보고 그 경치를 다시 한번 보고 싶은 생각이 늘 떠나지를 않았다. (77~78쪽)

❀―――――――――――――――――――――――――――――――

강변에 나왔다가
나를 보더니만

혼비백산하여
꿈인지 생시인지
와르륵 달려들어
섬섬옥수로 부쳐잡고
호천망극하는 말이
'하늘로서 떨어지며
따으로서 솟아났나
바람결에 묻어 오고
구름길에 쌔여 왔나'
이리 서로 붙들고 울음 울 제
인리 제인이며
일가 친척이 모두 모여

　여기까지 들은 나는 마침내 참지 못하고 벌떡 일어서서 소나무 가지에 걸었
던 모자를 내려 쓰고, 그곳을 찾으러 모란봉 꼭대기에 올라 섰다. 꼭대기는
좀더 노랫소리가 잘 들린다. 그는, 배따라기의 맨 마지막, 여기를 부른다.

　밥을 빌어서
　죽을 쑬지라도
　제발 덕분에
　뱃놈 노릇은 하지 마라
　에—야 어그여지야

　그의 소리로써 방향을 찾으려던 나는 그만 그 자리에 섰다.
　"어딘가? 기자묘? 혹은 을밀대(乙密臺)?"
　그러나 나는 오래 서 있을 수가 없었다. 어떻든 찾아보자 하고, 현무문으로
가서 문 밖에 썩 나섰다. 기자묘의 깊은 솔밭은 눈앞에 쫙 퍼진다.
　"어딘가?"

나는 또 물어 보았다.

이때에 그는 또다시 배따라기를 시초부터 부른다. 그 소리는 원편에서 온다.

(… 중략 …)

그는 어떤 신사가 자기를 들여다보는 것을 보고 노래를 그치고 일어나 앉는다.

"왜? 그냥 하지요."

하면서 나는 그의 곁에 가 앉았다.

"머……."

할 뿐 그는 눈을 들어서 터진 하늘을 쳐다본다.

좋은 눈이었다. 바다의 넓고 큼이 유감없이 그의 눈에 나타나 있다. 그는 뱃사람이라 나는 짐작하였다.

"고향이 영유요?"

"예, 머, 영유서 나기는 했디만 한 이십 년 영유 가보디두 않았시오."

"왜, 이십 년씩 고향엘 안 가요?"

"사람의 일이라니 마음대로 됩데까?"

그는, 왜 그러는지, 한숨을 짓는다.

"거저, 운명이 데일 힘셉디다."

운명의 힘이 제일 세다는 그의 소리는 삭이지 못할 원한과 뉘우침이 섞여 있다.

(… 중략 …)

한참 잠잠하니 있다가 나는 다시 말하였다.

"자, 노형의 경험담이나 한번 들어 봅시다. 감출 일이 아니면 한번 이야기해 보소."

"머, 감출 일은……."

그는 다시 하늘을 쳐다보았다. 그러나 좀 있다가,

"하디요."

하면서 내가 담배를 붙이는 것을 보고 자기도 담배를 붙여 물고 이야기를 꺼낸다. (78~81쪽)

그는 다시 한번 나를 위하여 배따라기를 불렀다. 아아, 그 속에 잠겨 있는 삭이지 못할 뉘우침, 바다에 대한 애처로운 그리움.

노래를 끝낸 다음에 그는 일어서서 시뻘건 저녁해를 잔뜩 등으로 받고 을밀대로 향하여 더벅더벅 걸어간다. 나는 그를 말릴 힘이 없어서 멀거니 그의 등만 바라보고 있었다.

그날 밤, 집에 돌아와서도 그 배따라기와 그의 숙명적 경험담이 귀에 쟁쟁히 울리어서 잠을 못 이루고, 이튿날 아침 깨어서 조반도 안 먹고 기자묘로 뛰어가서 또다시 그를 찾아보았다. (… 중략 …) 그러나, 그러나 배따라기는 어디선가 쟁쟁히 울리어서 모든 소나무들을 떨리지 않고는 안 두겠다는 듯이 날아온다.

"모란봉(牧丹峰)이다. 모란봉에 있다."
하고 나는 한숨에 모란봉으로 뛰어갔다. 모란봉에는 사람이 하나도 없다. 부벽루(浮壁樓)에도 없다.

"을밀대다."
하고 나는 다시 을밀대로 갔다. 을밀대에서 부벽루를 연한, 지옥까지 연한 듯한 골짜기에 물 한 방울을 안 새이리라고 빽빽이 난 소나무의 그 모든 잎잎은 떨리는 배따라기를 부르고 있지만, 그는 여기도 있지 않다. 기자묘의, 하늘을 향하여 퍼져 나간 그 모든 소나무의 천만의 잎잎도, 그 아래쪽 퍼진 천만의 풀들도, 모두 그 배따라기를 슬프게 부르고 있지만, 그는 이 조고만 모란봉 일대에서 찾을 수가 없었다.

강가에 나가서 알아보니 그의 배는 오늘 새벽에 떠났다 한다.

그 뒤에 여름과 가을이 가고 일년이 지나서 다시 봄이 이르렀으되, 잠깐 평양을 다녀간 그는 그 숙명적 경험담과 슬픈 배따라기를 남겨 두었을 뿐, 다시 조고만 모란봉에 나타나지 않는다. (91~92쪽)

● 그 ─────────────────────────

성   별 남자

나   이(추정포함) 삼십대 중후반쯤으로 추정함.

출생지 및 거주지, 활동 공간 영유에서 출생하여 결혼한 이후에도 그곳에
      서 살다가 십구 년 전에 그곳을 떠나 유랑함.

직   업 어부

출신계층 영유에서 한 이십 리 떨어진 조고만 어촌의 풍족한 어민계층

교육정도 1900년대 초반에 그들 형제가 글이 있었다는 것으로 볼 때 소
      학교나 보통학교 수준의 학력일 것으로 추정함.

가족관계 부모는 열다섯 살 때 돌아갔으며, 자기 아내와 곁집에 딴살림하
      는 아우 부처가 있음.

인물관계
      ① 서른 집쯤 되는 마을에서 제일 부자였고, 고기잡이를 제일 잘하였
        으며, 배따라기도 그 마을에서 빼나게 잘 부르고 형제가 그 동네
        의 대표적 사람이었으므로 마을 사람들에게 인정받고 신뢰감을
        주는 인물이었을 것으로 추정함.
      ② 아내가 예뻐 몹시 사랑하는 까닭에 아내가 다른 남자에게 호의나
        친절을 베풀면 시기하고 질투하여 아내와 싸움.
      ③ 자기에 비해 준수한 외모인 아우를 시기하여 자신의 아내가 아우
        에게 호의를 베풀면 아내를 때리며 싸우는 와중에 아우조차도
        때림.

인물의 존재방식(사회계층) 조고만 어촌의 부자이면서 대표적 사람이지만,
      충동적인 성격을 자제하지 못하고, 아내를 질투하여 아내와 아
      우의 삶에 비극을 초래함.

성   격
      ① 그는 촌에서는 드물도록 연연하고도 예쁜 아내를 사랑하지만, 소
        심하고 질투심이 많으며 충동적임.

② 아우보다 못하다는 자괴감을 느낌.

③ 자신의 아내가 자살하고, 아우가 집을 나가 소식이 없자 자신의 잘못을 깨닫고 아우를 찾아 이십 년 동안 고향엘 가지 않고 유랑하는 등, 본심은 선량함.

성격 지표 및 인물 제시방식

그의 살던 마을은 영유 고을서 한 이십 리 떠나 있는, 바다를 향한 조고만 어촌이다. 그의 살던 조고만 마을(서른 집쯤 되는)에서는 그는 꽤 유명한 사람이다.

그의 부모는 모두 열댓 세 났을 때 돌아갔고, 남은 사람이라고는 곁집에 딴살림하는 그의 아우 부처와 그 자기 부처뿐이었다. 그들 형제가 그 마을에서 제일 부자이고 또 제일 고기잡이를 잘하였고 그중 글이 있었고 배따라기도 그 마을에서 빼나게 그 형제가 잘 불렀다. 말하자면 그 형제가 그 동네의 대표적 사람이었다.

팔월 보름은 추석 명절이다. 팔월 열하룻날 그는 명절에 쓸 장도 볼 겸, 그의 아내가 늘 부러워하는 거울도 하나 사올 겸, 장으로 향하였다.

"당손네 집에 있는 것보다 큰 것이오. 닛디 말구요."

그의 아내는 길까지 따라나오면서 잊지 않도록 부탁하였다.

"안 닛어."

하면서 그는 떠오르는 새빨간 햇빛을 앞으로 받으면서 자기 마을을 나섰다. (81~82쪽)

그는 아내를 (이렇게 말하기는 우습지만) 고와했다. 그의 아내는 촌에는 드물도

록 연연하고도 예쁘게 생겼다. (그는 나에게 이렇게 말하였다.)

(… 중략 …)

부처의 새는 좋았지만 — 아니 오히려 좋으므로 그는 아내에게 샘을 많이 하였다. 그리고 그의 아내는 시기를 받을 일을 많이 하였다. 품행이 나쁘다는 것이 아니라, 그의 아내는 대단히 천진스럽고 쾌활한 성질로서 아무에게나 말 잘 하고 애교를 잘 부렸다.

그 동네에서는 무슨 명절이나 되면, 집이 그중 정결함을 핑계삼아 젊은이들은 모두 그의 집에 모이고 하였다. 그 젊은이들은 모두 그의 아내에게 '아즈마니'라 부르고, 그의 아내는 '아즈바니 아즈바니' 하며 그들과 지껄이고 즐기며, 그 웃기 잘 하는 입에는 늘 웃음을 흘리고 있었다. 그럴 때마다 그는 한편 구석에서 눈만 힐근거리며 있다가 젊은이들이 돌아간 뒤에는 불문곡직하고 아내에게 덤벼들어 발길로 차고 때리며, 이전에 사다 주었던 것을 모두 걷어올린다. 싸움을 할 때에는 언제든 곁집에 있는 아우 부처가 말리러 오며, 그렇게 되면 언제든 그는 아우 부처까지 때려 주었다.

그가 아우에게 그렇게 구는 데는 이유가 있었다. 그의 아우는, 시골 사람에게는 쉽지 않도록 늠름한 위엄이 있었고, 맨날 바닷바람을 쏘였지만 얼굴이 희었다. 이것뿐으로도 시기가 된다 하면 되지만, 특별히 아내가 그의 아우에게 친절히 하는 데는, 그는 속이 끓어 못 견디었다. (82~83쪽)

━━━━━━━━━━

그가 영유를 떠나기 반 년 전쯤 — 다시 말하자면 그가 거울을 사러 장에 갈 때부터 반 년 전쯤 그의 생일날이었다. 그의 집에서는 음식을 차려서 잘 먹었는데, 그에게는 괴상한 버릇이 있었으니, 맛있는 음식은 남겨 두었다가 좀 있다 먹고 하는 것이 습관이었다. 그의 아내도 이 버릇은 잘 알 터인데 그의 아우가 점심때쯤 오니까, 아까 그가 아껴서 남겨 두었던 그 음식을 아우에게 주려 하였다. 그는 눈을 부릅뜨고 '못 주리라'고 암호하였지만 아내는 그것을 보았는지 못 보았는지 그의 아우에게 주어 버렸다. 그는 마음속이 자못 편치 못하였다. '트집만 있으면 이년을……' 그는 마음먹었다.

그의 아내는 시아우에게 상을 준 뒤에 물러오다가 그만 그의 발을 조금 밟았다.

"이년!"

그는 힘껏 발을 들어서 아내를 냅다 찼다. 그의 아내는 상 위에 거꾸러졌다가 일어난다.

"이년, 사나이 발을 짓밟는 년이 어디 있어?"

"거 좀 밟아서 발이 부러졌쉐까?"

아내는 낯이 새빨개져서 울음 섞인 소리로 고함친다.

"이년! 말대답이……."

그는 일어서서 아내의 머리채를 휘어잡았다.

"형님! 왜 이리십니까."

아우가 일어서면서 그를 붙잡았다.

"가만있거라, 이놈의 자식."

하며 그는 아우를 밀친 뒤에 아내를 되는 대로 내리짖었다.

"죽일 년, 이년! 나가거라!"

"죽에라, 죽에라! 난, 죽어도 이 집에선 못 나가!"

"못 나가?"

"못 나가디 않구. 뉘 집이기에……."

이때다. 그의 마음에는 그 '못 나겠다'는 아내의 마음이 푹 들이박혔다. 그 이상 때리기가 싫었다. 우두커니 눈만 흘기고 있다가 그는,

"망할 년, 그럼 내가 나갈라."

하고 그만 문 밖으로 뛰어나와서,

"형님, 어디 갑니까."

하는 아우의 말에는 대답도 안 하고, 곁동네 탁주집으로 뒤도 안 돌아보고 가서, 거기 있는 술 파는 계집과 술상 앞에 마주 앉았다.

그날 저녁 얼근히 취한 그는 아내를 위하여 떡을 한 돈 어치 사가지고 집으로 돌아왔다. (83~84쪽)

오월 초승부터 여유 고을 출입이 잦던 그의 아우는, 오월 그믐께부터는 고을서 며칠씩 묵어 오는 일이 많았다. (… 중략 …) 칠월 초승께 그의 아우는 고을에 들어가서 열흘쯤 묵어 온 일이 있었다. 이때도 그에게까지 와서 아우가 그런 못된 데를 다니는 것을 그냥 둔다고, 해보자 한다. 그 꼴을 곱게 보지 않았던 그는 첫마디로 고함을 쳤다.

"네게 상관이 무에가? 듣기 싫다."

"못난둥이. 아우가 그런 델 댕기는 걸 말리디두 못하구!"

분김에 이렇게 그의 아내는 고함쳤다.

"이년, 무얼?"

그는 벌떡 일어섰다.

"못난둥이!"

그 말이 채 끝나기 전에 그의 아내는 악 소리와 함께 그 자리에 거꾸러졌다.

"이년! 사나이에게 그따윗말버릇 어디서 배완!"

"에미네 때리는 건 어디서 배왔노! 못난둥이."

그의 아내는 울음 소리로 부르짖었다.

"샹년 그냥? 나갈, 우리집에 있디 말구 나갈."

그는 내리짚으면서 부르짖었다. 그리고 아내를 문을 열고 밀쳤다.

(… 중략 …)

"망할년!"

토하는 듯이 중얼거리고 그는 그 자리에 주저앉았다.

그의 아내는 해가 져서 어두워져도 돌아오지 않았다. 일단 내어쫓기는 하였지만 그는 아내의 돌아옴을 기다리고 있었다. 어두워져서도 그는 불도 안 켜고 성이 나서 우들우들 떨면서 아내의 돌아오기를 기다렸다. 그러나 그의 아내의 참 기쁜 듯이 웃는 소리가 그의 아우의 집에서 밤새도록 울리었다. 그는 움쩍도 안 하고 그 자리에 앉아서 밤을 새운 뒤에, 새벽 동터 올 때 아내와 아우를 죽이려고 부엌에 가서 식칼을 가지고 들어와서 문을 벌컥 열었다.

그의 아내로서 만약 근심스러운 얼굴을 하고 그 문 밖에 우두커니 서서 문을 들여다보고 있지 않았다면, 그는 아내와 아우를 죽이고야 말았으리라.

그는 아내를 보는 순간 마음에 가득 차는 사랑을 깨달으면서, 칼을 내던지고 뛰어나가서 아내의 머리채를 휘어잡고, 이년 하면서 들어와서 뺨을 물어뜯으면서 함께 이리저리 자빠져서 뒹굴었다. (84~86쪽)

⁂

거울은 마침 장에 마음에 맞는 것이 있었다. (후략 …)

거울을 사가지고 장을 본 뒤에 그는 이 거울을 아내에게 주면 그 기뻐할 모양을 생각하며, 새빨간 저녁 햇빛을 받는 넘치는 듯한 바다를 안고, 자기 집으로, 늘 들러 오던 탁주집에도 안 들러서 돌아왔다.

그러나 그가 그의 집 방 안에 들어설 때에는 뜻도 안 하였던 광경이 그의 눈에 벌이어 있었다.

방 가운데는 떡상이 있고, 그의 아우는 수건이 벗어져서 목 뒤로 늘어지고 저고리 고름이 모두 풀어져 가지고 한편 모퉁이에 서 있고, 아내도 머리채가 모두 뒤로 늘어지고 치마가 배꼽 아래 늘어지도록 되어 있으며, 그의 아내와 아우는 그를 보고 어찌할 줄을 모르는 듯이 움쩍도 안 하고 서 있었다.

세 사람은 한참 동안 어이가 없어서 서 있었다. 그러나 좀 있다가 마침내 그의 아우가 겨우 말했다.

"그놈의 쥐 어디 갔니?"

"흥! 쥐? 훌륭한 쥐 잡댔구나!"

그는 말을 끝내지도 않고 짐을 벗어던지고 뛰어가서 아우의 멱살을 그러잡았다.

"형님! 정말 쥐가―"

"쥐? 이놈! 형수하고 그런 쥐 잡는 놈이 어디 있니?"

그는 아우를 따귀를 몇 대 때린 뒤에 등을 밀어서 문 밖에 내어던졌다. 그런 뒤에 이제 자기에게 이를 매를 생각하고 우들우들 떨면서 아랫목에 서 있는 아내에게 달려들었다.

"이년! 시아우와 그런 쥐 잡은 년이 어디 있어!"

그는 아내를 거꾸러뜨리고 함부로 내리찧었다.

"정말 쥐가…… 아이 죽겠다."

"이년! 너두 쥐? 죽어라!"

그의 팔다리는 함부로 아내의 몸 위에 오르내렸다.

"아이, 죽겠다. 정말 아까 적으니(시아우)가 왔기에 떡 먹으라구 내놓았더니
—"

"듣기 싫다! 시아우 붙은 년이, 무슨 잔소릴……."

"아이, 아이, 정말이야요. 쥐가 한 마리 나……."

"그냥 쥐?"

"쥐 잡을래다가……."

"샹년! 죽어라! 물에래두 빠데 죽얼!"

그는 실컷 때린 뒤에, 아내도 아우처럼 등을 밀어 내어쫓았다. 그 뒤에 그의
등으로,

"고기 배때기에 장사해라!"

하고 토하였다.

분풀이는 실컷 하였지만, 그래도 마음속이 자못 편치 못하였다. 그는 아랫목
으로 가서 바람벽을 의지하고 실신한 사람같이 우두커니 서서 떡상만 들여다보
고 있었다.

한 시간…… 두 시간…….

서편으로 바다를 향한 마을이라 다른 곳보다는 늦게 어둡지만, 그래도 술시
(戌時)쯤 되어서는 깜깜하니 어두웠다. 그는 불을 켜려고 바람벽에서 떠나서
성냥을 찾으러 돌아갔다.

성냥은 늘 있던 자리에 있지 않았다. 그래서 여기저기 뒤적이노라니까, 어떤
낡은 옷뭉치를 들칠 때에 문득 쥐 소리가 나면서 무엇이 후더덕 뛰어나온다.
그리하여 저편으로 기어서 도망한다.

"역시 쥐댔구나."

그는 조그만 소리로 부르짖었다. 그리고 그만 그 자리에 맥없이 덜썩 주저앉았다. (86~88쪽)

✽✽✽

아까 그가 보지 못한 때의 광경이 활동사진과 같이 그의 머리에 지나갔다.

아우가 집에를 온다. 아우에게 친절한 아내는 떡을 먹으라고 아우에게 떡상을 내놓는다. 그때에 어디선가 쥐가 한 마리 뛰어나온다. 둘(아우와 아내)이서는 쥐를 잡노라고 돌아간다. 한참 성화시키던 쥐는 어느 구석에 숨어 버린다. 그들은 쥐를 찾느라고 뒤룩거린다. 그럴 때에 그가 집에 들어선 것이다.

"샹년, 좀 있으믄 안 들어오리……."

그는 억지로 마음먹고 그 자리에 드러누웠다.

그러나 아내는 밤이 가고 날이 밝기는커녕 해가 중천에 올라도 돌아오지를 않았다. 그는 차차 걱정이 나서 찾아보러 나섰다.

아우의 집에도 없었다. 동네를 모두 찾아보아도 본 사람도 없다 한다.

그리하여, 낮쯤 한 삼사 리 내려가서 바닷가에서 겨우 아내를 찾기는 찾았지만 그 아내는 이전 같은 생기로 찬 산 아내가 아니요, 몸은 물에 불어서 곱이나 크게 되고, 이전에 늘 웃음을 흘리던 예쁜 입에는 거품을 잔뜩 문, 죽은 아내였다.

그는 아내를 업고 집으로 돌아오기까지 정신이 없었다.

이튿날 간단하게 장사를 하였다. 뒤에 따라오는 아우의 얼굴에는,

"형님, 이게 웬일이오니까."

하는 듯한 원망이 있었다. (88쪽)

✽✽✽

그도 마침내 뱃사람이 되어, 적으나마 아내를 삼킨 바다와 늘 접근하며 가는 곳마다 아우의 소식을 알아보려고, 어떤 배를 얻어 타고 물길을 나섰다.

그는 가는 곳마다 아우의 이름과 모습을 말하여 보았으나, 아우의 소식은 알 수가 없었다.

이리하여 꿈결같이 십 년을 지내서 구 년 전 가을, 탁탁히 낀 안개를 꿰며 연안(延安) 바다를 지나가던 그의 배는, 몹시 부는 바람으로 말미암아 파선을 하여, 벗 몇 사람은 죽고, 그는 정신을 잃고 물 위에 떠돌고 있었다.

그가 겨우 정신을 차린 때는 밤이었다. 그리고 어느덧 그는 물 위에 올라와 있었고 그를 말리느라고 새빨갛게 피워 놓은 불빛으로 자기를 간호하는 아우를 보았다.

그는 이상히도 놀라지도 않고 천연하게 물었다.

"너, 어떻게 여기 완?"

아우는 잠자코 한참 있다가 겨우 대답하였다.

"형님, 거저 다 운명이외다."

따뜻한 불기운에 깜빡 잠이 들려다가 그는 화닥닥 깨면서 또 말했다.

"십 년 동안에 되게 파랬구나."

"형님, 나두 변했거니와 형님두 몹시 늙으셨쉐다."(89쪽)

꧁

이튿날 아무리 알아보아야 그의 아우는 종적이 없어지고 알 수 없으므로 그는 하릴없이 다른 배를 얻어 타고 또 물길을 떠났다. 그리하여 그의 배가 해주에 이르렀을 때, 그는 해주 장에 들어가서 무엇을 사려다가 저편 맞은편 가게에 걸핏 그의 아우 같은 사람이 있으므로 뛰어가서 보니 그는 벌써 없어졌다. 배가 해주에는 오래 머물지 않으므로 그의 마음은 해주에 남겨 두고 또다시 바닷길을 떠났다.

그 뒤 삼 년을 이러저리 돌아다녔어도 아우는 다시 볼 수가 없었다.

그리하여 삼 년을 지내서 지금부터 육 년 전에, 그의 탄 배가 강화도를 지날 때에, 바다를 향한 가파로운 뫼켠에서 바다를 향하여 날아오는 '배따라기'를 들었다. 그것도 어떤 구절과 곡조는 그의 아우 특식으로 변경된, 그의 아우가 아니면 부를 사람이 없는, 그 '배따라기'이다.

　배가 강화도에는 머무르지 않아서 그저 지나갔으나, 인천서 열흘쯤 머무르게 되었으므로, 그는 곧 내려서 강화도로 건너가 보았다. 거기서 이리저리 찾아다니다가 어떤 조그만 객주집에서 물어 보니, 이름도 그의 아우요 생긴 모습도 그의 아우인 사람이 묵어 있기는 하였으나, 사나흘 전에 도로 인천으로 갔다 한다. 그는 곧 돌아서서, 인천으로 건너와서 찾아보았지만, 그 조그만 인천서도 그의 아우를 찾을 바가 없었다.

　그 뒤에 눈 오고 비 오며 육 년이 지났지만, 그는 다시 아우를 만나 보지 못하고 아우의 생사까지도 알 수가 없다.(90쪽)

❀
───────────

　말을 끝낸 그의 눈에는 저녁해에 반사하여 몇 방울의 눈물이 반득인다.
　나는 한참 있다가 겨우 물었다.
　"노형 계수는?"
　"모르디요. 이십 년을 영유는 안 가봤으니깐요."
　"노형은 이제 어디루 갈 테요?"
　"것두 모르디요. 덩처ㄱ 있나요? 바람 부는 대로 몰려댕기디요."
　그는 다시 한번 나를 위하여 배따라기를 불렀다. 아아, 그 속에 잠겨 있는 삭이지 못할 뉘우침, 바다에 대한 애처로운 그리움.
　노래를 끝낸 다음에 그는 일어서서 시뻘건 저녁해를 잔뜩 등으로 받고 을밀대로 향하여 더벅더벅 걸어간다. 나는 그를 말릴 힘이 없어서 멀거니 그의 등만 바라고보 앉아 있었다. (91쪽)

● 그의 아내 ──────────────────

성　별　여자

나   이(추정포함) 삼십대 초중반쯤으로 추정함.

출생지 및 거주지, 활동 공간 출생지는 알 수 없으며, 그에게 시집와 영유
에서 한 이십 리 떨어져 있는 조고만 어촌에서 생활함.

직   업 고기잡이 아내로서 집안 일을 맡아 함.

출신계층 하류계층일 것으로 추정함.

교육정도 무학이거나 소학교나 보통학교 이하의 학력일 것으로 추정함.

가족관계 남편인 '그'와 시아우 내외가 있음.

인물관계

① 성격이 천진스럽고 쾌활하여 마을 사람들과 잘 어울림.

② 특히 시아우에게 친절하고 호의를 베풂.

③ 남편인 '그'와는 사이가 좋으나, 남편의 시기와 질투로 자주 싸움.

인물의 존재방식(사회계층) 조고만 어촌 마을에서 제일 부자인 고기잡이 아
내로서 남편과의 사이는 좋으나, 남편의 질투와 시기로 결국
자살에 이름.

성   격

① 성질이 천진하고 쾌활하여 동네에서 무슨 명절이나 되면 모두
그의 집에 모여 즐겁게 지냄.

② 시아우에게 친절하고 호의를 베풀며, 그의 잘못되는 것을 걱정하
는 등 집안의 우애를 꾀함.

③ 남편에게 맞고 쫓겨나면서도 집을 나가지 않고 끝까지 지키려
함.

④ 정조관념이 강하여 남편이 시아우와의 사이를 오해하고 질투하자
죽음으로 자신의 결백을 증거함.

성격 지표 및 인물 제시방식

❀ ────────────

그는 아내를 (이렇게 말하기는 우습지만) 고와했다. 그의 아내는 촌에는 드물도록 연연하고도 예쁘게 생겼다. (그는 나에게 이렇게 말하였다.)

"성내(평양) 덴줏골(갈보촌)을 가두 그만한 거 쉽디 않갔시요."

그러니까 촌에서는, 그리고 그 당시에는 남에게 우습게 보이도록 그 내외는 새는 좋았다. 늙은이들은 계집에게 혹하지 말라고 흔히 그에게 권고하였다.

부처의 새는 좋았지만 — 아니 오히려 좋으므로 그는 아내에게 샘을 많이 하였다. 그리고 그의 아내는 시기를 받을 일을 많이 하였다. 품행이 나쁘다는 것이 아니라, 그의 아내는 대단히 천진스럽고 쾌활한 성질로서 아무에게나 말 잘 하고 애교를 잘 부렸다.

그 동네에서는 무슨 명절이나 되면, 집이 그중 정결함을 핑계삼아 젊은이들은 모두 그의 집에 모이고 하였다. 그 젊은이들은 모두 그의 아내에게 '아즈마니'라 부르고, 그의 아내는 '아즈바니 아즈바니' 하며 그들과 지껄이고 즐기며, 그 웃기 잘 하는 입에는 늘 웃음을 흘리고 있었다. 그럴 때마다 그는 한편 구석에서 눈만 힐근거리며 있다가 젊은이들이 돌아간 뒤에는 불문곡직하고 아내에게 덤벼들어 발길로 차고 때리며, 이전에 사다 주었던 것을 모두 걷어올린다. 싸움을 할 때에는 언제든 곁집에 있는 아우 부처가 말리러 오며, 그렇게 되면 언제든 그는 아우 부처까지 때려 주었다.

그가 아우에게 그렇게 구는 데는 이유가 있었다. 그의 아우는, 시골 사람에게는 쉽지 않도록 늠름한 위엄이 있었고, 맨날 바닷바람을 쏘였지만 얼굴이 희었다. 이것뿐으로도 시기가 된다 하면 되지만, 특별히 아내가 그의 아우에게 친절히 하는 데는, 그는 속이 끓어 못 견디었다. (82~83쪽)

❀ ────────────

그가 영유를 떠나기 반 년 전쯤 — 다시 말하자면 그가 거울을 사러 장에 갈 때부터 반 년 전쯤 그의 생일날이었다. 그의 집에서는 음식을 차려서 잘 먹었는데, 그에게는 괴상한 버릇이 있었으니, 맛있는 음식은 남겨 두었다가 좀 있다 먹고 하는 것이 습관이었다. 그의 아내도 이 버릇은 잘 알 터인데 그의 아우가 점심때쯤 오니까, 아까 그가 아껴서 남겨 두었던 그 음식을 아우에게 주려 하였다. 그는 눈을 부릅뜨고 '못 주리라'고 암호하였지만 아내는 그것을 보았는지 못 보았는지 그의 아우에게 주어 버렸다. 그는 마음속이 자못 편치 못하였다. '트집만 있으면 이년을……' 그는 마음먹었다.

그의 아내는 시아우에게 상을 준 뒤에 물러오다가 그만 그의 발을 조금 밟았다.

"이년!"

그는 힘껏 발을 들어서 아내를 냅다 찼다. 그의 아내는 상 위에 거꾸러졌다가 일어난다.

"이년, 사나이 발을 짓밟는 년이 어디 있어?"

"거 좀 밟아서 발이 부러졌쉐까?"

아내는 낯이 새빨개져서 울음 섞인 소리로 고함친다.

"이년! 말대답이……."

그는 일어서서 아내의 머리채를 휘어잡았다.

"형님! 왜 이리십니까."

아우가 일어서면서 그를 붙잡았다.

"가만있거라, 이놈의 자식."

하며 그는 아우를 밀친 뒤에 아내를 되는 대로 내리쩷었다.

"죽일 년, 이년! 나가거라!"

"죽에라, 죽에라! 난, 죽어도 이 집에선 못 나가!"

"못 나가?"

"못 나가디 않구. 뉘 집이기에……."

이때다. 그의 마음에는 그 '못 나겠다'는 아내의 마음이 푹 들이박혔다. 그 이상 때리기가 싫었다. 우두커니 눈만 흘기고 있다가 그는,

"망할 년, 그럼 내가 나갈라."

하고 그만 문 밖으로 뛰어나와서,

"형님, 어디 갑니까."

하는 아우의 말에는 대답도 안 하고, 곁동네 탁주집으로 뒤도 안 돌아보고 가서, 거기 있는 술 파는 계집과 술상 앞에 마주 앉았다.

그날 저녁 얼근히 취한 그는 아내를 위하여 떡을 한 돈 어치 사가지고 집으로 돌아왔다. (83~84쪽)

꽃

오월 초승부터 여유 고을 출입이 잦던 그의 아우는, 오월 그믐께부터는 고을서 며칠씩 묵어 오는 일이 많았다. 함께, 고을에서 첩을 얻어두었다는 소문이 퍼졌다. 이 소문이 있은 뒤는 아내는 그의 아우가 고을 들어가는 것을 벌레보다도 더 싫어하고, 며칠 묵어나 오는 때면 곧 아우의 집으로 가서 그와 담판을 하며 심지어 동서 되는 아우의 처에게까지 못 가게 하지 않는다고 싸우는 일이 있었다. 칠월 초승께 그의 아우는 고을에 들어가서 열흘쯤 묵어 온 일이 있었다. 이때도 그에게까지 와서 아우가 그런 못된 데를 다니는 것을 그냥 둔다고, 해보자 한다. 그 꼴을 곱게 보지 않았던 그는 첫마디로 고함을 쳤다.

"네게 상관이 무에가? 듣기 싫다."

"못난둥이. 아우가 그런 델 댕기는 걸 말리디두 못하구!"

분김에 이렇게 그의 아내는 고함쳤다.

"이년, 무얼?"

그는 벌떡 일어섰다.

"못난둥이!"

그 말이 채 끝나기 전에 그의 아내는 악 소리와 함께 그 자리에 거꾸러졌다.

"이년! 사나이에게 그따윗말버릇 어디서 배완!"

"에미네 때리는 건 어디서 배왔노! 못난둥이."

그의 아내는 울음 소리로 부르짖었다.

"샹년 그냥? 나갈, 우리집에 잇디 말구 나갈."

그는 내리찧으면서 부르짖었다. 그리고 아내를 문을 열고 밀쳤다.

"나가디 않으리!"

하고 그의 아내는 울면서 뛰어나갔다.

"망할년!"

토하는 듯이 중얼거리고 그는 그 자리에 주저앉았다.

그의 아내는 해가 져서 어두워져도 돌아오지 않았다. 일단 내어쫓기는 하였지만 그는 아내의 돌아옴을 기다리고 있었다. 어두워져서도 그는 불도 안 켜고 성이 나서 우들우들 떨면서 아내의 돌아오기를 기다렸다. 그러나 그의 아내의 참 기쁜 듯이 웃는 소리가 그의 아우의 집에서 밤새도록 울리었다. 그는 움쩍도 안 하고 그 자리에 앉아서 밤을 새운 뒤에, 새벽 동터 올 때 아내와 아우를 죽이려고 부엌에 가서 식칼을 가지고 들어와서 문을 벌컥 열었다.

그의 아내로서 만약 근심스러운 얼굴을 하고 그 문 밖에 우두커니 서서 문을 들여다보고 있지 않았다면, 그는 아내와 아우를 죽이고야 말았으리라.

그는 아내를 보는 순간 마음에 가득 차는 사랑을 깨달으면서, 칼을 내던지고 뛰어나가서 아내의 머리채를 휘어잡고, 이년 하면서 들어와서 뺨을 물어뜯으면서 함께 이리저리 자빠져서 뒹굴었다. (84~86쪽)

❀

거울은 마침 장에 마음에 맞는 것이 있었다. 지금 것과 대보면 어떤 때는 코도 크게 보이고 입이 작게도 보이는 것이지만, 그 당시에는, 그리고 그런 촌에서는 둘도 없는 귀물이었다.

거울을 사가지고 장을 본 뒤에 그는 이 거울을 아내에게 주면 그 기뻐할 모양을 생각하며, 새빨간 저녁 햇빛을 받는 넘치는 듯한 바다를 안고, 자기 집으로, 늘 들러 오던 탁주집에도 안 들러서 돌아왔다.

그러나 그가 그의 집 방 안에 들어설 때에는 뜻도 안 하였던 광경이 그의 눈에 벌이어 있었다.

방 가운데는 떡상이 있고, 그의 아우는 수건이 벗어져서 목 뒤로 늘어지고 저고리 고름이 모두 풀어져 가지고 한편 모퉁이에 서 있고, 아내도 머리채가 모두 뒤로 늘어지고 치마가 배꼽 아래 늘어지도록 되어 있으며, 그의 아내와 아우는 그를 보고 어찌할 줄을 모르는 듯이 움쩍도 안 하고 서 있었다.

　세 사람은 한참 동안 어이가 없어서 서 있었다. 그러나 좀 있다가 마침내 그의 아우가 겨우 말했다.

　"그놈의 쥐 어디 갔니?"

　"흥! 쥐? 훌륭한 쥐 잡댔구나!"

　그는 말을 끝내지도 않고 짐을 벗어던지고 뛰어가서 아우의 멱살을 그러잡았다.

　"형님! 정말 쥐가──"

　"쥐? 이놈! 형수하고 그런 쥐 잡는 놈이 어디 있니?"

　그는 아우를 따귀를 몇 대 때린 뒤에 등을 밀어서 문 밖에 내어던졌다. 그런 뒤에 이제 자기에게 이를 매를 생각하고 우들우들 떨면서 아랫목에 서 있는 아내에게 달려들었다.

　"이년! 시아우와 그런 쥐 잡은 년이 어디 있어!"

　그는 아내를 거꾸러뜨리고 함부로 내리짚었다.

　"정말 쥐가…… 아이 죽겠다."

　"이년! 너두 쥐? 죽어라!"

　그의 팔다리는 함부로 아내의 몸 위에 오르내렸다.

　"아이, 죽갔다. 정말 아까 적으니(시아우)가 왔기에 떡 먹으라구 내놓았더니 ──"

　"듣기 싫다! 시아우 붙은 년이, 무슨 잔소릴……."

　"아이, 아이, 정말이야요. 쥐가 한 마리 나……."

　"그냥 쥐?"

　"쥐 잡을래다가……."

　"상년! 죽어라! 물에래두 빠데 죽얼!"

　그는 실컷 때린 뒤에, 아내도 아우처럼 등을 밀어 내어쫓았다. 그 뒤에 그의

등으로,

"고기 배때기에 장사해라!"

하고 토하였다. (86~87쪽)

아까 그가 보지 못한 때의 광경이 활동사진과 같이 그의 머리에 지나갔다.

아우가 집에를 온다. 아우에게 친절한 아내는 떡을 먹으라고 아우에게 떡상을 내놓는다. 그때에 어디선가 쥐가 한 마리 뛰어나온다. 둘(아우와 아내)이서는 쥐를 잡노라고 돌아간다. 한참 성화시키던 쥐는 어느 구석에 숨어 버린다. 그들은 쥐를 찾느라고 뒤룩거린다. 그럴 때에 그가 집에 들어선 것이다.

"샹년, 좀 있으믄 안 들어오리……."

그는 억지로 마음먹고 그 자리에 드러누웠다.

그러나 아내는 밤이 가고 날이 밝기는커녕 해가 중천에 올라도 돌아오지를 않았다. 그는 차차 걱정이 나서 찾아보러 나섰다.

아우의 집에도 없었다. 동네를 모두 찾아보아도 본 사람도 없다 한다.

그리하여, 낮쯤 한 삼사 리 내려가서 바닷가에서 겨우 아내를 찾기는 찾았지만 그 아내는 이전 같은 생기로 찬 산 아내가 아니요, 몸은 물에 불어서 곱이나 크게 되고, 이전에 늘 웃음을 흘리던 예쁜 입에는 거품을 잔뜩 문, 죽은 아내였다.

그는 아내를 업고 집으로 돌아오기까지 정신이 없었다.

이튿날 간단하게 장사를 하였다. 뒤에 따라오는 아우의 얼굴에는,

"형님, 이게 웬일이오니까."

하는 듯한 원망이 있었다. (88쪽)

● 그의 아우 ─────────────────────────────

성   별 남자

나   이(추정포함) 삼십대 초중반쯤으로 추정함.

출생지 및 거주지, 활동 공간 영유에서 출생하여 결혼한 이후에도 형의 내
        외와 함께 그곳에서 살다 형수가 자살하자 그의 장례를 치르고
        그곳에서 떠난 지 벌써 십구 년이 됨.

직   업 조고만 어촌의 고기잡이

출신계층 조고만 어촌의 중류계급

교육정도 소학교나 보통학교 수준의 학력일 것으로 추정함.

가족관계 부모는 열다섯 살 때 돌아갔으며, 자기 아내와 형 내외가 있음.

인물관계

        ① 형제가 서른 집쯤 되는 마을에서 제일 부자였고, 고기잡이를 제일
           잘하였으며, 배따라기도 그 마을에서 빼나게 잘 불러 그들이 동네
           의 대표적 사람이었으므로 마을 사람들과의 관계도 우호적이었을
           것으로 추정함.

        ② 준수한 외모와 형수의 호의로 가끔 형이 시기하고 질투하여 형에
           게 맞기도 하지만 형에게 순종하여 대들지 않고 참고 지냄.

        ③ 자신에게 친절하고 호의를 베풀어 주는 형수와 가깝게 지냄.

인물의 존재방식(사회계층) 조고만 어촌의 부자이면서 대표적인 형제 중 아
        우로서 자신을 시기하고 질투하는 형에게 억울하게 매를 맞으
        면서도 순응하다 결국 형의 오해와 질투로 형수가 자살하자 자
        신도 집을 나와 유랑의 길로 접어들며 자신의 삶을 운명이라고
        받아들임.

성   격

        ① 늠름하고 위엄이 있으며, 선량하고 우애심이 있어 여 형의 시기와
           질투를 모두 받아줌.

        ② 집안의 비극을 운명적으로 받아들이고 유랑함.

③ 다소 방탕적인 기질이 있음.

성격 지표 및 인물 제시방식

❀❀

그의 살던 마을은 영유 고을서 한 이십 리 떠나 있는, 바다를 향한 조고만 어촌이다. 그의 살던 조고만 마을(서른 집쯤 되는)에서는 그는 꽤 유명한 사람이다.

그의 부모는 모두 열댓 세 났을 때 돌아갔고, 남은 사람이라고는 곁집에 딴살림하는 그의 아우 부처와 그 자기 부처뿐이었다. 그들 형제가 그 마을에서 제일 부자이고 또 제일 고기잡이를 잘하였고 그중 글이 있었고 배따라기도 그 마을에서 빼나게 그 형제가 잘 불렀다. 말하자면 그 형제가 그 동네의 대표적 사람이었다. (81쪽)

❀❀

부처의 새는 좋았지만 — 아니 오히려 좋으므로 그는 아내에게 샘을 많이 하였다. 그리고 그의 아내는 시기를 받을 일을 많이 하였다. 품행이 나쁘다는 것이 아니라, 그의 아내는 대단히 천진스럽고 쾌활한 성질로서 아무에게나 말 잘 하고 애교를 잘 부렸다.

그 동네에서는 무슨 명절이나 되면, 집이 그중 정결함을 핑계삼아 젊은이들은 모두 그의 집에 모이고 하였다. 그 젊은이들은 모두 그의 아내에게 '아즈마니'라 부르고, 그의 아내는 '아즈바니 아즈바니' 하며 그들과 지껄이고 즐기며, 그 웃기 잘 하는 입에는 늘 웃음을 흘리고 있었다. 그럴 때마다 그는 한편 구석에서 눈만 힐근거리며 있다가 젊은이들이 돌아간 뒤에는 불문곡직하고 아내에게 덤벼들어 발길로 차고 때리며, 이전에 사다 주었던 것을 모두 걷어올린다. 싸움을 할 때에는 언제든 곁집에 있는 아우 부처가 말리러 오며, 그렇게 되면 언제든 그는 아우 부처까지 때려 주었다.

그가 아우에게 그렇게 구는 데는 이유가 있었다. 그의 아우는, 시골 사람에게
는 쉽지 않도록 늠름한 위엄이 있었고, 맨날 바닷바람을 쏘였지만 얼굴이 희었
다. 이것뿐으로도 시기가 된다 하면 되지만, 특별히 아내가 그의 아우에게 친절
히 하는 데는, 그는 속이 끓어 못 견디었다. (82~83쪽)

❋

그가 영유를 떠나기 반 년 전쯤 — 다시 말하자면 그가 거울을 사러 장에
갈 때부터 반 년 전쯤 그의 생일날이었다. 그의 집에서는 음식을 차려서 잘
먹었는데, 그에게는 괴상한 버릇이 있었으니, 맛있는 음식은 남겨 두었다가
좀 있다 먹고 하는 것이 습관이었다. 그의 아내도 이 버릇은 잘 알 터인데
그의 아우가 점심때쯤 오니까, 아까 그가 아껴서 남겨 두었던 그 음식을 아우에
게 주려 하였다. 그는 눈을 부릅뜨고 '못 주리라'고 암호하였지만 아내는 그것
을 보았는지 못 보았는지 그의 아우에게 주어 버렸다. 그는 마음속이 자못 편치
못하였다. '트집만 있으면 이년을⋯⋯' 그는 마음먹었다.

그의 아내는 시아우에게 상을 준 뒤에 물러오다가 그만 그의 발을 조금 밟았
다.

"이년!"

그는 힘껏 발을 들어서 아내를 냅다 찼다. 그의 아내는 상 위에 거꾸러졌다가
일어난다.

"이년, 사나이 발을 짓밟는 년이 어디 있어?"

"거 좀 밟아서 발이 부러졌쉐까?"

아내는 낯이 새빨개져서 울음 섞인 소리로 고함친다.

"이년! 말대답이⋯⋯."

그는 일어서서 아내의 머리채를 휘어잡았다.

"형님! 왜 이리십니까."

아우가 일어서면서 그를 붙잡았다.

"가만있거라, 이놈의 자식."

하며 그는 아우를 밀친 뒤에 아내를 되는 대로 내리찧었다. (83쪽)

오월 초승부터 영유 고을 출입이 잦던 그의 아우는, 오월 그믐께부터는 고을서 며칠씩 묵어 오는 일이 많았다. 함께, 고을에 첩을 얻어두었다는 소문이 퍼졌다. 이 소문이 있은 뒤는 아내는 그의 아우가 고을 들어가는 것을 벌레보다도 더 싫어하고, 며칠 묵어나 오는 때면 곧 아우의 집으로 가서 그와 담판을 하며 심지어 동서 되는 아우의 처에게까지 못 가게 하지 않는다고 싸우는 일이 있었다. 칠월 초승께 그의 아우는 고을에 들어가서 열흘쯤 묵어 온 일이 있었다. 이때도 그에게까지 와서 아우가 그런 못된 데를 다니는 것을 그냥 둔다고, 해보자 한다. 그 꼴을 곱게 보지 않았던 그는 첫마디로 고함을 쳤다.

"네게 상관이 무에가? 듣기 싫다."

"못난둥이. 아우가 그런 델 댕기는 걸 말리디두 못하구!"

분김에 이렇게 그의 아내는 고함쳤다. (84~85쪽)

거울은 마침 장에 마음에 맞는 것이 있었다. 지금 것과 대보면 어떤 때는 코도 크게 보이고 입이 작게도 보이는 것이지만, 그 당시에는, 그리고 그런 촌에서는 둘도 없는 귀물이었다.

거울을 사가지고 장을 본 뒤에 그는 이 거울을 아내에게 주면 그 기뻐할 모양을 생각하며, 새빨간 저녁 햇빛을 받는 넘치는 듯한 바다를 안고, 자기 집으로, 늘 들러 오던 탁주집에도 안 들러서 돌아왔다.

그러나 그가 그의 집 방 안에 들어설 때에는 뜻도 안 하였던 광경이 그의 눈에 벌이어 있었다.

방 가운데는 떡상이 있고, 그의 아우는 수건이 벗어져서 목 뒤로 늘어지고 저고리 고름이 모두 풀어져 가지고 한편 모퉁이에 서 있고, 아내도 머리채가 모두 뒤로 늘어지고 치마가 배꼽 아래 늘어지도록 되어 있으며, 그의 아내와 아우는 그를 보고 어찌할 줄을 모르는 듯이 움쩍도 안 하고 서 있었다.

세 사람은 한참 동안 어이가 없어서 서 있었다. 그러나 좀 있다가 마침내 그의 아우가 겨우 말했다.

"그놈의 쥐 어디 갔니?"

"흥! 쥐? 훌륭한 쥐 잡댔구나!"

그는 말을 끝내지도 않고 짐을 벗어던지고 뛰어가서 아우의 멱살을 그러잡았다.

"형님! 정말 쥐가—"

"쥐? 이놈! 형수하고 그런 쥐 잡는 놈이 어디 있니?"

그는 아우를 따귀를 몇 대 때린 뒤에 등을 밀어서 문 밖에 내어던졌다. 그런 뒤에 이제 자기에게 이를 매를 생각하고 우들우들 떨면서 아랫목에 서 있는 아내에게 달려들었다. (86~87쪽)

꿏꿏

아까 그가 보지 못한 때의 광경이 활동사진과 같이 그의 머리에 지나갔다.

아우가 집에를 온다. 아우에게 친절한 아내는 떡을 먹으라고 아우에게 떡상을 내놓는다. 그때에 어디선가 쥐가 한 마리 뛰어나온다. 둘(아우와 아내)이서는 쥐를 잡노라고 돌아간다. 한참 성화시키던 쥐는 어느 구석에 숨어 버린다. 그들은 쥐를 찾느라고 뒤룩거린다. 그럴 때에 그가 집에 들어선 것이다.

"샹년, 좀 있으믄 안 들어오리……."

그는 억지로 마음먹고 그 자리에 드러누웠다.

그러나 아내는 밤이 가고 날이 밝기는커녕 해가 중천에 올라도 돌아오지를 않았다. 그는 차차 걱정이 나서 찾아보러 나섰다.

아우의 집에도 없었다. 동네를 모두 찾아보아도 본 사람도 없다 한다.

그리하여, 낮쯤 한 삼사 리 내려가서 바닷가에서 겨우 아내를 찾기는 찾았지만 그 아내는 이전 같은 생기로 찬 산 아내가 아니요, 몸은 물에 불어서 곱이나 크게 되고, 이전에 늘 웃음을 흘리던 예쁜 입에는 거품을 잔뜩 문, 죽은 아내였다.

그는 아내를 업고 집으로 돌아오기까지 정신이 없었다.

이튿날 간단하게 장사를 하였다. 뒤에 따라오는 아우의 얼굴에는,

"형님, 이게 웬일이오니까."

하는 듯한 원망이 있었다.

장사를 지낸 이튿날부터 아우는 그 조그만 마을에서 없어졌다. 하루 이틀은 심상히 지냈지만, 닷새 엿새가 지나도 아우는 돌아오지 않았다. 그래서 알아보니까, 꼭 그의 아우같이 생긴 사람이 오륙 일 전에 멧산자 보따리를 하여 진 뒤에 시뻘건 저녁해를 등으로 받고 더벅더벅 동쪽으로 가더라 한다. 그리하여 열흘이 지나고 스무 날이 지났지만 한번 떠난 그의 아우는 돌아올 길이 없고, 혼자 남은 아우의 아내는 매일 한숨으로 세월을 보내게 되었다. (88~89쪽)

꽃

그도 마침내 뱃사람이 되어, 적으나마 아내를 삼킨 바다와 늘 접근하며 가는 곳마다 아우의 소식을 알아보려고, 어떤 배를 얻어 타고 물길을 나섰다.

그는 가는 곳마다 아우의 이름과 모습을 말하여 보았으나, 아우의 소식은 알 수가 없었다.

이리하여 꿈결같이 십 년을 지내서 구 년 전 가을, 탁탁히 낀 안개를 꿰며 연안(延安) 바다를 지나가던 그의 배는, 몹시 부는 바람으로 말미암아 파선을 하여, 벗 몇 사람은 죽고, 그는 정신을 잃고 물 위에 떠돌고 있었다.

그가 겨우 정신을 차린 때는 밤이었었다. 그리고 어느덧 그는 물 위에 올라와 있었고 그를 말리느라고 새빨갛게 피워 놓은 불빛으로 자기를 간호하는 아우를 보았다.

그는 이상히도 놀라지도 않고 천연하게 물었다.

"너, 어떻게 여기 완?"

아우는 잠자코 한참 있다가 겨우 대답하였다.

"형님, 거저 다 운명이외다."

따뜻한 불기운에 깜빡 잠이 들려다가 그는 화닥닥 깨면서 또 말했다.

"십 년 동안에 되게 파랬구나."

"형님, 나두 변했거니와 형님두 몹시 늙으셨쉐다."

이 말을 꿈결같이 들으면서 그는 또 혼혼히 잠이 들었다. 그리하여 두어 시간, 꿀보다도 단 잠을 잔 뒤에 깨어 보니, 아까같이 새빨간 불은 피어 있지만 아우는 어디로 갔는지 없어졌다. 곁엣사람에게 물어보니까, 아우는 형의 얼굴을 물끄러미 한참 들여다보고 있다가 새빨간 불빛을 등으로 받으면서 터벅터벅 아무 말 없이 어둠 가운데로 스러졌다 한다.

이튿날 아무리 알아보아야 그의 아우는 종적이 없어지고 알 수 없으므로 그는 하릴없이 다른 배를 얻어 타고 또 물길을 떠났다. 그리하여 그의 배가 해주에 이르렀을 때, 그는 해주 장에 들어가서 무엇을 사려다가 저편 맞은편 가게에 걸핏 그의 아우 같은 사람이 있으므로 뛰어가서 보니 그는 벌써 없어졌다. 배가 해주에는 오래 머물지 않으므로 그의 마음은 해주에 남겨 두고 또다시 바닷길을 떠났다.

그 뒤 삼 년을 이러저리 돌아다녔어도 아우는 다시 볼 수가 없었다.

그리하여 삼 년을 지내서 지금부터 육 년 전에, 그의 탄 배가 강화도를 지날 때에, 바다를 향한 가파로운 뫼켠에서 바다를 향하여 날아오는 '배따라기'를 들었다. 그것도 어떤 구절과 곡조는 그의 아우 특식으로 변경된, 그의 아우가 아니면 부를 사람이 없는, 그 '배따라기'이다.

배가 강화도에는 머무르지 않아서 그저 지나갔으나, 인천서 열흘쯤 머무르게 되었으므로, 그는 곧 내려서 강화도로 건너가 보았다. 거기서 이리저리 찾아다니다가 어떤 조그만 객주집에서 물어 보니, 이름도 그의 아우요 생긴 모습도 그의 아우인 사람이 묵어 있기는 하였으나, 사나흘 전에 도로 인천으로 갔다 한다. 그는 곧 돌아서서, 인천으로 건너와서 찾아보았지만, 그 조그만 인천서도 그의 아우를 찾을 바가 없었다.

그 뒤에 눈 오고 비 오며 육 년이 자났지만, 그는 다시 아우를 만나 보지

못하고 아우의 생사까지도 알 수가 없다. (89~90쪽)

저본 1995년 동아출판사 출간 『한국소설대계 4』

김동인 金東仁, 1900~1951

호는 금동(金童), 춘사(春士). 평양 명문가 출신으로 초년은 호화로웠으나 말년은 비참하게 보냈다. 그는 일본 유학중 자비로 동인지 『창조』를 창간하여 처녀작 「약한 자의 슬픔」(1919)을 발표했다. 그러면서 그는 『창조』를 발간하여 동인지 시대를 열었다. 이어 『영대』(靈臺)를 발간, 초창기 한국문단 형성에 크게 기여하며, 순수문예활동의 주도적 역할을 했다. 그는 춘원의 계몽주의 문학에 반발하여 사실주의적 수법을 보였고, 문학의 독자성과 미학성을 중심대상으로 삼은 최초의 작가였다. 카프의 전성기에는 프로문학에 맞서 예술지상주의를 표방하는 등 순수문학 운동의 선두주자였다. 중반 이후 문학적 훼절과 친일로 문학적 파탄을 맞았음에도 불구하고 그는 한국 단편소설의 기반을 확고히 하였다는 점에서 높이 평가 받고 있다. 그의 소설은 평자들에 따라 자연주의, 사실주의, 탐미주의, 민족주의 등으로 계보화될 만큼 다양한 면모를 보여주고 있다. 평론으로도 일가견이 있어 「춘원연구」(1934)는 유명하다.

작품에 「배따라기」(1921), 「태형」(1923), 「목숨」(1924), 「감자」(1925), 「정희」(1925), 「명문」(1925), 「젊은 그들」(1929), 「광염 소나타」(1930), 「배회」(1930), 「발가락이 닮았다」(1932), 「붉은 산」(1932), 「아기네」(1932), 「해지는 지평선에」(1932~1933), 「운현궁의 봄」(1933), 「광화사」(1935), 「대수양」(1941) 등이 있다.

현진건

술 勸하는 社會

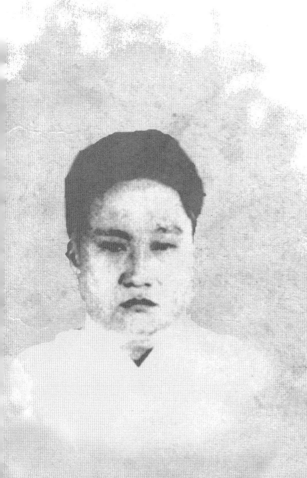

발 표 년 도	『개벽』 17호(1921.6)
시대적 배경	1920년대 일제 강점기 서울
핵 심 서 사	① 혼자 바느질을 하다 손가락을 찔린 아내는 아직 돌아오지 않은 남편을 원망함. ② 아내는 일본으로 유학을 간 남편이 돌아올 날을 기다리며 혼자 살아왔음. ③ 일본에서 돌아온 남편은 집의 돈을 갖다 쓰며 분주히 돌아다님. ④ 두어 달 후 남편의 얼굴에는 근심이 쌓이고 아내 역시 따라서 근심하게 됨. ⑤ 그 몇 달 후 남편은 바깥출입을 일체 끊고 집에만 붙어 있음. ⑥ 또 몇 달 후 남편은 매일 술 냄새를 풍기며 밤늦게 돌아옴. ⑦ 아내는 아픈 것도 잊어버리고 요리집의 남편 모습을 상상하고, 남편이 문을 두드리는 환청에 놀라 집안 곳곳을 뒤져봄. ⑧ 기다림에 지친 아내가 깜박 잠이 든 사이 술에 취한 남편이 돌아옴. ⑨ 술에 취한 남편은 아내에게 누가 자신에게 술을 권하는지에 대해 이야기를 나누자고 조름. ⑩ 사회가 술을 권한다고 말하며 남편은 조선사회에 대한 울분을 털어놓음. ⑪ 사회란 말을 알아듣지 못하는 아내는 술 마시는 것에 대한 원망만을 늘어놓음. ⑫ 아내와의 대화에 답답함을 느낀 남편은 후회하며 붙잡는 아내를 뿌리치고 밖으로 뛰쳐나감. ⑬ 남편이 사라진 골목 끝을 바라보며 아내는 남편에게 술을 권하는 몹쓸 사회를 원망함.
주 제	① 순진하고 무지하여 현실인식이 부족한 아내의 소외와 갈등 양상 ② 지식인 남편의 사회적인 좌절과 절망
등 장 인 물	아내, 남편, 할멈

● 아내

성   별 여자

나   이(추정포함) 이십대 중반으로 추정함.

출생지 및 거주지, 활동 공간

    ① 출생지는 정확하게 알 수 없으나, 현재의 근거지가 서울인 점으로
       미루어 출생지 또한 서울로 추정함.

    ② 서울 어느 가정의 지식인 아내로 생활함.

직   업 가정주부

출신계층 서울 중류계층

교육정도 무학이거나 보통학교 이하 수준의 학력일 것으로 추정함.

가족관계 결혼한 지 7~8년 되었고, 동경에서 대학을 졸업하고 돌아온 남
       편이 있음.

인물관계

    ① 동경에서 대학을 졸업하고 귀국했지만, 현실에 적응하지 못하는
       남편을 이해하지 못하여 갈등함.

    ② 집안살림을 도와주는 행랑방 할멈이 있음.

인물의 존재방식(사회계층) 서울 중류계층 남편의 아내

성   격

    ① 세상 물정을 모르고 순박함.

    ② 봉건적인 여성으로서 순종적이고 수줍음을 많이 탐.

    ③ 남편의 처지를 이해하려고 애씀.

성격 지표 및 인물 제시방식

❀

아내가 되고 남편이 된 지는 벌써 오랜 일이다. 어느덧 7, 8년이 지났으리라. 하건만 같이 있어본 날을 헤아리면 단 일 년이 될락말락 한다. 막 그의 남편이 서울서 중학을 마쳤을 제 그와 결혼하였고, 그러자 마자 고만 동경(東京)에 부급(負笈)한 까닭이다. 거기서 대학까지 졸업을 하였다. 이 길고 긴 세월에 아내는 얼마나 괴로왔으며 외로왔으랴! 봄이면 봄, 겨울이면 겨울, 웃는 꽃을 한숨으로 맞았고 얼음 같은 베게를 뜨거운 눈물로 덥히었다. 몸이 아플 때, 마음이 쓸쓸할 제, 얼마나 그가 그리웠으랴! 하건만 아내는 이 모든 고생을 이를 악물고 참았었다. 참을 뿐이 아니라 달게 받았었다. 그것은 남편이 돌아오기만 하면! 하는 생각이 그에게 위로를 주고 용기를 준 까닭이었다. 남편이 동경에서 무엇을 하고 있나? 공부를 하고 있다. 공부가 무엇인가? 자세히 모른다. 또 알려고 애쓸 필요도 없다. 어찌하였든지 이 세상에 제일 좋고 제일 귀한 무엇이라 한다. 마치 옛날 이야기에 있는 도깨비의 부자(富者) 방망이 같은 것이어니 한다. 옷 나오라면 옷 나오고, 밥 나오라면 밥 나오고, 돈 나오라면 돈 나오고……저 하고 싶은 무엇이든지 청해서 아니 되는 것이 없는 무엇을, 동경에서 얻어가지고 나오려니 하였었다. 가끔 놀러오는 친척들이 비단옷 입은 것과 금지환(金指環) 낀 것을 볼 때에 그 당장엔 마음 그윽히 부러워도 하였지만 나중엔 '남편만 돌아오면—' 하고 그것에 경멸하는 시선을 던지었다. (168~169쪽)

❀

남편이 돌아왔다. 한 달이 지나가고 두 달이 지나간다. 남편의 하는 행동이 자기의 기대하던 바와 조금 배치(背馳)되는 듯하였다. 공부 아니한 사람보다 조금도 다른 것이 없었다. 아니다, 다르다면 다른 점도 있다. 남은 돈벌이를 하는데 그의 남편은 도리어 집안 돈을 쓴다. 그러면서도 어디인지 분주히 돌아다닌다. 집에 들면 정신없이 무슨 책을 보기도 하고 또는 밤새도록 무엇을 쓰기도 하였다.

'저러는 것이 참말 부자 방망이를 맨드는 것인가 보다.'

아내는 스스로 이렇게 해석한다.

또 두어 달 지나갔다. 남편의 하는 일은 늘 한모양이었다. 한 가지 더한 것은 때때로 깊은 한숨을 쉬는 것뿐이었다. 그리고 무슨 근심이 있는 듯이 얼굴을 펴지 않았다. 몸은 나날히 축이 나 간다.

'무슨 걱정이 있는고?'

아내는 따라서 근심을 하게 되었다. 하고는 그 여윈 것을 보충하려고 갖가지로 애를 썼다. 곧 될 수 있는 대로 그의 밥상에 맛난 반찬가지를 붙게 하며 또 고음 같은 것도 만들었다. 그런 보람도 없이 남편은 입맛이 없다 하며 그것을 잘 먹지도 않았다. (169쪽)

또 한 두어 달 지나갔다. 처음처럼 다시 출입이 자주로왔다. 구역이 날 듯한 술냄새가 밤늦게 돌아오는 남편의 입에서 나게 되었다. 그것은 요사이 일이다. 오늘 밤에도 지금까지 돌아오지 않았다. 초저녁부터 아내는 별별 생각을 다하면서 남편을 고대고대하고 있었다. 지리한 시간을 속히 보내려고 치웠던 일가지를 또 꺼내었다. 그것조차 뜻같이 아니 되었다. 때때로 바늘이 헛되이 움직이었다. 마침내 그것에 찔리고 말았다.

"어데를 가서 이때껏 오시지 않아!"

아내는 이제 아픈 것도 잊어버리고 짜증을 내었다. 잠깐 그를 떠났던 공상과 환영이 다시금 그의 머리에 떠돌기 시작하였다. 이상한 꽃을 수놓은, 흰 보(褓) 위에 맛난 요리를 담은 접시가 번쩍인다. 여러 친구와 술을 권커니 잡거니 하는 광경이 보인다. 그의 남편은 미친 듯이 껄껄 웃는다. 나중에는 검은 휘장이 스르르 하는 듯이 그 모든 것이 사라져 버리더니 낭자(狼藉)한 요리상만이 보이기도 하고, 술병만 희게 빛나기도 하고, 아까 그 기생이 한 팔로 땅을 짚고 진저리를 쳐가며 웃는 꼴이 보이기도 하였다. 또한 남편이 길바닥에 쓰러져 우는 것도 보이었다. (169~170쪽)

✿

"문 열어라!"
문득 대문이 덜컥 하고 혀가 꼬부라진 소리로 부르는 듯하였다.
"네."
저도 모르게 대답을 하고 급히 마루로 나왔다. 잘못 신은, 발에 아니 맞는 신을 질질 끌면서 대문으로 달렸다. 중문은 아직 잠그지도 않았고 행랑방에 사람이 없지 않지마는 으례히 깊은 잠에 떨어졌을 줄 알고 자기가 뛰어 나감이었다. 가느름한 손이 어둠 속에서 희게 빗장을 잡고 한참 실랑이를 한다. 대문은 열렸다.
밤바람이 선득하게 얼굴에 안친다. 문 밖에는 아무도 없다! 온 골목에 사람의 그림자도 볼 수 없다. 검푸른 밤 빛이 허연 길 위에 그믈그믈 깃들었을 뿐이었다.
아내는 무엇에 놀란 사람 모양으로 한참 멀거니 서 있었다. 문득 급거히 대문을 닫친다. 마치 그 열린 사이로 악마나 들어올 것처럼.
"그러면 바람 소리였구먼."
하고 싸늘한 뺨을 쓰다듬으며 해쭉 웃고 발길을 돌리었다.
"아니 내가 분명히 들었는데……혹 내가 잘못 보지를 않나?……길바닥에나 쓰러져 있었으면 보이지도 않을 터야……"
중간 문까지 다다르자 별안간 이런 생각이 그의 걸음을 멈추게 하였다.
"대문을 또 좀 열어볼까?……아니야, 내가 헛들었지. 그래도 혹……아니야, 내가 헛들었지."
망설거리면서도 꿈꾸는 사람 모양으로 저도 모를 사이에 마루까지 올라왔다. 매우 기묘한 생각이 번개같이 그의 머리에 번쩍인다.
"내가 대문을 열었을 제 나 몰래 들어오지나 않았나?……"

과연 방안에 무슨 소리가 나는 것 같았다. 확실히 사람의 기척이 있다. 어른에게 꾸중 모시러 가는 어린애처럼 조심조심 방문 앞에 왔다. 그리고 문간 아래로 손을 대며 하염없이 웃는다. 그것은 제 잘못을 용서해 줍시사 하는 어린애 같은 웃음이었다. 조심조심 방문을 열었다. 이불이 어째 움직움직 하는 듯하였다.

"나를 속이랴고 이불을 쓰고 누웠구면."

하고 마음속으로 소곤거렸다. 가만히 내려앉는다. 그 모양이 이것을 건드려서는 큰일이 나지요 하는 듯하였다. 이불을 펄쩍 쳐들었다. 빈 요가 하얗게 드러난다. 그제야 확실히 아니 온 줄 안 것처럼,

"아니 왔구면, 안 왔어!"

라고 울듯이 부르짖었다. (170쪽)

남편이 돌아오기는 새로 두 점이 훨씬 지난 뒤였다. 무엇이 털썩하는소리가 들리고 잇달아,

"아씨, 아씨!"

라고 부르는 소리가 귀를 때릴 때에야 아내는 비로소 아직도 앉았을 자기가 이불 위에 쓰러져 있음을 깨달았다. 기실, 잠 귀 어두운 할멈이 대문을 열었으리만큼 아내는 깜박 잠이 깊이 들었었다. 하건만 그는 몽경(夢境)에서 방황하는 정신을 당장에 수습하였다. 두어 번 얼굴을 쓰다듬자 불현듯 밖으로 나왔다.

(… 중략 …)

"할멈은 고만 가 제게."

주인은 귀치않다는 듯이 말을 한다.

이를 어찌해 하는 듯이 멀거니 서 있는 아내도, 할멈이 고만 갔으면 하였다. 남편을 붙들어 일으킬 생각이야 간절하였지마는, 할멈이 보는데 어찌 그럴 수 없는 것 같았다. 혼인한 지 7, 8년이 되었으니 그런 파수(破羞)야 되었으련만 같이 있어본 날을 꼽아보면, 그는 아직 갓시집온 색시였다.

"할멈은 가 자게."

란 말이 목까지 올라왔지만 입술에서 사라지고 말았다. 마음 그윽히 할멈이 돌아가기만 기다릴 뿐이었다. (171쪽)

벽에 엇비슷하게 기대어 있는 남편은 무엇을 생각하는 듯이 고개를 숙이고 있다. 그의 말라붙은 관자놀이에 펄떡거리는 푸른 맥(脈)을 아내는 걱정스럽게 바라보면서 남편 곁으로 다가온다. 아내의 한 손은 양복 깃을, 또 한 손은 그 소매를 잡으며 화(和)한 목성으로,

"자아, 벗으셔요."

하였다.

남편은 문득 미끄러지는 듯이 벽을 타고 내려앉는다. 그의 쭉 뻗친 발 끝에 이불자락이 저리로 밀려간다.

"에그, 왜 이리 하셔요. 벗자는 옷은 아니 벗으시고."

그 서슬에 넘어질 뻔한 아내는 애닯게 부르짖었다. 그러면서도 같이 따라 앉는다. 그의 손은 또 옷을 잡았다.

"옷이 구겨집니다. 제발 좀 벗으셔요"라고 아내는 애원을 하며, 옷을 벗기려 고 애를 쓴다. 하나, 취한 이의 등이 천근(千斤)같이 벽에 척 들어붙었으니 벗겨 질 리(理)가 없다. 애를 쓰다쓰다 옷을 놓고 물러앉으며,

"원 참, 누가 술을 이처럼 권하였노."

라고 짜증을 낸다. (171~172쪽)

남편은 고소(苦笑)한다.

"틀렸소, 잘못 알았소. 홧증이 술을 권하는 것도 아니고, '하이칼라'가 술을 권하는 것도 아니요. 나에게 권하는 것은 따로 있어. 마누라가, 내가 어떤 '하이 칼라'한테 홀려 다니거나, 그 '하이칼라'가 늘 내게 술을 권하거니 하고 근심을

했으면 그것은 헛걱정이지. 나에게 '하이칼라'는 아무 소용도 없소. 나의 소용은 술뿐이요. 술이 창자를 휘돌아, 이것저것을 잊게 맨드는 것에 나는 취(取)할 뿐이요."

하더니, 홀연 어조(語調)를 고쳐 감개무량하게,

"아아, 유위유망(有爲有望)한 머리를 '알코올'로 마비 아니 시킬 수 없게 하는 그것이 무엇이란 말이요."

하고, 긴 한숨을 내어 쉰다. 물큰물큰한 술냄새가 방안에 흩어진다.

아내에게는 그 말이 너무 어려웠다. 고만 묵묵히 입을 다물었다. 눈에 보이지 않는 무슨 벽이 자기와 남편 사이게 깔리는 듯하였다. 남편의 말이 길어질 때마다 아내는 이런 쓰디쓴 경험을 맛보았다. 이런 일은 한두 번이 아니었다. 이윽고 남편은 기막힌 듯이 웃는다.

"흥 또 못 알아듣는군. 묻는 내가 그르지, 마누라야 그런 말을 알 수 있겠소 내가 설명해 드리지. 자세히 들어요. 내게 술을 권하는 것은 홧증도 아니고 '하이칼라'도 아니요, 이 사회란 것이 내게 술을 권한다오. 이 조선 사회란 것이 내게 술을 권한다오. 알았소? 팔자가 좋아서 조선에 태어났지, 딴 나라에 났더면 술이나 얻어먹을 수 있나……"

사회란 무엇인가? 아내는 또 알 수가 없었다. 어찌하였든 딴 나라에는 없고 조선에만 있는 요리집 이름이어니 한다.

"조선에 있어도 아니 다니면 그만이지요." (172~173쪽)

꽃무늬

"공연히 그런 말 말아요. 무슨 노릇을 못해서 주정군 노릇을 해요! 남이라서……"

아내는 부지불식간(不知不識間)에 흥분이 되어 열기(熱氣) 있는 눈으로 남편을 바라보고 불쑥 이런 말을 하였다. 그는 제 남편이 이 세상에 가장 거룩한 사람이어니 한다. 따라서 어느 뉘보다 제일 잘 될 줄 믿는다. 몽롱하나마 그의 목적이 원대하고 고상한 것도 알았다. 얌전하던 그가 술을 먹게 된 것은 무슨 일이

맘대로 아니 되어 화풀이로 그러는 줄도 어렴풋이 깨달았다. 그러나 술은 노상 먹을 것이 아니다. 그러면 패가망신하고 만다. 그러므로 하루 바삐 그 화가 풀리었으면, 또다시 얌전하게 되었으면 하는 생각이 그의 머리를 떠날 때가 없었다. 그리고 그날이 꼭 올 줄 믿었다. 오늘부터는, 내일부터는……하건만, 남편은 어제도 술이 취하였다. 오늘도 한 모양이다. 자기의 기대는 나날이 틀려 간다. 좇아서 기대에 대한 자신도 엷어간다. 애닯고 원(冤)한 생각이 가끔 그의 가슴을 누른다. 더구나 수척해 가는 남편의 얼굴을 볼 때에 그런 감정을 걷잡을 수 없었다. 지금 저도 모르게 흥분한 것이 또한 무리가 아니었다. (173~174쪽)

❀ ———————————

"그래도 못 알아듣네 그려. 참, 사람 기막혀. 본정신 가지고는 피를 토하고 죽든지, 물에 빠져 죽든지 하지, 하루라도 살 수가 없단 말이야. 흉장(胸腸)이 막혀서 못 산단 말이야. 에잇, 가슴 답답해."

라고 남편은 소리를 지르고 괴로워서 못 견디는 것처럼 얼굴을 찌푸리며 미친 듯이 제 가슴을 쥐어뜯는다.

"술 아니 먹는 다고 흉장이 막혀요?"

남편의 하는 짓은 본체만체하고 아내는 얼굴을 더욱 붉히며 부르짖었다.

그 말에 몹시 놀란 것처럼 남편은 어이없이 아내의 얼굴을 바라보더니 그 다음 순간에는 말할 수 없는 고뇌(苦惱)의 그림자가 그의 눈을 거쳐간다.

"그르지, 내가 그르지. 너 같은 숙맥(菽麥)더러 그런 말을 하는 내가 그르지. 너한테 조금이라도 위로를 얻으려는 내가 그르지. 후후."

스스로 탄식한다.

"아아 답답해!"

문득 기막힌 듯이 외마디 소리를 치고는 벌떡 몸을 일으킨다. 방문을 열고 나가려 한다.

왜 내가 그런 말을 하였던고? 아내는 불시에 후회하였다. 남편의 저고리 뒷자락을 잡으며 안타까운 소리로,

"왜 어디로 가셔요 이 밤중에 어디를 나가셔요 내가 잘못하였읍니다. 인제는 다시 그런 말을 아니하겠읍니다. ……그러게 내일 아침에 말을 하자니까…….'

"듣기 싫어, 놓아, 놓아요."

하고 남편은 아내를 떠다 밀치고 밖으로 나간다. 비틀비틀 마루 끝까지 가서는 털썩 주저앉아 구두를 신기 시작한다.

"에그, 왜 이리 하셔요. 인제 다시 그런 말을 아니 한대도……."

아내는 뒤에서 구두 신으려는 남편의 팔을 잡으며 말을 하였다. 그의 손을 떨고 있었다. 그의 눈에는 담박에 눈물이 쏟아질 듯하였다.

"이건 왜 이래, 저리고 가!"

배앓는 듯이 말을 하고 휙 뿌리친다. 남편의 발길이 뚜벅뚜벅 중문에 다다랐다. 어느덧 그 밖으로 사라졌다. 대문 빗장 소리가 덜컥 하고 난다. 마루 끝에 떨어진 아내는 헛되어 몇 번,

"할멈! 할멈!"

하고 불렀다. 고요한 밤공기를 울리는 구두소리는 점점 멀어간다. 발자취는 어느덧 골목 끝으로 사라져버렸다. 다시금 밤은 적적히 깊어간다.

"가버렸구먼, 가버렸어!"

그 구두소리를 영구히 아니 잃으려는 것처럼 귀를 기울이고 있는 아내는 모든 것을 잃었다 하는 듯이 부르짖었다. 그 소리가 사라짐과 함께 자기의 마음도 사라지고, 정신도 사라진 듯하였다. 심신(心身)이 텅 비어진 듯하였다. 그의 눈은 하염없이 검은 밤안개를 물끄러미 바라보고 있다. 그 사회란 독(毒)한 꼴을 그려보는 것 같이.

쌀쌀한 새벽바람이 싸늘하게 가슴에 부딪친다. 그 부딪치는 서슬에 잠 못자고 피곤한 몸이 부서질 듯이 지긋하였다.

죽은 사람에게서뿐 볼 수 있는 해쓱한 얼굴이 경련적으로 떨며 절망한 어조로 소곤거렸다.

"그 몹쓸 사회가, 왜 술을 권하는고!" (174~175쪽)

● 남편 ─────────────────────────────────

성   별   남자

나   이(추정포함)   이십대 중후반으로 추정함.

출생지 및 거주지, 활동 공간

    ① 출생지는 서울일 것으로 추정함.

    ② 서울에서 중학을 졸업하고, 동경에서 고등학교, 대학을 졸업하고 현재 서울에서 거주하며 활동함.

직   업   무직

출신계층   서울 중류계층

교육정도   서울에서 중학교를 졸업하고 일본 동경으로 유학하여 그곳에서 대학까지 졸업함.

가족관계   결혼한 지 7~8년 되어 아내가 있음.

인물관계

    ① 세상물정을 모르고 무지하여 자신의 처지를 이해하지 못하는 아내와 갈등관계에 있음.

    ② 동경에서 대학을 졸업하고 귀국하였지만, 자신의 뜻과 꿈을 펼칠 수 없는 사회(일제 강점기)에 고민하고 절망함.

인물의 존재방식(사회계층)   서울 중류계층의 지식인

성   격

    ① 지식인으로서 가정과 사회에 책임의식을 결여함.

    ② 소극적이고 허무적인 태도를 보임.

    ③ 아내를 이해하고 배려하는 마음이 부족함.

성격 지표 및 인물 제시방식

✿

아내가 되고 남편이 된 지는 벌써 오랜 일이다. 어느덧 7, 8년이 지났으리라. 하건만 같이 있어 본 날을 헤아리면 단 일 년이 될락말락 한다. 막 그의 남편이 서울서 중학을 마쳤을 제 그와 결혼하였고, 그러자 마자 고만 동경에 부급(負笈)한 까닭이다. 거기서 대학까지 졸업을 하였다. (168쪽)

✿

남편이 돌아왔다. 한 달이 지나가고 두 달이 지나간다. 남편의 하는 행동이 자기의 기대하던 바와 조금 배치(背馳)되는 듯하였다. 공부 아니한 사람보다 조금도 다른 것이 없었다. 아니다, 다르다면 다른 점도 있다. 남은 돈벌이를 하는데 그의 남편은 도리어 집안 돈을 쓴다. 그러면서도 어디인지 분주히 돌아다닌다. 집에 들면 정신없이 무슨 책을 보기도 하고 또는 밤새도록 무엇을 쓰기도 하였다. (23~24쪽)

✿

또 몇 달이 지나갔다. 인제 출입을 뚝 끊고 늘 집에 붙어있다. 걸핏하면 성을 낸다. 입버릇 모양으로 화난다, 화난다 하였다.

어느 날 새벽, 아내가 어렴풋이 잠을 깨어, 남편의 누웠던 자리를 더듬어 보았다. 쉬이는 것은 이불자락뿐이다. 잠결에도 조금 실망을 아니 느낄 수 없었다. 잃은 것을 찾으려는 것처럼, 눈을 부스스 떴다. 책상 위에 머리를 쓰러뜨리고 두 손으로 그것을 움켜쥐고 있는 남편을 보았다. 흐릿한 의식이 돌아옴에 따라, 남편의 어깨가 덜석덜석 움직임도 깨달았다. 흑 흑 느끼는 소리가 뒤를 울린다. 아내는 정신을 바짝 차리었다. 불현듯이 몸을 일으켰다. 이윽고 아내의

손은 가볍게 남편의 등을 흔들며 목에 걸리고 나오지 않는 소리로,

"왜 이러고 계셔요."

라고 물어보았다.

"……"

남편은 아무 대답이 없다. 아내는 손으로 남편의 얼굴을 괴어들려고 할 즈음에, 그것이 뜨뜻하게 눈물에 젖는 것을 깨달았다. (169쪽)

❦

"누가 권하였노? 누가 권하였노? 흥흥."

남편은 그 말이 몹시 귀에 거슬리는 것처럼 곱삶는다.

"그래, 누가 권했는지 마누라가 좀 알아내겠소?"

하고 껄껄 웃는다. 그것은 절망의 가락을 띤 쓸쓸한 웃음이었다. (172쪽)

❦

남편은 고소(苦笑)한다.

"틀렸소, 잘못 알았소. 횟증이 술을 권하는 것도 아니고, '하이칼라'가 술을 권하는 것도 아니오. 나에게 권하는 것은 따로 있어. 마누라가, 내가 어떤 '하이칼라'한테 홀려 다니거나, 그 '하이칼라'가 늘 내게 술을 권하거니 하고 근심을 했으면 그것은 헛걱정이지. 나에게 '하이칼라'는 아무 소용도 없소. 나의 소용은 술뿐이요. 술이 창자를 휘돌아, 이것저것을 잊게 맨드는 것에 나는 취(取)할 뿐이요."

하더니, 홀연 어조(語調)를 고쳐 감개무량하게,

"아아, 유위유망(有爲有望)한 머리를 '알코올'로 마비 아니 시킬 수 없게 하는 그것이 무엇이란 말이요."

하고, 긴 한숨을 내어 쉰다. 물큰물큰한 술냄새가 방안에 흩어진다.

(… 중략 …)

이윽고 남편은 기막힌 듯이 웃는다.

"흥 또 못 알아듣는군. 묻는 내가 그르지, 마누라야 그런 말을 알 수 있겠소 내가 설명해 드리지. 자세히 들어요. 내게 술을 권하는 것은 홧증도 아니고 '하이칼라'도 아니요, 이 사회란 것이 내게 술을 권한다오. 이 조선 사회란 것이 내게 술을 권한다오 알았소? 팔자가 좋아서 조선에 태어났지, 딴 나라에 났더면 술이나 얻어먹을 수 있나……" (172~173쪽)

꽃

남편은 또 아까 웃음을 재우친다. 술이 정말 아니 취한 것같이 또렷또렷한 어조로,

"허허, 기막혀. 그 한 분자(分子)된 이상에야 다니고 아니 다니는 게 무슨 상관이야. 집에 있으면 아니 권하고 밖에 나가야 권하는 줄 아는가보아. 그런 게 아니야. 무슨 사회에 사람이 있어서 밖에만 나가면 나를 꼭 붙들고 술을 권하는 게 아니야…… 무어라 할까…… 저 우리 조선 사람으로 성립된 이 사회란 것이, 내게 술을 아니 못 먹게 한단 말이오…… 어째 그렇소?…… 또 내가 설명을 해드리지. 여기 회를 하나 꾸민다 합시다. 거기 모이는 사람놈 치고 처음은 민족을 위하느니, 사회를 위하느니 그러는데, 제 목숨을 바쳐도 아깝지 않으니 아니하는 놈이 하나도 없어. 하다가 단 이틀이 못되어, 단 이틀이 못되어……"

한층 소리를 높이며 손가락을 하나씩 둘씩 꼽으며,

"되지 못한 명예 싸움, 쓸데 없는 지위 다툼질, 내가 옳으니 네가 그르니, 내 권리가 많으니 네 권리가 적으니…… 밤낮으로 서로 찢고 뜯고 하지, 그러니 무슨 일이 되겠소 회(會)뿐이 아니라, 회사이고 조합이고…… 우리 조선놈들이 조직한 사회는 다 그 조각이지. 이런 사회에서 무슨 일을 한단 말이오 하려는 놈이 어리석은 놈이야. 적이 정신이 바로 박힌 놈은 피를 토하고 죽을 수밖에 없지. 그렇지 않으면 술밖에 먹을 게 도무지 없지. 나도 전자에는 무엇을 좀 해보겠다고 애도 써보았어. 그것이 모다 수포야. 내가 어리석은 놈이었지. 내가

술을 먹고 싶어 먹는 게 아니야. 요사이는 좀 낫지마는 처음 배울 때에는 마누라도 아디시피 죽을 애를 썼지. 그 먹고 난 뒤에 괴로운 것이야 겪어 본 사람이 아니면 알 수 없지. 머리가 지끈지끈 아프고 먹은 것이 다 돌아올라오고— 그래도 아니 먹은 것보담 나았어. 몸은 괴로워도 마음은 괴롭지 않았으니까. 그저 이 사회에서 할 것은 주정군 노릇밖에 없어……." (173쪽)

✽

"그래도 못 알아듣네 그려. 참, 사람 기막혀. 본정신 가지고는 피를 토하고 죽든지, 물에 빠져 죽든지 하지, 하루라도 살 수가 없단 말이야. 흉장(胸腸)이 막혀서 못 산단 말이야. 에엣, 가슴 답답해."
라고 남편은 소리를 지르고 괴로워서 못 견디는 것처럼 얼굴을 찌푸리며 미친 듯이 제 가슴을 쥐어뜯는다.
"술 아니 먹는 다고 흉장이 막혀요?"
남편의 하는 짓은 본체만체하고 아내는 얼굴을 더욱 붉히며 부르짖었다.
그 말에 몹시 놀란 것처럼 남편은 어이없이 아내의 얼굴을 바라보더니 그 다음 순간에는 말할 수 없는 고뇌(苦惱)의 그림자가 그의 눈을 거쳐간다.
"그르지, 내가 그르지. 너 같은 숙맥(菽麥)더러 그런 말을 하는 내가 그르지. 너한테 조금이라도 위로를 얻으려는 내가 그르지. 후후."
스스로 탄식한다.
"아아 답답해!"
문득 기막힌 듯이 외마디 소리를 치고는 벌떡 몸을 일으킨다. 방문을 열고 나가려 한다. (174쪽)

● 할멈

성   별   여자

나   이(추정포함) 오십대 이상으로 추정함.

출생지 및 거주지, 활동 공간 출생지는 알 수 없으며, 주인의 행랑방에 거
주하며 집안일을 돌보고 있음.

직   업 주인의 집안일을 돌봄.

출신계층 하류계층일 것으로 추정함.

교육정도 무학일 것으로 추정함.

가족관계 알 수 없음.

인물관계 집안일과 아내의 일을 돌봄. 아내와 우호적인 관계를 유지하고
있음.

인물의 존재방식(사회계층) 주인의 행랑방에 거주하는 하류계층

성   격

① 행랑방에 거주하며 주인을 위해 도리를 다하려고 노력함.

② 다소 능청스러운 면모도 보임.

성격 지표 및 인물 제시방식

❀❀

"아씨, 아씨!"

라고 부르는 소리가 귀를 때릴 때에야 아내는 비로소 아직도 앉았을 자기가
이불 위에 쓰러져 있음을 깨달았다. 기실, 잠귀 어두운 할멈이 대문을 열었으리
만큼 아내는 깜박 잠이 깊이 들었었다. 하건만 그는 몽경(夢境)에서 방황하는
정신을 당장에 수습하였다. 두어 번 얼굴을 쓰다듬자 불현듯 밖으로 나왔다.
남편은 한 다리를 마루 끝에 걸치고 한 팔을 베고 옆으로 누워있다. 숨소리가
씨근씨근 한다. 막 구두를 벗기고 일어나 할멈은 검붉은 상을 찡그려 붙이며,

"어서 일어나 방으로 들어가세요."

라고 한다. (170~171쪽)

"물, 물, 냉수를 좀 주어."

라고 중얼거렸다.

할멈은 얼른 물을 떠다 이취자(泥醉者)의 코밑에 놓았건만, 그 사이에 벌써 아까 청(請)을 잊은 것같이 취한 이는 물을 먹으려고도 않는다.

"왜 물을 아니 잡수셔요."

곁에서 할멈이 깨우쳤다.

"응 먹지 먹어."

하고, 그제야 주인은 한 팔을 짚고 고개를 든다. 한꺼번에 물 한 대접을 다 들이켜버렸다. 그리고는 또 쓰러진다.

"에그, 또 눕네."

하고, 할멈은 우물로 기어드는 어린애를 안으려는 모양으로 두 손을 내어민다.

"할멈은 고만 가 자게."

주인은 귀치않다는 듯이 말을 한다. (171쪽)

"좀 일으켜 드려야지."

가기는커녕, 이런 말을 하고, 할멈은 선웃음을 치면서 마루로 부득부득 올라온다. 그 모양은, 마치 주인 나리가 약주가 취하시거든, 방에까지 모셔다드려야 제 도리에 옳지요 하는 듯하였다.

"자아, 자아."

할멈은 아씨를 보고 히히 웃어가며, 나리의 등 밑으로 손을 넣는다.

"왜 이래, 왜 이래, 내가 일어날 테야."

하고, 몸을 움직이더니, 정말 주인이 부스스 일어난다. 마루를 쾅쾅 눌러디디며, 비틀비틀, 곧 쓰러질 듯한 보조(步調)로 방문을 향하여 걸어간다. 와지끈하며 문을 열어젖히고는 방안으로 들어간다. 아내도 뒤따라 들어왔다. 할멈은 중간

턱을 넘어설 제, 몇 번 혀를 차고는, 저 갈 데로 가버렸다. (171쪽)

저본　1983년 어문각 출간 '新韓國文學全集 5' 『玄鎭健・羅彬 選集』

현진건 玄鎭健, 1900~1943

　　호는 빙허, 대구 출생. 일본 동경 성성중학을 거쳐 사해 호강(滬江)대학 독일어과 중퇴, 1920년 『개벽』에 「희생화」를 발표하여 등단하였다. 이듬해 「빈처」(1921), 「술 권하는 사회」(1921) 등으로 문명을 얻었다. 그는 『백조』동인으로 활약하기도 했는데, 초기 그의 작품은 신변소설적인 방식을 통해 구조적인 완결성을 꾀하는 한편, 구체적인 현실 비판과 현실에 부합하는 서사성을 보여주었다. 그는 자아(개인)와 사회의 상호 연계성뿐 아니라 암울하고 황폐한 시대적 상황까지 투시하는 사실주의적 소설을 개척한 선구자로 평가 받고 있다. 특히 「운수 좋은 날」(1924)과 「고향」(1926)에서는 일제 강점기 하층민의 삶을 극명하게 드러내고, 일제 수탈로 인해 뿌리 뽑혀 유랑해야 하는 농민들의 현실을 다루고 있는데, 이는 일제 강점기하 조선 사람의 황막한 삶을 축약하고 있는 것이다. 그는 사회에 대한 관심과 함께 역사에 대해서도 특별한 관심을 기울여 역사소설을 쓰기도 했다.

　　작품에 「타락자」(1922), 「피아노」(1922), 「유린」(1922), 「할머니의 죽음」(1923), 「우편국에서」(1923), 「까막잡기」(1924), 「그리운 흘긴 눈」(1924), 「불」(1925), 「새빨간 웃음」(1925), 「B사감과 러브레타」(1925), 「사립정신병원장」(1926), 「그의 얼굴」(1926), 「해뜨는 지평선」(1927), 「신문지와 철창」(1929), 「정조와 약가」(1929), 「서투른 도적」(1931), 「연애의 청산」(1931), 「무영탑」(1938), 「화형」(1939), 「적도」(1939), 「선화공주」(1941) 등이 있다.

염상섭

만세전

발 표 년 도	『신생활』 창간호(「묘지(만세전)」 1922, 7~9월호 3회 연재 및 중단), 「만세전」(고려공사, 1924)
시대적 배경	1918년경 겨울
핵 심 서 사	① 동경 유학생인 '나'(이인화)는 기말시험 도중 아내가 위독하다는 전보를 받고, 귀국을 결심함. 떠나기 전 카페 M에 들러 여급인 일녀(日女) 정자(靜子)를 만남. ② 다음 날 저녁 신호(神戶)에 들러 음악학교에 유학 중인 동향(同鄕)의 을라(乙羅)를 만남. ③ 이튿날 하관(下關)에 도착하여 연락선을 타고 귀국하던 중, 잠깐 들른 배 안의 목욕탕에서 일인들의 대화를 통해 비참한 조선의 참상을 알고, 울분에 휩싸이며 절망하는데, 이 와중에 형사의 심문과 감시에 시달림. ④ 연락선 안의 풍경, 즉 일본인 무리들이 식당과 목욕탕에서 하는 대화를 한심스럽게 생각함. 부산에 도착함. ⑤ 부산의 술집과 거리에서 조선인들이 부랑유민이 되어 가는 현실을 목도함. ⑥ 김천역에 도착하여 보통학교 훈도인 형을 만나고 새 형수와 산소 문제로 언쟁을 벌이고 조선 사회의 구조적 모순에 직면함. ⑦ 서울에 도착하여 병을 앓고 있는 아내와 가족을 만나나, 가족들과 갈등만 깊어짐. ⑧ 아내의 병구완을 위해서는 힘쓰지 않고 정자에게 편지를 쓰고, 을라와 사촌 형과의 관계를 알아봄. 사촌 형수와 을라가 병 문안차 들름. ⑨ 아내가 죽고, 장례를 치른 후, 정자의 편지를 읽고, 그녀에게 편지를 쓴 후, 열흘쯤 서울에서 머물다 동경으로 향함.
주 제	일제 강점기 조선 현실에 대한 자각과 절망감
등 장 인 물	이인화(李寅華), 시즈꼬(정자(靜子)), 을라(乙羅), 이병화(李炳華), 큰집의 사촌형, 김천에 사는 '나'의 큰형님, '나'의 아내, '나'의 아버지, 김의관

● 이인화(李寅華) ——————————————————

성   별   남자

나   이(추정포함)   스물 두셋쯤 됨.

출생지 및 거주지, 활동 공간

　① 열 살 전까지 부모의 고향인 충청도 촌에서 자람.

　② 서울 와서 김 의관 집에서 중학교에 통학함.

　③ 열 네다섯쯤에 일본으로 공부하러 감.

　④ 일본 신호(神戶)에서 중학을 마치고 동경으로 감.

　⑤ 동경 W대학 문과 재학중임.

직   업   일본 유학생

출신계층   중류계층

교육정도   동경 W대학 문과 재학중

가족관계

　① 서울에 사는 부친과 모친, 김천에 사는 형님과 형수, 열셋에 결혼
　　했지만, 병이 심하여 죽음이 임박한 아내, 중기(重基)라는, 핏덩이
　　를 면한 어린 아들이 있음.

　② 과부가 된 뒤로 본가살이를 하는 큰누이, 작은 누이가 있음.

인물관계

　① 동경 M헌의 카페 웨이트레스 정자(靜子)가 관심을 보이나, 부담스
　　러워함.

　② 동경 M헌에 가끔씩 들르는 관계로 그곳의 웨이트레스인 P자와
　　알고 지냄.

　③ 천안이 집이면서 일본 신호(神戶)에서 음악공부를 하는 을라(乙羅)
　　와 가까웠으나, 을라가 병화와 가까이 지낸다는 사실을 안 뒤부터
　　는 멀리함. 병화와 을라의 사이를 다소 오해하고 있음.

④ 서울에 사는 병화와는 사촌간으로서 나보다는 윗사람이고 동경에서 유학할 때는 감독자 행세를 하고 정답게 지냈지만, 그가 을라와 가까이 지낸다고 생각한 뒤부터는 데면데면하여지고 겸연쩍게 됨.

⑤ 부친과 모친, 형님 등과 현실인식이나 가치관의 차이로 거리감을 느낌. 특히 형과 갈등하고 대립함.

인물의 존재방식(사회계층)　서울 중류계층의 일본 유학생

성　격

① 이지적이고 타산적이면서 자존심이 강함.

② 무이상(無理想)한 감상적(感傷的)・유랑적 성격이 농후함.

③ 현실에 무관심하지만 점차로 일제 강점기 조선의 현실을 자각해 감.

④ 냉정하면서 이기적이며 책임감이 부족함.

성격 지표 및 인물 제시방식

꽃

'과연 지금 나는 정자를 내 아내에게 대하는 것처럼 냉연히 내버려둘 수는 없으나, 내 아내를 사랑하지 않으니만큼 또 다른 의미로 정자를 사랑할 수는 없다. 결국 나는 한 여자도 사랑하지 못할 위인이다.'

이같은 생각을 할 제 나는 급작스레 고독을 느끼지 않을 수 없었다. 생활의 목표가 스러져버리는 것 같았다.

'그러나저러나 지금 이다지 시급히 떠나려는 것은 무슨 때문인가. 내가 가기로 죽을 사람이 살아날 리도 없고, 기위 죽었다 할 지경이면 내가 아니 간다고 감장할 사람이야 없을까? 육칠 년이나 같이 살아온 정으로? 참 정말 정이 들었다 할까? 그렇지 않으면 일가에게 대한 체면에 그럴 수가 없다거나, 남편 된 책임상 피할 수 없어서 나가 봐야 한다는 말인가. 흥! 그런 생각은 염두에도

없거니와 그런 마음에도 없는 것을 하지 않으면 안될 이유는 어디 있는가?'
(12쪽)

　이러한 공상인 한참 계속된 뒤에는 별안간에 눈물이 비집어 나올 만큼 지향할 수 없는 애처로운 생각이 밀물듯 하고 참을 수 없이 허전하고 외로운 생각에 긴 한숨을 뿜어냈다. 그러나 그 다음 순간에는,
　'무엇 때문에 눈물이 필요하단 말이냐. 실상 완전한 자유(自由)는 고독(孤獨)에 있고 공허(空虛)에 있지 않은가?'
　나는 속으로 이같이 변명하여 보았다.
　그것은 마치 종로에서 뺨맞은 놈이 행랑 뒷골에서 눈을 흘기다가 자기의 약한 것을 분개하여 보기도 하고 혼자 변명하기도 하여 보는 셈이었다. 그러나 이렇게 겁겁증이 나서 몸부림을 하는 일종의 발작적 상태는 자기의 내면에 깊게 파고들어 앉은 '결박된 자기'를 해방하려는 욕구가 맹렬하면 맹렬할수록 그 발작의 정도가 한층 더하였다. 말하자면 유형무형한 모든 기반, 모든 모순, 모든 계루에서 자기를 구원하여 내지 않으면 질식하겠다는 자각이 분명하면서도, 그것을 실행할 수 없는 자기의 약점에 대한 분만(憤懣)과 연민과 변명이었다.
(24~25쪽)

　나는 선실로 들어갈 생각도 없이 으스름한 갑판 위에 찬바람을 쐬어가며 웅숭그리고 섰었다. 격심한 노역과 추위에 피곤하여 깊은 잠에 들어가는 항구는, 소리없이 암흑 곳에 누웠을 뿐이요, 전시와 안식을 지키는 야광주는 벌써부터 졸린 듯이 점점 불빛이 적어가고 수효가 줄어가면서 깜박깜박 졸고 있다. 나는 인간계를 떠나서 방랑의 몸이 된 자와 같이 그 불빛의 낱낱이 어떠한 평화로운 가정의 대문을 지키고 있으려니 하는 생각을 할 제, 선뜩선뜩하게

반짝이는 별보다도 점점 멀리 흐려가는 불빛이 따뜻이 보였다. 나의 머릿속은 단지 혼돈하였을 뿐이요, 눈은 화끈화끈 단다.

외투 포켓에다가 두 손을 찌르고 어느 때까지 우두커니 섰는 내 눈에는 어느덧 뜨끈뜨끈한 눈물이 빚어 나와서, 상기가 된 좌우 뺨으로 흘러내렸다. 찬바람에 산뜩산뜩 스며들어가는 것을 나는 씻으려고도 아니하고 여전히 섰었다. (66쪽)

스물 두셋쯤 된 책상 도련님인 나로서는 이러한 이야기를 듣고 놀라지 않을 수 없었다. 인생이 어떠하니, 인간성이 어떠하니, 사회가 어떠하니 하여야 다만 심심 파적으로 하는 탁상의 공론에 불과한 것은 물론이다. 아버지나 조상의 덕택으로 글자나 얻어배웠거나 소설권이나 들춰보았다고, 인생이니 자연이니 시(詩)니 소설이니 한 대야 결국은 배가 불러서 투정질하는 수작이요, 실인생·실사회의 이면의 이면, 진상의 진상과는 얼마만한 관련이 있다는 것인가? 하고 보면 내가 지금 하는 것, 이로부터 하려는 일이 결국 무엇인가 하는 의문과 불안을 느끼지 않을 수가 없었다. (56쪽)

"서울집에 있는 것이나 데려다가 기르셨다면 좋았죠. 에미도 죽게 되구, 저는 있는 게 도리어 귀찮을 지경인데." 하며 형님의 눈치를 보았다. 나는 자기 소생을 형님에게 떼어맡겼으면 짐이 덜리어서 시원스럽겠다는 말이나, 듣는 사람에게는 양자라도 할 수 있는데 왜 유처취처까지 해서 남 못할 일을 하였느냐고 나무라는 것같이 들인 모양이다.

"글쎄 그도 그렇지마는 너도 앞일을 생각하면 그럴 수야 있니. 그뿐 아니라 저편 처지가 말 못 되었으니까, 사람 하나 구하는 셈치고 어떻든 데려온 것이지." 하고 형님은 변명을 하였다. 나는 더 이상 더 말할 필요가 없다고 생각하면서도 사람 하나 구한다는 말이 귀에 거슬리기에, 밖에서 듣지 않도록 일본말로 반대의 의사를 늘어놓았다.

"그건 형님 잘못 생각이세요. 설혹 결혼을 하여서 한 사람이 구하여졌다 하더라도 형님을 그것을 자기의 공으로 아실 것도 못 되거니와, 처음부터 구한다는 생각을 가지고 결혼을 하셨다는 것은 형님이 자기를 과대평가(過大評價)하신 것이죠 또 사실상 그러한 것은 둘째, 셋째로 나오는 문제이겠지요 누구든지 저 사람을 행복스럽게 할 사람은 이 넓은 세상에는 나밖에 없다고 생각하는 것은 한편으로 보면 좋은 일 같지마는 다른 한편으로 보면 불완전한 '사람'으로서는 너무 지나친 자긍이겠지요." (103~104쪽)

***

정거장 안에 들어서니까, 순사보 한 사람이 형님하고 인사를 하며 나를 아래위로 한번 훑어보았으나, 별로 조사를 하자고는 아니한다. 지워 가지고 온 짐을 받아 가지고 형님과 아는 일본 사람 사무원이 들어오라고 권하는 대로 우리는 사무실로 들어가서 난로 앞에 불을 쬐고 섰었다. 두세 사무원이 우리를 돌아다보며 앉은 채 묵례를 한다. 우리들더러 들어오라고 한 사무원은,

"매우 춥지요? 동기방학에 나오시는군요."

하며 나의 옆에 와서 말을 붙이며 불을 쬔다. 이러한 경우에 일본 사람이 조선 사람보다 친절한 때가 있다고 나는 생각하였다. 순사나 헌병이라도 조선인보다는 일본인 편이 나은 때가 많다. 일본 순사는 눈을 부라리고 그만둘 일도, 조선 순사는 짓궂이 뺨을 갈기고 으르렁대고서야 마는 것이 보통이다. 계모 시하에서 자라난 자식과 같은 몹쓸 심보다. 불쌍한 처지에 있는 사람끼리 만나면 피차에 동정심이 날 때도 있지마는, 자기 자신의 처지에 스스로 불만을 가지고 자기 자신에 대한 증오(憎惡)가 심하면 심할수록 자기와 똑같은 처지에 있는 사람이 더 밉고 보기싫어서 그런가 보다. 혹시는 제 분풀이를 여기다가 하는 것일 것이다. 조선 사람에게 대한 조선인 관헌의 태도가 그러한 심리에서 나오는 것인지? 혹은 일본 사람은 뒤로 물러서고 시키니까 그러는지? 하여간 조선인 순사나

헌병 보조원이 더 미우면서도 불쌍도 하다. (111~112쪽)

※※ ────────────

　두 사람이 잠자코 앉았으려니까 차는 심천(深川) 정거장엔지 도착한 모양이다. 새로운 승객도 별로 없이 조용한 속에 순사가 두리번두리번하고 뚜벅 소리를 내며 들어와서 저편 찻간으로 지나간 뒤에 조금 있으려니까, 누런 양복바지를 옹구바지로 입고 작달만한 키에 구두 끝까지 철철 내려오는 기다란 환도를 끌면서 조선 사람의 헌병 보조원이 또 들어왔다. 여러 사람의 눈은 또 긴장하여지며 일시에 구랄만한 누렁저고리를 입은 조그마한 사람에게로 모이었다. 이 사람은 조그만 눈을 똥그랗게 뜨고 저편서부터 차츰차츰 한 사람씩 얼굴을 들여다보며 이리로 온다. 누구를 찾는 것이 분명하다. 나는 공연히 가슴이 선뜩하였으나, 이 찻간에는 나를 미행하는 사람이 있으리라는 생각을 하니까 안심이 되었다. 찻간 속은 괴괴하고 헌병 보조원의 유착한 구둣소리만 뚜벅뚜벅 난다. 그러나 여러 사람의 가슴은 컴컴한 남포의 심짓불이 떨리듯이 떨리었다. 한 사람, 두 사람 낱낱이 얼굴을 들여다보고 지나친 뒤의 사람은 자기는 아니로구나, 살아구나! 하는 가벼운 안심이 가슴에 내려앉는 동시에 깊은 한숨을 내쉬는 모양이 완연히 나타났다. 헌병 보조원의 발자취는 점점 내 앞으로 가까와 왔다. 나는 등을 지고 돌아앉았고, 내 앞의 갓장수는 담뱃대를 든 채 헌병의 얼굴을 똑바로 치어다보고 앉았다. 헌병 보조원은 내 곁에 와서 우뚝 선다. 나는 가슴이 뜨끔하며 무심코 치어다보았다. 그러나 헌병 보조원은 나를 본체 만체하고 내 앞에 앉았는 갓장수를 한참 내려다보고 섰더니 손에 들었던 종이 조각을 펴본다. 내 가슴에서는 목이 메게 꿀떡 삼키었던 토란만한 것이 쑥 내려 앉는 것 같았다. 찻간은 고작 헌병 보조원─어린 조선 청년 하나의 한마디로 괴괴하여졌다. (127~128쪽)

※※ ────────────

형님은 장황히 변명삼아 설명을 하는 것이었다.

"어쨌든 큰아주머니만 불평이 없으시다면 잘 되었읍니다그려. 어머니께서도 좋게 생각하시겠죠?"

나는 구태여 잘잘못을 말할 일도 아니기에 좋도록 대꾸를 하였다.

"아버지께서는 원래 큰형수를 미흡하게 여기시니까 말씀할 것도 없지만, 어머니께서는 처음에는 반대를 하시다가, 역시 손주새끼를 보겠다고 첩을 얻어들이는 것보다는 낫다고 하시고, 당자도 인제는 자식이라고는 나 볼 가망도 없구 하니까 아무려나 하라기에, 되어 가는 대로 내버려 두었지."

나는 잠자코 듣기만 하였다. 그러나 아들자식이란 그렇게 낳고 싶은 것인지 나에게는 알 수 없는 일이었다. 무후(無後)한 것이 조상에 대한 죄라거나 부모에게 불효가 된다는 말부터 나에게는 이해할 수 없는 것이었다. 우연이든 필연이든 낳은 자식은 죽일 수 없으니까 남과 같이 길러놓기는 하여야 하겠지마는, 그렇게 성화를 하면서 부친까지 나서서 서두르고 애를 쓸 것이 무엇인지? 사람이란 의외에 호사객이라고 생각하였다. (101~102쪽)

꽃무늬

젊은 사람들의 얼굴까지 시든 배추잎 같고 주눅이 들어서 멀거니 앉았거나, 그렇지 않으면 빌붙는 듯한 천한 웃음이나 '헤에' 하고 싱겁게 웃는 그 표정을 보면 가엾기도 하고, 분이 치밀어 올라와서 소리라도 버럭 질렀으면 시원할 것 같다.

'이게 산다는 꼴인가? 모두 뒈져버려라!'

찻간 안으로 들어오며 나는 혼자 속으로 외쳤다.

'무덤이다! 구더기가 끓는 무덤이다!'

나는 모자를 벗어서 앉았던 자리 위에 던지고 난로 앞으로 가서 몸을 녹이며 섰었다. 난로는 꽤 달았다. 뱀의 혀 같은 빨간 불길이 난로 문 틈으로 날름날름 내다보인다. 찻간 안의 공기는 담배연기와 석탄재의 먼지로 흐릿하면서도 쌀쌀하다. 우중충한 남포불은 웅크리고 자는 사람들의 머리 위를 지키는 것 같으나

묵직하고도 고요한 압력(壓力)으로 지그시 내리누르는 것 같다. 나는 한번 휘돌려다보며,

'공동묘지다! 공동묘지 속에서 살면서 죽어서 공동묘지에 갈까봐 애가 말라 하는 갸륵한 백성들이다!'

하고 혼자 코웃음을 쳤다. (131~132쪽)

● **시즈꼬(정자(靜子))** ──────────────────────────

성   별 여자

나   이(추정포함) 이십대 초반으로 추정함.

출생지 및 거주지, 활동 공간 일본 동경의 M헌(軒)

직   업 동경 M헌(軒)(카페)의 웨이트레스, 신학년부터 동지사대학(同志社大學) 여자부에 입학할 예정임.

출신계층 중류계층(경도·대판에서 뱃길(船路)로 대여섯 시간이면 건너서는 사국(四國) 고송(高松)이라는 데에서 해물상을 함.)

교육정도 고등여학교 졸업, 문학서적과 소설 탐독. 동지사대학(同志社大學) 여자부에 입학 예정.

가족관계 일본 사국(四國) 고송(高松)에서 해물상을 하는 부친과 계모, 경도에 고모가 있음.

인물관계 나(이인화)에게 관심을 보임.

인물의 존재방식(사회계층) 동경 M헌(軒)(카페)의 웨이트레스로 근무하고 있지만, 동지사대학(同志社大學) 여자부에 입학할 예정이며 배움을 갈망함.

성   격
  ① 매정스러우며 절제력이 있음.
  ② 자존심이 강하며 의지적임.
  ③ 이지적이고 명민함.
  ④ 다소의 허영심이 있음.

성격 지표 및 인물 제시방식

정자는 거기에는 대꾸도 아니하고,

"참 요새 시험중예요?"

하며 나에게 묻는다. 얼마쯤 반가운 기색이나, 언제나 그러한 자기의 감정을 감추는 정자다.

"그럼 시험 보다가 말구 보러 왔길래 정성이 놀랍다구 P꼬상이 놀리는 게 아닌가? 그러나 P꼬상을 찾아왔는지 시즈꼬상을 보러 왔는지, 술이 그리워 왔는지, 그것은 내 염통이나 쪼개 보기 전에야 알 수 없는 일이지. P꼬상! 일이 끝나건 올라와요."

나는 P자에게 일러놓고 정자를 따라서 위층으로 올라갔다.

이맘때쯤은 제일 산만한 개시머리지마는 이층은 아무도 없다.

난로 앞에 자리를 만들어 나를 앉혀놓고, 정자는 저편에 가 서서 영채가 도는 똥그란 눈으로 무슨 기미를 찾아내려는 듯이 내 얼굴을 똑바로 치어다보다가 눈이 마주치니까 생긋 웃는다. 이 계집의 정기가 모두 그 눈에 모였다고도 할 만하지마는 항상 모든 것을 경계하는 눈치가 역력하다. 혹간은 무심코 고개를 돌릴 만큼 차디차고 매정스러울 때도 있다. 그러나 어느 때든지 생긋 웃는 그 입술에는 젊은 생명이 욕구하는 모든 것을 아무리 하여도 감출 수가 없었다. 그러면서도 결코 소리를 내지 않고 웃는 호젓한 미소에서 침정(沈靜)과 애수(哀愁)의 그림자를 어느 때든지 볼 수 있었다. 남성이란 남성을 못 믿고 저주(詛呪)하면서도 그래도 내버리고 단념할 수 없는 인간다운 애착이며 성적 요구에서 일어나는 답답한 심정을 그대로 상징한 것이 이 계집애의 그 시선과 미소(微笑)이었다. (… 중략 …)

정자는 남자가 잠자코 있으니까 좀 어색한 듯이 체경 있는 쪽으로 잠깐 고개를 돌리고 머리를 만적거리며 입을 벌렸다. 이 계집애의 나직나직한 목소리에도 좀더 크게 하였으면 좋겠다 하는 생각이 날 만큼 절제하고 압축된 탄력(彈力)

이 있었다. 이 계집은 자기의 목소리에서까지 자기를 억제하고 숨기려 하는가 싶었다. (15~16쪽)

❀ ─────────

나는 어느덧 이러한 난데없는 생각에 팔려, 역시 이 사람 저 사람 치어다보고 앉았다가 정자의 지금의 생활을 생각하여 보았다.

정자는 저의 집에서 뛰어나왔다 한다. 사정을 들어보면 그도 그럴 것이다.

나는 그애가 반역자라는 점은 찬성이다. 그러나 자기의 생활을 자율(自律)하여 나갈 길이 있을까 의문이다. 자기 생활의 중류(中流)에 뛰어들어갈 용기가 있을까? 자각도 있고 영리는 하지만…… 그러나 허영심이 앞을 서기 때문에 믿을 수가 없는 것이다…… (28쪽)

❀ ─────────

영리한 계집애요 동정할 만한, 카페의 웨이트레스로는 아까운 계집애다라고 생각은 하였어도 그 이상으로 어떻게 해보겠다는 정열을 느끼는 것은 아니었다. 같은 값이면 정자를 찾아가서 술을 먹는 것이요, 만나면 귀여워해 줄 뿐이다. 원래가 이지적·타산적으로 생긴 나는 일시 손을 대었다가 옴칠 수도 없고 내칠 수도 없게 되는 때에는 그 머릿살 아픈 것을 어떻게 조처를 하나 하는 생각이 앞을 서는 동시에, 무슨 민족적 감정의 구덩이가 사이에 가로놓인 것은 아니라도 이왕 외국 계집애를 얻어 가지고 가깝게 스러져 가려는 청춘을 향락하려면 자기에게 맞는 타입을 구하겠다는 몽롱한 생각도 없지 않아서 그리하였다. (32쪽)

❀ ─────────

나는 이런 생각을 하며 두어 잔 술을 마신 뒤에 비로소 편지를 꺼내서 피봉을 들여다보았다. 침착하고도 생기있는 정돈된 필적은 그 애의 모습과 같이 재기가 발리어 보였다.

나는, 앞사람은 졸고 앉았지만 누가 보지나 않을까 하고 좌우를 돌려다보며 그래도 궁금증이 나서 쭉 뜯어보았다.

"지금은 이런 편지를 올릴 기회가 아닌지 모릅니다. 왜 그러냐 하면, 아무리 이 지경이기로 물질로 좌우되는 천착한 계집이라고 생각하실 것이 너무도 창피하고 원통해서 말입니다. 그러나 그러할수록에……" (… 중략 …)

나는 한 번 쭉 보고 나서 혼자 웃었다. 그러나 그것은 조소하거나 나에게 대한 이 여자의 신뢰에 대하여 만족한 미소는 아니었다. 애를 써 설명하자면, 그 계집애의 조리가 정연한 이론과 이지적이요 명민한 그 애의 머리에 만족을 느꼈다 할까? (… 중략 …)

이것이 정자의 제일 큰 불평이었다. 정자는 자기의 과거를 한만히 이야기하지는 않으나, 흔히 있는 계모 시하의 불화와 부친의 몰이해에다가 실연이 한꺼번에 왔던 모양이다. 그러나 좀체 거기에 휘어 넘어가지 않고, 앙버티고 현재의 경우에서 제 손으로 헤어나려고 허비적대는 그 심보가 취할 점이요 동정이 가는 것이다. 지금도 책을 보는 모양이지마는 문학에 대한 감상력(鑑賞力)이 호락호락히 볼 것이 아닌 데에 나는 귀엽고 경애를 느끼는 것이다. 될 수 있으면 어떻게 붙들어주고 싶었다. 그러나 그것은 역시 공상이다. (33~34쪽)

***

서류를 정리하다가 가방 속에서 나온 정자의 편지를 다시 한번 펴보았다. 이것은 초상중에 온 것을 대강 보고 집어넣어 두었던 것이다.

"……과장(誇張) 없는 말씀으로, 저는 이제야 겨우 악몽(惡夢)에서 깨어나서 흐리터분하고 어리둥절하던 제 정신이 반짝 든 듯싶습니다. 오랜 방황에서 이제야 제 길을 찾아든 것도 같습니다. 그렇다고 무슨 신앙(信仰)을 붙든 것도 아니요, 생활의 도표(道標)를 별안간 잡은 것은 아닙니다마는, 언젠가 말씀처럼 고민(苦悶)은 역시 제 길, 저 살길을 열어주고야 말았는가 합니다…… 반 년 동안 레스토랑의 경험은 컴컴하고 끈죽끈죽한 생활이었읍니다마는 그래도 저는 그 생활 속에서 새 길을 찾았는가 싶습니다. 인간 수양, 세간 수양이 조금은 되었는가 합니다. 만일 내가 지금 지향(志向)하는 길로 나갈 수 있다면 M헌(軒)에서의 반 년 동안 얻은 문견이 무슨 보토가 될지도 모르겠지요. 그러나 그보다도 그 동안에 당신을 만나뵈었다는 것은 저의 일생에 잊지 못할 새로운 기록이었겠지요……" (165쪽)

● 올라(乙羅) ─────────────────────────────

성　　별　여자

나　　이(추정포함)　이십대 초반으로 추정함.

출생지 및 거주지, 활동 공간

　　① 천안이 집임.

　　② 내가 신호에서 중학을 졸업하고 동경으로 간 뒤 을라가 일본 신호(神戶)로 옴.

　　③ 천안 집보다는 병화네 집에서 주로 기거함.

직　　업

　　① 음악학교 학생

　　② 내년 신학기에 동경음악학교로 전학할 생각을 함.

출신계층　하류계층으로 추정함.

교육정도　음악학교 학생

가족관계　알 수 없음.

인물관계

　　① 인화와는 작년 여름방학에 처음으로 만났으며, 병화(炳華)와 가까이 지낸다는 사실을 안 후부터 인화가 일부러 멀리함.

　　② 병화와 교제하고 있으며 그가 학비까지 보내줌.

　　③ 을라는 병화의 아내와는 동창생이며 여학교에서부터 친한 사이임.

인물의 존재방식(사회계층) 일본 유학생
성   격   가난하게 생활하나 자존심이 강하고 타산적이며 현실지향적임.

성격 지표 및 인물 제시방식

❀────────────────

"이게 웬일예요, 소식두 없이! 어서 올라오세요."
인사할 말을 미리 생각하였던 사람처럼 이렇게 한마디 한 을라는 미소가
어린 그 옴폭한 눈을 힐끗 나를 치어다보고는 부끄럽다는 듯이 눈을 내리깔며
태연히 문설주에 기대어 섰다. 나는 빨간 끈이 달린 발 째진 짚신 위에 가벼이
얹어놓은 하얀 조그만 발을 들여다보며, 구두끈을 풀고 올라서서 을라의 뒤를
따라섰다. (39쪽)

❀────────────────

을라는 급작스레 무엇에 충격을 받은 듯이, 얕은 한숨을 쉬며 고개를 숙인다.
그것이 무엇을 의미하느냐는 것을 직각한 나는, 얄밉기도 하고 일종의 모욕
같은 생각도 나서,
"왜 실연한 남자의 타락한 꼴을 보는 듯 싶소?"
하고 나는 커다랗게 웃다가,
"나보다는 을라씨야말로 참 변했구려?"
하며 비꼬아 보았다.
"무엇 땜에?…… 어디가 어때요?"
"세상물이 들어가느라구! 혹은 예술가로 대성(大成)하느라구 그런지는 모르
지마는."
"세상물도 들겠지만, 그렇다면 예술가로 대성하는 것과는 정반대 아닌가요?"
"그러게 말씀이죠! 연애도 예술적으로 청고(淸高)하게는 안되는 것인지요?"

"매우 로맨틱하시군!"

하고 을라는 냉소를 하다가,

"어쨌든 참 정말 모래쯤 나하구 같이 가세요. 같이 못 가시더래도 내일 오후부터는 자유니까 이야기할 것도 있고 구경도 시켜 드릴게……"

외로운 객지에서 단조하고 이성이 그립던 그때의 을라에게는 나의 불시의 방문이 의외일 뿐 아니라 마음으로 반가왔던 모양이다. (42~43쪽)

"왜? 학비라도 대어 오는 거요?"

저편이 노골적으로 수작을 붙이기에 나도 직통 대고 쏘아보았다. 작년 여름에 만났을 때 그런 말눈치를 귓결에 들었기에 말이다.

"학비는 무슨 학비! 하루 꿀릴 때면 몇 십 원씩 올 일 년내 두세 번 꾸어다 쓴 일도 있구, 방학에 나갔다가 들어올 제 노잣냥 언니가 보태주기에 받아가지고 왔을 뿐이지! 인화씨부터도 그런 데에 무슨 오해가 있는지 모르지만, 그밖에 오해받을 일이라군 손톱만큼도 없세요!"

이 말을 하는 을라는 분연한 어조이었다. 내가 오해하는 듯한 것이 불쾌하여 이 사품에 변명을 하려는 말눈치거니와, 이번도 나갈 노자를 변통해 달라고 편지를 해놓고 기다리는 모양 같다. 그 말을 듣고 보니 혹은 그럴지 모르겠고, 내일이면 방학이라는데 하루를 더 기다려서 같이 가자고 애걸을 하는 것도 노자 때문인 듯 싶다. 그렇다면 조금 절약을 해서 서울까지 데려다 주고도 싶으나, 병화와의 교제가 그뿐이거나 말거나, 이제는 그런 친절까지 보여주고 싶지는 않다고 돌려 생각하고 말았다. (44쪽)

나는 부친과 형님이 들어오시면 오늘 저녁차로라도 떠나버릴 작정으로 건넌 방으로 건너가서 가방 속을 정리하고 앉았으려니, 어느 틈에 왔던지 안에서

병화댁과 을라가 인사를 나왔다.

"얼마나 섭섭하시구 언짢으십니까?"

을라는 위문이라느니보다도 젊은 남편의 상처란 그저 그런 거라는 듯이 생긋 웃으며 다시 장가갈 치하를 하는 듯한 어조다.

"죽은 사람이야 가엾지만, 생자필멸이니 하는 수 없지요."

나는 금방 비로소 죽은 아내가 가엾다는 생각을 하고 난 끝이라 도리어 중중히 이렇게 대거리를 하며, 사랑에 올라올 리는 없지마는 인사로 올라오라고 하였다.

"그래도 섭섭하시겠죠?"

을라는 이런 소리를 하며 말뚱히 나의 기색을 살피려는 눈치다. '그래도 섭섭'이란, 인사답지 않은 인사지마는 나는 웃고 말았다.

"언제 떠나십니까? 이번엔 꼭 같이 가세요."

인사를 온 것이 아니라 동행하자고 맞추러 온 것 같은 수작이다. (163~164쪽)

● **이병화(李炳華)**

성   별   남자

나   이(추정포함)   이십대 후반으로 추정함(이인화가 형이라고 칭함).

출생지 및 거주지, 활동 공간   서울

직   업   어느 직장의 주임대우(奏任待遇)

출신계층   중류계층이지만 가난하게 살았으나, 어느 정도 형편이 폄.

교육정도   동경 유학을 마침.

가족관계

　　　① 나(이인화)와는 사촌간임.

　　　② 나의 집에 기거하는 이복형이 있음.

　　　③ 아내와 어린아이가 있음.

인물관계
  ① 동경 유학시절에는 나와 각별하게 지냈지만, 을라의 문제로 서먹
    서먹해짐.
  ② 이복형과는 거의 상관을 하지 않아 사이가 좋지 않음.
인물의 존재방식(사회계층) 어느 직장의 주임대우로서 안정된 회사원
성   격
  ① 남의 일에 참견하거나 귀찮은 것을 싫어함.
  ② 호탕하면서도 남의 언행에 개의치 않음.

성격 지표 및 인물 제시방식

꽃

정자에게 엽서를 부치던 날 저녁 때에, 을라는 그 동안 나왔나? 하고 인사
겸 병화(炳華)의 집을 찾아가 보았다. 병화는 동경 유학 시대에는 나의 감독자
행세를 하였을 뿐아니라 비교적 정답게 지냈지만, 을라의 문제가 있은 후로는
그럭저럭 나하고 데면데면하여지기도 하고, 만나면 어쩐지 이렇다 할 표면적
별 이유가 있는 것은 아니지마는 피차에 겸연쩍게 되었다. 더구나 이 사람 역시
지금 집에 있는 큰집 형님의 이복동생이기 때문에 형제간 자별하지도 못하려니
와 우리 집에는 한 달에 한 번쯤 들를 뿐이다. (145쪽)

꽃

병화 집에는 마침 주인도 돌아와 들어 있었다.
  "언제 나왔나? 나왔다는 말은 들었지만, 한번 간다면서 자연 바빠서……"
하며 양복을 입은 병화는 방에서 튀어나왔다. 지금 막 들어온 모양이다.
  "아씨는 좀 어떠세요?"
하며 형수도 반가운 듯이 어린아이를 안고 나와서 인사를 한다.

"명이 길면 살겠지요. 하나를 낳아 놓으니까 신진대사로 하나는 가야지요."
하고 나는 방으로 따라 들어갔다.

"에그, 흉한 소리도 하십니다."

"아, 참, 좀 차도가 있으신 모양인가? 처음부터 양의를 대어가지고 수술을
한 뒤에 한약을 들이댄다든지 하였더면 좋았을 걸…… 언젠가 그런 말씀을
하였더니 아버지께서는 펄쩍 뛰시는 모양이기에 시키지 않은 참견은 하기가
싫어서 그만두었지만……"

"나 역시 하시는 대로 내버려두지. 지금 어쩌니어쩌니한들 쓸데두 없구, 제
계집이니까 어쩐다구 하실까봐서 되어가는 대로 내버려두지. 하지만 며칠 못
갈 듯싶어."

"그래서 어쩝니까?"

형수가 웃으면서 눈살을 찌푸린다. (147쪽)

※

"미친 소리로군. 내가 을라 소식을 알겠다던가?"

병화는 옷을 갈아 입고 자기 자리로 와서 앉으며,

"그 무어 없지? 무얼 좀 사오라구 하지."

하며 아내와 대접할 의논을 한다.

"아, 난 곧 갈 테예요…… 그런데 작년 생각하십니까?"

하며 나는 짓궂이 종형수에게 을라의 이야기를 꺼냈다.

형수는 얼굴이 발개지며 픽 웃고 말았다. 나도 상기가 되는 것 같았다.

"자네도 퍽 변하였네그려?"

병화는 을라가 하던 말과 똑같은 소리를 하고 나를 치어다보았다. 그전 같으
면 을라하고 아무 까닭은 없어도 누가 을라란 을자만 물어보아도 얼굴이 발개
지던 사람이 되짚어서 을라의 이야기를 태연히 하고 앉았는 것이 병화에게는
다소 불쾌하기도 하고 이상쩍은 모양이다. (149쪽)

"조금만 앉았어. 좋은 술이 한 병 생겼으니 한잔 하구 가란 말이야. 어디 나가서 할까?"

"술이 웬 거요? 아, 참 올 가을에 한 동 올랐답디다그려? 그러지 않아도 한턱 해야 하지 않소?"

하고 내가 웃으니까, 병화는 매우 유쾌한 듯이 따라 웃다가,

"어쨌든 앉아요. 누가 양주를 한 병 선사를 하였는데……"

하며 묻지도 않은 말을 끌어낸다. 아닌 게 아니라 한 동 올라간 덕에 그런지 집안 세간도 그전보다는 는 모양이다. 웃목에 양복장도 들여놓고 조끼에는 금시곗줄도 늘이었다. 아버지가 보내주시던 넉넉지 않은 학비를 가지고, 한간방에 들어 엎드려서 구운 감자를 사다놓고 혼자 몰래 먹던 옛날을 생각하면 여간한 출세가 아니다. 나는 더 앉아서 이야기를 하고 싶었으나, 늦으면 귀찮기에 병인 핑계를 하고 나와버렸다. (149~150쪽)

나는 한 열흘 더 있다가 졸업 논문도 있고 아무래도 학교일이 걱정이 되어서 떠나고 말았다. 정거장에는 큰집 형님, 병화 내외, 을라 들이 나왔다. 을라는 입도 벌리지 않고 오도카니 섰고, 병화 내외도 플랫포옴의 보꾹에 매달린 시계만 치어다보며 선하품을 하고 섰었다. 그러나 병화의 얼굴에는 그렇게 보아서 그런지 모든 오해를 풀고, 인제는 안심하였다는 듯이 화평한 기색이 도는 것 같았다. (171~172쪽)

● 큰집의 사촌형

성 별 남자

나   이(추정포함) 마흔 살쯤으로 추정함.

출생지 및 거주지, 활동 공간 서울

직   업 없음.

출신계층

　① 하류계층

　② 집도 없이 '나'의 집에서 사십 년을 얹혀 삶.

교육정도 알 수 없음.

가족관계 아내만 있고 자식이 없음.

인물관계

　① 나(병화)의 이종 형이자 병화의 이복 형임.

　② 병화의 처세를 비판하며 못마땅하게 생각함.

인물의 존재방식(사회계층) 종가의 장남으로서 장손이라는 권위를 가지고
　　있음.

성   격

　① 종갓집 장손으로 전통적인 가치관을 지니고 있음.

　② 자존심이 강하며 이해심이 많고 자상함.

　③ 사리판단이 분명함.

성격 지표 및 인물 제시방식

❀ ────────────

　이 형님은 종가(宗家)의 장남으로 태어난 덕에 일평생 손 하나 까딱하지 않고 우리 집에서 사십 년을 지내왔다. 그러나 이 형님에게 자식이 없는 것이 집안의 또 큰 걱정거리란다.

❀ ────────────

"내가 아나? 평의원이라는 직함 바람에 다니시는 게지, 허허허. 그런데 중추원 부찬의라도 하나 생길 줄 아시는지도 모르지."

큰집 형님은 이런 소리를 하며 웃었다.

"중추원 부찬의는 벌써 철 겨운 지가 언젠데? 설령 그게 된다기로 그건 왜 하지 못해 애를 쓰신답디까? 참 딱한 일이야."

"그래도 김의관은 무엇이든지 하나 운동해 드리마든데, 하하."

"미친 소리! 저도 못 하는 것을 누구를 시키구 말구. 흥, 또 유치장에나 들어가구 싶은 게로군?"

"그래도 김의관 말은 자기가 총독이나 정무총감하고 제일 긴하다는데, 하하하."

"서가에 집을 뺏겼으니까, 아버지께 알랑달랑하고 집이나 한 채 얻어 들려는 거지."

"허허허. 그런 집 있으면 나부터 줍시사 하겠네."

사실 이 큰댁 형님을 집 한 채 주어 세간을 내야 하겠다고 생각하였다.
(143~144쪽)

꽃무늬

"글쎄 내야 무얼 알아야죠…… 그래 지금 그 의원이란 자를 대접하는 것이에요?"

"그건 그런 게 아니란다네. 김의관이 일전에 유치장에 들어갔었다지 않았나?"

하며 큰집 형이 대답을 한다.

"글쎄 그랬다는군요."

"그런데 잡혀가던 날이 바로 '차지'가 한턱을 내던 날인데, 그러한 횡액에 걸려서 미안하게 되었다고, 나오던 이튿날 차지가 또 한턱을 내었다나. 그래서 오늘은 김의관이 벼르고 벼르다가 어디 가서 돈을 만들었는지 일금 오원야라를 내놓고 지금 한턱 쓰는 모양이라네. 그런데 의원이란 자는 말하자면 곁두리지."

"차진가 무언가 하는 자는 무엇 하는 자길래 두 번씩이나 턱을 내어가며 그렇게 김의관을 떠받치드람?"

"그게 다 김의관의 후림새지. 자세한 것은 몰라도 저희끼리 숙덕거리는 소리를 들으면 군수나 하나 얻어 하든지, 하다못해 능참봉(陵參奉)이라도 하나 얻어 걸릴까 하구 연해 돈을 쓰며 따라다니나 보데. 그런 놈이 내게도 하나 얻어 걸렸으면 실컷 빨아먹구 혹 불어세겠구먼……하하하."

큰집 형은 이따위 소리를 하고 취흥에 겨워 웃었다. (153~154쪽)

···

"응! 그래서 일본말 하는 체를 하고 차지를 휘두르며 다니는군마는 김의관 주제에……군수, 참봉은 땅에 떨어졌든가!"

나는 하도 어이가 없어서 이렇게 한마디 하고 술잔을 내주며,

"그래 그 틈에 아버지께서도 끼셨나요?"

하며 물으니까,

"아닐세, 천만에. 김의관이 그런 일야 변변히 이야기나 한다든가? 먹을 자국야 혼자 끼구 돌지. 또 그러나 지금 세상에 협잡꾼 아니구 술 한잔이나 입데 들어간다든가? 김의관만 나무라면 뭘하겠나?"

하고 큰집 형은 매우 김의관의 생화가 부럽기도 한 모양이다. (154~155쪽)

···

"참, 아까 병화형한테 갔더니 양주가 생겼다구 붙드는 걸……"

나는 양주를 보니까 생각이 나서 이런 말을 꺼냈다.

"응! 잘들 있던가?……그놈 주임대우(奏任待遇)인지 뭔지 했다면서 돈 한푼 써보란 말도 없구……"

얼쩡하여진 큰집 형은 또 아우의 시비를 꺼내려는 모양이기에 나는,

"맺겼읍디까. 주면 주나 보다 안 주면 안 주나 보다 할 뿐이지, 시비는 왜

하슈. 저도 살아가야지."

하며 말을 막아버렸다.

"그래 아우에게 얻어먹어야 하겠나? 삼촌이나 사촌에게 비럭질을 해야 하겠
나?"

"형편 되어가는 대로 하는 거 아니겠소?"

"계집은 둘씩이나 데리구, 그래 명색이 형이라면서 모른 체해야 옳단 말인
가?"

하며 소리를 빽빽 지른다. (155~156쪽)

＊＊＊

차가 떠나려 할 제 큰집 형님은 승강대에 섰는 나에게로 가까이 다가서며,

"내년 봄에 나오면 어떻게 속현(續絃)할 도리를 차려야 하지 않겠나?"

하고 난데없는 소리를 하기에 나는

"겨우 무덤 속에서 빠져나가는데요? 따뜻한 봄이나 만나서 별장이나 하나
장만하고 거드럭거릴 때가 되거든요!……"

하며 웃어버렸다. (172쪽)

● **김천에 사는 '나'의 큰형님** ───────────────

성   별 남자

나   이(추정포함) 이십대 후반에서 삼십대 초반쯤으로 추정함.

출생지 및 거주지, 활동 공간 서울에서 출생했을 것으로 추정하며, 김천에
        서 거주하며 생활함.

직   업 보통학교 훈도

출신계층 중류계층

교육정도 한학과 신학문을 함.

가족관계
　　① 아내와 일곱 살짜리 딸이 있음.
　　② 아내에게서 아들이 없자 청주 읍내에 살던 최참봉의 둘째딸 금순
　　　 을 첩으로 들임.
인물관계　집안의 큰아들로서 실질적으로 가산을 모으고 집안을 이끌어 감.
인물의 존재방식(사회계층)　보통학교 훈도로서 주로 가산을 모으고 집안을
　　　　　이끌어 가는 데 관심을 기울임.
성　　격　보수적이고 현실적이며, 잇속에 밝음.

성격 지표 및 인물 제시방식

꽃무늬 ────────────────────

　이 형님이라는 사람은 한학으로 다져 만든 촌생원님이나 신학문에도 그리
어둡지 않을 뿐 아니라, 우리 집에는 없으면 안 될 사람이다. 부친이 합방 전후
에 거진 정치열, 명예광에 달떠서 경향으로 동분서주하며 넉넉지 않은 가산을
흐지부지 죽을 내어놓은 분수로 보아서는 지금쯤 내가 유학을 하기는 고사하고
밥을 굶은 지가 벌써 오랜 일이었겠지마는, 얼마 아니 남은 것을 이 형님이
붙들고 앉아서 바자위게 꾸려나가기 때문에 이만치라도 부지를 하게 된 것이다.
다른 것은 그만두고라도 보통학교 훈도쯤으로 이천여 원 돈이나 모은 것을
보면 규모가 얼마나 짜인 사람인가를 상상하기에 어렵지 않을 것이다. 그러나
나로서는 존경하면서도 성미가 맞을 수는 없었다. 생각하면 우리 삼부자같이
극단으로 다른 길을 제각기 걸어나가는 사람들은 없다. 세상에는 정치밖에 없
다는 부친의 피를 받았으면서 보수적·전형적(典型的) 형님과 무이상(無理想)한
감상적(感傷的)·유랑적 기분이 농후한 내가 태어났다는 것이 세상도 고르지
못한 아이러니다. (93~94쪽)

꽃무늬 ────────────────────

우리는 한참 동안 잠자코 걷다가, 형님 집으로 들어가는 동구까지 와서 전에 보지 못하던 일본 사람의 상점이 길가로 하나 생기고 골목 안으로 들어서서도 두 집 문에 일본 사람의 문패가 붙은 것을 보고,

"그 동안에 꽤 변하였군요!"

하며 형님을 치어다보니까, 형님은 조금도 이상할 것이 없다는 듯이 태연무심히 고개만 끄덕끄덕하였다.

나는 앞장을 선 형님을 따라 들어가며 작년보다도 한층 더 퇴락한 대문을 치어다보고,

"거진 쓰러지게 되었는데 문간이나 좀 고치시지?"

하며 혼잣말처럼 한마디 하였다.

"얼마나 살라구! 여기두 좀 있으면 일본 사람 거리가 될 테니까 이대로 붙들고 있다가 내년쯤 상당한 값에 팔아버리란다. 이래뵈도 지금 시세로 여기가 제일 비싸단다."

형님은 칠팔 년 전에 살 때와 비교하여서 거진 두세 곱이나 시세가 올랐다고 매우 좋아하는 모양이다. 나는 오늘 아침에 부산에서 본 광경을 생각하며,

"그야 다른 물가는 따라서 오르지 않았나요. 전쟁 이후에 어떤 것은 삼 배 사 배나 올랐는데요."

하고 대꾸를 하며 안으로 쫓아 들어갔다. (95~96쪽)

❀❀❀ ─────────

"서울집에 있는 것이나 데려다가 기르셨더면 좋았죠 에미도 죽게 되구, 저는 있는 게 도리어 귀찮을 지경인데."

하며 형님의 눈치를 보았다. 나는 자기 소생을 형님에게 떼어맡겼으면 짐이 덜리어서 시원스럽겠다는 말이나, 듣는 사람에게는 양자라도 할 수 있는데 왜 유처취처까지 해서 남 못할 일을 하였느냐고 나무라는 것같이 들린 모양이다.

"글쎄 그도 그렇지마는 너도 앞일을 생각하면 그럴 수야 있니. 그뿐 아니라 저편 처지가 말 못 되었느니까, 사람 하나 구하는 셈치고 어떻든 데려 온 것이

지."

하고 형님은 변명을 하였다. 나는 그 이상 더 말할 필요가 없다고 생각하면서도 사람 하나 구한다는 말이 귀에 거슬리기에, 밖에서 듣지 않도록 일본말로 반대의 의사를 늘어놓았다.

"그건 형님 잘못 생각이세요. 설혹 결혼을 하여서 한 사람이 구하여졌다 하더라도 형님은 그것을 자기의 공으로 아실 것도 못 되거니와, 처음부터 구한다는 생각을 가지고 결혼을 하셨다는 것은 형님이 자기를 과대평가(過大評價)하신 것이죠. 또 사실상 그러한 것은 둘째, 셋째로 나오는 문제이겠지요. 누구든지 저 사람을 행복스럽게 할 사람은 이 넓은 세상에는 나밖에 없다고 생각하는 것은 한편으로 보면 좋은 일 같지마는 다른 한편으로 보면 불완전한 '사람'으로서는 너무 지나친 자긍이겠지요." (103~104쪽)

※

"나도 며칠 있다가 형편 되는 대로 곧 올라가겠지만, 아버님께 산소 사건은 아직도 사오 일은 더 있어야 낙착이 날 듯하다고 여쭈어라. 역시 공동묘지의 규정대로 하는 수밖에 없을 모양이야."

나의 귀에는 좀 이상하게 들리었다. 내 처가 죽을 것은 기정의 사실이라 치더라도 죽기도 전에 들어갈 구멍부터 염려들을 하고 있는 것은, 아들을 낳지 못하여서 성화가 난 것보다도 구성없는 짓이요 일 없는 사람의 헛공사라고 생각 않을 수 없다.

"죽으면 묻을 데가 없을까 봐서 그러세요. 공동묘지는 고사하고 화장을 하든 수장을 하든 상관없는 일이 아닌가요? 아버지께서는 공연히 그런 걱정을 하시지만, 이 살기 어렵고 바쁜 세상에 그런 걱정까지 하는 것은 생각해 볼 일이지요."

나는 이렇게 핀잔을 주듯이 역시 반대의 의사를 표시하였다.

"공연히가 무에 공연히란 말이냐?"

형님은 눈을 똑바로 뜨고 나를 꾸짖고 나서 말을 이었다.

"너도 지각이 났으면 생각을 해보렴. 총독부에서 공동묘지 제도를 설정한 것은 잘되었든 못되었든 하는 수 없이 쫓아간다 하더라도, 대대로 내려오는 자기의 선산이 남의 손에 들어가게 되고 게다가 앞길이 멀지 않으신 늙은 부모가 계신데, 불행한 일이 있는 날에는 어떻게 한단 말이냐? 그래 아버님 어머님을 공동묘지에다가 모신단 말이 될 말이냐? 자식 된 도리는 그만두고라도 남이 부끄러워서 어떡한단 말이냐……계수만 하더라도 만일에 불행한 경우를 당하면 어떻든 작은산소 아래다가 써야지 여기저기 뿔뿔이 흐트러져 있으면 그게 무슨 꼬락서니란 말이냐?"

형님은 매우 화가 난 모양이다. 그러나 내게는 그리 급히 들리는 문제는 아니었다. (107~108쪽)

● **나의 아내**

성 별 여자

나 이(추정포함) 스물 서너 살쯤으로 추정함.

출생지 및 거주지, 활동 공간 서울

직 업 없음.

출신계층 알 수 없음.

교육정도 알 수 없음.

가족관계

　　① 열 다섯에 '나(이인화)'와 결혼하여 핏덩이를 면한 아들 중기(重基)
　　　를 둠.

인물관계

　　① 결혼한 지 6~7년이 되었지만, 남편인 '나'는 열셋에 결혼하여
　　　열 다섯에 일본으로 유학을 갔고, 그 뒤로 무관심했기 때문에 4~
　　　5년을 시댁에서 외롭게 지냄.

　　② 남편에게 제대로 사랑도 받지 못하고, 어린 아들을 하나 남기고

유종(乳腫)의 병을 얻어 앓다가 죽음.

인물의 존재방식(사회계층) 봉건적인 가부장제에 순응하는 나이 어린 아내
성   격 남편과 떨어져 사는 동안 인내하며 아들만을 생각함.

성격 지표 및 인물 제시방식

❀ ─────────────

"좀 어떤 셈예요?"

인사가 끝난 뒤에 어머니에게 물으니까,

"그저 그렇지. 어서 들어가 보렴."

하며 어머니가 안방에서 나와서 건넌방으로 앞장을 서서 들어갔다.

"아가 아가! 서방님 왔다. 얘, 얘, 일본서 서방님 왔어……"

혼수상태에 있던 병인은 눈을 슬며시 뜨고 시어머니의 얼굴을 바라다보고
나서 곁에 앉은 나를 물끄러미 치어다보더니, 까맣게 탄 입술을 벌리고 생그레
웃는 듯하더니, 깔딱질린 눈에 눈물이 글썽글썽하여지며 외면을 한다. 두꺼운
이불을 덮은 가슴이 벌렁거리며 괴로운 듯이 흑흑 느낀다. (136쪽)

❀ ─────────────

"울지 말아요, 병에 해로우니."

나는 겨우 한마디 하고 무슨 말로 위로를 해야 좋을지 몰라서 벙벙히 앉았었
다.

"중기(重基), 중기 보셨소?"

병인은 눈물을 씻으며 겨우 스러져가는 목소리로 한마디를 하고 나를 치어다
본다. 곁에 앉았던 계집애년이 집어주는 수건을 받는 손을 볼 제, 나는 비로소
가엾은 생각이 났다. 가죽이 착 달라붙고 뼈가 앙상한 손이 바르르 떨리었다.

'저 손이, 이 몸에 닿던 포동포동하고 제일 귀여워 보이던 그 손이던가?'

하는 생각을 하여 보니, 어쩐지 마음이 아프고 실쭉하여졌다.

"……난, 나는 죽는 사람이에요……하, 하지만 저 중기만은……."

하며 또 기운없이 입을 벌리다가 목이 메고 말았다. 그저 그 소리지마는 시원하게 울고 싶어도 기운이 진하여서 눈물만 쏟아지는 모양이다.

"그런 소리 말아요. 죽기는 왜 죽어……마음을 턱 놓고 있으면 낳아요."

"인제는 더 살구 싶지두 않아요…… 어떻든 저것만은 잘 맡으세요……."

또 다시 흑흑 느끼다가,

"저것을 생각하니까, 하, 하루라도 더 살려는 것이지……."

하며 엉엉 목을 놓고 우나, 가다가다 목이 메어서 모기 소리만큼 졸아들어갔다. (137~138쪽)

어머니 말씀마따나 시집이라고 왔어야 나하고 살아본 동안은 날짜로 따져도 몇 달이 못 될 것이다. 내가 열셋, 당자가 열다섯에 비둘기장 같은 신랑방을 꾸몄으니까, 십 년 동안이나 시집살이를 한 셈이나 내가 열다섯 살에 일본으로 달아난 뒤로는 더구나 부부라고 말뿐이다. 섣달 그믐날에 시집온 새색시가 정월 초하룻날에 앉아서 시집온 지 이태나 되었다는 셈밖에 아니 된다.

"그러나 하는 수 없지 않아요. 그것도 제 팔자니까."

어머니께서 불쌍하다고는 우시고 우시고 할 때마다, 나는 냉정히 이렇게 대답을 하였다. (158쪽)

● '나'의 아버지

성   별 남자

나   이(추정포함) 오십대 중후반쯤으로 추정함.

출생지 및 거주지, 활동 공간 서울에 거주하며 활동함.

직   업 없음.

출신계층 중류계층

교육정도 한학을 했으리라 추정함.

가족관계 아내('나'의 어머니), 큰 아들과 작은 아들(나), 큰 딸 작은 딸 등
         이 있음.

인물관계 평의원이라는 직함으로 김의관과 어울려 다니며 중추원 부찬의
         와 같은 유명무실한 벼슬이라도 얻어 보려 애씀.

인물의 존재방식(사회계층)

　　① 시대가 변하고 있음에도 불구하고 사태를 인식하지 못하고 김의
         관의 부추김에 넘어가 아무 벼슬자리라도 얻어 보려는 허세적인
         중인 계층.

　　② 가부장제도 하의 권위적인 가장

성   격

　　① 고지식하고 권위적이며, 가정과 가족에게 무책임함.

　　② 명예욕에 들떠 시대상을 제대로 인식하지 못함.

　　③ 고집이 세서 다른 사람의 말을 듣지 않음.

성격 지표 및 인물 제시방식

아랫목에 도사리고 앉으셨던 아버님은,

"거기 앉아라."

하며 그 동안 병세의 경과를 소상히 이야기하며 무슨 탕(湯)을 몇 첩이나 썼더니
어떻게 변하고, 무슨 음(飮)을 몇 첩을 써보니까 얼마나 효험이 있었고, 무엇이
어떻게 걸리어서 얼마나 더치었다는 이야기를 기다랗게 들려주셨으나 나에게
는 무슨 소리인지 잘 알아들을 수가 없었다. 나는 가만히 듣고 앉았다가,

"그 유종(乳腫)은 총독부 병원에 가서 얼른 파종을 시켰더면 좋았을걸요?"

하며 한마디 하니까,

"요새 양의가 무어 안다던? 형도 그따위 소리를 하기에 죽여도 내 손으로 죽인다고 하였다만……"

하며 역정을 내셨다. 나는 잠자코 말았다. (139쪽)

삼사 일은 집구석에서 그럭저럭 세월을 보냈다. 아버지는 무슨 일이 그리 분주하신지 매일 아침만 자시면 김의관하고 나가셨다가 어슬어슬해서야 약주가 취하여 들어오시기도 하고 친구를 한떼씩 몰아가지고 들어오시기도 하였다. 큰집 형님한테 들으니, 요사이 동우회의 연종 총회가 있어서 그렇다 한다.

"그런 데 관계를 마시래도 한사코 왜 다니신단 말요? 모두 반미친놈들이 모여서 협잡질들이나 하고 남한테 시비거리만 장만하면서……공연히 김의관이 들쑤셔니서 엄벙뗑하고 돈푼이라도 갉아먹으려고 그러는 것을 그걸 왜 짐작을 못 허셔?" (142~143쪽)

동우회라는 것은 일선인(日鮮人)의 동화(同化)를 표방하고 귀족 떨거지들을 중심으로 하여 '파고다' 공원패보다는 조금 나은 협잡배들이 모여서 바둑·장기로 세월을 보내고 저녁때면 술추렴이나 다니는 회이다. 회의 유일한 사업은 기생연주회의 후원이나 소위 지명지사(知名之士)가 죽으면 호상차지나 하는 것이다.

"나는 요새 좀 바빠서 약쓰는 것도 자세히 볼 수 없고 하니, 낮에는 들어앉아서 잘 살펴보아라."

내가 도착하던 날 아침에 아버지께서 이렇게 이르시기도 하였고, 또 나간대야 급히 찾아가 볼 데가 있는 것도 아니기에, 들어엎드려서 큰집 형님하고 저녁때면 술잔 먹고 사랑 구석에서 버둥거리고 있었지마는, 알고 보니 다니신다는

데라야 고작 동우회뿐이다. 병인은 하루 한 번이고 두어 번 들여다보아야 더 나은 것 같지도 않고 더친 것 같지도 않고, 의사가 와서 맥인가 본 뒤에 방문을 내면 큰집 형님이 쫓아가서 약봉지를 받아다가 끓여 디밀면 먹는지 마는지 하는 모양이다. 그래도 어머니께서만은 여전히 혼자 애를 쓰시나, 인제는 병구원에 지치시고 집안 사람들의 마음도 심상하여져서 일과로 약시중만 하면 그만인 모양이다. 나부터 병구원을 해본 일이 없으니 어떻게 되어가는지 대중을 모르겠다.

"그 망한 놈의 횐지 무언지 좀 그만두고 어떻게 다잡아서 약이나 잘 쓸 도리를 하셨으면 아니 좋을까."

하며 어머니께서 부친을 원망을 하시는 소리도 들었다.

"오늘도 또 나가우? 어젯밤부터는 좀 이상한 모양이던데……."

며느리를 들여다보고 나오시는 아버지를 치어다보며, 어머니께서 책망하시듯이 물으시니까,

"오늘은 좀 늦을지도 모를걸! 그리 다를 것은 없군."

하시고 나가시는 날도 있었다. 그러나 더하다는 날도 그 모양이요 낫다는 날도 제턱이다. 또 며칠 음산한 날이 계속하였다. (144~145쪽)

※

큰집 형을 안방으로 청하여 저녁상을 마주 받고 앉으니까, 어머니께서 다가앉으시면서,

"아까 김의관의 친구의 천(薦)이라면서 용한 시골의원이 있다고 해서 들어와 보았는데, 또 약을 갈아대면 어떻게 될는지?……."

하며 못 믿겠다는 듯이 나를 바라보았다.

"김의관의 친구가 누구예요?"

"차지 말일세."

잔이 나기를 기다리고 앉았던 큰집 형님이 대신 대답을 하였다.

"차지라는 소리나 하고 다니는 위인이면, 그까짓 게 무얼 안다구?……."

하며 내가 눈살을 찌푸리니까

"글쎄 말일세. 김의관이나 차지가 진권(進勸)한 것이 된 게 있을 리가 있나?"

"어떻든 나는 모르니까 아버님께 잘 여쭈어보구 하십쇼그려."

"난 모른다면 누가 안단 말이냐? 아버지는 밤낮 저 모양으로 돌아다니시거나 술로 세월을 보내시고……."

어머니는 나는 모르겠다는 말이 매우 귀에 거슬리고 화증이 나시는 모양이다. (152~153쪽)

● 김의관 ──────────────────────────────

성   별   남자

나   이(추정포함)   오십대로 추정함.

출생지 및 거주지, 활동 공간   서울

직   업   초상집 호상차지의 일을 함.

출신계층   중류 계층

교육정도   정규교육은 받지 않았고, 유교적 소양이 약간 있는 것으로 추정함.

가족관계

　　　① 한일합방에 공이 있는 서자작(徐子爵)의 딸과 혼인했으나, 그 아내가 죽어 혼자 몸이 됨.

　　　② 집을 뺏기고 첩을 얻어 생활했으나, 첩과도 헤어짐.

인물관계   '나'의 아버지와 가깝게 지내며, '나'의 아버지의 명예욕을 부추김.

인물의 존재방식(사회계층)   중류계층

성   격

　　　① 허세(호기)가 강함.

　　　② 위선적이고 이기적임.

　　　③ 과시적이며 간교함.

④ 시대의 변화에 제대로 적응하지 못하고, 사람들을 현혹시켜 자신
　의 잇속을 챙김.

성격 지표 및 인물 제시방식

사랑에 나가서 깜짝 놀란 것은 김의관이 아버님 옆에 앉았는 것이다.
'언제부터 또 와서 있누?'
하며 어제 찻속에서 보던 금테안경을 생각하고 들어가서 인사를 하니까,
　"잘 있었나? 내환이 위중해서 얼마나 걱정이 되나?"
하며 한층 더 점잔을 빼고, 양복은 입었으나 장죽을 물고 앉았다. (138~139쪽)

안에 들어와서 급히 차려주는 조반을 먹다가,
　"김의관은 왜 또 와 있세요?"
하고 어머니께 물어보았다.
　"집을 뺏기구 첩허구 헤어진 뒤에 벌써부터 와 있단다."
　"그럼 큰집은 어떡하구요?"
　"큰집은 있기야 있지만, 언제는 안 돌아다니나 보던. 더구나 셋방(貰房)으로
돌아다니는 터에!⋯⋯ 매일 술타령이요, 사람이 죽을 지경이다."
하며 어머니는 눈살을 찌푸리셨다. (139쪽)

"그 왜 붙여요?"
김의관에 대한 숭배심을 잃은 나는 그 반동으로 보기가 싫었다.

"왜 붙이는 게 뭐냐? 아버지께서는 이 세상에 김의관 만한 사람이 없다고, 누가 무어라고만 하면 야단이시구, 꼭 겸상해서 잡숫다시피 하시는데……"

김의관은 합방(合邦) 통에 무슨 대신(大臣)으로 합방에 매우 유공한 서자작(徐子爵)의 일긴(一緊)으로서 그 서씨의 집을 얻어들었는데, 서씨가 올 여름에 죽은 뒤에는 집까지 뺏겼다는 것이다. (139~140쪽)

"그건 고사하고, 여보, 김의관이 유치장에 들어갔다가 그저께야 나왔다우…… 모닝코트를 입구, 하하하."

시험이 며칠 아니 남았다고 책상머리에 앉아서 무엇인지를 꼼지락꼼지락하고 앉았던 누이동생이 돌려다보며 말참견을 한다.

"응? 허허. 그거 걸작이다! 헌데 무슨 일루?"

나는 김의관이 예전에 두 번이나 붙들려 가는 것을 따라가 본 일이 있느니만큼 유치장이란 말에 커다랗게 웃었다.

"누가 아우. 밤중에 요리집에서 부랑자 취체에 붙들려 들어갔다가 이 주일 만에 나왔다우. 하하하……"

나는 합병 통에 헌병사령부(憲兵司令部)에 가던 일을 생각해 보고,

"이번에는 누가 쫓아갔던?"

하며 또 한번 웃었다.

"아, 참 너두 밤 출입 하지 마라. 요새는 부랑자 취체도 퍽 심한 모양인데……."

어머니는 곁에서 주의를 시킨다.

"왜 내가 부랑잔가요? 그런데 김의관이 유치장에서 나와서 무어라구 해?"

하며 누이더러 물어보았다.

"아버지께서는 누가 먹어내기 때문에 들어갔다구 하시지만, 큰집 오빠가 그러는데, 요리집에서 취체를 당하니까, 물론 독립운동자를 잡으려는 것인데, 김의관이 호기 좋게 정무총감(政務總監)에게 전화를 걸 테라구 법석을 하기 때문에

형사들은 더 아니꼬아서, 웬 되지 않은 놈이 이 기승이냐고 긁려주었나 보다던
데요.” (140~141쪽)

❁

지금 사랑에 온 손님이 김의관의 ‘봉’인데, 처음에 찾아왔을 때에 방으로
들어오라니까 들어가도 관계 없느냐는 말을 가장 일본말이나 할 줄 안다는
듯이,
“차지(差支) 없습니까?”
고 한 것을 큰집 형이 옆에서 듣고 앉았다가 나중에 김의관더러 물어보니까,
그것이 일본말로 이러저러한 뜻이라고 설명을 하여 준 것을 듣고, 안에 들어와
서 흉을 보기 때문에 어느덧 ‘차지’라는 별명을 얻게 된 것이라 한다. 집안에서
들은 코빼기도 못 보고 이름도 모르면서 ‘차지 차지’ 하고 부르는 모양이다.
“미친 영감쟁이로군! 무얼 하는 사람인데 그래?”
나는 다 듣고 나서 큰집 형더러 물어보았다.
“지금 세상에 오십이 넘어서 하긴 무얼 한단 말인가? 김의관한테 빨리러
다니는 위인이지. 그는 그렇다 하고 한잔 안 하겠나?”
하며 큰집 형은 자기가 한잔 내듯이 아내더러 술상을 보라고 분부를 한다.
(151~152쪽)

❁

큰집 형을 안방으로 청하여 저녁 상을 마주 받고 앉으니까, 어머니께서 다가
앉으시면서,
“아까 김의관의 친구의 천(薦)이라면서 용한 시골의원이 있다고 해서 들어와
보았는데, 또 약을 갈아대면 어떻게 될는지?……”
하며 못 믿겠다는 듯이 나를 바라보셨다.
“김의관의 친구가 누구예요?”

"차지 말일세."

잔이 나기를 기다리고 앉았던 큰집 형님이 대신 대답을 하였다.

"차지라는 소리나 하고 다니는 위인이면, 그까짓 게 무얼 안다구?……."
하며 내가 눈살을 찌푸리니까,

"글쎄 말일세. 김의관이나 차지가 진권(進勸)한 것이 된 게 있을 리가 있나?"

"어떻든 나는 모르니까 아버님께 잘 여쭈어보구 하십쇼그려." (… 중략 …)

"글쎄 내야 무얼 알아야죠…… 그래 지금 그 의원이란 자를 대접하는 것이에
요?"

"그건 그런 게 아니란다네. 김의관이 일전에 유치장에 들어갔었다지 않았
나?"
하며 큰집 형이 대답을 한다.

"글쎄 그랬다는군요."

"그런데 잡혀가던 날이 바로 '차지'가 한턱을 내던 날인데, 그러한 횡액에
걸려서 미안하게 되었다고, 나오던 이튿날 차지가 또 한턱을 내었다나. 그래서
오늘은 김의관이 벼르고 벼르다가 어디 가서 돈을 만들었는지 일금 오원야라를
내놓고 지금 한턱 쓰는 모양이라네. 그런데 의원이란 자는 말하자면 곁두리지."

"차진가 무언가 하는 자는 무엇 하는 자길래 두 번씩이나 턱을 내어가며
그렇게 김의관을 떠받치드람?"

"그게 다 김의관의 후림새지. 자세한 것은 몰라도 저희끼리 숙덕거리는 소리
를 들으면 군수나 하나 얻어 하든지, 하다못해 능참봉(陵參奉)이라도 하나 얻어
걸릴까 하구 연해 돈을 쓰며 따라다니나 보데. 그런 놈이 내게도 하나 얻어
걸렸으면 실컷 빨아먹구 혹 불어세겠구먼…… 하하하."

큰집 형은 이따위 소리를 하고 취흥에 겨워 웃었다. (152~154쪽)

저본 1987년 창작과비평사 출간「만세전」

염상섭 廉想涉, 1897~1963

　　호는 횡보(橫步), 서울 출신, 일본 게이오대학 문과 중퇴. 1920년『폐허』동인으로 문단생활 시작. 식민지 지식인의 정신적 고뇌와 어두운 사회현실을 그린「표본실의 청개구리」(1921)를 발표하여 명성을 얻었다. 또「제야」(1922),「만세전」(1924) 등을 발표하여 사실주의적 문학 경향을 보여주었다.「표본실의 청개구리」에서는 부조리한 현실폭로의 정신에 그의 산문정신이 육박하고 있으며,「만세전」에서는 일제 강점기하의 굴욕적인 현실과 봉건적 현실의 중첩 모순을 구조적 견고함을 통해 잘 묘파한 것으로 평가 받고 있다. 봉건지주인 조부와 신세대의 자유주의자인 나, 그리고 개화교육파인 부친을 대비시킨 수평적 서사 구조의『삼대』(1931)는 가족소설로서 가족 내부 관계의 봉건적 붕괴에만 초점을 맞추지 않고, 보다 역동적으로 움직이는 1930년대 사회의 수평적 동요현상 등을 아우르고 있는 한국소설사에서의 대표작이다. 그는 언론활동도 하고 평론에서는 프로문학과 대립적 입장을 취하기도 했다.

　　작품에「암야」(1922),「죽음과 그 그림자」(1923),「해바라기」(1923),「조그만 일」(1926),「유서」(1926),「남충서」(1927),「미해결」(1927),「사랑의 죄」(1927),「이심」(1928),「광분」(1929),「세 식구」(1930),「백구」(1932),「불연속선」(1936),「개동」(1939),「해방의 아들」(1949),「재회」(1948),「임종」(1949),「일대의 유업」(1949),「두 파산」(1949),「난류」(1950),「취우」(1952) 등이 있다.

김동인

태형(笞刑)

발 표 년 도	『동명』 16~34호(1922.12.17~1923.4.22)
시 대 적 배 경	1919년 일제강점기 여름 어느 감방(監房) 안
핵 심 서 사	① '나'는 독립운동을 하다 감옥에 들어와 있는데, 그 감옥은 다섯 평이 채 못 되며 그곳엔 40여 명이 수감되어 누워서 잘 수도 없고, 더욱이 6월이 지나면 서부터는 갈증과 더위를 이겨내기 위해 생리적 욕구에 집착하며 생활함.
	② '나'는 끊임없이 냉수 한 모금, 맑은 공기, 담배, 누워 잘 수 있는 넓은 자리 등만을 갈구함.
	③ '나'는 더위에 지쳐 잠시라도 맑은 공기를 쐴 수 있고, 넓은 공간에 있을 수 있어 재판에 나가고 싶어 하나 그것이 여의치 않자 주변 사람들에게 짜증을 내고, 심지어 자유롭게 날아다니는 파리에게조차 화를 냄.
	④ 대수롭지 않은 종기를 핑계로 결국 밖으로 나가 병원에서 아우를 만나 비로소 집안 걱정을 함.
	⑤ 함께 수감되어 있는 70세의 '영원 영감'이 태형 구십도의 형에 공소했다는 말을 듣고 그가 태형을 당하고 나가면 그만큼 자리가 넓어져 육체의 환경조 건이 좋아지기 때문에 '나'는 '영원 영감'을 비난하여 그가 공소를 취하하고 태형을 감수하도록 강요함.
	⑥ '나'는 '영원 영감'이 매를 맞는 소리를 들으며 머리가 숙여지고 눈물까지 흘리 려고 함.
주 제	인간 내면에 자리한 이기심과 그에 대한 반성
등 장 인 물	나(서술자), 영감, 아우, 마흔남은 난 사람, 그, 간수부장, 의사, 간수

● **나(서술자)**

성   별 남자

나   이(추정포함) 이십대 중후반으로 추정함.

출생지 및 거주지, 활동 공간 출생지 및 거주지는 알 수 없으나 평양 부근
일 것으로 추정하며, 삼월 만세사건에 연루되어 감방에 갇혀
있음.

직   업 알 수 없음.

출신계층 중류계층 이상일 것으로 추정함.

교육정도 중등교육 이상의 학력일 것으로 추정함.

가족관계

① 집안에 부모가 있을 것으로 추정하며, 같은 감옥에 아우가 있으며,
맏형이 있음.

② 감방에서 아우와 만난 것을 기뻐하고, 재판소 앞에서 맏형을 보았
다는 소식을 전하고, 집안에서 면회 오기를 기다리는 등의 서사를
고려할 때 집안 식구들이 모두 화목하게 지낼 것으로 추정함.

③ 일가와 친척이 있음.

인물관계

① 같은 감방 안에 갇혀 있는 사람들과 때로는 친하게 지내며 한담과
회고담을 하기도 하고 때로는 증오하기도 하며, 때로는 동정함.

② 영원 영감이 태형 언도에 공소하자, 그를 비난하여 공소를 취하하
고 태를 맞도록 하지만, 영감의 태 맞는 신음소리를 들으며 곧
후회의 눈물을 흘림.

인물의 존재방식(사회계층) 삼월 만세사건으로 추정되는 어떤 사건 때문에
감방에 갇혀 있으며, 일본말을 할 줄 알고 감방생활의 실상과
수감되어 있는 사람들의 생태를 예리하게 관찰하고 묘사하는

것으로 보아 중류계층 이상의 지식인 계층일 것으로 추정함.

성   격
　① 예민하고 다소 신경질적임.
　② 연민의 정을 느낄 줄 앎.
　③ 감방 안의 무더위 속(극한적 상황)에서 이기적으로 변함.
　④ 불의에 저항하는 결기가 있음.

성격 지표 및 인물 제시방식

"기쇼오(起床)!"

잠은 깊이 들었지만 조급하게 설렁거리는 마음에, 이 소리가 조그맣게 들린다. 나는 한순간 화닥닥 놀라 깨었다가 또다시 잠이 들었다.

"여보, '기쇼'야, 일어나오."

곁엣사람이 나를 흔든다. 나는 돌아누웠다. 이리하여 한 초, 두 초, 꿀보다도 단 잠을 즐길 적에 그 사람은 또 나를 흔든다.

"잠 깨구 일어나소."

"누굴 찾소?"

이렇게 나는 물었다. 머리는 또다시 나락의 밑으로 미끄러져 들어간다.

(… 중략 …)

"기쇼 불렀소. 뎅껭꺼정 해요. 일어나래두……"

"여보! 이제 남 겨우 또 잠들었는데 깨우긴 왜……"

"뎅껭해요."

나는 벌컥 화를 내었다.

"뎅껭이면 어떻단 말이오! 그래 노형 상관있소?"

"그만 둡시다. 그러나 일어나 나오."

"남 이제 국수 먹고 담배 먹는 꿈꾸댔는데……"

이 말을 하려던 나는 생각만 할 뿐 또다시 잠이 들었다. (… 중략 …) 또 한 초, 두 초, 시간은 흐른다. 덜컥! 마침내 우리 방문을 여는 소리가 났다. 나는 갑자기 굴복을 하고 머리를 들었다. 이미 잘 아는 바이거니와 한 초 전에 무거운 잠에 취하였던 사람이라고는 생각 안되도록 긴장된다. (256~257쪽)

　　✽

이상한 일이거니와 한 사람이 벌을 받으면 방 안의 전체가 떨린다.(공분이라든가 동정이라든가는 결코 아니다.) 몸만 떨릴 뿐 아니라 염통까지 떨린다. 이 떨림을 처음 경험한 것은 경찰서에서 세 시간을 연하여 맞은 뒤에 구류실에 들어가서 두 시간 동안을 사시나무 떨듯 떨던 때였다. 죽지나 않나까지 생각되었다.(지금은 매일 두 세 번씩 당하는 현상이거니와……)
　　방은 죽음의 방같이 소리 하나 없다. 숨도 크게 못 쉰다. 누구나 곁을 보면 거기는 악마라도 있는 것처럼 보려도 안한다. 그들에게 과연 목숨이 남아 있는지? (259쪽)

　　✽

곧 추녀 끝에 걸린 듯한 뜨거운 해는 끊임없이 더위를 보낸다. 몸속에 어디 그리 물이 많았던지 아침부터 계속하여 흘린 땀은 그냥 멎지 않고 흐른다. 한참 동안 땀에 힘없이 앉아 있던 나는 마지막 힘을 내어 담벽을 기대고 흐늘흐늘 일어섰다. 지옥이었었다. 빽빽이 앉은 사람들은 모두 힘없이 머리를 늘이고 입을 송장처럼 벌리고, 흐르는 침과 땀을 씻을 생각도 안하고 먹먹히 앉아 있다. 둥그렇게 구부러진 허리, 맥없이 무릎 위에 놓인 팔, 뚱뚱 부은 시퍼런 얼굴에 힘없이 벌어진 입, 정기 없는 눈, 흩어진 머리와 수염, 모든 것은 죽은 사람이었었다. 이것이 과연 아침에 세면소까지 뛰어갔으며 두 시간 전에 점심 먹느라고 움직인 사람들인가. 나의 곤하여 둔하게 된 감각에도 눈이 쓰린 역한 냄새가 쏜다. (260쪽)

　아침 세수를 할 때마다 깨닫는 것은, 나는 결코 파리하지 않았다는 것이었다. 부었는지 살쪘는지 모르지만, 하루 종일 더위에 녹고 밤새도록 졸음과 땀에게 괴로움 받은 얼굴을 상쾌한 찬물로 씻을 때마다 깨닫는 바가 이것이다. 거울이 없으니 내 얼굴은 알 수 없고 남의 얼굴은 점진적이니 모르지만 미끄러운 땀을 씻고 보동보동한 뺨을 만져볼 때마다 나는 결코 파리하지 않았다는 것을 깨닫는다. 그리고 이 세수 뒤의 두세 시간이 우리의 살림 가운데는 그중 값이 있는 시간이며 그중 사람 비슷한 살림이었다. 이때뿐이 눈에는 빛이 있고 얼굴에는 산 사람의 기운이 있었다. 심지어는 머리도 얼마간 동작하며 혹은 농담을 하는 사람까지 생기게 된다. 좀(단 몇 시간만) 지나면 모든 신경은 마비되고 머리를 늘이고 떠도 보지를 못하는 눈을 지르감고 끓는 기름과 같이 숨을 헐떡거릴 사람과 이 사람들 새에는 너무 간격이 있었다. (266쪽)

　"노형, 어제 공판 갔댔디요?"

　이렇게 나는 그 사람에게 물었다.

　"예."

　"바깥 형편이 어떻습디까?"

　"형편꺼정이야 알겠소? 그저 포플러도 새파랗구, 구름도 세차게 날아다니구, 말하자면 다 살은 것 같습니다. 땅바닥꺼정 움즉이는 것 같구. 사람들두 모두 상판이 시꺼먼 것이 우리 보기에는 도죽놈 관상입디다."

　"그것을 한 번 봤으면……"

　나는 한숨을 쉬었다. 삼월 그믐 아직 두꺼운 솜옷을 입고야 지낼 때에 여기를 들어온 나는 포플러가 푸른빛이었는지 녹빛이었는지 똑똑히 모른다.

　"노형두 수일 공판 가겠디요."

　"글쎄 언제 한 번은 갈 테지요. 그런데 좋은 소식 못 들었소?"

"글쎄, 어제 이야기한 거같이 쉬 독립된답디다."

"쉬?"

"한 열흘 있으면 됩답디다."

(… 중략 …)

아까 사람이 자랑스러운 듯이 수군거렸다.

"곁방에서 공판 갈 사람 불러낸다. 오늘은……"

"노형, 꼭, 가디."

"글쎄 꼭 가야겠는데. 사람두 보구, 시퍼런 나무들두 보구, 넓은 데를……"

그러나 우리 방에서는 어제 간수부장에게 매맞은 그 영감과 그 밖에 영원 맹산 등지 사람 두셋이 불리어나갈 뿐, 나는 역시 그 축에서 빠졌다.

'언제든 한 번 간다.'

나는 맛없고 골이 나서 속으로 중얼거렸다. (… 중략 …)

"노형은 또 빠뎄구려."

"싫으면 그만두라지. 도죽놈들!"

"이제 한 번 안 가리까?"

"이제? 이제가 대체 언제란 말이오? 십 년을 기다려두 그뿐, 이십 년을 기다려두 그뿐……"

"그래두 한 번이야 안 가리까?"

"나 죽은 뒤에 말이오?"

나는 그에게까지 역정을 내었다.

좀 뒤에 아침밥을 먹을 때까지도 나의 마음은 자못 편치 못하였다. 그것은 바깥을 구경할 기회를 빨리 지어주지 않는 관리에게 대함이람보다, 오히려 공판에 불리어나가게 된 행복된 사람들에 대한 무거운 시기에 가까운 것이었었다. (267~269쪽)

❀

'얼핏 진찰감(診察監)에 보내어다오.'

나의 피곤한 머리는 이렇게 빌었다. 아침에 종기를 핑계 삼아 겨우 빌어서 진찰하러 갈 사람 축에 든 나는, 지금 그것밖에 바랄 것이 없었다. 시원한 공기와 넓은 자리를 (다만 일이십 분 동안이라도) 맛보는 것은 여간한 돈이나 명예와는 바꿀 수 없는 귀중한 것이었었다. 그것뿐만 아니라, 입감 이래로 안부는커녕 어느 감방에 있는지도 모르는 아우의 소식도 알는지도 모르겠다.

　즉 뜻하지 않게 눈에 떠오른 것은 집엣일이었다. 희다 못하여 노랗게까지 보이는 햇빛에 반사하는 양회담벽에 먼저 담배와 냉수가 떠오르고 나의 넓은 자리가(처음 순간에는 어렴풋하였지만) 똑똑히 나타났다. (어찌하여 그런 조그만 일까지 똑똑히 보였던지 아직껏 이상하게 생각하거니와) 파리만 한 마리, 성냥갑에서 담배갑으로 도로 성냥갑으로 왔다갔다한다.

　"쌍!"

　나는 뜨거운 기운을 뱉었다.

　"파리까지 자유로 날아다닌다."

　성내려야 성낼 용기까지 없어진 머리로 억지로 성을 내고, 눈에서 그 그림자를 지워버리려 하였다. 그러나 담배와 냉수는 곧 없어졌지만 성가신 파리는 끝끝내 떨어지지를 않았다. (271~272쪽)

　서늘한 좋은 일기였다. 아까는 참말로 더웠는지, 더웠으면 그 더위는 어디로 갔는지, 진찰감으로 가는 동안 오히려 춥다 하여도 좋을 만치 서늘하였다.

　그러나 그보다도 더 기쁜 것은 거기서 아우를 만난 일이었다.

　"어느 방에 있니?"

　나는 머리를 간수에게 향한 대로 조그만 소리로 물었다.

　"사(四)감 이(二)방에."

　나는 좀 있다가 또 물었다.

　"몇 사람씩이나 있니? 덥지?"

　"모두덜 살이 뚱뚱 부었어……"

"도죽놈들. 우리 방엔 사십여 인이 있다. 몸뚱이가 모두 썩는다. 집엔 오히려 널거서 걱정인 자리가 있건만. 너 그새 앓지나 않았니?"

"감옥에선 앓을래야 병이 안 나. 더워서 골치만 쏘디……"

"어떻게 여긴(진찰감) 나왔니?"

"배아프다고 거즛부리하구……"

"난 종처투성이이다. 이것 봐라."

하면서 나는 바지를 걷고 푸릇푸릇한 종기를 내어놓았다.

(… 중략 …)

"그런데 집에선 면회는 왜 안 오는디……"

"글쎄 말이다. 모두들 죽었는지……"

문득 아직껏 생각도 하여보지 않은 일이 머리에 떠오른다. 석 달 동안을 바깥 사람이라고는 간수들밖에 보지 못한 우리에게는 바깥이 어떤 형편인지는 모를 지경이었다. 간혹 재판소에 갔다 오는 사람도 있기는 하지만, 거기 다니는 길은 야외라, 성안 형편은 아직 우리가 여기 들어올 때와 같이 음울한 기운이 시가를 두르고 상점은 모두 철전을 하고 있는지, 혹은 전과 같이 거리에는 흥정이 있고 집안에는 웃음소리가 터지며 예배당에는 결혼하는 패도 있으며 사람들은 석 달 전에 일어난 그 사건을 거반 잊고 있는지 보기는커녕 알지도 못할 일이었다. 일가나 친척의 소소한 일은 더구나 모를 일이었다.

"다 무슨 변이 생겼나부다."

"그래두 어제 공판 갔든 사람이 재판소 앞에서 맏형을 봤대는데……"

(272~273쪽)

꽃〰〰───────────

이때에 아우는 자기 곁에 앉은 사람과 (나 앉은 데까지 들리도록) 무슨 이야기를 둥둥 하고 있었다. 나는 깜짝 놀라서 간수를 보았다. 간수는 아우를 죽목하는 모양이었었다.

나는 기지개를 하는 듯이 손을 들었다. 아우는 못 보았다. 이번은 크게 기침을 하였다. 그러나 그는 못 들은 모양이었었다. 가슴이 떨리기 시작하였다.

'알려야 할 터인데.'

몸을 움직움직하여 보았지만 그는 이야기에 정신이 팔려서 그냥 그치지 않고 하다가 간수가 두어 걸음 자기에게 가까이 올 때야 처음으로 정신을 차리고 시치미를 떼었다. 그러나 간수는 용서하지 않았다. 채찍의 날카로운 소리가 한 번 나는 순간 아우는 어깨에 손을 대고 쓰러졌다.

피와 열이 한꺼번에 솟아올라 나는 눈이 아득하여졌다.

좀 있다가 감방으로 돌아올 때에 빨리 곁눈으로 아우를 보니, 나를 보내는 그의 눈에는 눈물이 가득하여 있었다. 무엇이 어리고 순결한 그의 눈에 눈을 괴게 하였나?

나는 바라고 또 바라던 달고 맑은 공기를 맛보기는 맛보았지만, 이를 맛보기 전보다 더 어둡고 무거운 머리를 가지고 감방으로 돌아오게 되었다. (274~275쪽)

※

그러나 우리들의 부채질은 재판소에서 돌아오는 사람들 때문에 중지되지 않을 수가 없었다. 우리 방에서 나갔던 서너 사람도 돌아왔다. 영원 영감도 송장 같은 얼굴로 돌아왔다.

나는 간수가 돌아간 뒤에 머리는 앞으로 향한 대로 손으로 영감을 찾았다.

"형편 어떻습디까?"

"모르갔소."

"판결은 어떻게 됐소?"

영감은 대답이 없었다. (… 중략 …)

"태형(笞刑) 구십 도랍디다."

"거 잘됐구려! 이제 사흘 뒤에는, 담배두 먹구, 바람두 쏘이구…… 난 언제나……"

"여보! 잘됐시오? 무엇이 잘된달 말이요? 나이 칠십 줄에 들어서 태 맞으면,

말하기두 싫소. 난 아직 죽긴 싫어! 공소했쉐다!"

그는 벌컥 성을 내어 내게 달려들었다. 그러나 그의 말을 들은 뒤의 내 성도 그에게 지지를 않았다.

"여보! 시끄럽소. 노망했소? 당신은 당신이 죽겠다구 걱정하지만, 그래 당신만 사람이란 말이요? 이 방 사십여 인이 당신 하나 나가면 그만큼 자리가 넓어지는 건 생각지 않소? 아들 둘 다 총 맞아 죽은 다음에 뒤상 하나 살아 있으면 무얼 해? 여보!"

나는 곁에 있는 다른 사람들에게 향하였다.

"여게 태형 언도를 공소한 사람이 있답디다."

나는 이상한 소리로 껄껄 웃었다. (275~276쪽)

※

영감은 대답이 없었다. 길게 쉬는 한숨만 우리의 귀에 들렸다. 우리들도 한참 비웃은 뒤에는 기진하여 잠잠하였다. 무겁고 괴로운 침묵만 흘렀다.

(… 중략 …)

그러나 한참 뒤에 마침내 영감이 나를 찾는 소리가 겨우 침묵을 깨뜨렸다.

"여보!"

"왜 그러오?"

"그럼 어떡하란 말이요?"

"이제라두 공소를 취하히야지!"

영감은 또 먹먹하였다. 그러나 좀 뒤에 그는 다시 나를 찾았다.

"노형 말이 옳고. 내 아들 두 놈은 덩녕쿠 다 죽었쉐다. 난 나 혼자 이제 살아서 무얼 하겠소? 취하하게 해주소."

"진작 그럴 게지. 그럼 간수 부릅니다."

"그래 주소."

영감은 떨리는 소리로 말하였다.

나는 패통을 쳤다. 간수는 왔다. 내가 통역을 서서 그의 뜻이라는 것보다

우리의 뜻)을 말하매 간수는 시끄러운 듯이 영감을 끌어냈다. (277쪽)

❀ ———————

모깡, 이것은 십여 일 만에 한 번씩 가질 수 있는 우리의 가장 큰 행복이다.
"모깡!"
간수의 호령이 들릴 때에 우리들은 줄을 지어서 뛰어갔다.
뜨거운 해에 쪼인 씨멘트길은 석 달 동안을 쉰 우리의 발에는 무섭게 뜨거웠
다. 그러나 그것은 우리의 즐거움의 하나였었다. 우리는 그 길을 건너서 목욕통
있는 데로 가서 옷을 벗어던지고, 반고형(半固形)이라 하여도 좋을 꺼룩한 목욕
물에 뛰어들어갔다.
무엇이라고 형용할 수 없는 즐거움이었었다. 곧 곁에는 수도가 있다. 거기서
는 언제든 맑은 물이 나온다. 그것은 우리들의 머리에서 한때도 떠나보지 못한
'달콤한 냉수'이었었다. 잠깐 목욕통 속에서 덤빈 나는 수도로 나와서 코끼리와
같이 물을 먹었다. (278쪽)

❀ ———————

우리는 무서운 소리에 화닥닥 놀랐다. 그것은 단말마의 부르짖음이었었다.
"히도쯔(하나), 후따쯔(둘)"
간수의 세어나가는 소리와 함께
"아이구 죽겠다, 아이구, 아이구!"
부르짖는 소리가 우리의 더위에 마비된 귀를 찔렀다. 우리는 더위를 잊고
모두들 머리를 들었다. 우리의 몸은 한결같이 떨렸다. 그것은 태 맞은 사람의
부르짖음이었었다.
(… 중략 …)
둘째 사람이 태형대에 올라간 모양이다.
"히도쯔."

하는 간수의 소리에 연한 것은,

"아유!"

하는 기운 없는 외마디의 부르짖음이었었다.

(… 중략 …)

우리는 그 소리의 주인을 알았다. 그것은 어젯밤 우리가 내어쫓은 그 영원 영감이었었다. 쓰린 매를 맞으면서도 우렁찬 신음을 할 기운도 없이 '아유!' 외마디의 소리로 부르짖는 것은 우리가 억지로 매를 맞게 한 그 영감이었다.

"요쯔(넷)."

"아유!"

"이쯔쯔(다섯)."

"후—"

나는 저절로 목이 늘어지는 것을 깨달았다. 나의 머리에는 어젯밤 그가 이 방에서 끌려나갈 때의 꼴이 떠올랐다.

"칠십 줄에 들은 늙은이가 태 맞구 살길 바라갔소? 난 아무캐 되던 노형들이나……"

그는 이 말을 채 맺지 못하고 초연히 간수에게 끌려나갔다. 그리고 그를 내어쫓은 장본인이 나였었다.

나의 머리는 더욱 숙여졌다. 멀거니 뜬 눈에서는 눈물이 나오려 하였다. 나는 그것을 막으려고 눈을 힘껏 감았다. 힘있게 닫힌 눈은 떨렸다. (279~280쪽)

● **영감** ───────────────────────────────

성   별   남자

나   이(추정포함)   칠십 줄에 듦.

출생지 및 거주지, 활동 공간   출생지는 정확하게 제시되어 있지 않으며 거 주지는 영원임. 삼월 만세사건으로 인해 현재 '나'와 같이 감방 에서 생활함.

직   업   메골짜기에서 만세 부를 때 참여했던 것으로 보아 농부였을 것
으로 추정함.

출신계층 정확하게 제시되어 있지는 않으나 농사를 짓는 하류계층일 것
으로 추정함.

교육정도 무학일 것으로 추정함.

가족관계 두 아들이 있었으나 삼월 만세 사건 현장에서 총에 맞아 죽음.

인물관계

① 다섯 평이 안 되는 감방에 사십여 인이 수감되어 있어 무더위
때문에 모두 신경이 날카로운 가운데 서로 경계하고 긴장하며
지냄.

② 때로는 한담하고 회고담을 하기도 함.

③ 태형 언도에 공소했지만, '나'의 책망을 듣고 공소를 취하하여
태를 맞음.

인물의 존재방식(사회계층)   하류계층으로 추정함.

성   격

① 인정이 있고 자신의 분수를 헤아릴 줄 앎.

② 사리분별이 있으며 불의에 저항함.

성격 지표 및 인물 제시방식

꽃

"뎅껭."

다섯 평이 좀 못되는 방에는 너무 크지 않나 생각되는 우렁찬 소리가 울리며,
경험으로 말미암아 숙련된 흐르는 듯한(우리의 대명사인) 번호가 불린다. 몇 호,
몇 호, 이렇게 흐르는 듯이 불러오던 간수부장은 한 번호에 멎었었다.

"나나하꾸 나나쥬 용고(칠백칠십사호)."

아무 대답이 없다.

"나나햐꾸 나나쥬 용고."

자기의 대명사—더구나 일본말로 부른 것을 알아듣지 못한 칠백칠사오의 영감(곧 내 뒤에 앉은)은 역시 대답이 없었다. 나는 참다 못하여 그를 꾹 찔렀다. 놀라서 덤비는 대답이 그때야 겨우 들렸다.

"예, 하이!"

"나나유에 하야꾸 헨지오 시나이(왜 빨리 대답을 아니해?) 이리 와!"

이렇게 부장은 고함쳤다. 그러나 영감은 가만 있었다. 고요한 가운데 소리 하나 없다.

"이리 오너라!"

두 번째의 소리가 날 때에 영감은 허리를 구부리고 그의 앞에 갔다. 한순간 공기를 헤치는 날카로운 소리와 함께, 이것 역시 경험 때문에 손익게 된 솜씨인, 드는 손 보이지 않는 채찍은 영감의 등에 내리었다.

영감은 가만 있었다. 그러나 눈에는 눈물이 있었다.

칠백칠십사호 뒤엣번호들이 불린 뒤에 정신차리라는 책망과 함께 영감은 자기 자리에 돌아오고, 감방문은 다시 닫혔다.

(… 중략 …)

좀 있다가 점검이 끝났는지 간수들의 발소리가 도로 우리 방 앞을 지나갔다. 그때에 아까 그 영감의 조그만 소리가 겨우 침물을 깨뜨렸다.

"집엔 그 녀석(간수)보담 나이 많은 아들이 두 녀석이나 있쉐다가레……"
(258~259쪽)

※

즉 아까 영감이 성가신 듯이 도로 나를 보며 말한다.

"마누라? 여보, 젊은 사람이 왜 그리 철없는 소리만 하오? 난 아들이 둘씩이나 있었소 삼월 야드렛날 메골짜기에서 만세 부를 때 집안이 통 떨테나서 불렀소구레. 그르누래는데 툭탁툭탁 총소리가 나더니 데컨 앞에 있든 맏이가 꼬꾸러딥데가레. 그래서 그리로 가볼래는데 이번은 넢에 있던 둘째도 또 꼬꾸러디디요. 한꺼번에 아들 둘을 잡아먹구…… 그래서 정신없이 덤비누래니건……
음! 그런데 노형은 마누라? 마누라가 대테 무어이요."

"그래서 어찌 됐소?"

나는 그냥 이를 잡으면서 물었다.

"내가 알았소? 난 곧 잽헤왔으니건. 밥두 차입 안하고 우티두 안 보내는
걸 보니긴 죽었나뷔다." (263~264쪽)

❀

그러나 우리들의 부채질은 재판소에서 돌아오는 사람들 때문에 중지되지
않을 수가 없었다. 우리 방에서 나갔던 서너 사람도 돌아왔다. 영원 영감도
송장 같은 얼굴로 돌아왔다.

나는 간수가 돌아간 뒤에 머리는 앞으로 향한 대로 손으로 영감을 찾았다.

"형편 어떻습디까?"

"모르갔소."

"판결은 어떻게 됐소?"

영감은 대답이 없었다. (… 중략 …)

"태형(笞刑) 구십 도랍디다."

"거 잘됐구려! 이제 사흘 뒤에는, 담배두 먹구, 바람두 쏘이구…… 난 언제
나……"

"여보! 잘됐시오? 무엇이 잘됀달 말이요? 나이 칠십 줄에 들어서 태 맞으면,
말하기두 싫소. 난 아직 죽긴 싫어! 공소했쉐다!"

그는 벌컥 성을 내어 내게 달려들었다. 그러나 그의 말을 들은 뒤의 내 성도
그에게 지지를 않았다.

"여보! 시끄럽소 노망했소? 당신은 당신이 죽겠다구 걱정하지만, 그래 당신
만 사람이란 말이요? 이 방 사십여 인이 당신 하나 나가면 그만큼 자리가 넓어
지는 건 생각지 않소? 아들 둘 다 총 맞아 죽은 다음에 뒤상 하나 살아 있으면
무얼 해? 여보!"

나는 곁에 있는 다름 사람들에게 향하였다.

"여게 태형 언도를 공소한 사람이 있답디다."

나는 이상한 소리로 껄껄 웃었다.

(… 중략 …)

영감은 대답이 없었다. 길게 쉬는 한숨만 우리의 귀에 들렸다. 우리들도 한참 비웃은 뒤에는 기진하여 잠잠하였다. 무겁고 괴로운 침묵만 흘렀다.

(… 중략 …)

그러나 한참 뒤에 마침내 영감이 나를 찾는 소리가 겨우 침묵을 깨뜨렸다.

"여보!"

"왜 그러오?"

"그럼 어떡하란 말이요?"

"이제라두 공소를 취하히야지!"

영감은 또 먹먹하였다. 그러나 좀 뒤에 그는 다시 나를 찾았다.

"노형 말이 옳고. 내 아들 두 놈은 덩녕쿠 다 죽었쉐다. 난 나 혼자 이제 살아서 무얼 하갔소? 취하하게 해주소."

"진작 그럴 게지. 그럼 간수 부릅니다."

"그래 주소."

영감은 떨리는 소리로 말하였다.

나는 패통을 쳤다. 간수는 왔다. 내가 통역을 서서 그의 뜻(이라는 것보다 우리의 뜻)을 말하매 간수는 시끄러운 듯이 영감을 끌어냈다. (275~277쪽)

우리는 무서운 소리에 화닥닥 놀랐다. 그것은 단말마의 부르짖음이었다.

"히도쯔(하나), 후따쯔(둘)"

간수의 세어나가는 소리와 함께

"아이구 죽겠다, 아이구, 아이구!"

부르짖는 소리가 우리의 더위에 마비된 귀를 찔렀다. 우리는 더위를 잊고 모두들 머리를 들었다. 우리의 몸은 한결같이 떨렸다. 그것은 태 맞는 사람의 부르짖음이었었다.

서른까지 센 뒤에 간수의 소리는 없어지고 태 맞은 사람의 앓는 소리만 처량히 우리의 귀에 들렸다.

둘째 사람이 태형대에 올라간 모양이다.

"히도쯔."

하는 간수의 소리에 연한 것은,

"아유!"

하는 기운 없는 외마디의 부르짖음이었었다.

"후다쯔."

"아유!"

"미쯔(셋)."

"아유!"

우리는 그 소리의 주인을 알았다. 그것은 어젯밤 우리가 내어쫓은 그 영원 영감이었었다. 쓰린 매를 맞으면서도 우렁찬 신음을 할 기운도 없이 '아유!' 외마디의 소리로 부르짖는 것은 우리가 억지로 매를 맞게 한 그 영감이었다.

"요쯔(넷)."

"아유!"

"이쯔쯔(다섯)."

"후——"

나는 저절로 목이 늘어지는 것을 깨달았다. 나의 머리에는 어젯밤 그가 이 방에서 끌려나갈 때의 꼴이 떠올랐다.

"칠십 줄에 들은 늙은이가 태 맞구 살길 바라갔소? 난 아무캐 되던 노형들이나……"

그는 이 말을 채 맺지 못하고 초연히 간수에게 끌려나갔다. (279~280쪽)

● 아우 ────────────────────────────────

성　별　남자

나　　이(추정포함)　십대 후반에서 이십대 초반으로 추정함.

출생지 및 거주지, 활동 공간　'나'와 같으며 아우 역시 삼월 만세사건으로
　　　　　　감옥에 갇혀 있음.

직　　업　학생일 것으로 추정함.

출신계층　'나'와 같은 중류계층 이상일 것으로 추정함.

교육정도　중등학교 이상의 학력일 것으로 추정함.

가족관계　집안에는 부모와 맏형, 그리고 같은 감옥에 있는 형이 있음.

인물관계　같은 감옥에 있는 '형'과 만나는 장면만 제시되어 있을 뿐, 다
　　　　　른 인물과의 관계는 제시되어 있지 않음.

인물의 존재방식(사회계층)　학생 신분일 것으로 추정함.

성　　격
　　　① 천진하고 다소 눈치가 없음.
　　　② 형들에게 순종적임.
　　　③ 불의에 저항하는 의지도 있음.

성격 지표 및 인물 제시방식

🌸

　서늘한 좋은 일기였다. 아까는 참말로 더웠는지, 더웠으면 그 더위는 어디로
갔는지, 진찰감으로 가는 동안 오히려 춥다 하여도 좋을 만치 서늘하였다.
　그러나 그보다도 더 기쁜 것은 거기서 아우를 만난 일이었다.
　"어느 방에 있니?"
　나는 머리를 간수에게 향한 대로 조그만 소리로 물었다.
　"사(四)감 이(二)방에."

나는 좀 있다가 또 물었다.

"몇 사람씩이나 있니? 덥지?"

"모두덜 살이 뚱뚱 부었어……"

"도죽놈들. 우리 방엔 사십여 인이 있다. 몸뚱이가 모두 썩는다. 집엔 오히려 넓거서 걱정인 자리가 있건만. 너 그새 앓지나 않았니?"

"감옥에선 앓을래야 병이 안 나. 더워서 골치만 쏘디……"

"어떻게 여긴(진찰감) 나왔니?"

"배아프다고 거짓부리하구……"

"난 종처투성이이다. 이것 봐라."

하면서 나는 바지를 걷고 푸릇푸릇한 종기를 내어놓았다.

(… 중략 …)

"그런데 집에선 면회는 왜 안 오는디……"

"글쎄 말이다. 모두들 죽었는지……"

문득 아직껏 생각도 하여보지 않은 일이 머리에 떠오른다. 석 달 동안을 바깥 사람이라고는 간수들밖에 보지 못한 우리에게는 바깥이 어떤 형편인지는 모를 지경이었다. 간혹 재판소에 갔다 오는 사람도 있기는 하지만, 거기 다니는 길은 야외라, 성안 형편은 아직 우리가 여기 들어올 때와 같이 음울한 기운이 시가를 두르고 상점은 모두 철전을 하고 있는지, 혹은 전과 같이 거리에는 흥정이 있고 집안에는 웃음소리가 터지며 예배당에는 결혼하는 패도 있으며 사람들은 석 달 전에 일어난 그 사건을 거반 잊고 있는지 보기는커녕 알지도 못할 일이었다. 일가나 친척의 소소한 일은 더구나 모를 일이었다.

"다 무슨 변이 생겼나부다."

"그래두 어제 공판 갔든 사람이 재판소 앞에서 맏형을 봤대는데……"

아우는 근심스러운 얼굴로 이렇게 말하였다. (272~273쪽)

꽃

이때에 아우는 자기 곁에 앉은 사람과 (나 앉은 데까지 들리도록) 무슨 이야기를 둥둥 하고 있었다. 나는 깜짝 놀라서 간수를 보았다. 간수는 아우를 주목하는 모양이었었다.

나는 기지개를 하는 듯이 손을 들었다. 아우는 못 보았다. 이번은 크게 기침을 하였다. 그러나 그는 못 들은 모양이었었다. 가슴이 떨리기 시작하였다.

'알려야 할 터인데.'

몸을 움직움직하여 보았지만 그는 이야기에 정신이 팔려서 그냥 그치지 않고 하다가 간수가 두어 걸음 자기에게 가까이 올 때야 처음으로 정신을 차리고 시치미를 떼었다. 그러나 간수는 용서하지 않았다. 채찍의 날카로운 소리가 한 번 나는 순간 아우는 어깨에 손을 대고 쓰러졌다.

피와 열이 한꺼번에 솟아올라 나는 눈이 아득하여졌다.

좀 있다가 감방으로 돌아올 때에 빨리 곁눈으로 아우를 보니, 나를 보내는 그의 눈에는 눈물이 가득하여 있었다. (274~275쪽)

● **마흔남은 난 사람**

성 별	남자	
나 이(추정포함)	사십대 초반으로 추정함.	
출생지 및 거주지, 활동 공간	출생지는 명확하게 제시되어 있지 않음. 거주지는 맹산이며, 삼월 만세사건 때 총상을 입고 잡혀 감옥에 갇혀 있음.	
직 업	구체적인 직업은 알 수 없으나 맹산의 농민으로 추정함.	
출신계층	총상을 입었음에도 치료조차 못 한 것으로 보아 일반 평민으로서 하류계층일 것으로 추정함.	
교육정도	보통학교 이하의 학력일 것으로 추정함.	
가족관계	삼월 만세 사건 현장에서 총 맞은 아우와 헌병대 구류당에서 총 맞은 아버지가 있음.	
인물관계	감방 안의 수감자들과 한담과 회고담을 하며 지냄.	

인물의 존재방식(사회계층)   농민으로서 하류계층
성   격   우애가 있으며, 불의에 저항하는 결기가 있음.

성격 지표 및 인물 제시방식

᭟᭟᭟

이번은 한 서너 사람 격하여 있는 마흔남은 난 사람이 말을 시작하였다.
"그날 자쭈 부르구 있누래니긴, 그 헌병놈들이 따라옵데다. 그래서 도망덜
해서, 멧기슭꺼정은 갔는데 뒤를 보아야 덜 띨 데가 없습데다가레. 궁한 쥐
꽹이게 달려든다구 할 수 있습데까? 맞받아 나갔디요 그르닝긴 총을 놓기 시작
하는데 그러구 여게서 하나 더게서 하나 푹푹 된장독 넘어디덧 꼬꾸라디는
데……"
그는 여기서 잠깐 말을 멈추고 그때 일을 생각하는 듯하더니 다시 말을 시작
한다.
"그르누래는데 우리 아우가 맞아 넘어딥데다가레. 그래서 뒤집어 업구 도망
할래는데 엎틴 데 덮틴다고 그만 나꺼정 맞아 넘어뎄디요. 정신을 차리닝긴
발세 밤인데 들이 춥기만 해요 옴쭉을 못하갔는걸 게와 벌벌 기어서 좀 가누라
니긴 웅성웅성하는 사람의 소리가 나요. 아, 사람의 소릴 들으니긴 푹 맥이
풀리는데 고만 쓰러데서 옴쭉을 못하갔시요. 그래서 헐떨거리구 가만 있누래는
데 발자국소리가 가까워오더니 '여개두 죽은 놈 하나 있다' 하더니 발루 툭
찹데가레. 그래서 앓는 소릴 하니긴 죽디 않았다구 들것에다가 담는데, 그때
보니긴 헌병덜이야요. 사람이 막다른 골에 들믄 죽디 않게 났습데다. 약질두
안하구 그대루 내버레둔 거이 이진 다 나았시요."
하며 그가 피투성이의 저고릿자락을 들치니까 거기는 다 나은 호무러진 총알자
리가 있다.
"난(난 맹산서 왔시요) 우리 아버진 헌병대 구류당에서 총 맞아 없었시요.
오십 인이나를 구류당에 몰아넣구 기관총으루…… 도죽놈들!" (264~265쪽)

성   별 남자

나   이(추정포함) '나'와 거의 비슷한 이십대 중후반으로 추정함.

출생지 및 거주지, 활동 공간 출생지와 거주지는 정확하게 알 수 없으며,
감방 안의 여느 사람처럼 삼월 만세사건으로 잡혀들어 와 감옥
생활을 함.

직   업 알 수 없음.

출신계층 알 수 없음.

교육정도 보통학교 이상의 학력일 것으로 추정함.

가족관계 알 수 없음.

인물관계 감방 안의 수감자들 중 '나'의 처지를 걱정하며 가깝게 지내려
함.

인물의 존재방식(사회계층) 알 수 없음.

성   격
① 시국에 관심이 많으며, 동정심이 많음.
② 남의 처지를 이해하고 배려하는 마음이 있음.
③ 자신의 처지를 긍정적으로 생각하는 낙천적 기질이 엿보임.

성격 지표 및 인물 제시방식

❀

"이따는 또 더워질 테지요?"
나는 곁엣사람에게 이렇게 말하였다.
"더워요? 덥긴 왜 더워? 이것 보구려. 오히려 추운 편인데……"
그는 엄청스럽게 몸을 떨어본 뒤에 웃는다.
(… 중략 …)

"노형, 어제 공판 갔댔디요?"

이렇게 나는 그 사람에게 물었다.

"예."

"바깥 형편이 어떻습디까?"

"형편꺼정이야 알겠소? 거저 포플러도 새파랗구, 구름도 세차게 날아다니구, 말하자면 다 살은 것 같습니다. 땅바닥꺼정 움즉이는 것 같구. 사람들두 모두 상판이 시꺼먼 것이 우리 보기에는 도죽놈 관상입디다."

"그것을 한 번 봤으면……"

(… 중략 …)

"노형두 수일 공판 가겠디요."

"글쎄 언제 한 번은 갈 테지요. 그런데 좋은 소식 못 들었소?"

"글쎄, 어제 이야기한 거같이 쉬 독립된답디다."

"쉬?"

"한 열흘 있으면 됩답디다."

나는 거기 대꾸를 하려 할 때에 곁방에서 담벽을 두드리는 소리가 들렸다. 그것은 ㄱㄴㄷ과 ㅏㅑㅓㅕ를 수로 한 우리의 암호신보(暗號信報)이었다.

"무, 엇, 이, 오."

이렇게 나는 두드렸다.

"좋, 은, 소, 식, 있, 소, 독, 립, 은, 다, 되, 었, 다, 오."

"어, 디, 서, 들, 었, 소."

"오, 늘, 아, 침, 차, 입, 밥, 에, 편, ㅈ."

여기까지 오던 신호는 뚝 끊어졌다.

"보구려. 내 말이 옳지 않나……"

아까 사람이 자랑스러운 듯이 수군거렸다.

"곁방에서 공판 갈 사람 불러낸다. 오늘은……"

"노형, 꼭, 가디."

"글쎄 꼭 가야겠는데. 사람두 보구, 시퍼런 나무들두 보구, 넓은 데를……"

그러나 우리 방에서는 어제 간수부장에게 매맞은 그 영감과 그 밖에 영원 맹산 등지 사람 두셋이 불리어나갈 뿐, 나는 역시 그 축에서 빠졌다.

'언제든 한 번 간다.'

나는 맛없고 골이 나서 속으로 중얼거렸다. (… 중략 …)

"노형은 또 빠뎄구려."

"싫으면 그만두라지. 도죽놈들!"

"이제 한 번 안 가리까?"

"이제? 이제가 대체 언제란 말이오? 십 년을 기다려두 그뿐, 이십 년을 기다려두 그뿐……"

"그래두 한 번이야 안 가리까?"

"나 죽은 뒤에 말이오?"

나는 그에게까지 역정을 내었다. (267~269쪽)

● **간수부장** ───────────────────────────────

성   별 남자

나   이(추정포함) 삼십대 이상일 것으로 추정함.

출생지 및 거주지, 활동 공간 출생지와 거주지는 알 수 없으며, 감옥의 간
          수부장으로 활동함.

직   업 간수부장

출신계층 간수부장인 점을 감안하면 중류계층 이상일 것으로 추정함.

교육정도 중등교육 이상의 학력일 것으로 추정함.

가족관계 알 수 없음.

인물관계 감방의 수감자들을 잔인하게 다룸.

인물의 존재방식(사회계층) 간수부장으로서 중류계층 정도임.

성   격 감옥의 규율을 중시하여 권위적이고, 몰인정하고 잔인함.

성격 지표 및 인물 제시방식

❀ _____

덜컥 하는 소리와 함께 문이 열리며 간수가 서넛 들어섰다.

"뎅껭."

다섯 평이 좀 못되는 방에는 너무 크지 않나 생각되는 우렁찬 소리가 울리며, 경험으로 말미암아 숙련된 흐르는 듯한(우리의 대명사인) 번호가 불린다. 몇 호, 몇 호, 이렇게 흐르는 듯이 불러오던 간수부장은 한 번호에 멎었었다.

"나나햐꾸 나나쥬 용고(칠백칠십사호)."

아무 대답이 없다.

"나나햐꾸 나나쥬 용고."

자기의 대명사 — 더구나 일본말로 부른 것을 알아듣지 못한 칠백칠사오의 영감(곧 내 뒤에 앉은)은 역시 대답이 없었다. 나는 참다 못하여 그를 꾹 찔렀다. 놀라서 덤비는 대답이 그때야 겨우 들렸다.

"예, 하이!"

"나나유에 하야꾸 헨지오 시나이(왜 빨리 대답을 아니해?) 이리 와!"

이렇게 부장은 고함쳤다. 그러나 영감은 가만 있었다. 고요한 가운데 소리 하나 없다.

"이리 오너라!"

두 번째의 소리가 날 때에 영감은 허리를 구부리고 그의 앞에 갔다. 한순간 공기를 헤치는 날카로운 소리와 함께, 이것 역시 경험 때문에 손익게 된 솜씨인, 드는 손 보이지 않는 채찍은 영감의 등에 내리었다.

영감은 가만 있었다. 그러나 눈에는 눈물이 있었다.

칠백칠십사호 뒤엣번호들이 불린 뒤에 정신차리라는 책망과 함께 영감은 자기 자리에 돌아오고, 감방문은 다시 닫혔다. (258~259쪽)

성   별 남자

나   이(추정포함) 정확하게는 알 수 없으나 삼십대 이상일 것으로 추정함.

출생지 및 거주지, 활동 공간 출생지와 거주지는 알 수 없으며, 감옥에서
          의사로 활동함.

직   업 의사

출신계층 직업으로 보아 상류계층일 것으로 추정함.

교육정도 의학 전문학교의 학력을 지님.

가족관계 알 수 없음.

인물관계 감옥 안의 수감자들을 진료하면서 그들을 무시하는 행태를 보임.

인물의 존재방식(사회계층) 의사로서 상류계층

성   격

　　① 거만하고 성의가 없음.

　　② 고압적이며 권위적임.

성격 지표 및 인물 제시방식

🌼 ─────────────────

"천십칠호!"

하고 고함치는 소리가 귀에 울리었다. 그것은 내 번호이었었다.

"네!"

"딘찰."

나는 빨리 일어서서 의사의 앞으로 갔다.

"어데가 아파?"

"여기요."

하며 나는 바지를 벗었다. 의사는 내가 내어놓은 엉덩이와 넓적다리를 걸핏

들여다보고, 요만 것을…… 하는 듯한 얼굴로 말없이 간병수에게 내어맡긴다. 거기서 껍진껍진한 고약을 받아서 되는대로 쥐어 바르고 이번은 진찰 끝난 축에 앉았다. (274쪽)

● 간수

성   별 남자

나   이(추정포함) 정확하게 제시되어 있지 않으나, 이십대 이상일 것으로 추정함.

출생지 및 거주지, 활동 공간 출생지와 거주지는 알 수 없으며, 감옥에서 간수로 활동함.

직   업 간수

출신계층 중류계층 이하일 것으로 추정함.

교육정도 보통학교 정도의 학력일 것으로 추정함.

가족관계 알 수 없음.

인물관계 감옥의 수감자들을 폭력적으로 통제함.

인물의 존재방식(사회계층) 간수로서 중류계층 이하일 것으로 추정함.

성   격 권위적이고 몰인정하며 잔인함.

성격 지표 및 인물 제시방식

꽃무늬

이때에 아우는 자기 곁에 앉은 사람과 (나 앉은 데까지 들리도록) 무슨 이야기를 둥둥 하고 있었다. 나는 깜짝 놀라서 간수를 보았다. 간수는 아우를 주목하는 모양이었었다.

나는 기지개를 하는 듯이 손을 들었다. 아우는 못 보았다. 이번은 크게 기침을 하였다. 그러나 그는 못 들은 모양이었었다. 가슴이 떨리기 시작하였다.

'알려야 할 터인데.'

몸을 움직움직하여 보았지만 그는 이야기에 정신이 팔려서 그냥 그치지 않고 하다가 간수가 두어 걸음 자기에게 가까이 올 때야 처음으로 정신을 차리고 시치미를 떼었다. 그러나 간수는 용서하지 않았다. 채찍의 날카로운 소리가 한 번 나는 순간 아우는 어깨에 손을 대고 쓰러졌다. (274쪽)

저본 2005년 창비 출간 「20세기 한국소설 1」

현진건

운수 조흔 날

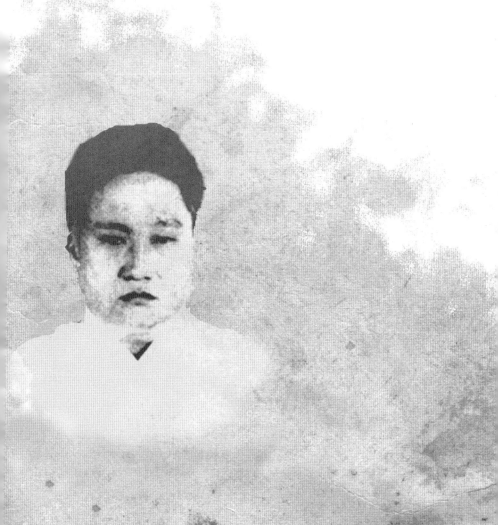

발 표 년 도	『개벽』 48호(1924.6)
시대적 배경	1920년대 동소문 근처
핵 심 서 사	① 인력거꾼 김첨지는 그 열흘 동안 돈 구경을 못하다 팔십 전의 돈을 손에 쥐는 운수 좋은 날을 맞자, 중증으로 누워 있으면서 설렁탕을 먹고 싶다고 조르는 아내에게 설렁탕을 사줄 수 있다는 기대감에 마음이 푼푼함.
	② 김첨지는 새로운 손님을 계속 태우게 되지만, 나가지 말라고 애원하던 아내의 모습을 떠올리며 불안해 함.
	③ 행운이 계속 이어지리라는 희망으로 김첨지는 인력거 손님을 찾아나서고 지나가는 아씨에게 인력거 타기를 권하다가 무안을 당하기도 함.
	④ 짐이 많아 전차를 탈 수 없게 된 마지막 손님을 인사동까지 태워다 주고 지쳐 집으로 향하면서 김첨지는 불안감에 몹시 두려운 상태가 됨.
	⑤ 귀가 길에 치삼을 만나 술을 마시지만, 불안감 때문에 치삼에게 화를 내며 행패를 부리고 횡설수설함.
	⑥ 김첨지는 아내가 먹고 싶다던 설렁탕을 사가지고 집으로 돌아오지만, 극도의 불안감에 휩싸이고 급기야는 아내의 죽음을 확인하고 탄식함.
주 제	궁핍한 생활의 참상과 따뜻한 인간미
등 장 인 물	김첨지, 김첨지의 아내, 치삼이

● 김첨지 ————————————————————————————

성　별　남자

나　이(추정포함)　삼십대로 추정함(개똥이라는 세 살짜리 아들이 있음).

출생지 및 거주지, 활동 공간　출생지는 알 수 없고, 동소문 근처에 거주하
　　　　며 인력거꾼으로서 동광학교(東光學校), 남대문 정거장, 인사동
　　　　등에서 활동함.

직　업　인력거꾼

출신계층　하류계층

교육정도　무학으로 추정함.

가족관계　아내, 아들 개똥(세살먹이)이가 있음.

인물관계　아내와 자식 이렇게 가족이 살고 있으며, 친구로 치삼이가 있
　　　　음. 인력거꾼으로 교원인 듯한 양복장이, 동광학교 학생, 기생
　　　　퇴물인 듯 난봉 여학생인 듯한 여편네, 굉장하게 큰 가방을 든
　　　　손 등을 만남.

인물의 존재방식(사회계층)　서울 하류계층의 인력거꾼

성　격　가난한 인력거꾼이지만, 가장으로서 성실하면서도 책임감이 있
　　　　음. 순박하고 정이 깊어 내심으로는 병든 아내를 걱정하며 몹
　　　　시 위함. 아내의 죽음을 예감하고는 두려워하여 선뜻 집에 가
　　　　지 못하는 소시민적 인간성을 보임.

성격 지표 및 인물 제시방식

〰️
————————————

그의 안해가 기침으로 쿨룩거리기는 벌서 달포가 넘엇다. 조팝도 굼기를 먹

다십히 하는 형편이니 물론 약 한 첩 써 본 일이 업다. 구태여 쓰랴면 못 쓸바도 아니로되 그는 병이란에게 약을 주어보내면 재미를 부텨서 자꾸 온다는 자긔의 신조(信條)에 어대까지 충실하얏다. (139쪽)

※※
━━━━━━━━━━

천번에 三十전, 둘째 번에 五十전― 아츰대ㅅ바람에 그리 흉치 안흔 일이엇다. 그야말로 재수가 옴부터서 근 열흘 동안 돈 구경도 못한 김첨지는 十전짜리 백동화 서푼, 쏘는 다섯푼이 찰각하고 손바닥에 떨어질 제 거의 눈물을 흘릴 만큼 깃벗섯다. 더구나 이날 이째에 이 八十전이란 돈이 그에게 얼마나 유용한지 몰랏다. 컬컬한 목에 모주 한 잔도 적실 수 잇거니와 그 보담도 알는 안헤에게 설렁탕 한 그릇도 사다줄 수 잇슴이다. (139쪽)

※※
━━━━━━━━━━━━

그때도 김첨지가 오래간만에 돈을 엇어서 좁쌀 한 되와 十전짜리 나무 한 단을 사다주엇더니, 김첨지의 말에 의지하면 그 오라질년이 천방지축으로 냄비에 대고 끌엇다. 마음은 급하고 불길은 달지안하 채 익지도 안흔 것을 그 오라질년이 숟가락은 고만두고 손을 움켜서 두 쌤에 주먹덩이가튼 혹이 불거지도록 누가 빼앗슬듯이 처박질드니만 그날 저녁부터 가슴이 쌩긴다 배가 켕긴다고 눈을 흡쓰고 질알병을 하얏다. 그 때 김첨지는 열화와 가터 성을 내며 "에이 오라질년 조랑복은 할 수가 업어 못 먹어 병, 먹어서 병! 어쩌란 말이야. 웨 눈을 바루 쓰지 못해!" 하고 김첨지는 알는 이의 쌤을 한 번 훌여 갈겻다. 흡쓴 눈은 족음 바루어젓건만 이슬이 매치엇다. 김첨지의 눈시울도 쓰근쓰근한 듯하얏다. (140쪽)

※※
━━━━━━━━━━

이 환자가 그러고도 먹는 데는 물리지 안핫다. 사흘 전부터 설렁탕국물이 마시고 십다고 남편을 졸랏다. "이런 오라질년! 조팝도 못 먹는 년이 설렁탕은, 쏘 쳐먹고 질알을 하게."라고 야단을 쳐보앗건만 못 사 주는 마음이 석연치 안핫다. 인제 설렁탕을 사줄 수도 잇다. 알는 어미 겨테서 배곱하 보채는 개똥이 (세살먹이)에게 죽을 사줄 수도 잇다— 八十전을 손에 쥔 김첨지는 마음은 푼푼 하얏다. (140쪽)

※※

"남대문 정거장까지 말슴입니까" 하고 김첨지는 잠간 주저하얏다. 그는 이 우중에 우장도 업시 그 먼 곳을 철벅어리고 가기가 실혓슬가? 처음 것 둘재 것으로 고만 만족하얏슴일가? 아니다 결코 아니다. 이상하게도 쪼리를 맛들고 덤비는 이 행운 압헤 족음 겁이 낫슴이다. 그리고 집을 나올 제 안해의 부탁이 마음이 케이엇다.— 압집 마마한테서 불려려왓슬제 병인은 그 쎠만 남은 얼굴에 유일의 생물 가튼, 유달리 크고 움푹 한 눈에 애걸하는 빗을 씌우며, "오늘은 나가지 말아요 제발 덕분에. 집에 부터 잇서요 내가 이러케 압흔데……"라고 모긔 소리가티 중얼거리고 숨을 걸으렁걸으렁하얏다. 그쌔에 김첨지는 대사롭지 안흔 듯이, "압다 젠장마질년 별 빌어먹을 소리를 다하네. 맛붓들고 안젓스면 누가 먹여 살릴 줄 알아" 하고 훌적 쒸어나오랴니까 환자는 붓잡을드키 팔을 내저으며, "나가지 말라도 그래. 그러면 일즉이 들어와요" 하고 목메인 소리가 뒤를 쌸핫다. — 정거장까지 가잔 말을 들은 순간에 경련덕으로 쩌는 손 유달리 큼직한 눈 울듯한 안해의 얼굴이 김첨지의 눈압헤 어른어른하얏다. (141쪽)

※※

이윽고 쯔는 이의 다리는 무거워젓다. 자긔 집 갓가이 다달은 싸닭이다. 새삼스럽은 넘려가 그의 가슴을 눌럿다. "오늘은 나가지 말아요 내가 이러케 압흔데" 이런 말이 잉잉 그의 귀에 울렷다. 그리고 병자의 움쑥 들어간 눈이 원망하는 듯이 자긔를 노리는 듯하얏다. 그러자 엉엉 하고 우는 개똥의 곡성을 들은 듯십다. 쌀국쌀국하고 숨 모으는 소리도 나는 듯십다……. (142쪽)

인력거가 무거워지매 그의 몸은 이상하게도 가벼워젓다. 그리고 쏘 인력거가 가벼워지니 몸은 다시금 무거워젓건만 이번에는 마음조차 초조해 온다. 집엣 광경이 자꾸 눈 압해 어른거리어 인제 요행을 바랄 여유도 업섯다. 나무둥걸이 나무엇 갓고 제 것 갓지도 안흔 다리를 연해 꾸지즈며 질팡갈팡 쒸는 수밧게 업섯다. "저 놈의 인력거군이 저러케 술이 취해 가지고 이 진 쌍에 어찌 가노"라고 길 가는 사람이 걱정을 하리 만큼 그의 거름은 황급하얏다. (144쪽)

한 거름 두 거름 집이 갓가워갈수록 그의 마음조차 괴상하게 누그러웟다. 그런데 이 누그러움은 안심에서 오는 게 아니요 자긔를 덥친 무서운 불행을 뵌 틈업시 알게 될 째가 박두한 것을 두리는 마음에서 오는 것이다. 그는 불행에 다닥치기 전 시간을 얼마쯤이라도 느리랴고 버르적어렷다. 긔적(奇蹟)에 갓가운 벌이를 하얏다는 깃븜을 할 수 잇스면 오래 진이고 십헛다. 그는 두리번두리번 사면을 살히엇다. 그 모양은 마치 자긔집—곳 불행을 향하고 다라가는 제 다리를 제 힘으로는 도저히 어찌할 수가 업스니 누구든지 나를 좀 잡아다고 구해다고 하는 듯하얏다.

그럴 지음에 마츰 길가 선술집에서 그의 친구 치삼이가 나온다. 그의 우글우글 살찐 얼굴에 주홍이덧는 듯, 온턱과 쌤을 시커머케 구레나룻이 덥혓거든 노르탱탱한 얼굴이 밧작 말라서 여긔저긔 고랑이 파이고 수염도 잇대야 턱미테

만 마치 솔닙송이를 쩌구로 부터노혼 듯한 김첨지의 풍채하고는 긔이한 대상을
짓고 잇섯다. (144~145쪽)

※※
─────────

웃음소리들은 놉하젓다. 그러나 그 웃음소리들이 살아도지기 전에 김첨지는
홀적홀적 울기 시작하얏다. 치삼이는 어이업시 주정방이를 바라보며
"금방 웃고 질알을 하더니 우는 건 또 무슨 일인가."
김첨지는 연해 코를 들여마시며
"우리 마누라가 죽엇다네."
"뭐 마누라가 죽다니 언제?"
"이놈아 언제는 오늘이지."
"옛기 미친놈 거짓말 말아."
"거짓말은 웨, 참말로 죽엇서 참말로…… 마누라 시체를 집에 쩌들처 노코
내가 술을 먹다니, 내가 죽일 놈이야, 죽일 놈이야."
하고 김첨지는 엉엉 소리를 내어 운다. 치삼이는 흥이 족음 깨여지는 얼굴로,
"웬 이 사람이 참말을 하나 거짓말을 하나. 그러면 집으로 가세 가."
하고 우는 이의 팔을 잡아다리엇다. 치삼이의 잡는 손을 쑤리치더니 김첨지는
눈물이 걸신걸신한 눈으로 싱그레 웃는다.
"죽기는 누가 죽어."
하고 득의양양
"죽기는 웨 죽어 생때가티 살아만 잇단다. 그 오라질년이 밥을 죽이지. 인제
나한테 속앗다. 인제 나한테 놋앗다."
하고 어린애 모양으로 손벽을 치며 웃는다.
"이 사람이 정말 미쳣단 말인가. 나도 아주먼네가 알는단 말은 들엇는데."
하고 치삼이도 어느 불안을 늣기는 듯이 김첨지에게 또 돌아가라고 권하얏다.
"안 죽엇서 안 죽엇다도 그래."
김첨지는 화증을 내며 확신잇게 소리를 질럿스되 그 소리엔 안 죽은 것을

미드랴고 애쓰는 가락이 잇섯다. 긔어히 ─원어치를 채워서 쏩박이 한 잔씩 더 먹고 나왓다. 구진비는 의연히 추적추적 나린다. (147~148쪽)

✿

김첨지는 취중에도 설렁탕을 사가지고 집에 다달앗다. 김첨지는 취중에도 설렁탕을 사가지고 집에 다달앗다. 집이라 해도 물론 새집이요 쏘 집 전체를 세든 게 아니라 안과 쑥 쩔어진 행낭 방 한 간을 빌려든 것인데 물을 길어대고 한 달에 ─원씩 내는 터이다. 만일 김첨지가 주긔를 찍지 안핫든들 한 발을 대문 안에 들여 노핫슬 제 그곳을 지배하는 무쇠무쇠한 정적(靜寂) ─ 폭풍우가 지나간 뒤의 바다가튼 정적에 다리가 쩔리엇스리라. (… 중략 …) 혹는 김첨지도 이 불길한 침묵을 짐작햇는지도 몰은다. 그러치 안흐면 대문에 들어서자말자 전에 업시 "이 난장마질년 남편이 들어오는데 나와 보지도 한해 이 오라질년"이라고 고함은 친 게 수상하다. 이 고함이야말로 제 몸을 음습해 도는 무쇠무쇠한 증을 조차바리랼 허장성세인 까닭이다. (148~149쪽)

✿

방 안에 들어서며 설렁탕을 한구석에 노홀사이도 업시 주정꾼은 목청을 잇는 대로 다내어 호통을 첫다.
"이런 오자질년 주야장천 누어만 잇스면 제일이야! 남편이 와도 닐어나지를 못해."
라는 소리와 함께 발길로 누은 이의 다리를 몹시 찻다. 그러나 발길에 차이는 건 사람의 살이 아니고 나무등걸과 가튼 늣김이 잇섯다. (… 중략 …) 발로 차도 그 보람이 업는 걸 보자 남편은 안해의 머리마트로 달겨들어 그야말로 가치집 가튼 환자의 머리를 쩌들어 흔들며
"이년아 말을 해 말을! 입이 부터서 이 오라질년!"
"……."

"응으 이것 봐 아모 말이 업네."

"……."

"이년아, 죽 엇단 말이야, 웨 말이 업서."

"……."

"응응 쏘 대답이 업네, 정말 죽엇나버이."

이러다가 누은 이의 흰창이 검은 창을 덥흔, 우흐로 치쓴 눈을 알아보자마자

"이 눈갈! 이 눈갈! 웨 나를 바루보지 못하고 청정만 보느냐, 응."

하는 말긋헨 목이 메이엇다. 그러자 산 사람의 눈에서 쩔어진 닭의 쏭가튼 눈물이 죽은 이의 쌧쌧한 얼굴을 어룽어룽 적시인다. 문득 김첨지는 미친 듯이 제 얼굴을 죽은 이의 얼굴에 한테 부비대며 중얼거렷다.

"설렁탕을 사다 노핫는데 웨 먹지를 못하늬, 웨 먹지를 못하늬……괴상하게도 오늘은 운수가 조트니만……." (149~150쪽)

● 김첨지의 아내 ─────────────────────────────

성   별   여자

나   이(추정포함)   이십대 중후반 내지 삼십대 초반으로 추정함.

출생지 및 거주지, 활동 공간   출생지는 알 수 없으며 동소문 근처 집 안에서 활동함.

직   업   김첨지의 아내로서 병인(病人)임.

출신계층   하류계층

교육정도   무학

가족관계   아비(김첨지), 자식인 세살박이 개똥이가 있음.

인물관계   가족관계 외에는 인물 간의 관계가 없음.

인물의 존재방식(사회계층)   하층민 인력거꾼의 아내

성   격

　　① 복종적이고 순박함.

② 병인으로서 자신의 죽음을 예감함.

성격 지표 및 인물 제시방식

※───────

　그때도 김첨지가 오래간만에 돈을 엇어서 좁쌀 한 되와 十전짜리 나무 한 단을 사다주엇더니, 김첨지의 말에 의지하면 그 오라질년이 천방지축으로 냄비에 대고 끌엇다. 마음은 급하고 불길은 달지안하 채 익지도 안흔 것을 그 오라질년이 숟가락은 고만두고 손을 움켜서 두 뺨에 주먹덩이가튼 혹이 불거지도록 누가 빼앗슬듯이 처박질드니만 그날 저녁부터 가슴이 쌩긴다 배가 켕긴다고 눈을 흡쓰고 질알병을 하얏다. 그 때 김첨지는 열화와 가터 성을 내며
　"에이 오라질년 조랑복은 할 수가 업어 못 먹어 병, 먹어서 병! 어쩌란 말이야. 웨 눈을 바루 쓰지 못해!"
하고 김첨지는 알는 이의 뺨을 한 번 훌여 갈겻다. 흡쓴 눈은 족음 바루어젓건만 이슬이 매치엇다. (140쪽)

※───────

　그리고 집을 나올 제 안해의 부탁이 마음이 케이엇다.― 압집 마마한테서 불러려왓슬제 병인은 그 쎠만 남은 얼굴에 유일의 생물 가튼, 유달리 크고 움푹한 눈에 애걸하는 빗을 쯰우며.
　"오늘은 나가지 말아요. 제발 덕분에 집에 부터 잇서요. 내가 이러케 압흔데……."
라고 모긔 소리가티 중얼거리고 숨을 걸으렁걸으렁하얏다. 그때에 김첨지는 대사롭지 안흔 듯이,
　"압다 젠장마질년 별 빌어먹을 소리를 다하네. 맛붓들고 안젓스면 누가 먹여 살릴 줄 알아."

하고 홀적 뛰어나오랴니까 환자는 붓잡을드키 팔을 내저으며,

"나가지 말라도 그래. 그러면 일즉이 들어와요."

하고 목메인 소리가 뒤를 쌀핫다.— (141쪽)

● **치삼이** ─────────────────────────────

성   별   남자

나   이(추정포함)   김첨지와 비슷

출생지 및 거주지, 활동 공간   김첨지와 같이 동소문 근처일 것으로 추정함.

직   업   김첨지와 같이 인력거꾼으로 추정함.

출신계층   하류계층

교육정도   무학으로 추정함.

가족관계   알 수 없음.

인물관계   김첨지와 친구 간임.

인물의 존재방식(사회계층)   하류계층

성   격

　　　① 넉살좋고 낙천적임.

　　　② 인정이 있으며 자기의 분수를 지킬 줄 앎.

　　　③ 절제력이 있음.

성격 지표 및 인물 제시방식

❁❁ ─────────────────

　　그럴 지음에 마츰 길가 선술집에서 그의 친구 치삼이가 나온다. 그의 우글우글 살찐 얼굴에 주홍이덧는 듯, 온턱과 뺨을 시커머케 구레나릇이 덥헛거든 노르텡텡한 얼굴이 밧작 말라서 여긔저긔 고랑이 파이고 수염도 잇대야 턱미테

만 마치 솔닙송이를 쩌구로 부터노흔 듯한 김첨지의 풍채하고는 긔이한 대상을 짓고 잇섯다. "여보게 김첨지 자네 문안들어 갓다 오는 모양일세 그려. 돈 만히 벌엇슬테니 한 잔 쌜리게." 쭝쭝보는 달락꿩이를 모든마테 부르지젓다. 그 목소리는 몸집과 싼판으로 연하고 삭삭하얏다. (… 중략 …)

"자네는 벌서 한 잔 한 모양일세 그려. 자네도 오늘 재미가 조핫나비이." 하고 김첨지는 얼굴을 펴서 웃엇다.

"입다 재미 안 조타고 술 못 먹을 낸가. 그런데 여보게 자네 왼몸이 어쌔 물독에 쌔진 생쥐 가튼가. 어서 이리 들어와 말리게." (144~145쪽)

❀

김첨지의 눈은 벌서 개개 풀리기 시작하얏다. 석쇠에 언친 썩 두 개를 쑹덕쭝덕 설어서 볼을 불룩거리며 쏘 쏘박이 두 잔을 부으라 하얏다. 치삼은 의아한 듯이 김첨지를 보며,

"여보게 쏘 붓다니. 벌서 우리가 넉 잔씩 먹엇네 돈이 四十전일세." 라고 주의시켯다.

"앗다 이놈아 四十전이 그리 끔직하냐. 오늘 내가 돈을 막 벌엇서. 참 오늘 운수가 조핫느니."

"그래 얼마를 벌엇단 말인가."

"三十원을 벌엇서 三十원을! 이런 젠장마질 술을 웨 안 부어…… 권챤타 괜챤타, 막 먹어도 상관이 업서. 오늘 돈 산쌤이가티 벌엇는데."

"어 이 사람 취햇군. 고만두세." (145~146쪽)

❀

"에미를 부를 이 오라질놈들 가트니, 이놈 내가 돈이 업슬 줄 알고" 하자마자 어리춤을 홈칫홈칫하더니 일원짜리 한 장을 쓰내어 중대가리 압헤 펄적 집어던젓다. 그 사품에 멋 푼 은전이 잘그랑하며 썰어진다.

"여보게 돈 썰어젓네. 웨 돈을 막 쎠언나."
이런 말을 하며 치삼은 일변 돈을 줏는다. (146쪽)

저본 『개벽』 18호(1924.6)

최서해

고국

발 표 년 도	『조선문단』 창간호(1924.10)
시 대 적 배 경	1919년 ~ 1923년 봄
핵 심 서 사	① 큰 뜻을 품고 고국을 떠났던 운심이 거칠고 생기 없는 모습을 하고 패자의 심정으로 오년 만에 돌아옴. ② 운심은 삼일운동이 일어나던 봄 서간도 창시허로 감. ③ 윤리도 도덕도 교육도 없는 그곳에서 운심은 동리 아이들에게 글을 가르쳤으나 유의한 청춘이 스러져 가는 것에 대하여 늘 고통스러워 함. ④ 그곳을 떠나 정처 없이 방랑하던 운심은 독립단에 뛰어들어 활동했으나 군인생활에 염증이 나던 중 간도 소요로 군대가 해산하자 다시 표랑함. ⑤ 큰 뜻이 천인갱참에 떨어지자 운심은 본국으로 돌아옴. ⑥ 운심이 회령 오던 사흘째 되는 날 회령여관에 도배장이 나운심(塗褙匠 羅雲深)이라는 문패가 걸림.
주 제	낭만적 이상을 실현할 수 없는 설움과 끊임없이 그 설움을 이겨내고 비극적인 현실과 고투하면서 새로운 미래를 지향하고자 하는 정신
등 장 인 물	나운심(羅雲深), 박돌

● 나운심(羅雲深) ─────────────────────────

성   별   남성

나   이(추정포함)   스물 대여섯쯤으로 추정함.

출생지 및 거주지, 활동 공간

　① 출생지는 조선, 그러나 자세한 사항은 나타나지 않음.

　② 삼일 운동이 일어나던 해 봄에 서간도의 '청시허'라는 동리에 정
　　착하여 동네 아이들을 모아 글을 가르침.

　③ '청시허'를 떠나 방랑하던 중, 만주 부근에서 독립군에 체포되었
　　다가 석방되는 사건을 계기로 독립군에 가담함.

　④ 독립군이 해산되고 표랑하다가, 조선을 떠난 지 5년 만에 귀국하
　　여 국경선 부근 회령에서 머물게 됨. 회령에 온 지 사흘째 되던
　　날부터 도배장이일을 시작함.

직   업   직업은 뚜렷하지 않으며 큰 뜻을 품고 서간도 청시허로 가 그
　　　　곳의 어린 아이들에게 글을 가르치다가 독립군을 거쳐 도배장
　　　　이가 됨.

출신계층   운심의 출생 배경이 나타나지 않은 관계로 분명히 드러나지는
　　　　않지만 나라를 위한 큰 뜻을 품은 것이나 이상과는 다른 현실
　　　　에 슬퍼할 만한 의식을 가진 점, 또한 글을 읽고 쓸 수 있고,
　　　　일본어까지 구사할 수 있는 것으로 보아 중류계층 이상인 것으
　　　　로 추정할 수 있음.

교육정도   신문을 보고 글을 가르칠 수 있으며, 일본어를 구사할 수 있는
　　　　것으로 보아 중등교육 이상의 학력일 것으로 추정함.

가족관계   알 수 없음.

인물관계   '청시허'에서 글 가르침을 받던 박돌이와 친밀하게 지냄.

인물의 존재방식(사회계층)   조선에서 서간도, 만주를 거쳐 다시 조선으로

돌아온 행로로 보았을 때 이상을 가졌으나 정착하지 못하고 떠도는 하류 지식인 계층으로 동리의 글 선생이 되기도 하고, 독립군에 뛰어들기도 하였다가 결국 도배장이가 됨.

성 격
① 큰 이상과 진취적 열정이 있지만 실천적 의지가 부족함.
② 내성적이며 소심함.
③ 매사에 쉽게 체념하며, 눈물도 많은 등 유약한 면이 있음.
④ 감상적이며 방랑벽이 있음.
⑤ 자기 비판적 성향과 패배의식에 젖어 있음.

성격 지표 및 인물 제시방식

✿ ────────────

간도에서 조선을 향할 때의 운심의 가슴은 고생에 몰리고 몰리면서도 무슨 기대와 희망에 찼다. 그가 두만강 건너편에서 고국 산천을 볼 때 어찌 기쁜지 뛰고 싶었다. 그러나 놀 수가 없어서 노동으로 걸식하면서 온 그는 첫째 경제 문제를 생각지 않을 수 없었다. 다음 그의 가슴을 찌르는 것은 패자라는 부끄러운 느낌이었다.

'아— 나는 패자(敗者)다. 나날이 진보하는 도회에서 활동하는 모든 사람은 다 그새에 훌륭한 인물이 되었을 것이다. 나는 확실히 패자로구나…….'

생각할 때 그는 그만 발 옮길 용기가 나지 않았다. 고국의 사람은 물론이요 돌이며 나무며 심지어 땅에 기어다니는 이름 모를 벌레까지도 자기를 모욕하며 비웃으며 배척할 것같이 생각된다. (11쪽)

✿ ────────────

'들어갈까? 어쩌면 좋을까?'

하고 그는 망설였다. 이때에 안경 쓴 젊은 사람이 정거장에 통한 길로 회령여관 문을 향하여 들어온다. 그 뒤에 갓 쓴 이며 어린애 업은 여자며 보퉁이 지고 바가지 든 사람들이 따라 들어온다.

"어서 들어가십시오. 여관을 찾습니까?"

그 안경 쓴 자가 조그마한 보따리를 걸머지고 주저거리는 운심이를 보면서 말을 붙인다. 그러나 운심은 대답이 없었다.

"자 갑시다, 방도 덥구 밥값도 싸지요."

운심은 아무 소리 없이 방에 들어갔다. 방은 아래위 양칸이었다. 그리 크지는 않으나 그리 더럽지도 않았다. 양방에다 천장 가운데 전등이 달렸다. 벽에는 산수화가 붙어 있었다. 안경 쓴 자와 함께 오던 사람들도 운심이와 한방에 있게 되었다.

저녁상을 받은 운심은 밥을 먹기는 먹으면서도 밥 값 치러 줄 걱정에 가슴이 답답하였다. 이를 어쩌노! 밥값을 못 주면 이런 꼴이 어디 있나! 어서 내일부터 날삯이라도 해야지…… 하는 생각에 밥맛도 몰랐다. (12~13쪽)

※

바로 삼일 운동이 일어나던 해 봄이었다. 그는 서간도로 갔었다. 처음 그는 백두산 뒤 흑룡강가 '청시허'라는 그리 크지 않은 동리에 있었다. 생전에 보지 못하던 험한 산과 울창한 산림과 듣지도 못하던 홍우적(마적) 홍우적 하는 소리에 간담이 서늘하였다.

그러나 하루 지나고 이틀 지나 차차 몇 달 되니 고향 생각도 덜 나고 무서운 마음도 덜하였다. 이리하여 이곳서 지내는 때에 그는 산에나 물에나 들에나 먹을 것에나 입을 것에나 조금의 부자유가 없었다. 그러한 부자유는 없었으되 그의 심정에 닥치는 고민은 나날이 깊었다. 벽장골 같은 이곳에 온 후로 친한 벗의 낯은 고사하고 편지 한 장 신문 한 장도 못 보았다. 이곳 사람들은 그의 벗이 되지 못하였다. (13쪽)

　운심은 동리 어린아이들을 모아 놓고 이야기도 하고 글도 가르쳤다. 그러나 그네들은 운심의 가르침을 이해하지 못하였다. 운심이는 늘 슬펐다. 유위한 청춘이 속절없이 스러져 가는 신세 되는 것이 그에게는 큰 고통이었다.

　운심은 그 고통을 잊기 위하여 양양한 강풍을 쐬면서 고기도 낚고 그림 같은 단풍 그늘에서 명상도 하며 높은 봉에 올라 소리도 쳤으나 속 깊이 잠긴 그 비애는 떠나지 않았다. 산골에 방향을 주는 냇소리와 푸른 그늘에서 흘러나오는 유량한 새의 노래로는 그 마음의 불만을 채우지 못하였다. 도리어 수심을 더하였다. 그는 항상 알지 못할 딴 세상을 동경하였다. (14쪽)

　"선생님, 짐을 벗소. 내 들고 가겠소."
하면서 청시허에서 십 리 되는 '다사허' 고개까지 와서,
　"선생님, 평안히 가오. 그리고 빨리 오오"
하면서 운다. 운심이도 울었다. 애끊게 울었다. 어찌하여 울게 되었는지 운심이 자신도 의식지 못하였다. 한참 울다가 주먹으로 눈물을 씻고 돌아서 보니 그 아이는 그저 운다. 운심이는 그 아이의 노루꼬리만한 머리를 쓰다듬으면서,
　"어서 가거라, 내가 빨리 다녀오마."
　말을 마치지 못하여 그는 또 울었다. 온 세계의 고독의 비애는 자기 홀로 가진 듯하였다. 운심이는 눈을 문지르는 어린애 손을 꼭 쥐면서,
　"박돌아! 어서 가거라, 내달이면 내가 온다."
　"나는 아버지가 내 말만 들었으면 선생님과 가겠는데……."
하면서 또 운다. 운심이도 또 울었다. (14~15쪽)

이때는 한창 남북 만주에 독립단이 처처에 벌떼같이 일어나서 그 경계선을 앞뒤로 늘인 때였다. 청백한 사람으로서 정탐꾼이라고 독립군 총에 죽은 사람도 많았거니와 진정 정탐꾼도 죽은 사람이 많았다. 운심이도 그네들 손에 잡힌 바 되어 독립당 감옥에 사흘을 갇혔다가 어떤 아는 독립군의 보증으로 놓였다. 그러나 피끓는 청춘인 운심이는 그저 있지 않았다. 독립군에 뛰어들었다. 배낭을 지고 총을 메었다. 일시는 엄벙벙한 것이 기뻤다. 그러나 날이 가고 달이 갈수록 그 군인생활이 염증이 났다.

그리고 그는 늘 고원을 바라보고 울었다. 이상을 품고 울었다. 그 이듬해 간도 소요를 겪은 후로 독립당의 명맥이 일시 기운을 펴지 못하게 되매 군대도 해산되다시피 사방에 흩어졌다. 운심이 있던 군대도 해산되었다. 배낭을 벗고 총을 집어던진 운심이는 여전히 표랑하였다. 머리는 귀밑을 가리고 검은 낯에 수염이 거칠었다. 두 눈에는 항상 붉은 핏발이 섰다. 어떤 때에 그는 아편에 취하여 중국 사람 골방에 자빠진 적도 있었으며, 비바람을 무릅쓰고 사냥도 하였다. 그러나 이방의 괴로운 생활에 시화(詩化)되려던 그의 가슴은 가을 바람에 머리 숙인 버들가지가 되고 하늘이라도 뚫으려던 그 뜻은 이제 점점 어둑한 천인갱참에 떨어져 들어가는 줄 모르게 떨어져 들어감을 그는 깨달았다. 그는 신세를 생각하고 울었다. 공연히 소리를 지르면서 뛰어도 다녔다. (15~16쪽)

● 박돌 ——————————————————————————

성   별 남성
나   이(추정포함) 열세 살
출생지 및 거주지, 활동 공간 서간도의 '청시허'라는 동리
직   업 학생
출신계층 하류계층
교육정도 열세 살이 되도록 글을 모를 정도로 교육의 혜택을 거의 받지
         못함.

가족관계 아버지가 있음.

인물관계

    ① 박돌은 운심을 따라가고 싶으나 아버지가 이를 허락하지 않음.

    ② 글을 가르쳐주던 운심을 믿고 따름.

인물의 존재방식(사회계층) 도덕도 법도 유명무실한 서간도의 이주민 부
    락에서 생활하는 하류계층

성 격

    ① 글을 배우고자 하는 학구열과 진취적 의지가 있음.

    ② 인간적인 정리(情理)가 있으며, 스승을 공경함.

성격 지표 및 인물 제시방식

꽃

다만 조석으로 글 가르쳐 준 열세 살 난 어린것 하나가,

"선생님, 짐을 벗으오. 내 들고 가겠소."

하면서 운다. 운심이도 울었다. 애끓게 울었다. 어찌하여 울게 되었는지 운심이
자신도 의식치 못하였다. 한참 울다가 주먹으로 눈물을 씻고 돌아서 보니 그
아이는 그저 운다. 운심이는 그 아이의 노루꼬리만한 머리를 쓰다듬으면서

"어서 가거라, 내가 빨리 다녀오마."

말을 마치지 못하여 그는 또 울었다. 온 세계의 고독의 비애는 자기 홀로
가진 듯하였다. 운심이는 눈을 문지르는 어린애 손을 꼭 쥐면서,

"박돌아! 어서 가거라, 내달이면 내가 온다."

"나는 아버지가 내 말만 들었으면 선생님과 가겠는데⋯⋯."

하면서 또 운다. 운심이도 또 울었다. 이 두 청춘의 눈물은 영별의 눈물이었
다. (100~101쪽)

저본 1987년 문학과지성사 출간 『崔曙海全集·上』

최학송 崔鶴松, 1901~1932

　　호는 서해(曙海). 일찍 부모를 잃고 간도지방을 유랑하며 빈천한 직업을 전전하고 궁핍한 생활을 했다. 귀국하여 『조선문단』에 단편 「고국」(1924)으로 추천을 받았고, 「탈출기」(1925)를 발표하여 각광을 받았다. 그는 신경향파문학이 유행하던 당시, 빈궁의 문제를 다루고 있어, 많은 갈채를 받고 중견작가의 위치를 확보했다. '가진 자'에게 도전하는 '갖지 못한 자'의 반항의지를 주제로 삼고 있는데, 그것은 정치적 의도에서 나온 것이 아니라, 체험적 생리에서 나온 자연발생적이라는 특질을 보여 준다. 그의 작품은 자신이 체험한 세계를 직설적이고 박진력 있게 구사한 체험문학의 성격을 띠고 있다.

　　작품에 「탈출기」(1925), 「박돌의 죽음」(1925), 「기아와 살육」(1925), 「큰물 진 뒤」(1925), 「홍염」(1927), 「낙백불우」(1927), 「전아사」(1927), 「갈등」(1928), 「부부」(1928), 「먼동이 틀 때」(1929), 「경계선」(1929), 「호외시대」(1930) 등이 있다.

감자

발 표 년 도	「조선문단」 제4호(1925.1)
시대적 배경	1920년대 초반, 일제강점기의 평양 칠성문 밖 빈민굴
핵 심 서 사	① 복녀는 원래 가난은 하지만 정직한 농가에서 규칙 있게 자라났으나, 가난으로 말미암아 스무 살이나 연상인 홀아비에게 팔십 원에 팔려서 시집을 가나, 남편의 게으름으로 칠성문밖 빈민굴로 들어오게 되고 그곳에서 복녀는 구걸질을 나가지만 젊은 그녀에게 버럭질조차 쉽지 않으며 무안만 당하고 돌아옴. ② 솔밭에 송충이를 잡는 일을 하게 된 복녀는 감독의 부름을 받아 그와 관계를 맺으면서 쉽게 돈을 벌 수 있는 방법을 알게 됨. 어느 날 복녀는 감자를 훔치다 왕서방에게 붙들리게 되고 그에게 죄값으로 몸을 주고 3원을 받아오면서 이후로 남편의 묵인 하에 왕서방과의 관계를 지속하고 풍족한 생활을 하게 됨. ③ 복녀 부처는 빈민굴에서 한 부자가 되지만, 왕서방이 돈을 주고 어떤 처녀를 사와 장가를 가게 되자 질투심을 느낀 복녀는 왕서방의 집으로 감. ④ 왕서방의 신방에 뛰어들어 행패를 부린 복녀는 왕서방에 의해 저지당하자 낫을 들고 왕서방에게 덤벼들지만, 왕서방에게 그 낫으로 살해당함. ⑤ 왕서방과 복녀 남편, 한방의가 돈으로 결탁하여 사흘 후 복녀의 시체는 왕서방집에서 남편집으로 옮겨지고 다시 뇌일혈 진단으로 공동묘지로 감.
주 제	궁핍과 환경, 질투의 본능이 빚어낸 자기 파멸의 과정
등 장 인 물	복녀, 복녀의 남편(동리 홀아비, 새서방), 송충이잡이 감독, 왕서방, 장인, 곁집 여편네, 한방의사

● 복녀 ────────────────────────────

성   별   여자

나   이(추정포함)   열아홉 살

출생지 및 거주지, 활동 공간

   ① 평양 부근의 어느 한 동네의 정직한 농가에서 출생하여 규칙 있게
     자라남.

   ② 열다섯 살 나는 해 동리 홀아비에게 팔십 원에 팔려서 시집 간
     후, 남편의 게으름으로 장인에게 밉게 보여 처가에서도 인심을
     잃고, 평양성 안 어떤 집의 막간(행랑)살이로 들어갔다 그곳에서도
     쫓겨나와 칠성문 밖 빈민굴로 와 거라지, 도적질, 매음 등으로
     생활함.

직   업   행랑살이, 거지, 기자묘 솔밭 송충이잡이, 매음녀

출신계층   가난한 농가로서 하류계층

교육정도   정규 교육은 받지 않았지만, 엄한 가율의 집안 전통에 따라 도
          덕이라는 저품을 가지고 있음.

가족관계   선비 꼬리인 엄한 아버지, 자기보다 스무 살이나 많고 게으르고
          능력이 없는 남편이 있음.

인물관계

   ① 송충이 잡이를 갔다 그곳의 감독과 관계하여 '일 안 하고 공전
     많이 받는 인부'가 됨.

   ② 돈 좀 많이 번 듯한 거라지와도 관계하여 돈을 얻어 냄.

   ③ 칠성문 밖 감자밭 주인 중국인 왕서방과 관계하지만, 왕서방이
     돈을 주고 어떤 처녀를 마누라로 사 오게 되자, 질투심에 낫을
     휘두르며 '왕 서방'에게 대들었다가 그 낫을 왕서방에게 빼앗겨
     오히려 그 낫에 자신이 죽음.

③ 그녀의 남편, 왕서방, 한방의사 등이 돈으로 결탁하여 그녀의 죽음
　　을 뇌일혈로 진단하여 공동묘지로 가져감.

인물의 존재방식(사회계층)　평양 칠성문 밖 빈민굴의 최하류계층

성　　격
① 열다섯 살 전까지는 엄한 가율에 따라 막연하나마 도덕이라는
　　것에 대한 저품을 가지고 있었음.
② 부지런하고 성실함.
③ 칠성문 밖 빈민굴로 와 굶는 일도 흔할 정도로 가난하지만, 송충이
　　잡이 감독과 관계한 후부터는 매음의 길로 들어서 도덕의 저품을
　　완전히 잃어버림.
④ 자기와 관계했던 왕서방이 처녀를 마누라로 들이려 하자 극단적
　　인 질투심을 보임.

성격 지표 및 인물 제시방식

❀

　복녀는, 원래 가난은 하나마 정직한 농가에서 규칙 있게 자라난 처녀였었다.
이전 선비의 엄한 규율은 농민으로 떨어지자부터 없어졌다 하나, 그러나 어딘
지는 모르지만 딴 농민보다는 좀 똑똑하고 엄한 가율이 그의 집에 그냥 남아
있었다. 그 가운데서 자라난 복녀는 물론, 다른 집 처녀들과 같이 여름에는
벌거벗고 개울에서 멱 감고, 바짓바람으로 동리를 돌아다니는 것을 예사로 알
기는 알았지만, 그러나 그의 마음속에는 막연하나마 도덕이라는 것에 대한 저
품을 가지고 있었다. (281쪽)

❀

　그러나 그 집에서도 얼마 안하여 쫓겨나왔다. 복녀는 부지런히 주인집 일을

보았지만 남편의 게으름은 어찌할 수가 없었다. 매일 복녀는 눈에 칼을 세워가지고 남편을 채근하였지만, 그의 게으른 버릇은 개를 줄 수는 없었다.

"벳섬 좀 치워달라우요."

"남 졸음 오는데. 님자 치우시관."

"내가 치우나요?"

"이십 년이나 밥 먹구 그걸 못 치워!"

"에이구, 칵 죽구나 말디."

"이년, 뭘."

이러한 싸움이 그치지 않다가, 마침내 그 집에서도 쫓겨나왔다.

이젠 어디로 가나? 그들은 하릴없이 칠성문 밖 빈민굴로 밀리어 나오게 되었다. (282~283쪽)

그러나 열아홉 살의 한창 좋은 나이의 여편네에게 누가 밥인들 잘 줄까.

"젊은 거이 거랑질은 왜."

그런 소리를 들을 때마다 그는 여러 가지 말로, 남편이 병으로 죽어가거나 어쩌거니 핑계는 대었지만, 그런 핑계에는 단련된 평양 시민의 동정은 역시 살 수가 없었다. 그들은 이 칠성문 밖에서도 가장 가난한 사람 가운데 드는 편이었다. (… 중략 …)

복녀는 열아홉 살이었었다. 얼굴도 그만하면 빤빤하였다. 그 동리 여인들의 보통 하는 일을 본받아서 그도 돈벌이 좀 잘하는 사람의 집에라도 간간 찾아가면 매일 오륙십 전은 벌 수가 있었지만, 선비의 집안에서 자라난 그는 그런 일은 할 수가 없었다.

그들 부처는 역시 가난하게 지냈다. 굶는 일도 흔히 있었다. (283~284쪽)

복녀는 열심히 송충이를 잡았다. 소나무에 사다리를 놓고 올라가서는, 송충이를 집게로 집어서 약물에 잡아 넣고 잡아 넣고, 그의 통은 잠깐 새에 차고 하였다. 하루에 삼십이 전씩의 공전이 그의 손에 들어왔다.

그러나 대엿새 하는 동안에 그는 이상한 현상을 하나 발견하였다. 그것은 다른 것이 아니라, 젊은 여인부 한 여남은 사람은 언제나 송충이는 안 잡고 아래서 지절거리며 웃고 날뛰기만 하고 있는 것이었다. 뿐만 아니라, 그 놀고 있는 인부의 공전은 일하는 사람의 공전보다 팔 전이나 더 많이 내어주는 것이다.

(… 중략 …)

어떤 날 송충이를 잡다가 점심때가 되어서, 나무에서 내려와서 점심을 먹고 다시 올라가려 할 때에 감독이 그를 찾았다.

"복네, 얘 복네."

"왜 그릅네까?"

그는 약통과 집게를 놓은 뒤에 돌아섰다.

"좀 오나라."

그는 말없이 감독 앞에 갔다.

"얘, 너, 음……데 뒤 좀 가보디 않갔니?"

"뭘 하레요."

"글쎄, 가야…….."

"가디요, 형님."

그는 돌아서면서 인부들 모여 있는 데로 고함쳤다.

"형님두 갑세다가레."

"싫다 얘. 둘이서 재미나게 가는데, 내가 무슨 맛에 가갔니?"

복녀는 얼굴이 새빨갛게 되면서 감독에게로 돌아섰다.

"가보자."

감독은 저편으로 갔다. 복녀는 머리를 수그리고 따라갔다.

"복네 좋갔구나."

뒤에서 이러한 고함소리가 들렸다. 복녀의 숙인 얼굴은 더욱 발갛게 되었다.

그날부터 복녀도 '일 안 하고 공전 많이 받은 인부'의 한 사람으로 되었다.
(285~286쪽)

복녀의 도덕관 내지 인생관은 그때부터 변하였다.

그는 아직껏 딴 사내와 관계를 한다는 것을 생각하여 본 일도 없었다. 그것은 사람의 일이 아니요, 짐승의 하는 짓으로만 알고 있었다. 혹은 그런 일을 하면 탁 죽어지는지도 모를 일로 알았다.

그러나 이런 이상한 일이 어디 다시 있을까. 사람인 자기도 그런 일을 한 것을 보면, 그것은 결코 사람으로 못 할 일이 아니었었다. 게다가 일 안 하고도 돈 더 받고, 긴장된 유쾌가 있고, 빌어먹을 것보다 점잖고……

일본말로 하자면 '삼박자(三拍子)' 같은 좋은 일은 이것뿐이었었다. 이것이야 말로 삶의 비결이 아닐까. 뿐만 아니라, 이 일이 있은 뒤부터, 그는 처음으로 한 개 사람이 된 것 같은 자신까지 얻었다.

그 뒤부터는, 그의 얼굴에는 조금씩 분도 바르게 되었다. (286쪽)

"여보, 아즈바니, 오늘은 얼마나 벌었소?"

복녀는 돈 좀 많이 번 듯한 거라지를 보면 이렇게 찾는다.

"오늘은 많이 못 벌었쉐다."

"얼마?"

"도무지 열서너 냥."

"많이 벌었쉐다가레. 한 댓 냥 꿔 주소고레."

"오늘은 내가……"

어쩌고어쩌고 하면, 복녀는 곧 뛰어가서 그의 팔에 늘어진다.

"나한테 들킨 댐에는 뀌구야 말아요,"

"난 원, 이 아즈마니 만나믄 야단이더라. 자, 께주디. 그 대신, 응? 알아 있디?"

"난 몰라요. 해해해해."

"모르믄, 안 줄 테야."

"글쎄, 알았대두 그른다."

그의 성격은 이만큼까지 진보되었다. (287~288쪽)

❀ _____

어떤 날 밤, 그는 감자를 한 바구니 잘 도적질하여 가지고, 이젠 돌아오려고 일어설 때에, 그의 뒤에 시꺼먼 그림자가 서서 그를 꽉 붙들었다. 보니, 그것은 그 밭의 소작인인 중국인 왕서방이었었다. 복녀는 말도 못하고 멀진멀진 발 아래만 내려다보고 있었다.

"우리집에 가."

왕서방은 이렇게 말하였다.

"가재믄 가디. 훤, 것두 못 갈까."

복녀는 엉덩이를 한번 홱 두른 뒤에 머리를 젖히고 바구니를 저으면서 왕서 방을 따라갔다.

한 시간쯤 뒤에 그는 왕서방의 집에서 나왔다. 그가 밭고랑에서 길로 들어서 려 할 때에, 문득 뒤에서 누가 그를 찾았다.

"복네 아니야?"

복녀는 홱 돌아서 보았다. 거기는 자기 곁집 여편네가 바구니를 끼고 어두운 밭고랑을 더듬더듬 나오고 있었다.

"형님이댔쉐까? 형님두 들어갔댔쉐까?"

"님자두 들어갔댔나?"

"형님은 뉘 집에?"

"나? 눅서방네 집에. 님자는?"

"난 왕서방네…… 형님 얼마 받았소?"

"눅서방네 그 깍쟁이놈, 배추 세 페기……"

"난 삼 원 받았다."

복녀는 자랑스러운 듯이 대답하였다.

십 분쯤 뒤에 그는 자기 남편과, 그 앞에 돈 삼 원을 내어놓은 뒤에, 아까 그 왕서방의 이야기를 하면서 웃고 있었다. (288~289쪽)

※※

복녀는 차차 동리 거지들한테 애교를 파는 것을 중지하였다. 왕서방이 분주하여 못 올 때가 있으면 복녀는 스스로 왕서방의 집까지 찾아갈 때도 있었다.

복녀의 부처는 이제 이 빈민굴의 한 부자였었다.

(… 중략 …)

그때 왕서방은 돈 백 원으로 어떤 처녀를 하나 마누라로 사 오게 되었다.

"흥"

복녀는 다만 콧웃음만 쳤다.

"복녀, 강짜하갔구만."

동리 여편네들이 이런 말을 하면, 복녀는 흥 하고 코웃음을 웃고 하였다.

내가 강짜를 해? 그는 늘 힘 있게 부인하고 하였다. 그러나 그의 마음에 생기는 검은 그림자는 어찌할 수가 없었다.

"이놈 왕서방, 네 두고 보자."

왕서방의 색시를 데려오는 날이 가까웠다. 왕서방은 아직껏 자랑하던 기다란 머리를 깎았다. 동시에 그것은 새색시의 의견이라는 소문이 쫙 퍼졌다.

"흥"

복녀는 역시 코웃음만 쳤다.

마침내 색시가 오는 날이 이르렀다. 칠보단장에 사인교를 탄 색시가, 칠성문 밖 채마밭 가운데 있는 왕서방의 집에 이르렀다.

밤이 깊도록, 왕서방의 집에는 중국인들이 모여서 별한 악기를 뜯으며 별한 곡조로 노래하며 야단하였다.

복녀는 집 모퉁이에 숨어 서서 눈에 살기를 띠고 방 안의 동정을 듣고 있었다.

다른 중국인들은 새벽 두 시쯤 하여 돌아갔다. 그 돌아가는 것을 보면서 복녀는 왕서방의 집 안에 들어갔다. 복녀의 얼굴에는 분이 하얗게 발리어 있었다.

신랑신부는 놀라서 그를 쳐다보았다. 그것을 무서운 눈으로 흘겨보면서, 그는 왕서방에게 가서 팔을 잡고 늘어졌다. 그의 입에서는 이상한 웃음이 흘렀다.

"자, 우리집으로 가요."

왕서방은 아무 말도 못하였다. 눈만 정처 없이 두룩두룩하였다. 복녀는 다시 한 번 왕서방을 흔들었다.

"자, 어서."

"우리, 오늘 밤 일이 있어 못 가."

"일은 밤중에 무슨 일."

"그래두, 우리 일이……"

복녀의 입에 아직껏 떠돌던 이상한 웃음은 문득 없어졌다.

"이까짓 것."

그는 발을 들어서 치장한 신부의 머리를 찼다.

"자, 가자우 가자우."

왕서방은 와들와들 떨었다. 왕서방은 복녀의 손을 뿌리쳤다.

복녀는 쓰러졌다. 그러나 곧 다시 일어섰다. 그가 다시 일어설 때는, 그의 손에는 얼른얼른하는 낫이 한 자루 들리어 있었다.

"이 되놈, 죽어라, 죽어라, 이놈. 나 때렸디! 이놈아, 아이구, 사람 죽이누나."

그는 목을 놓고 처울면서 낫을 휘둘렀다. (289~292쪽)

● **복녀의 남편**(동리 홀아비, 새서방) ─────────

성　별　남자

나　이(추정포함)　서른아홉 살

출생지 및 거주지, 활동 공간

　　① 출생지는 평양 부근으로 추정함.

　　② 복녀와 결혼했지만, 너무 게을러 신용을 잃고 평양성 안에서 막벌
　　　이를 함.

　　③ 평양성 안 어떤 집의 막간(행랑)살이로 들어갔다 거기서도 쫓겨나
　　　옴.

　　④ 칠성문 밖 빈민굴로 밀리어 나와 복녀의 도적질과 매음으로 살아
　　　감.

직　업　농민, 막벌이 인부, 행랑살이, 무직

출신계층　상당한 부를 가진 농민계층

교육정도　구체적으로 언급되지는 않았으나 집안의 재력으로 보아 보통학
　　　　교 정도의 학력은 있을 것으로 추정함.

가족관계

　　① 스무 살 어린 아내 복녀가 있음.

　　② 결혼 초기에 도움을 준 장인이 있음.

인물관계

　　① 결혼하고 나서는 너무 게을러 아내인 복녀와 갈등관계에 있었으
　　　나, 칠성문 밖 빈민굴로 간 후, 복녀의 도적질과 매음으로 생활하
　　　면서부터는 갈등 없이 살아감.

　　② 결혼 초에는 장인의 덕택으로 그럭저럭 살았으나, 너무 게을러
　　　장인에게 밉게 보여 신용을 잃음.

　　③ 복녀가 왕서방의 손에 죽자 왕서방에게서 돈을 받고, 한방의사와
　　　결탁하여 복녀의 사인을 뇌일혈로 처리하여 장사지냄.

인물의 존재방식(사회계층)　칠성문 밖 빈민굴의 무능력한 남편으로서 최하

류계층

성 격

① 몹시 게으르고 나태하며 이기적임.

② 아내인 복녀의 도적질과 매음으로 생활하면서도 양심의 가책을 느끼지 않을 정도로 몰염치함.

③ 자신의 아내를 죽인 왕서방과 결탁하여 아내의 죽음마저 돈벌이로 이용할 정도로 부도덕함.

성격 지표 및 인물 제시방식

그는 열다섯 살 나는 해에 동리 홀아비에게 팔십 원에 팔려서 시집이라는 것을 갔다. 그의 새서방(영감이라는 편이 적당할까)이라는 사람은 그보다 이십 년이나 위로서, 원래 아버지의 시대에는 상당한 농민으로서 밭도 몇 마지기가 있었으나, 그의 대로 내려오면서는 하나 둘 줄기 시작하여서, 마지막에 복녀를 산 팔십 원이 그의 마지막 재산이었었다. 그는 극도로 게으른 사람이었었다. 동리 노인들의 주선으로 소작 밭깨나 얻어주면, 종자만 뿌려둔 뒤에는 후치질도 안 하고 김도 안 매고 그냥 내버려두었다가는, 가을에 가서는 되는 대로 거두어 '금년은 흉년이네' 하고 전주집에는 가져도 안 가고 자기 혼자 먹어버리고 하였다. 그러니까 그는 한 밭을 이태를 연하여 부쳐본 일이 없었다. 이리하여 몇 해를 지내는 동안 그는 그 동리에서는 밭을 못 얻으리만큼 인심을 잃고 말았다.

복녀가 시집을 간 뒤 한 삼사 년은 장인의 덕택으로 이렁저렁 지나갔으나, 이전 선비의 꼬리인 장인은 차차 사위를 밉게 보이기 시작하였다. 그들은 처가에까지 신용을 잃게 되었다.

그들 부처는 여러 가지로 의논하다가 하릴없이 평양성 안으로 막벌이로 들어왔다. 그러나 게으른 그에게는 막벌이나마 역시 되지 않았다. 하루 종일 지게를 지고 연광정에 가서 대동강만 내려다보고 있으니, 어찌 막벌이인들 될까. 한 서너 달 막벌이를 하다가, 그들은 요행 어떤 집 막간(행랑)살이로 들어가게 되었 다.

그러나 그 집에서도 얼마 안하여 쫓겨나왔다. 복녀는 부지런히 주인집 일을 보았지만 남편의 게으름은 어찌할 수가 없었다. 매일 복녀는 눈에 칼을 세워가지고 남편을 채근하였지만, 그의 게으른 버릇은 개를 줄 수는 없었다.

"볏섬 좀 치워달라우요."

"남 졸음 오는데. 님자 치우시관."

"내가 치우나요?"

"이십 년이나 밥 먹구 그걸 못 치워!"

"에이구, 칵 죽구나 말디."

"이년, 뭘."

이러한 싸움이 그치지 않다가, 마침내 그 집에서도 쫓겨나왔다.

이젠 어디로 가나? 그들은 하릴없이 칠성문 밖 빈민굴로 밀리어 나오게 되 다. (281~283쪽)

꽃

어떤 날 밤, 그는 감자를 한 바구니 잘 도적질하여 가지고, 이젠 돌아오려고 일어설 때에, 그의 뒤에 시꺼먼 그림자가 서서 그를 꽉 붙들었다. 보니, 그것은 그 밭의 소작인인 중국인 왕서방이었었다. 복녀는 말도 못하고 멀진멀진 발 아래만 내려다보고 있었다.

"우리집에 가."

왕서방은 이렇게 말하였다.

"가재믄 가디. 훤, 것두 못 갈까."

복녀는 엉덩이를 한번 홱 두른 뒤에 머리를 젖히고 바구니를 저으면서 왕서 방을 따라갔다.

한 시간쯤 뒤에 그는 왕서방의 집에서 나왔다. 그가 밭고랑에서 길로 들어서려 할 때에, 문득 뒤에서 누가 그를 찾았다.

"복네 아니야?"

복녀는 홱 돌아서 보았다. 거기는 자기 곁집 여편네가 바구니를 끼고 어두운 밭고랑을 더듬더듬 나오고 있었다.

"형님이댔쉐까? 형님두 들어갔댔쉐까?"

"님자두 들어갔댔나?"

"형님은 뉘 집에?"

"나? 눅서방네 집에. 님자는?"

"난 왕서방네…… 형님 얼마 받았소?"

"눅서방네 그 깍쟁이놈, 배추 세 폐기……"

"난 삼 원 받았다."

복녀는 자랑스러운 듯이 대답하였다.

십 분쯤 뒤에 그는 자기 남편과, 그 앞에 돈 삼 원을 내어놓은 뒤에, 아까 그 왕서방의 이야기를 하면서 웃고 있었다. (288~289쪽)

그 뒤부터 왕서방은 무시로 복녀를 찾아왔다.

한참 왕서방이 눈만 멀진멀진 앉아 있으면, 복녀의 남편은 눈치를 채고 밖으로 나간다. 왕서방이 돌아간 뒤에는 그들 부처는, 일 원 혹은 이 원을 가운데 놓고 기뻐하고 하였다. (289쪽)

복녀의 송장은 사흘이 지나도록 무덤으로 못 갔다. 왕서방은 몇 번을 복녀의 남편을 찾아갔다. 복녀의 남편도 때때로 왕서방을 찾아갔다. 둘의 새에는 무슨 교섭하는 일이 있었다. 사흘이 지났다.

밤중에 복녀의 시체에는 세 사람이 둘러앉았다. 한 사람은 복녀의 남편, 한 사람은 왕서방, 또 한 사람은 어떤 한방의사. 왕서방은 말없이 돈주머니를 꺼내어, 십 원짜리 지폐 석 장을 복녀의 남편에게 주었다. 한방의의 손에도 십 원짜리 두 장이 갔다.

이튿날 복녀는 뇌일혈로 죽었다는 한방의의 진단으로 공동묘지로 가져갔다. (292쪽)

● 송충이잡이 감독

성　　별　남자

나　　이(추정포함)　이십대 후반 이상일 것으로 추정함.

출생지 및 거주지, 활동 공간　출생지는 알 수 없으며, 평양'부'에서 거주하며 활동할 것으로 추정함.

직　　업　송충이잡이 감독

출신계층　중류계층 이하일 것으로 추정함.

교육정도　보통학교 정도의 학력일 것으로 추정함.

가족관계　알 수 없음.

인물관계　송충이잡이 감독 일을 하면서 송충이 잡이를 나온 젊은 여인부들을 꾀어 내통하고 공전을 일하는 인부보다 많이 줌.

인물의 존재방식(사회계층)　송충이잡이 감독으로서 중류계층 이하일 것으로 추정함.

성　　격
　　① 음흉하고 부도덕함.
　　② 자신이 신분을 악용하여 젊은 여인들을 농락할 정도로 비열함.

성격 지표 및 인물 제시방식

꽃

복녀는 열심히 송충이를 잡았다. 소나무에 사다리를 놓고 올라가서는, 송충이를 집게로 집어서 약물에 잡아 넣고 잡아 넣고, 그의 통은 잠깐 새에 차고 하였다. 하루에 삼십이 전씩의 공전이 그의 손에 들어왔다.

그러나 대엿새 하는 동안에 그는 이상한 현상을 하나 발견하였다. 그것은 다른 것이 아니라, 젊은 여인부 한 여남은 사람은 언제나 송충이는 안 잡고 아래서 지절거리며 웃고 날뛰기만 하고 있는 것이었다. 뿐만 아니라, 그 놀고 있는 인부의 공전은 일하는 사람의 공전보다 팔 전이나 더 많이 내어주는 것이다.

감독은 한 사람뿐이지만 감독도 그들의 놀고 있는 것을 묵인할 뿐 아니라, 때때로는 자기까지 섞여서 놀고 있었다.

어떤 날 송충이를 잡다가 점심때가 되어서, 나무에서 내려와서 점심을 먹고 다시 올라가려 할 때에 감독이 그를 찾았다.

"복네, 애 복네."

"왜 그릅네까?"

그는 약통과 집게를 놓은 뒤에 돌아섰다.

"좀 오나라."

그는 말없이 감독 앞에 갔다.

"애, 너, 음……데 뒤 좀 가보디 않갔니?"

"뭘 하레요."

"글쎄, 가야……."

"가디요, 형님."

그는 돌아서면서 인부들 모여 있는 데로 고함쳤다.

"형님두 갑세다가레."

"싫다 얘. 둘이서 재미나게 가는데, 내가 무슨 맛에 가갔니?"

복녀는 얼굴이 새빨갛게 되면서 감독에게로 돌아섰다.

"가보자."

감독은 저편으로 갔다. 복녀는 머리를 수그리고 따라갔다.

"복네 좋았구나."

뒤에서 이러한 고함소리가 들렸다. 복녀의 숙인 얼굴은 더욱 발갛게 되었다.

(285~286쪽)

● **왕서방**

성 별　남자

나 이(추정포함)　삼십대 이상일 것으로 추정함.

출생지 및 거주지, 활동 공간　출생지는 알 수 없으며, 평양부 근처에 거주
　　　　하며 칠성문 밖 중국인 채마밭의 소작인으로 활동함.

직 업　칠성문 밖 중국인 채마밭의 소작인

출신계층　중국인 채마밭의 소작인인 것으로 보아 하류계층일 것으로 추정함.

교육정도　무학이거나 보통학교 이하의 학력일 것으로 추정함.

가족관계　돈 백 원으로 사 들인 마누라가 있음.

인물관계

　① 자신이 소작인으로 있는 중국인 채마밭에 감자를 도적질한 복녀
　　와 간음한 후, 그녀의 정부(情夫)가 되지만, 자신이 돈을 주고 사
　　온 마누라 때문에 복녀가 질투하여 낫을 들고 행패를 부리는 중에
　　그 낫으로 복녀를 죽임.

　② 돈 백 원을 주고 어떤 처녀를 하나 마누라로 사 옴.

　③ 복녀의 남편과 한방의사를 돈으로 매수하여 복녀의 사인을 뇌일
　　혈로 꾸며 장사지내게 함.

인물의 존재방식(사회계층)　칠성문 밖의 중국인 채마밭 소작인으로 하류계층

성   격
① 부도덕하고 음흉함.
② 비정하고 비열함.

성격 지표 및 인물 제시방식

❀

어떤 날 밤, 그는 감자를 한 바구니 잘 도적질하여 가지고, 이젠 돌아오려고 일어설 때에, 그의 뒤에 시꺼먼 그림자가 서서 그를 꽉 붙들었다. 보니, 그것은 그 밭의 소작인인 중국인 왕서방이었었다. 복녀는 말도 못하고 멀진멀진 발 아래만 내려다보고 있었다.

"우리집에 가."

왕서방은 이렇게 말하였다.

"가재믄 가디. 훤, 것두 못 갈까."

복녀는 엉덩이를 한번 획 두른 뒤에 머리를 젖히고 바구니를 저으면서 왕서방을 따라갔다.

한 시간쯤 뒤에 그는 왕서방의 집에서 나왔다. 그가 밭고랑에서 길로 들어서려 할 때에, 문득 뒤에서 누가 그를 찾았다.

"복네 아니야?"

복녀는 획 돌아서 보았다. 거기는 자기 곁집 여편네가 바구니를 끼고 어두운 밭고랑을 더듬더듬 나오고 있었다.

"형님이댔쉐까? 형님두 들어갔댔쉐까?"

"님자두 들어갔댔나?"

"형님은 뉘 집에?"

"나? 눅서방네 집에. 님자는?"

"난 왕서방네…… 형님 얼마 받았소?"

"눅서방네 그 깍쟁이놈, 배추 세 페기……"

"난 삼 원 받았다."

복녀는 자랑스러운 듯이 대답하였다. (288~289쪽)

❀ ───────────────

복녀는 차차 동리 거지들한테 애교를 파는 것을 중지하였다. 왕서방이 분주하여 못 올 때가 있으면 복녀는 스스로 왕서방의 집까지 찾아갈 때도 있었다.

복녀의 부처는 이제 이 빈민굴의 한 부자였었다.

(… 중략 …)

그때 왕서방은 돈 백 원으로 어떤 처녀를 하나 마누라로 사 오게 되었다.

"흥"

복녀는 다만 콧웃음만 쳤다.

"복녀, 강짜하갔구만."

동리 여편네들이 이런 말을 하면, 복녀는 흥 하고 코웃음을 웃고 하였다.

내가 강짜를 해? 그는 늘 힘 있게 부인하고 하였다. 그러나 그의 마음에 생기는 검은 그림자는 어찌할 수가 없었다.

"이놈 왕서방, 네 두고 보자."

왕서방의 색시를 데려오는 날이 가까웠다. 왕서방은 아직껏 자랑하던 기다란 머리를 깎았다. 동시에 그것은 새색시의 의견이라는 소문이 쫙 퍼졌다.

"흥."

복녀는 역시 코웃음만 쳤다.

마침내 색시가 오는 날이 이르렀다. 칠보단장에 사인교를 탄 색시가, 칠성문 밖 채마밭 가운데 있는 왕서방의 집에 이르렀다.

밤이 깊도록, 왕서방의 집에는 중국인들이 모여서 별한 악기를 뜯으며 별한 곡조로 노래하며 야단하였다.

복녀는 집 모퉁이에 숨어 서서 눈에 살기를 띠고 방 안의 동정을 듣고 있었다.

다른 중국인들은 새벽 두 시쯤 하여 돌아갔다. 그 돌아가는 것을 보면서 복녀는 왕서방의 집 안에 들어갔다. 복녀의 얼굴에는 분이 하얗게 발리어 있었다.

신랑신부는 놀라서 그를 쳐다보았다. 그것을 무서운 눈으로 흘겨보면서, 그는 왕서방에게 가서 팔을 잡고 늘어졌다. 그의 입에서는 이상한 웃음이 흘렀다.

"자, 우리집으로 가요."

왕서방은 아무 말도 못하였다. 눈만 정처 없이 두룩두룩하였다. 복녀는 다시 한 번 왕서방을 흔들었다.

"자, 어서."

"우리, 오늘 밤 일이 있어 못 가."

"일은 밤중에 무슨 일."

"그래두, 우리 일이……"

복녀의 입에 아직껏 떠돌던 이상한 웃음은 문득 없어졌다.

"이까짓 것."

그는 발을 들어서 치장한 신부의 머리를 찼다.

"자, 가자우 가자우."

왕서방은 와들와들 떨었다. 왕서방은 복녀의 손을 뿌리쳤다.

복녀는 쓰러졌다. 그러나 곧 다시 일어섰다. 그가 다시 일어설 때는, 그의 손에는 얼른얼른하는 낫이 한 자루 들리어 있었다.

"이 되놈, 죽어라, 죽어라, 이놈. 나 때렸디! 이놈아, 아이구, 사람 죽이누나."

그는 목을 놓고 처울면서 낫을 휘둘렀다. 칠성문 밖 외딴 밭 가운데 홀로서 있는 왕서방의 집에서는 일장의 활극이 일어났다. 그러나 그 활극도 곧 잠잠하게 되었다. 복녀의 손에 들리어 있던 낫은 어느덧 왕서방의 손으로 넘어가고, 복녀는 목으로 피를 쏟으면서 그 자리에 고꾸라져 있었다. (289~292쪽)

꽃무늬

복녀의 송장은 사흘이 지나도록 무덤으로 못 갔다. 왕서방은 몇 번을 복녀의 남편을 찾아갔다. 복녀의 남편도 때때로 왕서방을 찾아갔다. 둘의 새에는 무슨 교섭하는 일이 있었다. 사흘이 지났다.

밤중에 복녀의 시체에는 세 사람이 둘러앉았다. 한 사람은 복녀의 남편, 한 사람은 왕서방, 또 한 사람은 어떤 한방의사. 왕서방은 말없이 돈주머니를 꺼내어, 십 원짜리 지폐 석 장을 복녀의 남편에게 주었다. 한방의의 손에도 십 원짜리 두 장이 갔다.

이튿날 복녀는 뇌일혈로 죽었다는 한방의의 진단으로 공동묘지로 가져갔다.
(292쪽)

● 장인 ─────────────────────────────────

성　　별　남자

나　　이(추정포함)　복녀의 나이로 볼 때 사십대 후반에서 오십대 초반으로
　　　　　　추정함.

출생지 및 거주지, 활동 공간　평양 부근

직　　업　농민

출신계층　농민의 하류계층

교육정도　알 수 없음.

가족관계　딸 복녀와 동리 홀아비였던 사위 등이 있음.

인물관계　딸 복녀가 혼인하고 삼사 년 동안은 그들을 도와 그럭저럭 살
　　　　　게 해주었으나, 사위가 너무 게으르자 그를 밉게 봄.

인물의 존재방식(사회계층)　하류계층의 농민

성　　격

　　① 정직한 농가에서 엄한 가율을 이어갈 정도로 도덕적이고 성실함.

　　② 정리(情理)가 있음.

성격 지표 및 인물 제시방식

꽃무늬 ————

복녀는 원래 가난은 하나마 정직한 농가에서 규칙 있게 자라난 처녀였었다. 이전 선비의 엄한 규율은 농민으로 떨어지자부터 없어졌다 하나, 그러나 어딘지는 모르지만 딴 농민보다는 좀 똑똑하고 엄한 가율이 그의 집에 그냥 남아있었다. (281쪽)

꽃무늬 ————

그의 새서방(영감이라는 편이 적당할까)이라는 사람은 그보다 이십 년이나 위로서, 원래 아버지의 시대에는 상당한 농민으로서 밭도 몇 마지기가 있었으나, 그의 대로 내려오면서는 하나 둘 줄기 시작하여서, 마지막에 복녀를 산 팔십 원이 그의 마지막 재산이었었다. 그는 극도로 게으른 사람이었다. 동리 노인들의 주선으로 소작 밭깨나 얻어주면, 종자만 뿌려둔 뒤에는 후치질도 안 하고 김도 안 매고 그냥 내버려두었다가는, 가을에 가서는 되는 대로 거두어 '금년은 흉년이네' 하고 전주집에는 가져도 안 가고 자기 혼자 먹어버리고 하였다. 그러니까 그는 한 밭을 이태를 연하여 부쳐본 일이 없었다. 이리하여 몇 해를 지내는 동안 그는 그 동리에서는 밭을 못 얻으리만큼 인심을 잃고 말았다.

복녀가 시집을 간 뒤, 한 삼사 년은 장인의 덕택으로 이렁저렁 지나갔으나, 이전 선비의 꼬리인 장인은 차차 사위를 밉게 보이기 시작하였다. 그들은 처가에까지 신용을 잃게 되었다. (282쪽)

● 곁집 여편네

성   별 여자

나   이(추정포함) 이십대 중후반으로 추정함.

출생지 및 거주지, 활동 공간 출생지는 알 수 없으며, 평양 칠성문 밖 빈
　　　　민굴에서 거주하며 도적질과 매음으로 살아감.

직   업 도적질과 매음 등으로 생활함.

출신계층 최하류계층

교육정도 무학일 것으로 추정함.

가족관계 알 수 없음.

인물관계 도적질과 매음으로 생활하며 복녀와 친하게 지냄.

인물의 존재방식(사회계층) 칠성문 밖 빈민굴의 최하류계층

성   격 복녀와 함께 하층민의 생활로 인해 도덕심을 잃어버림.

성격 지표 및 인물 제시방식

———————————

한 시간쯤 뒤에 그는 왕서방의 집에서 나왔다. 그가 밭고랑에서 길로 들어서
려 할 때에, 문득 뒤에서 누가 그를 찾았다.

"복네 아니야?"

복녀는 홱 돌아서 보았다. 거기는 자기 곁집 여편네가 바구니를 끼고 어두운
밭고랑을 더듬더듬 나오고 있었다.

"형님이댔쉐까? 형님두 들어갔댔쉐까?"

"님자두 들어갔댔나?"

"형님은 뉘 집에?"

"나? 눅서방네 집에. 님자는?"

"난 왕서방네…… 형님 얼마 받았소?"

"눅서방네 그 깍쟁이놈, 배추 세 폐기……"

"난 삼 원 받았다."

복녀는 자랑스러운 듯이 대답하였다. (288~289쪽)

● 한방의사 ─────────────────────

성　　별 남자

나　　이(추정포함)　알 수 없음.

출생지 및 거주지, 활동 공간　출생지는 알 수 없으며, 평양부에서 한방의
　　　　　　사로 활동함.

직　　업 한방의사

출신계층　중류계층 이상일 것으로 추정함.

교육정도　한문과 한의학에 대한 일정 수준의 학력일 것으로 추정함.

가족관계　알 수 없음.

인물관계　왕서방, 복녀의 남편과 결탁하여 복녀의 사인을 뇌일혈로 조작함.

인물의 존재방식(사회계층)　한방의사로서 중류계층 이상의 신분임.

성　　격 왕서방에게서 돈을 받고 복녀의 사인을 조작할 정도로 속물적이
　　　　　고 탐욕스러우며, 부도덕함.

성격 지표 및 인물 제시방식

❀ ─────────

복녀의 송장은 사흘이 지나도록 무덤으로 못 갔다. 왕서방은 몇 번을 복녀의
남편을 찾아갔다. 복녀의 남편도 때때로 왕서방을 찾아갔다. 둘의 새에는 무슨
교섭하는 일이 있었다. 사흘이 지났다.

밤중에 복녀의 시체에는 세 사람이 둘러앉았다. 한 사람은 복녀의 남편, 한

사람은 왕서방, 또 한 사람은 어떤 한방의사. 왕서방은 말없이 돈주머니를 꺼내어, 십 원짜리 지폐 석 장을 복녀의 남편에게 주었다. 한방의의 손에도 십 원짜리 두 장이 갔다.

　이튿날 복녀는 뇌일혈로 죽었다는 한방의의 진단으로 공동묘지로 가져갔다.

(292쪽)

저본　2005년 창비 출간 「20세기 한국소설 1」

전영택

화수분

발 표 년 도	「조선문단」 4호(1925.1)
시대적 배경	1920년대 초 일제 강점기 서울 추운 첫겨울
핵 심 서 사	① 관찰자이자 서술자인 '나'의 행랑에 기거하는 행랑아범 화수분은 원래 유복한 농민의 가정에서 자랐지만 처와, 딸 둘과 함께 굶기를 밥 먹듯이 하며 거지와 다름 없는 생활을 함.
	② 이들의 처지를 딱하게 여긴 싸전 마누라가 큰 딸을 데려다 키울 사람을 천거하고 어멈은 굶겨 죽이는 것보다는 낫다는 심정으로 아이를 데려다 줌.
	③ 밤에 돌아온 아범이 어멈에게서 이 이야기를 듣고는 통곡함.
	④ 그 뒤 고향 형이 상처를 입고 눕게 되어 농사일을 할 수 없다는 소식을 듣고 화수분이 고향 양평으로 내려 간 후, 소식이 없자, 굶다 못한 어멈은 딸을 업고 추위를 무릅쓴 채 아범을 만나기 위해 양평으로 떠남.
	⑤ 때마침 고향에서 집으로 돌아오던 아범은 고갯마루 나무 밑 눈 위에 나뭇가지를 깔고 어린 것을 업었던 헌 누더기를 쓰고 한 끝으로 어린 것을 꼭 안고 웅크리고 떨고 있는 어멈 모녀를 발견하나, 둘은 말을 못함.
	⑥ 그곳에서 아범과 어멈이 가운데 어린 것을 두고 그냥 껴안고 밤을 지내다 부부는 얼어 죽고 어린 딸은 살아남.
	⑦ 다음 날 나무장사가 그들 부부의 죽음을 발견하고 살아남은 어린 딸을 데려감.
주 제	가난으로 인한 비참한 생활상과 뜨거운 가족애, 그리고 그에 대한 연민
등 장 인 물	화수분(아범), 나(서술자), 어멈, 귀동이, 옥분이, 쌀가게 마누라, 마누라님(강화사람)

● 화수분(아범) ─────────────────────────────

성 별 남자

나   이(추정포함) 서른 살쯤으로 추정함.

출생지 및 거주지, 활동 공간

    ① 양평에서 출생함.

    ② 결혼 전까지는 양평 시골서 남부럽지 않게 삶.

    ③ 결혼 후 못 살게 되어 거지가 되고, 현재는 서울에서 '나'의 집 행랑방에서 거주함.

    ④ 염충교다리로 남대문통으로 지겟일을 함.

직 업 지겟일(막노동)

출신계층 양평의 중류계층

교육정도 무학으로 추정함.

가족관계

    ① 아내와 귀동이(아홉 살), 옥분이(세 살) 두 딸이 있음.

    ② 양평에 맏형 '장자'와 둘째형 '거부'가 살고 있음.

인물관계

    ① '나'의 동생 S의 시댁에서 천거하여 '나'의 행랑방에서 살게 됨.

    ② '나'와 아내에게 공손하게 대함.

    ③ 너무 가난하여 강화사람에게 아홉 살 난 귀동이를 줌.

    ④ 시골에 있는 형 '거부'의 일을 도우러 갔다 서울로 돌아오다 그를 찾아나섰던 아내가 나무 밑에서 떨고 있는 것을 보고 껴안고 밤을 새우다 부부는 얼어 죽고 딸 옥분이만 살아남음.

인물의 존재방식(사회계층) 서울 지겟꾼으로서 최하류계층

성 격

    ① 선량하고 공손함.

② 가난하지만 자식을 귀애하고 가족애가 깊음.
③ 형제간에 우애가 깊음.

성격 지표 및 인물 제시방식

나는 자다가 꿈결같이 '으으으으으으' 하는 소리를 들었다. 잠깐 잠이 반쯤 깨었으나 다시 잠들었다. 잠이 들려고 하다가 또 깜짝 놀라서 깨었다. 그리고 아내에게 물었다.

"저게 누가 울지 않소?"

"아범이구려."

나는 벌떡 일어나서 귀를 기울였다. 과연 아범의 우는 소리다. 행랑에 있는 아범의 우는 소리다.

'어찌하여 우는가, 사나이가 어찌하여 우는가. 자기 시골서 무슨 슬픈 상사의 기별을 받았나? 무슨 원통한 일을 당하였나?' 나는 생각하였다. '어이 어이' 느껴 우는 소리를 들으면서 아내에게 물었다.

"아범이 왜 울까?"

"글쎄요, 왜 울까요?" (43쪽)

아범은 금년 구월에 그 아내와 어린 계집애 둘을 데리고 우리 집 행랑방에 들었다. 나이는 한 서른 살쯤 먹어 보이고 머리에 상투가 그냥 달라붙어 있고 키가 늘씬하고 얼굴은 기름하고 누르퉁퉁하고 눈은 좀 큰데 사람이 퍽 순하고 착해 보였다. 주인을 보면 어느 때든지 그 방에서 고달픈 몸으로 밥을 먹다가도 얼른 일어나서 허리를 굽혀 절한다. 나는 그것이 너무 미안해서 그러지 말라고 이르려고 하면서 늘 그냥 지냈다.

(… 중략 …)

　　그들에게는 지금 입고 있는 단벌 홑옷과 조그만 냄비 하나밖에 아무것도 없다. 세간도 없고, 물론 입을 옷도 없고 덮을 이부자리도 없고, 밥 담아 먹을 그릇도 없고 밥 먹을 숟가락 한 개가 없다. 있는 것이라고는 보기 싫게 생긴 딸 둘과 작은애를 업는 홑누더기와 띠, 아범이 벌이하는 지게가 하나 ―이것뿐이다. 밥은 우선 주인집에서 내어간 사발과 숟가락으로 먹고, 물은 역시 주인집 어린애가 먹고 비운 가루 우유통을 갖다가 떠먹는다. (43~44쪽)

　　작은 것에게는 젖을 먹이고 큰 것의 욕을 먹고 성화받고, 사나이에게 '웅얼웅얼' 하는 잔말을 듣는다. 밥 지을 쌀도 없는데, 밥 안 짓는다고 욕을 한다. 그리고 아범은 밝기도 전에 지게를 지고 나갔다가 밤이 어두워서 들어오지만, 하루에 두 끼니를 못 끓여 먹고, 대개는 벌이가 없어서 새벽에 나갔다가도 오정 때나 되면 돌아온다. 들어와서는 흔히 잔다. 이런 때는 온종일 그 이튿날 아침까지 굶는다. (46쪽)

　　그러다가 밤에 아범이 들어왔기에 그 말을 했더니 아무 말도 하지 아니하고 그렇게 통곡을 했답니다. 여북하면 제 자식을 꿈에도 보지 못하던 사람에게 주겠어요. 할 수가 없어서 그렇지요. 집에 두고 굶기는 것보다 나을까 해서 그랬지요. 아범이 본래는 저렇게는 못살지 않았답니다. 저희 아버지 살았을 때에는 볏백 석이나 하고, 삼형제가 양평 시골서 남부럽지 않게 살았답니다. 이름들도 모두 좋지요. 맏형은 '장자'요, 둘째는 '거부'요, 아범이 셋쨌데 '화수분'이랍니다. 그런 것이 제가 간 후로부터 시아버님이 돌아가시고, 그리고 맏아들이 죽고 농사 밑천인 소 한 마리를 도적맞고 허더니, 차차 못살게 되기 시작해서 종내 저렇게 거지가 되었답니다. 지금도 시골 큰댁엘 가면 굶지나 아니할

것을 부끄럽다고 저러고 있지요. 사내 못 생긴 건 할 수가 없어요."

우리는 이제야 비로소 아범이 어제 울던 까닭을 알았고 이때에 나는 비로소 아범의 이름이 '화수분'인 것을 알았고, 양평 사람인 줄도 알았다. (49쪽)

✿

그런 지 며칠이 지난 어느 날 아침이다. 화수분은 새 옷을 입고 갓을 쓰고, 길 떠날 행장을 차리고 안으로 들어온다. 그것을 보니까, 지난밤에 아내에게서 들은 말이 생각난다. 시골 있는 형 '거부'가 일하다가 발을 다쳐서 일을 못하고 누워 있기 때문에, 가뜩이나 흉년인 데다가 일을 못해서 모두 굶어 죽을 지경이니, 아범을 오라고 하니 가보아야 하겠다는 말을 듣고 나는 '가보아야겠군' 하니까, 아내는 '김장이나 해주고 가야 할 터인데' 하기에, '글쎄, 그럼 그렇게 이르지' 한 일이 있었다. 아범은 뜰에서 허리를 한 번 굽히고 말한다.

"나리, 댕겨오겠습니다. 제 형이 일하다가 도끼로 발을 찍혀서 일을 못하고 누웠다니까 가보아야겠습니다. 가서 추수나 해주고는 곧 오겠습니다. 거저 나리댁만 믿고 갑니다."

나는 어떻게 대답을 했으면 좋을지 몰라서,

"잘 댕겨오게."

하였다.

아범은 다시 한 번 절을 하고,

"안녕히 계십시오."

하면서 돌아서 나갔다. (49~50쪽)

✿

화수분이 시골 간 후에 형 '거부'는 꼼짝 못하고 누워 있기 때문에, 형 대신 겸 두 사람의 일을 하다가 몸이 지쳐 몸살이 나서 넘어졌다. 열이 몹시 나서 정신없이 앓았다. 정신없이 앓으면서도 귀동이(서울서 강화사람에게 준 큰 계집애)

를 부르며 늘 울었다.

"귀동아, 귀동아, 어델 갔니? 잘 있니……"

그러다가가는 흐득흐득 느끼면서,

"그렇게 먹고 싶어하는 사탕 한 알 못 사주고 연시 한 개 못 사주고……"
하고 소리를 내어 어이어이 운다.

그럴 때에 어멈의 편지가 왔다. 뒷집 기와집 진사댁 서방님이 읽어주는 편지
사연을 듣고,

"아이구, 옥분아(작은 계집애를 이름), 옥분이 에미!"
하고 또 어이어이운다.

(… 중략 …)

화수분은 양평서 오정이 거의 되어서 떠나서 해 져갈 즈음해서 백리를 거의
와서 어떤 높은 고개를 올라섰다. 칼날 같은 바람이 뺨을 친다. 그는 고개를
숙여 앞을 내려다보다가, 소나무 밑에 희끄무레한 사람의 모양을 보았다. 그것
을 곧 달려가 보았다. 가본즉 그것은 옥분과 그의 어머니다. 나무 밑 눈 위에
나뭇가지를 깔고, 어린것 업은 헌 누더기를 쓰고 한끝으로 어린것을 꼭 안아가
지고 웅크리고 떨고 있다. 화수분은 왁 달려들어 안았다. 어멈은 눈은 떴으나
말은 못한다. 화수분도 말을 못한다. 어린것을 가운데 두고 그냥 껴안고 밤을
지낸 모양이다.

이튿난 아침에 나무장수가 지나가다가 그 고개에 젊은 남녀의 껴안은 시체와
그 가운데 아직 막 자다 깨인 어린애가 등에 따뜻한 햇볕을 받고 앉아서, 시체를
툭툭 치고 있는 것을 발견하여 어린 것만 소에 싣고 갔다. (53~54쪽)

● 나(서술자) ─────────

성 별 남자
나 이(추정포함) 삼십 대 정도로 추정함.
출생지 및 거주지, 활동 공간 출생지는 알 수 없으며 서울에서 살며 행랑

방에 화수분 가족을 둠.

직 업   정확하게 제시되어 있지는 않으나, 직장인일 것으로 추정함.

출신계층 중류계층

교육정도 고등교육을 받은 지식인일 것으로 추정함.

가족관계

    ① 아내와 둘 이상의 자식들이 있음.

    ② 출가해서 사는 동생 S가 있음.

인물관계 행랑방에 화수분네를 두고 가깝게 지냄.

인물의 존재방식(사회계층) 서울 중류계층에 속하는 지식인으로서 하층민의
    생활을 객관적으로 바라보며, 그 하층민에게 연민과 동정을 느
    낌.

성 격

    ① 사물을 객관적으로 바라봄.

    ② 냉정한 듯하지만 인정이 있음.

성격 지표 및 인물 제시방식

나는 벌떡 일어나서 귀를 기울였다. 과연 아범의 우는 소리다. 행랑에 있는
아범의 우는 소리다.

'어찌하여 우는가, 사나이가 어찌하여 우는가. 자기 시골서 무슨 슬픈 상사의
기별을 받았나? 무슨 원통한 일을 당하였나?' 나는 생각하였다. '어이 어이'
느껴 우는 소리를 들으면서 아내에게 물었다.

"아범이 왜 울까?"

"글쎄요, 왜 울까요?" (43쪽)

어멈이 그 애들 때문에 그렇게 애쓰고, 그들의 살림이 그렇게 어려운 것을 보고, 나는 이따금 이렇게 생각하였다.

아내에게도 말을 한다.

"저 애들은 누구를 주기나 하지." (46쪽)

"그런 것을 데리고 갔더니 참말 웬 알지 못하는 마누라님이 앉아계셔요. 그 마누라가 이걸 호떡이라 감이라 먹을 것을 사다주면서 '나하고 우리 집에 가 살자. 이쁜 옷도 해주고 맛난 밥도 먹고 좋지. 나하고 가자 가자' 하시니까 이것은 먹기에 미쳐서 대답도 아니하고 앉았어요."

이 말을 들을 때에 나는 그 계집애가 우리 마루 끝에 서서 우리 집 어린애가 감 먹는 것을 바라보다가, 내버린 감꼭지를 쳐다보면서 집어가지고 나가던 것이 생각났다. (48쪽)

그런 지 며칠이 지난 어느 날 아침이다. 화수분은 새 옷을 입고 갓을 쓰고, 길 떠날 행장을 차리고 안으로 들어온다. 그것을 보니까, 지난밤에 아내에게서 들은 말이 생각난다. 시골 있는 형 '거부'가 일하다가 발을 다쳐서 일을 못하고 누워 있기 때문에, 가뜩이나 흉년인 데다가 일을 못해서 모두 굶어 죽을 지경이니, 아범을 오라고 하니 가보아야 하겠다는 말을 듣고 나는 '가보아야겠군' 하니까, 아내는 '김장이나 해주고 가야 할 터인데' 하기에, '글쎄, 그럼 그렇게 이르지' 한 일이 있었다. 아범은 뜰에서 허리를 한 번 굽히고 말한다.

"나리, 댕겨오겠습니다. 제 형이 일하다가 도끼로 발을 찍혀서 일을 못하고 누웠다니까 가보아야겠습니다. 가서 추수나 해주고는 곧 오겠습니다. 거저 나리댁만 믿고 갑니다."

나는 어떻게 대답을 했으면 좋을지 몰라서,

"잘 댕겨오게."

(… 중략 …)

"저렇게 내버리고 가면 어떡합니까? 우리도 살기 어려운데 어떻게 불 때주고 먹이고 입히고 할 테요? 그렇게 곧 오겠소?"

이렇게 걱정하는 아내의 말을 듣고 나는 바삐 나가서 화수분을 불러서,

"곧 댕겨오게. 겨울을 나서는 안되네."

하였다.

"암, 곧 댕겨옵지요."

화수분은 뒤를 돌아보고 이렇게 대답을 하고 달아난다. (49~51쪽)

※

그리고 추운 겨울에 혼자 살아갈 길이 막연하여, 종내 아범을 따라 시골로 가기로 결심을 한 모양이다.

"그만, 아씨, 시골로 가겠습니다."

"몇 리나 되나?"

"몇 린지 사나이들은 일찍 떠나면 하루에 간다고 해두, 저는 이틀에나 겨우 갈걸요."

"혼자 가겠나?"

"물어 가면 가기야 가지요."

(… 중략 …)

그날 밤에도 몹시 추웠다. 우리는 문을 꼭꼭 닫고 문틈을 헝겊으로 막고 이불을 둘씩 덮고 꼭꼭 붙어서 일찍 잤다.

나는 자면서, 잘 갔나, 얼어 죽지나 않았나, 하는 생각이 났다.

화수분도 가고 어멈도 하나 남은 것을 업고 간 뒤에는 대문간은 깨끗해지고 시꺼먼 행랑방 방문은 닫혀 있었다. 그리고 우리 집에는 다시 행랑 사람도 안 들이고 식모도 아니 두었다. 그래서 몹시 추운 날, 아내는 손수 어린것을 등에 지고 이웃집의 우물에 가서 배추와 무를 씻어서 김장을 대강 하였다. 아내는

혼자서 김장을 하면서 눈물을 흘리고 어멈 생각을 하였다. (51~52쪽)

● 어멈

성   별   여자

나   이(추정포함) 이십대 후반에서 삼십대 초반으로 추정함.

출생지 및 거주지, 활동 공간   양평으로 시집와 살다 집안이 망하여 거지가
        된 남편을 따라 서울에서 '나'의 집 행랑방에 살고 있음.

직   업   행랑방에 사는 까닭으로 '나'의 집 살림을 도와줌.

출신계층   정확하게 제시되어 있지는 않으나 하류계층이었을 것으로 추정함.

교육정도   무학일 것으로 추정함.

가족관계   남편 화수분과 큰딸인 귀동이, 작은딸 옥분이가 있음.

인물관계

        ① '나'의 집 행랑방에 얹혀 살며 '나'와 '나'의 아내와 가깝게 지냄.

        ② 쌀가게 마누라와 친분이 있어 그가 큰애를 누구에게 주면 어떠냐
        며 강화 사람을 소개해 귀동이를 그에게 보냄.

인물의 존재방식(사회계층)   굶기를 밥 먹듯 하는 최하류계층

성   격

        ① 가난 속에서도 정직하고 선하게 살아감.

        ② 강한 모성애를 지님.

        ③ 무지하나 부지런하고 순박함.

성격 지표 및 인물 제시방식

꿃

그의 아내는 키가 자그마하고 몸이 뚱뚱하고, 이마가 좁고, 항상 입을 다물고

아무 말이 없다. 적은 돈은 회계할 줄 알아도 '원'이나 '백 냥' 넘는 돈은 회계할 줄 모른다.

그리고 어멈은 날짜를 회계할 줄을 모른다. 그러기에 저 낳은 아이들의 생일을 아범이 그 전날 내일이 생일이라고 일러주지 않으면 모른다고 한다. 그러나 결코 속일 줄을 모르고, 무슨 일이든지 하라는 대로 하기는 하나 얼른 대답을 시원히 하지 않고, 꾸물꾸물 오래하는 것이 흠이다. 그래도 아침에는 일찍이 일어나서 기름을 발라 머리를 곱게 빗고, 빨간 댕기를 드리고 쪽을 찌고 나온다. (44쪽)

그래서 어멈은 밤낮 작은 것을 업고 큰 것과 싸움을 하면서 얻어먹지도 못하고, 물 긷고 걸레질하고 빨래하고 서서 돌아간다. 작은 것에게 젖을 먹이고 큰 것의 욕을 먹고 성화받고, 사나이에게 '웅얼웅얼' 하는 잔말을 듣는다. 밥 지을 쌀도 없는데, 밥 안 짓는다고 욕을 한다. 그리고 아범은 밝기도 전에 지게를 지고 나갔다가 밤이 어두워서 들어오지만, 하루에 두 끼니를 못 끓여 먹고, 대개는 벌이가 없어서 새벽에 나갔다가도 오정 때나 되면 돌아온다. 들어와서는 흔히 잔다. 이런 때는 온종일 그 이튿날 아침까지 굶는다. 그때마다 말 없던 어멈이 '옹알옹알' 바가지 긁는 소리가 들린다. (45~46쪽)

"어멈이 늘 쌀을 팔러 댕겨서 저 뒤의 쌀가게 마누라를 알지요 그 마누라가 퍽 고맙게 굴어서 아따금 앉아서 이야기도 했어요. 때때로 '그애들을 데리고 어떻게나 지내나' 하고 물어요. 그럴 적마다 '죽지 못해 살지요' 하고 아무 말도 아니했어요. 그러는데 한 번은 가니까, 큰애를 누구를 주면 어떠냐고 그래요. 그래서 '제가 데리고 있다가 먹이면 먹이고 죽이면 죽이고 하지. 제 새끼를 어떻게 남을 줍니까? 그리고 워낙 못생기고 아무 철이 없어서 에미 애비나

기르다가 죽이드래도 남은 못 주어요 (… 중략 …)' 그래도 그 마누라는 '어린 것이 다 그렇지 어떤가. 어서 좋은 댁에서 달라니 보내게. 잘 길러 시집보내주신 다네. 그리고 젊은이들이 빌어먹고 살아야지. 애들을 다 데리고 있다가 인제 차차 날도 추워오는데, 모두 한꺼번에 굶어 죽지 말고……' 하시면서 여러 말로 대구 권하셔요. 말을 들으니까 그랬으면 좋을 듯도 하기에 '그럼 저의 아범보고 말을 해보지요.' 했지요. 그랬더니 그 마누라가 부쩍 달아붙어서 '내 일 그 댁 마누라가 우리 집으로 오실 터이니 그 애를 데리고 오게' 하셔요. (… 중략 …) 그러고는 저 혼자서 온종일 이리저리 생각을 해보았지요. 아무러 나 제 자식을 남을 주고 싶지는 않지만 어떻게 합니까. 아시는 듯이 이제 새끼 또 하나 생깁니다 그려. 지금도 어려운데 어떻게 둘씩 셋씩 기릅니까. 그래서 차마 발길이 안 나가는 것을 오정 때가 되어서 데리고 갔지요. 짐승 같은 계집에 는 아무런 것도 모르고 따라 나서요 앞서 가는 것을 뒤로 보면서 생각을 하니까 어째 마음이 안되었어요."

하면서 어멈은 울먹울먹한다. (47~48쪽)

아침에 어멈이 들어와서 화수분의 동네 이름과 번지 쓴 종잇조각을 내어놓으 면서, 오지 않으면 제가 가겠다고 편지를 써달라고 하기에 곧 써서 부쳐까지 주었다. 그다음 날부터는 며칠 동안 날이 풀려서 꽤 따뜻하였다. 그래도 화수분 의 소식은 없었다. 어멈은 본래 어린애가 딸려서 일을 잘 못하는 데다가, 다릿병 이 있어 다리를 못쓰고, 더구나 며칠 전에 손가락을 다쳐서 일을 하지 못하는 것을 퍽 미안하게 생각한다.

그리고 추운 겨울에 혼자 살아갈 길이 막연하여, 종내 아범을 따라 시골로 가기로 결심을 한 모양이다.

"그만, 아씨, 시골로 가겠습니다."

"몇 리나 되나?"

"몇 린지 사나이들은 일찍 떠나면 하루에 간다고 해두, 저는 이틀에나 겨우 갈걸요."

"혼자 가겠나?"

"물어 가면 가기야 가지요."

아내와 이런 문답이 있은 다음 날, 아침바람 몹시 불고 추운 날 아침에 어멈은 어린것을 업고 돌아볼 것도 없는 행랑방을 한 번 돌아보면서 아창아창 떠나갔다. (51~52쪽)

● **귀동이** ────────────────────────

성   별 여자

나   이(추정포함) 아홉 살

출생지 및 거주지, 활동 공간 서울 '나'의 집 행랑방에 부모와 함께 삶.

직   업 없음.

출신계층 최하류계층

교육정도 학교에 다니지 않음.

가족관계 아버지와 어머니 그리고 세 살짜리 동생 옥분 등이 있음.

인물관계 쌀가게 마누라가 주선하여 강화 사람을 따라 강화로 감.

인물의 존재방식(사회계층) 최하류계층의 큰딸로서 가난한 살림 때문에 강화 사람에게 보내짐.

성   격

　　① 고집이 세고 말을 듣지 않음.

　　② 어머니를 함부로 대하고 무시함.

　　③ 심술이 사나움.

성격 지표 및 인물 제시방식

✿

아홉 살 먹은 큰 계집애는 몸이 좀 뚱뚱하고 얼굴은 컴컴한데, 이마는 어미 닮아서 축 늘어졌다. 그리고 이르는 말은 하나도 듣는 법이 없다. 그 어미가 아무리 욕하고 때리고 하여도 볼만 부어서 까딱없다. 도리어 어미를 욕한다. 꼭 서서 어미보고 눈을 부르대고 '조 깍쟁이가 왜 야단이야' 하고 욕을 한다. 먹을 것이 생기면 자식 먹이고 남편 대접하고, 자기는 늘 굶는 어미가 헛입 노릇이라도 하는 것을 보게되면 '저 망할 계집년이 무얼 혼자만 쳐먹어?' 하고 욕을 한다. 다만 자기 어미나 아비의 말을 아니 들을 뿐 아니라 주인 마누라가 주인 나리가 무슨 말을 일러도 아니 듣는다. 먼데 있는 것을 가까이 오게 하려면 손수 붙들어 와야 하고, 가까이 있는 것을 비키게 하려면 붙들어다 치워야 한다. (44~45쪽)

✿

"그런 것을 데리고 갔더니 참말 웬 알지 못하는 마누라님이 앉아계셔요. 그 마누라가 이걸 호떡이라 감이라 먹을 것을 사다주면서 '나하고 우리 집에 가 살자. 이쁜 옷도 해주고 맛난 밥도 먹고 좋지. 나하고 가자 가자' 하시니까 이것은 먹기에 미쳐서 대답도 아니하고 앉았어요."

이 말을 들을 때에 나는 그 계집애가 우리 마루 끝에 서서 우리 집 어린애가 감 먹는 것을 바라보다가, 내버린 감꼭지를 쳐다보면서 집어가지고 나가던 것이 생각났다. (48쪽)

✿

"그래, 제가 어쩌나 보려고, '그럼 너 저마님 따라가 살련? 나는 집에 갈터이니.' 했더니 저는 본체만체하고 머리를 끄덕끄덕해요. 그래도 미심해서 '정말 갈 테야. 가서 울지 않을 테야?' 하니까, 저를 한번 힐끗 노려보더니 '그래, 걱정 말고 가요.' 하겠지요. 하도 어이가 없어서 내버리고 집으로 돌아왔지요. (… 생략 …)" (48쪽)

● 옥분이

성   별   여자
나   이(추정포함)   세 살
출생지 및 거주지, 활동 공간   부모와 함께 '나'의 집 행랑방에 삶.
직   업   없음
출신계층   최하류계층 부모의 딸
교육정도   나이가 어려 배움이 없음.
가족관계   아버지와 어머니 아홉 살짜리 언니 귀동이 있음.
인물관계
　　　① 부모, 어니와 함께 살다 언니 귀동이 강화로 감.
　　　② 아버지, 어머니가 너무 추워 소나무 밑에서 울어죽고 그 사이에서
　　　　 혼자 살아남.
　　　③ 나무장사가 소에 싣고 감.
인물의 존재방식(사회계층)   최하류계층의 딸로서 부모를 여의고 고아가 됨.
성   격   잘 울고 음식 욕심이 많음.

성격 지표 및 인물 제시방식

✿

다음에 작은 계집애는 돌을 지나 세 살을 먹은 것인데, 눈이 커다랗고 입술이

삐죽나오고, 걸음은 겨우 빼뚤빼뚤 걷는다. 그러나 여태 말도 도무지 못하고, 새벽부터 하루 종일 붙들어 매여 끌려가는 돼지소리 같은 크고 흉한 소리를 내어 울어서 해를 보낸다.

울지 않는 때라고는 먹는 때와 자는 때뿐이다. 그러나 먹기는 썩 잘 먹는다. 먹을 것이라고 눈앞에 보이기만 하면 죄다 빼앗다가 두 다리 사이에 넣고 다리와 팔로 웅크리고 '옹옹'소리를 내면서 혼자서 먹는다. 그렇게 심술 사나운 큰 계집애도 다 빼앗기고 졸연해서 얻어먹지 못한다. 이렇기 때문에 작은 것은 늘 어미 뒷잔등에 업혀 있다. 만일, 내려놓아 버려두면 그냥 땅바닥을 벗은 몸으로 두 다리를 턱 내뻗치고, 묶여가는 돼지소리로 동리가 요란하도록 냅다 지른다. (45쪽)

● **쌀가게 마누라** ─────────────────────

성   별   여자

나   이(추정포함) 사오십 대로 추정함.

출생지 및 거주지, 활동 공간 출생지는 알 수 없으며, '나'의 집 뒤편에서 쌀가게를 운영함.

직   업   쌀가게 운영

출신계층   중류계층 이하일 것으로 추정함.

교육정도   보통학교 이하의 학력일 것으로 추정함.

가족관계   알 수 없음.

인물관계

　① 가난한 어멈을 동정함.

　② 어멈에게 큰애를 다른 사람에게 보내자고 권유하고 강화 댁을 소개해 큰애인 귀동이를 강화로 보내게 함.

인물의 존재방식(사회계층) 동네에서 쌀가게를 운영하면서 집안의 형편을 두루 앎.

성   격
　　① 동정심이 있음.
　　② 남의 사정을 헤아려 주는 아량이 있음.
　　③ 다소 냉정한 면이 있음.

성격 지표 및 인물 제시방식

❀

　"어멈이 늘 쌀을 팔러 댕겨서 저 뒤의 쌀가게 마누라를 알지요 그 마누라가 퍽 고맙게 굴어서 아따금 앉아서 이야기도 했어요. 때때로 '그애들을 데리고 어떻게나 지내나' 하고 물어요. 그럴 적마다 '죽지 못해 살지요' 하고 아무 말도 아니했어요 그러는데 한 번은 가니까, 큰애를 누구를 주면 어떠냐고 그래요 그래서 '제가 데리고 있다가 먹이면 먹이고 죽이면 죽이고 하지. 제 새끼를 어떻게 남을 줍니까? 그리고 워낙 못생기고 아무 철이 없어서 에미 애비나 기르다가 죽이드래도 남은 못 주어요 (… 중략 …)' 그래도 그 마누라는 '어린 것이 다 그렇지 어떤가. 어서 좋은 댁에서 달라니 보내게. 잘 길러 시집보내주신다네. 그리고 젊은이들이 빌어먹고 살아야지. 애들을 다 데리고 있다가 인제 차차 날도 추워오는데, 모두 한꺼번에 굶어 죽지 말고……' 하시면서 여러 말로 대구 권하셔요. 말을 들으니까 그랬으면 좋을 듯도 하기에 '그럼 저의 아범보고 말을 해보지요.' 했지요. 그랬더니 그 마누라가 부쩍 달아붙어서 '내일 그 댁 마누라가 우리 집으로 오실 터이니 그 애를 데리고 오게' 하셔요. (46~47쪽)

● 마누라님(강화사람) ────────────────

성   별   여자

나   이(추정포함)   사오십대쯤으로 추정함.

출생지 및 거주지, 활동 공간   출생지는 알 수 없으며, 강화에서 살고 있음.

직   업   알 수 없음.

출신계층   알 수 없음.

교육정도   알 수 없음.

가족관계   알 수 없음.

인물관계   쌀가게 마누라를 통해 귀동이를 강화로 데리고 감.

인물의 존재방식(사회계층)   자식이 없거나, 다른 목적이 있어서 귀동이를
          데리고 간 중년 이상의 여자

성   격   모든 일을 치밀하고 용의주도하게 처리함.

성격 지표 및 인물 제시방식

✻

"(… 전략) 그래서 차마 발길이 안 나가는 것을 오정 때가 되어서 데리고
갔지요. 짐승 같은 계집에는 아무런 것도 모르고 따라 나서요. 앞서 가는 것을
뒤로 보면서 생각을 하니까 어째 마음이 안되었어요." (… 생략 …)

"그런 것을 데리고 갔더니 참말 웬 알지 못하는 마누라님이 앉아 계셔요.
그 마누라가 이걸 호떡이라 군밤이라 감이라 먹을 것을 사다 주면서 '나하고
우리 집에 가 살자. 이쁜 옷도 해주고 맛난 밥도 먹고 좋지. 나하고 가자 가자'
하시니까 이것은 먹기에 미쳐서 대답도 아니하고 앉았어요."

(… 중략 …)

"그래, 제가 어쩌나 보려고, '그럼 너 저 마님 따라 살련? 나는 집에 갈 터이
니' 했더니 저는 본체만체하고 머리를 끄덕끄덕해요. 그래도 미심해서 '정말
갈 테야. 가서 울지 않을 테야?' 하니까, 저를 한 번 힐끗 노려보더니 '그래,
걱정 말고 가요' 하겠지요 하도 어이가 없어서 내버리고 집을 돌아왔지요 (…
중략 …) 몇 시간을 애써 찾아댕기다가 할 수 없이 그 댁으로 도루 갔지요.

갔더니 계집애도 그 마누라도 벌써 떠나가버렸겠지요 그 댁 마님 말씀이 저녁 여섯 시 차에 광핸지 광한지로 떠났다고 하셔요 가시면서 보고 싶으면 설 때에 나와 보고 와 살려면 농사짓고 살라고 하셨대요. (… 생략 …)" (47~49쪽)

저본　2005년 창비 출간 『20세기 한국소설 3』

전영택 田榮澤, 1894~1967

　　호는 늘봄. 일본 청산학원 신학부 졸업. 『창조』 동인으로 「혜선의 사」(1919), 「천치냐 천재냐」 (1919), 「운명」(1919) 등을 발표하면서 등단했다. 전영택 문학의 특징은 초기부터 말기에 이르기까지 박애주의, 사해동포주의로서의 인간주의이다. 「생명의 봄」(1920), 「독약을 마시는 여인」 (1921), 「사진」(1924), 「화수분」(1925), 「흰 닭」(1925) 등에서 죽음을 통해 인간의 의미를 한층 더 깊이 확인하는가 하면, 약자에 대한 동정과 그들이 보여주는 따뜻한 인간미를 보여주고 있다. 그리고 그는 「바람부는 저녁」(1927)을 발표한 이후 1930년대를 거의 공백기로 지내다가가 「소」 (1948), 「크리스마스 새벽」(1948)을 발표하면서 왕성한 창작활동을 전개한다. 이 시기 이후부터는 전영택 소설은 성직자인 작가의 신변에서 취재한 서사가 특징을 이루며, 일제와 한국전쟁을 겪고 난 이후, 사회적으로 불행한 인물들과 그들이 노년에 겪게 되는 외로움을 서사화하면서 그런 인물들에 대한 동정의 시선을 보낸다.
　　작품에 「하늘을 바라보는 여인」(1949), 「냉혈동물」(1949), 「서한」(1949), 「혼명」(1949), 「새봄의 노래」(1950), 「첫 미움」(1953), 「김탄실과 그의 아들」(1955), 「쥐 이야기」(1956), 「해바라기」(1959), 「금붕어」(1959) 등이 있다.

이익상

어촌

발 표 년 도	「생장」 3호(1925.3)
시대적 배경	1920년대 황해 T어촌
핵 심 서 사	① 황해 T어촌 해변에는 어선이 앞바다 먼 곳으로 나아가기 위해 만조를 기다리며 출항준비를 하고 있음. ② 물 들어 온다는 외침이 들려오자 어장 주인들, 어물을 무역하는 상인들, 어선의 품팔이꾼이 되어 농사 밑천을 장만하러 온 농부들, 조각배를 집을 삼아 유랑생활을 하는 선인들이 배 매인 물가로 모여듦. ③ 성팔(聖八)의 처는 어린 아들 점동(點童)을 데리고 자기 남편을 보내려 나옴. ④ 처는 자신들을 반갑게 맞는 남편에게 시장할 때 먹으라고 정성스럽게 싸가지고 온 것을 주었으나, 수난(水難)을 면하게 하기 위해 정초 점쟁이에게 점을 치고 얻어둔 부적 주는 것을 잊어버렸다는 사실을 깨닫고는, 점동이를 시켜 남편에게 그 부적을 전해 줌. ⑤ 어선들이 나아간 후, 폭풍우가 몰아쳐 성난 파도에 성팔의 집을 포함해 고기잡이를 나간 사람들의 가족들은 공포와 불안에 몸을 떪. ⑥ 밤이 깊을수록 어촌을 한 입에 삼켜버릴 것 같은 성난 파도가 노호(怒呼)하는 가운데, 성팔의 처는 아들 점동과 함께 남편을 걱정하며 공포에 떨며 애를 태움. ⑦ 이튿날 비가 그쳤으나 돌아온 배는 한 척도 없었고, 이틀 뒤 행방불명된 배를 찾으러 나갔던 배는 시체 오륙 구를 싣고 돌아옴. ⑧ 그 시체들은 시체 찾는 사람들의 수고를 덜게 하기 위하여, 한 배에서 최후의 운명을 같이하였다는 것을 표하기 위하여 서로 손과 손을 생선 엮듯이 단단히 매고 있었음. ⑨ 남편의 생사를 모르는 성팔의 처는 애를 태우며 아들과 함께 끼니마다 밥그릇을 방 아랫목에 파묻어 놓고 남편의 살아있음을 믿고 있으나, 성팔은 영영 돌아오지 않음.
주 제	① 남편을 애끓게 기다리는 마음과 생명력에 대한 믿음 ② 운명 공동체로서의 연대감
등 장 인 물	성팔의 처, 성팔(聖八), 아들 점동(點童), 오륙 구의 시체

● 성팔(聖八)의 처 ─────────────────────────────

성   별 여자

나   이(추정포함) 이십대 초중반쯤으로 추정함.

출생지 및 거주지, 활동 공간 출생지는 알 수 없으며, 황해 T어촌에서 고
              기잡이 어부인 남편과 함께 살아감.

직   업 어부의 아내

출신계층 어부의 아내인 것으로 보아 어촌의 하류계층에서 출생했을 것
        으로 추정함.

교육정도 무학이거나 소학교 이하 정도의 학력일 것으로 추정함.

가족관계 어부인 남편과 예닐곱 살 정도 되는 아들이 있음.

인물관계 다른 등장인물과의 관계는 나타나지 않으며, 남편, 아들과 함께
        화목한 가정을 이룸.

인물의 존재방식(사회계층) 황해 T어촌 중류계층 어부의 처로서 그리고 어
              린 아들의 어머니로서 가정과 가족에 충실하며 고기잡이를 나
              갔다 폭풍우를 만나 영영 돌아오지 않는 남편을 아들과 함께
              살아있다고 믿고 애끓게 기다림.

성   격
        ① 고기잡이를 하는 남편에게 대하는 정성이 지극함.
        ② 아들과 함께 행방불명이 된 남편이 살아있을 것이라는 믿음을
          포기하지 않고 희망을 가짐.
        ③ 가정을 화목하게 이끌고 정직하며 남편에게 부끄러움을 많이
          탐.

성격 지표 및 인물 제시방식

꽃

T어촌 앞 해변에는 십여 척 되는 어선이 닻을 언덕 위에 높이 던져두고 수풀처럼 늘어졌다. 이 어선들은 고기 잡으러 앞바다 먼 곳을 향하여 나아가려고 만조를 기다리고 있다.

(… 중략 …)

어선 안에서 북소리가 둥둥 울려오더니 "물 들어온다"라고 외치는 소리가 길게 들리었다.

해변에 있던 여러 사람들은 모두 배 매인 물가로 바삐 모여들었다. 이 모여드는 사람 가운데에는 어장 주인들도 있었다. 어물을 무역하는 상인들도 있었다. 또는 농부로서 고기잡이 한철을 어선의 품팔이꾼이 되어 일 년 동안의 농사 밑천을 장만하러 온 이도 있었다. 일평생을 두고 정한 처소가 없이 다만 한 조각배를 집을 삼아 금일에는 충청도, 명일에는 경기도 하는 유랑생활을 하는 선인들도 있었다. 또는 이 어촌에 집을 둔 사람으로서 그들의 가족을 보내려고 나온 사람들도 있었다.

이 여러 사람들 가운데에 성팔(聖八)의 처도 어린 아들 점동(點童)이를 데리고 자기 남편을 보내러 나왔다. 그의 남편은 지금 들어오는 조수에 배를 띄우고 바다 먼 곳으로 고기잡이하러 나아가려고 배를 단속하며 모든 것을 준비하기에 바빴다. 그의 처는 배 떠나려는 남편을 주려고 먹을 것을 싼 보퉁이를 한편 손에 들었다. 그것을 든 편 어깨는 아래로 축 늘어졌다.

(… 중략 …)

"이게 무엇이야? 점동이나 주지 그런가?"

보자기를 들며 성팔은 바로 그 속에 든 것이 무엇인가를 짐작하였다. 그 안에는 남편이 시장할 때에 먹으라고 정성을 다하여 만든 것이 들었다.

그의 처는 남편의 웃는 얼굴을 처음 본 것처럼 기뻐 따라 웃으며

"점동이 먹을 것은 집에 있으니 염려 말아요."

라 하고 남편에게로 디밀었다. (269~271쪽)

❀ ————————

(… 전략) 그의 처는 이때에 중요한 것을 — 남편의 이번 뱃길에는 특별히 중요한 것을 잊어버렸다.

"아그머니!"

라 혼자 중얼대며 치맛자락을 앞으로 걷어들고 거기에 찬 주머니 속에서 조그만 장난감 같은 붉은 주머니를 하나 끄집어냈다. 그 주머니 속에는 그해 정초에 어는 점쟁이에게 점을 치고 얻어둔 누런 종이에 붉은 글씨로 쓴 부적이 들어 있었다. 점쟁이는 성팔의 집 식구의 신수를 다 본 뒤에 다른 사람은 다 좋으나 성팔의 신수가 좋지 못하다 하였다. 아무리 하여도 수난(水難)의 수가 있다 하였다. 그리고 이 수난을 면하려면 용왕제를 거룩하게 지내어야 하겠다고 하였다. 처는 아무쪼록 점쟁이의 권한 대로 용왕제를 지내려고 하였으나 성팔의 집에는 그러한 여유가 없다. 처는 더욱 이것을 섭섭히 여겼다. 그리하여 간편한 방법으로 이 수난을 면하는 것이 곧 뱃길 떠날 때에 부적을 지니게 함이었다. 이 홍낭(紅囊) 속에 든 부적은 곧 성팔의 생명을 보호할 호신부였다. 처는 아들 점동을 불러 치마 안에 깊이 찼던 그것을 내주며

"이것을 아빠 갖다주어라!"

고 말을 일렀다. 점동은 그의 어머니 시키는 대로 붉은 주머니를 들고 부친에게로 갔다.

성팔은 아들이 준 것을 받아들고 배에 오르려던 발길을 다시 멈추고 자기 처를 돌아보며 물었다.

"이것이 무엇인가?"

처는 무엇이라 대답하여야 남편이 곧 알게 될까를 생각하는 것처럼 한참 동안이나 가만히 섰다가 대답하기를 좀 거북한 빛으로 대답하였다.

"그것 알아 무엇 하게요…… 암말 말고 잘 간수해요 부작이니." (271~272쪽)

하늘이 울었다.

한 방울…… 두 방울…… 비가 떨어졌다. 어느덧 소낙비로 변하였다. 이 바다와 마을은 검은 구름으로 덮이고 어두움에 잠기었다. 그리고 비에 젖었다. 바람과 물결의 휘파람소리에 싸였다. 어두움과 구름과 비바람은 이 마을을 정복하여 완전히 점령하였다.

파도와 비바람의 부르짖음과 속삭임이 마치 이 마을의 모든 생령을 저주하는 소리처럼 들리었다. 모든 생령은, 이 마을의 모든 사람은 이 저주에 몸을 떨었다.

그들은 바다에 ─ 거친 바람, 성난 파도 가운데에 자기의 가족을 보낸……… 젊은 아내, 늙은 어버이, 어린아이들이었다.

성팔의 집도이 저에 빠지지 않았다. 공포와 불안에 떨고 있는 집의 하나였다. 그 처는 점동과 단둘이 앉아서 그날 낮이 조금 늦었을 때에 바다로 외로이 떠나간 남편의 신상을 적이 걱정하였다.

점동은 어머니의 걱정에 싸인 얼굴을 유심히 바라보더니 물었다.

"엄마! 왜 이렇게 바람이 분다우?"

어머니는 아들의 이런 묻는 말에 어느 아픈 상처를 주물린 것처럼 깜짝 놀라는 빛으로 대답하였다.

"하느님 조화니까 별수 있느냐……."

"이렇게 바람이 불어도 아빠 배는 괜찮을까?"

"괜찮지 어째……."

이렇게 어머니는 대답을 하기는 하였으나 실상은 남편의 안부를 몰라 태우는 가슴에 어린 점동의 물음이 불을 더 붙이었다.

(… 중략 …)

어머니는 다시 공포에 떨었다. 그의 얼굴에는 그러한 빛이 나타났다. 아들은 어머니의 대답을 기다리다가 또 물었다.

"아빠 탄 배는 지금 어데 있을꼬?"

"글쎄! 어데 있는지 알 수 없다…… 어는 섬으로나 들어갔으면 하겠다마는……."

그는 어느 곳으로든지 무사히 피난하기를 마음으로 빌었다. (274~275쪽)

※

성팔의 처는 밤이 깊을수록 공포의 날카로운 화살이 불안에 타는 자기 가슴에 꽂히는 듯한 아픔을 느끼었다.

"너는 잠이나 자려무나."

아들에게 자라고 권하였다.

"잠 안 와…… 아빠 배는 새 배지?"

라고 또 물었다.

"배는 새 배지마는……."

어머니는 이와 같이 중얼대다시피 힘없이 대답하였다. 그러나 그 다음은 무엇이라고 이어 말하여야 좋을는지 알 수 없었다.

몇 해 전에 이러한 폭풍우가 이 마을을 한 번 휩덮어간 뒤에 그곳에 남은 것은 울음소리뿐이었던 것을 성팔의 처는 생각하였다. 오늘밤의 폭풍우도 그때에 지지 아니할 만큼 맹렬한 것을 문 바깥의 시끄러운 소리로 넉넉히 짐작하였다.

모든 불길한 예감이 그의 가슴에서 자라갔다. 더욱 선명하게 가슴을 파고들어갔다. 이러한 상서롭지 못한 모든 생각을 하지 않으리라고 하였다. 그리고 남편의 새로운 배가 다시 무사히 앞바다에 떠 들어오리라고 하였다. 그러나 생각하면 생각할수록 남편이 탄 배가 다시 떠 들어온다는 것은 그에게 꿈에나 볼 수 있는 어떠한 기적을 바라는 듯한 느낌이었다. 더욱이 어린 아들이 부친의 안부를 걱정하는 질문에 그의 폐장을 꾀어가며 스스로 위로한다는 것은 그에게 지금까지 한 번도 경험한 일이 없는 스스로 속임이었던 것이었다.

그는 마음이 미칠 듯하였다. 생각나는 그대로 하면 그는 그 자리에서 몸을 일으켜 사나운 비를 무릅쓰고 또 굳센 바람을 헤치고 다시 성낸 파도 위에 떠서 어두운 가운데로 남편의 배를 찾아가고 싶었다.

산과 같은 미친 물결에 낙엽과 같이 번롱(翻弄)하는 조각배에서 손을 치면서 구원을 비는 남편의 초조해하는 형상이 그의 눈앞에 나타났다. 그는 또다시 이러한 무서운 환영을 보지 않으려고 눈을 감았다. 그러나 감은 눈에는 더욱 분명하였다. (276~277쪽)

✿

성팔의 처는 지난 여름에 이와 같이 비바람이 불던 날의 하룻밤을 뜬눈으로 새우던 일을 생각하였다. 그리고 또 그와 같이 애태우던 이튿날 석양에 뛰어내리는 남편을 맞을 때에 그가 마음에 어떻게 반가웠던 것을 생각하여 보았다. 그리하여 내일도 다시 그러한 반가움을 얻기를 빌었다.

비바람소리는 갈수록 더욱더욱 높아갔다. 성낸 파도는 이 어촌을 한 입에 삼켜버리려는 것같이 바닷가에 가까이 와서 노호(怒呼)하였다.

"엄마! 저게 무슨 소리……."

"물소리! 아이쿠, 해일이 하려나부다!"

"아이구! 불이 꺼지랴 하오……."

휘익 문틈으로 기어든 바람이 사기등잔의 희미한 불을 꺼버리고 말았다.

바람에 불린 빗줄기는 방문을 두들겼다. 파도의 웅얼거리는 소리는 악마의 저주처럼 길게 울리었다. (277~278쪽)

✿

이튿날 석양에는 해가 비치고 바람이 잤다. 비바람이 어촌의 모든 오예(汚穢)를 하룻밤 동안에 다 씻어간 것같이 들과 집과 바닷가 모래까지 더욱 깨끗하여 보였다. (… 중략 …) 그러나 언제든지 앞바다 멀리 보이는 돛을 단 배들은 하나도 보이지 않았다. 아직도 노(怒)함이 덜 풀어진 물결만 높았다 낮았다 할 뿐이었다.

마을 사람들의 수심스러운 얼굴이 바닷가에 끊임없이 나타날 뿐이었다. 그들은 전날에 떠나간 배가 돌아오기를 기다리었다. 그러나 돌아오는 배는 하나도 없었다.

하루를 더 기다려도 없었다. 이틀을 기다려도 없었다.

폭풍우가 지난 지 이틀 뒤에 마을 사람들은 남아 있던 배를 타고 행방 모르는 동네 배를 찾으러 나갔다. 이것은 황해 가운데 외로이 있는 B도 부근에서 많은 어선이 난파하였다는 비보가 이 마을에 도착한 까닭이었다.

(… 중략 …)

들어온 조수가 아직 물러가기 전인 그날 석양에 앞바다에 두어 척 어선이 암암히 보였다. 이 배의 그림자를 바라본 마을 사람들은 그 배에 한줄기의 희망의 줄을 멀리 던지고 그것이 가까이 오기만을 기다리었다. 기다리는 그들의 마음은 불에 넣은 가죽처럼 죄어들면서도 몸은 얼음 섞인 물을 끼얹은 듯이 걷잡을 수 없이 떨리었다.

(… 중략 …)

그 배 안에는 다만 물에서 건진 시체 오륙 개가 누워 있을 뿐이었다. 뱃사람들은 뱃머리로 높이 올라서서 그 시체의 가족 이름을 불렀다. (278~280쪽)

※※

오륙 개의 시체가 마을에 돌아온 뒤로는 나머지 다른 사람의 소식은 영영 알 수 없었다. T어촌 앞바다에 배가 떠 올 때마다 소식을 모르는 가족을 가진 사람들은 가슴을 뛰며 갯가를 덤비었으나 그것은 매양 알 수 없는 장삿배나 그 마을 다른 사람들이 돌아오는 배였다.

성팔의 처도 이와 같이 애를 태우는 사람의 하나였다. 그의 집에는 으레 끼니마다 성팔의 밥그릇이 그 방 아랫목에 파묻히어 있었다. 이것은 성팔이가 행방불명이 된 뒤로 그 생사를 점하기 위하여 그러함이었다. 이 마을에는 이러한 미신이 전부터 있었다. 성팔이와 같이 행방불명된 사람으로 밥 담은 식기의 뚜껑을 열 때에 그 뚜껑에서 말방울이 떨어지면 그 식기의 임자는 아직도 살아 있는 것을 표하는 것이요, 그렇지 않고 물기가 없으면 그 사람은 죽은 것으로 판단한다는 것이었다. 그리하여 그들은 식기를 방 아랫목에 묻어두고 밥을 바꾸어 담을 때마다 뚜껑을 열고 물이 떨어지는가 그것을 살펴보던 터이었다.

이것을 열어보는 것이 그 모자에게는 거의 큰 일과가 되고 말았다. 점동은 가끔 식기의 뚜껑을 열어보는 일이 있었다. 식기 뚜껑에 맺혔던 이슬은 주르륵 굴러내렸다. 이럴 때마다 자기 아버지는 살아 있는 것을 기뻐하며

"어머니! 이것 보아! 물이 떨어지네!"

라고 부르짖었다.

그러나 성팔은 영영 돌아오지 않았다. 식기 뚜껑에는 물이 으레 떨어졌다.

(281~282쪽)

● 성팔(聖八) ─────────────────────────

성   별   남자

나이(추정포함)   이십대 중후반쯤으로 추정함.

출생지 및 거주지, 활동 공간   출생지는 어느 어촌일 것으로 추정하며 황해
        T어촌에서 어부생활을 함.

직   업   어부

출신계층   어촌의 중하류계층에서 출생했을 것으로 추정함.

교육정도   소학교나 보통학교 이하의 학력일 것으로 추정함.

가족관계   이십대 초중반 정도의 처와 예닐곱 살 정도의 아들이 있음.

인물관계   처와 아들을 사랑스러워하며, 그들의 정성을 기쁘게 맞이함.

인물의 존재방식(사회계층)   황해 T어촌의 중류계층 정도의 어부로서 고기
        잡이를 나갔다 폭풍우를 만나 영영 돌아오지 않으나, 집에서는
        처와 아들이 애끓게 그를 기다림.

성   격

    ① 처와 아들을 지극히 사랑함.

② 다소 무뚝뚝해 보이나 멋을 부릴 줄 알고, 다정함이 배어 있음.
③ 자신의 삶에 최선을 다하는 모습을 보임.

성격 지표 및 인물 제시방식

✿━━━━━━━━━━━━

T어촌 앞 해변에는 십여 척 되는 어선이 닻을 언덕 위에 높이 던져 두고 수풀처럼 늘어졌다. 이 어선들은 고기 잡으러 앞바다 먼 곳을 향하여 나아가려고 만조를 기다리고 있다.

(… 중략 …)

어선 안에서 북소리가 둥둥 울려오더니 "물 들어온다"라고 외치는 소리가 길게 들리었다.

해변에 있던 여러 사람들은 모두 배 매인 물가로 바삐 모여들었다. 이 모여드는 사람 가운데에는 어장 주인들도 있었다. 어물을 무역하는 상인들도 있었다. 또는 농부로서 고기잡이 한철을 어선의 품팔이꾼이 되어 일 년 동안의 농사 밑천을 장만하러 온 이도 있었다. 일평생을 두고 정한 처소가 없이 다만 한 조각배를 집을 삼아 금일에는 충청도, 명일에는 경기도 하는 유랑생활을 하는 선인들도 있었다. 또는 이 어촌에 집을 둔 사람으로서 그들의 가족을 보내려고 나온 사람들도 있었다.

이 여러 사람들 가운데에 성팔(聖八)의 처도 어린 아들 점동(點童)이를 데리고 자기 남편을 보내러 나왔다. 그의 남편은 지금 들어오는 조수에 배를 띄우고 바다 먼 곳으로 고기잡이하러 나아가려고 배를 단속하며 모든 것을 준비하기에 바빴다. 그의 처는 배 떠나려는 남편을 주려고 먹을 것을 싼 보퉁이를 한편 손에 들었다. 그것을 든 편 어깨는 아래로 축 늘어졌다.

아들 점동은 이 지방의 고유한 악센트로

"아빠!"

라고 배를 향하여 불렀다. 이 부르는 소리가 끝나자 배 안에서 검붉은 남자

한 사람이 쑥 나왔다. 흰 수건으로 테머리를 하였다. 그리고 동여맨 머리 가운데에는 기름을 번질하게 바른 상투가 뒤로 비스듬히 누웠다. 상투 끝에는 산호 동곳이 빨갛게 뵈었다.

역시 특별한 악센트로

"점동이 왔니?"

라 대답한 그의 얼굴에는 반가워하는 빛이 나타났다. 뱃전에 걸쳐놓은 판자를 타고 그의 처와 아들이 서 있는 언덕 위로 더벅더벅 걸어갔다. 처는 손에 들었던 보자기를 그의 남편에게 주었다. 남편은 그것을 한편 손으로 받으며 한편 손으로 점동의 머리를 쓰다듬더니 검붉은 얼굴에 흰 이빨을 내놓고 히히 웃는다.

"이게 무엇이야? 점동이나 주지 그런가?"

보자기를 들며 성팔은 바로 그 속에 든 것이 무엇인가를 짐작하였다. 그 안에는 남편이 시장할 때에 먹으라고 정성을 다하여 만든 것이 들었다.

그의 처는 남편의 웃는 얼굴을 처음 본 것처럼 기뻐 따라 웃으며

"점동이 먹을 것은 집에 있으니 염려 말아요."

라 하고 남편에게로 디밀었다. (269~271쪽)

❀─────────────

성팔은 그것을 받아들고 다시 배 안으로 들어갔으나 그의 처는 이때에 중요한 것을 ─ 남편의 이번 뱃길에는 특별히 중요한 것을 잊어버렸다.

"아그머니!"

라 혼자 중얼대며 치맛자락을 앞으로 걸어들고 거기에 찬 주머니 속에서 조그만 장난감 같은 붉은 주머니를 하나 끄집어냈다. 그 주머니 속에는 그해 정초에 어는 점쟁이에게 점을 치고 얻어둔 누런 종이에 붉은 글씨로 쓴 부적이 들어 있었다. 점쟁이는 성팔의 집 식구의 신수를 다 본 뒤에 다른 사람은 다 좋으나 성팔의 신수가 좋지 못하다 하였다. 아무리 하여도 수난(水難)의 수가 있다 하였다. 그리고 이 수난을 면하려면 용왕재를 거룩하게 지내어야 하겠다고 하였다. 처는 아무쪼록 점쟁이의 권한 대로 용왕재를 지내려고 하였으나 성팔의 집에는

그러한 여유가 없다. 처는 더욱 이것을 섭섭히 여겼다. 그리하여 간편한 방법으로 이 수난을 면하는 것이 곧 뱃길 떠날 때에 부적을 지니게 함이었다. 이 홍낭(紅囊) 속에 든 부적은 곧 성팔의 생명을 보호할 호신부였다. 처는 아들 점동을 불러 치마 안에 깊이 찼던 그것을 내주며

"이것을 아빠 갖다주어라!"

고 말을 일렀다. 점동은 그의 어머니 시키는 대로 붉은 주머니를 들고 부친에게로 갔다.

성팔은 아들이 준 것을 받아들고 배에 오르려던 발길을 다시 멈추고 자기 처를 돌아보며 물었다.

"이것이 무엇인가?"

처는 무엇이라 대답하여야 남편이 곧 알게 될까를 생각하는 것처럼 한참 동안이나 가만히 섰다가 대답하기를 좀 거북한 빛으로 대답하였다.

"그것 알아 무엇 하게요…… 암말 말고 잘 간수해요. 부작이니."

성팔은 그 주머니을 눈앞에다 높직이 들고 치어다보다가

"내게 부작이 무슨 소용이 있어야지!"

라 말하고는 흰 이빨을 내놓고 다시 히히 웃었다. 웃는 얼굴은 먼 데서 보면 그것이 웃는 얼굴인지 우는 얼굴인지 알 수 없을 만큼 여러 가지 표정이 나타났다. 그는 들고 보던 주머니를 다시 저고리 끈에 매어차고 굽어다보았다. 옷고름에 찬 붉은 주머니가 그에게도 부조화해 보였던지 그는 소리를 높여 크게 웃었다. (271~272쪽)

- **아들 점동**

성   별   남자
나   이(추정포함)   예닐곱 살쯤 되었을 것으로 추정함.
출생지 및 거주지, 활동 공간   황해 T어촌에서 출생했을 것으로 추정하며, 현재 이곳에서 부모와 함께 살고 있음.

직   업   소학교 입학 전이거나 갓 입학한 학생일 것으로 추정함.

출신계층   어촌의 중류계층 정도 되는 가정에서 출생했을 것으로 추정함.

교육정도   소학교 입학 전이거나 갓 입학한 어린이일 것으로 추정함.

가족관계   아버지 성팔과 어머니와 함께 살고 있음.

인물관계   부모에게서 사랑을 받음.

인물의 존재방식(사회계층)   아버지와 어머니의 사랑을 받으며 그들을 이어
주는 역할을 하는 아들로서 어머니와 함께 고기잡이 나간 후
돌아오지 않는 부친을 간절히 기다림.

성   격
① 아버지와 어머니 사이를 이어주는 역할을 하는 아들로서 명랑
하고 쾌활함.
② 고기잡이 나아간 아버지가 돌아오지 않자 어머니와 함께 걱정
하며 아버지를 간절히 기다림.

성격 지표 및 인물 제시방식

❀ ─────────────

아들 점동은 이 지방의 고유한 악센트로
"아빠!"
라고 배를 향하여 불렀다. 이 부르는 소리가 끝나자 배 안에서 검붉은 남자
한 사람이 쑥 나왔다. 흰 수건으로 테머리를 하였다. 그리고 동여맨 머리 가운데
에는 기름을 번질하게 바른 상투가 뒤로 비스듬히 누웠다. 상투 끝에는 산호
동곳이 빨갛게 뵈었다.
역시 특별한 악센트로
"점동이 왔니?"
라 대답한 그의 얼굴에는 반가워하는 빛이 나타났다. 뱃전에 걸쳐놓은 판자를
타고 그의 처와 아들이 서 있는 언덕 위로 더벅더벅 걸어갔다. 처는 손에 들었던

보자기를 그의 남편에게 주었다. 남편은 그것을 한편 손으로 받으며 한편 손으로 점동의 머리를 쓰다듬더니 검붉은 얼굴에 흰 이빨을 내놓고 히히 웃는다.

"이게 무엇이야? 점동이나 주지 그런가?"

보자기를 들며 성팔은 바로 그 속에 든 것이 무엇인가를 짐작하였다. 그 안에는 남편이 시장할 때에 먹으라고 정성을 다하여 만든 것이 들었다.

그의 처는 남편의 웃는 얼굴을 처음 본 것처럼 기뻐 따라 웃으며

"점동이 먹을 것은 집에 있으니 염려 말아요."

라 하고 남편에게로 디밀었다. (270~271쪽)

꽃

성팔은 그것을 받아들고 다시 배 안으로 들어갔으나 그의 처는 이때에 중요한 것을 — 남편의 이번 뱃길에는 특별히 중요한 것을 잊어버렸다.

"아그머니!"

라 혼자 중얼대며 치맛자락을 앞으로 걷어들고 거기에 찬 주머니 속에서 조그만 장난감 같은 붉은 주머니를 하나 끄집어냈다. 그 주머니 속에는 그해 정초에 어느 점쟁이에게 점을 치고 얻어둔 누런 종이에 붉은 글씨로 쓴 부적이 들어 있었다. 점쟁이는 성팔의 집 식구의 신수를 다 본 뒤에 다른 사람은 다 좋으나 성팔의 신수가 좋지 못하다 하였다. 아무리 하여도 수난(水難)의 수가 있다 하였다. 그리고 이 수난을 면하려면 용왕재를 거룩하게 지내어야 하겠다고 하였다. 처는 아무쪼록 점쟁이의 권한 대로 용왕제를 지내려고 하였으나 성팔의 집에는 그러한 여유가 없다. 처는 더욱 이것을 섭섭히 여겼다. 그리하여 간편한 방법으로 이 수난을 면하는 것이 곧 뱃길 떠날 때에 부적을 지니게 함이었다. 이 홍낭(紅囊) 속에 든 부적은 곧 성팔의 생명을 보호할 호신부였다. 처는 아들 점동을 불러 치마 안에 깊이 찼던 그것을 내주며

"이것을 아빠 갖다주어라!"

고 말을 일렀다. 점동은 그의 어머니 시키는 대로 붉은 주머니를 들고 부친에게로 갔다.

성팔은 아들이 준 것을 받아들고 배에 오르려던 발길을 다시 멈추고 자기 처를 돌아보며 물었다.

"이것이 무엇인가?"

처는 무엇이라 대답하여야 남편이 곧 알게 될까를 생각하는 것처럼 한참 동안이나 가만히 섰다가 대답하기를 좀 거북한 빛으로 대답하였다.

"그것 알아 무엇 하게요…… 암말 말고 잘 간수해요. 부작이니."

성팔은 그 주머니을 눈앞에다 높직이 들고 치어다보다가

"내게 부작이 무슨 소용이 있어야지!" (271~272쪽)

❀ ─────────

하늘이 울었다.

한 방울…… 두 방울…… 비가 떨어졌다. 어느덧 소낙비로 변하였다. 이 바다와 마을은 검은 구름으로 덮이고 어두움에 잠기었다. 그리고 비에 젖었다. 바람과 물결의 휘파람소리에 싸였다. 어두움과 구름과 비바람은 이 마을을 정복하여 완전히 점령하였다.

파도와 비바람의 부르짖음과 속삭임이 마치 이 마을의 모든 생령을 저주하는 소리처럼 들리었다. 모든 생령은, 이 마을의 모든 사람은 이 저주에 몸을 떨었다.

그들은 바다에 — 거친 바람, 성난 파도 가운데에 자기의 가족을 보낸……… 젊은 아내, 늙은 어버이, 어린아이들이었다.

(… 중략 …)

점동은 어머니의 걱정에 싸인 얼굴을 유심히 바라보더니 물었다.

"엄마! 왜 이렇게 바람이 분다우?"

어머니는 아들의 이런 묻는 말에 어느 아픈 상처를 주물린 것처럼 깜짝 놀라는 빛으로 대답하였다.

"하느님 조화니까 별수 있느냐……."

"이렇게 바람이 불어도 아빠 배는 괜찮을까?"

"괜찮지 어째⋯⋯."

이렇게 어머니는 대답을 하기는 하였으나 실상은 남편의 안부를 몰라 태우는 가슴에 어린 점동의 물음이 불을 더 붙이었다.

"날이 언제나 들까?"

"그야 알 수 있나. 하느님의 하시는 일이라⋯⋯ 그렇지만 내일쯤은 개이겠지⋯⋯."

"그러면 이렇게 궂은날을 아빠는 어데 가 있어?"

"배 안은 괜찮을까?"

어머니는 다시 공포에 떨었다. 그의 얼굴에는 그러한 빛이 나타났다. 아들은 어머니의 대답을 기다리다가 또 물었다.

"아빠 탄 배는 지금 어데 있을꼬?"

"글쎄! 어데 있는지 알 수 없다⋯⋯ 어는 섬으로나 들어갔으면 하겠다마는⋯⋯."

그는 어느 곳으로든지 무사히 피난하기를 마음으로 빌었다.

아들은 이러한 바람에 배가 부서지는 일이 있는 것을 알았다. 그리하여 어린 그도 그 불안을 스스로 위로하고자 하여 이러한 말을 한 것이었다.

(⋯ 중략 ⋯)

"너는 잠이나 자려무나."

"잠 안 와⋯⋯ 아빠 배는 새 배지?"

라고 또 물었다. (274~276쪽)

산과 같은 미친 물결에 낙엽과 같이 번롱(翻弄)하는 조각배에서 손을 치면서 구원을 비는 남편의 초조해하는 형상이 그의 눈앞에 나타났다. 그는 또다시 이러한 무서운 환영을 보지 않으려고 눈을 감았다. 그러나 감은 눈에는 더욱 분명하였다.

아들은 무엇을 생각하며 깨친 것처럼 어머니를 바라보고 말하였다.

"엄마! 암만 새 배라도 이런 바람에는 못 견디겠구만……."

어머니는 아무 말도 없었다.

바깥에는 비바람소리가 몹시 요란하였다.

(… 중략 …)

"엄마! 그때가 언제지! 그때는 이보다도 비바람이 더 몹시 불었지? 그래도 아빠는 아무 일도 없이 돌아왔지?"

"그때는 그랬다…… 오늘도……."

(… 중략 …)

비바람소리는 갈수록 더욱더욱 높아갔다. 성낸 파도는 이 어촌을 한 입에 삼켜버리려는 것같이 바닷가에 가까이 와서 노호(怒呼)하였다.

"엄마! 저게 무슨 소리……."

"물소리! 아이쿠, 해일이 하려나부다!"

"아이구! 불이 꺼지랴 하오……."

휘익 문틈으로 기어든 바람이 사기등잔의 희미한 불을 꺼버리고 말았다.

바람에 불린 빗줄기는 방문을 두들겼다. 파도의 응얼거리는 소리는 악마의 저주처럼 길게 울리었다. (277~278쪽)

꽃

폭풍우가 지난 지 이틀 뒤에 마을 사람들은 남아 있던 배를 타고 행방 모르는 동네 배를 찾으러 나갔다. 이것은 황해 가운데 외로이 있는 B도 부근에서 많은 어선이 난파하였다는 비보가 이 마을에 도착한 까닭이었다.

(… 중략 …)

들어온 조수가 아직 물러가기 전인 그날 석양에 앞바다에 두어 척 어선이 암암히 보였다. 이 배의 그림자를 바라본 마을 사람들은 그 배에 한줄기의 희망의 줄을 멀리 던지고 그것이 가까이 오기만을 기다리었다. 기다리는 그들의 마음은 불에 넣은 가죽처럼 죄어들면서도 몸은 얼음 섞인 물을 끼얹은 듯이 걷잡을 수 없이 떨리었다.

한줄기의 희망이 시선과 함께 모여든 그 배가 앞갯벌 가까이 들어옴을 따라 그들 희망의 줄은 날카로운 칼을 휘둘러 베는 듯이 끊어져 버리기 시작하였다.

　그 배는 폭풍우가 불어가기 전에 고기잡이하러 나간 배들이 아니었다.

　"저것은 우리 배가 아닌간만……."

　이라고 말하는 것은 어머니를 따라나와 돌아오는 배를 기다리던 점동이었다. 그 어머니는

　"그렇다! 우리 배는 새 밴데……."

　라고 힘없이 대답하였다. (279~280쪽)

✳︎

　오륙 개의 시체가 마을에 돌아온 뒤로는 나머지 다른 사람의 소식은 영영 알 수 없었다. T어촌 앞바다에 배가 떠 올 때마다 소식을 모르는 가족을 가진 사람들은 가슴을 뛰며 갯가를 덤비었으나 그것은 매양 알 수 없는 장삿배나 그 마을 다른 사람들이 돌아오는 배였다.

　성팔의 처도 이와 같이 애를 태우는 사람의 하나였다. 그의 집에는 으레 끼니마다 성팔의 밥그릇이 그 방 아랫목에 파묻히어 있었다. 이것은 성팔이가 행방불명이 된 뒤로 그 생사를 점하기 위하여 그러함이었다. 이 마을에는 이러한 미신이 전부터 있었다. 성팔이와 같이 행방불명된 사람으로 밥 담은 식기의 뚜껑을 열 때에 그 뚜껑에서 말방울이 떨어지면 그 식기의 임자는 아직도 살아 있는 것을 표하는 것이요, 그렇지 않고 물기가 없으면 그 사람은 죽은 것으로 판단한다는 것이었다. 그리하여 그들은 식기를 방 아랫목에 묻어두고 밥을 바꾸어 담을 때마다 뚜껑을 열고 물이 떨어지는가 그것을 살펴보던 터이었다.

　이것을 열어보는 것이 그 모자에게는 거의 큰 일과가 되고 말았다. 점동은 가끔 식기의 뚜껑을 열어보는 일이 있었다. 식기 뚜껑에 맺혔던 이슬은 주르륵 굴러내렸다. 이럴 때마다 자기 아버지는 살아 있는 것을 기뻐하며

　"어머니! 이것 보아! 물이 떨어지네!"

　라고 부르짖었다.

그러나 성팔은 영영 돌아오지 않았다. 식기 뚜껑에는 물이 으레 떨어졌다.
(281~282쪽)

● **시체 오륙 구** ─────────────────────────────

성　　별　남자들

나　　이(추정포함)　이십대 이상 다양한 연령층대일 것으로 추정함.

출생지 및 거주지, 활동 공간　각각의 출생지와 거주지는 알 수 없으며 황
　　　　해 T어촌의 어선을 타고 고기잡이를 떠남.

직　　업　어장 주인, 어부, 어선 품팔이꾼, 유랑 선인 등 다양할 것으로
　　　　추정함.

출신계층　주로 하류계층일 것으로 추정함.

교육정도　무학이거나 저급한 수준의 학력일 것으로 추정함.

가족관계　알 수 없음.

인물관계　한 어선을 탄 운명 공동체로서 폭풍우에 휩쓸려 죽어가면서 유
　　　　대감을 발휘함.

인물의 존재방식(사회계층)　돈을 벌기 위해 어선을 탄 사람들로서 주로 하
　　　　류계층에 속할 것으로 추정하며, 죽어가면서도 공동체로서의
　　　　유대감을 발휘함.

성　　격　각각의 성격이 있겠지만, 살고자 하는 의지가 강하며 서로 신뢰
　　　　하며 유대감이 강했을 것으로 추정함.

성격 지표 및 인물 제시방식

 ─────────────────────

폭풍우가 지난 지 이틀 뒤에 마을 사람들은 남아 있던 배를 타고 행방 모르는

동네 배를 찾으러 나갔다. 이것은 황해 가운데 외로이 있는 B도 부근에서 많은 어선이 난파하였다는 비보가 이 마을에 도착한 까닭이었다.

(… 중략 …)

들어온 조수가 아직 물러가기 전인 그날 석양에 앞바다에 두어 척 어선이 암암히 보였다. 이 배의 그림자를 바라본 마을 사람들은 그 배에 한줄기의 희망의 줄을 멀리 던지고 그것이 가까이 오기만을 기다리었다. 기다리는 그들의 마음은 불에 넣은 가죽처럼 죄어들면서도 몸은 얼음 섞인 물을 끼얹은 듯이 걷잡을 수 없이 떨리었다.

한줄기의 희망이 시선과 함께 모여든 그 배가 앞갯벌 가까이 들어옴을 따라 그들 희망의 줄은 날카로운 칼을 휘둘러 베는 듯이 끊어져 버리기 시작하였다.

그 배는 폭풍우가 불어가기 전에 고기잡이하러 나간 배들이 아니었다.

(… 중략 …)

배는 바닷가에 닿았다. 여러 사람들은 배를 향하여 모여들었다. 배는 배 밑으로 주르륵 모래를 긁는 소리를 내고는 무슨 비장한 보고나 할 것같이 언덕 위에 닻을 던지고 우뚝 섰다. 배 안에서 물가에 선 여러 사람의 얼굴로 던지는 뱃사람의 신선은 벌써 배 안에 어떠한 것이 있는 것을 말하는 듯하였다.

그 배 안에는 다만 물에서 건진 시체 오륙 개가 누워 있을 뿐이었다. 뱃사람들은 뱃머리로 높이 올라서서 그 시체의 가족 이름을 불렀다.

(… 중략 …)

얼마 뒤에 그 시체는 바닷가 모래언덕 위로 옮기었다.

그러나 물에 빠진 시체인 그 사람들이 생명이 붙어 있어서 노도 광풍과 싸울 때에 무엇을 생각함이던지 그 시체들은 서로 손과 손을 생선 엮듯이 단단히 매었다.

이 손과 손을 묶은 것은 마을 여러 사람들에게 해석하기 어려운 수수께끼였다. 물론 시체를 수용하러 나간 마을 사람들이 묶은 것이 아니었다. 그들은 물에서 건진 그대로 배에 싣고 돌아온 것이었다. 그들이 난파를 각오하고 생명이 떠난 시체로 마을에 돌아갈 것으로 스스로 절망할 때 뒷날 시체 찾은 사람의 수고를 덜기 위하여 또는 한 배에서 최후의 운명을 같이하였다는 것을 표하기 위하여 손과 손을 단단히 맨 것이었다.

이것이 생선 엮음처럼 늘어놓은 시체를 위하여 대변하는 말이었다.

이 시체들은 집으로 돌아갈 권리조차 생명이 떠나는 동시에 잃어버리었다. 그 바닷가에서 밤을 지내게 되었다. 이것이 그들의 남아 있는 가족의 행복을 위함이었다. 다시 그러한 저주에 걸리지 않기를 바람이었다.

해는 다시 졌다. 시체가 놓인 바닷가에 거화(炬火)는 바다 물결에 길게 비치었다. 물결이 움직일 때마다 불빛이 바다 위에 뛰놀았다. 울음소리만이 가끔가끔 들리었다. (279~281쪽)

저본 2005년 창비 출간 『20세기 한국소설 4』

이익상 李益相, 1895~1930

전북 전주에서 출생. 호는 성해(星海). 경성 제일보통학교 교원양성소를 거쳐 부안 보통학교 교원으로 부임하였으나, 일본 유학을 결심, 일본대학 전문부 사회과를 졸업하였다. '파스큘라' 동인으로 신경향운동에 참가했으며, KAPF 의 발기인으로 활동하였다. 1921년 『학지광』 22호에 단편 「번뇌의 밤」을 처음 발표하였고, 1921년 『개벽』 11호에 「예술적 양심이 결여한 우리 문단」, 1923년 『신생활』지에 「문학과 계급의식」, 1924년 『금성』 2호에 「苦言二三」, 1925년 『개벽』 46호에 「思想文藝에 대한 片想」 등 일련의 논문들을 발표하였다. 1924년 4월 『개벽』 46호에 「戀의 序曲」을 발표하면서 본격적인 창작활동에 들어가 작가로서 활동한 5년 남짓한 기간에 장편 3편과 20여 편을 남겼다. 그는 신경향파 혹은 프로문학가로 알려져 왔지만, 순수문학예술과 문학의 예술성을 옹호하였다. 그의 작품은 주제와 등장인물들의 양상에 따라 애정의 문제와 가난의 문제로 대별할 수 있다. 그의 대표작 「漁村」(1925)과 「쫓기어 가는 이들」(1926)에서 등장하는 인물들은 비교적 정규교육을 받지 못한 무식쟁이들이지만 선량하고 순수하며 정의감과 양심을 가지고 환경을 극복하고 인간성에 호소한다.

작품에 「광란」(1925), 「흙의 세례」(1925), 「구속의 첫날」(1925), 「위협의 채찍」(1926), 「망령의 난무」(1926), 「그믐 날」(1927), 「키 잃은 범선」(1927), 「짓밟힌 진주」(1928), 「유산」(1929), 「옛 보금자리」(1930) 등이 있다.

최서해

탈출기

발 표 년 도	『조선문단』(1925.3)
시대적 배경	1920년대, 간도
핵 심 서 사	① '나'는 내가 탈가한 이유를 너(김군)에게 말하고자 함. ② 나는 5년 전 큰 이상을 품고 간도에 들어왔음. ③ 그러나 땅을 구하지 못하고 일자리도 구하지 못하자 굶주림 속에서 무서운 인간고를 느낌. ④ 두부장사를 시작했으나 두부가 쉬는 바람에 잘 되지 않았음. ⑤ 땔 나무를 하러 산에 갔다가 산 임자에게 들켜 경찰서로 잡혀가 매도 많이 맞았음. ⑥ 나는 비로소 자신이 어떤 제도의 희생자로 살아왔음을 깨닫고 그 험악한 공기의 원류를 쳐부수기 위하여 가족을 버리고 탈가하여 ××단에 들어왔는데 어떤 고생이라도 참고 분투하려고 함.
주 제	불공평한 사회를 조장하는 부조리와 제도를 깨뜨림으로써 사회를 변혁시키고자 하는 의지
등 장 인 물	나(박군), 김군, 아내, 어머니

● 나(박군)

성   별 남자

나   이(추정포함) 이십대 중후반쯤으로 추정함.

출생지 및 거주지, 활동 공간 출생지는 알 수 없으며, 5년 전 고향을 떠나
        간도에서 비참하게 생활하다 자신이 어떤 제도의 희생자로 살
        아왔음을 깨닫고 그 험악한 공기의 원류를 쳐부수기 위하여 가
        족을 버리고 탈가하여 ××단에 가입함.

직   업 고향에서의 직업은 알 수 없으며 간도로 간 후, 온돌장이, 삯김,
        삯심부름, 삯나무, 대구장사, 두부장사 등을 거쳐 ××단 단원이
        됨.

출신계층 최하류계층

교육정도 소학교 이상의 학력일 것으로 추정함.

가족관계 어머니, 아내, 어린 아이 등이 있음.

인물관계
        ① 김군과눈 막역한 사이이며, 간도에서는 친소관계가 명확하지 않
          으나, 두부장사를 할 때는 이웃들에게 조소의 대상이 됨.
        ② 두부를 만드는 데 필요한 땔나무를 구하러 갔다가 중국 경찰서에
          잡혀가 매를 맞은 이후에 산 임자가 나무를 잃으면 경찰서에서는
          제일 먼저 '나'를 의심하여 집을 수색하고 때림.

인물의 존재방식(사회계층) 고향에서의 절박한 상황을 타개할 수 없어 이상
        을 품고, 어머니, 아내를 데리고 간도로 갔지만, 그곳에서도 비
        참한 생활을 벗어나지 못하자 결국 자신이 험악한 제도의 희생
        자임을 깨닫고 그 제도를 쳐부수기 위해 가족을 버리고 탈가하
        여 ××단에 가입함.

성 격

① 열정적이나 막연한 이상에 사로잡힘.
② 고향에서의 절박한 생활, 간도에서의 온돌장이, 삯김 매기, 대구장사, 두부장사 등을 거치며 삶의 열의와 진정성을 보여줌.
③ 자신이 지금까지 어떤 험악한 제도의 희생자였음을 깨닫게 됨으로써 사회적 모순에 눈을 뜨고 현실인식의 가능성을 보여줌.
④ 어머니, 아내, 어린 아이 등 가족들에 대한 애정이 지대함.
⑤ 개인적인 안일함보다는 명분을 중시하여 탈가하여 ××단에 가입함.

성격 지표 및 인물 제시방식

✿ ─────────────

김군! 나도 사람이다. 정애가 있는 사람이다. 나의 목숨 같은 내 가족이 유린받는 것을 내 어찌 생각지 않으랴? 나의 고통을 제삼자로서는 만분의 일이라도 느낄 수 없는 것이다.

나는 이제 나의 탈가한 이유를 군에게 말하고자 한다. 여기에 대하여 동정과 비난은 군의 자유이다. 나는 다만 이러하다는 것을 군에게 알릴 뿐이다. 나는 이것을 군이 아니면 다른 사람에게라도 알리지 않고는 견딜 수 없는 충동을 받는 까닭이다.

그러나 나는 단언한다. 군도 사람이어니 나의 말하는 것을 부인치는 못하리라.

김군! 내가 고향을 떠난 것은 오 년 전이다. 이것은 군도 아는 사실이다. 나는 그때에 어머니와 아내를 데리고 떠났다. 내가 고향을 떠나 간도로 간 것은 너무도 절박한 생활에 시들은 몸에 새 힘을 얻을까 하여 새 희망을 품고 새 세계를 동경하여 떠난 것도 군이 아는 사실이다.

—간도는 천부금탕이다. 기름진 땅이 흔하여 어디를 가든지 농사를 지을 수 있고 농사를 지으면 쌀도 흔할 것이다. 삼림이 많으니 나무 걱정도 될 것이 없다.

　　농사를 지어서 배불리 먹고 뜨뜻이 지내자. 그리고 깨끗한 초가나 지어놓고 글도 읽고 무지한 농민들을 가르쳐서 이상촌을 건설하리라. 이렇게 하면 간도의 황무지를 개척할 수 있다. (17쪽)

❀

　　김군! 그러나 나의 이상은 물거품으로 돌아갔다. 간도에 들어서서 한 달이 못 되어서부터 거칠은 물결은 우리 세 생명의 앞에 기탄없이 몰려왔다.

　　나는 농사를 지으려고 밭을 구하였다. 빈 땅은 없었다. 돈을 주고 사기 전에는 한 평의 땅이나마 손에 넣을 수 없었다. 그렇지 않으면 지나인(支那人)의 밭을 도조나 타조로 얻어야 한다. 일 년내 중국 사람에게서 양식을 꾸어 먹고 도조나 타조를 얻는대야 일 년 양식 빚도 못 될 것이고 또 나 같은 시로도(아마튜어)에게는 밭을 주지 않았다.

　　생소한 산천이요, 생소한 사람들이니, 어디 가 어쩌면 좋을는지? 의논할 사람도 없었다. H라는 촌 거리에 셋방을 얻어 가지고 어름어름하는 새에 보름이 지나고 한 달이 넘었다. 그새에 몇 푼 남았던 돈은 다 불려 먹고 밭은 고사하고 일자리도 못 얻었다. 나는 팔을 걷고 나섰다. 이리저리 돌아다니면서 구들도 고쳐 주고 가마도 붙여 주었다. 이리하여 호구하게 되었다. 이때 H장에서는 나를 온돌장이(구들 고치는 사람)라고 불렀다. 갈아 입을 의복이 없는 나는 늘 숯검정이 꺼멓게 묻은 의복을 벗을 새가 없었다.

　　(… 중략 …)

　　김군! 나는 이때부터 비로소 무서운 인간고를 느꼈다. 아아, 인생이란 과연 이렇게도 괴로운 것인가 하는 것을 나는 생각하게 되었다. 나는 나에게 닥치는 풍파 때문에 눈물 흘린 일은 이때까지 없었다. 그러나 어머니가 나무를 줍고 젊은 아내가 삯방아를 찧을 때 나의 피는 끓었으며 나의 눈은 눈물에 흐려졌다.

(17~18쪽)

❀

어떻게 하면 살 수 있을까?…… 이러한 생각은 이때 내 머리를 몹시 때렸다. 이때 나에게 부지런한 자에게 복이 온다는 말이 거짓말로 생각되었다. 그 말을 지상의 격언으로 굳게 믿어 온 나는 그 말에 도리어 일종의 의심을 품게 되었고 나주은 부인까지 하게 되었다.

부지런하다면 이때 우리처럼 부지런함이 어디 있으며 정직하다면 이때 우리 식구같이 정직함이 어더 있으랴? 그러나 빈곤은 날로 심하였다. 이틀 사흘 굶은 적도 한두 번이 아니었다. 한번은 이틀이나 굶고 일자리를 찾다가 집으로 들어가 보니 부엌 앞에서 아내가(아내는 이때에 아이를 배어서 배가 남산만하였다) 무엇을 먹다가 깜짝 놀란다. 그리고 손에 쥐었던 것을 얼른 아궁이에 집어넣는다. 이때 불쾌한 감정이 내 가슴에 떠올랐다.

(… 중략 …)

아내가 나간 뒤에 아는 아내가 먹다 던진 것을 찾으려고 아궁이를 뒤지었다. 싸늘하게 식은 재를 막대기에 뒤져내니 벌건 것이 눈에 띄었다. 나는 그것을 집었다. 그것은 귤 껍질이다. 거기는 베먹은 잇자국이 났다. 귤 껍질을 쥔 나의 손은 떨리고 잇자국을 보는 내 눈에는 눈물이 괴었다.

김군! 이때 나의 감정을 어떻게 표현하면 적당할까? (19쪽)

❀

김군! 세월은 우리를 위하여 여름을 항시 주지는 않았다.

서풍이 불고 서리가 내리기 시작하였다. 찬 기운은 벗은 우리를 위협하였다. 가을부터 나는 대구어(大口魚) 장사를 하였다. 삼 원을 주고 대구 열 마리를 사서 등에 지고 산골로 다니면서 콩(大豆)과 바꾸었다. 난 대구 열 마리는 등에 질 수 있었으나 대구 열 마리를 주고 받은 콩 열 말은 질 수 없었다. 나는 하는 수 없이 삼사십 리나 되는 곳에서 두 말씩 두 말씩 사흘 동안이나 져 왔다. 우리는 열 말 되는 콩을 자본삼아 두부 장사를 시작하였다.

아내와 나는 진종일 맷돌질을 하였다. 무거운 맷돌을 돌리고 나면 팔이 뚝 떨어지는 듯하였다.

내가 이렇게 괴로울 적에 해산한 지 며칠 안 되는 아내의 괴롬이야 어떠하였으랴? 그는 늘 낯이 부석부석하였다. 그래도 나는 무슨 불평이 있는 때면 아내를 욕하였다. 그러나 욕한 뒤에는 곧 후회하였다. 콧구멍만한 부엌방에서 가마를 걸고 맷돌을 놓고 나무를 들이고 의복가지를 걸고 하면 사람은 겨우 비비고 들어앉게 된다. 뜬 김에 문창은 떨어지고 벽은 눅눅하다. 모든 것이 후줄근하여 의복을 입은 채 미지근한 물 속에 들어앉은 듯하였다. 어떤 때는 애써 갈아 놓은 비지가 이 뜬 김 속에서 쉬어 버렸다. 두붓물 위에 버터빛 같은 노란 기름이 엉기면(그것은 두부가 잘될 징조다) 우리는 안심한다. 그러나 두붓물이 희멀끔해지고 기름기가 돌지 않으면 거기에만 시선을 쏘고 있는 아내의 낯빛부터 글러 가기 시작한다. 초를 쳐보아서 두붓발이 서지 않고 매캐지근하게 풀려질 때에는 우리의 가슴은 덜컥한다. (20~21쪽)

※

울면서 겨자 먹기로 괴로운 대로 또 두부를 하지 않으면 안 된다. 그러나 이번에는 땔나무가 없다. 나는 낫[鎌]을 들고 떠난다. 내가 낫을 들고 떠나면 산후 여독으로 신음하는 아내도 낫을 들고 말없이 나를 따라 나선다. (후략 …)

"인제 오니? 나는 너 또 붙들리지나 않는가 하여 혼이 났다."
하신다. 이때마다 내 가슴은 저렸다. 나는 이렇게 나무 도적질을 하다가 중국 경찰서에까지 잡혀가서 여러 번 맞았다.

이때 이웃에서는 우리를 조소하고 경찰에서는 우리를 의심하였다.

—흥, 신수가 멀쩡한 연놈들이 그 꼴이야, 어디 가 일자리도 구하지 않구. 그 눈이 누래서 두부 장사하는 꼬락서니는 참 더러워서 못 보겠네. 불알을 달고

나서 그렇게 살리?—

이것은 이웃 남녀가 비웃는 소리였다. 그리고 어떤 산 임자가 나무 잃은 고발을 하면 경찰서에서는 불문곡직하고 우리집부터 수색하고 질문하면서 나를 때린다. 그러나 나는 호소할 곳이 없었다. (21~22쪽)

✿

김군! 이러구러 겨울은 점점 깊어 가고 기한은 점점 박두하였다. 일자리는 없고…… 그렇다고 손을 털고 앉았을 수는 없었다. 모든 식구가 퍼러퍼래서 굶고 앉은 꼴을 나는 그저 볼 수 없었다. 시퍼런 칼이라도 들고 하루라도 괴로운 생을 모면하도록 그네들을 쿡쿡 찔러 없애고 나까지 없어지든지, 그렇지 않으면 칼을 들고 나서서 강도질이라도 하여서 기한을 면하든지 하는 수밖에는 더 도리가 없게 절박하였다.

나는 일이 없으면 없느니만치, 고통이 닥치면 닥치느니만치 내 번민은 컸다. 나는 어떤 날은 거의 얼빠진 사람처럼 눈을 감고 깊은 생각에 잠긴 일이 있었다. 이때 머릿속에서는 머리를 움실움실 드는 사상이 있었다.

'오늘날에 생각하면 그것은 나의 전 운명을 결정할 사상이었다.'

(… 중략 …)

—나는 여태까지 세상에 대하여 충실하였다. 어디까지든지 충실하려고 하였다. 내 어머니, 내 아내까지도 뼈가 부서지고 고기가 찢기더라도 충실한 노력으로 살려고 하였다. 그러나 세상은 우리를 속였다. 우리의 충실을 받지 않았다. 도리어 충실한 우리를 모욕하고 멸시하고 학대하였다. 우리는 여태까지 속아 살았다. 포악하고 허위스럽고 요사한 무리를 용납하고 옹호하는 세상인 것을 참으로 몰랐다. 우리뿐 아니라 세상의 모든 사람들도 그것을 의식하지 못하였을 것이다. 그네들은 그러한 세상의 분위기에 취하였었다. 나도 이때까지 취하였었다. 우리는 우리로서 살아온 것이 아니라 어떤 험악한 제도의 희생자로서 살아왔었다.

김군! 나는 사람들을 원망치 않는다. 그러나 마주(魔酒)에 취하여 자기의 피를 짜 바치면서도 깨지 못하는 사람을 그저 볼 수 없다. 허위와 요사와 표독과 게으른 자를 옹호하고 용납하는 이 제도는 더욱 그저 둘 수 없다. (22~23쪽)

❁

김군! 나는 더 참을 수 없었다. 나는 나부터 살리려고 한다. 이때까지는 최면술에 걸린 송장이었다. 제가 죽은 송장으로 남(식구들)을 어찌 살리랴? 그러려면 나는 나에게 최면술을 걸려는 무리를, 험악한 이 공기의 원류를 쳐부수려고 하는 것이다.

나는 이것을 인간의 생의 충동이며 확충이라고 본다. 나는 여기서 무상의 법열(法悅)을 느끼려고 한다. 아니 벌써부터 느껴진다. 이 사상이 드디어 나로 하여금 집을 탈출케 하였으며 ××단에 가입하게 하였으며, 비바람 밤낮을 헤아리지 않고 벼랑 끝 보다 더 험한 ×선에 서게 한 것이다.

김군! 거듭 말한다. 나도 사람이다. 양심을 가진 사람이다. 애정을 가진 사람이다. 내가 떠나는 날부터 식구들은 더욱 곤경에 들 줄도 나는 알았다. 자칫하면 눈 속이나 어느 구렁에서 죽는 줄도 모르게 굶어 죽을 줄도 나는 잘 안다. 그러므로 나는 이곳에서도 남의 집 행랑어멈이나 아범이며, 노두에 방황하는 거지를 무심히 보지 않는다. 아! 나의 식구도 그럴 것을 생각할 때면 자연히 흐르는 눈물과 뿌직뿌직 찢기는 가슴을 덮쳐 잡는다.

그러나 나는 이를 갈고 주먹을 쥔다. 눈물을 아니 흘리려고 하며 비애에 상하지 않으려고 한다. 울기에는 너무도 때가 늦었으며 비애에 상하는 것은 우리의 박약을 너무도 표시하는 듯싶다. 어떠한 고통이든지 참고 분투하려고 한다. (23쪽)

● **어머니**

성 별 여자

나   이(추정포함)   오십대로 추정함.

출생지 및 거주지, 활동 공간   아들인 '나(박군)'와 며느리와 함께 간도로 가
          H라는 촌에서 셋방을 얻어 아들 내외와 함께 생활하고 있음.

직   업   일정한 직업은 없음.

출신계층   하류계층이었을 것으로 추정함.

교육정도   알 수 없음.

가족관계   아들 내외와 간도에서 태어난 어린 손자(녀)가 있음.

인물관계   아들 내외 이외의 친소관계가 있는 인물들은 없음.

인물의 존재방식(사회계층)   고향에서의 절박한 생활에서 벗어나고자 간도행
          을 택했지만, 이곳에서도 험악한 빈곤에 시달리지만 모성애와
          가족애를 잃지 않는 어머니상을 보여줌.

성   격
          ① 험악한 생활환경에서도 아들 내외를 항상 걱정하고 위해 줌.
          ② 빈곤한 생활에서도 이해심과 포용력을 잃지 않고 어려움을 극복
          하고자 함께 노력함.

성격 지표 및 인물 제시방식

⁂

김군! 나는 이때부터 비로소 무서운 인간고를 느꼈다. 아아, 인생이란 과연
이렇게도 괴로운 것인가 하는 것을 나는 생각하게 되었다. 나는 나에게 닥치는
풍파 때문에 눈물 흘린 일은 이때까지 없었다. 그러나 어머니가 나무를 줍고
젊은 아내가 삯방아를 찧을 때 나의 피는 끓었으며 나의 눈은 눈물에 흐려졌다.
"에구, 차라리 내가 드러누워 앓고 있지, 네 괴로워하는 꼴은 차마 못 보겠
다."
이것은 언제 내가 병들어 신음할 때에 어머니가 울면서 하신 말씀이다. 이것
을 무심히 들었던 나는 이때에야 이 말의 참뜻을 느꼈다.

"아아, 차라리 나의 고기가 찢어지고 뼈가 부서지는 것은 참을 수 있으나, 내 눈앞에서 사랑하는 늙은 어머니와 아내가 배를 주리고 남의 멸시를 받는 것은 참으로 견디기 어렵구나!"

나는 이렇게 여러 번 가슴을 쳤다. 나는 밤이나 낮이나, 비 오나 바람이 치나 헤아리지 않고 삯김, 삯심부름, 삯나무, 무엇이든지 가리지 않았다.

"오늘도 배고프겠구나, 아침도 변변히 못 먹고…… 나는 너 배 주리잖는 것을 보았으면 죽어도 눈을 감겠다."

내가 삯일을 하다가 늦게 돌아오면 어머니는 우실 듯이 말씀하셨다. 그러나 나는 흔연하게,

"배가 무슨 배가 고파요."

대답하였다. (18쪽)

어떻게 하면 살 수 있을까?…… 이러한 생각은 이때 내 머리를 몹시 때렸다. 이때 나에게 부지런한 자에게 복이 온다는 말이 거짓말로 생각되었다. 그 말을 지상의 격언으로 굳게 믿어 온 나는 그 말에 도리어 일종의 의심을 품게 되었고 나주은 부인까지 하게 되었다.

부지런하다면 이때 우리처럼 부지런함이 어디 있으며 정직하다면 이때 우리 식구같이 정직함이 어더 있으랴? 그러나 빈곤은 날로 심하였다. 이틀 사흘 굶은 적도 한두 번이 아니었다. 한번은 이틀이나 굶고 일자리를 찾다가 집으로 들어가 보니 부엌 앞에서 아내가(아내는 이때에 아이를 배어서 배가 남산만하였다) 무엇을 먹다가 깜짝 놀란다. 그리고 손에 쥐었던 것을 얼른 아궁이에 집어넣는다. 이때 불쾌한 감정이 내 가슴에 떠올랐다.

(… 중략 …)

아내가 나간 뒤에 아는 아내가 먹다 던진 것을 찾으려고 아궁이를 뒤지었다. 싸늘하게 식은 재를 막대기에 뒤져내니 벌건 것이 눈에 띄었다. 나는 그것을 집었다. 그것은 귤 껍질이다. 거기는 베먹은 잇자국이 났다. 귤 껍질을 쥔 나의

손은 떨리고 잇자국을 보는 내 눈에는 눈물이 괴었다.

김군! 이때 나의 감정을 어떻게 표현하면 적당할까?

— 오죽 먹고 싶었으면 오죽 배고팠으면, 길바닥에 내던진 귤 껍질을 주워 먹을까! 더욱 몸 비잖은 그가! 아아, 나는 사람이 아니다. 그러한 아내를 나는 의심하였구나! 이놈이 어찌하여 그러한 아내에게 불평을 품었는가? 나 같은 간악한 놈이 어디 있으랴. 내가 양심이 부끄러워서 무슨 면목으로 아내를 볼까?

— 이렇게 생각하면서 나는 느껴 가며 눈물을 흘렸다. 귤 껍질을 쥔 채로 이를 악물고 울었다.

"야, 어째 우느냐? 일어나거라. 우리도 살 때 있겠지, 늘 이렇겠느냐."

하면서 누가 어깨를 친다. 나는 그것이 어머니인 것을 알았다. 나는,

"아이구 어머니, 나는 불효외다."

하면서 어머니의 발을 안고 자꾸자꾸 울고 싶었다. 그러나 나는 아무 소리 없이 가슴을 부둥켜안고 밖으로 나왔다. (19~20쪽)

❀

서풍이 불고 서리가 내리기 시작하였다. 찬 기운은 벗은 우리를 위협하였다. 가을부터 나는 대구어(大口魚) 장사를 하였다. 삼 원을 주고 대구 열 마리를 사서 등에 지고 산골로 다니면서 콩[大豆]과 바꾸었다. 난 대구 열 마리는 등에 질 수 있었으나 대구 열 마리를 주고 받은 콩 열 말은 질 수 없었다. 나는 하는 수 없이 삼사십 리나 되는 곳에서 두 말씩 두 말씩 사흘 동안이나 져 왔다. 우리는 열 말 되는 콩을 자본삼아 두부 장사를 시작하였다.

아내와 나는 진종일 맷돌질을 하였다. 무거운 맷돌을 돌리고 나면 팔이 뚝 떨어지는 듯하였다.

내가 이렇게 괴로울 적에 해산한 지 며칠 안 되는 아내의 괴롬이야 어떠하였으랴? 그는 늘 낯이 부석부석하였다. 그래도 나는 무슨 불평이 있는 때면 아내를 욕하였다. 그러나 욕한 뒤에는 곧 후회하였다. 콧구멍만한 부엌방에서 가마를 걸고 맷돌을 놓고 나무를 들이고 의복가지를 걸고 하면 사람은 겨우 비비고

들어앉게 된다. 뜬 김에 문창은 떨어지고 벽은 눅눅하다. 모든 것이 후줄근하여 의복을 입은 채 미지근한 물 속에 들어앉은 듯하였다. 어떤 때는 애써 갈아 놓은 비지가 이 뜬 김 속에서 쉬어 버렸다. 두붓물 위에 버터빛 같은 노란 기름이 엉기면(그것은 두부가 잘될 징조다) 우리는 안심한다. 그러나 두붓물이 희멀끔해지고 기름기가 돌지 않으면 거기에만 시선을 쏘고 있는 아내의 낯빛부터 글러 가기 시작한다. 초를 쳐보아서 두붓발이 서지 않고 매캐지근하게 풀려 질 때에는 우리의 가슴은 덜컥한다.

"또 쉰 게로구나! 저를 어찌누?"

젖을 달라고 빽빽 우는 어린아이를 안고 서서 두붓물만 들여다보시던 어머니는 목메인 말씀을 하시면서 우신다. 이렇게 되면 온 집안은 신산하여 말할 수 없는 울음, 비통, 처참, 소조한 분위기에 싸인다.

"너 고생한 게 애닯구나! 팔이 부러지게 갈아서…… 그거(두부) 팔아서 장을 보려고 태산같이 바랐더니……."

어머니는 그저 가슴을 뜯으면서 운다. 아내도 울듯 울듯이 머리를 숙인다. 그 두부를 판대야 큰 돈은 못 된다. 기껏 남는대야 이십 전이나 삼십 전이다. 그것으로 우리는 호구를 한다. 이십 전이나 삼십 전에 어머니는 운다. 아내도 기운이 준다. 나까지 가슴이 바짝바짝 조인다. (20~21쪽)

❀
⎯⎯⎯⎯⎯⎯⎯⎯⎯⎯

울면서 겨자 먹기로 괴로운 대로 또 두부를 하지 않으면 안 된다. 그러나 이번에는 땔나무가 없다. 나는 낫[鎌]을 들고 떠난다. 내가 낫을 들고 떠나면 산후 여독으로 신음하는 아내도 낫을 들고 말없이 나를 따라 나선다. 어머니와 나는 굳이 만류하나 아내는 듣지 않는다. (… 중략 …) 이리하여 산비탈을 내려 오면 언제 왔는지 어머니는 애를 업고 우둘우둘 떨면서 산 아래서 기다리다가도,

"인제 오니? 나는 너 또 붙들리지나 않는가 하여 혼이 났다."

하신다. 이때마다 내 가슴은 저렸다. 나는 이렇게 나무 도적질을 하다가 중국

경찰서에까지 잡혀가서 여러 번 맞았다. (21~22쪽)

● 아내 ─────────────────────────────────

성   별 여자

나   이(추정포함) 이십대 초반쯤으로 추정함.

출생지 및 거주지, 활동 공간 농삿집에서 출생하여 결혼하여 남편의 고향
      을 떠나 간도의 H라는 촌에서 생활함.

직   업 집안일 돌봄.

출신계층 하류 농민계층일 것으로 추정함.

교육정도 소학교 이하의 학력일 것으로 추정함.

가족관계 시어머니와 남편, 어린아이 등이 있음.

인물관계 시어머니와 남편 이외의 친소관계에 있는 인물들은 없음.

인물의 존재방식(사회계층) 고향에서의 절박한 생활을 벗어나고자 남편, 시
      어머니와 함께 생소한 간도로 와 여전히 빈곤한 생활을 하게
      되지만, 내색하지 않고 집안일과 남편 일, 시어머니 일을 도우
      며 가정을 꾸려나감.

성   격
      ① 수줍음을 많이 타나 빈곤한 생활의 어려움을 잘 내색하지 않고
        집안일과 일을 도움.
      ② 자신의 내면을 잘 드러내지 않으며 남편과 시어머니에게 순종적
        이며 융숭함.

성격 지표 및 인물 제시방식

❀ _____

내 아내는 늘 별 말이 없었다. 무슨 일이든지 시키는 대로 다소곳하고 아무소리 없이 순종하였다. 나는 그것이 더욱 불쌍하게 생각된다. 나는 어머니보다는 아내 보기가 퍽 부끄러웠다.

"경제의 자립도 못 되는 내가 왜 장가를 들었누?"

이것이 부모의 한 일이었지만 나는 이렇게도 탄식하였다. 그럴수록 아내에게 대하여 황공하였고 존경하였다. (18~19쪽)

❀ _____

어떻게 하면 살 수 있을까?…… 이러한 생각은 이때 내 머리를 몹시 때렸다. 이때 나에게 부지런한 자에게 복이 온다는 말이 거짓말로 생각되었다. 그 말을 지상의 격언으로 굳게 믿어 온 나는 그 말에 도리어 일종의 의심을 품게 되었고 나주은 부인까지 하게 되었다.

부지런하다면 이때 우리처럼 부지런함이 어디 있으며 정직하다면 이때 우리 식구같이 정직함이 어디 있으랴? 그러나 빈곤은 날로 심하였다. 이틀 사흘 굶은 적도 한두 번이 아니었다. 한번은 이틀이나 굶고 일자리를 찾다가 집으로 들어가 보니 부엌 앞에서 아내가(아내는 이때에 아이를 배어서 배가 남산만하였다) 무엇을 먹다가 깜짝 놀란다. 그리고 손에 쥐었던 것을 얼른 아궁이에 집어넣는다. 이때 불쾌한 감정이 내 가슴에 떠올랐다.

'……무얼 먹을까? 어디서 무엇을 얻었을까? 무엇이길래 어머니와 나 몰래 먹누? 아! 여편네란 그런 것이로구나! 아니 그러나 설마……. 그래도 무엇을 먹던데…….'

나는 이렇게 아내를 의심도 하고 원망도 하고 밉게도 생각하였다. 아내는 아무 말 없이 어색하게 머리를 숙이고 앉아서 씩씩하다가 밖으로 나간다. 그 얼굴은 좀 붉었다.

아내가 나간 뒤에 아는 아내가 먹다 던진 것을 찾으려고 아궁이를 뒤지었다. 싸늘하게 식은 재를 막대기에 뒤져내니 벌건 것이 눈에 띄었다. 나는 그것을 집었다. 그것은 귤 껍질이다. 거기는 베먹은 잇자국이 났다. 귤 껍질을 쥔 나의 손은 떨리고 잇자국을 보는 내 눈에는 눈물이 괴었다.

김군! 이때 나의 감정을 어떻게 표현하면 적당할까?

─오죽 먹고 싶었으면 오죽 배고팠으면, 길바닥에 내던진 귤 껍질을 주워 먹을까! 더욱 몸 비잖은 그가! 아아, 나는 사람이 아니다. 그러한 아내를 나는 의심하였구나! 이놈이 어찌하여 그러한 아내에게 불평을 품었는가? 나 같은 간악한 놈이 어디 있으랴. 내가 양심이 부끄러워서 무슨 면목으로 아내를 볼까?

─ 이렇게 생각하면서 나는 느껴 가며 눈물을 흘렸다. 귤 껍질을 쥔 채로 이를 악물고 울었다.

(… 중략 …)

'내가 왜 우누? 울기만 하면 무엇 하나? 살자! 살자! 어떻게든지 살아 보자! 내 어머니와 내 아내도 살아야 하겠다. 이 목숨이 있는 때까지는 벌어 보자!'

나는 이를 갈고 주먹을 쥐었다. 그러나 눈물은 여전히 흘렀다. 아내는 말없이 울고 섰는 내 곁에 와서 손으로 치마끈을 만지작거리며 눈물을 떨어뜨린다. 농사집에서 길러난 아내는 지금도 어찌 수줍은지 내가 울면 같이 울기는 하여도 어떻게 말로 위로할 줄은 모른다. (19~20쪽)

❀

서풍이 불고 서리가 내리기 시작하였다. 찬 기운은 벗은 우리를 위협하였다. 가을부터 나는 대구어(大口魚) 장사를 하였다. 삼 원을 주고 대구 열 마리를 사서 등에 지고 산골로 다니면서 콩[大豆]과 바꾸었다. 난 대구 열 마리는 등에 질 수 있었으나 대구 열 마리를 주고 받은 콩 열 말은 질 수 없었다. 나는 하는 수 없이 삼사십 리나 되는 곳에서 두 말씩 두 말씩 사흘 동안이나 져 왔다. 우리는 열 말 되는 콩을 자본삼아 두부 장사를 시작하였다.

아내와 나는 진종일 맷돌질을 하였다. 무거운 맷돌을 돌리고 나면 팔이 뚝 떨어지는 듯하였다.

내가 이렇게 괴로울 적에 해산한 지 며칠 안 되는 아내의 괴롬이야 어떠하였으랴? 그는 늘 낯이 부석부석하였다. 그래도 나는 무슨 불평이 있는 때면 아내를 욕하였다. 그러나 욕한 뒤에는 곧 후회하였다. 콧구멍만한 부엌방에서 가마를 걸고 맷돌을 놓고 나무를 들이고 의복가지를 걸고 하면 사람은 겨우 비비고 들어앉게 된다. 뜬 김에 문창은 떨어지고 벽은 눅눅하다. 모든 것이 후줄근하여 의복을 입은 채 미지근한 물 속에 들어앉은 듯하였다. 어떤 때는 애써 갈아 놓은 비지가 이 뜬 김 속에서 쉬어 버렸다. 두붓물 위에 버터빛 같은 노란 기름이 엉기면(그것은 두부가 잘될 징조다) 우리는 안심한다. 그러나 두붓물이 희멀끔해지고 기름기가 돌지 않으면 거기에만 시선을 쏘고 있는 아내의 낯빛부터 글러 가기 시작한다. 초를 쳐보아서 두붓발이 서지 않고 매캐지근하게 풀려질 때에는 우리의 가슴은 덜컥한다.

"또 쉰 게로구나! 저를 어찌누?"

젖을 달라고 빽빽 우는 어린아이를 안고 서서 두붓물만 들여다보시던 어머니는 목메인 말씀을 하시면서 우신다. 이렇게 되면 온 집안은 신산하여 말할 수 없는 울음, 비통, 처참, 소조한 분위기에 싸인다.

"너 고생한 게 애닲구나! 팔이 부러지게 갈아서…… 그거(두부) 팔아서 장을 보려고 태산같이 바랐더니……."

어머니는 그저 가슴을 뜯으면서 운다. 아내도 울듯 울듯이 머리를 숙인다. 그 두부를 판대야 큰 돈은 못 된다. 기껏 남는대야 이십 전이나 삼십 전이다. 그것으로 우리는 호구를 한다. 이십 전이나 삼십 전에 어머니는 운다. 아내도 기운이 준다. 나까지 가슴이 바짝바짝 조인다. (20~21쪽)

———

울면서 겨자 먹기로 괴로운 대로 또 두부를 하지 않으면 안 된다. 그러나 이번에는 땔나무가 없다. 나는 낫[鎌]을 들고 떠난다. 내가 낫을 들고 떠나면 산후 여독으로 신음하는 아내도 낫을 들고 말없이 나를 따라 나선다. 어머니와 나는 굳이 만류하나 아내는 듣지 않는다. 내 손으로 하는 나무이건만 마음놓고는 못 한다. 산 임자에게 드키면 여간한 경을 치지 않는다. 그러므로 우리는 황혼이면 산에 가서 도적 나무를 하여 지고 밤이 깊어서 돌아온다. 아내는 이고 나는 지고 캄캄한 밤에 산비탈로 내려오다가 발이 미끄러지거나 돌에 채면 곤두박질을 하여 나뭇짐 속에 든다. 아내는 소리 없이 이었던 나무를 내려놓고 나뭇짐에 눌려서 버둑거리는 나를 겨우 끄집어 일으킨다. 그러나 내가 나뭇짐을 지고 일어나면 아내는 혼자 나뭇짐을 이지 못한다. 또 내가 나뭇짐을 벗고 아내에게 이어 주면 나는 추어 주는 이 없이는 나뭇짐을 질 수 없다. 하는 수 없이 나는 어떤 높은 바위에 벗어 놓고(후에 지기 편하도록) 아내에게 이어 준다. (후략 …) (21쪽)

● **김군**

성   별 남자

나   이(추정포함) 이십대 중후반쯤으로 추정함.

출생지 및 거주지, 활동 공간 출생지는 알 수 없으며 고국에서 생활함.

직   업 알 수 없음.

출신계층 알 수 없음.

교육정도 소학교 이상의 학력일 것으로 추정함.

가족관계 알 수 없음.

인물관계 '나'의 친구로서 '나'의 처지를 헤아리지만, 탈가는 결국 박약한 의지에서 비롯된 선택이라며 음험한 이역에서 방황하게 될 늙은 어머니와 어린 처자를 위해서라도 집으로 돌아갈 것을 진정으로 간청함.

인물의 존재방식(사회계층) '나'에게 보낸 편지 내용으로 볼 때 지식인계층일 것으로 추정하며, 친구인 '나'와 '나'의 늙은 어머니, 어린 처자를 진정으로 걱정함.

성   격

① 사리를 분별하는 능력과 소신이 있으며, 친구와 그 가족을 염려해
주는 진정성이 있음.

② 편지의 강건한 문체로 볼 때 어떠한 일을 추진하거나 상황에 직면
할 때는 단호한 결단과 의지를 드러낼 것으로 보임.

성격 지표 및 인물 제시방식

—박군! 나는 군의 탈가(脫家)를 찬성할 수 없다. 음험한 이역에 늙은 어머니
와 어린 처자를 버리고 나선 군의 행동을 나는 찬성할 수 없다. 박군! 돌아가라.
어서 집으로 돌아가라. 군의 부모와 처자가 이역 노두에서 방황하는 것을 나는
눈앞에 보는 듯싶다. 그네들이 의지할 곳은 오직 군의 품밖에 없다. 군은 그네들
을 구하여야 할 것이다.

군은 군의 가정에서 동량(棟樑)이다. 동량이 없는 집이 어디 있으랴? 조그마한
고통으로 집을 버리고 나선다는 것이 의지가 굳다는 박군으로서는 너무도 박약
한 소위이다. 군은 ××단에 몸을 던져 ×선에 섰다는 말을 일전 황군에게서
듣기는 하였으나 그렇다 하여도 나는 그것을 시인할 수 없다. 가족을 못 살리는
힘으로 어찌 사회를 건지랴.

박군! 나는 군이 돌아가기를 충정으로 바란다. 군의 가족이 사람들 발 아래서
짓밟히는 것을 생각할 때! 군의 가슴인들 어찌 편하랴. (16쪽)

저본   1987년 文學과知性社 출간 『崔曙海全集·上』

주요섭

인력거꾼

발 표 년 도	『개벽』(1925.4)
시대적 배경	1924년 전후, 상해 시가
핵 심 서 사	① 상해 시가의 빈민굴에 거주하는 인력거꾼 아찡은 동거자인 뚱뚱보와 날이 채 밝기도 전에 일어나 떡집에 들어가 쪼빙과 미음 한 사발씩 먹고 인력거를 세 내여 끌고 나오며 뚱뚱보에게 어젯밤 꿈이 숭하여 신수가 궁하다고 말함.
	② 아찡은 정거장에서 지방 사투리를 쓰고 짐이 많은 사내를 다른 인력거꾼들과 함께 사마로(四馬路)까지 데려다 주고 대양 일 원씩을 받는 꿈자리에 비해 신수가 좋음을 기뻐하고, 이어서 미국 해군 하나를 만나 태워서 이십 전짜리 은전 한 푼, 동전 열두 푼을 받고 좋아 어쩔 줄을 몰라 하며 점심으로 쪼빙 두 개를 사 먹음.
	③ 아찡이 손님을 태울 차례가 되어 나가다가 나가자빠지고 아까 먹었던 쪼빙을 토하고 제 기운을 차려 보려고 노력했으나, 소용이 없음.
	④ 곰보 영감에게 사천로(四川路) 청년회로 가면 돈 안 받고 병 보아 주는 의사를 찾아가보라는 얘기를 듣고, 아찡은 남경로(南京路)로 뛰어들어 이사람 저사람에게 물어 그 병원을 찾아왔으나, 의사는 새로 두 시에 온다고 하여 무서운 생각을 함.
	⑤ 의사를 기다리던 중 그 병원의 전도사인 듯한 신사가 의사를 기다리는 환자들에게 성경 구절을 예로 들어가며 하는 설교를 듣고는, 결국은 천당도 고생하는 놈은 우리들뿐이고 돈 많은 사람들은 세상에서나 천당에서나 늘 즐거운 것이라고 반감을 가지며 낙망함.
	⑥ 아찡은 오지도 않는 의사를 기다리기가 싫어져서 밖으로 나와 분주스런 거리를 걸으면서 고독과 슬픔을 느낌.
	⑦ 팔레스 호텔 앞에 버리고 온 인력거는 생각지도 않고 저도 모르게 집 쪽으로 와 감초 가루약을 사고, 점쟁이에게 들러 점을 보고 정신없이 제 방 안으로 들어가 꼬꾸라져 다시 구역이 나기 시작하는데, 자신의 신산한 전 생애, 특히 팔 년 동안의 인력거꾼 생활을 생각하며 엉엉 울다 몸을 일으키려다 엎으러져 죽음.
	⑧ 종일 인력거를 끌다가 새벽녘에야 집으로 돌아온 뚱뚱보가 아찡의 시체를 발견하고 공보국에 보고하여 순사와 의사가 검시하러 왔는데, 순사 부장은 인력거꾼은 매일 과도한 달음질 때문에 구 년 만에 죽는다며 남보다 일 년 일찍 죽은 셈이라고 함.
	⑨ 공보국에서 온 일꾼들이 아찡의 시체를 거적에 담아 실어 간 후, 그날 오후 뚱뚱보는 인력거에 손님을 태우고 기운차게 달림. 오 년이나 육 년 후에 그도 아찡이의 뒤를 따르게 될 것을 모르고.
주 제	① 인력거꾼과 같은 하층 노동자들의 비참한 현실과 죽음.
	② 상류계층의 게으름과 위선, 종교적 구원의 허구성 등에 대한 풍자
등 장 인 물	아찡, 뚱뚱보, 곰보 영감, 신사(전도사), 점쟁이, 순사 부장, 의사

● 아찡 ────────────────────────────

성   별 남자

나   이(추정포함) 삼십대 초중반쯤으로 추정함.

출생지 및 거주지, 활동 공간 시골에서 출생했으며, 어려서 시골에서 남의
집 심부름을 하고, 상해로 굴러들어와서 공장에 들어갔다가 거
기서 쫓겨나 지금까지 팔 년간 인력거를 새 내어 끌음.

직   업 인력거꾼

출신계층 시골의 하층계층

교육정도 무학

가족관계 알 수 없음. 현재는 상해 시가의 빈민굴에서 같은 인력거꾼 뚱
뚱보와 동거함.

인물관계

① 같은 인력거꾼인 뚱뚱보와 동거하지만, 의례적인 관계로 보임.

② 주변 인력거꾼들과의 관계도 원만하여 그들이 건강에 신경을 써
줌.

③ 전도사의 설교와 점쟁이의 점괘에 반감을 느끼고 낙망함.

인물의 존재방식(사회계층) 상해 시가의 인력거꾼으로서 시골 하류계층에서
태어나 상해로 굴러들어온 이후 공장생활, 인력거꾼 생활 등을
거치며 한 번도 비참한 생활에서 벗어나지 못하고, 죽을 때 역
시 비참하게 죽음.

성   격

① 성실하고 근면하여 밤 새로 두시에야 누웠음에도 날이 채 밝기도
전에 일어나 인력거 끌 준비를 하며 쪼빙으로 아침을 대신함.

② 병원 전도사의 설교와 점쟁이의 점괘 내용에 반감을 갖고 회의하
며 자신의 신산하고 비참한 처지를 자각해 감.

③ 비참한 생활 조건에서도 선량하게 살아감.

성격 지표 및 인물 제시방식

✻

밤 새로 두시에야 자리에 누웠던 아찡이 아직 날이 채 밝기도 전에 졸음 오는 눈을 비비면서 일어났다. 잠자리라는 것이 되는 대로 얼거리 해놓은 막살이 속에 누더기와 짚을 섞어서 깔아 놓은 돼지우리 같은 자리였다. 그 속에서는 그야말로 돼지처럼 뚱뚱한 동거자가 아직도 훙훙거리며 자고 있는 것을 억지로 깨워 일으켜 가지고 아찡이는 코를 힝 하고 풀어서 문턱에 때려 뉘면서 찌그러진 문을 열고 밖으로 나왔다.

잠자던 거리가 깨기 시작하는 때이었다. 상해 시가의 이백만 백성이 하룻밤 동안 싸놓은 배설물을 실어 내가는 꺼먼 구루마들이 요란한 소리를 내며, 잔돌 깔아 우두럭투두럭한 길 위로 이리 달리고 저리 달리고 하는 것이 아찡이 눈앞에 나타났다. 동편으로 해가 떠오르려고 아는 때이다. 일찍 일어난 동리집 부인님네들이 벌써 나무통으로 된 대변통들을 부시르라고 길가에 쭉 나서서 어성버성한 참대 쑤시개로 일정한 리듬을 가진 소리를 내면서 부주스럽게 수선거렸다. 아찡이와 뚱뚱보는 한꺼번에 하품과 기지개를 길게 하고 바로 그 맞은편에 있는 떡집으로 갔다. (후략…)

아찡이와 쭐루(돼지)라는 별명을 가진 동거자 뚱뚱보는 어두컴컴한 부엌 속으로 들어가서 둥그런 탁자를 가운데 놓고 뒷받침 없는 걸상에 삥 둘러앉은 때묻는 옷 입은 친구들 틈에 끼여 앉아서 떡 두 개씩과 꺼룩한 미음을 한 사발씩 먹고는 쩔렁쩔렁하는 전대 속에서 동전을 여섯 푼씩 꺼내서 탁자 위에 메치고 코를 힝힝 아무 데나 풀어 붙이면서 거리로 나왔다.

둘이서는 잠잠히 걸었다. 조약돌을 깔아서 올통불통한 좁을 골목을 지나 나와서 전찻길을 끼고 한참 올라가다가 다시 조그만 골목으로 조금 들어가서 인력거 세놓는 집 앞에 다다랐다. 벌써 수다한 인력거꾼들이 와서 널쩍한 창고

속에 줄줄이 세워 둔 인력거를 한 채씩 끌고 나아갔다. 아찡도 거의 해져서 나들나들하는 종이로 돌돌 싸둔 대양(大洋) 오십 전을 인력거세 하루 선금으로 지불하고 어둑신한 창고로 들어가서 제 차례에 오는 인력거 한 채를 들들 끌고 거리로 나아왔다. 그는 잠깐 우두머니 서서 분주스럽게도 왔다갔다하는 군중을 바라다보다가 인력거 뒤채를 부득부득 밀면서 나아오는 뚱뚱보에게 이렇게 말했다.

"오늘 어째 신수가 궁해. 어젯밤 꿈이 숭하더라니!" (258~260쪽)

❀

아찡이는 절반이나 잊어버려서 무엇이었는지 잘 생각도 안 나는 꿈을 되풀이 해 생각해 보려고 애를 쓰면서 정거장 쪽으로 향해 갔다.

마침 남경서 떠난 막차가 새벽에 북정거장에 닿았다. 제섭원(齊燮元)이가 노영상(盧永祥)이를 들이친다는 풍설이 한창 돌 때인데 이번 차가 아마 마지막 차일는지도 모른다는 염려로 소주(蘇州)서, 곤산(昆山)서 쓸어 밀리는 피란민들이 넓은 정거장이 찌어져라 하고 밀려 나왔다. (후략 …)

아찡은 이 기회를 안 놓치려고 이리 기웃 저리 기웃 하며 기회만 엿보고서 있었다. 아니나다를까 저편 한구석으로 늙은 할머니 한 분, 젊은 색시 한 분, 또 돈푼이나 있어 보이는 젊은 사내 하나가 고리짝, 참대궤짝, 바구니 등 수십 개의 짐짝을 겨우 검사를 마친 후 시멘트 길바닥에 쌓아 놓고 어쩔 줄을 몰라 안달을 하고 있는 것이 보이었다. 아찡은 곧 그곳으로 뛰어가려다가,

'이놈아' 하고 외치는 순사의 고함 소리에 눌려서 한편으로 물러서면서 아까운 듯이 그쪽만을 바라다보았다. 짐은 산더미처럼 쌓아 놓고 촌계 관청식으로 두리번두리번하기만 하던 사내가 마침내 짐짝들을 여인네더러 보라고 맡기고 인력거를 부르려고 정거장 구외로 나왔다. 아찡은 인력거를 내던지고 번개처럼 이 사내에게로 달려들었다. 벌써 네다섯 다른 인력거꾼들도 달려와서 이 젊은 이를 에워쌌다. (260~261쪽)

젊은이는 딱하다는 듯이 잠시 망설이더니,

"이십 전에 가면 가구 그렇잖으면 그만둬."

하고 중얼거리었다. 인력거꾼 서넛이 펄쩍 뛰면서 한꺼번에 외쳤다.

"이십 전이라니, 어딜, 우리 그렇게 에누리 없어요."

"그자 촌놈이다. 상해 말은 할 줄 모르는 모양이다."

하고 인력거꾼 하나가 외쳤다. 그래서 그들은 이 시골뜨기를 잔뜩 곯려먹으려고 그냥 육십 전을 내어야 한다고 떠들었다. 얼마 동안 승강이 계속되다가 값은 마침내 매 인력거에 사십 전씩(보통때 값의 사 배)에 작정이 되었다. 아찡이도 새벽부터 이게 웬 떡이냐 하고 새벽부터의 운수를 웃고 떠들며 서로 축하하는 동무 인력거꾼들과 섞여서 정거장 구내로 들어가서 고리짝을 한 개 들어 내왔다. 아찡은 큰 고리짝 한 개와, 또 어제 먹다 남은 것인지 생선 대가리 같은 것을 주워 싼 조그만 보꾸러미 한 개를 인력거 위에 올리어 놓고 앞장을 서서 줄곧 달음질에 나아갔다.

사마로에 즐비한 여관들은 여관마다 피란민으로 가득 차 있었다. 그래 그들은 이여관 저여관으로 한참이나 왔다갔다하다가 마지막에 겨우 어떤 좁고 더러운 여관으로 가서 그것도 남은 방이 없다고 해서 응접실에 그냥 있기로 하고, 겨우 짐을 풀어 놓았다. 인력거꾼들은 그 동안 미리 흥정한 장소까지 와가지고도 여기저기를 한참이나 끌려 다녔다는 것을 핑계로 해가지고 세상이 떠나갈 듯이 싸고 덤벼들어 떠들어 댄 결과로 마침내 매인 앞에 대양 일 원씩을 떼내었다. 아찡은 그의 손바닥에 놓인 번들번들 빛나는 은전 일 원짜리 한 푼을 눈이 부신 듯이 바라보면서, 저고리 앞자락으로 얼굴에 흐르는 땀을 훔치었다.

그가 인력거 채를 질질 끌면서 다시 큰거리로 나아올 때 혼자서,

"이게 웬 호박인구? 꿈자리가 사나우문 생시엔 되레 신수가 좋은 법인가?"

하면서 속으로는 좀 있다 밤에 방장이네게로 가서 한잔 할 기쁨을 예상하면서 그 번들번들하는 큰 돈을 허리춤 전대에 잘 간수하였다.

(… 중략 …)

그는 너무나 좋아서 벙글벙글 웃으면서 전차 궤도를 건너 인력거 정류소로 들어가서 차를 내려놓고 그 살대 위에 편안히 걸터앉아서, 행상하는 어린애를 불러 동전을 여섯 푼 던져 주고 쪼빙(떡)을 두 개 사서 맛있게 먹었다. (262~263쪽)

⁂

해가 벌써 오정이나 되었으리라고 생각되는데 앞자리에 앉았던 인력거가 다 풀려 나가고 마침내 아찡이 차례에 이르렀다. 방금 팔레스 호텔 문지기인 인도인이 망치를 휘두르면서 '인력거꾼' 하고 부르는 소리를 듣고 달려가려고 일어서다가 아찡은 그만 벌떡 나가자빠졌다. 아찡이 바로 뒷자리에서 참새 눈깔 같은 눈을 도록도록하며 앉아 있던 뾰죽이가 번개같이 아찡 옆으로 뛰어나가서 손님을 태우려고 달려갔다.

아찡이는 저도 모르게 '에쿠쿠' 하고 신음하였다. 뒷자리에 차례로 앉았던 다른 인력거꾼들이 뼁 둘러서면서 눈이 둥그래서 아찡이를 내려다보았다. 아찡이는 겨우 몸을 일으켜 인력거 채 위에 걸터앉으면서 '으륵' 하고 아까 먹었던 쪼빙 두 개를 그대로 토해 버렸다. 머리가 횡하고 온몸이 노곤해 들어 왔다. 오 분, 십 분, 십오 분! 그는 다시 제 기운을 차려 보려고 노력했으나 소용없는 일이었다.

의아스런 눈으로 바라다들 보고 있던 동료들 중에, 그중 나이 많이 먹은 곰보 영감이 마침내 가까이 와서 아찡이의 싸늘하게 식은 손을 주물러 주면서 말했다.

"여보게, 요 골목을 돌아 들어가서 사천로(四川路) 청년회로 가문, 돈 안 받구 병 보아 주는 의사 어른이 계시다네. 그리 가보게. 그저께 우리 장손녀석이 갑자기 아프대서 거기 가서 약 두 봉지 타먹구 나았다네. 어서 가보게."

아찡이는 무의식하게 고개를 끄덕이었다. 아마도 이 곰보 영감 말대로 하는 것이 좋을까 보다 하고 흐릿하게 그는 생각하였다. 그러나…… 글쎄 어젯밤 꿈이 불길하더니…… 그는 마치 꿈속에서 길을 걷는 사람처럼 벌떡 일어나 남경로(南京路)로 뛰어들어갔다. (263~264쪽)

그가 어떤 모양으로 어떻게 여기까지 왔는지를 기억할 수가 없었다. 하여간 이사람 저사람에게 물어 보아 가며, 핀잔을 먹어 가면서 여기까지 찾아는 왔다. 방 안에는 자기 이외에도 서너 노동자들이 먼저부터 와서 아무 말도 없이들 서로 번번이 쳐다들만 보고 앉아 있었다. 한 사람은 어디서 무엇에 치었는지 그냥 피가 뚝뚝 흐르는 팔을 추켜 들고 '호 호' 하면서 부들부들 떨고 앉아 있었다. 아찡은 한참 동안이나 벽을 기대고 반쯤 누워 있다가 차차 정신이 드는 것을 깨달았다. 인제는 정신은 똑똑해졌는데 몸이 그저 사시나무 떨리듯 와들와들 떨리고 멎지를 않았다.

의사님은 어디를 갔나?

그곳 하인 비슷한 사람 하나가 비를 들고 들어왔다. 아찡은 거의 본능적으로,

"의사님 어디 가셨수?"

하고 물었다. 하인은 아무 대답이 없이 비로 방바닥을 두어 번 슬쩍거리고 나더니 기지개를 하면서,

"규칙이 의사님이 새루 두시가 돼야 오우! 갔다가 두시에들 오라구. 두시 전에는 의사님이 안 오시는 규칙이야."

하고는 다시 방을 쓴다. 아찡은 비가 가는 곳마다 풀썩풀썩 일어나는 먼지를 흠뻑 맞으면서, 잇몸이 딱딱 마주 붙어서 떨리는 소리로 다시 물었다.

"지금 몇 시쯤 됐소?"

"열두시."

하고 그 하인은 마치도 시간을 따로 외워 가지고 다니기나 하듯이 빨리 거침없이 대답했다.

두 시간! 그러나 여기서 기다릴밖에 없었다. 지금 아무 데도 갈 기력이 없었다. 왜 이다지도 몸은 자꾸만 떨릴까?

아찡이 한참이나 정신없이 있다가 다시 정신을 차린 때에는 떨리는 증세는 모두 없어지고, 그저 머리를 무슨 몽둥이로 얻어맞은 듯이 띵할 뿐이었다. 팔 부러진 사람은 아직도 그냥 '호 호' 하고 앉아 있고 다른 사람들은 일체 상관없

다는 듯이 천장들만 쳐다보고 앉아 있었다.

　흐리멍텅한 아찡의 귀로는 바깥 길 위로 뿡뿡 쓰르르 하며 오고 가는 자동차 소리들이 어디 멀리서 들려 오는 소리같이 들렸다. 그는 침묵이 무서워졌다. 그래서 그는 이 답답한 침묵을 깨뜨리는 것이 자기의 책임이나 되는 것처럼,

　"지금 몇 시나 됐을까요?"

하고 공중을 향하여 물었다. 천장만 쳐다보던 사람들이 잠깐 얼굴을 돌려 표정 없는 흐리멍텅한 눈동자로 바라다볼 뿐이요, 누구 하나 말대답하는 이가 없었다. 아찡은 무서운 생각이 나서 몸을 부르르 떨었다.

　'글쎄 어젯밤 꿈자리가 사납더라니!' (264~265쪽)

❀

　문이 열리면서 깨끗이 양복을 입고 금테 안경을 쓴 뚱뚱한 신사 한 분이 들어왔다. 아찡이는 직감으로 이 사람이 의사어른이려니 하고 벌떡 일어나면서,

　"의사나리님, 제가 오늘 갑자기……."

하고 말을 건넸더니, 그 신사는,

　"아니오, 아니오, 의사는 아직 한 시간이나 더 있다가야 오십니다. 좀더 기다리시오."

하고 대답하고 안으로 들어가 버렸다. 그러나 조금 후에 그 신사는 다시 나타났다. 아픈 몸과 가슴을 가진 노동자들의 멀건 눈들이 이 젊은 신사의 일동일정을 멀거니 바라다보았다.

　(… 중략 …)

　"당신들은 기도를 해본 적이 있소?"

하고 신사는 일동에게 물었다. 아무도 대답하는 이는 없었다. 모두 신사의 얼굴만 열심으로 바라다볼 뿐이었다. 신사는 잠깐 말을 멈추었다가,

　"기도함으로 죄 사함을 얻습니다. 요한복음 삼장 십육절에 말하기를 '하느님이 세상을 이처럼 사랑하사 독생자를 주셨으니 누구든지 그를 믿으면 멸망하지 않고 영생을 얻으리라' 했습니다. 하느님의 독생자 예수 그리스도가 우리의

죄짐을 지시고 골고다에서 십자가에 못박혀 죽으셔서 그 피로 우리 죄를 속해 주셨습니다. 그래서 누구든지 예수를 믿으면 세상에서는 이렇게 괴롭다가도 죽은 후에는 천당에 가서 금거문고를 뜯고 천군 천사와 함께 하느님을 찬양하면서 생명수의 생명과를 먹으면서 살아가게 된답니다."

하면서 절반이나 설교체로 혼자 흥분해서 한참 내리엮고는 다시 한번 일동을 둘러보더니, 벌떡 일어나며 눈을 하늘을 향하여 올려뜨고,

"오 사랑하시는 하느님이시여, 이 불쌍한 무리들을 굽어 살피사 당신의 거룩한 성신의 불로 그들의 죄를 태워 버리고, 그들의 마음을 감동시키사 하느님을 믿게 하시오며, 풍성하신 은혜를 베푸소서."

하더니 다시 눈을 내리뜨며 군중을 둘러보면서,

"여러분, 오늘부터 예수 품안으로 들어오시오 예수 말씀하시기를 '내 멍에는 가볍고 쉬우니라' 하셨습니다. 이 세상 괴로움을 모두 잊어버리고 예수만 믿었다가 이 다음 죽은 후에 천당에 가서 무궁한 복락을 같이 누립시다."

하고 끝내고는 그만 불쑥 나가 버렸다.

(… 중략 …)

아찡이는 열심으로 그 신사의 말을 들었다. 그러나 그는 그것이 모두 무슨 소리인지 잘 알아들을 수가 없었다. 무슨 '죽은 후에는 무궁한 복락을 누린다'는 소리를 들을 때에는 '그렇게 되었으면 오죽이나 좋으랴' 하고 속으로 부러워했다. 그러나 지금 세상이 무슨 아담과 이브의 죄 때문에 괴롭게 되었다는 소리는 미련한 생각에도 믿어지지가 않았다. 자기 같은 인력거꾼들은, 모두 아담 이브의 죄의 형벌을 받는 중이라고 하려니와 그러면 어찌하여 자동차를 타고 다니는 양귀자들이나 또는 자기도 가끔 인력거에 태우는 비단옷을 입은 색시들은 아담 이브의 죄 형벌을 받지 않고 잘 사는지 알 수 없는 일이었다.

신사가 나아간 후에도 아찡이는 한참이나 그 신사가 하던 말을 알아들은 대로 되풀이해 보았다. '세상에서는 괴롭게 지내다가 일후 죽은 후에 천당에 가서는 금거문고를 타고…….' 죽은 후에 금거문고를 타려면 살아서는 왜 꼭 고생을 해야 되는가? 죽은 후에 천군 천사와 함께 노래 부르면서 잘 살려고 하면 왜 살아서는 매일 뚱뚱한 사람을 인력거 위에 태우고 땀을 흘려야 하며

발길에 채어야 하고 '홍도아째' 순사 몽둥이에 얻어맞아야만 되는가? 죽은 다음에 생명과를 배부르게 먹으려면 살았을 적에는 어찌하여 남 다 먹는 아침 죽한 그릇도 맘대로 못 먹고 쪼빙과 미음으로 요기를 하여야만 되는 것일까? 이것을 아찡이는 아무리 하여도 깨달을 수가 없는 것이었다…… 그 신사가 말한 바 그 소위 천당이라는 데는 그러면 우리 같은 인력거꾼들만이 몰려가는 데일까? 그렇다면 양귀자들과 양복 입은 젊은 사람들과 순사들은 죽은 후에는 어떤 곳으로 가는가? 그들도 예수만 믿으면 천당으로 가는가? 만일 그들도 천당으로 간다면 그들은 이 세상에서도 고생이라곤 아니 했으니 그것은 불공평하지 않은가? 옳다. 만일 천당이라는 데가 있다면 거기서는 필시 우리 이 세상 인력거꾼들은 아까 그 사람이 말한 모양으로 금거문고나 타고 생명과를 배불리 먹고 놀고 이 세상에서 인력거를 타고 다니던 사람들은 모두 인력거꾼이 되어서 누더기를 입고 주리고 떨면서 인력거를 끌고 와서 우리를 태워 주게 되나 부다! 그렇다. 그리만 된다면 나도 한번 그들을 '에잇끼놈' 하고 소리 지르면서 발길로 차고, 동전 서 푼 던져 주고, 예수 만나 보려 대문 안으로 들어가게 될 터이지. 정말 그럴까…… 하고 그는 혼자 흥분하여졌다. 그래 그 신사가 아직 있으면 천당에도 인력거꾼이 있느냐고 물어 보고 싶었다. 만일 그렇다고만 하면 그는 이제라도 어서 속히 죽을 것이었다. 그래서 그 좋은 천당으로 한시바삐 갈 것이다. 그는 호기심에 끌려서 미닫이 칸 막은 안방에서 무슨 책인지 웅얼웅얼하면서 읽고 있는 하인에게 말을 건넸다.

"여보, 영감님, 영감님두 예수 믿수?"

웅얼웅얼하던 소리가 뚝 끊기고 잠시 가만 있더니,

"네, 왜 그러우?"

한다.

"천당에두 인력거꾼이 있답디까?"

"인력거꾼? 흥, 천당에도 인력거꾼이 있으문 천당이 좋달 게 무얼꼬 없어요"

눈만 멀뚱멀뚱하고 앉아 있던 다른 사람들도 빙그레 웃었다. 피가 뚝뚝 듣는 부러진 팔을 들고 앉았는 사람만이 아무것도 모두 귀찮다는 듯이 그냥 물끄러미 팔만 들여다보고 앉아 있었다.

아찡이는 낙망했다. 천당에는 인력거꾼이 없다! 그러면 역시 고생하는 놈은 우리들뿐인 것이다. 돈 많은 사람들은 세상에서나 천당에서나 늘 즐거운 것뿐이니!

그는 그런 천당에는 가기가 싫었다. 천당에 가서도 낮은뎃사람이 위로 가고, 위엣사람이 아래로 가지지 않는다고 할 것 같으면 그런 데까지 일부러 다리 아프게 찾아갈 필요는 조금도 없는 것이었다. 차라리 괴롭더라도 이 세상에서나 쪼빙이나마 잔뜩 먹고 몸이나 성해서 한 달에 한 번씩 이십 전짜리 갈보네 집에나 가서 자면 그것이 더 행복스러운 일이라고 그는 생각하였다. (265~269쪽)

※

몸이 퍽 가뜬해진 것처럼 생각되어서 아찡이는 오지도 않는 의사를 기다리기가 싫어져서 그만 밖으로 나와 버렸다. 그런데 그가 분주스런 거리로 이사람 저사람 피하면서 걸어나갈 때 홀로 큰 고독을 깨달았다. 아찡은 제가 갑자기 이 세상 밖에 난 것같이 생각이 되어서 슬퍼졌다. 지나가는 사람, 지나오는 사람 들이 모두 희미하게 멀리 딴세상에 사는 사람들 같고, 자기는 지구 밖 어떤 곳에 홀로 서서 이 사람떼를 바라다보는 것처럼 생각되어졌다. 그는 이것이 흉조라고 생각되어 몸을 떨었다.

그는 정신없이 다리가 움직여지는 대로 걸었다. 팰레스 호텔 앞에 버리고 온 인력거는 기억에 나오지도 않았다. 그 인력거를 잃어버리면 제 앞에 어떠한 비참한 일이 오리라는 것조차도 인식하지 못하였다. 저도 모르게 제 집 쪽으로 걸어오다가 건재 약국에 들어가서 감초 가루약을 동전 서 푼 어치 사들고 그냥 걸어갔다.

아찡이 얼마나 오래 걸었던지 제 집 동구 밖에까지 왔을 때 동구 밖에 울긋불긋한 기를 늘이운 책상 뒤에 앉아 있는 안경 쓴 점쟁이를 발견하였다. 아찡이는 저도 모르는 새 그리로 끌리어갔다.

전대에서 이십 전짜리 은전 한 푼을 꺼내 이 점쟁이 앞에 던져 주고 우두머니

서서 점괘를 기다리고 있었다. 점쟁이는 누런 안경 속으로 그 큰 두 눈을 회번덕거리면서 아찡이의 아래위를 한번 훑어보더니 자그마한 상자 속에 손을 넣어 돌돌 말린 종이 한 장을 꺼내서 펼쳐 읽어 보고, 책상 밑에서 커다란 장지책 한 권을 꺼내 들고 세 치나 자란 시커먼 엄지 손톱으로 장장 들쳐 가면서 고개를 끄덕끄덕하며 몇 곳 읽어 보더니 책을 덮어놓고서 책상 위에 놓인 유리판에다가 먹붓으로 글자를 넉 자를 써서 아찡 앞에 쑥 내밀었다. 아찡이가 그 글자를 알아볼 리가 없었다. 점쟁이는 가장 점잔을 빼면서 관화가 조금 섞인 듯한 영파 방언으로 점의 해석을 길게 늘어놓았다. 이러쿵 저러쿵 중언부언한 해석을 다 모아 보면 대략 이러한 뜻이었다.

……아찡이가 지금은 전생의 죄값으로 고생을 하지만 인제 얼마 안 있으면 돈 많이 모으고 잘살게 되리라는 것이었다. (269~270쪽)

꽃무늬

아찡이는 정신없이 제 방 안으로 들어가서 꼬꾸라졌다. 그는 몸을 떨었다. 몸이 다시 으스스하고 구역이 나기 시작하였다. 아찡의 눈앞에는 그의 전 생애가 한번 죽 나타났다. 어려서 시골서 남의 집 심부름 하던 때로부터 상해로 굴러들어와서 공장에 들어갔다가 거기서 쫓겨나서는 이내 인력거를 끌게 된 것…… 그것이 벌써 팔 년이라는 긴 동안이었다.

팔 년 동안 인력거를 끌던 신산한 기억이 다시금 생각났다. 애스톨 하우스 호텔에서 어떤 서양 신사를 태우고, 오 리도 더 되는 올림픽 극장까지 가서 동전 열 푼을 받아 들고 너무도 억울해서 동전 두 푼만 더 달라고 빌다가 발길에 채던 생각이 났다. 또 언젠가는 한번 밤이 새로 두시나 되어서, 대동여사에서 술이 잔뜩 취해 나오는 꺼우리(조선 사람) 신사 세 사람을 다른 동무들과 함께 한 사람씩 태우고 불란서 조계 보강리까지 십 리나 되는 길을 끌고 가서 셋이서 도합 십 전짜리 은전 한 푼을 받고 너무도 기가 막혀서 더 내라고 야단치다가 그 신사들에게 단장으로 얻어맞고 머리가 터져서 급한 김에 인력거도 내버리고 도망질쳐 달아나던 광경이 다시 생각났다. 그러고는 또다시 언젠가 한번 손님을 태우고 정안사로 가다가 소리도 없이 뒤로 달려온 자동차에게 떠밀리어서 인력거를 바수고 다리까지 삐인 위에 자동차 운전수의 발길에 채고 인도인 순사 몽둥이에 매맞던 일도 새삼스럽게 다시 생각이 났다.

　길다면 길고 멀다면 먼, 또는 짧다면 또 짧은 팔 년 동안의 인력거꾼생활! 작은 일, 큰 일, 눈물난 일, 한숨 쉰 일들이 하나씩하나씩 다시 연상되어서 그는 어린애처럼 엉엉 울었다. 그러다가 그는 갑자기 목이 칼한 것을 느끼면서 몸을 일으키려 하다가 온몸에 쥐가 일어서는 것을 감각하여,

　"끙."

소리를 지르며 도로 엎으러지고서는 다시 아무것도 인식하지 못하게 되고 말았다. (271~272쪽)

● **뚱뚱보(폴루 : 돼지)** ─────────────────────────

성　　별　남자

나　　이(추정포함)　이십대 후반에서 삼십대 초반쯤으로 추정함.

출생지 및 거주지, 활동 공간　출생지는 알 수 없으며, 현재 아찡과 함께 상해 시가 빈민굴에서 거주하며 인력거꾼으로 생활함.

직　　업　인력거꾼

출신계층　하류계층

교육정도　무학일 것으로 추정함.

가족관계　알 수 없음.

인물관계　아찡과 삼 년 전부터 동거하나, 의례적인 관계로 보임.

인물의 존재방식(사회계층)　상해 시가에서 인력거를 세내어 부리는 인력거꾼으로서 아찡이 죽은 다음 날도 인력거를 끌듯이 자신의 삶을 살아가기에 바쁜 하류계층

성　　격

　　① 하루하루 살아가기에 바빠 현실에 무감각함.

② 동거하는 아찡과도 정서적 교감이 없고 인간적 유대가 없이 형
　　식적인 관계에 그침.
　③ 돈 벌기에 급급하고 인간적 정리(情理)가 보이지 않음.
　④ 소시민적 근성을 보임.

성격 지표 및 인물 제시방식

　❀

　밤 새로 두시에야 자리에 누웠던 아찡이 아직 날이 채 밝기도 전에 졸음
오는 눈을 비비면서 일어났다. 잠자리라는 것이 되는 대로 얼거리 해놓은 막살
이 속에 누더기와 짚을 섞어서 깔아 놓은 돼지우리 같은 자리였다. 그 속에서는
그야말로 돼지처럼 뚱뚱한 동거자가 아직도 흥흥거리며 자고 있는 것을 억지로
깨워 일으켜 가지고 아찡이는 코를 힝 하고 풀어서 문턱에 때려 뉘면서 찌그러
진 문을 열고 밖으로 나왔다. (258쪽)

　❀

　아찡이와 쭐루(돼지)라는 별명을 가진 동거자 뚱뚱보는 어두컴컴한 부엌 속으
로 들어가서 둥그런 탁자를 가운데 놓고 뒷받침 없는 걸상에 뺑 둘러앉은 때묻
는 옷 입은 친구들 틈에 끼여 앉아서 떡 두 개씩과 꺼룩한 미음을 한 사발씩
먹고는 쩔렁쩔렁하는 전대 속에서 동전을 여섯 푼씩 꺼내서 탁자 위에 메치고
코를 힝힝 아무 데나 풀어 붙이면서 거리로 나왔다.
　둘이서는 잠잠히 걸었다. 조약돌을 깔아서 올통볼통한 좁은 골목을 지나 나
와서 전찻길을 끼고 한참 올라가다가 다시 조그만 골목으로 조금 들어가서
인력거 세놓는 집 앞에 다다랐다. 벌써 수다한 인력거꾼들이 와서 널찍한 창고
속에 줄줄이 세워 둔 인력거를 한 채씩 끌고 나아갔다. 아찡도 거의 해져서
나들나들하는 종이로 돌돌 싸둔 대양(大洋) 오십 전을 인력거세 하루 선금으로

지불하고 어둑신한 창고로 들어가서 제 차례에 오는 인력거 한 채를 들들 끌고 거리로 나아왔다. 그는 잠깐 우두머니 서서 분주스럽게도 왔다갔다하는 군중을 바라다보다가 인력거 뒤채를 부득부득 밀면서 나아오는 뚱뚱보에게 이렇게 말했다.

"오늘 어째 신수가 궁해. 어젯밤 꿈이 숭하더라니!"

뚱뚱보는 이 말 대답할 사이도 없이 벌써 맞은편 거리에서 오라고 손짓하는 서양 여자를 보고 설마 남에게 빼앗길세라 줄달음질을 쳐가서 인력거 앞채를 내려놓고 그 여자를 태웠다. (260쪽)

종일 인력거를 끌다가 새벽녘에야 집으로 돌아와서 아찡의 시체를 발견하고 공보국에 보고한 뚱뚱보를 따라서 공보국에서 순사와 의사가 검시를 하러 이 더러운 방 안으로 들어왔다.

의사는 방 안에서 검시하고 영국인 순사 부장은 중국인 순사 통역을 세우고 뚱뚱보에게 여러 가지를 물어서 조그만 수첩에 적어 넣었다.

"아찡이가 언제부터 인력거를 끌었지?"

"글쎄 똑똑히는 모릅니다. 이 집에 같이 있게 되기는 바루 삼 년 전부터이올시다. 그때 제가 인력거를 처음 끌기 시작하면서부터 함께 있게 되었사와요."

"그래 똑똑히는 모른단 말야?"

"네, 네, 아찡이 제 말로는 이 노릇을 시작한 지가 금년까지 팔 년째라구 말을 합니다만, 나리!" (272쪽)

공보국에서 온 일꾼들이 아찡이의 시체를 거적에 담아 실어 가지고 간 후, 뚱뚱보는 한참이나 멀거니 앉아 있다가 벌떡 일어나서 밖으로 나갔다.

그날 오후 두시에 사람들은 그 뚱뚱보가 역시 아무 일도 없다는 듯이 인력거

에 손님을 태우고 기운차게 달리고 있는 것을 볼 수가 있었다. 그는 아까 순사
부장과 의사와의 회화를 못 알아들은 것이 그에게는 다행이었다. 오 년이나
육 년 후에 그도 아찡이의 뒤를 따르게 될 것을 모르므로 뚱뚱보는 껑충껑충
아스팔트 매끈한 길 위를 기운차게 달리는 것이었다…… 마치도 한 백 년 더
살 것같이……. (273쪽)

● 신사 ─────────────────────────────

성　별　남자

나　　이(추정포함)　삼사십대로 추정함.

출생지 및 거주지, 활동 공간　출생지는 알 수 없으며, 상해 시가에 있는
　　　　기독교 계열의 자선병원에서 전도 활동을 함.

직　　업　전도사(선교사)

출신계층　중류계층 정도일 것으로 추정함.

교육정도　고등교육을 받았을 것으로 추정함.

가족관계　알 수 없음.

인물관계　병원의 환자들을 권위적으로 대하고, 일방적이고 형식적인 기도
　　　　와 설교로써 환자들을 실망시키고 그들에게 반감을 품도록 함.

인물의 존재방식(사회계층)　기독교 계열 병원의 전도사(선교사)로서 자선병
　　　　원에 내원한 가난한 환자들에게 권위적인 태도와 일방적인 설
　　　　교로 그들을 무시하는 태도를 보임.

성　격
　　① 자선병원에 내원한 가난한 환자들에게 권위적이고 일방적인 태도
　　　를 보임.
　　② 환자들을 무시하고 자신의 기도와 설교만을 늘어놓고는 나가버리
　　　는 등 독선적이고 독단적임.
　　③ 위선적이고 가식적임.

성격 지표 및 인물 제시방식

❀ ─────────

문이 열리면서 깨끗이 양복을 입고 금테 안경을 쓴 뚱뚱한 신사 한 분이
들어왔다. 아찡이는 직감으로 이 사람이 의사어른이려니 하고 벌떡 일어나면서,

"의사나리님, 제가 오늘 갑자기……."

하고 말을 건넸더니, 그 신사는,

"아니오, 아니오, 의사는 아직 한 시간이나 더 있다가야 오십니다. 좀더 기다
리시오."

하고 대답하고 안으로 들어가 버렸다. 그러나 조금 후에 그 신사는 다시 나타났
다. 아픈 몸과 가슴을 가진 노동자들의 멀건 눈들이 이 젊은 신사의 일동일정을
멀거니 바라다보았다.

이 신사는 좀 뚱뚱하고 퍽 쾌활스런 사람이었다. 그는 조그마한 세 다리
교의에 펄썩 주저앉으면서 구둣발로 마룻바닥을 한 번 쿵 구르고 나서,

"당신들 의사 뵈러 왔소? 좀더 기다리시오 아, 당신은 팔을 다쳤구려? 무슨
일 하오? 또 당신은?"

하면서 이사람 저사람 번갈아 보면서 대답은 쓸데없다는 듯이 남이 미처 대답
할 사이도 없이 혼자 주절대었다.

그러나 그도 입을 다물고 한참 동안 다시 침묵이 계속되었다. 그래서 표정
없는 여러 눈들이 신사의 몸을 떠나서 다시 천장으로 향하려 하는 때에, 신사가
다시 버룩버룩하면서 말을 꺼냈다.

"세상은 고해이지요. 죄 때문이외다. 아담 이브가 한 번 죄를 진 이후로 그
죄악이 온 세상에 관영해서 세상이 이렇게 괴로움 많은 세상이 되었습네다."

하고는 가장 동정이나 구하는 듯이 군중을 한번 쭉 둘러보았다. 군중의 얼굴은
일제 '무슨 소린지 모르겠다' 하는, 그러면서도 약간 호기심에 끌린 표정이
나타난 것을 그는 간파한 모양이었다.

"당신들은 기도를 해본 적이 있소?"

하고 신사는 일동에게 물었다. 아무도 대답하는 이는 없었다. 모두 신사의 얼굴만 열심으로 바라다볼 뿐이었다. 신사는 잠깐 말을 멈추었다가,

"기도함으로 죄 사함을 얻습니다. 요한복음 삼장 십육절에 말하기를 '하느님이 세상을 이처럼 사랑하사 독생자를 주셨으니 누구든지 그를 믿으면 멸망하지 않고 영생을 얻으리라' 했습니다. 하느님의 독생자 예수 그리스도가 우리의 죄짐을 지시고 골고다에서 십자가에 못박혀 죽으셔서 그 피로 우리 죄를 속해 주셨습니다. 그래서 누구든지 예수를 믿으면 세상에서는 이렇게 괴롭다가도 죽은 후에는 천당에 가서 금거문고를 뜯고 천군 천사와 함께 하느님을 찬양하면서 생명수가의 생명과를 먹으면서 살아가게 된답니다."
하면서 절반이나 설교체로 혼자 흥분해서 한참 내리엮고는 다시 한번 일동을 둘러보더니, 벌떡 일어나며 눈을 하늘을 향하여 올려뜨고,

"오 사랑하시는 하느님이시여, 이 불쌍한 무리들을 굽어 살피사 당신의 거룩한 성신의 불로 그들의 죄를 태워 버리고, 그들의 마음을 감동시키사 하느님을 믿게 하시오며, 풍성하신 은혜를 베푸소서."
하더니 다시 눈을 내리며 군중을 둘러보면서,

"여러분, 오늘부터 예수 품안으로 들어오시오 예수 말씀하시기를 '내 멍에는 가볍고 쉬우니라' 하셨습니다. 이 세상 괴로움을 모두 잊어버리고 예수만 믿었다가 이 다음 죽은 후에 천당에 가서 무궁한 복락을 같이 누립시다."
하고 끝내고는 그만 불쑥 나가 버렸다.

소 눈깔같이 우둔한 눈으로, 이 흥분한 신사의 머릿짓 손짓을 열심으로 바라다보던 눈들은 다시 일제히 어딘가 보이지 않는 곳을 물끄러미 바라다보면서 각기 입으로는 약속했던 듯이 한숨을 내쉬었다. (265~267쪽)

● **곰보 영감** ─────────────────────────

성　별　남자
나　이(추정포함)　사오십대로 추정함.

출생지 및 거주지, 활동 공간 출생지는 알 수 없으며, 상해 시가에서 인력
      거꾼으로 활동함.
직   업 인력거꾼
출신계층 하류계층일 것으로 추정함.
교육정도 무학일 것으로 추정함.
가족관계 알 수 없음.
인물관계 인력거꾼들 중에서 나이를 많이 먹은 사람으로서 아찡에게 인
      정 있는 태도를 보여주는 것으로 보아 다른 인력거꾼들과도 원
      만한 관계를 유지하고 있을 것으로 추정함.
인물의 존재방식(사회계층) 상해 시가의 인력거꾼인 하류계층
성   격 아찡이 나가자빠졌을 때 아찡이의 싸늘하게 식은 손을 주물러
      주면서 돈을 받지 않고 보아 주는 의사가 있다며 그리로 가보
      라고 알려 주는 등 인정이 있고 자상한 태도를 보임.

성격 지표 및 인물 제시방식

᠁

해가 벌써 오정이나 되었으리라고 생각되는데 앞자리에 앉았던 인력거가
다 풀려 나가고 마침내 아찡이 차례에 이르렀다. 방금 팔레스 호텔 문지기인
인도인이 망치를 휘두르면서 '인력거꾼' 하고 부르는 소리를 듣고 달려가려고
일어서다가 아찡은 그만 벌떡 나가자빠졌다. 아찡이 바로 뒷자리에서 참새 눈
깔 같은 눈을 도록도록하며 앉아 있던 뾰죽이가 번개같이 아찡 옆으로 뛰어나
가서 손님을 태우려고 달려갔다.
아찡이는 저도 모르게 '에쿠쿠' 하고 신음하였다. 뒷자리에 차례로 앉았던
다른 인력거꾼들이 삥 둘러서면서 눈이 둥그래서 아찡이를 내려다보았다. 아찡
이는 겨우 몸을 일으켜 인력거 채 위에 걸터앉으면서 '으륵' 하고 아까 먹었던
쪼빙 두 개를 그대로 토해 버렸다. 머리가 횡하고 온몸이 노곤해 들어 왔다.

오 분, 십 분, 십오 분! 그는 다시 제 기운을 차려 보려고 노력했으나 소용없는 일이었다.

의아스런 눈으로 바라다들 보고 있던 동료들 중에, 그중 나이 많이 먹은 곰보 영감이 마침내 가까이 와서 아찡이의 싸늘하게 식은 손을 주물러 주면서 말했다.

"여보게, 요 골목을 돌아 들어가서 사천로(四川路) 청년회로 가문, 돈 안 받구 병 보아 주는 의사 어른이 계시다네. 그리 가보게. 그저께 우리 장손녀석이 갑자기 아프대서 거기 가서 약 두 봉지 타먹구 나았다네. 어서 가보게."
(263~264쪽)

● 점쟁이 ─────────────────────────

성   별   남자

나이(추정포함)   오십대쯤으로 추정함.

출생지 및 거주지, 활동 공간   출생지는 알 수 없으며, 상해 시가 빈민굴 근처 동구에서 점쟁이로 생활함.

직   업   점쟁이

출신계층   하류계층

교육정도   어쭙지않은 학력이 있을 것으로 추정함.

가족관계   알 수 없음.

인물관계   살아가기가 답답하여 찾아오는 손님들에게 신통치 않은 점을 보아주어 그들에게 호응을 얻지 못함.

인물의 존재방식(사회계층)   상해 시가 빈민굴 근처 동구에서 가난하게 살아 가는 하층민들을 대상으로 점을 쳐주는 하류계층 점쟁이

성   격
     ① 게으르고 추잡스러우며 눈치를 잘 살핌.
     ② 허위적이고 가식적임.

성격 지표 및 인물 제시방식

❀ ─────────

아찡이 얼마나 오래 걸었던지 제 집 동구 밖에까지 왔을 때 동구 밖에 울긋불긋한 기를 늘이운 책상 뒤에 앉아 있는 안경 쓴 점쟁이를 발견하였다. 아찡이는 저도 모르는 새 그리로 끌리어갔다.

전대에서 이십 전짜리 은전 한 푼을 꺼내 이 점쟁이 앞에 던져 주고 우두머니 서서 점괘를 기다리고 있었다. 점쟁이는 누런 안경 속으로 그 큰 두 눈을 희번덕거리면서 아찡이의 아래위를 한번 훑어보더니 자그마한 상자 속에 손을 넣어 돌돌 말린 종이 한 장을 꺼내서 펼쳐 읽어 보고는, 책상 밑에서 커다란 장지책 한 권을 꺼내 들고 세 치나 자란 시커먼 엄지 손톱으로 장장 들쳐 가면서 고개를 끄덕끄덕하며 몇 곳 읽어 보더니 책을 덮어놓고서 책상 위에 놓인 유리판에다가 먹붓으로 글자를 넉 자를 써서 아찡 앞에 쑥 내밀었다. 아찡이가 그 글자를 알아볼 리가 없었다. 점쟁이는 가장 점잔을 빼면서 관화가 조금 섞인 듯한 영파 방언으로 점의 해석을 길게 늘어놓았다. 이러쿵 저러쿵 중언부언한 해석을 다 모아 보면 대략 이러한 뜻이었다.

……아찡이가 지금은 전생의 죄값으로 고생을 하지만 인제 얼마 안 있으면 돈 많이 모으고 잘살게 되리라는 것이었다. (270쪽)

● **의사, 영국인 순사 부장** ───────────────

성   별 남자
나   이(추정포함) 사오십대로 추정함.
출생지 및 거주지, 활동 공간 출생지는 알 수 없으며, 상해 시가의 공부국
         에 근무함.
직   업 의사, 순사 부장

출신계층　둘 모두 중류계층 이상일 것으로 추정함.

교육정도　고등교육을 받음.

가족관계　알 수 없음.

인물관계　하류계층에 속하는 사람들을 무시하고 그들에게 권위적이고 위압적으로 군림하려는 태도를 보임.

인물의 존재방식(사회계층)　의사는 상류계층, 순사 부장은 중류계층 이상에 속함.

성　　격
① 검시하러 나와 뚱뚱보에게 권위적이고 위압적으로 대함.
② 아찡의 죽음을 통계적으로 생각하고 동정조차 보이지 않음.

성격 지표 및 인물 제시방식

종일 인력거를 끌다가 새벽녘에야 집으로 돌아와서 아찡의 시체를 발견하고 공보국에 보고한 뚱뚱보를 따라서 공보국에서 순사와 의사가 검시를 하러 이 더러운 방 안으로 들어왔다.

의사는 방 안에서 검시하고 영국인 순사 부장은 중국인 순사 통역을 세우고 뚱뚱보에게 여러 가지를 물어서 조그만 수첩에 적어 넣었다.

"아찡이가 언제부터 인력거를 끌었지?"

"글쎄 똑똑히는 모릅니다. 이 집에 같이 있게 되기는 바루 삼 년 전부터이올시다. 그때 제가 인력거를 처음 끌기 시작하면서부터 함께 있게 되었사와요"

"그래 똑똑히는 모른단 말야?"

"네, 네, 아찡이 제 말로는 이 노릇을 시작한 지가 금년까지 팔 년째라구 말을 합니다만, 나리!"

순사 부장은 알았다는 듯이 고개를 끄덕끄덕하더니 안에서 검시하고 나오는 의사를 향해 웃으면서 영어로 이렇게 말했다.

"무얼요, 저 죽을 때가 다 돼서 죽었군요. 팔 년 동안이나 인력거를 끌었다니 깐요. 남보다 한 일년 일찍 죽은 셈이지만, 지난번 공보국 조사에 보면 인력거 끌기 시작한 지 구 년 만에는 모두 죽는다구 하지 않았습니까?"

의사는 고개를 끄덕거리면서,

"흐흥! 팔 년으로 십 년, 그저 그 이내지요. 매일 과도한 달음질 때문으로 ……." (272쪽)

저본   1995년 동아출판사 출간 『한국소설문학대계 22』

주요섭 朱耀燮, 1902~1972

　　호는 여심(餘心), 호강(滬江)대학 교육과 졸업, 미국 스탠포드대학 교육학 석사과정 입학. 1921년 『개벽』에 「추운 밤」을 발표하면서 문단에 나왔다. 그는 어느 한 가지 경향만을 고집하지 않고 뛰어난 미적 기법과 다양한 세계를 모색한 작가이다. 초기에 그는 「인력거꾼」(1925), 「살인」(1925) 등에서 하층계급의 생활과 반항의식을 보여줌으로써 신경향파의 성격을 띠고 있다. 그의 초기 작품은 최서해와 더불어 신경향파 문학이 성립하는 데 중요하게 기여했다고 평가할 수 있다. 그렇지만 그의 신경향파적 작품들은 종교나 사랑, 도덕과 같은 개인적인 자각의 계기를 중시한다는 점에서, 보편적인 휴머니즘에 바탕하고 있다는 점에서 여느 신경향파 소설의 일반적인 경향과는 차이가 있다. 그리고 오랜 공백 기간을 거쳐 1930년대 중반부터는 순수한 사랑과 좌절의 문제를 섬세한 심리묘사와 수법으로 그려내었다. 해방 이후 주요섭은 해방 이후 격변기의 시대상을 반영하고 있으며, 1960년대는 죽음을 앞둔 사람들의 의식을 통해 인생의 의미를 관조적으로 응시하기도 한다.

　　작품에 「추운 밤」(1921), 「인력거꾼」(1925), 「살인」(1925), 「첫사랑값」(1925), 「개밥」(1927), 「구름을 잡으려고」(1930), 「사랑 손님과 어머니」(1935), 「아네모네의 마담」(1936), 「북소리 두둥둥」(1936), 「추물」(1936), 「길」(1939), 「입을 열어 말하라」(1946), 「눈은 눈으로」(1947), 「대학교수와 모리배」(1948), 「망국노(亡國奴) 군상」(1958), 「세 죽음」(1965), 「열 줌의 흙」(1967), 「여대생과 밍크코트」(1970), 「마음의 생채기」(1972) 등이 있다.

나도향

물레방아

발 표 년 도	「조선문단」(1925.9)
시대적 배경	1920년대 초 물레방아가 있는 농촌
핵 심 서 사	① 이방원과 그의 아내는 한 마을의 유지인 신치규의 집에서 막실살이를 함. 하지만, 이방원은 2년 전 남의 아내인 지금의 처와 눈이 맞아 전 남편에게서 도망하여 살고 있는 것임. ② 방원의 처는 원래 창부형인데다가 신치규의 후사만 잇게 해주면 호강시켜 주겠다는 유혹에 물레방앗간에서 관계를 맺음. ③ 신치규는 교활한 꾀를 내어 자신의 집에서 방원을 내쫓으려고 기도함. ④ 그러던 중 방원은 점점 타산적으로 변해가는 아내를 구타하고 술을 마시고 돌아오는데, 집에 아내가 없자 그녀를 찾아나섰다 물레방앗간에서 나오는 신치규와 아내를 발견하고는 분을 못 이겨 신치규를 때리고서는 아내와 도망하고자 하나 아내가 이에 응하지 않아 결국 경찰에 잡혀 상해죄로 삼 개월의 옥살이를 함. ⑤ 출옥한 후, 방원은 신치규와 아내 둘 다를 죽이기로 결심함. 신치규와 살고 있는 처를 만나 마지막으로 처에게 자신과 도망갈 것을 설득하고 애원하지만 처가 차라리 죽기를 원하며 그의 제안을 거절하자 방원은 처를 죽이고 자신도 죽음.
주 제	지주의 행악과 경제적 궁핍화로 인한 낭만적 사랑의 파멸
등 장 인 물	이방원(李芳源), 신치규(申治圭), 이방원 아내

● 이방원(李芳源) ――――――――――――――――――――――

성　　별　남자

나　　이(추정포함)　이십대 중후반으로 추정함.

출생지 및 거주지, 활동 공간

　　　① 농촌에서 태어났을 것으로 추정하며 거주지는 신치규의 막실(幕室)
　　　　임.

　　　② 신치규의 집에서 막실살이를 하며 소작일도 겸함.

직　　업　머슴, 소작농

출신계층　머슴으로 떠돌아다닌 방원의 생활로 미루어 볼 때, 출신계층 또
　　　　한 하류계층일 것으로 추정함.

교육정도　무학

가족관계　스물두 살의 아내가 있음.

인물관계

　　　① 신치규의 막실살이로 들어가 소작일까지 겸하며 스물두 살의 아
　　　　내와 살아옴.

　　　② 아내와 주인인 신치규가 정분이 났음을 알고 갈등관계에 놓임.

　　　③ 신치규에게 앙갚음을 하고 상해죄로 석 달 동안 감옥살이를 마치
　　　　고 출소하여 아내를 죽임.

인물의 존재방식(사회계층)　머슴, 소작농 등의 최하류계층

성　　격

　　　① 순박하고 유약하며 우직함.

　　　② 다정하나 무지하여 순간적인 감정을 절제하지 못함.

성격 지표 및 인물 제시방식

✿
_____

물레방아에서 들여다보면 동북간으로 큼직한 마을이 있으니 이 마을에 가장 부자요, 가장 세력이 있는 사람으로 이름을 신치규(申治圭)라고 부른다. 이방원이라는 사람은 그 집의 막실(幕室)살이를 하여가며 그의 땅을 경작하여 자기 아내와 두 사람이 그날그날을 지내간다. (433쪽)

✿
_____

사흘이 지난 뒤에 신치규는 방원이를 자기 집 사랑 마당 앞으로 불렀다.
"애"
방원은 상전이라고 고개를 숙이고,
"예."
공손하게 대답을 하였다.
"네가 그간 내 집에서 정성스럽게 일한 것은 고마운 일이지마는……."
점잔과 주짜를 빼면서 신치규는 말을 꺼내었다. 방원의 가슴은 이 '마는'이라는 말 뒤에 이어질 말을 미리 깨달은 듯이 온 전신의 피가 가슴으로 모여드는 듯하더니 다시 터럭이라는 터럭은 전부 거꾸로 일어서는 듯하였다.
"오늘부터는 우리집에 사정이 있어 그러니 내 집에 있지말고 다른 곳에 좋은 곳을 찾아가보아라."
아무 조건이 없다. 또한 이곳에서도 할 말이 없다. 죽으라고 하면 죽는 시늉이라도 해야 하는 것이다. 주인은 돈 가지고 사람을 사고 팔 수도 있는 것이다.
방원은 가슴이 답답하였다. 자기 혼자 몸 같으면 어디 가서 어떻게 빌어먹더라도 살 수 있지마는 사랑하는 아내를 구해 갈 길이 막연하다. 그는 고개를 굽히고, 허리를 굽히고, 나중에는 마음을 굽히어 사정도 하여 보고 애걸도 하여 보았다. 그러나 그것은 헛된 일이다. 주인의 마음은 쇠나 돌보다도 더 굳었다.

그는 하는 수 없이 자기 아내에게 그 이야기를 하였다. 그리고 아내더러 안주인 마님께 사정을 좀 하여 얼마간이라도 더 있게 하여 달라고 하여 보라고 하였다. 그러나 아내는 방원의 말을 들을 리가 없었다. (434~435쪽)

※

"그러면 어떻게 한단 말이요. 이제부터는 나를 어떻게 먹여 살릴 터이요?"

"너는 그렇게도 먹고 살 수 없을까봐 겁이 나니?"

"겁이 나지 않고. 생각을 해보구려. 인제는 꼼짝 할 수 없이 죽지 않았소?"

"죽어?"

"그럼 임자가 나를 데리고 이곳까지 올 때에 무어라고 하였소 어떻게 해서든지 너 하나야 먹여살리지 못하겠느냐고 하였지요?"

"그래."

"그래, 얼마나 나를 잘 먹여 살리고 나를 호강시켰소 이때까지 이때나 되도록 끌구 돌아다닌다는 것이 남의 집 행랑이었지요?"

"애, 그것을 내가 모르고 하는 말이냐? 내가 하려고 하지 않아서 그렇게 된 것이냐? 차차 살아가는 동안에 무슨 일이든지 생기겠지. 설마 요대로 늙어 죽기야 하겠니?"

"듣기 싫소! 뿔 떨어지면 구워먹지 어느 천 년에."

방원이는 가뜩이나 내어쫓기고 화가 나는데 계집까지 그리하니까 속에서 열화가 치밀어 올라왔다.

"이 육시를 하고도 남을 년! 왜 남의 마음을 글컹거리니?"

"왜 사람에게 욕을 해!"

"이년아 욕좀 하면 어떠냐?"

"왜 욕을 해!"

계집이 얼굴이 노래지며 대든다.

"이년이 발악인가?"

"누가 발악야. 계집년 하나 건사 못하는 위인이 계집보고 욕만 하고 한 게 무어야? 그래 은가락지 은비녀나 한 벌 사주어 보았어? 내가 임자 하자고 하는 대로 하지 않은 것은 없지!"

"이년아! 은가락지 은비녀가 그렇게 갖고 싶으냐? 이 더러운 년아."

"무엇이 더러워? 너는 얼마나 정한 놈이냐!"

계집의 입속에서는 놈 소리가 나오기 시작한다.

"이년 보게! 누구더러 놈이래."

하고 손길이 계집의 낭자를 후려잡더니 그대로 집어들고 두어 번 주먹으로 등줄기를 우리었다.

"이 주릿대를 안길 년!"

(… 중략 …)

"왜 사람을 치니? 이놈! 죽여라 죽여, 어디 죽여 보아라. 이놈 나 죽고 너 죽자!"

하고 달려드는 계집을 후려쳐서 거꾸러뜨리고서,

"이년이 죽으려고 기를 쓰나!" (435~436쪽)

꽃꽃

그날 저녁에 방원이는 술이 얼근하여 돌아왔다. 아까 계집을 차던 마음은 어느덧 풀어지고 술로 흥분된 마음에 그는 계집의 품이 몹시 그리워져서 자기 아내에게 사과를 할 마음까지 생기었다. 본시 사람이 좋고 마음이 약하고 다정한 그는 무식하게 자라난 까닭에 무지한 짓을 하기는 하나 그것은 결코 그의 성격을 말하는 무지함이 아니다.

그는 비척거리면서 집으로 향하는 길에 거슴츠레하게 풀린 눈을 스르르 내리 감고 혼잣소리로,

"빌어먹을 놈! 나가라면 나가지 무서운가? 제 집이 아니면 살 곳이 없는 줄 아는 게로군! 흥, 되지 않게 다 무엇이냐? 돈만 있으면 제일이냐? 이놈, 네가 그러다가는 이 주먹 맛을 언제든지 볼라. 그대로 곱게 뒈질 줄 아니?"

하고, 개천 하나를 건너뛴 후에,

"돈! 돈이 무엇이냐?"

한참 생각하다가,

"에후."

한숨을 쉬고 나서,

"돈이 사람을 죽이는구나! 돈! 돈! 흥, 사람 나고 돈 났지 돈 나고 사람 났니?"

또 징검다리를 비척비척 하고 건넌 뒤에,

"고 배라먹을 년이 왜 고렇게 포달을 부려서 장부의 마음을 긁어놓아!"

그의 목소리에는 말할 수 없이 다정한 맛이 있었다. 그는 자기 계집을 생각하면 모든 불평이 스러지는 듯이, 숙였던 고개를 쳐들어 하늘을 보면서,

"허어, 저도 고생은 고생이지."

하고 다시 고개를 숙인 후,

"내가 너무해, 너무 그럴 게 아닌데."

그는 자기 집에 와서 문고리를 붙잡고 흔들며,

"애! 자니! 자?"

그러나 대답이 없고 캄캄하다. (436~437쪽)

※

"어디서 또 취했소그려! 애 어머니가 아까 머리 단장을 하더니 저 방아께로 갑디다."

"방아께로?"

"네."

"빌어먹을 년! 방아께로는 무얼 먹으러 갔누!"

다시 혼자 방아를 향하여 가면서 혼자 중얼거린다.

그는 방앗간을 막 뒤로 돌아서자 신치규와 자기 아내가 방앗간에서 나오는 것을 보았다.

"아!"

그는 너무 뜻밖의 일이므로 아무 말도 하지 못하고 그대로 한참이나 멀거니

서서 보기만 하였다.

그의 눈에서는 쌍심지가 거꾸로 섰다. 열이 올라와서 마치 주홍을 칠한 듯이 그이 눈은 붉어지고 번개 같은 광채가 번뜩거리었다.

그는 한참이나 사지를 떨었다. 두 이가 서로 맞쳐서 달그락달그락 하여졌다. 그의 주먹은 부서질 것같이 단단히 쥐어졌다.

(… 중략 …)

방원은 달려들어서 계집의 팔목을 잡았다. 그리고 이를 악물고 부르르 떨었다.

"나는 네가 이럴 줄은 몰랐다."

계집은,

"무얼 이럴 줄을 몰라?"

하며, 파란 눈을 흘겨보더니,

"나중에는 별꼴을 다 보겠네. 으레히 그럴 줄을 인제 알았나? 놔요! 왜 남의 팔을 잡고 요모양야. 오늘부터는 나를 당신이 그리 함부로 하지는 못해요! 더러운 녀석 같으니! 계집이 싫다고 그러면 국으로 물러갈 일이지 이게 무슨 사내답지 못한 일야! 놔요!"

팔을 뿌리쳤으나 분노가 전신에 가득찬 그는 그렇게 쉽게 손을 놓지 않았다.

(… 중략 …)

이때까지 이 꼴을 멀찍이 서서 보고 있던 신치규는 두어 발자국 나서더니 기침 한 번을 서투르게 하고서,

"애! 네가 술이 취하였으면 일찍 들어가 자든지 할 것이지 웬 짓이냐? 네 눈깔에는 아무것도 보이는 것이 없단 말이냐? 너희 년놈이 싸우는 것은 너희 년놈이 어디든지 가서 할 일이지 여기 누가 있는지 없는지 눈깔에 보이는 것이 없어?……"

"엣, 괘씸한 놈!"

눈깔을 부라리었다. 방원은 한참이나 쳐다보고서 말이 없었다. 생각대로 하면 한주먹에 때려누일 것이지마는 그래도 그의 머릿속에는 아까까지의 상전이라는 관념이 남아 있었다. 번갯불같이 그의 관념이 그의 입과 팔을 얽어놓았다.

어려서부터 오늘날까지 남을 섬겨보기만 한 그의 마음은 상전이라면 모두 두려워하는 성질을 깊이깊이 뿌리박아 놓았다. 그러나 오늘부터는 신치규 종도 아니다. 다만 똑같은 사람으로 마주섰을 뿐이다. 아니다, 지금부터는 신치규도 방원의 원수다. 그의 간을 씹어먹어도 오히려 나머지 한이 있는 원수다. (437~438쪽)

신치규는 형세가 위험하니까 슬금슬금 꽁무니를 빼려고 돌아서서 들어가려하니까 방원은 돌아서는 신치규의 멱살을 잔뜩 쥐어 한 팔로 바싹 치켜들고,
"이놈 어디를 가? 네가 이때까지 맛을 몰랐구나?"
하며, 한 번 집어쳐 땅바닥에다가 태질을 한 뒤에 그대로 타고 앉아 목줄띠를 누르니까, 마치 뱀이 개구리 잡아먹을 적 모양으로 깩깩 소리가 나며 말 한마디도 못한다.
"이놈 너 죽고 나 죽으면 고만 아니냐?"
하고 방원은 주먹으로 사정없이 닥치는 대로 들이댄다. 나중에는 주먹이 부족하여 옆에 있는 모루돌멩이를 집어서 죽어라 하고 내리친다. 그의 팔, 그의 몸에는 본능적으로 숨어 있는 잔인성(殘忍性)이 조금도 남지 않고 그대로 나타났다. 그의 눈은 마치 펄떡펄떡 뛰는 미끼를 가로 차고 앉은 승냥이나 이리와 같이 뜨거운 피를 보고야 만족하다는 듯이 무섭게 번쩍거렸다. 그에게는 초자연(超自然)의 무서운 힘이 그의 팔과 다리에 올라왔다. (438쪽)

그는 신치규의 배를 타고 앉아서 순검의 구두 소리를 듣자 비로소 자기가 무슨 짓을 하였는지 깨달았다.
그는 미친 사람처럼 일어났다. 그리고는 옆에 서서 벌벌 떠는 계집에게로 갔다.

"애! 가자! 도망가자! 너하고 나하고 같이 가자! 자! 어서, 어서!"

계집은 자기에게 또 무슨 일이 있을까 하여 겁을 내어 도망을 하려 한다. 방원은 계집을 따라가며,

"애! 애! 네가 이렇게도 나를 몰라주니? 내가 너를 어떻게 생각하는지 알지를 못하니? 자! 어서, 도망가자, 어서 어서, 뒤에서 순검이 쫓아온다."

계집은 그대로 서서 종종걸음을 치며,

"싫소! 임자나 가구려, 나는 싫어요, 싫어."

"가자! 응! 가!"

그는 미친 사람처럼 계집의 팔을 붙잡고 끌었다. 그때 누구인지 그의 두 팔을 마치 형틀에 매다는 것같이 꽉 뒤로 끼어안는 사람이 있었다. (439쪽)

❀

방원은 감옥에서 생각하기를 나가기만 하면 년놈을 죽여버리고 제가 죽든지 요정을 내리라 하였다.

집에서 내어쫓기고 계집까지 빼앗기고, 그것을 생각하면 이가 갈리고 치가 떨리었다. 그것이 모두 자기가 돈 없는 탓인 것을 생각하매 더욱 분한 생각이 났다.

"에, 더러운 년."

그는 홍바지에 쇠사슬을 차고서 일을 할 때에도 가끔 침을 땅에다 뱉으면서 혼자 중얼거리었다.

"사람이 이러고서야 살아서 무엇하나. 멀쩡한 놈이 계집 빼앗기고 생으로 콩밥까지 먹으니……"

그가 감옥에서 나올 때에는 감옥소를 다시 한번 돌아보고, 내가 여기서 마지막으로 목숨을 잃어버리든지 그렇지 않으면 내가 내 손으로 내 목을 찔러죽든지, 무슨 요정이 날 것을 생각하고, 다시 온몸에 힘을 주고 쓸쓸한 웃음을 웃었다.

그는 이 백리나 되는 길을 걸어서 계집이 사는 촌에를 왔다. (439~440쪽)

날이 몹시 추워지고 눈이 쌓였다. 옷은 입은 것이 가을에 입고 감옥에 들어갔던 그것이므로 살을 에이는 듯할 것으로되 그는 분한 생각과 흥분된 마음에 그것도 몰랐다.

"년놈을 모두 처치를 해버려?"

혼자 속으로 궁리를 하다가,

"그렇지, 그까짓 것들은 살려두어 쓸데없는 인생들이야."

하면서 옆구리에 지른 단도를 다시 만져보았다. 그는 감격스런 마음으로 그것을 쓰다듬었다. 그는 신치규의 집울을 넘어들어갔다. (… 중략 …) 그리고는 일부러 뒤 창문을 달각달각 흔들었다.

"그 뉘?"

하고 계집의 머리가 쑥 나오며 문이 열리었다. 그는 얼른 비켜섰다. 문은 다시 닫혀지고 계집은 들어갔다.

방원의 마음은 이상하게 동요가 되었다. 예쁜 계집의 목소리가 오래간만에 귀에 들릴 때, 마치 자기가 감옥에서 꿈을 꿀 적 모양으로 요염하고도 황홀하게 그의 마음을 꾀는 것 같았다. 그는 꿈속에서 다시 만난 것 같고 오래간만에 그를 만나 보매 모든 결심은 얼음같이 녹는 듯하였다. 그래도 계집이 설마 나를 영영 잊어버리랴 하고 옛날의 정리를 생각할 때 그것이 거짓말이 아니고 무엇이랴는 생각이 났다.

아무리 자기를 감옥에까지 가게 하였다 하더라도 그는 감히 칼을 들어 죽이려는 용기가 단번에 나지 않아서 주저하기 시작했다.

"아니다, 다시 한 번만 물어 보자!"

그는 들었던 칼을 다시 짚고 생각하였다.

"거짓말이다. 거짓말이다! 그럴 리가 없다."

그는 반신반의하였다.

"그렇다. 한 번만 다시 물어보고 죽이든 살리든 하자!"

(… 중략 …)

캄캄한 그믐밤에 얼굴을 바짝 계집의 코앞에 들이대었다. 계집은 얼굴을 자세히 보더니,

"아!"

소리를 지르더니 뒤로 물러섰다.

"조금도 놀랄 것이 없다. 오늘 네가 내 말을 들으면 살려줄 것이요 그렇지 않으면 이것이야?"

하고, 시퍼런 칼을 들이대었다. 계집은 다시 태연하게,

"말요? 임자의 말을 들을럴 것 같으면 벌써 들었지요, 이때까지 있겠소? 임자도 남의 마음을 알 거요. 임자와 나와 이 년 전에 이곳으로 도망해올 적에도 전 남편이 나를 죽이겠다고 허리를 찔러 그 흠이 있는 것을 날마다 밤에 당신이 어루만지었지요? 내가 그까짓 칼쯤을 무서워서 나 하고 싶은 것을 못한단 말이요? 힝, 이제 무슨 비겁한 짓이요. 사내자식이, 자! 찌르려거든 찔러보아요. 자, 자."

계집은 두 가슴을 벌리고 대들었다. 방원은 너무 계집의 태도가 대담하므로 들었던 칼이 도리어 뒤로 움찔할 만큼 기가 막혔다.

(… 중략 …)

"정말이냐? 정말이야?"

"정말요!"

계집은 결심한 뜻을 나타내었다. 방원의 손은 떨리었다. 그리고 그는 눈을 꼭 감고,

"에, 여우 같은 년!"

하고 칼끝을 계집의 옆구리를 향하고 힘껏 내밀었다. 계집은 이를 악물고,

"사람 죽인다!"

소리 한 번에 그 자리에 거꾸러졌다. 칼자루를 든 손이 피가 몰리는 바람에 우루루 떠리더니 피가 새어나왔다. 방원은 그 칼을 빼어들더니 계집 위에 거꾸러져서 가슴을 찌르고 절명하여버렸다. (440~442쪽)

● 신치규(申治圭) ─────────────────────────────

성   별   남자

나   이(추정포함)   오십대 중후반쯤으로 추정함.

출생지 및 거주지, 활동 공간   현재 살고 있는 '큼직한 마을'에서 출생했을
         것으로 추정하며, '물레방아에서 들여다보면 동북간으로 큼직
         한 마을'이 있는데, 이곳에서 지주로 거주하며 활동함.

직   업   지주

출신계층   지주로서 상류계층일 것으로 추정함.

교육정도   정확하게 제시되어 있지 않으나, 어느 정도의 한학적(漢學的) 소
         양(素養)을 갖추었을 것으로 추정함.

가족관계   부인이 있으나 후사(後嗣)가 없음.

인물관계

         ① 본처에게서 후사(後嗣)가 없어 방원의 아내를 취함.

         ② 아내를 빼앗긴 방원과 극단적인 갈등관계에 놓임.

인물의 존재방식(사회계층)   상류계층의 지주이면서 세력가임.

성   격

         ① 탐욕스럽고 음흉하며 뻔뻔함.

         ② 가부장적 권위의식이 강함.

성격 지표 및 인물 제시방식

🌼 ───────────

   물레방아에서 들여다보면 동북간으로 큼직한 마을이 있으니 이 마을에 가장
부자요, 가장 세력이 있는 사람으로 이름을 신치규(申治圭)라고 부른다. 이방원
이라는 사람은 그 집의 막실(幕室)살이를 하여가며 그의 땅을 경작하여 자기
아내와 두 사람이 그날그날을 지내간다. (433쪽)

어떠한 가을 밤 유난히 밝은 달이 고요한 이 촌을 한적하게 비칠 때 그 물레 방앗간 옆에 어떠한 여자 하나와 어떤 남자 하나가 서서 이야기를 하는 소리가 들리었다.

그 여자는 방원의 아내로 지금 나이가 스물두 살, 한참 정열에 타는 가슴으로 가장 행복스러울 나이의 젊은 여자요, 그 남자는 오십이 반이 넘어 인생으로서 살아올 길을 다 살고서 거의거의 쇠멸의 구렁이를 향하여 가는 늙은이다.

그의 말소리는 마치 그 여자를 달래는 것같이,

"애, 내 말이 조금도 그를 것이 없지? 쉰네 할멈에게도 자세한 말을 들었을 터이지마는 너 생각해 보아라. 네가 허락만 하면 무엇이든지 네가 하고 싶다는 것을 내가 전부 해줄 터이란 말야. 그까짓 방원이 녀석하고 네가 몇 백 년을 살아야 언제든지 막실 구석을 면하지 못할 터이니…… 허허, 사람이란 젊어서 호강해 보지 못하면 평생 한번 하여 보지 못하고 죽을 것이 아니냐. 내가 말하는 것이 조금도 잘못한 것이 없느니라! 대강 너의 말을 쉰네 할멈에게 듣기는 들었으나 그래도 너에게 한 번 바로 대고 듣는 것만 못해서 이리로 만나자고 한 것이다. 너의 마음은 어떠냐? 허허, 내 앞이라고 조금도 어떻게 알지 말고 이야기해 봐, 응?"

이 늙은이는 두말할 것 없이 신치규다. 그는 탐욕스러운 눈으로 방원의 계집을 들여다보며 한 손으로 등을 두드린다.

(… 중략 …)

계집은 아무 말이 없이 서서 짐짓 부끄러운 태를 지으며 매혹적인 웃음을 생긋 웃고는 고개를 돌렸다. 웃음이 얼마나 짐승 같은 신치규의 만족을 사게 되었으며, 또한 마음을 충동시켰는지 희끗희끗한 수염이 거의 계집의 뺨에 닿도록 더 가까이 와서,

"응? 왜 대답이 없니? 부끄러워서 그러니? 그렇게 부끄러워할 일은 아닌데." 하고 계집의 손을 잡으며,

"손도 이렇게 예쁜 줄은 이제까지 몰랐구나. 참 분결 같다. 이렇게 얌전히

생긴 애가 방원 같은 천한 놈의 계집이 되어 일평생을 그대로 썩는다는 것은 너무 가엾고 아깝지 않느냐? 애."

(… 중략 …)

"제 말야 모두 쉰네 할멈이 여쭈었지요 저에게는 너무 분수에 파한 말씀이니까요."

"온, 천만에 소리를 다 하는구나. 그게 무슨 소리냐. 너도 아다시피 내가 너를 장난삼아 그러는 것도 아니겠고 후사(後嗣)가 없어 그러는 것이니까 네가 내 아들이나 하나 나주렴. 그러면 내 것이 모두 네 것이 되지 않겠니? 자아, 그러지 말고 오늘 허락을 하렴. 그러면 내일이라도 방원이란 놈을 내쫓고 너를 불러들일 터이니."

"어떻게 내쫓을 수가 있에요?"

"허어, 그것이 그리 어려울 것이 무엇 있니. 내가 나가라는데 제가 나가지 않고 배길 줄 아니?"

"그렇지만 너무 과하지 않을까요?"

"무엇, 저런 생각을 하니까 네가 이 모양으로 이때까지 있었지. 어떻단 말이냐? 그런 것은 조금도 염려하지 말구. 자아, 또 네 서방에게 들킬라, 어서 들어가자."

(… 중략 …)

"가자, 집으로 들어가자."

그의 가슴은 두근거리는지 숨소리가 잦아진다. 계집은 손을 빼려하며,

"점잖으신 어른이 이게 무슨 짓이에요."

하면서도 그이 몸짓에는 모든 것을 허락한다는 뜻이 보였다. 영감은 계집의 몸을 끌어안더니 방앗간 뒤로 돌아섰다. 계집은 영감 가슴에 안겨서 정욕이 가득찬 눈으로 그를 보면서,

"영감."

말 한마디 하고 침 한 번 삼키었다.

"영감이 거짓말은 안하지요?"

"아니."

그의 말은 떨렸었다. (433~434쪽)

❀
───────────

사흘이 지난 뒤에 신치규는 방원이를 자기 집 사랑 마당 앞으로 불렀다.
"얘"
방원은 상전이라고 고개를 숙이고,
"네."
공손하게 대답을 하였다.
"네가 그간 내 집에서 정성스럽게 일한 것은 고마운 일이지마는⋯⋯"
점잔과 주짜를 빼면서 신치규는 말을 꺼내었다. 방원의 가슴은 이 '마는'이라는 말 뒤에 이어질 말을 미리 깨달은 듯이 온 전신의 피가 가슴으로 모여드는 듯하더니 다시 터럭이라는 터럭은 전부 거꾸로 일어서는 듯하였다.
"오늘부터는 우리집에 사정이 있어 그러니 내 집에 있지말고 다른 곳에 좋은 곳을 찾아가보아라."
아무 조건이 없다. 또한 이곳에서도 할 말이 없다. 죽으라고 하면 죽는 시늉이라도 해야 하는 것이다. 주인은 돈 가지고 사람을 사고 팔 수도 있는 것이다.
(434~435쪽)

❀
───────────

"빌어먹을 년! 방아께로는 무얼 먹으러 갔누!"
다시 혼자 방아를 향하여 가면서 혼자 중얼거린다.
그는 방앗간을 막 뒤로 돌아서자 신치규와 자기 아내가 방앗간에서 나오는 것을 보았다.
"아!"
그는 너무 뜻밖의 일이므로 아무 말도 하지 못하고 그대로 한참이나 멀거니 서서 보기만 하였다.

그의 눈에서는 쌍심지가 거꾸로 섰다. 열이 올라와서 마치 주홍을 칠한 듯이 그이 눈은 붉어지고 번개 같은 광채가 번뜩거리었다.

그는 한참이나 사지를 떨었다. 두 이가 서로 맞쳐서 달그락달그락 하여졌다. 그의 주먹은 부서질 것같이 단단히 쥐어졌다.

계집과 신치규는 방원이 와 선 것을 보고서 처음에는 조금 간담이 서늘하여 졌으나 다시 태연하게 내려앉혔다. 일이 이렇게 되었으매 할 대로 하라는 뜻이다. (437쪽)

꽃

이때까지 이 꼴을 멀찍이 서서 보고 있던 신치규는 두어 발자국 나서더니 기침 한 번을 서투르게 하고서,

"얘! 네가 술이 취하였으면 일찍 들어가 자든지 할 것이지 웬 짓이냐? 네 눈깔에는 아무것도 보이는 것이 없단 말이냐? 너희 년놈이 싸우는 것은 너희 년놈이 어디든지 가서 할 일이지 여기 누가 있는지 없는지 눈깔에 보이는 것이 없어?……"

"엣, 괘씸한 놈!"

눈깔을 부라리었다. (… 중략 …)

신치규는 똑바로 쳐다보는 방원을 마주 쳐다보며,

"똑바루 보면 어쩔 터이냐? 온 세상이 망하려니까 별 해괴한 일이 다 많거든. 어째 이놈아!"

"이놈아?"

방원은 한 걸음 들어섰다. 나무같이 힘센 다리가 성큼 하고 나설 때 신치규는 머리끝이 으쓱 하였다. 쇠몽둥이 같은 두 주먹이 쑥 앞으로 닥칠 때 그의 가슴은 덜컥 내려앉았다.

"네 입에서 이놈이라는 소리가 나오지? 이 사지를 찢어발겨도 오히려 시원치 못할 놈아! 네가 내 계집을 뺏으려고 오늘 날더러 나가라고 그랬지?"

"어허 이거 그놈이 눈깔이 삐었군. 얘, 나는 먼저 들어가겠다. 너는 네 서방하

고 나중 들어오너라!"

　신치규는 형세가 위험하니까 슬금슬금 꽁무니를 빼려고 돌아서서 들어가려 하니까 방원은 돌아서는 신치규의 멱살을 잔뜩 쥐어 한 팔로 바싹 치켜들고,

　"이놈 어디를 가? 네가 이때까지 맛을 몰랐구나?"

하며, 한 번 집어쳐 땅바닥에다가 태질을 한 뒤에 그대로 타고 앉아 목줄띠를 누르니까, 마치 뱀이 개구리 잡아먹을 적 모양으로 깩깩 소리가 나며 말 한마디 도 못한다. (438쪽)

✽

　석 달이 지났다. 상해죄(傷害罪)로 감옥에서 복역을 하던 방원은 만기가 되어 출옥을 하였다. 그러나 신치규는 아무 일 없이 자기 집에서 치료하고 방원의 계집을 데려다 산다. 신치규는 온몸이 나은 뒤에 홀로 생각하였다.

　"죽는 줄만 알았더니 그래도 이렇게 살아있으니!"

하고, 얼굴에 흠이 진 곳을 만져보며,

　"오히려 그놈이 그렇게 한 것이 나에게는 다행이지, 얼굴이 아프기는 좀 하였으나! 허어."

　"어떻게 그놈을 떼어버릴까 하고 그렇지 않아도 걱정을 하던 차에 잘 되었지. 그놈 한 십 년 감옥에서 콩밥을 먹었으면 좋겠다." (439쪽)

● **이방원 아내**

성　　별　여자

나　　이(추정포함)　스물두 살

출생지 및 거주지, 활동 공간　출생지는 알 수 없으며, 이방원의 아내로서
　　　　　신치규의 막실살이를 하다 그의 후처가 됨.

직　　업　신치규의 집에서 남편 이방원과 함께 막실살이를 그의 소작 일

을 도움.

출신계층　하류계층

교육정도　무학일 것으로 추정함.

가족관계　남편 이방원이 있음.

인물관계

① 전 남편에게서 이방원과 함께 도망해 와 삶.

② 남편 이방원을 배신하고 신치규의 집으로 들어가 살게 되지만, 이방원의 손에 죽음.

인물의 존재방식(사회계층)　최하류계층으로서 막실살이 머슴의 아내

성　　격

① 이지적이고 창부형이며 현실적임.

② 대담하고 물욕(物慾)과 신분상승 욕구가 강함.

성격 지표 및 인물 제시방식

🌼 ────────────

어떠한 가을 밤 유난히 밝은 달이 고요한 이 촌을 한적하게 비칠 때 그 물레방앗간 옆에 어떠한 여자 하나와 어떤 남자 하나가 서서 이야기를 하는 소리가 들리었다.

그 여자는 방원의 아내로 지금 나이가 스물두 살, 한참 정열에 타는 가슴으로 가장 행복스러울 나이의 젊은 여자요, 그 남자는 오십이 반이 넘어 인생으로서 살아올 길을 다 살고서 거의거의 쇠멸의 구렁이를 향하여 가는 늙은이다. (433쪽)

🌼 ────────────

새침한 얼굴이 파르족족하고 기다란 눈썹과 검푸른 두 눈 가장자리에 예쁜

입, 뾰르통한 뺨이며 콧날이 오뚝한데다가 후리후리한 키에 떡 벌어진 엉덩이가 아무리 보더라도 무섭게 이지적(理智的)인 동시에 또는 창부형(娼婦型)으로 생긴 것이다.

계집은 아무 말이 없이 서서 짐짓 부끄러운 태를 지으며 매혹적인 웃음을 생긋 웃고는 고개를 돌렸다. 웃음이 얼마나 짐승 같은 신치규의 만족을 사게 되었으며, 또한 마음을 충동시켰는지 희끗희끗한 수염이 거의 계집의 뺨에 닿도록 더 가까이 와서,

"응? 왜 대답이 없니? 부끄러워서 그러니? 그렇게 부끄러워할 일은 아닌데."
하고 계집의 손을 잡으며,

"손도 이렇게 예쁜 줄은 이제까지 몰랐구나. 참 분결 같다. 이렇게 얌전히 생긴 애가 방원 같은 천한 놈의 계집이 되어 일평생을 그대로 썩는다는 것은 너무 가엾고 아깝지 않느냐? 애."

계집은 몸을 돌리려고 하지도 않고 영감이 하는 대로 내버려두며 눈으로 땅만 내려다보고 섰다가 가까스로 입을 떼는 듯하더니,

"제 말야 모두 쇤네 할멈이 여쭈었지요. 저에게는 너무 분수에 파한 말씀이니까요."

"온, 천만에 소리를 다 하는구나. 그게 무슨 소리냐. 너도 아다시피 내가 너를 장난삼아 그러는 것도 아니겠고 후사(後嗣)가 없어 그러는 것이니까 네가 내 아들이나 하나 나주렴. 그러면 내 것이 모두 네 것이 되지 않겠니? 자아, 그러지 말고 오늘 허락을 하렴. 그러면 내일이라도 방원이란 놈을 내쫓고 너를 불러들일 터이니."

"어떻게 내쫓을 수가 있어요?"

"허어, 그것이 그리 어려울 것이 무엇 있니. 내가 나가라는데 제가 나가지 않고 배길 줄 아니?"

"그렇지만 너무 과하지 않을까요?"

"무엇, 저런 생각을 하니까 네가 이 모양으로 이때까지 있었지. 어떻단 말이냐? 그런 것은 조금도 염려하지 말구. 자아, 또 네 서방에게 들킬라, 어서 들어가자."

(… 중략 …)

"가자, 집으로 들어가자."

그의 가슴은 두근거리는지 숨소리가 잦아진다. 계집은 손을 빼려하며,

"점잖으신 어른이 이게 무슨 짓이에요."

하면서도 그이 몸짓에는 모든 것을 허락한다는 뜻이 보였다. 영감은 계집의 몸을 끌어안더니 방앗간 뒤로 돌아섰다. 계집은 영감 가슴에 안겨서 정욕이 가득찬 눈으로 그를 보면서,

"영감."

말 한마디 하고 침 한 번 삼키었다.

"영감이 거짓말은 안하지요?"

"아니."

그의 말을 떨리었다. 계집은 영감의 팔을 한 손으로 잡고 또 한 손으로는 방앗간 속을 가리켰다.

"저리로 들어가세요." (433~434쪽)

❀

그는 하는 수 없이 자기 아내에게 그 이야기를 하였다. 그리고 아내더러 안주인 마님께 사정을 좀 하여 얼마간이라도 더 있게 하여달라고 하여보라고 하였다. 그러나 아내는 방원의 말을 들을 리가 없었다. 도리어,

"그러면 어떻게 한단 말이요. 이제부터는 나를 어떻게 먹여 살릴 터이요?"

"너는 그렇게도 먹고 살 수 없을까봐 겁이 나니?"

"겁이 나지 않고. 생각을 해보구려. 인제는 꼼짝 할 수 없이 죽지 않았소?"

"죽어?"

"그럼 임자가 나를 데리고 이곳까지 올 때에 무어라고 하였소 어떻게 해서든지 너 하나야 먹여살리지 못하겠느냐고 하였지요?"

"그래."

"그래, 얼마나 나를 잘 먹여 살리고 나를 호강시켰소 이때까지 이때나 되도

록 끌구 돌아다닌다는 것이 남의 집 행랑이었지요?"

"애, 그것을 내가 모르고 하는 말이냐? 내가 하려고 하지 않아서 그렇게 된 것이냐? 차차 살아가는 동안에 무슨 일이든지 생기겠지. 설마 요대로 늙어 죽기야 하겠니?"

"듣기 싫소! 뿔 떨어지면 구워먹지 어느 천 년에."

방원이는 가뜩이나 내어쫓기고 화가 나는데 계집까지 그리하니까 속에서 열화가 치밀어 올라왔다.

"이 육시를 하고도 남을 년! 왜 남의 마음을 글컹거리니?"

"왜 사람에게 욕을 해!"

"이년아 욕좀 하면 어떠냐?"

"왜 욕을 해!"

계집이 얼굴이 노래지며 대든다.

"이년이 발악인가?"

"누가 발악야. 계집년 하나 건사 못하는 위인이 계집보고 욕만 하고 한 게 무어야? 그래 은가락지 은비녀나 한 벌 사주어 보았어? 내가 임자 하자고 하는 대로 하지 않은 것은 없지!"

"이년아! 은가락지 은비녀가 그렇게 갖고 싶으냐? 이 더러운 년아."

"무엇이 더러워? 너는 얼마나 정한 놈이냐!"

계집의 입속에서는 놈 소리가 나오기 시작한다.

"이년 보게! 누구더러 놈이래."

하고 손길이 계집의 낭자를 후려잡더니 그대로 집어들고 두어 번 주먹으로 등줄기를 우리었다.

"이 주릿대를 안길 년!"

발길이 엉덩이를 두어 번 지르니까 계집은 그대로 거꾸러졌다가 다시 일어났다. 풀어헤뜨린 머리가 치렁치렁 끌리고 씰룩한 눈에는 독기가 섞이었다.

"왜 사람을 치니? 이놈! 죽여라 죽여, 어디 죽여 보아라. 이놈 나 죽고 너 죽자!"

하고 달려드는 계집을 후려쳐서 거꾸러뜨리고서,

"이년이 죽으려고 기를 쓰나!" (435~436쪽)

✿

"빌어먹을 년! 방아께로는 무얼 먹으러 갔누!"
다시 혼자 방아를 향하여 가면서 혼자 중얼거린다.
그는 방앗간을 막 뒤로 돌아서자 신치규와 자기 아내가 방앗간에서 나오는 것을 보았다.
"아!"
그는 너무 뜻밖의 일이므로 아무 말도 하지 못하고 그대로 한참이나 멀거니 서서 보기만 하였다.
그의 눈에서는 쌍심지가 거꾸로 섰다. 열이 올라와서 마치 주홍을 칠한 듯이 그이 눈은 붉어지고 번개 같은 광채가 번뜩거리었다.
그는 한참이나 사지를 떨었다. 두 이가 서로 맞쳐서 달그락달그락 하여졌다. 그의 주먹은 부서질 것같이 단단히 쥐어졌다.
(… 중략 …)
방원은 달려들어서 계집의 팔목을 잡았다. 그리고 이를 악물고 부르르 떨었다.
"나는 네가 이럴 줄은 몰랐다."
계집은,
"무얼 이럴 줄을 몰라?"
하며, 파란 눈을 흘겨보더니,
"나중에는 별꼴을 다 보겠네. 으레히 그럴 줄을 인제 알았나? 놔요! 왜 남의 팔을 잡고 요모양야. 오늘부터는 나를 당신이 그리 함부로 하지는 못해요! 더러운 녀석 같으니! 계집이 싫다고 그러면 국으로 물러갈 일이지 이게 무슨 사내답지 못한 일야! 놔요!"
팔을 뿌리쳤으나 분노가 전신에 가득찬 그는 그렇게 쉽게 손을 놓지 않았다.
"얘! 네가 이것이 정말이냐?"

"정말이 아니구 비싼 밥 먹고 거짓말 할까?"

"네가 정말 환장을 하였구나!"

"아니 누구더러 환장을 했대. 온 기가 막혀 죽겠지! 놔요! 놔! 왜 추근추근하게 이 모양야? 놔."

하고서 힘껏 뿌리치는 바람에 계집의 손이 쑥 빠지었다. 계집은 손목을 주무르면서 암상맞게 돌아섰다. (437~438쪽)

꽃

날이 몹시 추워지고 눈이 쌓였다. 옷은 입은 것이 가을에 입고 감옥에 들어갔던 그것이므로 살을 에이는 듯할 것이로되 그는 분한 생각과 흥분된 마음에 그것도 몰랐다.

"년놈을 모두 처치를 해버려?"

혼자 속으로 궁리를 하다가,

"그렇지, 그까짓 것들은 살려두어 쓸데없는 인생들이야."

하면서 옆구리에 지른 단도를 다시 만져보았다. 그는 감격스런 마음으로 그것을 쓰다듬었다. 그는 신치규의 집울을 넘어들어갔다. (… 중략 …) 그리고는 일부러 뒤 창문을 달각달각 흔들었다.

"그 뉘?"

하고 계집의 머리가 쑥 나오며 문이 열리었다. 그는 얼른 비켜섰다. 문은 다시 닫혀지고 계집은 들어갔다.

(… 중략 …)

캄캄한 그믐밤에 얼굴을 바짝 계집의 코앞에 들이대었다. 계집은 얼굴을 자세히 보더니,

"아!"

소리를 지르더니 뒤로 물러섰다.

"조금도 놀랄 것이 없다. 오늘 네가 내 말을 들으면 살려줄 것이요 그렇지 않으면 이것이야."

하고, 시퍼런 칼을 들이대었다. 계집은 다시 태연하게,

"말요? 임자의 말을 들을럴 것 같으면 벌써 들었지요, 이때까지 있겠소? 임자도 남의 마음을 알 거요. 임자와 나와 이 년 전에 이곳으로 도망해올 적에도 전 남편이 나를 죽이겠다고 허리를 찔러 그 흠이 있는 것을 날마다 밤에 당신이 어루만지었지요? 내가 그까짓 칼쯤을 무서워서 나 하고 싶은 것을 못한단 말이요? 힝, 이제 무슨 비겁한 짓이요. 사내자식이, 자! 찌르려거든 찔러보아요. 자, 자."

계집은 두 가슴을 벌리고 대들었다. 방원은 너무 계집의 태도가 대담하므로 들었던 칼이 도리어 뒤로 움찔할 만큼 기가 막혔다.

"정말이냐?"

하고 한 걸음 더 가까이 나섰다.

"정말이 아니고? 내가 비록 여자이지마는 당신같이 겁쟁이는 아니라오! 이것이 도무지 무엇이요?"

계집은 그래도 두려웠던지 방원의 손에 든 칼을 뿌리쳐 땅에 떨어뜨리었다. 이 칼이 땅에 떨어지자 방원은 이때까지 용사와 같이 보이던 계집이 몹시 비겁스럽고 더러워 보이어 다시 칼을 집어들고 덤비었다.

(… 중략 …)

"자아, 어서 옛날과 같이 나하고 멀리멀리 도망을 가자! 나는 참으로 나의 칼로 너를 죽일 수는 없다!"

계집의 눈에는 독이 올라왔다. 광채가 어두운 밤에 번개같이 번쩍거리며,

"싫어요. 나는 죽으면 죽었지 가기는 싫어요. 이제 나는 고만 그렇게 구차하고 천한 생활을 다시 하기는 싫어요. 고만 물렸어요."

"너의 입으로 정말 그런 말이 나오느냐? 너는 나를 우리 고향에 다시 돌아가지도 못하게 만들어놓고 나의 모든 것을 다 잃어버리게 한 후에 또 나중에는 세상에서 지옥이라고하는 감옥소에까지 가게 하였지! 그러고도 나의 맨 마지막 원을 들어주지 않을 터이냐?"

"나는 언제든지 당신 손에 죽을 것까지도 알고 있소! 자! 오늘 죽으나 내일 죽으나 언제든지 죽기는 일반, 이렇게 된 이상 나를 죽이시오."

"정말이냐? 정말이야?"

"정말요!"

계집은 결심한 뜻을 나타내었다. (440~442쪽)

저본 1983년 어문각 출간 『新韓國文學全集 5』「玄鎭健・羅 彬 選集」

나빈 羅彬, 1902~1927

　　호는 도향(稻香), 경성의전 중퇴. 『백조』 동인으로 활동하였다. 1922년 「젊은이의 시절」, 「별을 안거든 울지나 말걸」, 「옛날의 꿈은 창백하더이다」 등의 작품에서는 예술에 대한 동경과 좌절, 낭만적 사랑 등을 통해 인습적 현실에 대하여 근대적 자아의식을 맞세워 나갔다. 그의 초기 이러한 작품 세계는 근대성의 인식과 실천을 위한 소설적 노력의 한 계기로 평가할 수 있다. 그는 『동아일보』에 장편 『환희』(1922.11.21~1923.3.21)를 연재하면서 명성을 얻었다. 1923년 「십칠원 오십 전」, 「춘성」, 「여이발사」, 「행랑자식」 등의 단편을 계기로 감상주의를 청산하고, 사실적인 묘사체의 문장으로써 대상을 형상화하고 도시의 하층 인물들을 통해 그들의 빈곤 문제, 애정의 풍속을 보여주고 있다. 그리고 「전차 차장의 일기」(1924), 「벙어리 삼룡이」(1925), 「물레방아」(1925), 「뽕」(1925), 「지형근」(1926) 등의 작품에서 냉정한 작가적 안목으로 어두운 현실을 묘사, 건강한 리얼리즘의 세계에 도달했다.

나도향

뽕

발 표 년 도	『개벽』 통권 64호(1925.12)
시대적 배경	1920년대로 추정되며, 공간적 배경은 강원도 철원 용담(鐵原龍潭)
핵 심 서 사	① 아편쟁이며 노름꾼인 김삼보는 집안은 돌보지 않고 떠돌아다니며 인생을 탕진함. ② 김삼보의 아내 안협집은 남편의 무능과 무관심으로 몸을 팔아 생활하며 남편의 노자나 노름밑천을 제공하고, 그런 까닭에 김삼보는 아내의 부정을 눈감아 줌. ③ 안협집의 이러한 부정을 아는, 머슴 삼돌이가 음심을 품고 매양 자신의 탐욕을 채우려 기회를 엿보나 안협집은 그를 쌀쌀하게 대함. ④ 하루는 이웃집 노파와 자신이 기르는 누에게 먹일 뽕을 훔치러 삼돌이와 갔다가 뽕지기에게 걸려 삼돌이는 도망하고 안협집은 뽕지기에게 붙잡혔으나 그에게 몸을 주고 풀려남. ⑤ 자기의 뜻대로 되지 않자, 앙심을 먹은 머슴 삼돌이가 마침 김삼보와 안협집이 싸우고 있는 틈에 끼여들어 김삼보를 약올리다 김삼보가 자신의 멱살을 잡자 태질을 하고 안협집의 뽕밭의 일 등 이러저러한 일들을 들먹여 김삼보의 분을 돋굼. ⑥ 머슴 삼돌이가 여러 사람들에게 끌려 간 후, 김삼보는 안협집을 때려 실신시키는데, 이에 겁을 먹은 김삼보는 약을 구해 가지고 오나 안협집이 깨어 일어나 앉아 있자, 반갑기도 하고 분하여 약을 팽개침. ⑦ 이튿날, 서로 앉아 밥을 먹고, 서로 앉아 쳐다보고, 옷도 주고받아 갈아입고 하다 하루를 더 묵어 삼보는 또 가버리고 안협집은 여전히 공청 사랑에서 잠을 자고, 누에를 따서 삼십 원씩 나눠먹음.
주 제	① 물질적 욕구와 본능에 따른 성적 일탈과 윤리적 파탄 ② 현실에 대한 비관주의적 의식
등 장 인 물	안협집(안협(安峽)－강원, 평안, 황해, 삼도 품에 있는 고읍 이름), 김삼보(金三甫), 삼돌이, 주인 노파, 이장의 동생

인 물 분 석

● **안협집(안협(安峽) – 강원, 평안, 황해, 삼도 품에 있는 고읍 이름)** ─────────

성 별 여자

나 이(추정포함) 스물여섯 살

출생지 및 거주지, 활동 공간

    ① 촌에서 자랐으며 출생지는 정확히 알 수 없음.

    ② 거주지와 활동공간은 는 강원도 철원(鐵原) 용담(龍潭)으로 이 집 저 집 동리로 다니며 품팔이를 하거나 몸을 팔아 그 대가로 생활함.

직 업 품팔이 겸 양잠

출신계층 하류계층

교육정도 교육을 제대로 받지 못함.

가족관계 노름꾼인 김삼보(金三甫)가 그녀의 남편임.

인물관계

    ① 가정에 대한 노름꾼 남편의 무관심과 안협집의 바르지 못한 행실로 둘은 갈등관계에 있음.

    ② 노파의 뒷집 머슴으로 있는 삼돌이가 안협집을 탐하고 안협집은 그를 못마땅하게 여겨 둘 사이의 갈등을 야기함.

인물의 존재방식(사회계층) 강원도 철원(鐵原) 용담(龍潭)의 하류계층

성 격

    ① 정조관념이 희박하여 정조를 생활 수단으로 이용하면서도 그에 대한 죄의식을 느끼지 못함.

    ② 매몰스럽고 자존심이 강한 성향도 보임.

성격 지표 및 인물 제시방식

✿

　안협집이 부엌으로 물을 길어가지고 들어오매 쇠죽을 쑤던 삼돌이란 머슴이 부지깽이로 불을 헤치면서,

　"어젯밤에는 어디 갔었음던교?"

하며, 불밤송이 같은 머리에 왜수건을 질끈 동여 뒤통수에 슬쩍 질러 맨 머리를 번쩍 들어 안협집을 훑어본다.

　"남 어데 가고 안 가고 님자가 알아 무엇 할 게요?"

　안협집은 별 꼴사나운 소리를 듣는다는 듯이 암상스러운 눈을 흘겨보며 톡 쏴버린다.

　조금이라도 염량이 있는 사람 같으면 얼굴빛이라도 변하였을 것 같으나 본시 계집의 궁둥이라면 염치없이 추근추근 좇아다니며 음흉한 술책을 부리는 삼십이나 가까이 된 노총각 삼돌이는 도리어 비웃는 듯한 웃음을 웃으면서,

　"그리 성낼 게야 무엇 있읍나? 어젯밤 안쥔 심바람으로 님자 집을 갔었으니 간두루 말이지."

하고 털 벗은 송충이 모양으로 군데군데 꺼칫꺼칫하게 난 수염을 숯검정 묻은 손가락으로 두어 번 쓰다듬었다.

　"어젯밤에도 김참봉 아들네 사랑방에서 자고 왔읍네그려."

　삼돌이는 싱긋 웃는 가운데에도 남의 약점을 쥔 비겁한 즐거움이 나타났다.

　"무엇이 어쩌고 어째 이 망나니 같은 놈……"

하는 말이 입 바깥까지 나왔던 안협집은 꿀걱 다시 집어삼키면서,

　"남 어데가 자든 말든 상관할 것이 무엇인고!"

하며 물동이를 이고서 다시 나가려 하니까,

　"흥! 두고 보소. 가만있을 줄 알았다가는……"

　"듣기 싫어! 별 꼬락서니를 다 보겠네." (149~150쪽)

안협집은 비록 몸은 그리 귀하게 태어나지 못하였으나 인물이 남달리 고운 점이 있어, 동리 젊은것들이 암연히 부러워도 하고 질투도 하게 되고 또는 석경 속에 비친 자기네들의 예쁘지 못한 얼굴을 쥐어뜯고 싶기도 하였으니 지금까지 '나만한 얼굴이면' 하는 자만심이 있던 젊은 계집들에게 가엾게도 자가결함(自家缺陷)이 폭로되는 환멸을 느끼게 하기까지도 하였다.

　그러나 촌구석에서 아무렇게나 자란데다가 먼저 안 것이 돈이었다.

　'돈만 있으면 서방도 있고 먹을 것, 입을 것이 다 있지.'
하는 굳은 신조는 자기 목숨을 내어놓고는 무엇이든지 제공하여 부끄러운 것이 없었다.

　열오륙 세 적, 참외 한 개에 원두막 속에서 총각녀석들에게 정조를 빌린 것이나, 벼 몇 섬, 돈 몇 원, 저고릿감 한 벌에 그것을 빌리는 것이 분량과 방법이 조금 높아졌을 뿐이요 그 관념은 동일하였다.

　그리하여 이곳으로 온 뒤에도 동리에서 돈푼이나 있고 얌전한 젊은 사람은 거의 다 한 번씩은 후려내었으니 (… 중략…) 한 번은 어떤 집 서방님에게 실없는 짓을 당하고 나서 쌀말과 피륙필을 받아보니 그것처럼 좋은 벌이가 없어 차츰차츰 이번에는 자기 스스로 벌이를 시작하여 마치 장사하는 사람이 거래 단골을 트듯이, 이 사람 저 사람을 집어먹기 시작하더니 그것도 차차 눈이 높아지니까 웬만한 목도꾼 패장이나 장돌림, 조금 올라가서 순사 나리쯤은 눈으로 거들떠보지도 않게 되고, 적어도 그곳에서는 돈푼도 상당하고 여간해서 손아귀에 들지 않는다는 자들을 얼러보기 시작하게 되었던 것이다.

　그 후부터는 일하지 않고 지내며 모양내고 거드름 부리고 다니는데 자기 남편이 오면은,

　"이번에는 얼마나 땄읍노?"
하고 포르께한 눈을 사르르 내리뜬다.

　"딴 게 뭔가. 밑천까지 올렸네."
　삼보는 목 뒤를 쓰다듬으며 입맛을 다신다. 그러면 안협집은 전에 없던 바가

지를 긁으며,

"불알 두 쪽을 달구서 그래 계집만두 못하다는 말요?"

하고서 할 말 못할 말을 불어서 풀을 잔뜩 죽여놓은 뒤에는 혹시 서방이 알면 경이 내릴까 하여 노자랑 밑천 푼을 주어서 배송을 낸다. 그러면 울며 겨자 먹기로 삼보는 혼자 한숨을 쉬면서,

"허허, 실상 지금 세상에는 섣부른 불알보다는 계집 편이 훨씬 나니라." 하고, 붓짐을 짊어지고 가버린다. (151~153쪽)

❀

그러자 하루는 주인이 안협집더러,

"여보, 이번에는 임자가 하루저녁 가보구려. 그놈이 혹시 못 가게 되더래도 임자가 대신 갈 수 있지 않수. 또 고삐가 길며는 바래인다구 무슨 일이 있을는지 모르니 임자가 둘이 가서 한몫 많이 따 오는 것이 좋지 않수."

안협집이 삼돌이를 꺼리는 줄 알지마는 제 욕심에 입맛이 달아서 자꾸자꾸 충동인다.

"따다가 잡히면 어찌하구요?"

"무얼! 밤중에 누가 알우? 그리고 혼자 가라오. 삼돌이란 놈하고 가랬지."

"글쎄, 운이 글러서 잡히거나 하면 욕이지요."

잡히는 것보다도 안협집의 걱정은 보기도 싫은 삼돌이란 녀석하고 밤중에 무인지경을 끝이 가라니 그것이 딱한 일이다.

안협집의 정조가 헤프기로 유명한 만치 또 매몰스럽기도 유명하여 한 번 맘에 들지 않는 것은 죽어도 막무가내다. 그것은 만 냥금을 주어도 거들떠보지도 아니한다. 그런데 삼돌이가 그중에 하나를 참례하여 간장을 태우는 모양이다.

안협집은 생각하고 생각하여 결심해버렸다.

'빌어먹을 녀석이 그따위 맘을 먹거든 저 죽이고 나 죽지. 내 기운은 없어도……'

하고 쌀쌀하게 눈을 가로 뜨고 맘을 다가먹었다. 그러고는 뽕을 따러 가기로 하였다. (157쪽)

❀

"삼보는 언제나 온답데까?"

"몰라, 언제는 온다 간다 말 있어 다니나."

"그래 영감은 밤낮 나돌아다니니 혼자 지내기 쓸쓸치 않소?"

놈이 모르는 것같이 새삼스럽게 시치미를 뗀다.

"별걱정 다 하네. 어서 앞서 가, 난 길이 서툴러 못 가겠으니……"

"매우 쌀쌀하구려. 나는 임자를 위해서 하는 말인데. 그렇지만 김참봉 아들이란 쇠귀신 같은 놈이라 아무리 다녀도 잇속 없읍네. 내 말이 그르지 않지."

안협집은 삼돌이가 아주 터놓고 말을 하는 것을 들으니까 분해서 뺨이라도 치고 싶었으나 그대로 참으며,

"무엇이 어째? 말이라면 다 하는 줄 아는군."

하고 뒤로 조금 떨어져 걸어갈 제 전에도 그 녀석이 미웠지마는 남의 약점을 들어가지고 제 욕심을 채우려는 것이 더 더러웠다. (159쪽)

❀

뽕 지키던 남자는 안협집을 잡았다.

(… 중략 …)

"이리 와! 외양도 반반히 생긴 년이 무엇이 할 게 없어 뽕서리를 다녀."

하더니 성냥불을 그어대고 안협집을 들여다보더니,

"흥!" 의미 있는 웃음을 웃어버렸다.

안협집은 이 웃음에 한 가닥 희망을 얻었다. 그 웃음은 안협집의 손아귀에 자기를 갖다쥐어준다는 웃음이다. 안협집은 따라서 방싯 웃었다. 그 웃음 한 번이 넉넉히 뽕지기의 마음을 반 이상이나 흰죽 푸렁지게 하였다.

안협집은 끌려갔다.

'제가 철석 같은 간장을 가진 놈이 아닌 바에······ 한 번이면 놓아줄걸.'

그는 자기의 정조를 팔아서 자기의 죄를 면할 수 있음을 알았다. 그는 마지못하는 체하고 끌려갔다. (160~161쪽)

※

요조숙녀보다도 빙설 같은 여자인데 이런 누추한 소문을 듣는 것 같았다. 맘에 드는 서방질은 부정한 일이 아니요, 죄가 아니요, 모욕이 아니나 맘에 없는 놈에게 그런 소리를 듣고 당하는 것은 무서운 모욕 같았다.

그늘 그 길로 삼돌의 주인마누라에게로 갔다.

"삼돌이란 놈을 내쫓이소."

주인은 벌써 알아채었으나 안협집 편은 안 들었다. 다만 어루만지는 수작으로,

"무얼 내쫓을 것까지 있소. 그만 일에······ 그저 눈감아두지."

"왜 눈을 감는단 말이요?"

주인은 속으로 웃었다.

'소 한 필을 달라면 줄지언정 삼돌이를 내놔?' 하였다.

"내쫓아선 무얼 하우, 또."

'어림없는 년! 네가 떠들면 떠들수록 네 밑구멍 들춰서 남 보이는 것이라'는 듯이 치어다보며 맨 나중으로 아주 잘라 말을 해버렸다.

"난 못 내보내겠소."

안협집은 분해서 집에 와서 머리를 쥐어뜯으면 울었다.

그리고 또 결심했다.

'두고 봐라. 너희들까지 삼돌이를 싸고도니! 영감만 와봐라.' (166~167쪽)

※

방안에 들어앉자마자 얼마나 땄느냐는 말도 물어보지 않고 삼돌이란 놈에게 욕당할 뻔하였다는 말을 넋두리하듯 이야기하였다.

"사람이 분해서 죽겠구려. 이것도 모두 영감 잘못 둔 탓이야. 오죽 영감이 위엄이 없어 보이면 그따위 녀석이 그런 짓을 할라고……영감이라고 있으나 없으나 마찬가지지. 일 년 열두 달 계집이 죽거나 살거나 버려두고 돌아만 다니니까……."

영감은 픽 웃었다.

"왜 내 잘못인가? 오죽 행실을 잘 가지면 그따위 녀석에게 그 꼴을 당한담."

(… 중략 …)

"내가 행실을 잘못 가진 게 무어요?"

안협집은 분풀이라도 하여줄 줄 알았더니 도리어 타박을 주므로 분한 데 악이 났다.

"글쎄 무어야! 무엇? 어디 대봐요! 임자가 내 행실 그른 것을 보았소? 어디 보았거든 본 대로 말을 하시우."

딴은 김삼보는 집어서 말 할 것이 없었다. 그는 그저 그런 눈치만 채었지. 반박할 증거는 잡은 것이 없다.

"본 거나 다름없지!"

"무엇이 본 거나 다름없어? 일 년 열두 달 계집이 죽거나 살거나 내버려두었다가 이제 와서 한다는 소리가 그것밖에 없어? 살기가 싫거든 그대로 살기 싫다고 그래! 사내답게. 왜 고만 냄새가 나지? 또 어디다가 계집을 얻어논 게지."

"이년이 뒈지지를 못해서 기를 쓰나?"

"그렇다 이놈아! 네까짓 녀석이 아니면 서방 없을까봐 그러니, 더러운 녀석!"

김삼보의 주먹은 안협집의 등줄기를 우렸다.

"이년, 그래도 잔소리야! 주둥이 좀 닫치지 못하겠나……." (167~168쪽)

※※

맞은 안협집은 당장에 죽을 것 같았다. 그는 생각하기를 이왕 이리 된 바에야

모두 말해버리고 저하고 갈라서면 고만이지 언제는 귀밑머리 풀고 사주단자
보내고 사당에 예배드린 내외냐. 저는 저고 나는 난데, 왜 이렇게 따리노? 하는
맘이 나며,

　"이것 놔라! 내 말하마!"
하고 머리를 붙잡았다.

　"뽕밭에는 한 번밖에 안 갔다. 어쩔 테냐?"
　삼보는 더욱 머리채를 잡아챘다.

　"이년! 한 번?"
　이번에는 더 때렸다. 안협집은 말한 것이 후회가 났다. (171쪽)

● 김삼보(金三甫)

성　　별　남자

나　　이(추정포함)　서른 대여섯 살

출생지 및 거주지, 활동 공간　김삼보의 출생지는 확실하지 않으며, 강원도
　　　철원(鐵原) 용담(龍潭)에 거주함. 활동공간은 강원도, 황해도, 평안도
　　　접경을 넘어 다니며 골패투전으로 생활하고 한 달에 한 번 집에 올까
　　　말까 함.

직　　업　노름꾼으로서 일정한 직업이 없음.

출신계층　출신계층은 확실하지 않으나 하류계층으로 추정함.

교육정도　무학이거나 저급한 정도의 학력이 있을 것으로 추정함.

가족관계　정조가 헤픈 아내 안협집이 있음.

인물관계
　　　① 정조가 헤픈 안협집과 갈등을 일으킴.
　　　② 자신의 아내인 안협집을 탐하는 삼돌이와 갈등을 야기함.

인물의 존재방식(사회계층)　노름꾼으로 동리에 정착하지 않고 떠돌아다니는
　　　하류계층

성   격

① 노름꾼으로서 가정에 무책임함.

② 돈이라면 아내의 부정까지 눈 감을 정도로 부도덕함.

성격 지표 및 인물 제시방식

✿

강원도 철원(鐵原) 용담(龍潭)이라는 곳에 김삼보(金三甫)라는 자가 있으니 나이는 삼십오륙 세나 되었고, 키는 작달막하여 목은 다가붙고 얼굴빛은 노르께하며 언제든지 가죽창 박은 미투리에 대갈판자를 박아 신고 걸음을 걸을 적마다 엉덩이를 내저으므로 동리에서는 그를 '땅딸보 김삼보', '아편쟁이 김삼보', '오리 궁둥이 김삼보'라고 부르는데 한달에 자기 집에 붙어 있는 날이 이틀이라면 꽤 오래 있는 셈이요, 하루라면 예사다. 그리고는 언제든지 나돌아다니므로 몇 해 전까지도 잘 알지 못하였으나, 차차 동리서 소문이 돌기를 '노름꾼 김삼보'라는 말이 퍼지자 점점 알아본즉 딴은 강원도, 황해도, 평안도 접경을 넘어다니며 골패투전으로 먹고 지내는 것이 알려지게 되었다. (150~151쪽)

✿

그리하여 이곳으로 온 뒤에도 동리에서 돈푼이나 있고 얌전한 젊은 사람은 거의 다 한 번씩 후려내었으니 그것은 남자 편에서 실없는 짓 좋아하는 이에게 먼저 죄가 있다 하는 것보다도 이쪽 안협집에게 그 책임이 더 있다고 할 수 있고 또 그것보다 더 큰 죄는 그 남편 되는 노름꾼 김삼보에게 있다고 할 수 있으니 그것은 남편 노름꾼이 한 달에 한 번을 올까 말까 하면서도 올 적에는 빈손을 들고 오는 때가 많으니 젊은 계집 혼자 지낼 수가 없으매 자연히 이집 저 집 동리로 돌아다니며 품방아도 찧어주고 김도 매주고 진일도 하여주며 얻어먹다가 (… 중략 …)

그 후부터는 일하지 않고 지내며 모양내고 거드름 부리고 다니는데 자기 남편이 오면은,

"이번에는 얼마나 땄읍노?"

하고 포르께한 눈을 사르르 내리뜬다.

"딴 게 뭔가. 밑천까지 올렸네."

삼보는 목 뒤를 쓰다듬으며 입맛을 다신다. 그러면 안협집은 전에 없던 바가지를 긁으며,

"불알 두 쪽을 달구서 그래 계집만두 못하다는 말요?"

하고서 할 말 못할 말을 불어서 풀을 잔뜩 죽여놓은 뒤에는 혹시 서방이 알면 경이 내릴까 하여 노자랑 밑천 푼을 주어서 배송을 낸다. 그러면 울며 겨자 먹기로 삼보는 혼자 한숨을 쉬면서,

"허허, 실상 지금 세상에는 섣부른 불알보다는 계집 편이 훨씬 나니라."

하고 봇짐을 짊어지고 가버린다. (152~153쪽)

❀ ────────────────

하루는 딴은 영감이 왔다. 안협집은 곤두박질을 하면서 맞았다.

"에그, 어서 오슈."

노름꾼 김삼보는 눈이 똥그래졌다. 무슨 큰 좋은 일이나 생긴 것 같았다. 따 때와 유달리 반가워하는 것이 의심스럽고 이상하였다.

방에 들어앉자마자 얼마나 땄느냐는 말도 물어보지 않고 삼돌이란 놈에게 욕당할 뻔하였다는 말을 넋두리하듯 이야기하였다.

"사람이 분해서 죽겠구려. 이것도 모두 영감 잘못 둔 탓이야. 오죽 영감이 위엄이 없어 보이면 그따위 녀석이 그런 짓을 할라고…… 영감이라고 있으나 없으나 마찬가지지, 일 년 열두 달 계집이 죽거나 살거나 버려두고 돌아만 다니니까……."

영감은 픽 웃었다.

"왜 내 잘못인가? 오죽 행실을 잘 가지면 그따위 녀석에게 그 꼴을 당한담."

김삼보는 분이 나지 않는 것도 아니었다. 그러나 계집의 소행을 짐작도 하려니와 그놈의 주먹도 아니 생각할 수가 없었다. 계집이 먹여 살리라는 말이 없고 이혼하자는 말만 없는 것이 다행해서 서방질을 해도 눈을 감아주고 무슨 짓을 하든지 그저 코대답만 하여주는 터이라 그런 소리가 귓전으로 들릴 뿐이다. (167~168쪽)

　이렇게 서로 툭탁거리며 싸우는 판에 뒷집에서 삼돌이란 놈이 이 소리를 듣고서 가장 긴한 체하고 달아왔다.

　"삼보 김서방, 언제 오셨소?"

하고 마당에 들어섰다. 김삼보는 그놈의 상판을 보니까 참았던 꼭두까지 올라온다. 삼돌이는 제법 웃음을 띠고,

　"허허, 오래간만에 만나세서 내외분 싸움이 웬일이시우?"

어디서 한잔을 하였는지 얼굴이 불콰하다.

　김삼보는 눈을 흘겨 뚫어지도록 삼돌이를 치어다보았다.

　"이놈아! 남이 내외싸움을 하든 말든 참견이 무어야!"

삼돌이란 놈은 주춤하였다. 그는 비지 같은 눈꼽이 낀 눈을 꿈벅꿈벅하더니,

　"그렇게 역정 내실 것 무엇 있수. 말 좀 했기로……"

　"이놈아, ,네가 아랑곳할 게 무어야?"

　"아랑곳은 할 것 없어도 흥정은 붙이고 싸움은 말리랬으니까 말이오. 나는 싸움 좀 못 말린단 말이오?"

하고 술 냄새를 풍기며 다가앉는다.

　"이놈아, 술을 먹었거든 곱게 삭여!"

　이번에는 삼돌이란 놈이 별붓는다.

　"나, 술 먹고 어찌하든 김서방이 관계할 게 무어요."

　"이놈아! 남의 내외싸움에 참견을 하니까 그렇지."

　주고받다가 삼돌이의 멱살을 김삼보가 쥐었다.

"이 녀석, 네가 무슨 뻔뻔으로 이따위 수작이냐? 내 계집 이놈 왜 건드렸니?"

삼돌이는 조금 발이 저렸으나 속으로 흥 하고 웃었다. (168~169쪽)

※

사람이 헤어지자 노름꾼은 계집의 머리채를 잡았다.

그는 삼돌이에게 태질을 당한 것이 분하였다. 그뿐 아니라 그렇게까지 계집년의 행실을 온 동리에서 아는 것이 분하였다.

"이년! 더러운 년! 뽕밭에는 몇 번이나 나갔니?"

발길로 지르고 주먹으로 패고 머리채를 잡아당기고 땅에다 질질 끌었다. 그는 이를 갈고 어쩔 줄을 몰랐다. 계집은 울고 발버둥을 쳤다.

"죽여라! 죽여!"

"그럼 살려줄 줄 아니? 이년! 들어앉아서 하는 게 그런 짓밖에는 없어?"

김삼보는 자기의 무딘 팔다리가 계집의 따뜻하고 연한 몸에 닿을 때에 적지 않은 쾌감을 느끼었다. 그는 그럴수록 더욱 힘을 주어 저리도록 속에 숨겨 있던 잔인성이 복받쳐 올라왔다.

(… 중략 …)

삼보는 더욱 머리채를 잡아챘다.

"이년! 한 번?"

이번에는 더 때렸다. 안협집은 말한 것이 후회가 났다. 삼보는 그래도 거짓말을 한다고 그대로 엎어놓고 짓밟았다. 안협집은 기절을 하였다. 삼보는 귀로 안협집의 숨소리를 들어보았다. 그러나 숨소리가 없다. 그는 기겁을 하여 약국으로 갔다. 그의 팔다리는 떨렸다. 그가 의사에게서 약을 지어가지고 왔을 때 안협집은 일어나 앉아 있었다. 삼보는 반가웁기도 하고 분하기도 하여 약을 마당에 팽개쳤다. 그리고 밤새도록 서로 말이 없었다.

이튿날은 벙어리들 모양으로 말이 없이 서로 앉아 밥을 먹고, 서로 앉아 치어다보고, 서로 말만 없이 옷도 주고받아 갈아입고 하루를 더 묵어 삼보는 또 가버렸다. 안협집은 여전히 동리집 공청사랑에서 잠을 잤다. 누에는 따서

삼십 원씩 나눠먹었다. (171~172쪽)

● 삼돌이 ─────────────────────────────

성   별 남자

나   이(추정포함) 스물 여덟이나 아홉 정도로 추정함.

출생지 및 거주지, 활동 공간 출생지는 확실하지 않으며, 철원(鐵原) 용담(龍
     潭) 안협집의 뒷집 머슴으로 와 생활함.

직   업 머슴

출신계층 중류계층 이하일 것으로 추정함.

교육정도 보통학교 이하 정도의 교육을 받았을 것으로 추정함.

가족관계 확실하지 않음.

인물관계

     ① 힘이 세고 일을 잘하여 머슴 사는 집 주인마누라에게 신임을 얻음.

     ② 안협집을 탐하여 그녀와 그녀의 남편과 갈등을 일으킴.

     ③ 안협집을 기롱하다 이장 동생에게 야단을 맞고 쫓겨남.

     ④ 자신의 색욕을 채우기 위해 남의 약점을 들춰낼 정도로 야비함.

인물의 존재방식(사회계층) 동리의 머슴으로 음침하여 여자들을 탐함.

성   격

     ① 힘이 세고 우직함.

     ② 동리로 오던 때부터 반반한 동리 계집은 남모르게 모두 건드려보
       았고 자신의 말을 듣지 않는 안협집에게 집착할 정도로 호색한적
       인 기질이 있음.

     ④ 자신의 색욕을 채우기 위해 남의 약점을 들춰낼 정도로 야비함.

성격 지표 및 인물 제시방식

※ ───────────

안협집이 부엌으로 물을 길어가지고 들어오매 쇠죽을 쑤던 삼돌이란 머슴이 부지깽이로 불을 헤치면서,

"어젯밤에는 어디 갔었음던교?"

하며, 불밤송이 같은 머리에 왜수건을 질끈 동여 뒤통수에 슬쩍 질러 맨 머리를 번쩍 들어 안협집을 훑어본다.

"남 어데 가고 안 가고 님자가 알아 무엇 할 게요?"

안협집은 별 꼴사나운 소리를 듣는다는 듯이 암상스러운 눈을 흘겨보며 톡 쏴버린다.

조금이라도 염량이 있는 사람 같으면 얼굴빛이라도 변하였을 것 같으나 본시 계집의 궁둥이라면 염치없이 추근추근 좇아다니며 음흉한 술책을 부리는 삼십이나 가까이 된 노총각 삼돌이는 도리어 비웃는 듯한 웃음을 웃으면서,

"그리 성낼 게야 무엇 있읍나? 어젯밤 안쥔 심바람으로 님자 집을 갔었으니 깐두루 말이지."

하고 털 벗은 송충이 모양으로 군데군데 꺼칫꺼칫하게 난 수염을 숯검정 묻은 손가락으로 두어 번 쓰다듬었다.

"어젯밤에도 김참봉 아들네 사랑방에서 자고 왔읍네그려."

삼돌이는 싱긋 웃는 가운데에도 남의 약점을 쥔 비겁한 즐거움이 나타났다.

"무엇이 어쩌고 어째 이 망나니 같은 놈……"

하는 말이 입 바깥까지 나왔던 안협집은 꿀꺽 다시 집어삼키며서,

"남 어데가 자든 말든 상관할 것이 무엇인고!"

하며 물동이를 이고서 다시 나가려 하니까,

"흥! 두고 보소. 가만있을 줄 알았다가는……"

"듣기 싫어! 별 꼬락서니를 다 보겠네." (149~150쪽)

이렇게 이삼 년을 지내고 난 어떠한 가을에 삼돌이란 놈이 그 뒷집 머슴으로 왔는데, 놈이 어느 곳에서 어떻게 빌어먹던 놈인지는 모르나 논맬 때 콧소리나마 아르렁타령 마디나 똑똑히 하고 술잔이나 먹을 줄 알며, 동료들 가운데 나서면 제법 구변이나 있는 듯이 떠들어 젖히는 것이 그럴듯하고 게다가 힘이 세어서 송아지 한 마리 옆에 끼고 개천 뛰기는 밥 먹듯 하는 까닭에 동리에서는 호랑이 삼돌이로 이름이 높다.

놈이 음침하여 오던 때부터 동리 계집으로 반반한 것은 남모르게 모두 건드려보았으나 안협집 하나가 내내 말을 듣지 않으므로 추근추근 귀찮게 구는데 마침 여름이 되어 자기 집 주인마누라가 누에를 놓고 혼자는 힘이 드니까 안협집을 불러서 같이 누에를 길러 실을 낳거든 반분하자는 약속을 한 후 여름내 같이 누에를 치게 된 것을 알고 어떤 틈 기회만 기다리며,

'흥 , 계집년이 배때가 벗어서 말쑥한 서방님만 얼르더라. 어디 두고 보자. 너는 깩소리 못 하고 한 번 당해야 할 걸! 건방진 년!'

하고는 술잔이나 취하면 주먹을 들었다 놓았다 한다. (153~154쪽)

삼돌이란 놈이 한참 있다가 싱긋 웃더니 은근하게,

"쥔마님! 제가 뽕을 한 짐 져다드릴 것이니 탁주 많이 먹이시랍니다까?"

듣던 중에도 그렇게 반가운 소리가 또 어디 있으랴.

"작히 좋으랴. 따 오기만 하면 탁주에다 젓이라도 담그마."

귀찮스런 삼돌이도 이런 때는 쓸 만하다는 듯이 안협집도 환심 얻으려는 듯한 웃음을 웃으며 삼돌이를 보았다. 삼돌이는 사내자식의 솜씨를 네 앞에 보여주리라 하는 듯이 기운이 나며 만족하였다.

그날 밤 저녁을 먹고 자정 때나 되더니 삼돌이는 눈을 비비며 일어나서 문밖으로 나갔다. 나갔다가 한 두어 시간 만에 무엇인지 자고 오더니 그 것을

뒤꼍 건넌방 뒤 창 밑에 뭉뚱그려놓았다. 이튿날 보니까 딴은 미선쪽 같은 기름이 흐르는 뽕잎이었다.

"어디서 났을꼬?"

주인하고 안협집은 수군수근하였다.

"그 녀석이 밤에 도둑질을 해온게지? 뽕은 참 좋소, 그렇지?"

"참 좋쇠다. 날마다 이만큼씩만 가져오면 넉넉히 먹이겠쇠다."

두 사람은 뽕을 또 따 오지 않을까보아서 아무 말도 아니하고,

"참 뽕 좋더라. 오늘도 좀 또 따오렴." 하고 충동인다. 놈은 두 손을 내저으며,

"쉬, 떠들지 맙쇼, 큰일 나죠. 그것이 그렇게 쉬워서야 그 노릇만 하게요. 까딱하다가는 다리 마디가 두 동강에 날걸요."

도적해 온 삼돌이나 받아들인 두 사람이나 도둑질 했소! 하는 말은 없으나 서로 알고 있다. (156~157쪽)

※

삼돌이는 어깨에서 춤이 저절로 추어진다.

애, 이것이 정말인가, 거짓말인가? 이제는 때가 왔구나. 인제는 제가 꼭 당했지.

놈이 신이 나서 저녁 먹고, 마당 쓸고, 소 여물주고, 도야지, 병아리새끼 다 몰어넣고, 앞뒤로 돌아다니며 씻은 듯 부신 듯 다 해놓고, 목물하고 발 씻고, 둥거리 잠뱅이까지 갈아입은 후 곰방대에 담배를 꾹꾹 눌러 듬뿍 한 모금 빨아 내뿜으며 시간 오기만 기다린다. (158쪽)

※

삼돌이란 놈은 속으로 궁리를 하였다.

'뽕을 따기 전에 논이랑으로 끌고 가?…… 아니지, 그러다가는 뽕두 못 따가지고 오면 어떻게 하게…… 저도 열녀가 아닌 다음에 당하고 나면 헐 말 없지.

수가 있어. 뽕을 잔뜩 따서 이주면 제가 항우의 딸년이라도 한 번은 중간에서 쉬렀다. 그러거든……'

이렇게 궁리를 하다가 너무 말이 없으니까 심심파적도 될 겸 또는 실없는 농담도 좀 해서 마음을 좀 떠보아 나중 성사의 전제도 만들어 놀 겸 공연히 쓸데없는 말을 지껄인다.

"삼보는 언제나 온답데까?"

"몰라, 언제는 온다 간다 말 있어 다니나."

"그래 영감은 밤낮 나돌아다니니 혼자 지내기 쓸쓸치 않소?"

놈이 모르는 것같이 새삼스럽게 시치미를 뗀다.

"별걱정 다 하네. 어서 앞서 가, 난 길이 서툴러 못 가겠으니……."

"매우 쌀쌀하구려. 나는 임자를 위해서 하는 말인데. 그렇지만 김참봉 아들이란 쇠귀신 같은 놈이라 아무리 다녀도 잇속 없읍네. 내 말이 그르지 않지."
(158~159쪽)

❋ ⎯⎯⎯⎯⎯⎯⎯⎯⎯⎯⎯

뽕밭에 왔다. 삼돌이란 놈이 철망으로 울타리 한 것을 들어주어 안협집이 먼저 들어가고 나중으로 삼돌이란 놈이 그 무거운 다리를 성큼 하여 그 안으로 들어갔다. 들어가다가 발 끝에 삭정이 가지를 밟아서 딱 우지끈 소리가 나고 조용하였다.

삼돌이는 손에 익어서 서슴지 않고 따지마는 안협집은 익지도 못한 데다가 마음이 떨리고 손이 떨려서 마음대로 안된다.

삼돌이는 뽕을 따면서도 있다가 안협집을 꾀일 궁리를 하지마는 안협집은 이것저것을 잊어버리고 손에 닥치는 대로 뽕을 땄다. (159쪽)

❋ ⎯⎯⎯⎯⎯⎯⎯⎯⎯⎯⎯

삼돌이란 놈은 멀리서 정경만 살피다가 안협집을 뽕지기가 데리고 가는 것을 보더니 두 눈에서 쌍심지가 돋았다.

'애 이놈이 호랑이 삼돌이를 모르는 모양이다. 그러나 대관절 어떻게 할 셈이냐? 이놈 안협집만 건드려 보아라. 정강마루를 두 토막에다 내놓을 터이니. 오늘 밤에는 꼭 내 것이던 걸 그랬지. 어디 좀 가까이 가 볼까?'

이제는 단판씨름이라 주먹이 시비판단을 하는 때이다. 다시 철망을 넘어서 들어갔다. 들어가서는 이곳저곳 귀를 기울이더니 이 구석 저 구석으로 돌아다녀보았다.

저쪽에서 인기척이 웅얼웅얼 하더니 아무 말이 없다.

한 두서너 시간 그 넓은 뽕밭을 헤매고 또 거기 닿은 과목밭, 채마전, 나중에는 그 옆 원두막까지 가보았다. 놈이 뽕나무밭 가운데 부풀덤불을 보지 못한 까닭이다.

그는 입맛만 다시면서 집으로 와서 주인에게 그 이야기를 했다.

노파의 눈은 등잔만해지더니, 두 다리가 사시나무 떨듯 한다.

"이거 일 났구나. 어쩌면 좋단 말이냐."

좌불안석을 할 제 삼돌이란 녀석은 분한 생각에 곰방대만 똑똑 떨고 앉았다.
(161~162쪽)

그날 밤에 삼돌이란 놈은 혼자 앉아서 생각하기를, '복 없는 놈은 하는 수가 없거든. 그러나 내가 다 눈치를 채었으니까, 노름꾼놈이 오거든 일르겠다고 위협을 하면 년도 발이 저려서 그대로는 못 있지. 내 입을 안 막고 될 줄 아는 게로구먼.'

그 후부터는 삼돌이란 놈이 안협집을 보고는,

"뽕지기놈 보고 싶지 않습나?"

하고 오며 가며 맞대놓고 빈정대기도 하고 빗대놓고도 비웃는다.

"뽕이나 또 따러 가소"

이러는 바람에 온 동리에서 다 알았다. 안협집은 분해서 죽겠는데 하루는

삼돌이란 놈이 막 안협집이 이불을 펴고 누우려는데 찾아와서 추근추근 가지도 않고,

"삼보 김서방이 올 때도 되었습네그려."

하며 눈치를 본다. 안협집은 졸음이 와서 눈꺼풀이 뻣뻣하여오는데 삼돌이란 놈이 가지도 않는 것이 귀찮아서,

"누가 아우. 오고 싶으면 오고 가고 싶으면 가겠지."

하고 담벼락에 비스듬히 기대앉는다.

삼돌이의 눈에는 그 고단해하면서 비스듬히 누워서 눈을 감을랑 말랑 한 안협집의 목덜미 살찌며 볼그레한 두 볼이 몹시 정욕을 일으킨다.

그래서 차츰차츰 말소리가 음흉해간다.

"임자는 사람을 너무 가려봅디다. 그러지 마슈. 나도 지금은 남의 집 머슴놈이지마는 안집 지체라든지 젊었을 적에는 그래도 행세하는 집에서 났더라우. 지금은 그놈의 원수스런 돈 때문에 이렇게 되었지마는……" 하고 말을 건네려 하는데, 안협집은 별 시러베자식 다 보겠다는 듯이 대답이 없다.

"자 그럴 것 있소. 오늘은 내 청을 한 번 들어주소그료."

하고 바싹 달려드는 바람에 반쯤 감았던 안협집의 눈은 똥그래지며 어느 결에 삼돌의 뺨에 손뼉이 올라가 정월의 떡 치듯 철썩 한다.

"이놈! 아모리 쌍녀석이기로 이게 무슨 버르장머리냐. 냉큼 나가거라!"

하고 호령이 추상 같다. 삼돌이란 놈은 따귀를 비비면서 성이 꼭두까지 일어나서

"무엇이 어쩌고 어째. 횡! 어디 또 한 번 때려봐라."

일이 이렇게 되었으니 자기가 하려던 것은 이루고 마는 것이 상책이다. 이래도 소문은 날 것이요, 저래도 소문은 날 것이니 이왕이면 만족이나 채우고 소문이 나더라도 나는 것이 자기에게는 이로울 것 같았다.

더구나 안협집으로 말을 하면 온 동리에서 판 박아놓은 화냥년이니 한 번 화냥이나 두 번 화냥이나, 남이나 내가 무엇이 다를 것이 있으랴 하는 생각이 났다. 도리어 자기의 만족을 한 번 얻는 것이 사내자식으로서 일종의 자랑인 것같이 생각되었다.

그는 두 팔로 안협집을 힘껏 끼어안고,

"내가 호랑이 삼돌이다! 네가 만일 내 말을 들으면 무사하지만 그렇지 않으면 그대로 두지 않을 터이야! 너, 네 남편이 오기만 하면 모조리 꼬아바칠 터이야! 뿡 따러 갔던 날 일까지 모조리!"

무식한 놈이라 야비한 곳이 있다. 안협집은 그 소리가 얼마나 사내답지 못하였는지 알 수 없었다. 쇠 같은 팔이 자기 허리를 누를 때 눈을 감고 한 번 허락할까 하려다가 그 말을 듣고서 고만 침을 얼굴에 뱉었다.

"이 더러운 녀석! 네가 그까짓 것으로 나를 위협한다고 말을 들을 줄 아니."

하고, 소리를 질렀다. 삼돌이는 손으로 안협집의 입을 막았으나 때는 늦었다. 마침 말을 다녀오던 이장의 동생이 이 소리를 듣고 문을 열었다.

삼돌이란 놈은 무안해서 얼굴이 붉어지며 안협집을 놓았다. (… 중략 …)

이장의 동생은 안협집의 행실을 아는 고로 삼돌이만 보내려고,

"이놈이 헐 일 없거든 자빠져 자기나 하지 왜 아닌 밤중에 남의 계집의 방에서 지랄야? 냉큼 네 집으로 가거라!"

두 눈이 등잔만하여진다.

"네, 그런 게 아니라 실없이 기롱을 좀 했삽더니……"

"딛기 싫어! 공연히 어름어름하면서, 이놈아 너는 사람을 죽여도 기롱으로 아느냐?"

삼돌이는 쫓겨났다. (163~165쪽)

주고받다가 삼돌이의 멱살을 김삼보가 쥐었다.

"이 녀석, 네가 무슨 뻔뻔으로 이따위 수작이냐? 내 계집 이놈 왜 건드렸니?"

삼돌이는 조금 발이 저렸으나 속으로 흥 하고 웃었다.

"요까짓 게 누구 멱살을 쥐어? 양징하게……" 하더니 김삼보의 팔을 잡아 마당에다가 내려갈기니 개구리 떨어지듯 캑 한다.

"요놈의 자식아! 내말을 좀 들어 보고 말을 해! 네 계집 험절을 모르고 뎀비기

만 하면 강산이냐? 이 동리 반반한 사내양반 쳐놓고 네 계집 건드리지 않은 놈이 없다. 이놈! 꼭 집어 말을 하라면 위에서 아래로 내리섬기마. 이놈 너도 계집 덕분에 노자랑 노름 밑천푼 좋이 얻어 썼지. 그래 집이라고 오면서 볼 받은 것이나마 옥양목 버선 벌이나 얻어가지고 가는 것은 모두 어디서 나온 것으로 아니? 요 땅딸보 오리궁둥아! 아무리 속이 밴댕이 같기로…… 그리고 또 들어봐라. 나중에는 주워먹다 못해서 뽕지기까지 주워 먹었다."

안협집이 파래서 달려든다.

(… 중략 …)

한참 있더니 듣다듣다 못하는 듯이 삼돌이란 놈이 안협집에게로 달려들며,

"이년이 뒈지려고 기를 쓰나?"

하고 주먹을 들었다.

동리 사람들의 호령을 하고 말렸다.

"이놈! 저리 얼른 가거라!"

이놈은 변명을 하며 뻗딩겼다. 그러나 여러 사람에게 끄려 저리로 가버렸다.

(169~171쪽)

● 주인 노파

성   별 여자
나   이(추정포함) 예순 살 이상의 노파로 추정함.
출생지 및 거주지, 활동 공간 출생지는 정확하게 알 수 없으며, 강원도 철
                        원(鐵原) 용담(龍潭)에서 양잠을 함.
직   업 양잠업
출신계층 출신계층은 정확하게 알 수 없으나 머슴을 두고 생활하는 형편
          으로 보아 농촌 중류계층 정도일 것으로 추정함.
교육정도 무학이거나 보통학교 이하의 학력일 것으로 추정함.
가족관계 알 수 없음.

인물관계
　① 안협집과 같이 누에를 길러 반분하자는 약속을 한 후 안협집과
　　동업관계에 있음.
　② 머슴 삼돌이를 믿고 집안의 농사일과 양잠일을 맡김.
인물의 존재방식(사회계층)　거주하는 동리의 중류계층 정도일 것으로 추정함.
성　　격　다분히 이기적이며 도덕심이 없음.

성격 지표 및 인물 제시방식

＊＊＊

　그러자 마누라가 치는 누에가 거의 오르게 되자 뽕이 떨어졌다. 자기 집
울타리에 심은 뽕은 어림도 없이 다 따다 먹이었고 그 후에는 삼돌이란 놈을
시켜서 날마다 십 리나 되는 건넌말 일갓집 뽕을 얻어다 먹이었으나 그것도
이제는 발가숭이가 되게 되었다.
　인제는 뽕을 사다 먹이는 수밖에 없게 되었다. 그러나 사다가 먹이자면 돈이
든다.
　주인 노파는 담뱃대를 물고서 생각하여 보았다.
　'개량뽕이 좋기는 좋지마는 돈을 여간 받아야지. 그리고 일일이 사서 먹이려
다가는 뽕값으로 다 들어가고 남는 것이 어디 있나.'
　노파 생각에는 돈 한 푼 안 들이고 공짜로 누에를 땄으면 좋을 것이다.
　돈 한 푼을 들인다 하면 그 한 푼이 전 수확에서 나오는 이익의 전부같이
생각되어 못 견디었다. 그뿐 아니라 자기 혼자 이익을 먹는 것 같으면 모르거니
와 안협집하고 동사로 하는 것이므로 안협집이 비록 뼈가 부서지도록 일을
한다 하더라도 그 힘이 자기 주머니에서 나가는 돈 한 푼만 못해 보인다. 그래서
뽕을 어떻게 공짜로, 돈 안 들이고 얻어올 궁리를 하고 있다가 안협집이 마침
마당으로 들어서매,
　"뽕 때문에 일 났구려."

하며 안협집에게는 무슨 도리가 없느냐고 물어보았다.

(… 중략 …)

서로 얼굴만 쳐다볼 때, 들에 나갔던 삼돌이란 놈이 툭 튀어들어오다가 이소리를 듣더니 제 딴은 동정하는 표정으로,

"그것 일 났쇠다. 어떻게 하나……."

한참 허리를 짚고 생각을 해보더니,

"헝! 참 그 뽕은 좋더라마는, 똑 되기를 미선조각같이 된 놈이 기름이 지르를 흐르는데 그놈을 먹이기만 하면 고치가 차돌같이 여물거야!"

들으라는 말인지 혼잣말인지는 모르나 한마디를 탁 던지고 말이 없다. 귀가 번쩍 띈 주인은,

"어디 그런 것이 있단 말이야?"

하며 궁금증 난 사람처럼 묻는다.

"네. 저 새 술막에 있는 것 말씀이요."

혹시 좋은 수가 있을까 하려다가 남의 뽕밭, 더구나 그것으로 살아가는 양잠소 뽕이라, 말씨름만 하는 것이 될 것 같으므로,

"응! 나도 보았지, 그게 그렇게 잘되었나? 잘되었겠지. 그렇지만 그런 것이야 짐으로 있으면 무엇 하니."

"언제 보셨어요?"

"보기야 여러 번 보았지. 올봄에 두릅 따러 갔다가도 보고."

삼돌이란 놈이 한참 있다가 싱긋 웃더니 은근하게,

"쥔마님! 제가 뽕을 한 짐 져다드릴 것이니 탁주 많이 먹이시랍니까?"

듣던 중에도 그렇게 반가운 소리가 또 어디 있으랴.

"작히 좋으랴. 따 오기만 하면 탁주에다 젓이라도 담그마."

귀찮스런 삼돌이도 이런 때는 쓸 만하다는 듯이 안협집도 환심 얻으려는 듯한 웃음을 웃으며 삼돌이를 보았다. (154~156쪽)

이튿날 보니까 딴은 미선쪽 같은 기름이 흐르는 뽕잎이었다.

"어디서 났을꼬?"

주인하고 안협집은 수군수군하였다.

"그 녀석이 밤에 도둑질을 해온 게지? 뽕은 참 좋소, 그렇지?"

"참 좋쇠다. 날마다 이만큼씩만 가져오면 넉넉히 먹이겠쇠다."

두 사람은 뽕을 또 따 오지 않을까 보아서 아무 말도 아니하고,

"참 뽕 좋더라. 오늘도 좀 또 따오렴." 하고 충동인다. 놈은 두 손을 내저으며,

"쉬 떠드시지 맙쇼. 큰일나죠. 그것이 그렇게 쉬워서야 그 노릇만 하게요. 까땍하다가는 다리마디가 두 동강에 날걸요."

도둑해 온 삼돌이나 받아들인 두 사람이나 도둑질 했소! 하는 말은 없으나 서로 알고 있다.

그러자 하루는 주인이 안협집더러,

"여보, 이번에는 임자가 하루저녁 가보구려. 그놈이 혹시 못 가게 되더래도 임자가 대신 갈 수 있지 않수. 또 고삐가 길며는 바래인다구 무슨 일이 있을는지 모르니 임자가 둘이 가서 한몫 많이 따오는 것이 좋지 않수."

안협집이 삼돌이를 꺼리는 줄 알지마는 제 욕심에 입맛이 달아서 자꾸자꾸 충동인다.

"따다가 잡히면 어찌하구요?"

"무얼! 밤중에 누가 알우? 그리고 혼자 가라오. 삼돌이란 놈하고 가랬지."

(156~157쪽)

꽃

그날 새벽에 안협집이 무사히 왔다. 머리에 지푸라기가 묻고 몸 매무시가 말 아니다.

"에그, 어떻게 왔어! 응?"

주인은 눈에 눈물이 고여서 어루만진다.

"무얼 어떻게 와요? 밤새도록 놈하고 싱강이를 하다가 그대로 왔지."

"그대로 놓아주던가?"

"놓아주지 않고, 붙잡아두면 어찌할 테야?"

일이 너무 싱겁다. 삼돌이놈만 혼잣말처럼,

"내가 잡혔드면 콩밥을 먹었을걸. 여편네니까 무사했지."

주인은 그래도 미진해서,

"그래, 잘 놓아주었으니 다행이지. 그러나저러나 뽕은 어떻게 되었소."

"다 뺏겼죠!"

"인제는 아무 일 없겠소?"

"일은 무슨 일예요." (162~163쪽)

※※※────────────

그는 그 길로 삼돌의 주인마누라에게로 갔다.

"삼돌이란 놈을 내쫓이소."

주인은 벌써 알아채었으나 안협집 편은 안 들었다. 다만 어루만지는 수작으로,

"무얼 내쫓을 것까지 있소. 그만 일에…… 그저 눈감아두지."

"왜 눈을 감는단 말이요?"

주인은 속으로 웃었다. '소 한 필을 달라면 줄지언정 삼돌이를 내뇌?' 하였다.

"내쫓아선 무얼 하우, 또."

'어림없는 년! 네가 떠들면 떠들수록 네 밑구멍 들춰서 남 보이는 것이라'는 듯이 치어다보며 맨 나중으로 아주 잘라 말을 해버렸다.

"난 못 내보내겠소."

안협집은 분해서 집에 와서 머리를 쥐어뜯으면 울었다. (166~167"쪽)

● 이장의 동생 ──────────────────────────

성   별   남자

나   이(추정포함) 삼사십대로 추정함.

출생지 및 거주지, 활동 공간 출생지는 명확하지 않으며 강원도 철원(鐵原)
         용담(龍潭)에 거주하며 생활함.

직   업   알 수 없음.

출신계층   이장이 동생인 점으로 미루어 농촌 중류계층 이상으로 추정함.

교육정도   사리분별이 분명한 것으로 보아 보통학교 이상의 학력일 것으
         로 추정함.

가족관계   알 수 없음.

인물관계   거주지 동리의 모든 사람들과 원만한 관계를 유지하고 있을 것
         으로 추정함.

인물의 존재방식(사회계층) 중류계층 이상일 것으로 추정함.

성   격   사려 깊으며 사리분별이 분명함.

성격 지표 및 인물 제시방식

※ ─────────────

"이 더러운 녀석! 네가 그까짓 것으로 나를 위협한다고 말을 들을 줄 아니."
하고, 소리를 질렀다. 삼돌이는 손으로 안협집의 입을 막았으나 때는 늦었다.
마침 말을 다녀오던 이장의 동생이 이 소리를 듣고 문을 열었다.

삼돌이란 놈은 무안해서 얼굴이 붉어지며 안협집을 놓았다. 안협집은 분해서
색색 하며,

"저놈 보시소 아닌 밤중에 혼자 자는데 와서 귀찮게 굽니다. 저 죽일 놈이요
좀 끌어내다 중치를 좀 해 주시오."

이장의 동생은 안협집의 행실을 아는 고로 삼돌이만 보내려고,

"이놈이 헐 일 없거든 자빠져 자기나 하지 왜 아닌 밤중에 남의 계집의 방에서 지랄야? 냉큼 네 집으로 가거라!"

두 눈이 등잔만하여진다.

"네, 그런 게 아니라 실없이 기롱을 좀 했삽더니……."

"듣기 싫어! 공연히 어름어름하면서, 이놈아 너는 사람을 죽여도 기롱으로 아느냐?"

삼돌이는 쫓겨났다. 이장의 동생은 포달을 부리며 푸념을 하는 안협집을 향하여,

"젊은것이 늦도록 사내녀석들을 방에다 붙이니까 그런 꼴을 당하지."

"누가요?……"

"고만둬! 어서 잠이나 자."

하며 문을 닫쳐주고 가버렸다. (165~166쪽)

저본 2005년 창비 출간 『20세기 한국소설 3』

이기영

민촌(民村)

발 표 년 도	「문예운동 2」(1926.5)
시대적 배경	1920년대 충청도 향교말(민촌, 상민(常民)부락)

핵 심 서 사

① 충청도 향교말 동리는 자래로 상놈만 사는 민촌으로 유명하며 이곳 사람들은 소작농이거나 나무장수 짚신장수, 산전꾼으로 겨우 살아가는데, 점순네 역시 유난히 이심스러운 박주사 아들 덕택에 그 집 땅을 얻어 부치고 있으나 올에 수파를 당해 벼 한 톨 구경할 수 없게 됨.

② 향교말에 서울서 내려와 아랫말 백부의 집에 머물고 있는 '서울 양반'은 이곳 사람들과 잘 어울려 가난의 원인인 자본제의 병폐와 신분제의 위악성을 설파하며 부자 양반들을 신랄하게 비판함.

③ 점동은 점순의 친구 순영이 점순은 서울댁과 좋아지내는데, 공동체 사회의 이상에 대한 '서울댁'의 부르짖음에 점순과 순영, 점동이 감격하여 눈물을 흘림.

④ 보리양식이 떨어질 칠궁으로 유명한 음력 칠월달에 접어들자 향교말에 양식이 안 떨어진 집이 별로 없는데, 김첨지마저 병이 난 점순이집에서는 가지말라고 역정하는 김첨지의 만류에도 불구하고 점순이 모친이 박주사 아들에게 장릿벼 한 섬을 얻으러 갔다 장릿벼를 주는 대신 딸 점순이를 달라는 박주사 아들의 음심에 점순이 모친은 눈물만 쏟고 돌아옴.

⑤ 이 말을 들은 김첨지는 박주사 아들을 향해 분노하다 까무라치기까지 하고, 이 소문을 들은 향교말 사람들은 박주사 아들을 욕하며 점순이집 식구를 구제하기 시작함.

⑥ 김첨지의 병세가 더욱 위중해지고, 약값은 고사하고 미움 한 그릇 쑬 거리가 없게 되자 며칠을 두고 조그만 가슴을 태울 대로 태운 점순은 자신의 계급적 위치를 어렴풋하게 깨닫고 세상과 교회를 증오하며, 자신의 몸을 희생하기로 결심함.

⑦ 박주사집에서 벼 한 바리와 돈 쉰 냥을 점순이집으로 보내오는데, 인사불성인 김첨지, 모친, 점동이 반 실성하다시피 하고 한탄하는 중에 박주사 아들만은 기뻐하며 점순이를 어서 데려갈 생각만 함.

⑧ 팔월 초생, 부친의 실성과 모친의 기절, 오빠의 울음, 서울댁의 무서운 눈도 벼 두 섬의 힘만은 못하여 결국 점순은 벼 두 섬에 팔리어 박주사집 하인들이 메고 온 가마로 박주사 아들에게 실려감.

주 제	① 가난한 민촌 소작농들의 참상과 부잣집 양반들의 행악 ② 소작농(빈농)과 지주계층의 계급적 모순 ③ 소작농(빈농)들의 계급적 각성의 가능성
등 장 인 물	성삼이 처, 점백이 마누라, 조첨지 며느리, 점순이, 박주사 아들, 창순이(서울댁 양반, 서울댁), 점동이, 김첨지(점순이 아버지), 점순이 모친, 조첨지, 순영이

● **성삼이 처**

성 별 여자

나   이(추정포함) 이십대 중후반쯤일 것으로 추정함.

출생지 및 거주지, 활동 공간 출생지는 알 수 없으며, 향교말에 거주하며 생활함.

직   업 향교말 소작농의 아내

출신계층 최하류계층에서 출생했을 것으로 추정함.

교육정도 무학일 것으로 추정함.

가족관계 시아비와 서방이 있음.

인물관계 향교말의 아낙들과 잘 어울리며, 서울댁 양반에게 반하였으나, 박주사 아들은 사람 취급을 하지 않음.

인물의 존재방식(사회계층) 향교말 소작농의 아내로서 최하류계층에 속하지 만, 넉살좋고 흥이 있으며, 동리의 어려움에는 먼저 나서서 인 정을 보임.

성   격

  ① 수다하고 넉살스러움.

  ② 자유분방한 기질이 있으며, 멋과 흥취가 있고, 인간성 여부를 따져 사람을 판단함.

  ③ 곰살맞고 인정이 있음.

성격 지표 및 인물 제시방식

─────────

조첨지 며느리, 점백이 마누라, 성삼이 처, 또는 점순이, 이쁜이는 지금 샘가에 늘어앉아서 한편에서는 보리쌀을 씻고 또 한편에서는 푸성귀를 헹구는데, 수다하기로 유명한 성삼이 처는 이런 때에도 입을 다물 수 없는 모양이다. 그는 웃을 때마다 두 뺨에다 샘을 파고 말할 때에는 고개를 빼뚜룩하면서 쌍꺼풀진 눈을 할금할금하는 것이 버릇이었다. 어떻든지 — 해반주그레한 얼굴이 눈웃음 잘 치고 퍽 산들거리는 — 이 동리에서는 제일 하이칼라상이란다. 그래 주전부리(?)도 곧잘 한다는 소문이 나기는 벌써 오래전부터이다마는 시아비와 서방은 도무지 그런 줄을 모른다는 멍텅구리 한쌍이라고 흥이 자자하단다. 지금 성삼이 처는 전과 같은 표정으로 점백이 마누라를 할끗 쳐다보며

"아주머니!"

하고 열째게 불렀다. 그의 날카롭고 윤나는 목소리로.

(… 중략 …)

안동포 적삼소매를 활짝 걷어붙인 뿌연 살이 포동포동 찐 팔뚝으로 보리쌀을 이리저리 헤쳐서 푹 눌렀다, 썩 싹! 푹 눌렀다, 썩 싹! 하고 한참 장단을 맞춰서 재미있게 씻던 성삼이 처는 바가지로 물을 퐁퐁 퍼붓고는 한번 휘 둘러서 보리쌀을 헹구더니만 그 옆에 놓인 옹배기에다 뽀얗게 우러난 뜨물을 쭉 따라놓는다. 하더니만 무슨 의미인지 점백이 마누라를 할끗 쳐다보고 한번 씽긋 웃는다.

"아주머니! 박주사 아들은 또 첩을 얻었다지요?"

"그렇다네. 돈 많은 이들이니까 우리네 '소'를 개비하듯 얼마든지 할 수 있겠지."

(… 중략 …)

"그런데 그전 첩은 가기 싫다는 걸 억지로 쫓았대요! 동전 한푼 안 주고…… 그래 울며불며 나갔다던가."

"그럼 왜 아니 그렇겠나. 아무리 첩이라 하기로니 같이 살겠다고 데려다놓고 불과 일년에 맨손으로 나가라니!"

"그야 그렇지요만 나같으면 그대로 쫓겨나지는 않겠어요!"

하고 성삼이 처는 별안간 두 눈초리가 샐쭉해진다.

"그럼 어찌하나? 첫째는 당자가 싫다 하고 온 집안 사람이 돌려내는 바에야. 그 눈칫밥을 먹고 어떻게 살겠나? 그러기에 예전 말에도 여편네는 뒤웅박팔자

라고 했다네. 더군다나 민적도 없는 남의 첩 된 신세가 아닌가?"

"그러면 그까짓놈 고장을 들어서 메붙이고 한바탕 분풀이도 실컷 좀 못할까?"

이 말이 채 떨어지기도 전에 눈앞을 흘끗 쳐다보는 점백이 마누라는 별안간

"쉬 — "

하고 성삼이 처의 옆구리를 꾹 찔렀다. 이 바람에 성삼이 처는 깜짝 놀래서 고개를 홱 돌이켰다. 과연 거기에슨 지금 말하던 박주사 아들이 보이었다. 그래 그는 시치미를 뚝 딸고 정신없이 보리쌀을 행구는 체 하였다. (36~38쪽)

❀

모시 두루마기에 맥고모를 쓴 박주사 아들은 살이 너무 쪄서 아랫볼이 터덜터덜하는 얼굴을 들고 점잖은 걸음세로 조를 빼며 걸어온다. 그는 어느틈에 나왔는지 모르는 개천가, 논둑에서 뒷짐지고 섰는 조첨지를 보고는

"영감 근력 좋은가?"

하고 거침없이 하소를 내붙인다. (… 중략 …)

"새파란 젊은놈이 제 할아비뻘이 되는 노인보고 하소를 깍듯이 한담!"

하고 성삼이 처는 또 입을 삐쭉하는데

"할아비뻘은커녕 증조할아비뻘도 넉넉하겠네!"

하고 지금 막 바가지로 물을 퍼붓던 점백이 마누라는 또 이렇게 맞장구를 쳤다.

(… 중략 …)

"글쎄…… 장래가 어떠할는지. 우리 늙은 내외는 그저 저 하나만 바라고 사네마는 그나마 뒤 대기가 여간 어려워야지. 참, 자네도 어서 아들을 낳아야 할 터인데 도모지 웬심인가? 소식이 감감하니…… 좀 단골한테나 물어보지?"

"그러지 않아도 물어보았대요!"

"그래 뭬라구?"

점백이 마누라는 별안간 목소리를 죽이며 은근히 쳐다본다.

"살풀이를 해야 한 대요!"

(… 중략 …)

점백이 마누라는 속으로 이런 말을 생각하면서도 겉으로는

"그럼 그 살을 풀어야지! 무슨 터줏살이라던가?"

하고 다시 의심스러운 듯이 물어보았다.

"아니 궁합이 안 맞는대요!" (38~40쪽)

❁ ─────────

지금까지 기척없이 열무를 씻고 있던 점순이는 별안간 고개를 반짝 쳐들며

"그런 젊디젊은 이가 노인을 보고 어떻게 하소가 나온대요?"

하고 이상스러운 표정으로 점백이 마누라를 쳐다본다. 그는 마치 여태까지 그 생각을 하느라고 잠자코 있었던 것처럼.

"양반이라 그렇단다!"

하고 점백이 마누라는 대답하엿다. 이 말에 무슨 생각이 들었던지 성삼이 처는 또 이야기를 끄집어 내놓는다.

"아주머니! 나는 참 저승에 가서라도 양반 될까봐 겁이 나요! 잔뜩 갇혀앉아서 그게 무슨 재미로 산대요! 해해……"

(… 중략 …)

한참 물끄러미 쳐다보던 성삼이 처는 별안간

"그런 이들이 내외 잠자리는 어찌했을까?"

하고 고만 웃음을 내뿜는 바람에 조첨지 며느리는

"아이 형님도……."

하고 손등으로 입을 가리며 웃는다.

"그렇던 양반이 지금은 차차 상놈을 닮아간다네!"

하고 점백이 마누라도 빙그레 웃었다. 이쁜이는 고만 고개를 푹 숙였다. (40쪽)

❁ ─────────

안마당에서는 내일 논 맬 밥거리 — 보리방아를 찧는데 성삼이 처도 방아꾼으로 뽑혀와서 지금 세장단마치로 쿵 쿵 쿵더쿵 하고 한참 재미있게 찧는 판이다. 성삼이 처는 방아를 찧는데도 멋이 잔뜩 들어서 절굿전에다 '사잇가락'을 넣어서 부딪치는데 그게 아주 흥취있게 들리었다.

점백이 마누라, 이쁜이 어머니거니 조첨지 며느리는 저편에서 키질을 하고 멋거리진 순이 어머니, 말 잘하는 수돌이 처, 여러 가지 의미로 유명한 성삼이 처는 이렇게 한패가 되어 방아를 찧는다. 어떻든지 얼르기도 잘들 얼렀다.

성삼이 처는 물론 이런 때에도 입을 가만두지 않고 숨이 차서 쌔근쌔근하면서도 무엇을 속살거리고는 그 유명한 윤나는 웃음을 웃었다. 그러면 수돌이 처가 또 우스운 소리를 해서 고만 웃음통이 터지고 절굿공이를 맞부딪치며 허리를 잡는데 별안간 순이 어머니가 이런 노래를 내었다.

(… 중략 …)

이번에는 수돌이 처가 이렇게 받자 잇대어서 성삼이 처가 또 받았다.

시뉘잡년 화냥년!
말전주는 왜 하누!
콩밭고랑 김맬 적에
정든 님을 어짜라구
얼싸절싸 쿵더쿵!

그래 그들은 다시 웃음을 내뿜고 절굿공이를 맞부딪고 보리쌀을 파헤치고 한바탕 야단이 났다. 더구나 성삼이 처의 웃음소리라니 까투리 날으는 소리로 알바가지를 있는 대로 뒤떨었다. (50~51쪽)

※

바깥마당에는 지금 서울댁 양반이 왔다. 그래 그들은 인사하기에 한참 부산하였다. 그들은 모두 서울댁 양반을 좋아하였다. 그것은 비단 그에게는 양반티가 없다는 것뿐 아니라 그의 호활하고 의리있는 것이 마음을 끌었음이다. (…
중략…) 그렇다니 말이지 그에게 먼저 반하기는 성삼이 처이었다. 그들은 마
치 서울댁을 지식주머니로 아는 듯이 그를 만나면 우선 세상 형편을 물어보았
다. 그럴 때마다 그는 여러 가지 이야기를 하였다. (… 생략…) (51~52쪽)

✿

(… 전략) 점순이 모친은 생각다 못하여 마지막으로 박주사 아들한테 장릿벼
한 섬을 얻으러 갔다.

(… 중략…)

그런데 박주사 아들이 대문 밖에까지 따라나오더니 잠깐 조용히 할 말이
있다고 구석진 곳으로 손질을 한다.

그것은 이러한 조건이었다. 장릿벼는 지금 말한 대로 줄 터이니 그 대신
자네 딸을 나 달라고.

(… 중략…) 그는 그때 박주사 아들한테 그 소리를 들을 때에 고만 가슴이
덜컥 내려앉으며 별안간 두 눈이 캄캄하였다. 그는 아무 대답도 않고 그길로
돌아서서 눈물만 비오듯 쏟으며 정신없이 돌아왔다.

(… 중략…)

이 소문이 난 뒤로는 향교말 사람들은 모두 박주사 아들을 욕하며 점순이집
식구를 구제하기 시작하였다. 그것은 성삼이 처까지도 그리하였다. 아래윗동리
로 돌아다니며 상놈의 반반한 계집이라고는 모조리 주워 먹던 박주사 아들도
웬일인지 성삼이 처만은 건드리지 못하였다. 아니 그는 벌써 언제부터 상삼이
처를 상관하려고 애써보았지마는 서방질 잘하기로 유명한 성삼이 처는 박주사
아들이라면 고만 고개를 흔들었다. 그것은 동리마다 박주사 아들의 뚜쟁이가
있는데, 향교말 뚜쟁이가 박주사 아들의 말을 넌지시 비쳐볼라치면 성삼이 처
는 대번에 입을 비죽거리며

"그까짓 자식이 사람인가. 양반인지는 모르지마는 사람은 아닌데 무얼!"
하고 다시는 두말도 못하게 하였다.

이 유명한 성삼이 처가 우선 쌀 닷 되와 돈 열 냥을 가지고 왔다. 그래 점순이 모친은 은근히 놀래었다. 점백이집에서도 보리 두 말을 가져왔다. 수돌이집에서도 보리 한 말을 가져왔다. 이쁜이집에서도 밀가루 두 되, 만엽이집에서는 좁쌀 한 되…… 심지어 밥 한 그릇, 죽 한 사발이라도 모두 가지고 와서는 김첨지의 고정한 마음을 칭찬하였다. (59~62쪽)

● **점백이 마누라** ─────────────────────────────────

성 별 여자

나   이(추정포함) 사십대 중후반 이상일 것으로 추정함.

출생지 및 거주지, 활동 공간 출생지는 알 수 없으며, 향교말에서 거주하며 이곳 소작농이나, 나무장사, 짚신장사의 아내로 생활함.

직   업 소작농 혹은 나무장사, 짚신장사의 아내

출신계층 최하류계층일 것으로 추정함.

교육정도 무학일 것으로 추정함.

가족관계 남편 점백이와 서울댁 양반을 찾아가 논 아들이 있음..

인물관계 향교말 아낙들과 잘 어울리며, 성삼이 처와는 다정한 듯하지만, 내심 성삼이 처의 음행을 비아냥거림.

인물의 존재방식(사회계층) 향교말 소작농 혹은 나무장사, 짚신장사의 아내로 최하류계층에 속하는 인물

성   격

① 어투가 퉁명스러우며 도덕심이 강함.

② 봉건적 법도에 익숙하며 양반의 위악성을 비판함.

③ 똑똑하고 돈만 있으면 그만인 세상이 옴을 반김.

④ 삶의 연륜이 있기는 하나, 다소 자기 과시적인 성향이 있음.

성격 지표 및 인물 제시방식

　조첨지 며느리, 점백이 마누라, 성삼이 처, 또는 점순이, 이쁜이는 지금 샘가에 늘어앉아서 한편에서는 보리쌀을 씻고 또 한편에서는 푸성귀를 헹구는데, 수다하기로 유명한 성삼이 처는 이런 때에도 입을 다물 수 없는 모양이다. 그는 웃을 때마다 두 뺨에다 샘을 파고 말할 때에는 고개를 빼뚜룩하면서 쌍꺼풀진 눈을 할금할금하는 것이 버릇이었다. 어떻든지 ― 해반주그레한 얼굴이 눈웃음 잘 치고 퍽 산들거리는 ― 이 동리에서는 제일 하이칼라상이란다. 그래 주전부리(?)도 곧잘 한다는 소문이 나기는 벌써 오래전부터이다마는 시아비와 서방은 도무지 그런 줄을 모른다는 멍텅구리 한쌍이라고 흉이 자자하단다. 지금 성삼이 처는 전과 같은 표정으로 점백이 마누라를 할끗 쳐다보며

　"아주머니!"

하고 열쌔게 불렀다. 그의 날카롭고 윤나는 목소리로.

　(… 중략 …)

　안동포 적삼소매를 활짝 걷어붙인 뿌연 살이 포동포동 찐 팔뚝으로 보리쌀을 이리저리 헤쳐서 푹 눌렀다, 썩 싹! 푹 눌렀다, 썩 싹! 하고 한참 장단을 맞춰서 재미있게 씻던 성삼이 처는 바가지로 물을 퐁퐁 퍼붓고는 한번 휘 둘러서 보리쌀을 헹구더니만 그 옆에 놓은 옹배기에다 뽀얗게 우러난 뜨물을 쪽 따라놓는다. 하더니만 무슨 의미인지 점백이 마누라를 할끗 쳐다보고 한번 쌩긋 웃는다.

　"아주머니! 박주사 아들은 또 첩을 얻었다지요?"

　"그렇다네. 돈 많은 이들이니까 우리네 '소'를 개비하듯 얼마든지 할 수 있겠지."

　점백이 마누라는 그리 대수롭지 않은 듯이 볼먹은 소리로 이렇게 대답한다. 그의 목소리는 원래 예사로 하는 말도 퉁명스럽게 들리었다.

　"그런데 그전 첩은 가기 싫다는 걸 억지로 쫓았대요! 동전 한푼 안 주고…… 그래 울며불며 나갔다던가."

"그럼 왜 아니 그렇겠나. 아무리 첩이라 하기로니 같이 살겠다고 데려다놓고 불과 일년에 맨손으로 나가라니!"

"그야 그렇지요만 나같으면 그대로 쫓겨나지는 않겠어요!"

하고 성삼이 처는 별안간 두 눈초리가 샐쭉해진다.

"그럼 어찌하나? 첫째는 당자가 싫다 하고 온 집안 사람이 돌려내는 바에야. 그 눈칫밥을 먹고 어떻게 살겠나? 그러기에 예전 말에도 여편네는 뒤웅박팔자라고 했다네. 더군다나 민적도 없는 남의 첩 된 신세가 아닌가?"

"그러면 그까짓놈 고장을 들어서 메붙이고 한바탕 분풀이도 실컷 좀 못할까?"

이 말이 채 떨어지기도 전에 눈앞을 흘끗 쳐다보는 점백이 마누라는 별안간

"쉬 — "

하고 성삼이 처의 옆구리를 꾹 찔렀다. 이 바람에 성삼이 처는 깜짝 놀래서 고개를 휙 돌이켰다. 과연 거기에선 지금 말하던 박주사 아들이 보이었다. 그래 그는 시치미를 뚝 딸고 정신없이 보리쌀을 헹구는 체 하였다. (36~38쪽)

꽃

모시 두루마기에 맥고모를 쓴 박주사 아들은 살이 너무 쪄서 아랫볼이 터덜터덜하는 얼굴을 들고 점잖은 걸음세로 조를 빼며 걸어온다. 그는 어느 틈에 나왔는지 모르는 개천가, 논둑에서 뒷짐지고 섰는 조첨지를 보고는

"영감 근력 좋은가?"

하고 거침없이 하소를 내붙인다. (… 중략 …)

"새파란 젊은놈이 제 할아비뻘이 되는 노인보고 하소를 깍듯이 한담!"

하고 성삼이 처는 또 입을 삐쭉하는데

"할아비뻘은커녕 증조할아비뻘도 넉넉하겠네!"

하고 지금 막 바가지로 물을 퍼붓던 점백이 마누라는 또 이렇게 맞장구를 쳤다.

그는 다시 조첨지 며느리를 쳐다보며

"참, 자네 시아버님 연세가 올에 몇에 나셨나?"

"여든…… 일곱이시래요."

하는 말에 그들은 모두 입을 딱 벌리었다.

"같은 양반이라도 이 아랫말 서울댁 양반은 그렇지 않더구만."

"응, 그 양반은 원체 얌전하니까 무얼! 저희가 우리보고 하소해주기로니 근본이 안 떨어지거나 우리가 저희보고 하오를 않기로니 근본이 안 올러서기는 피차 일반이지. 지금 세상은 저만 잘나면 예전같이 판에 박은 상놈노릇은 않는가보데. 저만 잘나고 돈만 있으면 아조 고만인 세상인데 무얼!"

"아이구! 아주머니는 아들을 잘 두셨으니까 그러시지. 학교공부에도 번번이 일등 간다지요?"

"글쎄…… 장래가 어떠할는지. 우리 늙은 내외는 그저 저 하나만 바라고 사네마는 그나마 뒤 대기가 여간 어려워야지. 참, 자네도 어서 아들을 낳아야 할 터인데 도모지 웬심인가? 소식이 감감하니…… 좀 단골한테나 물어보지?"

"그러지 않아도 물어보았대요!"

"그래 뭬라구?"

점백이 마누라는 별안간 목소리를 죽이며 은근히 쳐다본다.

"살풀이를 해야 한 대요!"

'살은 무슨 살? 서방질을 작작 하지!'

점백이 마누라는 속으로 이런 말을 생각하면서도 겉으로는

"그럼 그 살을 풀어야지! 무슨 터줏살이라던가?"

하고 다시 의심스러운 듯이 물어보았다.

"아니 궁합이 안 맞는대요!"

'핑곗김에 잘됐군!'

그는 또 속으로 이런 생각을 하면서 그런체하고 고개를 끄덕끄덕하였다. 그는 이야기에 팔려서 볼일을 못 본 것이 생각난 것처럼 소두방 같은 손으로 보리쌀을 씻기 시작하였다. 큼직한 얼굴에는 얽은 구녕이 벌집같이 숭숭 뚫렸다.

(38~40쪽)

지금까지 기척없이 열무를 씻고 있던 점순이는 별안간 고개를 반짝 쳐들며

"그런 젊디젊은 이가 노인을 보고 어떻게 하소가 나온대요?"

하고 이상스러운 표정으로 점백이 마누라를 쳐다본다. 그는 마치 여태까지 그 생각을 하느라고 잠자코 있었던 것처럼.

"양반이라 그렇단다!"

하고 점백이 마누라는 대답하엿다. 이 말에 무슨 생각이 들었던지 성삼이 처는 또 이야기를 끄집어 내놓는다.

"아주머니! 나는 참 저승에 가서라도 양반 될까봐 겁이 나요! 잔뜩 갇혀앉아서 그게 무슨 재미로 산대요! 해해……"

"그래도 지금 그까짓것은 아주 약과라네. 예전에는 참말로 지독하였느니. 어디 가 남편의 얼굴을 바로 쳐다볼 뻔이나 하며 시부모 앞에 철썩 앉어보기를 할까, 꼭 양수거지를 하고 섰지. 어떻든지 양반이란 것은 마치 옻이 소금을 마르듯이 한치반푼을 다투고 매사에 점잖하기로만 위주하였느니!"

한참 물끄러미 쳐다보던 성삼이 처는 별안간

"그런 이들이 내외 잠자리는 어찌했을까?"

하고 고만 웃음을 내뿜는 바람에 조첨지 며느리는

"아이 형님도……."

하고 손등으로 입을 가리며 웃는다.

"그렇던 양반이 지금은 차차 상놈을 닮어간다네!"

하고 점백이 마누라도 빙그레 웃었다. 이쁜이는 고만 고개를 푹 숙였다.

"아마 그들도 자네 말마따나 양반을 '결박'으로 알었던지 지금은 아주 상놈 행세를 하며 그저 말버릇만 '양반'이 남은 모양이데. 다른 것은 모두 상놈을 닮어가며 상놈보고 하대하는 것만 그대로 가지고 있느니. 하기는 그것마저 없어지면 아주 상놈과 마찬가지가 될 터이니까 이 양반 꺼풀만 가지고 있는지도 모르지만, 참말로 예전 양반은 양반다운 행세가 있었다네!"

"박주사 양반 같은 것은 양반탕반 개 팔어 두 냥 반만도 못한 것이 무슨

양반이라구?"

"예전 양반은 돈을 알면 못쓴댔는데 지금 양반은 돈을 잘 알어야만 되나부데. 그이도 돈으로 양반이지 만일 돈이 없어보게, 누가 그리 대단히 알겠나. 그러니까 그에게 돈이 떨어지는 날에는 양반도 떨어지는 날이란 말일세. 그러니까 돈을 제 할아비 신주보다 더 위할밖에. 우리네 가난한 사람의 통껍데기를 벗겨서라도 돈을 모으자는 것은 좀더 양반 노릇을 힘있게 하자는 수작이지."

"참, 돈이 그른지 사람이 그른지 지금 세상은 모두 돈만 아는 세상인가 봐요 의리도 없고 인정도 없고……."

"사람이 글러서 돈이 생겼다네. 돈 없는 즘생들은 제각기 벌어먹고 잘들 살지 않나!"

"참 그래요 예전 이야기에도 즘생들이 돈을 맨들어 썼단 말은 못 들었구먼!"

"그렇지만 힘센 놈이 약한 놈을 잡아먹지 않어요! 즘생들은?"
하고 별안간 점순이는 의심스러운드키 물었다. 그는 자기도 모르는 이런 말이 쑥 나왔다.

"잡아먹힐 놈은 먹히더래도 무얼 사람들도 그런 셈이지. 애, 나는 제멋대로만 살 수 있다면 단 하루를 살다 죽더래도 좋겠다!"

"봄 하늘에 훨훨 나는 종달새같이요?"

"그래, 참 네가 잘 말했다!"
하고 점백이 마누라는 슬쩍 웃는다. 그가 제법 이런 소리를 하게 된 것은 실상은 자기 아들에게서 들은 말이다. 서울양반댁이란 이는 역시 양반으로 서울 가서 중학교를 다니다가 온 청년인데 이 동리 사람들은 그를 찾아가서 놀았으므로 그에게 이런 말을 듣고 와서는 저희 부모에게 옮긴 것이었다. 그런 소리를 들을 때에는 언제든지 신기한 것처럼 영감은 고개를 끄덕끄덕하며

"하긴 그도 그리여……."
하고 무엇을 생각하는 것같이 하고 있었다. (40~41쪽)

✿ ─────────────

(… 전략) 점순이 모친은 생각다 못하여 마지막으로 박주사 아들한테 장릿벼 한 섬을 얻으러 갔다.

(… 중략 …)

그런데 박주사 아들이 대문 밖에까지 따라나오더니 잠깐 조용히 할말이 있다고 구석진 곳으로 손질을 한다.

그것은 이러한 조건이었다. 장릿벼는 지금 말한 대로 줄 터이니 그 대신 자네 딸을 나 달라고.

(… 중략 …) 그는 그때 박주사 아들한테 그 소리를 들을 때에 고만 가슴이 덜컥 내려앉으며 별안간 두 눈이 캄캄하였다. 그는 아무 대답도 않고 그길로 돌아서서 눈물만 비오듯 쏟으며 정신없이 돌아왔다.

(… 중략 …)

이 소문이 난 뒤로는 향교말 사람들은 모두 박주사 아들을 욕하며 점순이집 식구를 구제하기 시작하였다. 그것은 성삼이 처까지도 그리하였다. 아래윗동리로 돌아다니며 상놈의 반반한 계집이라고는 모조리 주워 먹던 박주사 아들도 웬일인지 성삼이 처만은 건드리지 못하였다. 아니 그는 벌써 언제부터 상삼이 처를 상관하려고 애써보았지마는 서방질 잘하기로 유명한 성삼이 처는 박주사 아들이라면 고만 고개를 흔들었다. 그것은 동리마다 박주사 아들의 뚜쟁이가 있는데, 향교말 뚜쟁이가 박주사 아들의 말을 넌지시 비쳐볼라치면 성삼이 처는 대번에 입을 비죽거리며

"그까짓 자식이 사람인가. 양반인지는 모르지마는 사람은 아닌데 무얼!"
하고 다시는 두말도 못하게 하였다.

이 유명한 성삼이 처가 우선 쌀 닷 되와 돈 열 냥을 가지고 왔다. 그래 점순이 모친은 은근히 놀래었다. 점백이집에서도 보리 두 말을 가져왔다. 수돌이집에서도 보리 한 말을 가져왔다. 이쁜이집에서도 밀가루 두 되, 만엽이집에서는 좁쌀 한 되…… 심지어 밥 한 그릇, 죽 한 사발이라도 모두 가지고 와서는 김첨지의 고정한 마음을 칭찬하였다. (59~62쪽)

성   별 여자

나   이(추정포함) 십대 중후반쯤일 것으로 추정함.

출생지 및 거주지, 활동 공간 출생지는 알 수 없으며, 향교말에 갓 시집와
          살고 있음.

직   업 향교말 소작농의 아내

출신계층 하류계층일 것으로 추정함.

교육정도 무학일 것으로 추정함.

가족관계 시아버지 조첨지와 남편이 있음.

인물관계 향교말의 아낙들과 어울리나 아직 파겁을 못한 숫각시로 말참
          례하기는 어려워함.

인물의 존재방식(사회계층) 향교말 최하류계층 집안에 갓 시집온 며느리

성   격 아직 파겁을 못한 숫각시라 부끄러움을 많이 타고 조심스러워
          하지만, 자신의 감정은 잘 드러냄.

성격 지표 및 인물 제시방식

꽃무늬

조첨지 며느리, 점백이 마누라, 성삼이 처, 또는 점순이, 이쁜이는 지금 샘가
에 늘어앉아서 한편에서는 보리쌀을 씻고 또 한편에서는 푸성귀를 헹구는데,
수다하기로 유명한 성삼이 처는 이런 때에도 입을 다물 수 없는 모양이다. 그는
웃을 때마다 두 뺨에다 샘을 파고 말할 때에는 고개를 빼뚜룩하면서 쌍꺼풀진
눈을 할금할금하는 것이 버릇이었다. 어떻든지 — 해반주그레한 얼굴이 눈웃음
잘 치고 퍽 산들거리는 — 이 동리에서는 제일 하이칼라상이란다. 그래 주전부
리(?)도 곧잘 한다는 소문이 나기는 벌써 오래전부터이다마는 시아비와 서방은
도무지 그런 줄을 모른다는 멍텅구리 한쌍이라고 흉이 자자하단다. 지금 성삼

이 처는 전과 같은 표정으로 점백이 마누라를 할끗 쳐다보며

"아주머니!"

하고 열쌔게 불렀다. 그의 날카롭고 윤나는 목소리로.

'또 무슨 소리가 나올라누?'

일상 뜸하니 남의 말만 듣고 있는 조첨지 며느리는 은근히 가슴속으로 생각하였다. 하긴 그는 아직 파접을 못한 숫각시로서 이런 자리에서 그들과 같이 말참례하기는 어려웠다. (36~37쪽)

꽃

지금까지 기척없이 열무를 씻고 있던 점순이는 별안간 고개를 반짝 쳐들며

"그런 젊디젊은 이가 노인을 보고 어떻게 하소가 나온대요?"

하고 이상스러운 표정으로 점백이 마누라를 쳐다본다. 그는 마치 여태까지 그 생각을 하느라고 잠자코 있었던 것처럼.

"양반이라 그렇단다!"

하고 점백이 마누라는 대답하엿다. 이 말에 무슨 생각이 들었던지 성삼이 처는 또 이야기를 끄집어 내놓는다.

"아주머니! 나는 참 저승에 가서라도 양반 될까봐 겁이 나요! 잔뜩 갇혀앉아서 그게 무슨 재미로 산대요! 해해……"

"그래도 지금 그까짓것은 아주 약과라네. 예전에는 참말로 지독하였느니. 어디 가 남편의 얼굴을 바로 쳐다볼 뻔이나 하며 시부모 앞에 철퍽 앉어보기를 할까, 꼭 양수거지를 하고 섰지. 어떻든지 양반이란 것은 마치 옻이 소금을 마르듯이 한치반푼을 다투고 매사에 점잔하기로만 위주하였느니!"

한참 물끄러미 쳐다보던 성삼이 처는 별안간

"그런 이들이 내외 잠자리는 어찌했을까?"

하고 고만 웃음을 내뿜는 바람에 조첨지 며느리는

"아이 형님도……."

하고 손등으로 입을 가리며 웃는다. (40쪽)

안마당에서는 내일 논 맬 밥거리 — 보리방아를 찧는데 성삼이 처도 방아꾼으로 뽑혀와서 지금 세장단마치로 쿵 쿵 쿵더쿵 하고 한참 재미있게 찧는 판이다. 성삼이 처는 방아를 찧는데도 멋이 잔뜩 들어서 절굿전에다 '사잇가락'을 넣어서 부딪치는데 그게 아주 흥취있게 들리었다.

점백이 마누라, 이쁜이 어머니거니 조첨지 며느리는 저편에서 키질을 하고 멋거리진 순이 어머니, 말 잘하는 수돌이 처, 여러 가지 의미로 유명한 성삼이 처는 이렇게 한패가 되어 방아를 찧는다. 어떻든지 얼르기도 잘들 얼렀다.

성삼이 처는 물론 이런 때에도 입을 가만두지 않고 숨이 차서 쌔근쌔근하면서도 무엇을 속살거리고는 그 유명한 윤나는 웃음을 웃었다. 그러면 수돌이 처가 또 우스운 소리를 해서 고만 웃음통이 터지고 절굿공이를 맞부딪치며 허리를 잡는데 별안간 순이 어머니가 이런 노래를 내었다.

쿵덕 쿵덕 쿵더쿵
잘두 잘두 찧는다!
이 방아를 다 찧어서
누구하고 먹고살까?

그래서 그들은 방아가 다시 얼렀는데 별안간 어디서 생겼는지 절구통 갈보라는 술장사 하는 순옥이 처가 엉덩춤을 추며 절굿공이를 들고 대들었다.

한말 닷되 술을 빚고
말두될랑 떡 쳐서
동무님네 불러다가
먹고 뛰고 놀아보세
얼싸절싸 쿵더쿵!

그는 이렇게 소리를 받자 절굿공이를 들고 한번 핑그르 맴돌아서 다시 장단을 맞춰 찧는데 여러 사람들은 고만 일시에 웃음통이 터졌다. 조첨지 며느리는 배를 움켜쥐고 속으로 웃느라고 땀이 났다. 그러나 절구질꾼들은 더욱 세차게 내리찧으며 모두 신명이 나서 어깨가 으쓱으쓱하여졌다. (50~51쪽)

● **점순이**

성   별   여자

나   이(추정포함)   열여섯 살

출생지 및 거주지, 활동 공간   향교말에서 출생하였으며, 이곳에서 거주하며 박주사네 땅을 소작하는 부친 김첨지와 부친과 농사를 함께 지며 나무장사, 짚신장사 등을 하는 오빠 점동이, 그리고 모친과 함께 생활함.

직   업   집안일을 도움.

출신계층   향교말 소작농인 최하류계층

교육정도   무학일 것으로 추정함.

가족관계   부친 김첨지와 모친, 오빠 점동이가 있음.

인물관계

　① 동갑린 순영과 친하게 지냄.

　② 서울댁 양반과 좋아지냄.

　③ 부친의 병세가 위중해지고, 미움조차 끓일 거리가 없자 자신을 탐내는 박주사 아들에게 장릿벼 두 섬에 팔리어 감.

인물의 존재방식(사회계층)   향교말 민촌의 최하류계층 소작농 김첨지의 딸로서 집안이 몹시 곤궁해지자 자신을 희생하기로 결심하고 자신을 탐내는 박주사 아들에게 장릿벼 두 섬에 팔리어 가는 신세가 됨.

성 격
① 밝고 명랑하며, 남의 것을 결코 탐하지 않음.
② 곤궁한 처지에서 양반 부자들의 몰인정을 보며 계급적인 차이를 어렴풋하게 깨달음.
③ 자신을 희생하여 부친과 가족을 살리고자 난봉꾼 박주사 아들에게 팔려 감.

성격 지표 및 인물 제시방식

모시 두루마기에 맥고모를 쓴 박주사 아들은 살이 너무 쪄서 아랫볼이 터덜터덜하는 얼굴을 들고 점잖은 걸음세로 조를 빼며 걸어온다. 그는 어느틈에 나왔는지 모르는 개천가, 논둑에서 뒷짐지고 섰는 조첨지를 보고는
"영감 근력 좋은가?"
하고 거침없이 하소를 내붙인다. (… 중략 …)
"새파란 젊은놈이 제 할아비뻘이 되는 노인보고 하소를 깍듯이 한담!"
하고 성삼이 처는 또 입을 삐쭉하는데
"할아비뻘은커녕 증조할아비뻘도 넉넉하겠네!"
하고 지금 막 바가지로 물을 퍼붓던 점백이 마누라는 또 이렇게 맞장구를 쳤다. (… 중략 …)
지금까지 기척없이 열무를 씻고 있던 점순이는 별안간 고개를 반짝 쳐들며
"그런 젊디젊은 이가 노인을 보고 어떻게 하소가 나온대요?"
하고 이상스러운 표정으로 점백이 마누라를 쳐다본다. 그는 마치 여태까지 그 생각을 하느라고 잠자코 있었던 것처럼.
"양반이라 그렇단다!"
하고 점백이 마누라는 대답하엿다. 이 말에 무슨 생각이 들었던지 성삼이 처는 또 이야기를 끄집어 내놓는다. (38~40쪽)

(… 전략) 지금 샘에서 돌아온 점순이는 푸성귀 담은 바구니와 물동이를 부뚜막에 놓았다. 모친은 벌써 보리쌀을 안치고 불을 때기 시작하였다. 보리짚이 화르르화르르 타오른다.

"물은 그렇게 많이 이고 무겁지 않으냐? 순영이가 왔다 갔다."

"네! 언제쯤?"

"지금 막 또 온다구 하더라만. 그럼 너는 순영이와 같이 네 오빠 등거리나 박어라!"

"어머니 혼자 바쁘잖아?"

"아니."

하는 모친의 대답이 떨어지자마자

"그새 왔니?"

하고 순영이가 들어왔다. (후략…)

"나는 지금 샘으로 가볼까 하다가 이리 왔다. 왜 그렇게 늦었니?"

"열무에 버러지가 어떻게 먹었는지 좀 정하게 씻느라고. 자, 방으로 들어가자."

"더운데 무엇 하러 들어가니? 여기서 하자꾸나."

"아니, 뒷문 앞은 시원하단다."

그래 그들은 방으로 들어가서 손그릇을 벌여놓고 앉았다.

"그것은 뉘 버선이냐?"

"아버지 해란다!"

"요새 삼복머리에 버선은 왜?"

하고 점순이는 순영이 얼굴을 이상한 듯이 쳐다보았다. 그 표정은 갑자기 웃음으로 변하여졌다. 확실히 빈정거리는 웃음으로.

"옳지! 알겠다. 그렇지!"

"무에 그래여? 삼복에는 왜 버선을 못 신니!"

"선보러 갈 버선?……"

하는 말이 채 떨어지기도 전에 순영이는 달려들어 점순이의 입을 틀어막으며 한 손으로는 그의 허벅다리를 꼬집었다.

(… 중략 …)

"너는 우리 오빠가 좋으냐?"

별안간 밑도끝도없이 점순이는 이런 말을 불쑥 물어보았다. 그래 순영이는 얼을 먹은 모양이었다.

"그럼 또 너는 좋지 않으냐?"

"나는 좋지 않다. 아주 심술꾸러긴데 무얼."

"애, 사내들은 그래야 쓴다더라. 숫기가 좋아야……."

"그럼 너는 우리 오빠가 좋은게로구나!"

"누가 좋댔니…… 그렇단 말이지."

순영이는 알미운 듯이 점순이를 흘겨보는데 눈 흰자위가 외로 쏠리고 입에는 벙싯벙싯 웃음이 괴었다.

"오빠는 아주 너한테 반했단다."

"아이 기애는……"

순영이는 어이가 없는 듯이 점순이를 쳐다보았다. (43~45쪽)

❀
⎯⎯⎯⎯⎯⎯⎯⎯⎯⎯

이 말에 고만 순영이는 실쭉해지더니

"그럼 또 너는 어제 저녁때 '서울댁'하고 니 원두막에서 단둘이 있지 않었니? 나두 개울창에서 똑똑히 좀 보았다나……."

(… 중략 …)

"기애는 별소리를 다하네. 글쎄 들어봐요! 점심을 해놓고 기다리니까 어머니가 원두막에서 들어오시더니 나보고 이라시겠지. 어서 밥먹고 원두막에 가보아라. 내가 들에 밥 내다주고 올 동안만. 아버지와 우리 오빠는 어제 산너머 있는 집으로 화중밭을 매섰단다."

"오 ― 참, 어제도 니 집은 일했지. 점심때 연기가 꼬약꼬약 나더라!"

"그래 막 나가 앉아서 바느질거리를 손에 잡으랴니까 별안간 인기척이 나더구나. 깜짝 놀래 쳐다보니까 그이겠지! 나는 그때 어쩔 줄을 몰라서 고개를 푹 숙였단다."

"그래 그이가 뭐라고 하던?"

"뻔히 알면서 왜 모른 체 하니! 사람이 사람을 보는 것이 무엇이 부끄러워! 이라겠지."

"얼레! 그이도 꽤 우습잖다! 그래 그때 너는 뭐라구 했니?"

"그런 때 무슨 말이 나오겠니. 그저 웃고 쳐다보았지. 그랬더니 그른 그렇지! 그렇지! 진작 그렇게 고개를 들 것이지 하고 나를 꿰뚫을 듯이 쳐다보던가. 그리더니 무작정하고 망태기에서 참외를 꺼내먹으며 나보고도 자꾸 먹으라 하겠지!"

(… 중략 …)

"그담에 이런 이야기를 하였단다. 참외를 어귀어귀 먹으면서…… 나를 양반이라고 니들이 돌려내나부다마는 양반도 역시 사람이란다. 하기는 같은 사람으로는 누구는 양반이니 누구는 상놈이니 하고, 또 누구는 잘살고 누구는 못사는 것이 벌써 못생긴 인간이다. 그렇다면 너하고 나하고 같이 노는 것이 어떨 것 무엇 있니? 다 같은 사람인데. 나는 너한테 창순아! 하고 불러주는 소리를 들었으면 제일 좋겠다구."

"얼레! 그것은 또 무슨 소리라니?"

"그라지 않아도 그때 나는 건 왜요? 하고 깜짝 놀래며 물어보았단다. 그랬더니 그이는 이렇게 말하겠지. 그러면 너하고 나하고 동무가 되지 않니?"

"그럼 같이 놀잔 말이로구나!"

"그래 나는 당신도 우리네 상놈 같구려! 하였더니 그이는 나는 상놈이 되고 싶다 하겠지. 내 원, 어찌 우스운지!"

"왜 그런다니? 그이가 미치지 않았을까."

"몰라…… 그러고 여러 가지 이야기를 하였단다. 서울 이야기, 여학생 이야기, 이 세상이 악하고 어떻고 어떻다고 한참 떠들었단다."

"그건 또 웬 소린가…… 아니 참말로 들을만했었구나! 그럴 줄 알았더면 나도 좀 가서 들을 것을!"

"그리다가 주머니를 부시럭부시럭하더니만 돈을 집히는 대로 꺼내서 세보도 않고 내놓고는 고만 뒤도 안 돌아다보고 휘적휘적 가겠지!"

(… 중략 …)

"그런데 나는 참외값을 안 받을라고 하였는데…… 부끄럽게 그것을 어떻게 받니? 그런데 나중에 세어보니까 넉 냥 일곱 돈이던가!"

말을 마치자 눈앞을 할끗 쳐다보던 점순이는 몸을 소스라쳐 놀랜다.

"아이 오빠두, 도둑패마냥 왜 거기 가 찰딱 붙어섰어?"

이 소리에 순영이는 기급을 하여 몸을 움츠렸다. (45~47쪽)

※

지금 그 길로 가다가 그는 점순이집에를 들렀다. 싸리문 안에 들어서 보아도 아무 기척이 없다. 그는 집이 빈 줄 알고 막 도로 나오려는데 별안간 안방에서 누가 쫓아나온다. 알고 보니 그는 점순이었다.

"나 봐요! 저…… 어저께 그 돈 받아서요!"

하고 그는 당황한 모양으로 부르짖는다.

"무슨 돈? 아! 참외값을 도로 받으라구."

"참외값이 더 된대두!"

"더 되나 덜 되나 너는 그것만 그저 생각하고 있니? 더 되거든 네가 쓰려무나!"

"얼레! 남이 흉보게."

"흉은 무슨 흉?"

"남의 사내에게 거저 돈을 받는다구."

"그게 무슨 흉 될 게 있니? 깨끗한 마음으로 주고 받았다면…… 너두 참 퍽 고지식하구나. 그러면 이담에 참외로 대신 주려무나!"

"그럼 내일 와요! 참외막으로."

"응! 그래."

그는 이렇게 대답하고 바로 자기집으로 향하였다. 그는 자기가 점순이집에를 왜 들르고 싶었는지 알 수 없는 일이었다.

이날 밤에 점순이는 베개를 여러 번 고쳐 베고 생각하였다.

'퍽두 이상한 사람이다…….' 하고. (53쪽)

꧁

그 이튿날 밤이었다. 점순이 모친이 원두막에 나가는 길에 점순이도 따라갔다. 서울댁은 오지 않았다. 그래 점순이는 은근히 기다렸지마는 지금은 그가 오려니 해서 나간 것은 아니다. 웬일인지 가고싶은 마음이 키어서…… 그것은 달이 휑창 밝아서 이상스럽게도 어떤 궁금한 생각이, 그대로 방안에 앉았기 싫었음이다.

(… 중략 …)

점순이와 순영이는 지금 홀린 듯이 이 밤경치에 취하여 한참 재미있게 노는데 별안간 인기척이 나는 바람에 마주보니 그는 뜻밖에 서울댁과 점동이었다.

(… 중략 …)

"아니오 올라가요! 앉을 자리두 없는데. 애들아! 올라가도 괜찮지! 응? 우리 큰애기들아!"

원두막에서는 킬킬 웃는 소리가 들리었다.

소곤소곤하는 소리도 난다. 뒤미처

"맘대로 해요."

하는 점순이의 날카롭게 부르짖는 목소리가 들리자 그들은 원두막 위로 올라갔다. 그런데 점순이는 그들이 앉기도 전에 서울댁 앞에다 웬 돈을 절그럭 하고 꺼내놓았다.

"그게 뭐야?"

점동이가 눈이 휘둥그래지는 것을 보고 색시들은 또 웃었다.

"아, 참외값!"

하고 서울댁은 그 사연을 이야기하고 이런 말을 하였다. 서울서 장사하는 사람들은 돈을 안 주어서 못 받는다고.

"그럼 그 돈으로 지금 참외나 먹읍시다. 아무 돈이나 쓰면 됐지. 계집애들이란 저렇게 꼼꼼해. 담배씨로 뒤웅을 파랴듯이."

하고 점동이는 참외를 한 개씩 안기었다.

"그럼 또 턱없이 남의 돈을 받어?"

점순이는 얄미운 표정으로 점동이를 쳐다보며 부르짖었다. 그러나 점동이는 참외를 깎아서 어석어석 먹으면서

"그래 잘했다. 상급으로 참외나 더 먹어라. 그리고 소리나 한마디씩 하구!"

"아이구 망측해라! 누가 소리를 한담. 사내들 있는 데서!" (54~56쪽)

색시들은 또 킬킬 웃었다. 점동이의 털털한 수작에 그들은 저으기 부끄럼이 가시었다. 그들은 이렇게 재미있게 노는데 나중에는 서울댁의 이야기에 모두 귀를 기울이게 되었다. 그는 역시 이 세상이 악하고 부자가 악하다는 말을 하였다. 그래 우리 젊으나 젊은 청춘이 꽃동산과 같은 아름다운 세상에서 잘살 것을 지금 이렇게 되었다고 흥분하였다.

(… 중략 …)

점순이와 순영이는 하염없이 눈물이 글썽글썽하였다. 참으로 그런 세상을 어서 보고싶으도록…… 그래 그렇지 못한 자기네의 지금 생활이 몹시도 분하고 애달팠다. 그렇게 허튼 소리를 하던 점동이까지 잠자코 앉아서 무엇을 어두 커니 생각하고 있었다.…… 그래 사방은 괴괴하니 오직 물소리만 요란히 들리었다.

점동이가 눈짓을 하자 순영이는 슬그머니 원두막 아래로 내려갔다. 그런데 원두막 위에 단둘이 앉았던 점순이는 별안간 '서울댁' 무릎 앞에 푹 엎드리며 흑흑 느껴 울었다. 그것은 무슨 그를 사랑하고 싶어서 그리한 것이 아니라 지금 그에게 들은 말이 감격하여 견디지 못한 발작이었다. 과연 그는 지금까지 살아 온 것을 생각할 때 오직 '불행' 그것으로만 느껴졌다.

"당신은 왜 그런 말을 일러주셨소."

하는 것처럼 그는 이제까지 모르던 슬픔을 깨달은 것 같다.

이때 남자는 그를 마주 껴안고 그의 뜨거운 입술에다 자기 입술을 대었다.

(56~58쪽)

그후 한달이 지나서이다. 가난한 집안에는 보리양식이 떨어질 칠궁으로 유명한 음력으로 칠월달을 접어들었다. 향교말에는 양식이 안 떨어진 집이 별로 없는데 점순이집에도 벌써부터 보리가 떨어졌다.

그동안에는 어떻게 부자가 품도 팔고 이럭저럭 지내왔으나 앞으로는 앞뒤가 꼭 막혀서 살아갈 길이 망연하였다. 그것은 논밭에 김도 다 매고 두렁도 다 깎은 터이므로 일꾼들은 모두 나무갓으로 올라갈 때이다. 인제는 품을 팔아먹을 일거리라고는 없어졌다. 벼는 벌써 부옇게 패었다.

그러므로 점순이네 부자도 나무나 해서 팔아먹는 수밖에는 다른 수가 없었다. 원두도 인제는 다 되어서 더 팔어먹을 것은 없었다.

(… 중략 …)

(… 전략) 점순이 모친은 생각다 못하여 마지막으로 박주사 아들한테 장릿벼 한 섬을 얻으러 갔다.

(… 중략 …)

그런데 박주사 아들이 대문 밖에까지 따라나오더니 잠깐 조용히 할 말이 있다고 구석진 곳으로 손질을 한다.

그것은 이러한 조건이었다. 장릿벼는 지금 말한 대로 줄 터이니 그 대신 자네 딸을 나 달라고.

(… 중략 …) 그는 그때 박주사 아들한테 그 소리를 들을 때에 고만 가슴이 덜컥 내려앉으며 별안간 두 눈이 캄캄하였다. 그는 아무 대답도 않고 그길로 돌아서서 눈물만 비 오듯 쏟으며 정신없이 돌아왔다.

(… 중략 …)

"아! 뭬라구 하던가?"

그는 돌아누우며 궁금한 듯이 이렇게 물었다.

"한 섬은 말고 두 섬이라도 갖다먹으랍디다."

"그럼 잘되지 않았나! 무얼?"

"그 대신 점순이를……"

마누라는 목에 메어 말끝을 못다 마치고 우는 얼굴을 외로 돌렸다. 이 소리에 별안간 김첨지는 벌떡 일어나 앉으며

"무엇이 어짜고 어째?"

하고 그는 갈범의 소리로 부르짖는다. 온 집안이 찌르릉 울렸다. 이 바람에 점순이 모친은 깜짝 놀래서 뒤로 무르청하고, 부엌에서 무엇을 하던 점순이는 방으로 뛰어들어왔다. 이때 김첨지는 수염 속으로 쭉 찢어진 입을 실룩실룩하더니 무섭게 이를 악물고 두 주먹을 불끈 쥐었다. 그의 큰 눈에서는 불덩이가 왔다갔다하였다.

(… 중략 …)

모녀는 어쩔 줄을 모르고 다만 사지가 벌벌 떨리었다.

점순이는 아까 순영이가 갖다주던 좁쌀 한되로 미움을 쑤느라고 부엌에 있었던 까닭에 그들이 수작하는 말을 낱낱이 들었었다. 그래 그는 부친의 까물쓴 까닭도 잘 알 수 있었다.

이 소문이 난 뒤로는 향교말 사람들은 모두 박주사 아들을 욕하며 점순이집 식구를 구제하기 시작하였다. (후략 …)

(… 중략 …)

그러나 속담에 가난 구제는 나라에서도 못한다고, 허구한 날에 그들을 구제할 수 없었다. 그날 저녁에 점동이도 일하고 돌아와서 이 소리를 듣고는 역시 김첨지만 못지않게 펄펄 뛰었다. 그는 자기 혼자 벌어먹일 터이니 걱정 말라고 큰소리를 하였다. 그러나 그의 한몸으로 온 집안 식구를 건져가기는 그야말로 하늘에 올라가서 별따기같이 어려운 일이었다.

김첨지는 그후에 다시 깨어나기는 났지마는 그 뒤로 병은 점점 더치었다. 약 쓸 일에 무엇에 돈 쓸 일은 그전보다 몇 갑절 더 들게 되었다. 그러나 그

역시 박주사 아들의 말은 다시는 입 밖에 내지도 못하게 하였다.

하루는 점순이가 아버지 앞에 무릎을 꿇고 조금도 사색 없이 공손한 말로 박주사 아들한테 시집가겠단 말을 자청해 보았다. 그러나 김첨지는 역시 펄펄 뛰며 듣지 않았다. 그러면 내 자식이 아니라고! (58~62쪽)

❁ _____

그러나 점순이는 또한 점순이대로 자기 한몸을 어떻게 처치할 것을 단단히 결심하였다. 그것은 지금 다시 자기의 부모에게나 오빠에게는 박주사 아들한테 시집가겠다는 허락은 당초에 얻을 수가 없을 줄을 밝히 알았다. 그래 그는 아무도 모르게 자기 혼자 결행하기로 하였다. 그것은 내일이라도 이 동리에 있는 박주사 아들의 뚜쟁이에게 간단한 한마디 대답을 기별해 주면 고만이다.

그러나 점순이가 이 일을 작정하기에는 며칠을 두고 밤잠을 못 자고 그의 조그만 가슴을 태울 대로 태웠다. 그는 울기도 많이 하고 참으로 어찌해야 좋을는지 가슴이 답답하였다. 그런 자에게 자기의 한몸을 바친다는 것은 참으로 죽기보다 쓰라린 일이었다. 만일 지금 누가 그보고 이렇게 말한다면 — 내가 네 집 식구를 먹여살릴 터이니 그 대신 네가 죽어라! — 한다면 그는 선뜻 대답하였을 것이다. 그러나 지금 세상에는 그런 의협심을 가지 고마운 사람도 없다. 과연 그는 이 일만 말고는 다른 어떠한 일이라도 무서워하지 않겠다고 아무리 발버둥치고 허공을 우러러보았다마는 역시 이 일밖에는 다른 도리가 없었다. 그도 저도 할 수 없다면 좌이대사(坐而待死)나 한다지만 자기의 한몸을 바치게 되면 그들을 구원할 수 있는데 어떻게 모르는 체할 수 있으랴? 그들의 목숨의 자물쇠는 오직 자기 한손에만 쥐어졌다. 더구나 부친은 병석에 누워 신음하는데 미음 한 그릇을 쑬 거리가 없는 이때가 아닌가? 아무리 할 수 없는 일이라도 — 슬프고 또 슬프고 죽기보다 쓰라린 슬픔이라도 — 자기는 그것을 참고 견딜 수밖에 없다. 아니 자기는 살다가 살 수 없거든 그때는 자기 혼자 조용히 죽자. 비록 박주사 아들은 말고 도척이한테라도 지금 사정으로는 갈 수밖에 없다! 하고 그는 악에 받쳐 부르짖었다.

하기는 이 근처에도 다른 부자가 없는 것은 아니다. 소위 행세한다는 양반 부자도 많다. 그러나 그들은 모르는 체하였다. 자기 집안 형편을 잘 알면서도 그들은 모두 모르는 체하였다. 장릿벼 한 섬이나 두 섬은 그게 몇 푼어치나 되는가? 그들이 그것을 줄 생각만 있으면 가난한 집의 쌀 한 줌이나 동전 한 푼보다도 하찮고 쉬운 일인데 — 그것도 자기 부친의 고정한 심사는 여태까지 남의 것을 떼먹은 일은 없는데도, 어떻게든지 해 갚을 마음을 먹고 장릿벼를 달라는데도 — 그들은 벼 한 톨을 주지 않았다. 그것도 더구나 이런 때에 한 집안 식구가 몰사할 지경에 벼 한 섬이나 두 섬으로 죽을 사람이 살겠다는데도 그들은 모두 모르는 체하였다. 그것은 마치 자기네는 봉황선(선유배) 타고 뱃놀이를 하면서 바로 지척에서 물에 빠져 죽어가는 사람들이 억! 억! 소리를 치며 물을 켜고 허우적거리는데도 그들은 모르는 체하고 그대로 보고 있는 것 같다. 닻줄 하나만 내리던져주면 살겠다는데도 그들은 모르는 체하고 내려다보기만 하고 있다. 아니 내려다보기만 하는 것이 아니라 빙글빙글 웃고 본다. 그리고 자기네의 행복을 더욱 느끼고 있다.

그렇다! 이것이 지금 세상이다. 이것이 짐승보다 낫다는 사람 사는 세상이다. × × × × 이것이 옳다 한다. 거룩한 하느님의 교회는 이것을 찬미한다. 아! 이 땅에다 어서 유황불을 던지소서! 소돔 고모라 성에다…… 아멘! 아멘!

(… 중략 …)

마침내 점순이는 내일 아침에 박주사 아들에게 기별하기로 마음을 작정하였다. 그는 지금 마지막으로 이 하룻밤을 순결한 처녀의 몸으로 보내려 하였다. 아까까지도 악에 받쳐서 두 눈이 뽀송뽀송하던 그로도 별안간 이런 생각은 다시금 서러움에 목메었다. 그는 하염없이 흐르는 눈물을 걷잡지 못하여 아무도 모르게 울 밖에 나와 섰다. 그것은 아무도 보지 않는 곳에서 마음 놓고 실컷 울어나 보려 함이었다.

(… 중략 …)

그런데 어느 틈에 왔는지 서울댁이 와서 자기 옆에 섰는 것을 발견하였다. 그래 그는 소스라쳐 놀래며 고개를 푹 숙이었다. 과연 그가 밤에 여기 오려니는 꿈에도 생각지 못한 일이었다.

"아! 웬일이야?"

하고 서울댁은 깜짝 놀래며 묻는다.

"아니오! 저…… 저……"

하고 점순이는 고만 울음을 삼키었다. 그리고 아무렇지도 않은 표정을 지었다. 그러나 서울댁도 이 소문은 벌써 들은 터이다. 그도 자기의 있는 돈을 몇 냥간 점동이를 갖다준 일이 있었다.

"나두 다 아는데 무얼!"

하는 그의 말이 채 떨어지기도 전에 점순이는 와락 달려들어 그를 얼싸안고 고개를 고만 그의 가슴에다 푹 처박았다. 그리고 열정에 떨리는 목소리로

"용서해 주서요! 용서해 주서요! 부잣집 첩으로 가는…… 당신이 미워하는…… 박…… 박주사 아들에게로……"

하고 그는 가늘게 부르짖는데 사내는 아무 말 없이 그를 껴안은 채 다만 멍하니 하늘을 처다보았다. 이때에 하늘에서는 유성이 죽 흘렀다. (58~65쪽)

❋

그 이튿날 박주사집에서는 벼 한 바리하고 돈 쉰 냥을 점순이집으로 보내었다. 하인의 전갈에는 특별히 돈을 보낸 것은 병인의 약시세를 하란다고, 그런 친절한 분부가 다 있었다 한다.

그런데 점순이는 밤 동안에 아주 딴사람이 되어서 종일 가도 말 한마디 않는 음울한 사람이 되었다. 그렇게 생기 있고 상냥하던 그의 표정이 다 어디로 가버렸다. 김첨지는 이런 일도 모를 만치 위독해 누웠는데 그는 이상히도 오늘부터 시렁시렁하기 시작하였다. 그는 눈을 뜰 때마다 누구든지 쳐다보일 때는

"저놈이 벼 한 섬에 부잣집 첩으로 딸을 팔아먹은 놈이야!"

하고 손가락질을 하였다. 그래도 모진 것은 목숨이다. 점순이 모친은 그 쌀로 지은 밥을 먹었다. 안 먹는다고, 굶어죽어도 안 먹는다고 울며불며 야단을 치던 점동이도 그 밥을 먹기 시작하였다…… 하기는 점순이가 그 벼를 찧어서 얼른 밥을 지어다놓고 지성으로 모친을 권하고 또한 오빠를 권하였었다. 그날 점동

이는 아침도 굶고 산에 가서 나무를 종일 베다가 다저녁때 집에 돌아와 보니 점순이는 난데없는 하얀 쌀밥을 차려다준다. 그래 행여나 무슨 수가 있었나 하고 우선 한 숟가락을 뜨며 모친에게 물어보다가 고만 그 눈치를 채고는 숟갈을 내동댕이쳤다. 그는 그때 엉엉 울었다. 그때 점순이는 뛰어가서 오빠의 무릎 앞에 엎드러지며

"오빠 용서해줘요!"

하고 빌며 울었다. 그길로 점동이는 머리를 싸고 드러누웠었다. (65~66쪽)

***

어느덧 칠월도 다 가고 팔월 초생이 되었다. 점순이집에서는 지금 막 아침을 치르고 난 판인데 간밤까지도 청명하던 하늘은 어느 틈에 구름이 잔뜩 낀 음랭한 날이 되었다. 이마적은 더욱 원기가 쇠진하여 미친 소리도 잘 못하는 김첨지는 겨우 미음 한 모금을 마시고는 아랫목에서 끙끙! 하고 누웠는데, 그 옆에서 세 식구가 경황없이 아침이라고 치르고 났다. 모친은 오늘 아침에도 그 생각이 나서 밥도 변변히 못 먹고 세 식구가 울기만 실컷 하였는데 점동이는 그래도 나무를 하러 간다고 지금 지게를 지고 나서는 참이다. 그런데 거기에 박주사집 하인들이 가마를 메고 싸리문 안으로 대들었다.

이때에 점동이는 고만 얼어붙은 듯이 마치 장승같이 하고 서서 그들을 바라보았다. 모친은 별안간 눈앞이 캄캄하였다. 점순이는 그저 얼떨떨하였다. 그는 잠깐 당황하다가 다시 한 번 부친을 쳐다보던 눈을 모친에게로 옮기며

"어머니……."

하는 한 마디 말을 간신히 입 밖으로 꺼내었다. 그리고 그는 아무 말 없이 고개를 숙이고 조용히 가마 앞으로 걸어나갔다. 이때에 별안간 애끓는 소리로

"점순아! 점순아! 점순아! 점순아!……"

하고 모친은 한달음에 뛰어나와 딸의 발 앞에 고꾸라졌다.

"앗!"

하고 점동이는 뛰어들어 또 그를 얼싸안았다. 그런데 이마적은 미친 소리도

못하고 인사불성으로 드러누웠던 김첨지가 마치 기적같이 안방 문 앞에 일어나 앉아서 바깥을 내다보며

"저놈들이 장릿벼 한 섬에 딸을 팔아먹은 놈들이여!"

하고 손가락질을 하며 중얼거리더니 또 히히 하고 웃는다. 이 바람에 점순이는 그와 눈이 마주치며

"아! 아버지……"

하고 다시 가늘게 부르짖으며 두 손으로 얼굴을 가리었다. …… 점순이가 마지막으로 그들을 휘 둘러보고 막 가마 안으로 들어앉으려 할 때 언뜻 무섭게 빛나는 두 눈동자와 마주쳤다. 그것은 지금 들어오다가 싸리문 앞에서 발이 붙어서 맥놓고 쳐다보는 서울댁의 눈이었다. 점순이는 고만 가마 안으로 푹 고꾸라졌다. (69~70쪽)

● 박주사 아들 ────────────────────────────

성   별 남자

나   이(추정포함) 스물이 겨우 넘음.

출생지 및 거주지, 활동 공간 향교말 이웃말에서 몇 대째로 살고 있음.

직   업 지주의 아들, 동척회사 마름, 면협 의원, 금융조합 평의원

출신계층 이웃말 지주의 아들로 출생함.

교육정도 보통학교 이상의 학력일 것으로 추정함.

가족관계 부친과 귀머거리 모친, 처와 첩 등이 있음.

인물관계 스물이 갓 넘은 나이임에도 불구하고 어쭙잖게 양반 행세를 하며 위아래 없이 하대를 하고, 너무 잇속에 밝아 첩살이를 하다가도 첩을 그냥 내쫓는 등 행악을 일삼아 향교말 사람들은 사람 취급을 하지 않음.

인물의 존재방식(사회계층) 몇 대째 향교말 이웃말에 사는 지주 박주사의 아들로서, 스물이 겨우 넘은 젊은 친구지만, 양반 행세를 톡톡

히 하며, 안팎으로 잇구녕이 몹시 밝아 불깍쟁이로 소문이 나고, 첩을 몇 씩 갈아치우는 등 지주계층의 행악을 일삼는 인물

성   격

① 잇속이 밝고 인색함.
② 자신의 경제적 지위를 이용하여 장릿벼를 주고 첩을 들이곤 함.
③ 어쭙잖은 양반 행세를 하며 위아래 없이 하대를 하는 등 거만하고 교만함.

성격 지표 및 인물 제시방식

❀ ─────────────

모시 두루마기에 맥고모를 쓴 박주사 아들은 살이 너무 쩌서 아랫볼이 터덜터덜하는 얼굴을 들고 점잖은 걸음세로 조를 빼며 걸어온다. 그는 어느틈에 나왔는지 모르는 개천가, 논둑에서 뒷짐지고 섰는 조첨지를 보고는
"영감 근력 좋은가?"
하고 거침없이 하소를 내붙인다. 그런데 조첨지는 그게 누구인지 의아해하는 모양으로 한참 동안을 자세히 쳐다보더니 그제서야 비로소 알아차린 모양으로 아주 반색을 하면서
"아! 나으리십니가. 웬수의 눈이 어두워서…… 해마다 다릅니다그려. 어서 죽어야 할 터인데…… 아! 그런데 어디를 가십니까?"
하고 그는 박주사 아들이 오는 편으로 꼬부랑꼬부랑 따라나온다.
"응! 이 아래 들에 좀……"
그는 이런 대답을 거만하게 던지고 샘둑에 둘러앉은 여자들을 자존심이 가득한 눈매로 한번을 쓱 둘러보더니만 다시 무슨 생각이 들었던지 저만치 가다가
"그래도 좀더 살아야지!"
하는 말을 고개를 휙 돌이키며 하였다. 이 바람에 그는 다시 한 번 샘둑을

보았다.

"더 살면 무엇 합니까? 살수록 고생이지요. 아하!"

조첨지는 한숨 섞인 말을 하며 동구 안으로 들어가는 그의 뒷모양을 우두커니 서서 보더니 다시 돌아서서 멀리 설화산쪽을 바라본다. 그는 부지중 후—하는 한숨을 내쉬고 가까스로 등을 좀 펴보았다.

"새파란 젊은놈이 제 할아비뻘이 되는 노인보고 하소를 깍듯이 한담!"

하고 성삼이 처는 또 입을 삐쭉하는데

"할아비뻘은커녕 증조할아비뻘도 넉넉하겠네!"

하고 지금 막 바가지로 물을 퍼붓던 점백이 마누라는 또 이렇게 맞장구를 쳤다. (38~39쪽)

※

(… 전략) 그 중에는 점순이집도 논 댓 마지기를 지은 것이 온통 떠내려가버려서 가을이 된대야 벼 한 톨 구경할 수 없게 되었다 한다. 그것은 박주사집 땅을 올에도 다행히 그대로 부치다가 고만 그 지경이 된 것이었다. 박주사집에서는 이 논을 떼지 않고 그대로 둔 것은 다만 점순이 모친이 안으로 조른 보람만이 아니라 어떤 무엇이 있었는지도 모르겠다. 그것은 박주사는 그때 그 논을 벌써 언제부터 맨입으로 드난을 하며 논 좀 달라고 지성껏 조르는 성룡이를 주자는 것을 박주사 아들이 우겨서 그대로 둔 것을 보아도……

그 박주사집이란 벌써 몇 대째로 이웃말에서 사는 집인데 해마다 형세가 늘어가서 이 통 안에서는 제일 부명을 듣는 터이다. 안팎으로 잇구녕은 몹시 밝아서 박주사의 어머니 귀머거리 노인도 잇속에 들어서는 귀가 초롱같이 밝아진다는 — 어떻든지 모두 그런 식구끼리 잘 만나서 사는 집이란다. 그래 그의 아들은 지금 스물이 겨우 넘은 젊은 친구가 어떻게도 이심스럽던지, 또한 남만 못지않은 그 아버지 박주사가 아주 세간살이를 맡기었다 한다. 그는 지금 동척회사 마름이요 면협 의원이요 금융조합 평의원으로 세력이 당당하여 내년에는 보통학교 학무위원으로 추천해준다는 셋줄도 있다는데 칼 찬 순사나 군 직원들이 출장을 나오게 되면 의례히 그 집으로 먼저 와서 네냐, 내냐, 막 터놓고 희영수를 하고 보통학교 훈도까지 가끔 나와서 그와 술잔을 기울이는 터이었다. (43쪽)

※━━━━━━━

그러자 문밖에는 박주사 아들이 왔다.

"김첨지 집에 있나?"

하는 그의 목소리가 나자

"아이구! 나리 오십니까? 저 ─ 일 갔답니다."

하고 점순이 모친은 불을 때다 말고 부지깽이를 손에 든 채 일어서 맞는다.

"모처럼 오셔야 앉으실 데도 없고, 원 사는 꼬라구니가 이렇답니다…… 그 밀방석 위라도 좀 앉으시지!"

하고 그는 불안한 듯이 얼굴에 당황한 빛을 띄우고 있다. 마치 무슨 죄를 짓고난 사람같이. 과연 그는 가난을 죄로 알았다.

안방을 흘금흘금 곁눈질하던 박주사 아들은 교만한 웃음을 엷게 머금고

"무얼 바로 갈걸! 괜찮어."

하는 모양은 자기의 행복을 더욱 느끼고 자기가 금방 더한층 훌륭한 사람이 된 것을 의식하는 표정 같다.

"그래도……"

점순이 모친은 이렇게 말끝을 죽이더니 다시 무슨 생각이 들었는지 잠깐 머뭇거리다가 비로소 딴 말을 꺼내었다. 그는 있는 힘을 다하여 간신히 이 말을 하는 모양 같다. 할까 말까? 하고 몇 번을 망설이다가 하는 말같이.

"저 ─ 내년에는 논 좀 더 주십시오! 아, 올에는 뜻밖에 그런 물로 저희도 저희지마는 댁에도 해가 적지 않습니다."

"논? 어디 논이 있어야지. 그러나 어디 가을에 가서 또 보세."

이 말에 점순이 모친은 반색을 하는 듯이 한 걸음을 자기도 모르게 주춤 나오며

"참 나리만 믿습니다. 어디 다른 데야……."

"그리여 어디 보세…… 더러 댁에도 좀 놀러 오게나그려! 인제 늙은이가 좀 바람도 쐬고 그러지! 집안일은 딸이게 맡기고……."

그는 무슨 까닭인지 말끝을 이렇게 흐린다.

"어디 좀처럼 나설 새가 있습니까? 지지한 살림이 밤낮 해도 밤낮 바쁘답니다. 그까짓 것은 아즉 미거하고…… 참 언제쯤 새로 오신 마마님도 뵈올 겸 한번 놀러 가겠습니다."

"그라게! 나는 가……"

하고 박주사 아들은 마당에 놓인 절구통전에 걸터앉았다가 호기있게 벌떡 일어나 나갔다. 궐련을 퍽퍽 피우면서.

"아, 그렇게 바로 가서요! 그럼 안녕히 가서요."

하고 점순이 모친은 한동안 그를 눈으로 배웅하였다. 어쩐지 그의 눈에는 까닭 모를 눈물이 핑 돌았다. (48~49쪽)

그후 한달이 지나서이다. 가난한 집안에는 보리양식이 떨어질 칠궁으로 유명한 음력으로 칠월달을 접어들었다. 향교말에는 양식이 안 떨어진 집이 별로 없는데 점순이집에도 벌써부터 보리가 떨어졌다.

그동안에는 어떻게 부자가 품도 팔고 이력저력 지내왔으나 앞으로는 앞뒤가 꼭 막혀서 살아갈 길이 망연하였다. 그것은 논밭에 김도 다 매고 두렁도 다 깎은 터이므로 일꾼들은 모두 나무갓으로 올라갈 때이다. 인제는 품을 팔아먹을 일거리라고는 없어졌다. 벼는 벌써 부옇게 패었다.

그러므로 점순이네 부자도 나무나 해서 팔아먹는 수밖에는 다른 수가 없었다. 원두도 인제는 다 되어서 더 팔아먹을 것은 없었다.

(… 중략 …)

(… 전략) 점순이 모친은 생각다 못하여 마지막으로 박주사 아들한테 장릿벼 한 섬을 얻으러 갔다.

박주사 아들이 흉악한 불깍쟁인 줄은 그도 모르는 바이 아니었지마는 거번에 논을 좀 달라고 할 적에도 그리할 듯한 대답을 한 것이라든지 그때 은근히 한번 놀러 오라던 말을 생각해 보면 어디로 보든지 호의를 가졌던 것만은 확실한 모양이다. (후략…)

과연 박주사 아들은 서슴지 않고 한마디로 선뜻 승낙하였다. 한 섬으로 만일 부족하거든 두 섬이라도 갖다먹으라고.

이때 점순의 모친은 얼마나 기뻐하였던가? 과연 자기도 모르게 입이 저절로 벌어졌다. 그래 그는 무수히 감사하다는 치사를 드리고 마치 승전고나 울리고 돌아오는 장수의 마음같이 걷잡을 수 없는 기쁜 마음으로 그 집 대문을 나섰다.

그런데 박주사 아들이 대문 밖에까지 따라나오더니 잠깐 조용히 할 말이 있다고 구석진 곳으로 손질을 한다.

그것은 이러한 조건이었다. 장릿벼는 지금 말한 대로 줄 터이니 그 대신 자네 딸을 나 달라고. (58~60쪽)

❧

그런데 김첨지의 병은 점점 더하다는 소문이 났다. 그래 그는 만일 그러다가 김첨지가 죽으면 어찌하나? 하는 겁이 펄쩍 났다. 그것은 잇속만 아는 박주사 아들도 부모가 죽었다는데야 어찌 차마 그를 바로 데려올 수가 있으랴 하는 마음이었다. 이런 생각이 그에게 있다는 것은 참으로 생각 밖에 고마운 일이다마는 그래도 그는 이런 체면만은 볼 줄 알았다. 그것은 마음으로야 어쨌든지 겉으로는 부모를 위하는 것이 이 세상에서 제일 중대한 일인 줄을 어려서부터 많이 듣고 배운 터이라 남의 부모도 역시 존중하다는 생각이 있게 하였다. 그러면 적어도 몇 달 혹은 반년이 될 터이니 더구나 저편의 핑곗거리가 생겨서 이것으로 구실을 삼아 가지고 소상을 치르고 오느니 대상을 치르고 오느니 하면 더욱 큰일이라고. 그래, 그는 점순이를 속히 데려오려 하였다.

그러나 또 한가지 그가 이렇게 속히 점순이를 데려오고 싶은 마음이 나게 한 이유는 새로 얻어온 첩이 벌써 마땅치 못하게 틈이 벌어진 까닭이었다. 물론 좀더 그의 사랑을 핥아보지 않고는 그를 내박차기까지 하기는 아직 좀 이르다 마는 이번 첩은 성미가 너무 괄괄하여 어떠 때는 자기를 깔보는 때까지 있단 말이다. 그래 그 분풀이로 점순이를 얼른 데려다가 이것 좀 보아라! 하고 그의 기를 꺾어놓고 싶을 뿐 아니라 저거번에 점순이를 보니까 작년보다도 훨씬 큰 것이 아주 처녀의 티가 제법 났다. 그만하면! 하는 생각이, 더구나 그의 아리따운 자태에 고만 욕심이 부쩍 난 것이다. 그래 한편에서는 피려는 꽃송아리 같은 나긋나긋한 어린 사랑을 맛보고 또 한편으로는 은근하고도 땅속으로 끌어들이는 듯한 큰첩의 사랑을 받다가 고만 싫증이 나거든 이것저것을 모두 후 불어세자는 수작이다. 그래 그는 오늘 아침에 가마를 꾸려서 별안간 김첨지 집으로 보내게 된 것이다. (68~69쪽)

● **창순이**(서울댁 양반, 서울댁) ────────────────

성 별	남자
나 이(추정포함)	스물 두서넛 살
출생지 및 거주지, 활동 공간	출생지는 알 수 없으며, 어려서부터 향교말 아랫말 큰집(백부)에서 커서 서울서 중학교를 다니고 지금은 그 백부네 집에 와 있음.
직 업	학생
출신계층	양반 집안으로 중류계층 이상 정도의 가정에서 태어났을 것으로 추정함.
교육정도	중학교에 다니다가 이곳 향교말로 내려옴.
가족관계	어려서부터 큰집에서 성장한 것으로 보아 부모가 없을 것으로 추정하며, 백부네와 가깝게 지내고 있음.
인물관계	어쭙잖은 양반들의 행악과 자본제의 병폐를 비판하며, 양반지주들을 멀리하고, 소작농들과 어울려 그들에게 계급적 모순을 이야기해 주어 그들의 계급적 각성을 유도함.

인물의 존재방식(사회계층) 자본제의 병폐와 양반지주계층의 행악을 비판하고 향교말 소작농들에게 친근하게 대하며 어렴풋하게나마 그들의 계급적 각성을 유도하지만, 자신의 뜻과 의지를 실천하지는 못하는 나약한 청년 지식인

성   격
　① 신분제와 자본제에 대하여 비판적임.
　② 인정이 있고, 이상사회에 대한 나름의 염원이 있음.
　③ 자신의 뜻과 의지를 펼치는 실천력이 없으며, 점순이 팔려가는 현실에 직면해서도 분노만 할 뿐 나름의 저항적 행동을 보여주지는 않음.
　④ 호활하고 의리가 있음.

성격 지표 및 인물 제시방식

✿

　"박주사 양반 같은 것은 양반탕반 개 팔어 두 냥 반만도 못한 것이 무슨 양반이라구?"

　"예전 양반은 돈을 알면 못쓴댔는데 지금 양반은 돈을 잘 알어야만 되나부데. 그이도 돈으로 양반이지 만일 돈이 없어보게, 누가 그리 대단히 알겠나. 그러니까 그에게 돈이 떨어지는 날에는 양반도 떨어지는 날이란 말일세. 그러니까 돈을 제 할아비 신주보다 더 위할밖에. 우리네 가난한 사람의 통깝데기를 벗겨서라도 돈을 모으자는 것은 좀더 양반 노릇을 힘 있게 하자는 수작이지."

　"참, 돈이 그른지 사람이 그른지 지금 세상은 모두 돈만 아는 세상인가 봐요 의리도 없고 인정도 없고……."

　"사람이 글러서 돈이 생겼다네. 돈 없는 즘생들은 제각기 벌어먹고 잘들 살지 않나!"

　"참 그래요 예전 이야기에도 즘생들이 돈을 맨들어 썼단 말은 못 들었구먼!"

"그렇지만 힘센 놈이 약한 놈을 잡아먹지 않어요! 즘생들은?"
하고 별안간 점순이는 의심스러운드키 물었다. 그는 자기도 모르는 이런 말이 쑥 나왔다.

"잡아먹힐 놈은 먹히더래도 무얼 사람들도 그런 셈이지. 애, 나는 제멋대로만 살 수 있다면 단 하루를 살다 죽더래도 좋겠다!"

"봄 하늘에 훨훨 나는 종달새같이요?"

"그래, 참 네가 잘 말했다!"
하고 점백이 마누라는 슬쩍 웃는다. 그가 제법 이런 소리를 하게 된 것은 실상은 자기 아들에게서 들은 말이다. 서울양반댁이란 이는 역시 양반으로 서울 가서 중학교를 다니다가 온 청년인데 이 동리 사람들은 그를 찾아가서 놀았으므로 그에게 이런 말을 듣고 와서는 저희 부모에게 옮긴 것이었다. 그런 소리를 들을 때에는 언제든지 신기한 것처럼 영감은 고개를 끄덕끄덕하며

"하긴 그도 그리여……."
하고 무엇을 생각하는 것같이 하고 있었다. (41쪽)

꿀

이 말에 고만 순영이는 실쭉해지더니

"그럼 또 너는 어제 저녁때 '서울댁'하고 니 원두막에서 단둘이 있지 않었니? 나두 개울창에서 똑똑히 좀 보았다나……."

(… 중략 …)

"기애는 별소리를 다하네. 글쎄 들어봐요! 점심을 해놓고 기다리니까 어머니가 원두막에서 들어오시더니 나보고 이라시겠지. 어서 밥먹고 원두막에 가보아라. 내가 들에 밥 내다주고 올 동안만. 아버지와 우리 오빠는 어제 산너머 있는 집으로 화중밭을 매섰단다."

"오 — 참, 어제도 니 집은 일했지. 점심때 연기가 꼬약꼬약 나더라!"

"그래 막 나가 앉어서 바느질거리를 손에 잡으라니까 별안간 인기척이 나더구나. 깜짝 놀래 쳐다보니까 그이겠지! 나는 그때 어쩔 줄을 몰라서 고개를

푹 숙였단다.”

“그래 그이가 뭐라고 하던?”

“뻔히 알면서 왜 모른 체 하니! 사람이 사람을 보는 것이 무엇이 부끄러워!
이라겠지.”

“얼레! 그이도 꽤 우습잖다! 그래 그때 너는 뭐라구 했니?”

“그런 때 무슨 말이 나오겠니. 그저 웃고 쳐다보았지. 그랬더니 그른 그렇지!
그렇지! 진작 그렇게 고개를 들 것이지 하고 나를 꿰뚫을 듯이 쳐다보던가.
그리더니 무작정하고 망태기에서 참외를 꺼내먹으며 나보고도 자꾸 먹으라
하겠지!”

(… 중략 …)

“그담에 이런 이야기를 하였단다. 참외를 어귀어귀 먹으면서…… 나를 양반
이라고 니들이 돌려내나부다마는 양반도 역시 사람이란다. 하기는 같은 사람으
로는 누구는 양반이니 누구는 상놈이니 하고, 또 누구는 잘살고 누구는 못사는
것이 벌써 못생긴 인간이다. 그렇다면 너하고 나하고 같이 노는 것이 어떨 것
무엇 있니? 다 같은 사람인데. 나는 너한테 창순아! 하고 불러주는 소리를 들었
으면 제일 좋겠다구.”

“얼레! 그것은 또 무슨 소리라니?”

“그라지 않아도 그때 나는 건 왜요? 하고 깜짝 놀래며 물어보았단다. 그랬더
니 그이는 이렇게 말하겠지. 그러면 너하고 나하고 동무가 되지 않니?”

“그럼 같이 놀잔 말이로구나!”

“그래 나는 당신도 우리네 상놈 같구려! 하였더니 그이는 나는 상놈이 되고
싶다 하겠지. 내 원, 어찌 우스운지!”

“왜 그런다니? 그이가 미치지 않았을까.”

“몰라…… 그리고 여러 가지 이야기를 하였단다. 서울 이야기, 여학생 이야
기, 이 세상이 악하고 어떻고 어떻다고 한참 떠들었단다.”

“그건 또 웬 소린가…… 아니 참말로 들을만했었구나! 그럴 줄 알았더면
나도 좀 가서 들을 것을!”

“그리다가 주머니를 부시럭부시럭하더니만 돈을 집히는 대로 꺼내서 세보도

않고 내놓고는 고만 뒤도 안 돌아다보고 휘적휘적 가겠지!"

(… 중략 …)

"그런데 나는 참외값을 안 받을라고 하였는데…… 부끄럽게 그것을 어떻게 받니? 그런데 나중에 세어보니까 넉 냥 일곱 돈이던가!"

말을 마치자 눈앞을 할끗 쳐다보던 점순이는 몸을 소스라쳐 놀랜다.

"아이 오빠두, 도둑패마냥 왜 거기 가 찰딱 붙어섰어?"

이 소리에 순영이는 기급을 하여 몸을 움츠렸다. (45~47쪽)

※

바깥마당에는 지금 서울댁 양반이 왔다. 그래 그들은 인사하기에 한참 부산하였다. 그들은 모두 서울댁 양반을 좋아하였다. 그것은 비단 그에게는 양반티가 없다는 것뿐 아니라 그의 호활하고 의리있는 것이 마음을 끌었음이다. 생김생김도 눈이 큼직하고 콧날이 서고 준수한 얼굴이었다. 그렇다니 말이지 그에게 먼저 반하기는 성삼이 처이었다. 그들은 마치 서울댁을 지식주머니로 아는 듯이 그를 만나면 우선 세상 형편을 물어보았다. 그럴 때마다 그는 여러 가지 이야기를 하였다. 그는 신문에서 본 말, 자기가 아는 일, 이 세상 여러 가지 문제를 이야기해 들려주었다. 그러며 그들은 모두 재미있게 듣고 있었다. 요새는 물난리에 서울 사는 민부자가 돈 천 원을 기민구제에 기부했다는 말을 할 때 그들은 모두 입이 딸 벌어지도록 놀래었다.

그는 또한 이런 소리를 하였다. × × × × × × × × × × × × × × × ×하는 것이 그의 말투이었다. 물론 이 말을 처음 들을 때는 그들은 깜짝 놀래고 의심하였다마는 그는 어디까지 자기 말을 주장하였다.

그가 그들에게 한 말을 간단하게 추려 말하면 이러하였다.

"첫째, 한 말로 할 것은 돈이 쌀이 아니요 돈이 옷감이 될 수 없는데, 또한 그 쌀이나 옷감은 가만히 앉았는 사람의 손으로 된 것이 아닌데, 어찌해서 누구나 손가락 하나 까딱하지 않는 사람이라도 돈이라는 종이 조각을 가지면 당장에 부자가 되느냐? 그게 발써 틀린 일이다. 가령 지금 쌀 한 말에 이 원을 한다 하면 그 쌀 한 말을 만들어내기에는 봄으로부터 가을까지 전후 비용이, 더구나 남의 장리를 얻어서 농사를 진 사람으로는 지금 그 값에 몇 동 값이 더 들었을 것인데 이러한 품밥 든 생각은 않고 장사하는 놈들이 제 맘대로 값을 올렸다 내렸다 하는 것도 불공평한 일이다.

이것이 모두 장사치의 잇속으로 따진, 사람까지도 상품으로 만들어서 저희의 부만 늘리자는 짓이다. 그러므로 만일 돈을 쓸 터이면 그것은 반드시 그만큼 사람에게 유익한 일을 하는 사람들끼리만 쓸 것이지 결코 놀고먹는 놈이나 악한 짓을 하는 놈은 못 쓰도록, 그래 병신, 노인, 어린이들 외에는 모두 제각기 재간대로 일을 하고 사는 것이 옳은 일이다."

그는 이렇게 말하였다. 그래 그는 부자를 욕하고 박주사 아들을 욕하고 이 너머 이진사집보고도 욕을 하며 그놈들은 양반도 아니요 사람도 아니요 똥내만 맡고 사는 개만도 못한 놈들이라고 하였다.

그들이 처음으로 이 말을 들을 때는 대단히 놀래었다. 그것은 지금까지 자기들의 그 중 쳐다보고 훌륭한 사람으로 알던 그이들을 보고 이렇게 욕하는 까닭이었다. 그러나 그의 말을 들을수록 그런 의심은 차차 풀리었다. 그래 민부자의 천 원 기부도 그리 놀랠 것이 아닌 줄을 알았다.

그 언제인가도 그가 또 이런 말을 하다가

"지금은 돈만 아는 세상이다. 만일 개가 돈을 가졌다면 멍첨지라고 공대할 세상이야."

하는 말에 그들은 모두 웃음통이 터졌었다.

그는 지금도 한참 그런 이야기를 하다가 집으로 간다고 일어섰다.

"아! 더 놀다 가시지유."

하고 이 구석 저 구석에서 만류하는 말이 쏟아졌다. 그러나 그는 어디 볼일이 좀 있다고 그길로 바로 발길을 돌리었다. 그는 이 아랫말에서 사는 자기 백부의 집에 와 있는데 서울서 내려온 지가 며칠 되지 않았다. 그는 아직 장가도 아니 든 스물두서넛밖에 안 되어 보이는 소년으로 어려서부터 큰집에서 커났다.

지금 그 길로 가다가 그는 점순이집에를 들렀다. 싸리문 안에 들어서 보아도 아무 기척이 없다. 그는 집이 빈 줄 알고 막 도로 나오려는데 별안간 안방에서 누가 쫓아나온다. 알고 보니 그는 점순이었다.

"나 봐요! 저…… 어저께 그 돈 받아서요!"

하고 그는 당황한 모양으로 부르짖는다.

"무슨 돈? 아! 참외값을 도로 받으라구."

"참외값이 더 된대두!"

"더 되나 덜 되나 너는 그것만 그저 생각하고 있니? 더 되거든 네가 쓰려무나!"

"얼레! 남이 흉보게."

"흉은 무슨 흉?"

"남의 사내에게 거저 돈을 받는다구."

"그게 무슨 흉 될 게 있니? 깨끗한 마음으로 주고 받았다면…… 너두 참 퍽 고지식하구나. 그러면 이담에 참외로 대신 주려무나!"

"그럼 내일 와요! 참외막으로."

"응! 그래."

그는 이렇게 대답하고 바로 자기집으로 향하였다. 그는 자기가 점순이집에를 왜 들르고 싶었는지 알 수 없는 일이었다. (51~53쪽)

※

색시들은 또 킬킬 웃었다. 점동이의 털털한 수작에 그들은 저으기 부끄럼이 가시었다. 그들은 이렇게 재미있게 노는데 나중에는 서울댁의 이야기에 모두 귀를 기울이게 되었다. 그는 역시 이 세상이 악하고 부자가 악하다는 말을 하였다. 그래 우리 젊으나젊은 청춘이 꽃동산과 같은 아름다운 세상에서 잘살 것을 지금 이렇게 되었다고 흥분하였다.

"보아라! 이 아름다운 경치를. 저 안타까운 별들을. 저 밝은 달빛. 저 그윽한 물소리. 저 은근한 수풀 속 나무나무 가지가지에 녹음이 우거진 이때, 우리들은 경치 좋은 이 산속에다 정결하게 집을 짓고 옷밥 걱정이 없이 살아본다고 생각해 보자. 아버지와 어머니는 들에 나가서 일을 하고 우리들은 학교에 가서 공부하며 뛰고 놀다가 저녁때 돌아와서는 들에 나가서 부모님의 일도 거들어주고 저 산 밖으로 노래를 부르면서 놀러 다닌다면 얼마나 우리의 사는 것이 아름답겠니? 모든 사람이 다같이 일하고 다같이 벌어서 부자와 간난이 없이 산다면 그때에야말로 이웃사람은 진정으로 정답고 사랑하고 싶어서 오늘은 니 집에 모이자, 내일은 우리 집에 모이자 하고 즐기며 뛰놀 것이다. 이때야말로 공중에 나는 새도 인간의 행복을 노래하고 땅위에 피는 꽃도 사람의 즐거움을 웃어줌일게다. 그때야말로 참으로 이 세상 만물이 인간을 위하야 축복을 드릴 것이요, 저 달을 보아도 우리의 마음이 즐거울 것이다. 그런데 지금은 어떠하냐? 우리는 공부할 나이에 공부도 못하고 늙으신 부모는 밤낮 일을 해도 가난에 허덕허덕하지 않느냐? 처녀의 고운 손은 방아찧기에 악마디가 지고 청춘남녀는 맘대로 사랑할 수도 없지 않으냐? 못 먹고 헐벗으며 게딱지만한 오막살이 속에서 모기 빈대 벼룩에 뜯겨가며 이렇게 하루 살기가 지겹도록 고생고생하게 된 것은 그게 모두 몇 놈의 악한 놈들이 돈을 모두 독차지해가지고 착하게 부지런히 일하는 많은 사람들을 가난의 구렁으로 잡아 처넣은 까닭이다. 아! 지금 저 달이 밝지마는 우리에게 좋을 것이 무엇이며 지금 이 바람이 서늘하다마는 우리의 가슴은 더욱 답답하지 않으냐? 낮에는 햇빛 밑에서 일을 하고 밤에는 달 아래서 하루의 피곤한 몸을 쉬는, 천만의 사람이 다같이 일해서 먹고사는 세상이 참으로 사람답게 사는 세상이 될 것이다."

하는 그의 열정으로 부르짖는 말에 그들은 모두 넋을 잃고 귀를 기울였다. 점순이와 순영이는 하염없이 눈물이 글썽글썽하였다. 참으로 그런 세상을 어서 보고싶으도록…… 그래 그렇지 못한 자기네의 지금 생활이 몹시도 분하고 애달팠다. 그렇게 허튼 소리를 하던 점동이까지 잠자코 앉아서 무엇을 어두커니 생각하고 있었다.…… 그래 사방은 괴괴하니 오직 물소리만 요란히 들리었다. (56~58쪽)

※

마침내 점순이는 내일 아침에 박주사 아들에게 기별하기로 마음을 작정하였다. 그는 지금 마지막으로 이 하룻밤을 순결한 처녀의 몸으로 보내려 하였다. 아까까지도 악에 받쳐서 두 눈이 뽀송뽀송하던 그로도 별안간 이런 생각은 다시금 서러움에 목메었다. 그는 하염없이 흐르는 눈물을 걷잡지 못하여 아무도 모르게 울 밖에 나와 섰다. 그것은 아무도 보지 않는 곳에서 마음 놓고 실컷 울어나 보려 함이었다.

(… 중략 …)

그런데 어느 틈에 왔는지 서울댁이 와서 자기 옆에 섰는 것을 발견하였다. 그래 그는 소스라쳐 놀래며 고개를 푹 숙이었다. 과연 그가 밤에 여기 오려니는 꿈에도 생각지 못한 일이었다.

"아! 웬일이야?"

하고 서울댁은 깜짝 놀래며 묻는다.

"아니오! 저…… 저……"

하고 점순이는 고만 울음을 삼키었다. 그리고 아무렇지도 않은 표정을 지었다. 그러나 서울댁도 이 소문은 벌써 들은 터이다. 그도 자기의 있는 돈을 몇 냥간 점동이를 갖다준 일이 있었다.

"나두 다 아는데 무얼!"

하는 그의 말이 채 떨어지기도 전에 점순이는 와락 달려들어 그를 얼싸안고 고개를 고만 그의 가슴에다 푹 처박았다. 그리고 열정에 떨리는 목소리로

"용서해 주서요! 용서해 주서요! 부잣집 첩으로 가는…… 당신이 미워하는…… 박…… 박주사 아들에게로……"

하고 그는 가늘게 부르짖는데 사내는 아무 말 없이 그를 껴안은 채 다만 멍하니 하늘을 쳐다보았다. 이때에 하늘에서는 유성이 죽 흘렀다. (64~65쪽)

꿀﹏﹏﹏﹏﹏﹏﹏﹏﹏﹏﹏﹏﹏﹏﹏﹏﹏

그런데 순영이도 그후 며칠 뒤에 쌀 두 섬을 미리 받아먹은 데로 고만 가마를 타고 갔다. 가던 날 식전에 그는 점순이를 찾아와서 손목을 붙들고 흑흑 울었다. 그는 차마 점동이를 붙들고 울 수는 없어서 점순이를 보고 대신 울었음이다.

점순이도 마주보고 눈물을 흘렸었다마는 그후로 점동이는 마치 얼빠진 사람같이 되었다. 서울댁도 또한 확실히 그전 같아 보이지는 않았다. 그 역 실심하니 무슨 깊은 근심이 있는 것처럼 보였다. 그러나 그의 침착하고 굳건한 신념이 있어 보이는 모양은 무슨 일을 저지르지나 않을까 하는 생각을 내게 한다. 그렇게 보이도록 그는 무섭게 침통한 얼굴로 변하였다. (67~68쪽)

※

어느덧 칠월도 다 가고 팔월 초생이 되었다. 점순이집에서는 지금 막 아침을 치르고 난 판인데 간밤까지도 청명하던 하늘은 어느 틈에 구름이 잔뜩 긴 음랭한 날이 되었다. 이마적은 더욱 원기가 쇠진하여 미친 소리도 잘 못하는 김첨지는 겨우 미음 한 모금을 마시고는 아랫목에서 끙끙! 하고 누웠는데, 그 옆에서 세 식구가 경황없이 아침이라고 치르고 났다. 모친은 오늘 아침에도 그 생각이 나서 밥도 변변히 못 먹고 세 식구가 울기만 실컷 하였는데 점동이는 그래도 나무를 하러 간다고 지금 지게를 지고 나서는 참이다. 그런데 거기에 박주사집 하인들이 가마를 메고 싸리문 안으로 대들었다.

(… 중략 …)

그런데 이마적은 미친 소리도 못하고 인사불성으로 드러누웠던 김첨지가 마치 기적같이 안방 문 앞에 일어나앉아서 바깥을 내다보며

"저놈들이 장릿벼 한 섬에 딸을 팔아먹은 놈들이여!"

하고 손가락질을 하며 중얼거리더니 또 히히 하고 웃는다. 이 바람에 점순이는 그와 눈이 마주치며

"아! 아버지……"

하고 다시 가늘게 부르짖으며 두 손으로 얼굴을 가리었다.…… 점순이가 마지막으로 그들을 휘 둘러보고 막 가마 안으로 들어앉으려 할 때 언뜻 무섭게 빛나는 두 눈동자와 마주쳤다. 그것은 지금 들어오다가 싸리문 앞에서 발이 붙어서 맥놓고 쳐다보는 서울댁의 눈이었다. 점순이는 고만 가마 안으로 푹 고꾸라졌다. (69~70쪽)

● **점동이**(점순이 오빠) ─────────────────────────────

성 별 남자

나   이(추정포함) 열여덟 아홉 살

출생지 및 거주지, 활동 공간 향교말에서 출생하여 이곳에서 소작농을 부
             친을 돕고 나무장사와 짚신장사로 집안을 도움.

직   업 소작농, 나무장수, 짚신장수

출신계층 향교말 소작농 집안의 최하류계층

교육정도 무학

가족관계 부친 김첨지와 모친, 여동생 점순이가 있음.

인물관계 순영이와 좋아지내며, 서울댁 양반(창순)과도 잘 어울림.

인물의 존재방식(사회계층) 향교말 민촌 소작농 집안의 아들로서 집안의 생
             계를 위해 나무장사와 짚신장사를 번갈아 하지만, 동생 점순
             박주사 아들에게 장릿벼 한 섬에 팔려가는 것을 보고만 있어야
             하는 최하류계층의 인물

성 격
   ① 가난한 집안을 구제하기 위해 농사일, 나무장사, 짚신장사 등
     밤낮으로 쉬지 않고 일하는 근성을 보임.
   ② 넉살좋고 능청스럽지만 진실함.
   ③ 여동생 점순이 박주사 아들에게 팔려가는 처지에 이르자 자기
     의 힘으로 버티어 보려고 안간힘을 씀.
   ④ 점순이 박주사 아들에게 팔려가는 것이 자신의 책임이라며 자
     신의 힘으로는 도저히 어찌할 수 없는 현실에 절망함.

성격 지표 및 인물 제시방식

❀───────────

"아이 오빠두, 도둑패마냥 왜 거기 가 찰딱 붙어섰어?"

이 소리에 순영이는 기급을 하여 몸을 움츠렸다.

"나도 좀 같이 놀자꾸나! 무슨 이야기를 그렇게 재미있게 했니?"

하고 사내는 빙글빙글 웃는다. 그는 깎은 머리를 수건으로 질끈 동였는데 서근서근한 얼굴이 매우 귀인성있어 보인다. 지금 열 팔구 세밖에 안돼보이는 소년티가 있긴 하나 그이 힘줄 켕긴 장딴지라든지 굵은 팔뚝이 한 장정같이 기운차보이었다. 그는 지금 들에서 무엇을 하다 왔는지 손에는 흙가루가 뽀얗게 묻었다.

"순영이가 오빠의 흥을 보았다우. 커다란 머슴애가 남의 색시 궁둥이를 줄줄 따러다닌다구."

"누가 그래여? 기애는 참! ……"

하고 순영이는 얼굴이 빨개지며 불안한 웃음을 웃는데

"아, 참말로 그랬니?"

하고 사내는 순영이에게 팩 달려들었다. 점순이는 뱅글뱅글 웃는 눈으로 그의 오빠를 할겨보면서 밖으로 살짝 나와버렸다.

"아! 왜 이래? 저리 가래두!"

하고 순영이의 징징 우는 소리가 들리자 부엌에서 모친의 목소리가 났다.

"점동아! 왜 그러니? 남의 낼 모레 시집갈 색시를. 가만두어라! 성이나 내라구."

"시집가기 전은 상관없지!"

사내는 빙그레 웃고 다시 순영이를 쳐다볼 때 그는 얄미운 눈초리로 사내를 할겨보았다. 별안간 고개를 푹 수그리더니 어느덧 그의 눈에서는 눈물방울이 뚝뚝 떨어졌다.

이꼴을 본 사내는 다시 달려들어 그를 꼭 껴안았다. 그리고 뜨거운 입술을

그의 입에 대었다. (47~48쪽)

꽃

　그 이튿날 밤이었다. 점순이 모친이 원두막에 나가는 길에 점순이도 따라갔다. 서울댁은 오지 않았다. 그래 점순이는 은근히 기다렸지마는 지금은 그가 오려니 해서 나간 것은 아니다. 웬일인지 가고싶은 마음이 키어서…… 그것은 달이 횅창 밝아서 이상스럽게도 어떤 궁금한 생각이, 그대로 방안에 앉았기 싫었음이다.

　(… 중략 …)

　점순이와 순영이는 지금 홀린 듯이 이 밤경치에 취하여 한참 재미있게 노는데 별안간 인기척이 나는 바람에 마주보니 그는 뜻밖에 서울댁과 점동이었다.

　"너는 왜 또 오니? 집 보라니까…… 저이는 누구야?"
하는 점순이 모친은 점동이 뒤에 또 한 사람이 있는 줄을 비로소 알고 묻는 말이었다. 그래 목소리를 듣고 그제야 안 것처럼 그는 다시 정답게 아는 체를 한다.

　"아! 밤에 다 마실을 오시우? 나는 누구라구. 어서 올라오시지유!"

　"네. 참외 먹으러 왔습니다. 점동이를 만나서……"
하고 서울댁은 원두막 밑에서 대답하였다.

　"참외를 따온 것이 아마 없지. 그럼 점동아, 네가 좀 따랴무나. 그럼 여기서 놀다 가시우. 나는 밭을 좀 매야!"
하고 노파는 원두막에 꽂힌 호미를 빼들고 내려왔다.

　"달 밝고 서늘해서 밭매기는 썩 좋겠다. 기왕 나왔으니 너두 밭이나 좀 매렴!"

　"가만 있수! 저 양반하고 이야기 좀 할라우. 어서 어머니 먼처 매시우!"

　(… 중략 …)

　그 동안에 점동이는 참외를 한 망태기 따가지고 왔다. 그래 서울댁보고 원두막으로 올라가자 하였다.

　"무얼! 여기서 먹지."

하고 서울댁은 사양하였다.

"아니오 올라가요! 앉을 자리두 없는데. 얘들아! 올라가도 괜찮지! 응? 우리 큰애기들아!"

원두막에서는 킬킬 웃는 소리가 들리었다.

소곤소곤하는 소리도 난다. 뒤미처

"맘대로 해요."

하는 점순이의 날카롭게 부르짖는 목소리가 들리자 그들은 원두막 위로 올라갔다. 그런데 점순이는 그들이 앉기도 전에 서울댁 앞에다 웬 돈을 절그럭 하고 꺼내놓았다.

"그게 뭐야?"

점동이가 눈이 휘둥그래지는 것을 보고 색시들은 또 웃었다.

"아, 참외값!"

하고 서울댁은 그 사연을 이야기하고 이런 말을 하였다. 서울서 장사하는 사람들은 돈을 안 주어서 못 받는다고.

"그럼 그 돈으로 지금 참외나 먹읍시다. 아무 돈이나 쓰면 됐지. 계집애들이란 저렇게 꼼꼼해. 담배씨로 뒤웅을 파랴듯이."

하고 점동이는 참외를 한 개씩 안기었다.

"그럼 또 턱없이 남의 돈을 받어?"

점순이는 얄미운 표정으로 점동이를 쳐다보며 부르짖었다. 그러나 점동이는 참외를 깎아서 어석어석 먹으면서

"그래 잘했다. 상급으로 참외나 더 먹어라. 그리고 소리나 한마디씩 하구!"

"아이구 망측해라! 누가 소리를 한담. 사내들 있는 데서!"

"사내들 있는 데서는 왜 못하는 법이냐? 니들끼리는 곧잘 하면서."

"니들이 이렇게 하지 않았니?"

하더니 점동이는 고개를 외로 꼬고 청승스런 목소리로 군소리하는 흉내를 내었다.

가세 가세!

나물 가세.
동산으로
나물 가세.

나물 캐고
피리 불고
노다 노다
임도 보고……

"아이 우리가 언제 그런 소리를 했어!"
하고 색시들은 얼굴이 빨개지며 부끄러워 죽겠다는 듯이 우는 소리를 한다.
그들의 안타까운 목소리로.

"안했걸랑 고만두렴! 오, 참 성삼이네가 하던가? 아니 서울댁 양반! 서울
색시들도 노래를 하나요. 여학생도?"
하고 점동이는 서울댁을 쳐다본다.

"하구말구. 창가를 하지."
"오 — 창가. 이렇게 하는 것 말이지. 학도야, 학도야! 청년학도야! 이렇게."
(54~56쪽)

※

색시들은 또 킬킬 웃었다. 점동이의 털털한 수작에 그들은 저으기 부끄럼이
가시었다. 그들은 이렇게 재미있게 노는데 나중에는 서울댁의 이야기에 모두
귀를 기울이게 되었다. 그는 역시 이 세상이 악하고 부자가 악하다는 말을 하였
다. 그래 우리 젊으나 젊은 청춘이 꽃동산과 같은 아름다운 세상에서 잘살 것을
지금 이렇게 되었다고 흥분하였다.

(… 중략 …)

점순이와 순영이는 하염없이 눈물이 글썽글썽하였다. 참으로 그런 세상을

어서 보고싶으도록…… 그래 그렇지 못한 자기네의 지금 생활이 몹시도 분하고 애달팠다. 그렇게 허튼 소리를 하던 점동이까지 잠자코 앉아서 무엇을 어두커니 생각하고 있었다.…… 그래 사방은 괴괴하니 오직 물소리만 요란히 들리었다.

점동이가 눈짓을 하자 순영이는 슬그머니 원두막 아래로 내려갔다. 그런데 원두막 위에 단둘이 앉았던 점순이는 별안간 '서울댁' 무릎 앞에 푹 엎드러지며 흑흑 느껴 울었다. 그것은 무슨 그를 사랑하고 싶어서 그리한 것이 아니라 지금 그에게 들은 말이 감격하여 견디지 못한 발작이었다. 과연 그는 지금까지 살아온 것을 생각할 때 오직 '불행' 그것으로만 느껴졌다.

(… 중략 …)

저편 나무 속에서도 목메어 우는 소리가 가늘게 들리었다. 점동이와 순영이도 거기서 우는게다. 아직 인생의 대문에도 못 들어간 그들을 울리게 하는 것이 대체 무엇인가? 달아! 혹시 네나 아는가? …… (56~58쪽)

─── ✿ ───

김첨지는 그후에 다시 깨어나기는 났지마는 그 뒤로 병은 점점 더치었다. 약 쓸 일에 무엇에 돈 쓸 일은 그전보다 몇 갑절 더 들게 되었다. 그러나 그 역시 박주사 아들의 말은 다시는 입밖에 내지도 못하게 하였다.

하루는 점순이가 아버지 앞에 무릎을 꿇고 조금도 사색 없이 공손한 말로 박주사 아들한테 시집가잔 말을 자청해 보았다. 그러나 김첨지는 역시 펄펄 뛰며 듣지 않았다. 그러면 내 자식이 아니라고!

(… 중략 …)

점동이는 이를 악물고 결심하였다. 그는 자기의 한몸이 부서지기까지 어떻게든지 자기의 힘으로 버티어보려 하였다. 그는 밤에도 산에 가서 나무를 해오고 날 궂은 날은 짚신도 삼아 팔았다. 조금도 쉬지 않고 일을 하였다. 그는 할 수 있는 데까지 해보다가 만일 되지 않으면 나중에는 어떠한 짓이든지 무슨 일이든지 해보겠다는 마음이었다. 그는 자기의 누이를 더러운 돈에 팔아먹고

사느니보다는 차라리 도적질을 하든지 ×××하고 감옥에 들어가는 것이 훨씬
나으리라 생각하였다. (62쪽)

❀

　그 이튿날 박주사집에서는 벼 한 바리하고 돈 쉰 냥을 점순이집으로 보내었
다. 하인의 전갈에는 특별히 돈을 보낸 것은 병인의 약시세를 하란다고, 그런
친절한 분부가 다 있었다 한다.
　그런데 점순이는 밤 동안에 아주 딴사람이 되어서 종일 가도 말 한마디 않는
음울한 사람이 되었다. 그렇게 생기 있고 상냥하던 그의 표정이 다 어디로 가버
렸다. 김첨지는 이런 일도 모를 만치 위독해 누웠는데 그는 이상히도 오늘부터
시렁시렁하기 시작하였다. 그는 눈을 뜰 때마다 누구든지 쳐다보일 때는
　"저놈이 벼 한 섬에 부잣집 첩으로 딸을 팔아먹은 놈이야!"
하고 손가락질을 하였다. 그래도 모진 것은 목숨이다. 점순이 모친은 그 쌀로
지은 밥을 먹었다. 안 먹는다고, 굶어죽어도 안 먹는다고 울며불며 야단을 치던
점동이도 그 밥을 먹기 시작하였다.…… 하기는 점순이가 그 벼를 찧어서 얼른
밥을 지어다놓고 지성으로 모친을 권하고 또한 오빠를 권하였었다. 그날 점동
이는 아침도 굶고 산에 가서 나무를 종일 베다가 다저녁때 집에 돌아와 보니
점순이는 난데없는 하얀 쌀밥을 차려다준다. 그래 행여나 무슨 수가 있었나
하고 우선 한 숟가락을 뜨며 모친에게 물어보다가 고만 그 눈치를 채고는 숟갈
을 내동댕이쳤다. 그는 그때 엉엉 울었다. 그때 점순이는 뛰어가서 오빠의 무릎
앞에 엎드러지며
　"오빠 용서해줘요!"
하고 빌며 울었다. 그길로 점동이는 머리를 싸고 드러누웠었다. (65~66쪽)

❀

　점동이도 또한 점동이간으로 이미 이 지경이 된 바에는 할 수 없다 하였다.

그는 그래도 자기의 힘으로 어떻게 버티어 보려 하였더니 점순이가 설마 그럴 줄은 몰랐다 하였다. 그러나 그는 자기 누이를 탓하지 않았다. 결국은 모든 것이 자기가 못나서 그렇다 하였다. 명색이 사내 코빼기로 생겨서 많지 않은 식구를 못 건져가고 이 지경이 되게 한 것은 오직 자기의 못생긴 탓이라 하였다. 그러나 아무것도 배우지 못한 그로서는 하루 진종일 가서 나무를 해다가 이십 리나 되는 읍내 가서 판대야 기껏 받아야 오륙십 전에 지나지 못하였다. 하루 진종일 꼬부리고 앉아서 짚신을 삼는대야 역시 사오십 전에 불과하였다. 아! 이것으로 어떻게 한 집안 식구를 구할 수 있는가? 그래 부자가 벌어야 간신히 지내던 것을 고만 부친이 저렇게 병나고 보니, 더구나 농산진 것도 다 떠나가서 장릿벼도 얻어먹을 수 없고, 꼼짝 두수없이 굶어죽을 수밖에는 별수가 없다. 여북해서 점순이가 그런 맘을 먹었을까? 철모르는 저로서도 이밖에 두수가 없음을 알았음이다! 자기가 그 밥을 먹고 사는 것은 참으로 낯이 뜨뜻한 일이다. 그러나 지금의 사정으로는 어찌할 수 없는 일이 아닌가? (67쪽)

＊＊＊

어느덧 칠월도 다 가고 팔월 초생이 되었다. 점순이집에서는 지금 막 아침을 치르고 난 판인데 간밤까지도 청명하던 하늘은 어느 틈에 구름이 잔뜩 낀 음랭한 날이 되었다. 이마적은 더욱 원기가 쇠진하여 미친 소리도 잘 못하는 김첨지는 겨우 미음 한 모금을 마시고는 아랫목에서 끙끙! 하고 누웠는데, 그 옆에서 세 식구가 경황없이 아침이라고 치르고 났다. 모친은 오늘 아침에도 그 생각이 나서 밥도 변변히 못 먹고 세 식구가 울기만 실컷 하였는데 점동이는 그래도 나무를 하러 간다고 지금 지게를 지고 나서는 참이다. 그런데 거기에 박주사집 하인들이 가마를 메고 싸리문 안으로 대들었다.

이때에 점동이는 고만 얼어붙은 듯이 마치 장승같이 하고 서서 그들을 바라보았다. 모친은 별안간 눈앞이 캄캄하였다. 점순이는 그저 얼떨떨하였다. 그는 잠깐 당황하다가 다시 한 번 부친을 쳐다보던 눈을 모친에게로 옮기며

"어머니……"

하는 한 마디 말을 간신히 입 밖으로 꺼내었다. 그리고 그는 아무 말 없이 고개를 숙이고 조용히 가마 앞으로 걸러나갔다. 이때에 별안간 애끓는 소리로
"점순아! 점순아! 점순아! 점순아!……"
하고 모친은 한달음에 뛰어나와 딸의 발 앞에 고꾸라졌다. (69쪽)

● **김첨지**(점순이 부친) ───────────────────────

성   별   남자

나   이(추정포함)   오십대 중후반쯤일 것으로 추정함.

출생지 및 거주지, 활동 공간   향교말에서 출생하여 이곳에 거주하며 소작
농으로 생활함.

직   업   소작농

출신계층   향교말 소작농의 최하류계층의 집안에서 출생함.

교육정도   무학

가족관계   아내와 아들 점동, 딸 점순 등이 있음.

인물관계   ① 향교말 소작농들과 잘 어울림. ② 병이 난 가운데 생활이
몹시 곤궁해져 장릿벼를 얻으러 갔던 아내가 장릿벼를 주는 대
신 자신의 딸 점순이를 달란다는 박주사 아들의 말을 전하자
대로하고 박주사 아들을 증오함. ③ 그후 병은 점점 더치고 급
기야는 점순이 박주사 아들에게 팔리어 가는 날 장릿벼 한 섬
에 딸 팔아먹었다며 실성함.

인물의 존재방식(사회계층)   향교말에서 대대로 살아온 소작농 최하류계층으
로서 딸까지 지주 아들의 첩으로 팔려가야 하는 처지에 이르자
실성함.

성   격

① 향교말의 소작농으로서 근실하고, 선량하며 자존심이 강함. ②
강직하여 부끄럽지 않은 삶을 살아옴.

성격 지표 및 인물 제시방식

그후 한달이 지나서이다. 가난한 집안에는 보리양식이 떨어질 칠궁으로 유명한 음력으로 칠월달을 접어들었다. 향교말에는 양식이 안 떨어진 집이 별로 없는데 점순이집에도 벌써부터 보리가 떨어졌다.

그동안에는 어떻게 부자가 품도 팔고 이럭저럭 지내왔으나 앞으로는 앞뒤가 꼭 막혀서 살아갈 길이 망연하였다. 그것은 논밭에 김도 다 매고 두렁도 다 깎은 터이므로 일꾼들은 모두 나무갓으로 올라갈 때이다. 인제는 품을 팔아먹을 일거리라고는 없어졌다. 벼는 벌써 부옇게 패었다.

그러므로 점순이네 부자도 나무나 해서 팔아먹는 수밖에는 다른 수가 없었다. 원두도 인제는 다 되어서 더 팔아먹을 것은 없었다.

산이 없는 점순이네는 나무갓을 얻기도 용이치 않았다마는 그래도 부자가 일을 하기만 하면 남의 나무를 베어주고라도 나무갓을 조금 얻을 수도 있었는데 화불단행이란 옛말이 거짓말이 아니던지 이런 때에 뜻밖에 김첨지가 덜컥 병이 났다. 그는 벌써 한 이레째나 생인발을 앓느라고 꼼짝을 못하고 드러누웠는데 그게 순색스로 더치게 되었다. 그래 뚱뚱부었다. 그런데 양식은 똑 떨어졌다. 점순이 모친은 생각다 못하여 마지막으로 박주사 아들한테 장릿벼 한 섬을 얻으러 갔다.

(… 중략 …)

과연 박주사 아들은 서슴지 않고 한마디로 선뜻 승낙하였다. 한 섬으로 만일 부족하거든 두 섬이라도 갖다먹으라고.

(… 중략 …)

그런데 박주사 아들이 대문 밖에까지 따라나오더니 잠깐 조용히 할 말이 있다고 구석진 곳으로 손질을 한다.

그것은 이러한 조건이었다. 장릿벼는 지금 말한 대로 줄 터이니 그 대신 자네 딸을 나 달라고.

(… 전략) 그는 아무 대답도 않고 그길로 돌아서서 눈물만 비오듯 쏟으며 정신없이 돌아왔다. 그는 지금 눈갓이 퉁퉁 부은 눈으로 안산만 우두커니 쳐다보고 한 손으로 턱을 괴고는 풀이 없이 앉았다. 그래 김첨지는 화가 버럭 났다.

"아! 뭬라구 하던가?"

그는 돌아누우며 궁금한 듯이 이렇게 물었다.

"한 섬은 말고 두 섬이라도 갖다먹으랍디다."

"그럼 잘되지 않았나! 무얼?"

"그 대신 점순이를……"

마누라는 목에 메어 말끝을 못다 마치고 우는 얼굴을 외로 돌렸다. 이 소리에 별안간 김첨지는 벌떡 일어나 앉으며

"무엇이 어짜고 어째?"

하고 그는 갈범의 소리로 부르짖는다. 온 집안이 찌르릉 울렸다. 이 바람에 점순이 모친은 깜짝 놀래서 뒤로 무르청하고, 부엌에서 무엇을 하던 점순이는 방으로 뛰어들어왔다. 이때 김첨지는 수염 속으로 쭉 찢어진 입을 실룩실룩하더니 무섭게 이를 악물고 두 주먹을 불끈 쥐었다. 그의 큰 눈에서는 불덩이가 왔다갔다하였다.

"글쎄 가지 말라니까 왜 기어이 가서 그런 드러운 소리를 듣느냐 말야. 이것아! 응?"

마누라는 주먹으로 때릴까봐 겁이 나는 듯이 몸을 옴츠렸다.

"내가 굶어 죽어 보아라! 그런 짓을 하나. 글쎄 셋째첩 넷째첩으로 딸을 팔어 먹는단 말이냐? 그래 뭬라고 대답하였나! 이편은 응?"

"뭬라긴 무얼 뭬래요. 하두 기가 막혀서 아무 말두 안했지!"

"그래! 그 말을 듣고 가만히 있었단 말이야? 이년아! 그놈의 낯짝에다 침을 뱉지 모하고 응! 예이 드러운 놈! 네까짓놈이 양반의 자식이냐? 하고. 어서 가서 그래라! 어서. 네까짓놈에게 딸을 주느니 차라리 개에게 주겠다고 개만도 못한 놈아, 박주사 아들놈아! 이 드러운 양반놈아! 엿다! 너는 이것이 상당하다! 하고 그놈의 낯짝에다 침을 탁 뱉어줘라! 자, 어서 가서 그래 응! 어서 가서!"

하고 그는 소리를 고래고래 지르며 마누라를 자꾸 주장질하였다. 그러나 마누

라는 아무 말이 없이 고만 흑흑 느끼어 울기만 한다. 그래 점순이도 따라 울었다. 이때 별안간 어 — 하는 외마디 소리를 지르자 김첨지는 쾅 하고 방바닥에 거꾸러졌다. 이 바람에 그들의 모녀는 에구머니 소리를 쳤다. 점순이는 한걸음에 뛰어들며 "아버지!" 하고 그의 몸을 얼싸안고 모친은 창황망조하여 오직 "찬물 찬물" 하였다. 그래 점순이는 얼른 냉수를 떠다가 부친의 이마에 뿜었다. 김첨지는 고만 딱 까무러쳤다. (58~61쪽)

꽃

김첨지는 그후에 다시 깨어나기는 났지마는 그 뒤로 병은 점점 더치었다. 약 쓸 일에 무엇에 돈 쓸 일은 그전보다 몇 갑절 더 들게 되었다. 그러나 그역시 박주사 아들의 말은 다시는 입 밖에 내지도 못하게 하였다.

하루는 점순이가 아버지 앞에 무릎을 꿇고 조금도 사색 없이 공손한 말로 박주사 아들한테 시집가지란 말을 자청해 보았다. 그러나 김첨지는 역시 펄펄 뛰며 듣지 않았다. 그러면 내 자식이 아니라고! (62쪽)

꽃

그 이튿날 박주사집에서는 벼 한 바리하고 돈 쉰 냥을 점순이집으로 보내었다. 하인의 전갈에는 특별히 돈을 보낸 것은 병인의 약시세를 하란다고, 그런 친절한 분부가 다 있었다 한다.

그런데 점순이는 밤 동안에 아주 딴사람이 되어서 종일 가도 말 한마디 않는 음울한 사람이 되었다. 그렇게 생기 있고 상냥하던 그의 표정이 다 어디로 가버렸다. 김첨지는 이런 일도 모를 만치 위독해 누웠는데 그는 이상히도 오늘부터 시렁시렁하기 시작하였다. 그는 눈을 뜰 때마다 누구든지 쳐다보일 때는

"저놈이 벼 한 섬에 부잣집 첩으로 딸을 팔아먹은 놈이야!"

하고 손가락질을 하였다.(후략 …) (65쪽)

(… 전략) 그러나 불현듯 딸에게 못할 노릇을 했다. 그의 어린 가슴에다 못을 박았다는 생각이 날라치면 뼈가 저리고 간이 녹는 듯! 그는 고만 목이 메어서 밥숟갈을 내던졌다. 그러면 점순이는 얼른 달려들어 그를 얼싸안고 모친의 등을 탁탁 쳐주며

"어머니, 어머니! 그라시지 말어. 그러면 나도 죽을테요! ……"

하고 마주 울었다. 그러면 밥상을 앞에 놓고 모녀는 서로 얼싸안고 슬피 통곡하였다. 이런 때에 김첨지가 눈을 떠볼 때에는 역시 손가락질을 하며

"저놈들이 장릿벼 한 섬에 딸 팔어먹은 놈이여!"

하고 중얼거렸다. (66~67쪽)

어느덧 칠월도 다 가고 팔월 초생이 되었다. 점순이집에서는 지금 막 아침을 치르고 난 판인데 간밤까지도 청명하던 하늘은 어느 틈에 구름이 잔뜩 낀 음랭한 날이 되었다. 이마적은 더욱 원기가 쇠진하여 미친 소리도 잘 못하는 김첨지는 겨우 미음 한 모금을 마시고는 아랫목에서 끙끙! 하고 누웠는데, 그 옆에서 세 식구가 경황없이 아침이라고 치르고 났다. 모친은 오늘 아침에도 그 생각이 나서 밥도 변변히 못 먹고 세 식구가 울기만 실컷 하였는데 점동이는 그래도 나무를 하러 간다고 지금 지게를 지고 나서는 참이다. 그런데 거기에 박주사집 하인들이 가마를 메고 싸리문 안으로 대들었다.

이때에 점동이는 고만 얼어붙은 듯이 마치 장승같이 하고 서서 그들을 바라보았다. 모친은 별안간 눈앞이 캄캄하였다. 점순이는 그저 얼떨떨하였다. 그는 잠깐 당황하다가 다시 한 번 부친을 쳐다보던 눈을 모친에게로 옮기며

"어머니……"

하는 한 마디 말을 간신히 입 밖으로 꺼내었다. 그리고 그는 아무 말 없이 고개를 숙이고 조용히 가마 앞으로 걸러나갔다. 이때에 별안간 애끓는 소리로

"점순아! 점순아! 점순아! 점순아!……"

하고 모친은 한달음에 뛰어나와 딸의 발 앞에 고꾸라졌다.

"앗!"

하고 점동이는 뛰어들어 또 그를 얼싸안았다. 그런데 이마적은 미친 소리도 못하고 인사불성으로 드러누웠던 김첨지가 마치 기적같이 안방 문 앞에 일어나 앉아서 바깥을 내다보며

"저놈들이 장릿벼 한 섬에 딸을 팔아먹은 놈들이여!"

하고 손가락질을 하며 중얼거리더니 또 히히 하고 웃는다. 이 바람에 점순이는 그와 눈이 마주치며

"아! 아버지……"

하고 다시 가늘게 부르짖으며 두 손으로 얼굴을 가리었다.…… (후략 …) (69쪽)

● **점순이 모친** ───────────────────────────────

성   별 여자

나   이(추정포함) 사십대 후반에서 오십대 초반쯤일 것으로 추정함.

출생지 및 거주지, 활동 공간 향교말이나 이 인근이 출생지일 것으로 추정하며 향교말의 소작농 김첨지의 아내로 생활함.

직   업 소작농 김첨지의 아내

출신계층 소작농인 최하류계층일 것으로 추정함.

교육정도 무학

가족관계 남편 김첨지와 아들 점동, 딸 점순 남매 등이 있음.

인물관계

　① 향교말 소작농 아낙들과 잘 어울림.

　② 자신의 부탁을 잘 들어주는 박주사 아들을 믿고 장릿벼를 얻으러 갔다가 점순이를 달라는 그의 말을 듣고 그를 증오하며 서러워함.

③ 빈궁의 참상에서도 끈끈한 가족애를 발휘함.

인물의 존재방식(사회계층) 딸마저 지주 아들에게 팔려가야 하는 최하류
계층 소작농의 아내

성 격
① 선량하며 빈궁의 참상을 헤쳐 나아가려는 의지와 생활력이 강함.
② 남편을 살리고 집안을 지키려는 부성(婦性)과 모성(母性)이 강함.

성격 지표 및 인물 제시방식

그러자 문밖에는 박주사 아들이 왔다.

"김첨지 집에 있나?"

하는 그의 목소리가 나자

"아이구! 나리 오십니까? 저 — 일 갔답니다."

하고 점순이 모친은 불을 때다 말고 부지깽이를 손에 든 채 일어서 맞는다.

"모처럼 오셔야 앉으실 데도 없고, 원 사는 꼬라구니가 이렇답니다…… 그
밀방석 위라도 좀 앉으시지!"

하고 그는 불안한 듯이 얼굴에 당황한 빛을 띄우고 있다. 마치 무슨 죄를 짓고난
사람같이. 과연 그는 가난을 죄로 알았다.

안방을 흘금흘금 곁눈질하던 박주사 아들은 교만한 웃음을 엷게 머금고

"무얼 바로 갈걸! 괜찮어."

하는 모양은 자기의 행복을 더욱 느끼고 자기가 금방 더한층 훌륭한 사람이
된 것을 의식하는 표정 같다.

"그래도……"

점순이 모친은 이렇게 말끝을 죽이더니 다시 무슨 생각이 들었는지 잠깐
머뭇거리다가 비로소 딴 말을 꺼내었다. 그는 있는 힘을 다하여 간신히 이 말을
하는 모양 같다. 할까 말까? 하고 몇 번을 망설이다가 하는 말같이.

"저 — 내년에는 논 줌 더 주십시오! 아, 올에는 뜻밖에 그런 물로 저희도 저희지마는 댁에도 해가 적지 않습니다."

"논? 어디 논이 있어야지. 그러나 어디 가을에 가서 또 보세."

이 말에 점순이 모친은 반색을 하는 듯이 한 걸음을 자기도 모르게 주춤 나오며

"참 나리만 믿습니다. 어디 다른 데야……."

"그리여 어디 보세…… 더러 댁에도 좀 놀러 오게나그려! 인제 늙은이가 좀 바람도 쐬고 그러지! 집안일은 딸이게 맡기고……."

그는 무슨 까닭인지 말끝을 이렇게 흐린다.

"어디 좀처럼 나설 새가 있습니까? 지지한 살림이 밤낮 해도 밤낮 바쁘답니다. 그까짓 것은 아즉 미거하고…… 참 언제쯤 새로 오신 마마님도 뵈올 겸 한번 놀러 가겠습니다."

"그라게! 나는 가……"

하고 박주사 아들은 마당에 놓인 절구통전에 걸터앉았다가 호기있게 벌떡 일어나 나갔다. 궐련을 퍽퍽 피우면서.

"아, 그렇게 바로 가서요! 그럼 안녕히 가서요"

하고 점순이 모친은 한동안 그를 눈으로 배웅하였다. 어쩐지 그의 눈에는 까닭 모를 눈물이 핑 돌았다. (48~49쪽)

✿✿✿

그후 한달이 지나서이다. 가난한 집안에는 보리양식이 떨어질 칠궁으로 유명한 음력으로 칠월달을 접어들었다. 향교말에는 양식이 안 떨어진 집이 별로 없는데 점순이집에도 벌써부터 보리가 떨어졌다.

그동안에는 어떻게 부자가 품도 팔고 이럭저럭 지내왔으나 앞으로는 앞뒤가 꼭 막혀서 살아갈 길이 망연하였다. 그것은 논밭에 김도 다 매고 두렁도 다 깎은 터이므로 일꾼들은 모두 나무갓으로 올라갈 때이다. 인제는 품을 팔아먹을 일거리라고는 없어졌다. 벼는 벌써 부옇게 패었다.

그러므로 점순이네 부자도 나무나 해서 팔아먹는 수밖에는 다른 수가 없었다. 원두도 인제는 다 되어서 더 팔아먹을 것은 없었다.

　산이 없는 점순이네는 나무갓을 얻기도 용이치 않았다마는 그래도 부자가 일을 하기만 하면 남의 나무를 베어주고라도 나무갓을 조금 얻을 수도 있었는데 화불단행이란 옛말이 거짓말이 아니던지 이런 때에 뜻밖에 김첨지가 덜컥 병이 났다. 그는 벌써 한 이레째나 생인발을 앓느라고 꼼짝을 못하고 드러누웠는데 그게 순색스로 더치게 되었다. 그래 뚱뚱부었다. 그런데 양식은 똑 떨어졌다. 점순이 모친은 생각다 못하여 마지막으로 박주사 아들한테 장릿벼 한 섬을 얻으러 갔다.

　박주사 아들이 흉악한 불깍쟁인 줄은 그도 모르는 바이 아니었지마는 거번에 논을 좀 달라고 할 적에도 그리할 듯한 대답을 한 것이라든지 그때 은근히 한번 놀러 오라던 말을 생각해 보면 어디로 보든지 호의를 가졌던 것만은 확실한 모양이다. (… 중략 …) 물에 빠진 사람은 지푸라기라도 붙잡는다 하지 않는가? 한번 놀러오라 하고 더구나 논까지 줄 듯이 대답한 그런 고마운 사람에게 어찌 구원의 손을 내밀지 않을 수 있으랴? 그자가 도척(盜跖)이거나 동척회사 마름이거나 이런 때는 그런 것이 상관없다. 그저 한번 놀러 오라는 말과 논을 줄 듯이 대답한 그런 고마운 생각만 나는 것이다. (후략 …)

　과연 박주사 아들은 서슴지 않고 한마디로 선뜻 승낙하였다. 한 섬으로 만일 부족하거든 두 섬이라도 갖다먹으라고.

　이때 점순의 모친은 얼마나 기뻐하였던가? 과연 자기도 모르게 입이 저절로 벌어졌다. 그래 그는 무수히 감사하다는 치사를 드리고 마치 승전고나 울리고 돌아오는 장수의 마음같이 걷잡을 수 없는 기쁜 마음으로 그 집 대문을 나섰다.

　그런데 박주사 아들이 대문 밖에까지 따라나오더니 잠깐 조용히 할 말이 있다고 구석진 곳으로 손질을 한다.

　그것은 이러한 조건이었다. 장릿벼는 지금 말한 대로 줄 터이니 그 대신 자네 딸을 나 달라고.

　그래도 집에서는 이런 줄은 모르고 행여나 무슨 수가 있나? 하고 은근히 기다리었다. .고정하기로 유명한 김첨지까지 ― 가지 말라고 큰소리를 지르던

— 도 무슨 수가 있는가? 하고 바라는 바이 있었다. 그런데 마누라는 눈물만 얻어가지고 돌아왔다. 그는 그때 박주사 아들한테 그 소리를 들을 때에 고만 가슴이 덜컥 내려앉으며 별안간 두 눈이 캄캄하였다. 그는 아무 대답도 않고 그길로 돌아서서 눈물만 비오듯 쏟으며 정신없이 돌아왔다. 그는 지금 눈갓이 퉁퉁 부은 눈으로 안산만 우두커니 쳐다보고 한 손으로 턱을 괴고는 풀이 없이 앉았다. 그래 김첨지는 화가 버럭 났다. (58~60쪽)

───────────────

그 이튿날 박주사집에서는 벼 한 바리하고 돈 쉰 냥을 점순이집으로 보내었다. 하인의 전갈에는 특별히 돈을 보낸 것은 병인의 약시세를 하란다고, 그런 친절한 분부가 다 있었다 한다.

그런데 점순이는 밤 동안에 아주 딴사람이 되어서 종일 가도 말 한마디 않는 음울한 사람이 되었다. 그렇게 생기 있고 상냥하던 그의 표정이 다 어디로 가버렸다. 김첨지는 이런 일도 모를 만치 위독해 누웠는데 그는 이상히도 오늘부터 시룽시룽하기 시작하였다. 그는 눈을 뜰 때마다 누구든지 쳐다보일 때는

"저놈이 벼 한 섬에 부잣집 첩으로 딸을 팔아먹은 놈이야!"

하고 손가락질을 하였다. 그래도 모진 것은 목숨이다. 점순이 모친은 그 쌀로 지은 밥을 먹었다. 안 먹는다고, 굶어죽어도 안 먹는다고 울며불며 야단을 치던 점동이도 그 밥을 먹기 시작하였다…… 하기는 점순이가 그 벼를 찧어서 얼른 밥을 지어다놓고 지성으로 모친을 권하고 또한 오빠를 권하였었다. 그날 점동이는 아침도 굶고 산에 가서 나무를 종일 베다가 다저녁때 집에 돌아와 보니 점순이는 난데없는 하얀 쌀밥을 차려다준다. 그래 행여나 무슨 수가 있었나 하고 우선 한 숟가락을 뜨며 모친에게 물어보다가 고만 그 눈치를 채고는 숟갈을 내동댕이쳤다. 그는 그때 엉엉 울었다. 그때 점순이는 뛰어가서 오빠의 무릎 앞에 엎드러지며

"오빠 용서해줘요!"

하고 빌며 울었다. 그길로 점동이는 머리를 싸고 드러누웠다.

다만 모친만은 아무 말 없이 마치 혼망이 다 빠진 사람처럼 하고 앉아서 그들을 멀거니 쳐다보았다. 그러나 그는 자기마저 어린 딸의 속을 태워서는 안되겠다 하였다. 그것은 점동이같이 하는 것은 다만 딸의 속을 자지리 태워줄 것밖에 안되는 것이라 하였다. 다만 아들 딸 남매를 둔 늙은 내외는 그것들이나 잘 길러서 착실한 데로 장가나 들이고 시집을 보내서 그것들의 사는 재미로나 말년을 보내려 하였더니, 아들은 스물이 가깝도록 여태 장가도 못 들이고 딸마저 이렇게 내주게 될 줄은 참으로 꿈에도 생각지 못한 일이다. 영감의 마음씨로 보든지 자기 집안 식구는 누구나 다같이 그렇게 악인은 아니건만 웬일인지 아무쪼록 남과 같이 살아보려고 밤낮으로 애를 써보아도 늘 제턱으로 가난에 허덕허덕하는 것을 생각하면 그는 전생에 무슨 죄를 지은 벌역이나 아닌가 하였다. 그런데 설상가상으로 뜻밖에 일이 생기고 해서 나중에는 이렇게 누명을 입고 딸자식까지 팔아먹게 되었다. 아! 이것이 도무지 무슨 운명인가? 그는 이것을 모두 사람으로는 어찌할 수 없는 천생으로 타고난 사주팔자라 하였다. 그러면 이런 경우에 누구는 어찌하랴. 자기 한몸이 이 당장에 칼을 물고 엎드러져 죽기는 어렵지 않은 일이다. 그러나 병든 늙은 영감하고 어린 자식들을 두고서 자기만 차마 죽을 수가 있는가? 그러면 영감도 죽는게다! 그것들도 죽는다. 한 집안 식구가 몰사를 하고 말 것이다. 아! 차마 차마 그것은 못할 일이다. 그래 그 쌀로 지은 밥을 자기가 먼저 먹었다. 그는 이렇게 마음을 도슬러먹고 자기도 먹으며 영감도 먹이었다. 그러나 불현듯 딸에게 못할 노릇을 했다. 그의 어린 가슴에다 못을 박았다는 생각이 날라치면 뼈가 저리고 간이 녹는 듯! 그는 고만 목이 메어서 밥숟갈을 내던졌다.(후략 …) (65~66쪽)

꿀꿀

그런데 순영이도 그후 며칠 뒤에 쌀 두 섬을 미리 받아먹은 데로 고만 가마를 타고 갔다. 가던 날 식전에 그는 점순이를 찾아와서 손목을 붙들고 흑흑 울었다. 그는 차마 점동이를 붙들고 울 수는 없어서 점순이를 보고 대신 울었음이다. 점순이도 마주보고 눈물을 흘렸었다마는 그후로 점동이는 마치 얼빠진 사람같이 되었다. 서울댁도 또한 확실히 그전 같아 보이지는 않았다. 그 역 실심하니 무슨 깊은 근심이 있는 것처럼 보였다. 그러나 그의 침착하고 굳건한 신념이 있어 보이는 모양은 무슨 일을 저지르지나 않을까 하는 생각을 내게 한다. 그렇게 보이도록 그는 무섭게 침통한 얼굴로 변하였다.

물론 점순이 모친도 반 실성을 하다시피, 그러나 잠시도 영감의 곁을 떠나지 않고 병구완을 지성으로 하면서 부질없이 한숨과 눈물을 짜내었다. 다만 박주사 아들만이 홀로 자기의 성공을 기뻐하며 어서 김첨지의 병이 낫기를 고대하였다. 그것은 병인이 낫기만 하면 점순이를 어서 데려가려 함이었다. (67~68쪽)

꽃무늬 장식

어느덧 칠월도 다 가고 팔월 초생이 되었다. 점순이집에서는 지금 막 아침을 치르고 난 판인데 간밤까지도 청명하던 하늘은 어느 틈에 구름이 잔뜩 낀 음랭한 날이 되었다. 이마적은 더욱 원기가 쇠진하여 미친 소리도 잘 못하는 김첨지는 겨우 미음 한 모금을 마시고는 아랫목에서 끙끙! 하고 누웠는데, 그 옆에서 세 식구가 경황없이 아침이라고 치르고 났다. 모친은 오늘 아침에도 그 생각이 나서 밥도 변변히 못 먹고 세 식구가 울기만 실컷 하였는데 점동이는 그래도 나무를 하러 간다고 지금 지게를 지고 나서는 참이다. 그런데 거기에 박주사집 하인들이 가마를 메고 싸리문 안으로 대들었다.

이때에 점동이는 고만 얼어붙은 듯이 마치 장승같이 하고 서서 그들을 바라보았다. 모친은 별안간 눈앞이 캄캄하였다. 점순이는 그저 얼떨떨하였다. 그는 잠깐 당황하다가 다시 한 번 부친을 쳐다보던 눈을 모친에게로 옮기며

"어머니……"

하는 한 마디 말을 간신히 입 밖으로 꺼내었다. 그리고 그는 아무 말 없이 고개를 숙이고 조용히 가마 앞으로 걸어나갔다. 이때에 별안간 애끓는 소리로

"점순아! 점순아! 점순아! 점순아!……"

하고 모친은 한달음에 뛰어나와 딸의 발 앞에 고꾸라졌다. (69쪽)

성　별　남자

나　이(추정포함)　여든 일곱 살

출생지 및 거주지, 활동 공간　향교말에서 출생했을 것으로 추정하며 평생
　　　　　을 이곳에서 소작농으로 생활함.

직　업　소작농

출신계층　소작농인 최하류계층

교육정도　무학

가족관계　아들 내외가 있음.

인물관계　향교말의 제일 어른으로서 다른 소작농들과 잘 어울려 구성진
　　　　　목소리로 이야기도 함.

인물의 존재방식(사회계층)　대대로 그리고 평생을 향교말 소작농으로 궁핍
　　　　　한 생활에서 벗어나지 못한 최하류계층

성　격
　　　① 소작농의 근성이 몸에 배어 젊은 박주사 아들에게도 굽실거림.
　　　② 소작농으로서 같은 소작농끼리 의리가 있고 인정이 있음.

성격 지표 및 인물 제시방식

✾✾
✾✾✾ ─────────────────────────

　모시 두루마기에 맥고모를 쓴 박주사 아들은 살이 너무 쪄서 아랫볼이 터덜
터덜하는 얼굴을 들고 점잖은 걸음세로 조를 빼며 걸어온다. 그는 어느틈에
나왔는지 모르는 개천가, 논둑에서 뒷짐지고 섰는 조첨지를 보고는
　"영감 근력 좋은가?"
하고 거침없이 하소를 내붙인다. 그런데 조첨지는 그게 누구인지 의아해하는
모양으로 한참 동안을 자세히 쳐다보더니 그제서야 비로소 알아차린 모양으로

아주 반색을 하면서

"아! 나으리십니가. 웬수의 눈이 어두워서…… 해마다 다릅니다그려. 어서 죽어야 할 터인데…… 아! 그런데 어디를 가십니까?"

하고 그는 박주사 아들이 오는 편으로 꼬부랑꼬부랑 따라나온다.

"응! 이 아래 들에 좀……"

그는 이런 대답을 거만하게 던지고 샘둑에 둘러앉은 여자들을 자존심이 가득한 눈매로 한번을 쓱 둘러보더니만 다시 무슨 생각이 들었던지 저만치 가다가

"그래도 좀더 살아야지!"

하는 말을 고개를 휙 돌이키며 하였다. 이 바람에 그는 다시 한 번 샘둑을 보았다.

"더 살면 무엇 합니까? 살수록 고생이지요. 아하!"

조첨지는 한숨 섞인 말을 하며 동구 안으로 들어가는 그의 뒷모양을 우두커니 서서 보더니 다시 돌아서서 멀리 설화산쪽을 바라본다. 그는 부지중 후 — 하는 한숨을 내쉬고 가까스로 등을 좀 펴보았다. (38~39쪽)

● **순영이** —————————————————————————

성   별 여자

나   이(추정포함) 열여섯 살

출생지 및 거주지, 활동 공간 향교말에서 출생하여 이곳 소작농의 딸로서
　　　　　　　　　　　　집안일을 돕다 장릿벼 두 섬에 가마 타고 팔려감.

직   업 집안일을 도움.

출신계층 향교말 소작농인 최하류계층

교육정도 무학

가족관계 부모가 있을 것으로 추정함.

인물관계 점순과 친구로서 친하게 지내며, 점순의 오빠 점동과 좋아지냄.

인물의 존재방식(사회계층) 향교말 최하루계층 소작농의 딸로서 장릿벼 두

섬에 팔려감.

성 격
　① 수줍어하고 부끄러움을 많이 타며 조신함.
　② 행실이 바르고 정이 많음.

성격 지표 및 인물 제시방식

꽃

(… 전략) 지금 샘에서 돌아온 점순이는 푸성귀 담은 바구니와 물동이를 부뚜막에 놓았다. 모친은 벌써 보리쌀을 안치고 불을 때기 시작하였다. 보리짚이 화르르화르르 타오른다.

"물은 그렇게 많이 이고 무겁지 않으냐? 순영이가 왔다 갔다."

"녜! 언제쯤?"

"지금 막 또 온다구 하더라만. 그럼 너는 순영이와 같이 네 오빠 등거리나 박어라!"

"어머니 혼자 바쁘잖아?"

"아니."

하는 모친의 대답이 떨어지자마자

"그새 왔니?"

하고 순영이가 들어왔다. 그는 해죽이 웃는 낯으로 점순이를 쳐다보며. 그는 점순이보다 이쁘다 할 수는 없지마는 얼굴이 좀 동그스름한 게 살이 토실토실 올라서 탐스럽게 생긴 처녀이었다. 역시 점순이와 동갑으로 올에 열여섯 살이라 하는데 엉덩이가 제법 퍼지고 기다란 머리채가 발꿈치까지 치렁치렁하였다. 점순이는 키가 날씬하고 얼굴이 갸름한 게 그리 살찌지도 또한 마르지도 않은, 그리고 살빛이 무척 희었다.

"나는 지금 샘으로 가볼까 하다가 이리 왔다. 왜 그렇게 늦었니?"

"열무에 버러지가 어떻게 먹었는지 좀 정하게 씻느라고. 자, 방으로 들어가자."

"더운데 무엇 하러 들어가니? 여기서 하자꾸나."

"아니, 뒷문 앞은 시원하단다."

그래 그들은 방으로 들어가서 손그릇을 벌여놓고 앉았다.

"그것은 뉘 버선이냐?"

"아버지 해란다!"

"요새 삼복머리에 버선은 왜?"

하고 점순이는 순영이 얼굴을 이상한 듯이 쳐다보았다. 그 표정은 갑자기 웃음으로 변하여졌다. 확실히 빈정거리는 웃음으로.

"옳지! 알겠다. 그렇지!"

"무에 그래여? 삼복에는 왜 버선을 못 신니!"

"선보러 갈 버선?……"

하는 말이 채 떨어지기도 전에 순영이는 달려들어 점순이의 입을 틀어막으며 한 손으로는 그의 허벅다리를 꼬집었다.

(… 중략 …)

"너는 우리 오빠가 좋으냐?"

별안간 밑도끝도없이 점순이는 이런 말을 불쑥 물어보았다. 그래 순영이는 얼을 먹은 모양이었다.

"그럼 또 너는 좋지 않냐?"

"나는 좋지 않다. 아주 심술꾸러긴데 무얼."

"애, 사내들은 그래야 쓴다더라. 숫기가 좋아야……."

"그럼 너는 우리 오빠가 좋은게로구나!"

"누가 좋댔니…… 그렇단 말이지."

순영이는 알미운 듯이 점순이를 흘겨보는데 눈 흰자위가 외로 쏠리고 입에는 벙싯벙싯 웃음이 괴었다.

"오빠는 아주 너한테 반했단다."

"아이 기애는……"

순영이는 어이가 없는 듯이 점순이를 쳐다보았다.

"무얼 나도 다 아는데…… 니들은 어젯밤에 담모퉁이에서 속살거리지 않았니?"

이 말에 고만 순영이는 실쭉해지더니

"그럼 또 너는 어제 저녁때 '서울댁'하고 니 원두막에서 단둘이 있지 않았니? 나두 개울창에서 똑똑히 좀 보았다나……."

"그리여. 기애는 누가 아니라남! 그럼 그때 너두 왜 놀러 오지 않구?"

이렇게 아무렇지도 않게 말하는 점순이를 순영이는 은근히 놀래었다. 그럴 줄 알았다면 나도 흥을 보지 말걸! 하는 생각이 났다.

"남의 재미있게 노는 걸 훼방치면 좋으냐? 무얼! 그때 갔어봐. 속으로 눈딱총을 놓았을 것이……" (43~45쪽)

❀

"아이 오빠두, 도둑패마냥 왜 거기 가 찰딱 붙어섰어?"

이 소리에 순영이는 기급을 하여 몸을 움츠렸다.

"나도 좀 같이 놀자꾸나! 무슨 이야기를 그렇게 재미있게 했니?"

하고 사내는 벙글벙글 웃는다. 그는 깎은 머리를 수건으로 질끈 동였는데 서근서근한 얼굴이 매우 귀인성있어 보인다. 지금 열 팔구 세밖에 안돼보이는 소년 티가 있긴 하나 그이 힘줄 켕긴 장딴지라든지 굵은 팔뚝이 한 장정같이 기운차 보이었다. 그는 지금 들에서 무엇을 하다 왔는지 손에는 흙가루가 뽀얗게 묻었다.

"순영이가 오빠의 흥을 보았다우. 커다란 머슴애가 남의 색시 궁둥이를 줄줄 따러다닌다구."

"누가 그래여? 기애는 참! ……"

하고 순영이는 얼굴이 빨개지며 불안한 웃음을 웃는데

"아, 참말로 그랬니?"

하고 사내는 순영이에게 팩 달려들었다. 점순이는 뱅글뱅글 웃는 눈으로 그의 오빠를 할겨보면서 밖으로 살짝 나와버렸다.

"아! 왜 이래? 저리 가래두!"

하고 순영이의 징징 우는 소리가 들리자 부엌에서 모친의 목소리가 났다.

"점동아! 왜 그러니? 남의 낼 모레 시집갈 색시를. 가만두어라! 성이나 내라구."

"시집가기 전은 상관없지!"

사내는 빙그레 웃고 다시 순영이를 쳐다볼 때 그는 얄미운 눈초리로 사내를 흘겨보았다. 별안간 고개를 푹 수그리더니 어느덧 그의 눈에서는 눈물방울이 뚝뚝 떨어졌다. (47쪽)

❀❀

색시들은 또 킬킬 웃었다. 점동이의 털털한 수작에 그들은 저으기 부끄럼이 가시었다. 그들은 이렇게 재미있게 노는데 나중에는 서울댁의 이야기에 모두 귀를 기울이게 되었다. 그는 역시 이 세상이 악하고 부자가 악하다는 말을 하였다. 그래 우리 젊으나 젊은 청춘이 꽃동산과 같은 아름다운 세상에서 잘살 것을 지금 이렇게 되었다고 흥분하였다.

(… 중략 …)

점순이와 순영이는 하염없이 눈물이 글썽글썽하였다. 참으로 그런 세상을 어서 보고싶으도록…… 그래 그렇지 못한 자기네의 지금 생활이 몹시도 분하고 애달팠다. 그렇게 허튼 소리를 하던 점동이까지 잠자코 앉아서 무엇을 어두커니 생각하고 있었다.…… 그래 사방은 괴괴하니 오직 물소리만 요란히 들리었다.

점동이가 눈짓을 하자 순영이는 슬그머니 원두막 아래로 내려갔다. 그런데 원두막 위에 단둘이 앉았던 점순이는 별안간 '서울댁' 무릎 앞에 푹 엎드러지며 흑흑 느껴 울었다. 그것은 무슨 그를 사랑하고 싶어서 그리한 것이 아니라 지금 그에게 들은 말이 감격하여 견디지 못한 발작이었다. 과연 그는 지금까지 살아온 것을 생각할 때 오직 '불행' 그것으로만 느껴졌다.

(… 중략 …)

저편 나무 속에서도 목메어 우는 소리가 가늘게 들리었다. 점동이와 순영이도 거기서 우는게다. 아직 인생의 대문에도 못 들어간 그들을 울리게 하는 것이 대체 무엇인가? 달아! 혹시 네나 아는가? …… (56~58쪽)

──────────

　　그런데 순영이도 그후 며칠 뒤에 쌀 두 섬을 미리 받아먹은 데로 고만 가마를 타고 갔다. 가던 날 식전에 그는 점순이를 찾아와서 손목을 붙들고 흑흑 울었다. 그는 차마 점동이를 붙들고 울 수는 없어서 점순이를 보고 대신 울었음이다. 점순이도 마주보고 눈물을 흘렸었다마는 그후로 점동이는 마치 얼빠진 사람같이 되었다. 서울댁도 또한 확실히 그전 같아 보이지는 않았다. 그 역 실심하니 무슨 깊은 근심이 있는 것처럼 보였다. 그러나 그의 침착하고 굳건한 신념이 있어 보이는 모양은 무슨 일을 저지르지나 않을까 하는 생각을 내게 한다. 그렇게 보이도록 그는 무섭게 침통한 얼굴로 변하였다. (67~68쪽)

저본 1992년 도서출판 풀빛 출간 '이기영 선집 12' 『서화』

이기영 李箕永, 1896~1984

　　호는 민촌(民村), 충남 아산 출생. 일본 동경정칙 영어 학교 중퇴, KAPF의 중앙위원을 지냄. 1924년 『개벽』의 현상공모에 단편 「오빠의 비밀편지」가 당선되어 등단함. 누구보다도 충실하게 카프작가로 활동한 그는 「가난한 사람들」(1925), 「쥐 이야기」(1926), 「농부 정도령」(1926), 「강동지 아들」(1926), 「민촌」(1926), 「원보」(1928) 등을 발표하여 카프의 문예정책과 창작방법에 부응하거나 현실을 총체적으로 반영하는 성과를 내어놓음으로써 프로문학의 대표적 작가로 평가 받았다. 그의 「서화」(鼠火, 1933)는 미적 반영론에 입각한 최초의 중편소설로서 당대 평론가들에게 미적 반영론의 인식지평을 구체적으로 열어주는 계기가 되었다. 이러한 그의 작품은 농민의 현실을 구체적으로 반영하거나, 양심적인 지식인의 솔직한 내면을 드러내고, 농촌 현실 모순의 본질을 포착해내고 있다. 특히 이기영은 「고향」(1933~1934)으로써 우리 근대 리얼리즘 소설의 대가로 확고한 문학사적 지위를 차지하고 있다. 또한 「고향」은 우리 현대문학사상 명실공히 리얼리즘 소설을 확립한 작품으로 평가 받고 있다.

　　작품에 「홍수」(1930), 「현대 풍경」(1931), 「부역」(1931), 「양잠촌」(1932), 「박승호」(1933), 「돌쇠」(1934), 「노예」(1934), 「원치서」(1935), 「흙과 인생」(1936), 「인간수업」(1936), 「신개지」(新開地, 1938), 「대지의 아들」(1939), 「봄」(1940), 「생명선」(1941), 「동천홍」(1942), 「광산촌」(1943), 「해방」(1946), 「닭싸움」(1946), 「땅」(1부, 1948), 「땅」(2부, 1949), 「농막선생」(1950), 「두만강」(1954) 등이 있다.

고향

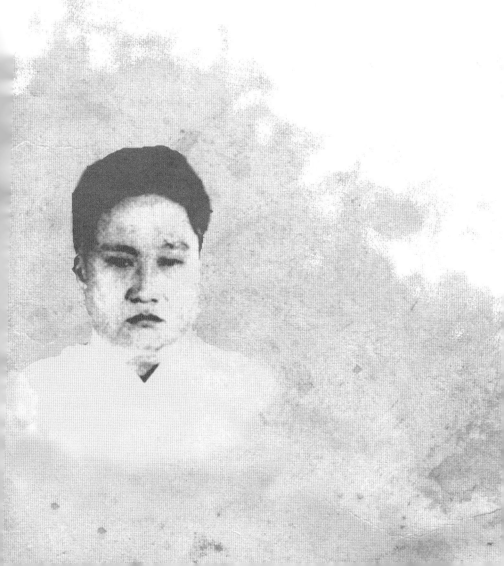

발 표 년 도	단편집 『조선의 얼굴』(1926)
시대적 배경	1920년대 초~중반, 대구에서 서울로 올라오는 차 안, 일제강점기 조선의 현실
핵 심 서 사	① 대구에서 서울로 오는 기차 안에서 '나'는 기묘한 옷차림의 '그'를 만남. ② '그'는 일본 사람에게는 일본말로, 중국 사람에게는 중국말로 계속 말을 붙이려고 함. ③ '나'는 '그'의 행동과 태도가 밉쌀스러워 쌀쌀하게 '그'의 시선을 피하다 '나'에게 말을 붙이는 '그'에게 덤덤하게 대꾸함. ④ '그'의 신산스런 표정에 '나'는 얼마쯤 마음이 누그러지고 서울에 관한 이야기를 하다가 '나'는 고향에 얽힌 '그'의 신세타령을 들음. ⑤ '그'의 고향은 주민 모두가 역둔토를 파먹고 사는, 넉넉지는 않았으나 평화로운 농촌이었으나, 세상이 뒤바뀌고 땅이 모두 동척 소유가 되면서 '그'의 고향은 점차 쇠잔해 감. ⑥ 구 년 전 '그'의 가족은 사간도로 이주했으나, 여전히 궁핍하던 중에 '그'는 양친을 차례로 잃은 신세가 됨. 깊은 슬픔에 젖은 '그'를 위로하기 위해 '나'는 술병을 꺼내 '그'에게 술을 권함. ⑦ 여기저기 떠돌던 이야기를 마친 '그'는 고향을 둘러보고 오는 길이라며, 폐농이 된 고향 이야기를 하며 눈물을 훔침. ⑧ 이어 '그'는 고향에서 과거 자신과 혼담이 오갔던 여인을 만난 사실과 그녀는 유곽 생활 십 년 만에 빚을 지고 산송장이 되어 돌아와 일본인 집의 유모로 기거하는 처지가 되었음을 밝힘. ⑨ '그'는 그녀와 정종 열 병만을 마시고 헤어졌다고 말하며 한숨을 쉼. ⑩ '그'와 '나'는 참혹한 사람살이를 새기며 말없이 주거니 받거니 술 한 병을 다 마시고, 취흥이 오른 '그'는 노래를 읊조림.
주 제	일제 강점기 폐농이 된 고향, 막벌이 노동자로 전락한 조선인의 신산한 삶의 내력과 그에 대한 연민
등 장 인 물	나, 그, 그 여자(궐여)

● 나

성   별   남자

나   이(추정포함)   이십대 중후반으로 추정함.

출생지 및 거주지, 활동 공간   출생지는 대구로 추정되며, 서울에서 거주하
            고 활동한 지는 육칠 년이 됨.

직   업   알 수 없음.

출신계층   중류계층 이상일 것으로 추정함.

교육정도   고등교육의 학력일 것으로 추정함.

가족관계   알 수 없음.

인물관계   대구에서 서울로 올라오는 차 안에서 '그'를 만나 처음에는 어
            쭙지않고 밉살스럽게 생각하여 반감을 품었지만, 일제강점기
            '그'의 신산하고 참혹한 사람살이를 알고는 반감을 풀어 연민
            을 느낌.

인물의 존재방식(사회계층)   중류계층 이상으로서 지식인계층일 것으로 추정
            함.

성   격
      ① 다소 냉정한 것 같지만, 인정이 있음.
      ② '그'의 신산하고 참혹한 사람살이를 통해 '음산하고 비참한 조선
         의 얼굴'을 볼 정도로 현실인식이 뚜렷함.

성격 지표 및 인물 제시방식

대구에서 서울로 올라오는 차중에서 생긴 일이다. 나는 나와 마주앉은 그를

매우 흥미 있게 바라보고 또 바라보았다. 두루마기 격으로 기모노를 둘렀고, 그 안에선 옥양목 저고리가 내어 보이며, 아랫도리엔 중국식 바지를 입었다.

(… 중략 …)

"도꼬마데 오이데 데쓰까(어디까지 가십니까)?" 하고 첫마디를 걸더니만 동경이 어떠니, 대판이 어떠니, 조선사람은 고추를 끔찍이 많이 먹는다는 등, 일본 음식은 너무 싱거워서 처음에는 속이 뉘엇거린다는 등 횡설수설 지껄이다가, 일본사람이 엄지와 검지 손가락으로 짧게 끊은 꼿꼿한 윗수염을 비비면서 마지 못해 까땍까땍하는 고개와 함께 "소데쓰까(그렇습니까)"란 한마디로 코대답을 할 따름이요, 잘 받아주지 않으매 그는 또 중국인을 붙들고 실랑이를 한다. "네쌍 나을취(어디까지 가십니까)?" "을 씽 섬마(성함은 무엇입니까)" 하고 덤벼보 았으나 중국인 또한 그 기름 낀 뚜우한 얼굴에 수수께끼 같은 웃음을 띨 뿐이요 별로 대꾸를 하지 않았건만, 그래도 무에라고 연해 웅얼거리면서 나를 보고 웃어 보이었다.

그것은 마치 짐승을 놀리는 요술쟁이가 구경꾼을 바라볼 때처럼 훌륭한 재주를 갈채해다라는 웃음이었다. 나는 쌀쌀하게 그의 시선을 피해버렸다. 그 주적대는 꼴이 어쭙지 않고 밉살스러웠음이다. (120~121쪽)

※

……"어데꺼정 가는기요?"라고 경상도사투리로 말을 붙인다.

"서울까지 가오."

"그런기요. 참 반갑구마. 나도 서울꺼정 가는데 그러면 우리 동행이 되겠구마."

나는 이 지나치게 반가워하는 말씨에 대하여 무에라고 대답할 말도 없고 또 굳이 대답하기도 싫기에 덤덤히 입을 닥쳐버렸다.

"서울에 오래 살았는기오?" 그는 또 물었다.

"육칠 년이나 됩니다."

조금 성가시다 싶었으되 대꾸 않을 수도 없었다. (121~122쪽)

그때 나는 그의 얼굴이 웃기보다 찡그리기에 가장 적당한 얼굴임을 발견하였다. (… 중략 …) 입은 소태나 먹을 것처럼 왼편으로 삐뚤어지게 찢어 올라가고, 조이던 눈엔 눈물이 괸 듯 삼십 세밖에 안되어 보이는 그 얼굴이 십 년가량은 늙어진 듯하였다. 나는 그 신산(辛酸)스러운 표정에 얼마쯤 감동이 되어서 그에게 대한 반감이 풀려지는 듯하였다. (122쪽)

❀

노동숙박소에 대해서 미주알고주알 묻고 나서
"시방 가면 무슨 일자리를 구하겠는기요?"
라고 그는 매어달리는 듯이 또 재쳤다.
"글쎄요, 무슨 일자리를 구할 수 있을는지요."
나는 내 대답이 너무 냉랭하고 불친절한 것이 죄송스러웠다. 그러나 일자리에 대하여 아무 지식이 없는 나로서는 이외에 더 좋은 대답을 해줄 수가 없었던 것이다. 그 대신 나는 은근하게 물었다.
"어데서 오시는 길입니까?"
"흥, 고향에서 오누마."
하고 그는 휘 한숨을 쉬었다. (122~123쪽)

❀

"고향에 가시니 반가워하는 사람이 있습디까?"
나는 탄식했다.
"반가워하는 사람이 다 무원기요. 고향이 통 없어졌드마."
"그렇겠지요. 구 년 동안이면 퍽 변했겠지요."
"변하고 무어고 간에 아모것도 없드마. 집도 없고, 사람도 없고, 개 한 마리도 얼씬을 않드마."

"그러면 아주 폐동(廢洞)이 되었단 말씀이오?"

"흥, 그렇구마. 무너지다가 담만 즐비하게 남았즈마. 우리 살든 집도 터야 한 남았겠는기요 암만 찾아도 못 찾겠드마. 사람 살든 동리가 그렇게 된 것을 혹 구경했는기요?"

하고 그는 짜는 듯한 목은 높아졌다.

(… 중략 …)

"참 가슴이 터지드마. 가슴이 터져."

하자마자 굵직한 눈물 두어 방울이 뚝뚝 떨어진다.

나는 그 눈물 가운데 음산하고 비참한 조선의 얼굴을 똑똑히 본 듯싶었다.

(124~125쪽)

꽃

이윽고 나는 이런 말을 물었다.

"그래, 이번 고향 사람은 하나도 못 만났습니까?"

"하나 만났구마, 단지 하나"

"친척 되시는 분이던가요?"

(… 중략 …)

"나와 혼인말이 있든 여자구마."

"하―"

나는 놀란 듯이 벌린 입이 담쳐지지 않았다.

"그 신세도 내 신세만이나 하고나."

하고 그는 또 이야기를 계속하였다.

(… 중략 …)

"암만 사람이 변하기로 어쩨 그렇게도 변하는기요? 그 숱 많은 머리가 훌렁 다 벗어졌드마. 눈은 푹 들어가고, 그 이들이들하든 얼굴빛도 마치 유산을 끼얹인 듯하드마."

"서로 붙잡고 많이 울으셨겠지요?"

"눈물도 안 나오드마. 일본 우동집에 들어가서 둘이서 정종만 한 열 병 따려 누이고 헤여졌구마."

하고 가슴을 짜는 듯이 괴로운 한숨을 쉬더니만, 그는 지난 슬픔을 새록새록이 자아내어 마음을 새기기에 지치었음이더라.

"이야기를 다 하면 무얼 하는기요?"

하고 쓸쓸하게 입을 다문다. 나 또한 너무도 참혹한 사람살이를 듣기에 쓴물이 났다.

"자, 우리 술이나 마저 먹읍시다."

하고 우리는 서로 주거니 받거니 한 되 병을 다 말리고 말았다. (125~127쪽)

● 그 ───────────────────────────────

성　별　남자

나　이(추정포함)　스물여섯 살

출생지 및 거주지, 활동 공간　고향은 대구에서 멀지 않은 K군 H란 외딴 동리이며, 일제강점기가 시작되면서 서간도로 갔다가 다시 신의주로, 안동현으로 품을 팔다가 일본으로 또 벌이를 찾아갔다 고국산천이 그립기도 하여서 홀쩍 뛰어나와 고향을 둘러보고 벌이를 구할 겸 구경도 할 겸 서울로 올라가는 길임.

직　업　일정한 직업이 없는 막벌이꾼

출신계층　대구에서 멀지 않은 K군 H란 외딴 동리의 역둔토를 부치는 하류계층

교육정도　무학이거나 보통학교 이하의 학력일 것으로 추정함.

가족관계　부친과 모친은 서간도에서 극도로 궁핍한 생활 중에 죽고, 현재는 혈혈단신임.

인물관계

　　① 대구에서 서울로 올라오는 차 안에서 '나'를 만나 자신의 신산스
　　　 럽고 참혹한 사람살이 이야기를 하는 가운데 '나'에게 조선의 현
　　　 실을 일깨워주고 '나'와 가까워짐.

　　② 일본에서 돌아와 고향을 찾았다가 그곳에서 혼인말이 있었던 여
　　　 자를 만나 지난 슬픔에 지침.

인물의 존재방식(사회계층)　막벌이꾼으로서 하류계층

성　　격

　　① 겉으로 보기에는 주적거리는 것 같지만, 일제강점기 신산한 삶을
　　　 살아야 하는 막벌이꾼의 처세술이 엿보임.

　　② 현실의 모순에 반항하고 자신의 삶을 뒤돌아보는 자세를 보이며
　　　 현실을 헤쳐나가고자 하는 의지가 강함.

　　③ 고향에 애착을 느끼며 인정스럽고 붙임성이 있음.

성격 지표 및 인물 제시방식

　　두루마기 격으로 기모노를 둘렀고, 그 안에선 옥양목 저고리가 내어 보이며,
아랫도리엔 중국식 바지를 입었다. 그것은 그네들이 흔히 입는, 유지(油紙) 모양
으로 번질번질한 암갈색 피륙으로 지은 것이었다. 그리고 발은 감발을 하였는
데 짚신을 신었고, 고부가리로 깎은 머리엔 모자도 쓰지 않았다. 우연히 이따금
기묘한 모양을 꾸미는 것이다. 우리가 자리를 잡은 찻간에는 공교스럽게 세
나라 사람이 다 모이었으니, 내 옆에는 중국사람이 기대었다. 그의 옆에는 일본
사람이 앉아 있었다. 그는 동양 삼국 옷을 한 몸에 감은 보람이 있어 일본말로
곧잘 철철대이거니와 중국말에도 그리 서툴지 않은 모양이었다.

　　"도꼬마데 오이데 데쓰까(어디까지 가십니까)?" 하고 첫마디를 걸더니만 동경
이 어떠니, 대판이 어떠니, 조선사람은 고추를 끔찍이 많이 먹는다는 등, 일본

음식은 너무 싱거워서 처음에는 속이 뉘엿거린다는 등 횡설수설 지껄이다가, 일본사람이 엄지와 검지 손가락으로 짧게 끊은 꼿꼿한 윗수염을 비비면서 마지못해 까땍까땍하는 고개와 함께 "소데쓰까(그렇습니까)"란 한마디로 코대답을 할 따름이요, 잘 받아주지 않으매 그는 또 중국인을 붙들고 실랑이를 한다. "네쌍 나을취(어디까지 가십니까)?" "을 씽 섬마(성함은 무엇입니까)" 하고 덤벼보았으나 중국인 또한 그 기름 낀 뚜우한 얼굴에 수수께끼 같은 웃음을 띨 뿐이요 별로 대꾸를 하지 않았건만, 그래도 무에라고 연해 웅얼거리면서 나를 보고 웃어 보이었다. (120~121쪽)

※※

그는 잠깐 입을 닥치고 무료한 듯이 머리를 더억더억 긁기도 하며, 손톱을 이로 물어뜯기도 하고, 멀거니 창밖을 내다보기도 하다가, 암만해도 지절대지 않고는 못 참겠던지 문득 나에게로 향하여 "어데꺼정 가는기요?"라고 경상도사투리로 말을 붙인다.

"서울까지 가오."

"그런기요. 참 반갑구마. 나도 서울꺼정 가는데 그러면 우리 동행이 되겠구마."

나는 이 지나치게 반가워하는 말씨에 대하여 무에라고 대답할 말도 없고 또 굳이 대답하기도 싫기에 덤덤히 입을 닥쳐버렸다.

"서울에 오래 살았는기요?" 그는 또 물었다.

"육칠 년이나 됩니다."

조금 성가시다 싶었으되 대꾸 않을 수도 없었다.

"에이구, 오래 살았구마. 나는 처음 길인데 우리 같은 막벌이꾼이 차를 나려서 어데로 찾아가야 되겠는기요? 일본으로 말하면 기진야도 같은 것이 있는기요?"

하고 그는 답답한 제 신세를 생각했던지 찡그려 보이었다.

그때 나는 그의 얼굴이 웃기보다 찡그리기에 가장 적당한 얼굴임을 발견하였다. 군데군데 찢어진 건성드뭇한 눈썹이 올올이 일어서며 알로 축 처지는 서슬에 양미간에는 여러 가닥 주름이 잡히고 광대뼈 위로 뺨살이 실룩실룩 보이자두 볼은 쪽 빨아든다. 입은 소태나 먹은 것처럼 왼편으로 삐뚤어지게 찢어 올라가고, 조이던 눈엔 눈물이 괸 듯 삼십 세밖에 안되어 보이는 그 얼굴이 십년가량은 늙어진 듯하였다. 나는 그 신산(辛酸)스러운 표정에 얼마쯤 감동이되어서 그에게 대한 반감이 풀려지는 듯하였다. (121~122쪽)

＊

노동숙박소에 대해서 미주알고주알 묻고 나서

"시방 가면 무슨 일자리를 구하겠는기요?"

라고 그는 매어달리는 듯이 또 재쳤다.

"글쎄요, 무슨 일자리를 구할 수 있을는지요."

나는 내 대답이 너무 냉랭하고 불친절한 것이 죄송스러웠다. 그러나 일자리에 대하여 아무 지식이 없는 나로서는 이외에 더 좋은 대답을 해줄 수가 없었던것이다. 그 대신 나는 은근하게 물었다.

"어데서 오시는 길입니까?"

"흥, 고향에서 오누마."

하고 그는 휘 한숨을 쉬었다. (… 중략 …)

그의 고향은 대구에서 멀지 않은 K군 H란 외딴 동리였다. 한 백 호 남짓한그곳 주민은 전부가 역둔토(驛屯土)를 파먹고 살았는데, 역둔토로 말하면 사삿집땅을 부치는 것보다 떨어지는 것이 후하였다. 그러므로 넉넉지는 못할망정 평화로운 농촌으로 남부럽지 않게 지낼 수 있었다. 그러나 세상이 뒤바뀌자 그땅은 전부가 동양척식회사의 소유에 들어가고 말았다. (… 중략 …)

지금으로부터 구 년 전, 그가 열일곱 되던 해 봄에(그의 나이는 실상 스물여섯이었다. 가난과 고생이 얼마나 사람을 늙히는가) 그의 집안은 살기 좋다는 바람에서간도(西間島)로 이사를 갔다. 쫓겨가는 이의 운명이거든 어디를 간들 신신하랴. 그곳의 비옥한 전야(田野)도 그들을 위하여 열려질 리 없었다. 조금 좋은 땅은 먼저 간 이가 모조리 차지를 하였고 황무지는 비록 많다 하나 그곳 당도하던 날부터 아침거리 저녁거리 걱정이라, 무슨 형세로 적어도 일 년이란 장구한 세월을 먹고 입어가며 거친 땅을 풀 수가 있으랴. 남의 밑천을 얻어서 농사를 짓고 보니 가을이 되어 얻는 것은 빈 주먹뿐이었다. 이태 동안을 사는 것이 아니라 억지로 비티어갈 제 그의 아버지는 우연히 병을 얻어 타국의 외로운 혼이 되고 말았다. 열아홉 살밖에 안된 그가 홀어머니를 모시고 악으로 악으로 모진 목숨을 이어가던 중, 사 년이 못되어 영양 부족한 몸이 심한 노동에 지친 탓으로 그의 어머니 또한 죽고 말았다.

"모친꺼정 돌아갔구마. 돌아가실 때 흰죽 한 모금도 못 자셨구마." 하고 이야기하던 이는 문득 말을 뚝 끊는다. 그의 눈이 번들번들함은 눈물이 쏟아졌음이리라. 나는 무엇이라고 위로할 말을 몰랐다. 한동안 머뭇머뭇이 있다가 나는 차를 탈 때에 친구들이 사준 정종병 마개를 빼었다. 찻잔에 부어서 그도 마시고 나도 마시었다. 악착한 운명이 던져준 깊은 슬픔을 술로 녹이려는 듯이 연거푸 다섯 잔을 마신 그는 다시 말을 계속하였다. 그 후 그는 부모 잃은 땅에 오래 머물기 싫었다. 신의주로, 안동현으로 품을 팔다가 일본으로 또 벌이를 찾아가게 되었다. 구주 탄광에 있어도 보고, 대판 철공장에도 몸을 담아 보았다. 벌이는 조금 나았으나 외롭고 젊은 몸은 자연히 방탕해졌다. 돈은 모으려야 모을 수 없고, 이따금 울화만 치받치기 때문에 한 곳에 주접(住接)을 하고 있을 수 없었다. 화도 나고 고국산천이 그립기도 하여서 훌쩍 뛰어나왔다가 오래간만에 고향을 둘러보고 벌이를 구할 겸 구경도 할 겸 서울로 올라가는 길이라 한다.
(122~124쪽)

꽃

"고향에 가시니 반가워하는 사람이 있습디까?"
나는 탄식하였다.
"반가워하는 사람이 다 무원기요. 고향이 통 없어졌드마."
(… 중략 …)

"썩어 넘어진 새까래, 뚤뚤 구르는 주추는 꼭 무덤을 파서 해골을 헐어 젖혀 놓은 것 같드마. 세상에 이런 일도 있는기요? 백여 호 살든 동리가 십 년이 못되어 통 없어지는 수도 있는 기요? 후!"
하고 그는 한숨을 쉬며 그때의 광경을 눈앞에 그리는 듯이 멀거니 먼 산을 보다가 내가 따라준 술을 꿀꺽 들이켜고
"참! 가슴이 터지드마, 가슴이 터져."
하자마자 굵직한 눈물 방울이 뚝뚝 떨어진다. (124~125쪽)

✿

이윽고 나는 이런 말을 물었다.
"그래, 이번 길에 고향 사람은 하나도 못 만났습니까?"
"하나 만났구마, 단지 하나."
"친척 되시는 분이던가요?"
"아니구마. 한이웃에 살든 사람이구마."
하고 그의 얼굴은 더욱 침울해진다.
(… 중략 …)
"나와 혼인말이 있든 여자구마."
"하—"
나는 놀란 듯이 벌린 입이 담쳐지지 않았다.
"그 신세도 내 신세만이나 하고나."
하고 그는 또 이야기를 계속하였다.
그 여자는 자기보다 나이 두 살 위였는데, 한이웃에 사는 탓으로 같이 놀기도 하고 싸우기도 하며 자라났었다. 그가 열네댓 살 적부터 그들 부모 사이에 혼인 말이 있었고 그도 어린 마음에 매우 탐탁하게 생각하였었다.
(… 중략 …)
"암만 사람이 변하기로 어째 그렇게도 변하는기요? 그 숱 많든 머리가 훌렁 다 벗어졌드마. 눈은 폭 들어가고, 그 이들이들하든 얼굴빛도 마치 유산을 끼얹

인 듯하드마."

"서로 붙잡고 많이 울으셨겠지요?"

"눈물도 안 나오드마. 일본 우동집에 들어가서 둘이서 정종만 한 열 병 따려 누이고 헤여졌구마."

하고 가슴을 짜는 듯이 괴로운 한숨을 쉬더니만, 그는 지난 슬픔을 새록새록이 자아내어 마음을 새기기에 지치었음이더라.

"이야기를 다 하면 무얼 하는기요?"

하고 쓸쓸하게 입을 다문다. 나 또한 너무도 참혹한 사람살이를 듣기에 쓴물이 났다.

"자, 우리 술이나 마저 먹읍시다."

하고 우리는 서로 주거니 받거니 한 되 병을 다 말리고 말았다. 그는 취흥에 겨워서 우리가 어릴 때 멋모르고 부르던 노래를 읊조렸다.

벗섬이나 나는 전토는 신작로가 되고요 —
말마디나 하는 친구는 감옥소로 가고요 —
담뱃대나 떠는 노인은 공동묘지 가고요 —
인물이나 좋은 계집은 유곽으로 가고요 — (125~128쪽)

● 그 여자(궐여)

성   별 여자
나   이(추정포함) 스물여덟 살
출생지 및 거주지, 활동 공간 출생지와 거주지는 그와 같이 대구에서 멀지
          않은 K군 H란 외딴 동리로 추정함.
직   업 유곽생활을 거쳐 일본집 유모
출신계층 하층민
교육정도 무학일 것으로 추정함.

가족관계

① 그녀를 대구 유곽에 팔아먹은 아버지와 가족이 있었음.

② 현재는 부모의 행방조차 모름.

인물관계

① '나'와 그녀는 한이웃에 살며 혼인말까지 있을 정도로 가깝게 지냈음.

② 그녀가 열일곱 살 된 겨울에 아버지가 대구 유곽(遊廓)을 그녀를 팔아넘겨 기구한 삶을 살게 됨.

③ 몸에 몹쓸 병이 들어 유곽에서 놓여나와 일본사람 집에서 아이를 보고 있던 중 고향에 들렀던 '나'와 다시 만남.

인물의 존재방식(사회계층) 부모도 없이 일본사람 집에서 아이를 보고 있는 최하류계층

성 격

① 순박하고 순종적임.

② 유곽생활을 거쳤음에도 일본사람 집에서 유모로 들일 정도로 정숙할 것으로 추정함.

③ 부모와 자신의 삶에 대하여 깊은 회한을 느낌.

성격 지표 및 인물 제시방식

※※ ──────────────

　그 여자는 자기보다 나이 두 살 위였는데, 한이웃에 사는 탓으로 같이 놀기도 하고 싸우기도 하며 자라났었다. 그가 열네댓 살 적부터 그들 부모 사이에 혼인 말이 있었고 그도 어린 마음에 매우 탐탁하게 생각하였다. 그런데 그 처녀가 열일곱 살 된 겨울에 별안간 간 곳을 모르게 되었다. 알고 보니 그 아비 되는 자가 이십 원을 받고 대구 유곽(遊廓)에 팔아먹은 것이었다. 그 소문이 퍼지자 그 처녀 가족은 그 동리에서 못살고 멀리 이사를 갔는데, 그 후로는 물론 피차에

한 번 만나보지도 못하였다. 이번에야 빈 터만 남은 고향을 구경하고 돌아오는 길에 읍내에서 그 아내 될 뻔한 댁과 마주치게 되었다. 처녀는 어떤 일본사람 집에서 아이를 보고 있었다. 궐녀는 이십 원 몸값을 십 년을 두고 갚았건만 그래도 주인에게 빚이 육십 원이나 남았었는데, 몸에 몹쓸 병이 들고 나이 늙어져서 산송장이 되니까 주인 되는 자가 특별히 빚을 탕감해주고 작년 가을에야 놓아준 것이었다. 궐녀도 자기와 같이 십 년 동안이나 그리던 고향에 찾아오니까, 거기는 집도 없고, 부모도 없고, 쓸쓸한 돌무더기만 눈물을 자아낼 뿐이었다. 하루 해를 울어 보내고 읍내로 들어와서 돌아다니다가 십 년 동안에 한마디 두 마디 배워두었던 일본말 덕택으로 그 일본집에 있게 된 것이었다.

"암만 사람이 변하기로 어째 그렇게도 변하는기요? 그 숱 많든 머리가 훌렁 다 벗어졌드마. 눈은 폭 들어가고, 그 이들이들하든 얼굴빛도 마치 유산을 끼얹인 듯하드마."

"서로 붙잡고 많이 울으셨겠지요?"

"눈물도 안 나오드마. 일본 우동집에 들어가서 둘이서 정종만 한 열 병 따려 누이고 헤여졌구마." (126~127쪽)

저본 2005년 창비 출간 『20세기 한국소설 3』

송영

석공조합대표

발 표 년 도	「문예시대」(1927.1)
시대적 배경	1920년대 중반 평양
핵 심 서 사	① 대동문 아래 연광정 옆 커다란 석공장의 석공 박창호는 기계처럼 반복되는 석공 일에 싫증을 느껴 호활한 마음은 다른 데를 떠돌아다님.
	② 그러나 창호는 지금 평양 석공조합대표로 서울에서 열리는 노동자대회에 참석하여 열정이 있고 뜻이 같은 동지들을 만나 이야기할 생각에 부풀어 있음.
	③ 석공장 주인 영감은 창호의 석공조합 결성과 석공조합 대표직을 못마땅해 하고, 서울에서 열리는 노동자대회 참석을 방해함.
	④ 창호의 집에 같은 석공 익진이 찾아와 송충이잡이꾼을 하며 고생하던 자신의 처가 한 달 전에 본가로 가 어떤 청년의 후원을 받아 공부를 하느라 내려오지 않는다며 돈이 없는 것을 한탄함.
	⑤ 서울로 떠나기 전 날 석공장 주인의 과원을 관리하는 창호 아버지는 과원이 떨어질 것을 걱정하며 창호의 서울 노동자대회 참석을 만류함.
	⑥ 창호는 공장에서 집안과 아버지, 조합과 주인 영감 등의 문제로 고민하다 익진과 만나 서울 노동자대회에 참석하기로 결심함.
	⑦ 창호와 익진이 평양을 떠난 지 닷샛날, 석공장 주인이 창호의 조합 활동을 들먹이며 창호 아버지에게 과원을 내놓으라며 사정을 봐달라는 아버지의 뺨을 때리자 아버지가 무섭게 분노하고, 창호의 아내 옥순이 달려들어 주인 늙은이를 밀치는데, 창호 아버지가 비명을 지르며 나가자빠져 죽어감.
	⑧ 이럴 즈음, 서울 구리개 광무대 안에서는 대회를 완만히 마쳤다는 최후의 만세 소리가 비장하고도 열렬히 나는데, 그 중에는 젊은 박창호의 목소리가 더한층 심각하였음.
주 제	노동자들에 대한 공장주의 부당한 압력과 그에 대한 노동자들의 항거
등 장 인 물	박창호, 창호 아버지, 구옥순(창호의 처), 석공장 쥔영감(주인영감), 김익진, 익진의 처

● 박창호 ──────────────────────────────────────

성　별　남자

나　이(추정포함)　이십대 중후반으로 추정함.

출생지 및 거주지, 활동 공간　모란봉에서 멀지 않은 경산리 산언덕 위에서
　　　　　살며, 대동문 아래 연광정 옆에 있는 커다란 석공장에서 비문
　　　　　을 새기는 석공으로 일함.

직　업　석공장의 석공

출신계층　아버지가 북만주로 돌아다니며 학교도 세우고, 회도 모으고 했
　　　　　던 전력으로 볼 때, 중류계층 정도였을 것으로 추정함.

교육정도　정확하게 알 수 없으나, 보통학교 이상의 학력일 것으로 추정
　　　　　함.

가족관계　석공장 주인의 과수원을 빌어 과수 농사를 짓고 있는 아버지와
　　　　　대동문 안 ××고무공장 여직공인 아내, 두 살 먹은 아들 등이
　　　　　있음.

인물관계
　　　① 평양 석공조합대표인 창호의 서울 구리개 광무대 석공조합 대회
　　　　　참석을 반대하고, 그곳에 참석하자 자신 소유의 과원에서 창호네
　　　　　를 쫓아내는 석공장 주인과 대립함.
　　　② 석공장의 석공으로서 같은 조합 대표인 김익진과 조합원의 행복
　　　　　과 이익을 위해 뜻을 같이함.

인물의 존재방식(사회계층)　석공장의 비석 새기는 석공으로서 그 석공장
　　　　　의 주인 영감 과원을 맡아 살아가는 처지이나 석공조합원의 행
　　　　　복과 이익을 위해 노동운동을 벌이는 평양 석공조합대표

성　격
　　　① 평양 석공조합대표로서 노동 현실의 모순을 자각하고 자신의 생

활보다는 석공 조합원의 행복과 이익을 위해 일하고자 하는 의지
　　가 강함.
　② 석공장 주인의 만류와 협박에도 자신의 뜻대로 서울 석공조합
　　대회에 참석하고 서울에서 노동운동을 하려는 뜻을 세움.
　③ 노동의 결과를 주체적으로 자각함.
　④ 석공들을 이끄는 능력이 있고 매우 침착함.

성격 지표 및 인물 제시방식

꽃

　창호의 집은 모란봉에서 멀지 아니한 경산리 산언덕 위이다. 그 산언덕에는
커다란 과원이 있다. 그 과원을 거두어 가며 지키고 사는 늙은 원정이 있다.
창호의 아버지였다.
　아버지는 펴지지 않는 꼬부랑허리를 펴가며 호미와 괭이와 또는 과일 띠는
작대로 지내 가며, 아들인 창호는 정과 장도리로 돌을 쪼고 다듬으며 또는 비문
(碑文)도 새기고 지내 간다.
　(… 중략 …)
　'벌지 않거든 먹지 말아라.'
　이것을 그들은 스스로 실행하고 지내 간다. 마땅한 일이다. 그러나 마땅한
일을 마땅치 않게 강박이 되어 지내 가는 데에야 그들의 마음은 언제든지 쓰릴
뿐이다. (396쪽)

꽃

　돌을 다듬는다. 깨트린다. 또는 갈기도 한다. 새기기도 한다. 한 삼십 명은
된다. 대개는 사오십은 되어 보인다.
　그 중에 창호도 주푸리고 앉아서 비문을 새기고 있다. 헌 양복 저고리를

사무복 삼아서 입었다. 검정 바지에 고무신을 신었다. 머리에는 헐어빠진 캡을 쓰고 눈에는 헝겊으로 테를 싸맨 커다란 안경을 썼다.

그는 작은 키다. 얼굴은 동그랗다. 눈은 빽빽하다. 매우 소갈머리도 없어 보이고 또는 어림도 없어 보인다. 손가락집이 따로 없는 뚱그런 장갑을 한편 손에 끼고 가느단 정으로 비문 글자를 새기고 앉았다.

(… 중략 …)

그은 아침부터 큰 글자 다섯과 작은 글자 셋…… 모두 여덟 자밖에는 새기지를 못했다. 물론 다른 날보다는 매우 덜했다. 반도 못 한심이다…… 그러나 그는 그리 속히 하려고도 아니 하였다.

손과 눈과 또는 그의 몸뿐만은 그들 기계와 같은 우상으로 만들었을 뿐이요, 실상 그의 풀린 물결 같은 호활한 마음은 다른 데로 다른 데로 떠돌아다니는 까닭이다.

그의 마음은 오늘뿐만 아니었다. 언제든지 이같이 판 박아 논듯한 과도한 노력을 할 때에는 떠돌아다니었었다. 그는 하는일이 '비문' 새기는 것이었기 때문에 언제든지 '영세불망', '×공자선비' 같은 것을 잘 새기었다.

이런 비문을 자기의 손으로 새기는 것은, 다시 말하면 그 같은 비석(?)이 자기 손 때문에 이 세상에 서게 되는 것을 생각할 때에는 그는 언제든지 분하였다. 절통하였다. 그래서 그는 그런 비문을 새길 때마다 그 비문의 주인을 찾아갔었다. 그리하여 가장 엄연하고도 가장 비통하게 꾸짖었다. '영세불망'이라니…… 너의 한 일을 오래도록 잊어버리지 말고 있었다가 뒤집어 버리란 말이냐. 아주 이렇게 흥분된 소리로 포함을 쳤다. 그러나 역시 이것은 그의 생각만이었었다. 그러면 그날 저녁에는 삯전을 적게 받아 가는 것이 그의 생각이 흥분되었던 보수이었다.

그러나 지금 생각은 그전과는 달랐다. 얼마 아니 있으면 서울 올라갈 궁리였었다.

씩씩하고도 무서운 그리고 열정의 모든 뜻 같은, 생활 같은 동지들과 만나서 이야기할 생각이었었다. 혹은 연단에 서도 보고 혹은 결의문도 낭독하여 보았다. 혹은 벽력 같은 소리로 야지도 해보고 혹은 큰 정략가의 명상 모양으로

고개를 푹 숙이기도 해보는 것이었다. (387~398쪽)

———※※———

모두들 사무실로 들어가서 쥔에게 인사를 하고야 간다. 그도 사무실 안으로 들어섰다. (… 중략 …)

창호가 막 인사를 하자마자 쥔은 손을 들어서 멈추면서,

"자넨 잠깐만 있게, 좀 말할 게 있네."

"네!"

그도 간단하게 말을 하고 매우 좋지 못한 기분이 되어서 서서 있었다.

(… 중략 …)

"자네, 그래, 꼭 갔다 오겠나."

그는 알았다. 물어 보는 말이 어떤 것은커녕 물어 본 뒤에 어떻게 하리라는 쥔의 마음새까지 알았다.

"그럼 어떻게 합니까? 저 혼자 마음도 아니고 여러 사람이 결정을 한 것을……."

(… 중략 …)

"아니 대체 석공조합이란 것은 뭔가?"

(… 중략 …)

"그건 별안간 왜 물으십니까? 썩 쉽죠. 석공들이 모인 게죠."

"그건 누가 모르나."

(… 중략 …)

"그 목적이 뭐냐 말야."

그도 더 흥분이 되었다. 그와 쥔은 질서 있는 정비례적 분노로 흥분되어 간다.

"그 목적이야 물론 우리들의 행복을 위한 것이지요. 언제든지……."

말이 끝나기도 전에 쥔은 책상을 딱 치며 소리를 고래고래 지른다.

"행복…… 홍, 그래 멀쩡하게 남들이 피땀을 흘려 가며 모아 논 것을 뺏어

먹는 것이 너희들의 행복이냐. ××주의니 뭐니 하는 것은 멀쩡한 도적놈들이야. 너도 젊은 녀석이…… 아니 어떤 녀석의 꼬임에 빠졌니…… 공연히 온공하게 시대를 맞춰 살아서 부모처자를 굶겨 죽이지 말아 아니 할 생각이나 해…… 국으로.”

(… 중략 …)

쥔은 좀 누그러지자 그는 돌연히 더 흥분이 되었다. 엄연한 소리로,

“전 그런 말씀 들을 줄을 모릅니다.”

쥔은 그 소리에 또다시 분이 나서,

“뭐? 그럼 꼭 가겠단 말이냐?”

“꼭 가지요.”

(… 중략 …)

그는 딱 끊어서,

“저는 꼭 갈 터이니까 그런 줄 압쇼.”

내어던지듯 탁 쏘아 말하고 나왔다.

걸음은 매우 빨랐다. 분연하였다. 그리고 ‘그런 줄 아슈’ 하는 시위적 언사, 남성적 결기를 남기고 온 자기의 행위가 매우 장쾌하였다. (399~402쪽)

창호가 막 집으로 와서 방문을 열었을 때이다. 방 안에는 같은 조합 대표인 김익진이란 젊은 동무가 와서 앉았다. 그와 김은 반가이 서로 악수를 하였다. 두루마기를 탁탁 벗어 내어던진 창호는 익진이와 손목을 잡은 대로 펄썩 주저 앉았다.

(… 중략 …)

익진이는 기색이 침울하여지면서,

“이건 좀 우스운 소리지만 자네 어떻게 아나…… 우리 와이프를.”

“어떻게라니…… 물론 말할 수 없는 거지. 참 에라이(훌륭)하시지.”

“에라이하지.”

다짐 주듯이 말하더니,

"그러니까 말일세. 나의 처의 자랑이 아니라 참으로 나의 처는 훌륭한 여자이었었네. 그런데 벌써 한 달은 되네. 자기 본가로 간다고 가더니 입때 아주 소식이 없네그려. 그래서 나는 하도 궁금했더니만 며칠 전에 서울서 편지가 왔는데 어떤 청년의 후원을 받아서 공부를 한다데⋯⋯."

아주 시름이 없어져 버리었다. 울듯이 되었다.

"이건 다시 말하면 나의 잘못일세. 내가 돈 없는 탓일세⋯⋯ 음— 나는 세상에서 요렇게 구박을 받았네. 사랑하는 처를 억지로 고등매소부로 빼앗기고⋯⋯ 이런⋯⋯."

(⋯ 중략 ⋯)

창호도 분연하여 하였다. 그리고 쥔영감과 싸우는 이야기까지 했다. 두 젊은이는 비분강개한 그리고 용장과 같은 정열에 탔다. (402~406쪽)

※※

창호가 막 밥을 먹고 그의 처와 같이 집을 떠나려고 하던 판에 그의 아버지는,

"애들아, 내 말을 좀 듣고 가거라."

(⋯ 중략 ⋯)

"(⋯ 전략) 그런데 더군다나 우리는 네가 거기에 매이지 않았니? 그리고 또 이 과원도 그 사람 게 아니냐. 만일 그 사람이 성만 더 나면 네가 거기 못 댄기는 것도 것이려니와 당장에 이 집까지 내놓으라고 그럴 테니 어떻게 하니⋯⋯ 똥이 무서워서 피하니 더러워서 피하지⋯⋯ 나도 생각이 너만 같지 못하지 않다. 내가 조금만 원만하면 너희들을 저렇게 고생을 시키겠니? 그러니까 잘 생각해 하란 말이다. 뭐 기회가 이번만이 아닐 것이고 또 일후에도 많을 것이니 너는 이번에 잠깐 빠져도 좋지 않겠니⋯⋯."

(⋯ 중략 ⋯)

태산이라도 뚫을 듯한 창호의 의기는 그만 꺾어졌다. 울 것같이 되었다. 당장에 길거리에서 내어쫓긴 아버지와 처자의 그림자가 보였다. 굶어서 뻐드러진

송장이 보였다. 손가락질하는 세상 사람의 비소 소리가 들리었다. 마음으로 슬플 대로 슬펐다. 울 때까지 울고 싶었었다. 그래서 그는 잠잠히 고개를 숙이고 나왔다. (406~408쪽)

⁂

공장 안으로 들어오자 벌써 여러 석공들은 일을 다 시작하고 있다. 익진이도 와서 있었다.

그는 아버지와 처와 또는 집과 조합과…… 공장 쥔과 또는 서울 가는 것과…… 모든 것을 한데 뒤섞어서 어떻게 결정을 짓지 못하고 번민만 하다가 건듯 공장 안에 들어서면서 모든 것은 다 가라앉아 버렸다.

(… 중략 …)

익진이와 마주 앉았다. 장도리로 정을 때렸다.

"여보게, 내일 저녁차에 갈까?"

익진이가 쾌활하게 묻는다.

창호는 익진이의 소리를 듣자마자 규칙 없이 둘러앉은 모든 석공들이 일제히 박수를 하며 자기를 대표자로 선정하던 광경이 생각났다. 숭엄한 장면에 그는 완전하게 또다시 순전한 조합원이 되었다.

자기네들의 행복과 이익과를 위하여 옳지 못한 협박을 하고 있는 자들과 싸우겠다는 씩씩한 조합원이 되었다.

"글쎄, 아무렇게 해도 저녁차가 낫겠지."

"쥔이 아무리 내쫓느니 뭐니 해두 무슨 상관 있나?"

"그럼! 그야말로 시들방귀일세."

"그럼! 굶어 죽기밖에 더 하겠나…… 사실 요렇게 알뜰하게 살아가는 것보다는 차라리 한 번 막 죽는 것이 더 낫지 않은가?"

"참 옳은 말이지. 자꾸 죽이는 놈에게 그저 조금만 더 두었다가 죽여 줍쇼 하는 것보다 이놈 하고 일어나서 죽더라도 낫지 않은가."

"그래…… 그렇지만 하여간 우리들은 불행한 놈일세. 이건 난 왜 요런 땅에

태어났나 하는 생각도 안 적이 없네…… 아무리 젊은 것으로 있어서는 다사다
단(多事多端)한 곳에서 활동을 하는 것도 외려 좋지 않은 것도 아니지만……."

"어떻든지 우리들은 모든 것이 쓸쓸하기가 짝이 없네. 이후에 기쁜 봄이
오더라도 지리한 겨울이 지긋지긋하이……." (409~411쪽)

꽃

이러는 때이다. 꼭 이 시간이다.

서울 구리개 광무대 안에서는 대회를 원만히 마쳤다는 최후의 만세 소리가
난다.

비장하고도 열렬한 희망 있는 만세 소리가 난다.

그 중에도 젊은 박창호의 목소리가 더한층 심각하였었다. (415쪽)

● **창호 아버지**

성   별   남자

나   이(추정포함)   오십이 갓 된 중노인

출생지 및 거주지, 활동 공간   출생지는 정확하게 알 수 없으나, 젊었을 때
는 북만주로 돌아다니면서 학교도 세우고 회도 모으고 하였으
며, 현재는 모란봉에서 멀지 않은 경산리 산언덕 위 석공장 주
인 영감의 과원을 관리하고 있음.

직   업   과원의 원정(園丁)

출신계층   북만주로 돌아다니며 학교도 세우고, 회도 모으고 했던 전력으
로 볼 때, 기본 재산은 어느 정도 있는 중류계층 정도였을 것
으로 추정함.

교육정도   전력으로 보았을 때, 전문교육 이상의 학력일 것으로 추정함.

가족관계   아내에 대한 언급은 없으며, 평양 석공조합원 대표인 창호와 고

무공장 여직공 며느리, 두 살 된 손자 등이 있음.

인물관계

① 아들 창호에게 서울 석공조합원 대회에 참석하면 과원에서 내쫓길지 모르니, 이번에 빠지고 다음 기회로 미루는 것이 좋겠다고 간청함.

② 원정(園丁)으로 있는 과원의 주인인 석공장 주인이 창호가 참석하지 말라는 서울 석공조합원 대회에 참석했다는 이유로 과원을 내놓으라고 하자, 용서하고 사정을 봐달라고 애소하였으나, 뺨까지 맞고는 주인에게 무섭도록 분노하던 중 비명과 함께 쓰러짐.

인물의 존재방식(사회계층)

① 젊었을 때는 의식 있는 선각자로서 교육운동과 사상 보급에 힘씀.

② 오십이 갓 된 중노인으로서는 젊었을 때의 경험을 통해 아들 창호의 노동운동을 이해하고 마음으로 후원함.

③ 당장의 거처와 먹고 사는 문제를 절박하게 생각하여 갈등함.

성　격

① 비록 남 과원의 원정이지만, 사리분별이 분명하고 자신의 처지를 헤아릴 줄 앎.

② 사회의식이 있어 아들의 노동운동을 이해하고 후원함.

③ 인자하면서도 불의에 저항하는 결기가 있음.

성격 지표 및 인물 제시방식

꽃

창호의 집은 모란봉에서 멀지 아니한 경산리 산언덕 위이다. 그 산언덕에는 커다란 과원이 있다. 그 과원을 거두어 가며 지키고 사는 늙은 원정이 있다. 창호의 아버지였다.

아버지는 펴지지 않는 꼬부랑허리를 펴가며 호미와 괭이와 또는 과일 띠는 작대로 지내 가며, 아들인 창호는 정과 장도리로 돌을 쪼고 다듬으며 또는 비문 (碑文)도 새기고 지내 간다.

(… 중략 …)

그의 부처가 공장으로 가면 그의 늙은 아버지는 과원에서 과수를 가꾸어 주다가 친히 부엌으로 들어가서 밥을 지어 놓는 것이 상례이었었다. (396~404 쪽)

✿

어느 날 아침.

창호가 막 밥을 먹고 그의 처와 같이 집을 떠나려고 하던 판에 그의 아버지는,

"애들아, 내 말을 좀 듣고 가거라."

두 사람이 다 섰다. 아버지는 이제 오십이 갓 된 중노인이다. 그러나 누구든지 보면 칠십은 되었으리라고 볼 만치 아주 노쇠한 노인이다.

머리는 백발이고 얼굴은 주황빛과 검은빛이 다 되어서 우글쭈글하다. 허리는 까부러졌다.

그러나 인자한 어버이의 웃음을 띄우고 있는 그 두 눈동자만은 유난히 반짝 반짝하였다.

흐리멍덩한 그야말로 노인의 눈은 아니었다. 씩씩한 청춘의 눈이었다.

"다른 게 아니라 낼이 그날이지."

즉 평양 석공조합대표로 서울로 떠나가는 날이다.

"네……."

그의 아버지는 더 웃으면서,

"그래 꼭 갈 터이냐?"

"그럼요, 아버지도 별안간에 무슨 소리셔요."

거의 퉁명스런 소리로 하는 가기 아들의 소리에는 노하지 않고 더 한층 화한 소리로,

"아니, 너 가는 것을 싫어서 그러는 게 아니다. 내가 아무리 늙었기로 그렇게

완고가 아닌 것은 너희들고 다 알지 않니. 나도⋯⋯."

추억하는 빛이 나며,

"저 — 북만주로 돌아다니면서 학교도 세우고 회도 모으고 하던 내가 아무러 기고 너희들의 하는 일을 방해야 하겠니⋯⋯ 참말이지 너희들 어린것들이 그러는 것을 보면 기쁘고 거룩만 할 뿐이지."

(⋯ 중략 ⋯)

"그런데 너도 다 알겠지만 너의 공장 쥔이란 자가 좀 그악이냐. 무슨 하필 너와 나뿐 아니라 이 평양 안에 사는 사람 쳐놓고 그 영감 좋다는 사람이 어디 있니. 그런데 더군다나 우리는 네가 거기에 매이지 않았니? 그리고 또 이 과원도 그 사람 게 아니냐. 만일 그 사람이 성만 더 나면 네가 거기 못 댄기는 것도 것이려니와 당장에 이 집까지 내놓으라고 그럴 테니 어떻게 하니⋯⋯ 똥이 무서워서 피하니 더러워서 피하지⋯⋯ 나도 생각이 너만 같지 못하지 않다. 내가 조금만 원만하면 너희들을 저렇게 고생을 시키겠니? 그러니까 잘 생각해 하란 말이다. 뭐 기회가 이번만이 아닐 것이고 또 일후에도 많을 것이니 너는 이번에 잠깐 빠져도 좋지 않겠니⋯⋯."

그의 말소리는 충곡에서부터 떨려서 나왔다. 그리고 주름진 뺨에는 두 줄기 눈물이 흘러내렸다.

펄펄 뛰는 듯한 젊은 자식들을 생지옥 같은 괴로운 생활을 시키는 어버이의 마음 숭고한 감정에 접목된 까닭이다. (406~408쪽)

＊＊＊

익진이와 창호가 평양을 떠난 지가 닷샛날이다.

(⋯ 중략 ⋯)

창호의 처는 마침 어린애를 재워 놓고 부엌에서 약을 달이던 때에 바깥으로부터 석공장 주인영감과 또 늙수그레한 사람 하나가 들어온다.

(⋯ 중략 ⋯)

"창호 어른 계시오."

(… 중략 …)

그의 부르는 소리를 듣고 아버지는 얼굴부터 확확하였다. 팩 하기로 유명한 자기 성미는 어디론지 사라지고 말았다. 추장(酋長) 앞에서 굽실거리는 노예(奴隸)와 같았다. 그렇다 그는 확실히 노예이었었다. 공연히 빙긋빙긋하고 나와서 굽실하면서,

"영감 웬일이세요."

쥔은 그 대답을 들었는지 말았는지 모른 척하고 가장 살기 있는 소리로,

"창호는 언제 온답디까?"

"글쎄요! 갈 적에는 이틀만 있으면 곧 내려온다더니 오늘이 벌써 닷새째나 되는데 아주 궁금한데요."

해해 하고 또 웃으며 저의 눈치만 본다. 그러나 그의 말라빠진 가슴속에서는 뼈 울리는 고통이 날뛰었다.

같은 늙은이로 박대받는 설움, 분노는 온몸을 사시나무같이 떨어 놓았다.

(… 중략 …)

들이대는 소리로,

"알았수. 그야 어떻든지 간에 그야 창호가 내 공장 아니면 빌어먹질 못할 테요, 내가 창호 아니면 공장을 못 할 게요? 아무 상관은 없소."

사형선고 듣는 듯싶었다. 아버지는 급히 말을 가로채서 애걸하다시피,

"아니 영감, 망령의 말씀을 다 하시는구려. 다 어린 사람을 용서를 하셔야죠"

"용서요? 참 어린 것입니다. 아무 상관 없이 일만 잘하는 모든 공쟁들을 저녁마다 모아 놓고 뭐니뭐니 하고 동맹파업이나 해서 쥔을 곯릴 의논만 하는 놈이 어리단 말요! 어보, 그건 어떻든지 간에 좀 박정하지마는 영감도 오늘부터 좀 쉬슈."

(… 중략 …)

"아니, 그게 무슨 소리세요."

그 소리는 아주 처량히 들렸다. 늙어빠진 얼굴이 거의 울듯이 되어서 벌벌 떨고 하는 소리는 마치 외양간으로 얼려 가면서 곡성 전율하는 늙은 소와 같았다.

(… 중략 …)

아버지는 마음을 종잡을 수가 없었다.

"영감 덕택은 참 모르는 것은 아니올시다마는 뻔히 아시다시피……."

말을 끝도 내기 전에 벼락같이 달겨들어서 아버지의 뺨을 내리갈겼다. 마음 먹어 갈긴 뺨에 아버지는 그냥 쓰러졌다.

쓰러지면서 금방 두 눈에 눈물이 말랐다. '살려 주' 하던 간망적 애소(哀訴)는 눈같이 사라졌다. 그 애소! 그 간망!이 들씌우고 있던 그 맨 밑의 불평과 분노, 태산 같은 분노! 그것은 생물적으로 폭발이 되었다. 목소리는 무섭고 떨리었다. 쥔늙은이 소리보다 더한층 무서웠다.

"뭐냐! 이 개 같은 놈."

(… 중략 …)

그때 별안간 '으악' 소리가 나며 그의 아버지는 뒤로 나가자빠졌다. 분통이 터져서 기색이 된 것이다. 금방금방 버둥버둥한다. (411~415쪽)

● **구옥순(창호의 처)** ─────────────────────────

성   별 여자

나   이(추정포함) 이십이 갓 됨.

출생지 및 거주지, 활동 공간

　　　① 돌진성과 모험성을 가진 서쪽 여인임.

　　　② 창호의 아내로서 평양 대동문 안 ××고무공장 여직공으로 활동함.

직   업 ××고무공장 여직공

출신계층 하류계층일 것으로 추정함.

교육정도 보통학교 이하 정도의 학력일 것으로 추정함.

가족관계 과원의 원정인 시아버지와 평양 석공조합 대표인 남편 박창호, 두 살 된 아들 등이 있음.

인물관계

① 고무공장 여직공으로서 남편의 석공장조합 운동을 지지함.

② 이번 서울 석공장조합 대회에 빠졌으면 하는 시아버지의 뜻을 이해하고 받아들임.

③ 시아버지를 굴욕적으로 대하는 석공장 권영감에게 분노하며 대립함.

인물의 존재방식(사회계층) ××고무공장 여직공으로서 고달픈 공장 생활을 하면서도 집안일에 충실하며, 특히 남편의 석공조합 일에 힘을 보태고, 시아버지의 마음을 잘 헤아리며 여공으로서 학대와 모욕을 받는 계층의 심정을 잘 알고 그들을 멸시하는 자에 대해 분노함.

성 격

① 돌진성과 모험성이 있음.

② 영리하면서도 유순하지만, 당찬 기질이 있음.

③ 학대와 모욕의 현실 모순을 인식하고 있으며 불의에 대해 분노함.

성격 지표 및 인물 제시방식

❁————————

창호는 처가 있었다. 이제 이십이 갓 된 젊은 색시였다. 그리고 작년에 갓 낳은 두 살 먹은 돌 안 아들이 있다. 그의 처는 구옥순이다. 역시 대동문 안 ××고무공장의 여직공으로 다닌다. (396쪽)

❁————————

창호가 막 집으로 와서 방문을 열었을 때이다. 방 안에는 같은 조합 대표인 김익진이란 젊은 동무가 와서 앉았다. 그와 김은 반가이 서로 악수를 하였다.

두루마기를 탁탁 벗어 내어던진 창호는 익진이와 손목을 잡은 대로 펄썩 주저 앉았다.

(… 중략 …)

창호는 익진이에게 대면 매우 침착한 성격을 가졌다. 빙그레 웃으면서,

"가만 있게, 내가 말하기 전에, 자넨 왜 요새 볼 수가 없나."

"나?"

"그래."

"흥, 말 말게……."

막 말을 벌여 놓으려는 판에 방문이 열리면서 창호의 처 구옥순이가 들어온 다.

머리에는 수건을 평양식으로 둘러쓰고 치마는 짤막한 검정 치마를 입었다. 누비 처네로 어린애를 둘러쳐 업고 손에는 벤또 보자기를 들었다. 얼굴은 동그 스름하고 코는 오똑하나 눈꺼풀은 은행꺼풀같이 얇고 눈동자는 수정같이 맑다. 어여쁘고도 영리한 얼굴이다.

그러나 누른 빛과 같은 빛이 둘러 있었다. 어린애 업은 어깨통은 앙상하여 보인다. 소리 큰 기계 밑에서 얼마나 시달리었음을 말하고 있다.

(… 중략 …)

익진이를 향하여 인사를 하고 유순하고도 피곤한 소리로 창호를 보고,

"아이구, 애 좀 받아 주세요."

창호는 일어나서 엉거주춤하고 팔을 벌려서 자는 어린애를 받았다. 어린애는 아주 곤한 모양인지 그대로 잔다. 창호는 안고서 앉았다. 옥순이 팔을 힘없이 좌우로 벌렸다가 다 시진한 허리와 엉덩이를 탁탁 치면서,

"아이구, 아주 허리가 똑 떨어지는 것 같으이."

시름없이 앉아서 잠깐 눈을 감는다. (402~403쪽)

며칠 동안 아무 일이 없었다.

창호와 익진이는 예전 모양으로 비문만 새기고 있었다. 쥔도 아무 소리 없이 그 조그만 안경 너머로 눈살만 찌푸리고 있었다. 창호의 처도 아픈 머리를 끌고 공장에를 갔다. (406쪽)

창호가 막 밥을 먹고 그의 처와 같이 집을 떠나려고 하던 판에 그의 아버지는,

"애들아, 내 말을 좀 듣고 가거라."

(… 중략 …)

"(… 전략) 그런데 더군다나 우리는 네가 거기에 매이지 않았니? 그리고 또 이 과원도 그 사람 게 아니냐. 만일 그 사람이 성만 더 나면 네가 거기 못 댄기는 것도 것이려니와 당장에 이 집까지 내놓으라고 그럴 테니 어떻게 하니…… 똥이 무서워서 피하니 더러워서 피하지…… 나도 생각이 너만 같지 못하지 않다. 내가 조금만 원만하면 너희들을 저렇게 고생을 시키겠니? 그러니까 잘 생각해 하란 말이다. 뭐 기회가 이번만이 아닐 것이고 또 일후에도 많을 것이니 너는 이번에 잠깐 빠져도 좋지 않겠니……."

(… 중략 …)

평생에 약한 소리를 하지 않던 그의 처는 가만한 소리로,

"그것도 옳은 말씀이긴 해요. 세상 일이란 시간이 걸리니까요."

즉 당장에 되는 일이 아니니 차차 살아가면서 해보지요 하는 말소리였다. (408쪽)

익진이와 창호가 평양을 떠난 지가 닷샛날이다.

(… 중략 …)

창호의 처는 마침 어린애를 재워 놓고 부엌에서 약을 달이던 때에 바깥으로부터 석공장 주인영감과 또 늙수그레한 사람 하나가 들어온다.

그는 벌써 가슴이 섬뜩하였다. 살기가 등등하여 들어오는 것을 볼 때에 벌써 자기의 남편이 상상되었다. 언제든지 얼굴이 침통한 젊은 남편이 상상되었다. 쥔영감은 소리 낮게 들어오면서 벌써 집부터 아래위로 휘휘 하고 둘러본다.

집을 잘 가꾸고 사나 하는 집 쥔 같은 집요한 눈알이다.

"창호 어른 계시오."

그는 어름어름하면서 그보다 분한 생각이 나서 가슴이 탁 막히어서,

"네!"

"어디요."

"저 동산에요."

"좀 오라구 그러우."

퉁명스럽게 저의 하인을 저의 집 하인에게나 불러오라는 듯하였다. 그는 가슴이 콕콕 하면서 금방 울듯이 흥분이 되었다. 그러나 겨우겨우 참았다.

(… 중략 …)

아버지는 마음을 종잡을 수가 없었다.

"영감 덕택은 참 모르는 것은 아니올시다마는 뻔히 아시다시피……."

말을 끝도 내기 전에 벼락같이 달겨들어서 아버지의 뺨을 내리갈겼다. 마음먹어 갈긴 뺨에 아버지는 그냥 쓰러졌다.

쓰러지면서 금방 두 눈에 눈물이 말랐다. '살려 주' 하던 간망적 애소(哀訴)는 눈같이 사라졌다. 그 애소! 그 간망!이 들씌우고 있던 그 맨 밑의 불평과 분노, 태산 같은 분노! 그것은 생물적으로 폭발이 되었다. 목소리는 무섭고 떨리었다. 쥔늙은이 소리보다 더한층 무서웠다.

"뭐냐! 이 개 같은 놈."

"흥! 개 같은 놈."

이때 옥순이는 참지를 못했다. 학대와 모욕받는 아버지, 짐승같이 몰정(沒情)한 쥔늙은이…… 아! 그는 악한 계집이 아니었다. 어미를 잃어버려서 미쳐서 날뛰는 암사자이었다.

"너, 왜 사람 치니."

쥔은 하도 어이가 없는 듯이,

"너, 조그만 계집년이."

그 말대답은 하지도 않았다.

넘어진 아버지는 거의 기색이나 될 듯이 씨근씨근하기만 한다. 옥순이는 적어도 돌진성과 모험성을 가진 서쪽 여인이다. 그보다 똑바른 정신을 가진 사람이다. 왈칵 달려들어서 두 손으로 힘껏 쥔늙은이를 밀쳤다.

"뭣, 왜 우리 아버님을 때려! 내노면 그만이지…… 우리가 너 집 아니면 못 살 듯하냐!"

쥔늙은이는 뒤로 슬슬하였다. 그리고 더욱 분노하였다. 그때 별안간 '으악' 소리가 나며 그의 아버지는 뒤로 나가자빠졌다. 분통이 터져서 기색이 된 것이다. 금방금방 버둥버둥한다. 옥순이는 급히 달려 들었다. 가슴을 흔들었다. 고개를 바로잡고 목이 메었다. 아무 소리는 못 하고 울기만 했다. 꼼짝도 못 하고 가만히 앉아서 울기만 한다.

쥔영감은 이 꼴을 보더니 그냥 슬그머니 갔다.

옥순이는 쩔쩔매고 울었다. 가슴은 터질 듯이 되어서 울었다. 그러나 기색 아버지의 얼굴은 점점 청기만 돌아간다. 눈초리는 검어만 간다.

그럴 때에 방 안에서는 어린애의 우는 소리가 난다. 부엌에서 졸아붙는 약소리가 난다. (411~415쪽)

● **석공장 쥔영감**(주인영감)

성 별 남자

나 이(추정포함) 오십대로 추정함.

출생지 및 거주지, 활동 공간 출생지는 알 수 없으나, 평양으로 추정하며, 평양 대동문 안 연광정 옆에서 커다란 석공장을 운영하고 있으며, 모란봉에서 멀지 않은 경산리 산언덕 과원을 소유하고 있음.

직 업 석공장 주인

출신계층　중류층 이상이었을 것으로 추정함.

교육정도　유학(儒學) 관련 교육을 받았을 것으로 추정함.

가족관계　알 수 없음.

인물관계

① 석공장과 과원(果園)의 주인으로서 창호의 석공조합 활동을 방해하여 그와 대립함.

② 창호가 자신의 회유와 협박에도 불구하고 서울 석공조합원 대회에 참석했다는 이유로 과원을 관리하고 있던 창호네를 내쫓으려는 과정에서 창호 아버지, 그의 아내와 심한 갈등을 빚음.

인물의 존재방식(사회계층)　석공장과 과원(果園)의 주인으로서 자신의 우월한 지위와 부를 이용해 석공 같은 노동자와 가난한 계층을 학대하고 모욕함.

성　　격

① 석공들과 창호네에게 위압적이고 권위적인 태도를 보임.

② 석공조합 활동을 부정적으로 생각하고, 창호네와 같은 약자를 몰정(沒情)하게 대하고 업신여김.

성격 지표 및 인물 제시방식

모든 석공들은 연장을 망태기에다 넣어서 들러메고 피곤된 빛으로 저희 집으로 돌아간다.

모두들 사무실로 들어가서 쥔에게 인사를 하고야 간다. 그도 사무실 안으로 들어섰다. 한 이 칸쯤 되는 방 안에는 조그만 사선상 하나가 놓였다. 그리고 사선상 위에는 금자 박은 장부책 몇 권과 조그만 선철궤 하나와 그리고 주문서 부스러기, 주판, 재떨이 따위들이 질서 없이 놓였다.

그 앞에는 그야말로 양돼지 같은 쥔영감이 앉았다. 아무것도 없고 배만 있다

고 해도 옳을 만치 그의 배는 부르고 크다. 머리는 대야머리다. 얼굴이 넓적
이…… 게다가 테 작은 금테 안경을 써서 더 넓적하여 보인다. 떡 걸터앉아서
모든 석공들의 인사하는 것을 받고 앉았다. 일부러 안경 너머로 쳐다보는 그의
눈살은 능갈치고 무서운 잔인성이 띠어서 있다. (399쪽)

❀

　모든 석공들이 다 간 뒤에 쥔은 더한층 얼굴이 이상하여졌다. 살기가 돌았다.
그리고 능멸하는 빛이 돌았다.
　"자네, 그래, 꼭 갔다 오겠나."
　(… 중략 …)
　"그럼 어떻게 합니까? 저 혼자 마음도 아니고 여러 사람이 결정을 한 것
을……."
　쥔은 더한층 노하였다. 목소리는 떳떳하여졌다. 그 뚱뚱한 몸뚱이에다가 대
어미는 그 목소리는 너무나 작았고 떳떳만 하였다.
　"아니 대체 석공조합이란 것은 뭔가?"
　(… 중략 …)
　"그건 별안간 왜 물으십니까? 썩 쉽죠. 석공들이 모인 게죠."
　"그건 누가 모르나."
　금방 해라로 변하였다. 이 세상에서 그중 분하고 보기 싫은 것을 대하여
이야기하는 것같이 쥔은 매우 분토하였다.
　"그 목적이 뭐냐 말야."
　그도 더 흥분이 되었다. 그와 쥔은 질서 있는 정비례적 분노로 흥분되어
간다.
　"그 목적이야 물론 우리들의 행복을 위한 것이지요. 언제든지……."
　말이 끝나기도 전에 쥔은 책상을 딱 치며 소리를 고래고래 지른다.
　"행복…… 흥, 그래 멀쩡하게 남들이 피땀을 흘려 가며 모아 논 것을 뺏어
먹는 것이 너희들의 행복이냐. ××주의니 뭐니 하는 것은 멀쩡한 도적놈들이야.

너도 젊은 녀석이…… 아니 어떤 녀석의 꼬임에 빠졌니…… 공연히 온공하게 시대를 맞춰 살아서 부모처자를 굶겨 죽이지 말아 아니 할 생각이나 해…… 국으로."

(… 전략) 쥔은 좀 언성을 낮추어서 어린애 가지고 말하듯이 좀 유한 소리로,

"너 괜히 순히 이르는 것이니 다 그만두어라. 석공조합대표가 다 뭐냐. 대표 노릇 하면 누가 돈을 푹푹 갖다 줄 줄 아니…… 그리고 공연히 대회니 뭐니 해서 서울을 며칠씩 가서 있으면 그 동안에 느네 집은 다 굶어 죽으란 말이냐."

쥔은 좀 누그러지자 그는 돌연히 더 흥분이 되었다. 엄연한 소리로,

"전 그런 말씀 들을 줄을 모릅니다."

쥔은 그 소리에 또다시 분이 나서,

"뭐? 그럼 꼭 가겠단 말이냐?"

"꼭 가지요."

쥔은 별안간 외면을 하면서,

"그럼 어서 가거라. 귀찮다……."

다시 고개를 돌리면서,

"너 생각해서 해. 가려거든 너는 가고 관계 끊는 셈만 처라."

그는 흥분된 가운데에서도 분통하여져서,

"글쎄, 영감께 지가 거기 잠깐 다녀오기로 무슨 이해상관이 계십니까?"

"그래, 나는 이해상관이 실상은 없다고 그러자. 그렇지만 뻔히 너도 모르는 터도 아니고 하니까 너의 집안 사정을 봐서 그러는 말야…… 너 부모나 처자가 얼어 죽으면 네 생각은 시원하겠니." (400~401쪽)

❀

어느 날 아침.

창호가 막 밥을 먹고 그의 처와 같이 집을 떠나려고 하던 판에 그의 아버지는,

"애들아, 내 말을 좀 듣고 가거라."

두 사람이 다 섰다. 아버지는 이제 오십이 갓 된 중노인이다. 그러나 누구든지

보면 칠십은 되었으리라고 볼 만치 아주 노쇠한 노인이다.

머리는 백발이고 얼굴은 주황빛과 검은빛이 다 되어서 우글쭈글하다. 허리는 까부러졌다.

그러나 인자한 어버이의 웃음을 띠우고 있는 그 두 눈동자만은 유난히 반짝반짝하였다.

흐리멍덩한 그야말로 노인의 눈은 아니었다. 씩씩한 청춘의 눈이었다.

"다른 게 아니라 낼이 그날이지."

즉 평양 석공조합대표로 서울로 떠나가는 날이다.

"네……."

그의 아버지는 더 웃으면서,

"그래 꼭 갈 터이냐?"

"그럼요, 아버지도 별안간에 무슨 소리셔요."

(… 중략 …)

"그런데 너도 다 알겠지만 너의 공장 쥔이란 자가 좀 그악이냐. 무슨 하필 너와 나뿐 아니라 이 평양 안에 사는 사람 쳐놓고 그 영감 좋다는 사람이 어디 있니. 그런데 더군다나 우리는 네가 거기에 매이지 않았니? 그리고 또 이 과원도 그 사람 게 아니냐. 만일 그 사람이 성만 더 나면 네가 거기 못 댄기는 것도 것이려니와 당장에 이 집까지 내놓으라고 그럴 테니 어떻게 하니…… 똥이 무서워서 피하니 더러워서 피하지…… (후략 …)" (406~408쪽)

✿

익진이와 창호가 평양을 떠난 지가 닷샛날이다.

(… 중략 …)

창호의 처는 마침 어린애를 재워 놓고 부엌에서 약을 달이던 때에 바깥으로부터 석공장 주인영감과 또 늙수그레한 사람 하나가 들어온다.

그는 벌써 가슴이 섬뜩하였다. 살기가 등등하여 들어오는 것을 볼 때에 벌써 자기의 남편이 상상되었다. 언제든지 얼굴이 침통한 젊은 남편이 상상되었다.

쥔영감은 소리 낮게 들어오면서 벌써 집부터 아래위로 휘휘 하고 둘러본다.

집을 잘 가꾸고 사나 하는 집 쥔 같은 집요한 눈알이다.

"창호 어른 계시오"

그는 어름어름하면서 그보다 분한 생각이 나서 가슴이 탁 막히어서,

"네!"

"어디요."

"저 동산에요."

"좀 오라구 그러우."

퉁명스럽게 저의 하인을 저의 집 하인에게나 불러오라는 듯하였다. (후략
…)

(… 중략 …)

"창호는 언제 온답디까?"

"글쎄요! 갈 적에는 이틀만 있으면 곧 내려온다더니 오늘이 벌써 닷새째나
되는데 아주 궁금한데요."

(… 중략 …)

"궁금해요? 당신두 딱허우! 여보 길게 말할 것도 없소 대체 창호가 갈 적에
날 보고 뭐라고 간 줄은 아시우."

"그럼요, 한 이틀 동안만 말미를 줍시사고 했다죠."

쥔은 덜컥 목소리를 높이며,

"뭐요 — 저러니까 어디 자식 하나 윽박지를 수가 있수…… 내 이야기할게
들어 보오. '너 갈 테냐.', '네', '가지 마라. 내쫓는다', '좋소' 이랬다우."

(… 중략 …)

"아니 영감, 망령의 말씀을 다 하시는구려. 다 어린 사람을 용서를 하셔야죠"

"용서요? 참 어린 것입니다. 아무 상관 없이 일만 잘하는 모든 공쟁들을
저녁마다 모아놓고 뭐니뭐니 하고 동맹파업이나 해서 쥔을 곯릴 의논만 하는
놈이 어리단 말요! 여보, 그건 어떻든지 간에 좀 박정하지마는 영감도 오늘부터
좀 쉬슈."

(… 중략 …)

"아니, 그게 무슨 소리세요."

그 소리는 아주 처량히 들렸다. 늙어빠진 얼굴이 거의 울듯이 되어서 벌벌 떨고 하는 소리는 마치 외양간으로 얼려 가면서 곡성 전율하는 늙은 소와 같았다.

그러나 쥔은 도리어 재미있게 보였다. 상쾌하게 보였다. 그리고 자기 말 한마디에 저렇게 벌벌 떨게 만드는 자기의 위력은 스스로 자긍하였다. 사실 자기는 그만 위력, 그만한 권력의 주인인 만큼 그만큼 잔인성이 있었다.

(… 중략 …)

"뭐 늙은게, 자식 하나 가르치지 못하는 게 뭐? 무슨 큰소리야!"

하고 집을 휘둘러보더니,

"그래, 남의 집을 얻어 들었으면 고마운 줄은 모르고. 그래, 남의 집이라고 시들하게 알아서 이렇게 거지를 맨들어 났단 말이냐. 정말이지 내가 웬만한 사람만 같애도 배상이라도 물어 받을 형편인데."

아버지는 마음을 종잡을 수가 없었다.

"영감 덕택은 참 모르는 것은 아니올시다마는 뻔히 아시다시피……."

말을 끝도 내기 전에 벼락같이 달겨들어서 아버지의 뺨을 내리갈겼다. 마음 먹어 갈긴 뺨에 아버지는 그냥 쓰러졌다. (411~414쪽)

● 김익진

성   별   남자

나   이(추정포함)   창호의 동무로서 이십대 중후반으로 추정함.

출생지 및 거주지, 활동 공간   출생지는 알 수 없으며, 창호와 함께 평양 석공장에 다니면서 평양 석공조합원 대표로 활동함.

직업   석공장 석공

출신계층   하류계층으로 추정함.

교육정도   보통학교 이상의 학력은 있을 것으로 추정함.

가족관계 처가 있었으나, 본가인 서울로 가 어떤 청년의 후원을 받아 공
부를 한다며 내려오지 않음.

인물관계 석공이면서 석공조합 대표로서 창호와 뜻을 같이하여 우호적으
로 지냄.

인물의 존재방식(사회계층) 석공으로서 하류계층이지만, 석공조합 활동에
관심이 많고, 적극성을 띰.

성 격

① 무뚝뚝하고 활발함.
② 처가 어떤 청년의 후원을 받아 공부를 한다고 본가인 서울에서
내려오지 않자, 가난한 자의 울분을 토로하며 조합운동에 대한
정열을 태움.

성격 지표 및 인물 제시방식

창호가 막 집으로 와서 방문을 열었을 때이다. 방 안에는 같은 조합 대표인
김익진이란 젊은 동무가 와서 앉았다. 그와 김은 반가이 서로 악수를 하였다.
두루마기를 탁탁 벗어 내어던진 창호는 익진이와 손목을 잡은 대로 펄썩 주저
앉았다.

(… 중략 …)

익진이는 기색이 침울하여지면서,

"이건 좀 우스운 소리지만 자네 어떻게 아나…… 우리 와이프를."

"어떻게라니…… 물론 말할 수 없는 거지. 참 에라이(훌륭)하시지."

"에라이하지."

다짐 주듯이 말하더니,

"그러니까 말일세. 나의 처의 자랑이 아니라 참으로 나의 처는 훌륭한 여자이
었었네. 그런데 벌써 한 달은 되네. 자기 본가로 간다고 가더니 입때 아주 소식

이 없네그려. 그래서 나는 하도 궁금했더니만 며칠 전에 서울서 편지가 왔는데 어떤 청년의 후원을 받아서 공부를 한다데……."

아주 시름이 없어져 버리었다. 울듯이 되었다.

"이건 다시 말하면 나의 잘못일세. 내가 돈 없는 탓일세…… 음— 나는 세상에서 요렇게 구박을 받았네. 사랑하는 처를 억지로 고등매소부로 빼앗기고…… 이런……."

아주 흥분이 되었다. 무뚝뚝하고 활발하던 평생에 한숨 한 번 안 쉬던 익진이는 금방 울었다. 피가 얽힌 눈물이다. 창호도 눈에 눈물이 핑 하고 돌았다. 억지로 진정을 하면서,

"공연히 너무 그렇게 비관을 말게. 그리고 너무 오해를 말게."

"아녀, 오해가 아닐세. 내가 저를 조금도 원망치는 않네."

말끝도 채 못 마치어서 그는 그만 주먹으로 방바닥을 땅 치면서,

"나도 원수를 갚고 마네. 이 망할 세상에게…… 그래, 젊은 놈들이 되어 가지고 가슴에서 바작바작 타는 혈조를 가만두는 것은, 하여간 손톱만한 향락까지도 할 수 없는 이런 경을 칠 일이 있단 말인가. 그저……."

(… 중략 …)

(… 전략) 두 젊은이는 비분강개한 그리고 용장과 같은 정열에 탔다.

(402~406쪽)

❀

익진이와 마주 앉았다. 장도리로 정을 때렸다.

"여보게, 내일 저녁차에 갈까?"

익진이가 쾌활하게 묻는다.

창호는 익진이의 소리를 듣자마자 규칙 없이 둘러앉은 모든 석공들이 일제히 박수를 하며 자기를 대표자로 선정하던 광경이 생각났다. 숭엄한 장면에 그는 완전하게 또다시 순전한 조합원이 되었다.

자기네들의 행복과 이익과를 위하여 옳지 못한 협박을 하고 있는 자들과

싸우겠다는 씩씩한 조합원이 되었다.

"글쎄, 아무렇게 해도 저녁차가 낫겠지."

"쥔이 아무리 내쫓느니 뭐니 해두 무슨 상관 있나?"

"그럼! 그야말로 시들방귀일세."

"그럼! 굶어 죽기밖에 더 하겠나⋯⋯ 사실 요렇게 알뜰하게 살아가는 것보다는 차라리 한 번 막 죽는 것이 더 낫지 않은가?"

"참 옳은 말이지. 자꾸 죽이는 놈에게 그저 조금만 더 두었다가 죽여 줍쇼 하는 것보다 이놈 하고 일어나서 죽더라도 낫지 않은가."

"그래⋯⋯ 그렇지만 하여간 우리들은 불행한 놈일세. 이건 난 왜 요런 땅에 태어났나 하는 생각도 안 적이 없네⋯⋯ 아무리 젊은 것으로 있어서는 다사다단(多事多端)한 곳에서 활동을 하는 것도 외려 좋지 않은 것도 아니지만⋯⋯."

"어떻든지 우리들은 모든 것이 쓸쓸하기가 짝이 없네. 이후에 기쁜 봄이 오더라도 지리한 겨울이 지긋지긋하이⋯⋯." (409~411쪽)

● **익진의 처** ─────────────────────────

성   별 여자

나   이(추정포함) 이십대 초반으로 추정함.

출생지 및 거주지, 활동 공간 서울에서 출생했을 것으로 추정하며, 익진의
        처였으나 본가인 서울로 가 어떤 청년의 도움을 받아 공부를
        하고 있음.

직   업 학생

출신계층 하류계층으로 추정함.

교육정도 보통학교 이상의 공부를 하고 있을 것으로 추정함.

가족관계 남편인 익진을 떠나 본가인 서울로 가 어떤 청년의 후원을 받
        아 공부를 하고 있음.

인물관계 남편을 떠나 어떤 청년의 도움을 받아 공부를 함.

인물의 존재방식(사회계층)

① 남편 익진과 가난하게 살 때에는 송충이잡이꾼으로 온종일 굶어 가면서도 송충이를 잡다가 병든 남편을 공경했지만, 본가인 서울로 가 어떤 청년의 도움을 받아 공부를 한다고 편지만 옴.

② 가난한 생활에도 불구하고 고무공장 여직공으로 힘든 생활을 하면서도 강인하게 살아가는 창호의 처와는 대조적임.

성   격

① 순종적이고 성실함.

② 다소 현실적이고, 이기적인 욕망이 있음.

성격 지표 및 인물 제시방식

꽃

창호가 막 집으로 와서 방문을 열었을 때이다. 방 안에는 같은 조합 대표인 김익진이란 젊은 동무가 와서 앉았다. 그와 김은 반가이 서로 악수를 하였다. 두루마기를 탁탁 벗어 내어던진 창호는 익진이와 손목을 잡은 대로 펄썩 주저 앉았다.

(… 중략 …)

"아니, 자네 별안간 웬일인가?"

그 소리에 익진이도 잠 깨는 사람 모양으로 고개를 번쩍 들었다. 그의 눈은 번뜻 하는 빛이 났다.

"정말이지 나는 자네 와이프 보고 아주 울 뻔했네."

"왜?"

"자네 아까 날더러 며칠을 못 만나니 웬일니냐 물었지…… 다 일이 있었다 네."

(… 중략 …)

"참, 나는 언제는 케케묵은 소리지만 아주 죽고도 싶데."

"왜?"

"정말이지 자네, 내 와이프 이야기 들었나."

(… 전략) 익진이가 병이 들어서 한 달 동안이나 석공 일을 못 하고 드러누워 있었을 때에 그의 처도 역시 병이 들었었다. 그래서 아무도 없는 두 젊은 양주는 불도 못 땐 냉방에 가(그때는 첫여름이긴 했으나) 드러누워 있을 때 창호 양주는 언제든지 가서 구원을 하였었다. 그럴 때에 익진이 처는 먼저 낫었다. 그러나 앓고 난 약한 몸으로 송충이 잡는 일을 하였다.

송충이가 만연될 때에는 관청에서는 하루 사십 전의 일당으로 송충이잡이꾼을 구했었다. 그 통에 익진이 처도 끼여었던 일이었다. 아침도 못 먹고 온종일 굶어 가면서라도 송충이를 잡아다가 병든 남편을 공경했던 일이었다. (후략 …)

(… 중략 …)

익진이는 기색이 침울하여지면서,

"이건 좀 우스운 소리지만 자네 어떻게 아나…… 우리 와이프를."

"어떻게라니…… 물론 말할 수 없는 거지. 참 에라이(훌륭)하시지."

"에라이하지."

다짐 주듯이 말하더니,

"그러니까 말일세. 나의 처의 자랑이 아니라 참으로 나의 처는 훌륭한 여자이었었네. 그런데 벌써 한 달은 되네. 자기 본가로 간다고 가더니 입때 아주 소식이 없네그려. 그래서 나는 하도 궁금했더니만 며칠 전에 서울서 편지가 왔는데 어떤 청년의 후원을 받아서 공부를 한다데……."

아주 시름이 없어져 버리었다. 울듯이 되었다.

"이건 다시 말하면 나의 잘못일세. 내가 돈 없는 탓일세…… 음— 나는 세상에서 요렇게 구박을 받았네. 사랑하는 처를 억지로 고등매소부로 빼앗기고…… 이런……." (402~405쪽)

저본 1995년 동아출판사 출간 『한국문학소설대계 12』

송영 宋影, 1903〜1978

　　본명 송무현. 서울 태생으로서 배재고보를 중퇴하였다. 1922년 심훈, 김영팔 등과 카프의 전신인 사회주의문화단체 〈염군사〉를 조직하여 활동하다 이듬 해 동경으로 건너가 노동자생활을 하면서 현장경험을 쌓았다. 이때의 체험으로 쓴 「늘어가는 무리」가 1925년 『개벽』 현상공모에 당선되었다. 1920년 후반 이후 프로연극운동에 앞장섰다. 이어서 그는 「선동자」(1926), 「용광로」(1926) 등 최초의 노동소설을 발표했다. 「석공조합대표」(1927)는 송영의 관념적 계급의식을 극복한 초창기 노동소설의 대표작이다. 이 작품은 단순한 노동자의 계급의식뿐만 아니라 공장주와 가족들과의 갈등, 공장주에 대한 가족들의 항거를 다룬다는 점에서 의미가 있다. 조선프롤레타리아예술동맹에 가담하였으며, 희곡 「일체 면회 거절하라」(1931), 「호신술」(1931), 「황금산」(1936) 등을 발표하였다. 해방 직후 조선프롤레타리아문학동맹에 가담한 후 월북했다.

　　작품에 「군중 정류」(1927), 「기쁜 날 저녁」(1928), 「석탄 속의 부부들」(1928), 「우리들의 사랑」(1929), 「다섯 해 동안 조각편지」(1929), 「꼽추 이야기」(1929), 「교대시간」(1930), 「지하촌」(1930), 「호미를 쥐고」(1930), 「호수향」(1931), 「노인부」(1931), 「야학선생」(1932), 「그 뒤의 박승호」(1933), 「남녀 폐업」(1933), 「오마니」(1934), 「노고산」(1934), 「복순이」(1935), 「월파」(1936), 「능금나무 아래서」(1936), 「여사무원」(1936), 「인왕산」(1936), 「아버지」(1936), 「솜틀거리에서 나온 소식」(1936), 「숙수 치마」(1936) 등이 있다.

최서해

홍염(紅焰)

발 표 년 도	「조선문단」(1927.1)
시대적 배경	1920년대, 서간도 가난한 촌락 '빼허(白河)의' 어느 겨울
핵 심 서 사	① 문서방은 죽어 가는 아내의 마지막 소원을 들어 주기 위하여 중국인 사위인 '인(殷)가'의 집을 찾아감. ② 도중에서 그는 지난 가을 소작료를 갚지 못한 탓으로 딸 용례를 빼앗기고 아내마저 병석에 눕게 된 가슴 아픈 기억들을 떠올림. ③ 인가를 찾아간 문서방은 사위에게 딸을 하루만이라도 어미 곁으로 보내달라고 애원하나, 거절당한 채 쫓겨나고 맘. ④ 집에 돌아온 문서방은 아내의 죽음 앞에서 울음을 터뜨림. ⑤ 문서방은 인가네 집으로 달려가 불을 놓고 인가를 죽인 뒤 딸을 찾아 힘껏 품에 안음.
주 제	잔악한 지주에 대한 선량한 농민들의 울분과 반항 정신
등 장 인 물	문서방, 인(殷)가, 아내, 용례

● 문서방

성 별 남자

나 이(추정포함) 삼십대 중후반 정도로 추정함.

출생지 및 거주지, 활동 공간

① 경기도에서 십 년 동안 소작농 생활을 함.

② 삼년 전 남부여대로 딸 하나 앞세우고 서간도로 와 다시 소작농을 생활을 함.

③ 호인(胡人) 지주 인(殷)가가 빚으로 자신의 딸 '용례'를 빼앗아 가고 빼허(白河)에 땅날갈이나 있는 것을 주어 그곳으로 이사하여 생활함.

직 업 소작농

출신계층 소작농으로서 최하류계층

교육정도 무학으로 추정함.

가족관계 인가에게 딸을 빼앗겨 그 충격으로 앓아누웠다 죽어가는 아내, 빚 때문에 인가에게 빼앗긴 열일곱 살의 딸 용례, 딸을 빼앗아 가 남들이 사위라 부르는 인가 등이 있음.

인물관계

① 지주 인가의 소작농으로서 인가의 빚을 갚지 못하여 딸 용례를 빼앗김.

② 빼앗긴 딸을 보고 싶어 앓아누운 아내가 딸이라도 볼 수 있게 해달라고 인가에게 몇 번 간청했지만, 거절당함.

③ 딸이 보고 싶다며 헛소리까지 하다가 아내가 결국 죽음.

④ 인가의 집에 불을 지르고 인가를 죽이고 딸을 다시 찾음.

인물의 존재방식(사회계층) 가난 때문에 서간도로 쫓겨 가야했던 소작농 문서방이 그곳에서도 지주에게 빚에 몰려 딸까지 빼앗기고, 아내마저 그 충격으로 죽게 되자, 지주의 집에 불을 질러 그를 죽이고 딸을 되찾음으로써 소작농의 저항적 행동을 보여줌.

성   격

① 경기도에서나 서간도에서 소작농으로서 충실하게 소작 생활을 함.

② 굴욕을 참아내면서 가족을 지키려 함.

③ 극단적인 불의에 맞서 방화와 살인으로 저항함.

성격 지표 및 인물 제시방식

✿━━━━━━━━━

이렇게 몹시 춥고 두려운 날 아침에 문서방은 집을 나섰다. 산산이 흐트러진 머리카락을 뿌연 상투에 휘휘 거둬 감고 수건으로 이마를 질끈 동인 위에 까맣게 그을은 대팻밥 모자를 끈 달아 썼다. 부대처럼 툭툭한 토수래(베실을 삶아서 짠 것이다) 바지저고리는 언제 입은 것인지 뚫어지고 흙투성이가 되었는데 바람에 무겁게 흩날린다.

"문서방이 발써 갔소?"

문서방은 짚신에 들막을 단단히 하고 마당에 내려서려다가 부르는 소리에 머리를 돌렸다. 펄쩍 문을 열면서 때가 찌덕찌덕한 늙은 얼굴을 내미는 것은 한관청(韓官廳 : 관청은 직함)이었다.

"왜 그러시우?"

경기 말씨가 그저 남아 있는 문서방은 한 발로 마당을 밟고 한 발로 흙마루를 밟은 채 한관청을 보았다.

"엑, 바름두! 저, 엑, 흑……."

한관청은 몰아치는 바람이 아츠러운지 연방 흑흑 느끼면서,

"저 일절 욕을 마오! 그게…… 엑, 위쩐 바름이 이런구! 그게 되놈[胡시]인데, 부모두 모르는 되놈인데……."

하는 양은 경험 있는 늙은 사람의 말을 깊이 들으라는 어조이다.

"나는 또 무슨 말씀이라구! 아 그늠이 이번두 그러면 그저 둔단 말이오?"

문서방의 소리는 좀 분개하였다.

(… 중략 …)

"글쎄 이 늙은 거 말을 듣소! 그늠이 제 가새비(장인)를 잘 알겠소! 흥……."

한관청은 함경도 사투리로 뇌면서 다시 머리를 내밀었다.

"염려 마슈! 좋게 하죠."

문서방은 더 들을 말 없다는 듯이 바람을 안고 획 돌아섰다.

"그새 무슨 일이나 없을까?"

밭 가운데 눈을 헤갈면서 나가던 문서방은 주춤하고 돌아다보면서 혼자 뇌었다.

눈보라 때문에 눈도 뜰 수 없거니와 지척을 분간할 수 없이 되어서 집은커녕 산도 보이지 않았다.

"그새 무슨 일이 날라구!"

그는 또 이렇게 혼자 뇌고 저고리 섶을 단단히 여미면서 강가로 내려가다가 발을 돌려서 언덕길로 올라섰다. (12~13쪽)

꽃

여기가 문서방이 목적하고 온 달리소라는 땅이다. 이 땅 주인은 '인(殷)가'라는 중국 사람인데 그 인가는 문서방의 사위이다. 저편 밭 가운데 굵은 나무로 울타리를 한 것이 인가의 집이다. 그 밖으로 오륙 호나 되는 게딱지 같은 귀틀집은 지팡살이(소작인)하는 조선 사람들의 집이다. 문서방은 바위 모롱이를 돌아 언덕에 오르니 산이 서북을 가리어서 바람이 좀 잠즉하여 좀 푸근한 느낌을 받았으나, 점점 인가 ― 사위의 집 용마루가 보이고 울타리가 보이고 그 좌우에 같은 조선 사람의 집이 보이니 스스로 다리가 움츠러지면서 걸음이 떠지었다.

"엑, 더러운 되놈! 되놈에게 딸 팔아먹은 놈!"

그것은 자기 스스로 한 일은 아니지만 어디선지 이런 소리가 귀청을 징징

치는 것 같은 동시에 개기름이 번지르하여 핏발이 올올한 눈을 흉악하게 굴리는 인가 ─ 사위의 꼴이 언뜻 눈앞에 떠올라서 그는 발끝을 돌릴까말까 하고 주저거렸다.

"여보, 용례(딸의 이름)가 왔소? 용례 좀 데려다주구려!"

하고 죽어 가는 아내의 애원하는 소리가 귓가에 울려서 다시 앞을 향하였다.

"이게 문 서뱅이! 또 딸 집을 찾아가옵느마?"

머리를 수굿하고 걷던 문서방은 불의의 모욕이나 받는 듯이 어깨를 툭 떨어뜨리면서 머리를 들었다. 그것은 길 옆에서 도야지 우리를 손질하던 지팡살이꾼의 한 사람이었다.

"네! 아아니……."

문서방은 대답도 아니요 변명도 아닌 이러한 말을 하고는 얼른얼른 인가의 집으로 향하였다. 온 동리가 모두 나서서 자기의 뒤를 비웃는 듯해서 곁눈질도 못 하였다. (13~14쪽)

※※

"여보! 저 인가가 또 오는구려!"

가을볕이 쨍쨍한 마당에서 깨를 떨던 아내는 남편 문서방을 보면서 근심스럽게 말하였다.

"오면 어쩌누? 와도 허는 수 없지!"

뒷줏간 앞에서 옥수수 껍질을 바르던 문서방은 기탄없이 말하였다.

(… 중략 …)

"어디 갔다 오슈?"

문서방은 옥수수를 바르면서 하기 싫은 말처럼 힘없이 끄집어내었다.

"문서방! 그래 올해두 비들(빚을) 못 가프겠소?"

인가는 문서방 말과는 딴전을 치면서 담뱃대를 쌈지에 넣는다.

"허허, 어제두 말했지만 글쎄 곡식이 안 된 거 어떻하오?"

"안 돼! 안 돼! 곡식이 자르 되구 모 되구 내가 알으오? 오늘은 받아 가지구야 가갔소!"

　인가는 담배를 피우면서 버티려는 수작인지 땅에 펑덩 들어앉았다.

　"내년에는 꼭 갚아 드릴게 올만 참아 주오! 장구재도 알지만 흉년이 되어서 되지두 않은 이것(곡식)을 모두 드리면 우리는 어떻게 겨울을 나라우? 응! 자, 내년에는 꼭…… 하하."

　인가를 보면서 넋없는 웃음을 치는 문서방의 눈에는 애원하는 빛이 흘렀다.
(14~15쪽)

　언제나 이놈의 소작인 노릇을 면하여 볼까? 경기도에서도 소작인 십 년에 겨죽만 먹다가 그것도 자유롭지 못하여 남부여대로 딸 하나 앞세우고 이 서간도로 찾아들었더니 여기서도 그네를 맞아 주는 것은 지팡살이였다. 이름만 달랐지 역시 소작인이다. 들어오던 해는 풍년이었으나 늦게 들어와서 얼마 심지 못하였고 그 이듬해에는 흉년으로 말미암아 일년내 꾸어먹은 것도 있거니와 소작료도 못 갚아서 인가에게 매까지 맞고 금년으로 미뤘더니 금년에도 흉년이 졌다. 다른 사람들도 빚을 지지 않은 바가 아니로되 유독 문서방을 조르는 것은 음흉한 인가의 가슴속에 문서방의 용례(금년 열일곱)가 걸린 까닭이었다. 문서방은 벌써 그 눈치를 알아채었으나 차마 양심이 허락지 않았다. 인가의 욕심만 채우면 밭맥(1맥은 10일경(日耕)＝1일경은 약 천 평)이나 단단히 생겨서 한평생 기탄이 없을 것을 모르지는 않지만 무남독녀로 고이 기른 딸을 되놈에게 주기는 머리에 벼락이 내릴 것 같아서 죽으면 그저 굶어 죽었지 차마 할 수 없었다. 그는 그런 것 저런 것 생각할 때마다 도리어 내지(조선)가 그리웠다. 쪼들려도 나서 자란 자기 고향에서 쪼들리던 옛날이 ─ 삼 년 전의 그 옛날이 그리웠다.
(15~16쪽)

"자, 그러면 금년 농사는 온통 드리지요!"

문서방의 목소리는 힘없이 떨렸다. 마치 종아리채를 든 초학 훈장 앞에 엎드린 어린애의 소리처럼……

"부요우(일없다)…… 퉁퉁디 …… 모모 모두 우리 가져가두 보미(옥수수) 쓰단(四石) 쌔엔(소금) 얼씨진(20斤), 쏘미(좁쌀) 디 빠단(八石) 디유아(있다)…… 니디 자리 알라 있소! 그거 안 줘?"

검붉은 인가의 뺨은 성난 두꺼비 배처럼 불떡불떡하였다.

"나머지는 내년에 갚지요!"

문서방은 머리를 뚝 떨어뜨렸다.

"슴마(무엇)? 창우니 빠피야!"

인가의 억센 손이 문서방의 멱살을 잡았다. 문서방은 가만히 받았다. 정신이 아찔하였다.

(… 중략 …)

"내 보미 워디 소금이 낼라! 아니 줬소? 아니 줬소? 어 어째서 아니 줬소?"

인가의 주먹은 문서방의 귓벽을 울렸다.

"아이구!"

문서방은 쓰러졌다.

(… 중략 …)

"이 상느므 샛지(상놈의 새끼)…… 늬디 로포(아내) 워디(내가) 가져가!"

하고 인가는 문서방을 차더니 엎디어서 손이야 발이야 비는 문서방의 아내의 손목을 잡아끌었다.

(… 중략 …)

집 안에서 바느질하던 용례가 내달았다. 인가는 문서방의 아내를 사정없이 끌고 자기 집으로 향한다.

"나를 잡아가라! 나를!"

쓰러졌던 문서방은 인가의 팔을 잡았다.

(… 중략 …)

"아이구 어머니! 왜 울 어머니를 잡아가요? 응응…… 흑."

용례는 어머니의 팔목을 잡은 중국인의 손을 물어뜯었다. 용례를 본 인가는 문서방의 아내는 놓고 문서방의 딸 용례를 잡았다.

"이 개새끼야! 이것 놔라…… 응응 흑…… 아이구 아버지…… 엄마!"

억센 장정 인가에게 티끌같이 끌려가는 연연한 처녀는 몸부림을 하면서 발악을 하였다.

"용례야! 아이구 우리 용례야!"

"에이구 응…… 너를 이 땅에 데리구 와서 개같은 놈에게…….'

문서방의 내외는 허둥지둥 달려갔다.

(… 중략 …)

"에구 용례야! 부모를 못 만나서 네 몸을 망치는구나! 에구 이놈에 돈이 우리를 죽이는구나!"

문서방 내외는 그 밤을 인가의 집 울타리 밖에서 새었다. (16~18쪽)

꽃

이리하여 용례는 영영 인가의 손에 들어갔다. 며칠 후에 인가는 지금 문서방이 있는 빼허에 땅날갈이나 있는 것을 문서방에게 주어서 그리로 이사시켰다. 문서방은 별별 욕과 애원을 하였으나 나중에 인가는 자기 집 일꾼들을 불러서 억지로 몰아내었다. 이리하여 문서방은 차마 생목숨을 끊기 어려워서 원수가 주는 땅을 파먹게 되었다. 그것이 작년 가을이었다. 그 뒤로 인가는 절대로 용례를 밖으로 내보내지 않을 뿐만 아니라 그 어버이 되는 문서방 내외에게도 보이지 않았다.

"용례는 매일 밥도 안 먹고 어머니 아버지만 부르고 운다."

하는 희미한 소식을 인가의 집에 가까이 드나드는 중국인들에게서 들을 때마다 문서방은 가슴을 치고 그 아내는 피를 토하였다.

이리하여 문서방의 아내는 늦은 여름부터 아주 병석에 드러누웠다. 그는 병석에서 매일 용례만 부르고 용례만 보여 달라고 졸랐다. 그래서 문서방은 벌써 세 번이나 인가를 찾아가서 말했으나 효과가 없었다.

이번까지 가면 네 번째다. 이번은 어떻게 성사가 될는지? (18쪽)

문서방은 무시무시한 기분에 몸을 부르르 떨었다.

"치옌바(담배 잡수시오)!"

인가는 웬일인지 서투른 대로 곧잘 하던 조선말은 하지 않고 알아도 못 듣는 중국말을 쓰면서 담뱃대를 문서방 앞에 내밀었다.

"여보 장구재! 우리 로포가 딸(용례)을 못 봐서 죽겠으니 좀 보여주, 응……."

문서방은 담뱃대를 받으면서 또 전처럼 애걸하였다. 인가는 이마를 찡그리면서 볼을 불렸다.

"저게(아내) 마지막 죽어 가는데 철천지 한이나 풀어야 하지 않겠소, 응! 한 번만 보여 주! 어서 그러우! 내가 용례를 만나면 꼬일까 봐…… 그럴 리 있소! 이렇게 된 밧자에…… 한 번만……낯이나…… 저 죽어가는 제 에미 낯이나 한 번 보게 해주! 네? 제발……."

"안 되우! 보내지 모하겠소 우리 지비 문 바께 로포(아내) 나갔소 재비 어부소."

배짱을 부리는 인가의 모양은 마치 전당포 주인과 같은 점이 있었다. 문서방의 가슴은 죄었다. 아쉽고 안타깝고 슬픔이 어우러지더니 분한 생각이 났다. 부뚜막에 놓은 낫을 들어서 인가의 배를 왁 긁어 놓고 싶었으나 아직도 행여나 하는 바람에 삶에 대한 애착심이 그 분을 제어하였다.

"그러지 말고 제발 보여 주오! 그러면 내 아내를 데리고 올까? 아니 바람을 쏘여서는…… 엑 죽어두 원이나 끄고 죽게 내가 데리고 올게 낯만 슬쩍 보여주오…… 네…… 흑……끅 …… 제발……."

이십 년 가까이 손끝에서 자기 힘으로 기른 자기 딸을 억지로 빼앗긴 것도 원통하거든 그나마 자유로 볼 수 없이 되는 것을 생각하니…… 더구나 그 우악한 인가에게 가슴과 배를 사정없이 눌리는 연연한 딸의 버둥거리는 그림자가 눈앞에 언뜻하여 가슴이 꽉 막히고 사지가 부르르 떨리면서 주먹이 쥐어졌다. 그러나 뒤따라 병석의 아내가 떠오를 때 그의 주먹은 풀리고 머리는 숙였다.

"넬리 또 왔소 이얘기하오! 오늘리디 울리디 일이디 푸푸디! 많이 있소!"

인가는 문서방을 어서 가라는 듯이 자기 먼저 캉에서 내려섰다.

"제발 이러지 말구! 으흑 흑…… 제제…… 제발 단 한 번만이라두 낯만…… 으흑흑 응!"

문서방은 인가를 따라서 밖으로 나오면서 울었다. 등뒤에서는 웃음 소리가 들렸다. 그러나 그 웃음 소리는 이때의 문서방에게는 아무러한 자극도 주지 못하였다.

(… 중략…)

문 밖에 나서니 천지가 아득하였다. 발길이 돌아가지 않았다. 사생을 다투는 아내를 생각하면 아니 가진 못할 일이고 이 울타리 속에는 용례가 있거니 생각하면 눈길이 다시금 울타리로 갔다.

그가 바위 모롱이 빙판에 올 때까지 개들은 쫓아나와 짖었다. 그는 제 분김에 한 마리 때려잡는다고 얼른 돌멩이를 집어 들었다가, 작년 가을에 어떤 조선 사람이 어떤 중국 사람의 개를 때려죽이고 그 사람이 주인에게 총 맞아 죽은 일이 생각나서 들었던 돌멩이를 헛뿌렸다. (19~21쪽)

❀

뜨끈뜨끈한 부뚜막에는 문서방의 아내가 누덕 이불에 싸여 누웠고 문 앞과 윗목에는 이웃집 사람들이 모여 앉았는데; 지금 막 달리소 인가의 집에서 돌아온 문서방은 신음하는 아내의 가슴에 손을 얹고 앉았다.

(… 중략…)

"저 저…… 이놈아! 우리 용례를 놓아라! 저 되놈이, 저 되놈이 용례를 잡아가네! 이놈 놔라! 이놈 모가지를 빼놓을 이 이."

그의 눈앞에는 용례를 인가에게 빼앗기던 그때가 떠올랐는지? 이를 빡 갈면서 몸을 번쩍 일어 창문을 향하고 내달았다.

"여보, 정신을 차리오! 여보, 왜 이러우! 아이구! 응."

쫓아 나가면서 아내의 허리를 안아서 뒤로 끌어들이는 문서방의 소리는 눈물에 젖었다.

(… 중략 …)

그는 마지막으로 오장육부가 쏟아지게 소리를 지르다가 검붉은 핏덩어리를 왈칵 토하면서 앞으로 거꾸러졌다.

(… 중략 …)

"여보! 여보! 아이구 정신 좀…….."

떨려 나오는 문서방의 소리는 절반이나 울음으로 변하였다.

(… 중략 …)

바람은 우우 쐐— 하고 문에 눈을 들이치었다. 여러 사람은 약속이나 한 듯이 두려운 빛을 띤 눈으로 창을 바라보았다.

"으응 에이구! 여보! 끝끝내 용례를 못 보고 죽었구려…… 잉잉…… 흑."

문서방은 울기 시작하였다. 그 울음 소리는 고요한 방 안 불빛 속에 바람 소리와 함께 처량하게 흘렀다. (21~24쪽)

───※───

(… 전략) 불을 질러놓고 뒷숲속에 앉아서 내려다보는 그 그림자 — 딸과 아내를 잃은 문 서방은,

"하하하……"

시원스럽게 웃고 가슴을 만지면서 한 손으로 꽁무니에 찼던 도끼를 만져보았다.

(… 중략 …)

그러는 사이에 울타리는 물론 울타리 속에 엉큼히 서 있던 큰 집 두 채도 반이나 타서 쓰러졌다.

이런 불속으로부터 여러 사람이 오고 가는 밭 가운데로 튀어나가는 두 그림

자가 있었다. 커다란 장정이요, 하나는 작은 여자이다. 뒷산 숲에서 이것을 본 문서방은 그 두 그림자를 향하고 내리뛰었다. 그는 천방지방 내리뛰었다. 독살이 잔뜩 올라서 불빛에 번쩍이는 그의 눈에는 이 두 그림자밖에는 아무것도 보이지 않았다.

"으윽 끅."

문서방이 여러 사람을 헤치고 두 그림자 앞에 가 섰을 때, 앞에 섰던 장정의 그림자는 땅에; 거꾸러졌다. 그때는 벌써 문서방의 손에 쥐었던 도끼가 장정인가의 머리에 박혔다. 도끼를 놓은 문서방의 품에는 어린 여자의 그림자가 안겼다. 용례가……

(… 중략 …)

"용례야! 놀라지 마라! 나다! 아버지다! 용례야!"

문서방은 딸을 품에 안으니 이때까지 악만 찼던 가슴이 스르르 풀리면서 독살이 올랐던 눈에서 뜨거운 눈물이 떨어졌다. 이렇게 슬픈 중에도 그의 마음은 기쁘고 시원하였다. 하늘과 땅을 주어도 그 기쁨을 바꿀 것 같지 않았다.

그 기쁨! 그 기쁨은 딸을 안은 기쁨만이 아니었다. 작다고 믿었던 자기의 힘이 철통 같은 성벽을 무너뜨리고 자기의 요구를 채울 때 사람은 무한한 기쁨과 충동을 받는다. (25~26쪽)

● 인(殷)가 ─────────────────────────────

성   별 남자

나   이(추정포함) 사십대 중반 이상으로 추정함.

출생지 및 거주지, 활동 공간 출생지는 서간도 달리소 지역일 것으로 추정하며 달리소라는 땅의 지주임.

직   업 지주

출신계층 현재 지주인 점으로 미루어 중류계층 정도로 추정할 수 있음.

교육정도 저급 수준의 학력일 것으로 추정함.

가족관계 인가의 구체적인 가족관계는 제시되어 있지 않으며, 문서방네에서 빼앗아간 용례와 장인격인 문서방, 장모격인 문서방의 아내 등이 있음.

인물관계

① 달리소 땅의 지주로서 조선인 소작인을 다수 거느리고 있으며, 특히 문서방네의 딸을 욕심 내어 빚을 핑계 삼아 빼앗아 감.

② 딸을 보고 싶어 하는 문서방과 그 아내의 간청을 거절함.

③ 딸을 보고 싶어 하던 문서방의 아내는 죽고, 문서방이 그의 집에 불을 지르고 자신 역시 문서방에게 살해 당함.

인물의 존재방식(사회계층) 서간도 달리소라는 땅의 중국인 지주로서 많은 조선인들을 수탈하고 억압함.

성 격 문서방네가 진 빚을 내세워 문서방의 딸을 빼앗아가 바깥출입을 전혀 하지 못하게 하는 등 탐욕적이고 음흉하며 몰인정함.

성격 지표 및 인물 제시방식

✿

여기가 문서방이 목적하고 온 달리소라는 땅이다. 이 땅 주인은 '인(殷)가'라는 중국 사람인데 그 인가는 문서방의 사위이다. 저편 밭 가운데 굵은 나무로 울타리를 한 것이 인가의 집이다. 그 밖으로 오륙 호나 되는 게딱지 같은 귀틀집은 지팡살이(소작인)하는 조선 사람들의 집이다. (… 중략 …)

"엑, 더러운 되놈! 되놈에게 딸 팔아먹은 놈!"

그것은 자기 스스로 한 일은 아니지만 어디선지 이런 소리가 귀청을 징징 치는 것 같은 동시에 개기름이 번지르하여 핏발이 올올한 눈을 흉악하게 굴리는 인가 — 사위의 꼴이 언뜻 눈앞에 떠올라서 그는 발끝을 돌릴까말까 하고 주저거렸다. (13~14쪽)

지주 인가는 어설픈 웃음을 지으면서 마당에 들어서다가 뒤줏간 앞에 앉은 문서방을 보더니,

　"응 저기 있소!"

하고 손가락질을 하면서 그 앞에 가 수캐처럼 쭈그리고 앉았다.

　서천에 기운 태양은 인가의 이마에 번지르르 흘렀다.

　"어디 갔다 오슈?"

　문서방은 옥수수를 바르면서 하기 싫은 말처럼 힘없이 끄집어내었다.

　"문서방! 그래 올해두 비들(빚을) 못 가프겠소?"

　인가는 문서방 말과는 딴전을 치면서 담뱃대를 쌈지에 넣는다.

　"허허, 어제두 말했지만 글쎄 곡식이 안 된 거 어떻하오?"

　"안 돼! 안 돼! 곡식이 자르 되구 모 되구 내가 알으오? 오늘은 받아 가지구야 가갔소!"

　인가는 담배를 피우면서 버티려는 수작인지 땅에 펑덩 들어앉았다.

　"내년에는 꼭 갚아 드릴게 올만 참아 주오! 장구재도 알지만 흉년이 되어서 되지두 않은 이것(곡식)을 모두 드리면 우리는 어떻게 겨울을 나라우? 응! 자, 내년에는 꼭…… 하하."

　인가를 보면서 넋없는 웃음을 치는 문서방의 눈에는 애원하는 빛이 흘렀다.

　"안 되우! 안 돼! 퉁퉁(모두) 디 주! 모두두 많이 많이 부족이오!"

　"부족이 돼두 하는 수 없지. 글쎄 뻔히 보시면서 어떡하란 말이오! 휴."

　"어째 어부소? 응 늬디 어째 어부소 마리해! 울리 쌀리디, 울리 소금이디, 울리 강냉이디…… 늬디 입이(그는 입을 가리키면서)디 안 먹어? 어째 어부소? 응."

　인가는 낯빛이 거무락푸르락해서 소리를 고래고래 질렀다.

　(… 중략 …)

　"어째서 대담이 어부소, 응? 그래 울리 비디디 안 가파? 창우니! 빠피야(이놈 껍질 벗긴다)."

인가는 담뱃대를 꽁무니에 찌르면서 일어나 앉더니 팔을 걷는다. 그것을 본 문서방 아내는 낯빛이 파랗게 질려서 부들부들 떨면서 이편만 본다. 문서방도 낯빛이 까맣게 죽었다.

"자, 그러면 금년 농사는 온통 드리지요!"

문서방의 목소리는 힘없이 떨렸다. 마치 종아리채를 든 초학 훈장 앞에 엎드린 어린애의 소리처럼……

"부요우(일없다)…… 퉁퉁디 …… 모모 모두 우리 가져가두 보미(옥수수) 쓰단(四石) 쌔옌(소금) 얼씨진(20斤), 쏘미(좁쌀) 디 빠단(八石) 디유아(있다)…… 니디 자리 알라 있소! 그거 안 줘?"

검붉은 인가의 뺨은 성난 두꺼비 배처럼 불떡불떡하였다.

"나머지는 내년에 갚지요!"

문서방은 머리를 뚝 떨어뜨렸다.

"슴마(무엇)? 창우니 빠피야!"

인가의 억센 손이 문서방의 멱살을 잡았다. 문서방은 가만히 받았다. 정신이 아찔하였다.

(… 중략 …)

"내 보미 워디 소금이 낼라! 아니 줬소? 아니 줬소? 어 어째서 아니 줬소?"

인가의 주먹은 문서방의 귓벽을 울렸다.

"아이구!"

문서방은 쓰러졌다.

(… 중략 …)

"이 상느므 샛지(상놈의 새끼)…… 늬디 로포(아내) 워디(내가) 가져가!"

하고 인가는 문서방을 차더니 엎디어서 손이야 발이야 비는 문서방의 아내의 손목을 잡아끌었다.

"늬디 울리 집이 가! 오늘리부터 늬디 울리 에미네(아내)!"

"장구재…… 제발…… 에이구 응응."

"에구, 엄마!"

집 안에서 바느질하던 용례가 내달았다. 인가는 문서방의 아내를 사정없이 끌고 자기 집으로 향한다.

"나를 잡아가라! 나를!"

쓰러졌던 문서방은 인가의 팔을 잡았다.

"타마나!"

하는 소리와 같이 인가의 발길은 문서방의 불거름으로 들어갔다. 문서방은 거꾸러졌다.

"아이구 어머니! 왜 울 어머니를 잡아가요? 응응…… 흑."

용례는 어머니의 팔목을 잡은 중국인의 손을 물어뜯었다. 용례를 본 인가는 문서방의 아내는 놓고 문서방의 딸 용례를 잡았다.

"이 개새끼야! 이것 놔라…… 응응 흑…… 아이구 아버지…… 엄마!"

억센 장정 인가에게 티끌같이 끌려가는 연연한 처녀는 몸부림을 하면서 발악을 하였다.

"용례야! 아이구 우리 용례야!"

"에이구 응…… 너를 이 땅에 데리구 와서 개같은 놈에게……."

문서방의 내외는 허둥지둥 달려갔다. (14~17쪽)

───────────

이리하여 용례는 영영 인가의 손에 들어갔다. 며칠 후에 인가는 지금 문서방이 있는 빼허에 땅날갈이나 있는 것을 문서방에게 주어서 그리로 이사시켰다. 문서방은 별별 욕과 애원을 하였으나 나중에 인가는 자기 집 일꾼들을 불러서 억지로 몰아내었다. 이리하여 문서방은 차마 생목숨을 끊기 어려워서 원수가 주는 땅을 파먹게 되었다. 그것이 작년 가을이었다. 그 뒤로 인가는 절대로 용례를 밖으로 내보내지 않을 뿐만 아니라 그 어버이 되는 문서방 내외에게도 보이지 않았다. (18쪽)

(… 전략) 문서방은 무시무시한 기분에 몸을 부르르 떨었다.

"치엔바(담배 잡수시오)!"

인가는 웬일인지 서투른 대로 곧잘 하던 조선말은 하지 않고 알아도 못 듣는 중국말을 쓰면서 담뱃대를 문서방 앞에 내밀었다.

"여보 장구재! 우리 로포가 딸(용례)을 못 봐서 죽겠으니 좀 보여주, 응……."

문서방은 담뱃대를 받으면서 또 전처럼 애걸하였다. 인가는 이마를 찡그리면서 볼을 불렀다.

"저게(아내) 마지막 죽어 가는데 철천지 한이나 풀어야 하지 않겠소, 응! 한 번만 보여 주! 어서 그러우! 내가 용례를 만나면 꾀일까 봐…… 그럴 리 있소! 이렇게 된 밧자에…… 한 번만……낯이나…… 저 죽어가는 제 에미 낯이나 한 번 보게 해주! 네? 제발……."

"안 되우! 보내지 모하겠소 우리 지비 문 바께 로포(아내) 나갔소 재비 어부소."

배짱을 부리는 인가의 모양은 마치 전당포 주인과 같은 점이 있었다. (… 중략 …)

"그러지 말고 제발 보여 주오! 그러면 내 아내를 데리고 올까? 아니 바람을 쏘여서는…… 엑 죽어두 원이나 끄고 죽게 내가 데리고 올게 낯만 슬쩍 보여 주오…… 네…… 흑……끅 …… 제발……."

(… 중략 …)

"낼리 또 왔소 이얘기하오! 오늘리디 울리디 일이디 푸푸디! 많이 있소!"

인가는 문서방을 어서 가라는 듯이 자기 먼저 캉에서 내려섰다.

"제발 이러지 말구! 으흑 흑…… 제제…… 제발 단 한 번만이라두 낯만…… 으흑흑 응!"

문서방은 인가를 따라서 밖으로 나오면서 울었다. 등뒤에서는 웃음 소리가 들렸다. 그러나 그 웃음 소리는 이때의 문서방에게는 아무러한 자극도 주지 못하였다.

"자 이제 적지만!"

마당에 한참이나 서서 무엇을 생각했던 인가는 백 조(百弔)짜리 관체(官帖 : 돈) 석 장을 문서방의 손에 쥐였다. 문서방은 받지 않으려고 했다. 더러운 놈의 더러운 돈을 받지 않으려 했다. 그러나 지금 부쳐 먹는 밭도 인가의 밭이다. 잠깐 사이 분과 설움에 어리어서 튀기던 돈은 — 돈 힘은 굶고 헐벗은 문서방을 누르지 않을 수 없었다. (19~20쪽)

● 아내 ────────────────────────────

성   별   여자

나   이(추정포함)   삼십대 초중반 정도로 추정함.

출생지 및 거주지, 활동 공간

　　① 출생지는 알 수 없으며, 문서방의 거주지였던 경기도 지역일 것으
　　　로 추정함.

　　② 문서방에게 시집와 경기도와 서간도에서 문서방의 소작 일을 도
　　　움.

직   업   소작농의 아내

출신계층   소작농의 딸일 것으로 추정함.

교육정도   무학일 것으로 추정함.

가족관계   남편 문서방, 인가에게 빼앗긴 열일곱 살짜리 딸 용례, 남들이
　　　　　사위라 부르는 인가 등이 있음.

인물관계

　　① 인가에게 딸을 빼앗겨 충격을 받아 병석에 드러누움.

　　② 딸 용례를 보고 싶어 하여 문서방이 네 번씩이나 용례를 보게
　　　해달라고 간청하러 갔지만 거절당하고, 결국 용례를 보지 못하고
　　　죽음.

인물의 존재방식(사회계층)   소작농의 아내로서 경기도에서 서간도로 남부여

대하여 궁핍한 생활에서 벗어나지 못하고, 급기야 서간도 달리소 지주 인가에게 딸까지 빼앗기고 병을 얻어 죽음.

성   격

① 소작인의 아내로서 생활력이 강하여 경기에서, 서간도로 이주해서도 남편의 소작 일을 도움.

② 딸에 대한 모성애가 강하여 서간도의 지주 인가에게 딸을 빼앗겨 병석에 누워서도 딸 용례를 보고 싶어 함.

성격 지표 및 인물 제시방식

"여보! 저 인가가 또 오는구려!"

가을볕이 쨍쨍한 마당에서 깨를 떨던 아내는 남편 문서방을 보면서 근심스럽게 말하였다.

"오면 어쩌누? 와도 허는 수 없지!"

뒤줏간 앞에서 옥수수 껍질을 바르던 문서방은 기탄없이 말하였다.

"왜 그 단련을 또 어찌 받겠소?"

아내의 찌푸린 낯은 스르르 흐리었다.

"참 되놈이란 오랑캐……."

"여보 여기 있소."

문서방의 높은 소리를 주의시키던 아내는 뒤줏간 저편을 보면서,

"아, 오셨소!"

하고 어색한 웃음을 웃었다. (14쪽)

검붉은 인가의 뺨은 성난 두꺼비 배처럼 불떡불떡하였다.

"나머지는 내년에 갚지요!"

문서방은 머리를 뚝 떨어뜨렸다.

"슴마(무엇)? 창우니 빠피야!"

인가의 억센 손이 문서방의 멱살을 잡았다. 문서방은 가만히 받았다. 정신이 아찔하였다.

"에구, 장구재…… 흑흑…… 장구재…… 제발 살려 줍쇼! 제발 살려 주시면 뼈를 팔아서라두 갚겠습니다. 장구재 제발!"

문서방의 아내는 부들부들 떨면서 인가의 팔에 매달렸다. 그의 애걸하는 소리는 벌써 울음에 떠렸다.

"내 보미 워디 소금이 낼라! 아니 줬소? 아니 줬소? 어 어째서 아니 줬소?"

인가의 주먹은 문서방의 귓벽을 울렸다.

"아이구!"

문서방은 쓰러졌다.

"엑 에구…… 응응응…… 에구 장구재! 제발 제제…… 흑 제발 좀 살려 줍쇼…… 응응."

쓰러지는 문서방을 붙잡던 아내는 인가를 보면서 땅에 엎드려서 손을 비빈다.

"이 상느므 샛지(상놈의 새끼)…… 늬듸 로포(아내) 워디(내가) 가져가!"

하고 인가는 문서방을 차더니 엎디어서 손이야 발이야 비는 문서방의 아내의 손목을 잡아끌었다.

"늬듸 울리 집이 가! 오늘리부터 늬듸 울리 에미네(아내)!"

"장구재…… 제발…… 에이구 응응."

"에구, 엄마!"

집 안에서 바느질하던 용례가 내달았다. 인가는 문서방의 아내를 사정없이 끌고 자기 집으로 향한다.

(… 중략 …)

용례는 어머니의 팔목을 잡은 중국인의 손을 물어뜯었다. 용례를 본 인가는 문서방의 아내는 놓고 문서방의 딸 용례를 잡았다.

"이 개새끼야! 이것 놔라…… 응응 흑…… 아이구 아버지…… 엄마!"

억센 장정 인가에게 티끌같이 끌려가는 연연한 처녀는 몸부림을 하면서 발악을 하였다.

"용례야! 아이구 우리 용례야!"

"에이구 응…… 너를 이 땅에 데리구 와서 개같은 놈에게……."

문서방의 내외는 허둥지둥 달려갔다.

(… 중략 …)

"에구 용례야! 부모를 못 만나서 네 몸을 망치는구나! 에구 이놈에 돈이 우리를 죽이는구나!"

문서방 내외는 그 밤을 인가의 집 울타리 밖에서 새었다. (16~18쪽)

"용례는 매일 밥도 안 먹고 어머니 아버지만 부르고 운다."

하는 희미한 소식을 인가의 집에 가까이 드나드는 중국인들에게서 들을 때마다 문서방은 가슴을 치고 그 아내는 피를 토하였다.

이리하여 문서방의 아내는 늦은 여름부터 아주 병석에 드러누웠다. 그는 병석에서 매일 용례만 부르고 용례만 보여 달라고 졸랐다. 그래서 문서방은 벌써 세 번이나 인가를 찾아가서 말했으나 효과가 없었다.

이번까지 가면 네 번째다. 이번은 어떻게 성사가 될는지? (18쪽)

뜨끈뜨끈한 부뚜막에는 문서방의 아내가 누덕 이불에 싸여 누웠고 문 앞과 윗목에는 이웃집 사람들이 모여 앉았는데; 지금 막 달리소 인가의 집에서 돌아온 문서방은 신음하는 아내의 가슴에 손을 얹고 앉았다.

등꽂이에 켜놓은 등(삼대에 겨를 올려서 불 켜는 것)불은 환하게 실내의 이 모든 사람을 비췄다.

"용례야! 용례야! 영례야!"

고요히 누웠던 문서방의 아내는 마지막 소리를 좀 크게 질렀다. 문서방은 아내의 가슴을 지그시 눌렀다.

"에구! 우리 용례! 우리 용례를 데려다주구려!"

그는 눈을 번쩍 뜨면서 몸을 흔들었다.

"여보, 왜 이러우. 용례가 지금 와요! 금방 올걸!"

어린애를 달래듯 하면서 땀때가 께저분한 아내의 얼굴을 내려다보는 문서방의 눈은 흐렸다.

(… 중략 …)

"용례야! 용례야! 흥 저기저기 용례야가 오네!"

문서방의 아내는 쑥 꺼지니 두 눈을 모들떠서 천장을 뚫어지게 보면서 보기에 아츠러운 웃음을 웃었다.

"저기 엑…… 용…… 용례……."

그는 눈을 더 크게 뜨고 두 뺨의 근육을 경련적으로 움직이면서 번쩍 일어났다. 문서방은 아내의 허리를 안았다. 그는 또 정신이 착각을 일으켰는지 창문을 바라보고 뛰어나가려고 하면서,

"용례야! 용례 용례…… 저 저기저기 용례가 있네! 용례야, 어디 가니? 용례야! 네 어디 가느냐? 으응."

고함을 치고 눈물 없은 울음을 우는 그의 눈에서는 퍼런 불빛이 번쩍하였다. 좌중은 모진 짐승의 앞에나 앉은 듯이 모두 숨을 죽이고 손을 들었다. 문서방은 전신의 힘을 내어서 아내의 허리를 안았다.

"하하하(그는 이상한 소리를 내어 웃다가 다시 성을 잔뜩 내면서)…… 용례! 용례가 저리로 가는구나! 으응…… 저놈이 저놈이 웬 놈이냐?"

하면서 한참 이를 악물고 창문을 노려보더니,

"저 저…… 이놈아! 우리 용례를 놓아라! 저 되놈이, 저 되놈이 용례를 잡아가네! 이놈 놔라! 이놈 모가지를 빼놓을 이 이."

그의 눈앞에는 용례를 인가에게 빼앗기던 그때가 떠올랐는지? 이를 빡 갈면서 몸을 번쩍 일어 창문을 향하고 내달았다.

"여보, 정신을 차리오! 여보, 왜 이러우! 아이구! 응."

쫓아 나가면서 아내의 허리를 안아서 뒤로 끌어들이는 문서방의 소리는 눈물에 젖었다.

"이놈아! 이게 웬 놈이 남을 붙잡나? 응 으윽."

그는 두 손으로 남편의 가슴을 밀다가도 달려들어서 남편의 어깨를 물어뜯으면서,

"이것 놔라! 에그 용례야, 저게 웬 놈이…… 에구구…… 저놈이 용례를 깔고 앉네!"

하고 몸부림을 탕탕 하는 그의 눈엔 핏발이 서고 낯빛은 파랗게 질렸다.

(… 중략 …)

"이것 놓아 주오! 아이구! 우리 용례가 죽소! 저 흉한 되놈에게 깔려서…… 엑, 저 저 저…… 저것 봐라! 이놈 네 이놈아! 에이구 용례야! 용례야! 사람 살려 주오! (소리를 더욱 높여서) 우리 용례를 살려주! 응으윽 에액응…….."

그는 마지막으로 오장육부가 쏟아지게 소리를 지르다가 검붉은 핏덩어리를 왈칵 토하면서 앞으로 거꾸러졌다.

"으윽!"

"응 끔직두 한 게!"

하면서 여러 사람들은 거꾸러진 문서방의 아내 앞에 모여들었다.

"여보! 여보! 아이구 정신 좀…….."

떨려 나오는 문서방의 소리는 절반이나 울음으로 변하였다.

거불거불하는 등불 속에 검붉은 피를 한 말이나 토하고 쓰러진 그는 낯이 파랗게 되어서 숨결이 없었다.

(… 중략 …)

"으응응…… 흑흑…… 여 여보!"

문서방의 목메인 울음을 받는 그 아내는 한관청의 서투른 경문 소리를 듣는지 마는지? 손발은 점점 식어 가고 낯은 파랗게 질렸는데, 무엇을 보려고 애쓰던 눈만은 멀거니 뜨고 그저 무엇인지 노리고 있다.

(… 중략 …)

바람은 우우 쏴— 하고 문에 눈을 들이치었다. 여러 사람은 약속이나 한 듯이 두려운 빛을 띤 눈으로 창을 바라보았다.

"으응 에이구! 여보! 끝끝내 용례를 못 보고 죽었구려…… 잉잉…… 흑."

문서방은 울기 시작하였다. 그 울음 소리는 고요한 방 안 불빛 속에 바람 소리와 함께 처량하게 흘렀다.

"에구 못된놈(인가)두 있는 게!"

"에구 참 불쌍하게두!"

"흥 우리두 다 그 신세지!"

무시무시한 기분에 싸여서 낯빛이 푸르러 가는 여러 사람들은 각각 한마디씩 뇌었다. 그 소리는 모두 갈데없는 신세를 호소하는 듯하게 구슬프고 힘없었다.

(21~24쪽)

● **용례** ───

성   별 여자

나   이(추정포함) 열일곱 살

출생지 및 거주지, 활동 공간

    ① 경기도에서 출생함.

    ② 삼 년 전 부모를 따라 서간도로 와서 부모의 집안 일과 소작 일을 도움.

    ③ 부모가 짓는 소작이 잘 안되어 진 빚 때문에 인가에게 강제로 끌려 감.

직   업 집안 일과 부모의 소작 일을 도움.

출신계층 소작농인 최하류계층

교육정도 무학으로 추정함.

가족관계 아버지 문서방과 어머니, 자신을 강제로 끌어가 아내로 삼은 남편 인가 등이 있음.

인물관계
① 소작농인 부모가 진 빚 때문에 서간도 달리소라는 땅 지주 인가에게 강제로 끌려가 그의 아내가 됨.
② 딸을 빼앗긴 어머니는 그 충격으로 병석에 누웠다가 딸을 보지도 못하고 죽음.
③ 아버지 문서방이 인가의 집에 불을 지른 뒤 그를 죽이고 딸을 구원함.

인물의 존재방식(사회계층) 서간도 달리소 땅 소작농의 딸로서 부모가 지주에게 진 빚 때문에 희생당함.

성   격
① 소작농의 딸로서 무지하고 순박함.
② 지주인 인가가 빚을 갚으라고 아버지 문서방을 때리고 어머니를 자신의 아내로 삼겠다며 끌고 가자 인가에게 달려들어 손을 물어 뜯고 저항하다 인가에게 끌려감.
③ 인가에게 끌려가서도 밥도 안 먹고 매일 부모만 부르며 울음.

성격 지표 및 인물 제시방식

※
⌘

언제나 이놈의 소작인 노릇을 면하여 볼까? 경기도에서도 소작인 십 년에 겨죽만 먹다가 그것도 자유롭지 못하여 남부여대로 딸 하나 앞세우고 이 서간도로 찾아들었더니 여기서도 그네를 맞아 주는 것은 지팡살이[小作人]였다. (15쪽)

※
⌘

인가의 주먹은 문서방의 귓벽을 울렸다.

"아이구!"

문서방은 쓰러졌다.

"엑 에구…… 응응응…… 에구 장구재! 제발 제제…… 흑 제발 좀 살려 줍쇼…… 응응."

쓰러지는 문서방을 붙잡던 아내는 인가를 보면서 땅에 엎드려서 손을 비빈다.

"이 상느므 샛지(상놈의 새끼)…… 늬듸 로포(아내) 워디(내가) 가져가!"

하고 인가는 문서방을 차더니 엎디어서 손이야 발이야 비는 문서방의 아내의 손목을 잡아끌었다.

"늬듸 울리 집이 가! 오늘리부터 늬듸 울리 에미네(아내)!"

"장구재…… 제발…… 에이구 응응."

"에구, 엄마!"

집 안에서 바느질하던 용례가 내달았다. 인가는 문서방의 아내를 사정없이 끌고 자기 집으로 향한다.

"나를 잡아가라! 나를!"

쓰러졌던 문서방은 인가의 팔을 잡았다.

"타마나!"

하는 소리와 같이 인가의 발길은 문서방의 불거름으로 들어갔다. 문서방은 거꾸러졌다.

"아이구 어머니! 왜 울 어머니를 잡아가요? 응응…… 흑."

용례는 어머니의 팔목을 잡은 중국인의 손을 물어뜯었다. 용례를 본 인가는 문서방의 아내는 놓고 문서방의 딸 용례를 잡았다.

"이 개새끼야! 이것 놔라…… 응응 흑…… 아이구 아버지…… 엄마!"

억센 장정 인가에게 티끌같이 끌려가는 연연한 처녀는 몸부림을 하면서 발악을 하였다. (17쪽)

"용례는 매일 밥도 안 먹고 어머니 아버지만 부르고 운다."

하는 희미한 소식을 인가의 집에 가까이 드나드는 중국인들에게서 들을 때마다 문서방은 가슴을 치고 그 아내는 피를 토하였다.

이리하여 문서방의 아내는 늦은 여름부터 아주 병석에 드러누웠다. 그는 병석에서 매일 용례만 부르고 용례만 보여 달라고 졸랐다. 그래서 문서방은 벌써 세 번이나 인가를 찾아가서 말했으나 효과가 없었다. (18쪽)

※

"으윽 끅."

문서방이 여러 사람을 헤치고 두 그림자 앞에 가 섰을 때, 앞에 섰던 장정의 그림자는 땅에; 거꾸러졌다. 그때는 벌써 문서방의 손에 쥐었던 도끼가 장정 인가의 머리에 박혔다. 도끼를 놓은 문서방의 품에는 어린 여자의 그림자가 안겼다. 용례가……

그 바람에 모여 섰던 사람들은 혹은 허둥지둥 뛰어 버리고 혹은 뒤로 자빠져서 부르르 떨었다. 용례도 거꾸러지는 것을 안았다.

"용례야! 놀라지 마라! 나다! 아버지다! 용례야!"

문서방은 딸을 품에 안으니 이때까지 악만 찼던 가슴이 스르르 풀리면서 독살이 올랐던 눈에서 뜨거운 눈물이 떨어졌다. 이렇게 슬픈 중에도 그의 마음은 기쁘고 시원하였다. 하늘과 땅을 주어도 그 기쁨을 바꿀 것 같지 않았다. (26쪽)

저본 1987년 文學과知性事 출간 『崔曙海全集·下』

계용묵

최서방

발 표 년 도	「조선문단」(1927.3)
시대적 배경	1920년대 어느 농촌, 가을~이듬해 봄
핵 심 서 사	① 최서방은 새벽부터 벼마당질을 하나 아침부터 찾아와 기다리고 있는 호밋값, 약값, 포목값 등의 차인꾼들 때문에 힘조차 나지 않음.
	② 송지주가 이 날 수확한 벼 모두를 농채로 가져가자 차인꾼들은 분해하고, 최서방은 차인꾼들에게 곤욕을 치름.
	③ 악독한 지주의 수탈 때문에 선량한 최서방이 불행함.
	④ 최서방은 그날 밤 차디찬 냉돌에 누워 매 맞은 고통마저 잊은 채, 봄부터 뜨거운 여름철 고생하며 농사를 짓던 생각을 하며, 노력도 하지 않은 지주네들이 자신들의 피땀을 송두리째 들어먹는 것을 고약하게 생각하고 아내에게 울분을 토로함.
	⑤ 다음날 송지주가 최서방을 불러놓고 탕감되지 않은 빚을 들채기 시작하며 김장이 들어 있는 독과 부엌에 건 솥을 뽑아 내 오자, 최서방은 도끼를 들어 독과 솥을 단번에 부수며 분노하고, 이 광경을 보고 있던 아내는 오히려 기쁘다는 듯이 웃고, 송지주는 멈돌의 손에 이끌려 못 이기는 체 끌려 들어감.
	⑦ 이듬해 봄 어느 일기 좋은 날, 영양부족으로 수척한 얼굴을 한 최서방 내외는 송지주와 싸운 그 자리로 막살이를 떠나, 조그마한 도회지에 나가 끼니를 굶어가며 삯짐과 품팔이, 삯바느질과 삯빨래로 간신간신히 장만한 차비로 배와 등이 거의 맞붙다시피한 두 살밖에 안 되는 어린애를 데리고 눈물을 흘리며 서간도로 향함.
주 제	지주의 악독함과 부도덕함에 대한 소작인의 분노와 절망
등 장 인 물	최서방, 송지주, 아내, 차인꾼들

● 최서방

성   별 남자

나   이(추정포함) 삼십대 초반쯤으로 추정함.

출생지 및 거주지, 활동 공간 출생지 역시 농촌이었을 것으로 추정하며, 십 년 전에 이곳으로 이사와 소작농으로 생활하다 빚 탕감 문제로 송지주와 싸운 그 자리로 그 막살이를 떠나, 어느 조그마한 도회지로 나가 내외가 삯짐과 품팔이, 삯바느질과 삯빨래로 서간도 행 차비를 마련함.

직   업 소작농

출신계층 최하류 농민계층

교육정도 무학으로 추정함.

가족관계 아내와 두 살박이 어린애가 있음.

인물관계

　① 남보다 더 열심히 농사를 짓는 데도 빚마저 탕감하지 못하고 끼니를 굶어야 하는 자신의 불행이 악독한 송지주 때문이라며 그에 대해 분노함.

　② 자신을 때린 차인꾼들에게는 농작이 없어 농사도 짓지 못하고 막벌이로, 품팔이로 남의 돈을 거두어 주고 목숨을 붙여 가는 그들의 처지를 이해하고 그들에게는 미안하게 생각함.

인물의 존재방식(사회계층) 선량한 소작농으로서 무지한 까닭에 지주－소작 관계의 사회 경제적 모순은 깨닫지 못하고 지주의 악독성에 분노하고 절망하여 결국 서간도 행을 택함.

성   격

　① 선량한 소작농으로서 남보다 더 열심히 농사를 지음.

　② 인도적이고 도덕적이며 정의감이 있어 송지주의 악독성을 비판함.

③ 자신의 처에게 다정하고 처를 신뢰함.

성격 지표 및 인물 제시방식

〰️

새벽부터 분주히 뚜드리기 시작한 최서방네 벼마당질은 해가 졌건만, 이제야 겨우 부채질이 끝났다. 일꾼들은 어둡기 전에 작석을 하여 치우려고 부리나케 섬멍이를 튼다. 그러나 최서방은 아침부터 찾아와 마당질이 끝나기만 기다리고 우들부들 떨며 마당가에 쭉 둘러선 차인꾼들을 볼 때에 섬멍이를 틀 힘조차 나지 않았다. 그는 실상 마당질 끝나는 것이 귀치않다느니보다 죽기만치나 겁이 난 것이다.

그것은 하루에도 몇 번씩 찾아와 호밋값[胡米價]이라 약값[藥價]이라 하고 조르는 것을 벼를 뚜드려서 준다고 오늘내일하고 미뤄 오던 것인데 급기야 벼를 뚜드리고 보니 그들의 빚을 갚기는커녕 송지주의 농채(農債)도 다 갚기에 벼 한알이 남아서지 않을 것 같아서 으레 싸움이 일어나리라 예상한 까닭이다. (381쪽)

〰️

섬멍이 틀기는 끝이 나고 이제는 작석이 시작되었다. 차인꾼들은 제각기 적개책을 꺼내어 든다.

"십오 원이니 섬 반은 주어야겠소."

호밋값 차인꾼은 한 섬을 갓 되어 놓은 벼를 가로 깔고 앉으며 이렇게 말을 건넨다.

"글쎄 준다는데 왜, 이리들 급하게 구오."

최서방은 또 한 섬을 묶어 놓았다.

"오 원이니 나는 반 섬이면 탕감이 되오."

이것은 포목값[布木價] 차인꾼이 들채는 소리였다.

"섬 반이고 반 섬이고 글쎄 벼를 팔아서야 돈을 갚아도 갚지, 있는 벼가 어디로 도망을 치겠기에 이리들 보채오."

최서방은 위선 이렇게밖에 대답할 수 없었다.

"벼도 돈이고 볏값도 빤히 금이 났으니 어서들 갈라 주소. 괜히 이 치운데 어둡기나 전에 가게."

약값 차인꾼이 이렇게 말을 붙이고 또 한 섬을 깔고 앉는다.

"여보, 그것이 무슨 버릇들이오. 남의 벼를 그렇게 함부로 깔고 앉으니."

"그러니 날래들 갈라 주어요."

"글쎄, 팔아서야 준다는데 무얼 갈라 달라고 그래요."

"그러면 그럼 오늘도 안 주겠다는 말이오? 말이."

"안 주겠다는 게 아니라 벼를 팔아서 주마 하는데 되어 놓는 족족 한 섬씩 덮쳐 깔고 앉으니 어디 체면이 되었단 말이오, 그럼."

"그래 오늘내일하고 속여 온 당신의 체면은 그래서 잘됐단 말이오, 그래."

"오늘이야 글쎄 벼를 팔아서야지요."

"그럼 오늘도 정말 안 줄 테요?"

"아니 못 주지요."

"정말."

"정말 아니고."

"정말."

"정말이야 글쎄."

"정말이야 글쎄가 무어야 이 자식!"

호밋값 차인꾼은 분이 치밀어 부들부들 떨리는 주먹을 부르쥐고 최서방의 턱 앞으로 바싹 다가섰다. 그리고 주먹을 홀끈 내밀었다.

최서방은 '히' 하고 뒷걸음을 쳤다. 그러나 아무 반항도 안 했다. (382~383쪽)

작석은 또한 끝이 났다. 열 섬을 믿었던 벼는 겨우 여덟 섬에 그치고 말았다. 송지주는 그것 가지고는 청장이 빳빳하다는 듯이 머리를 흔들며,

"이번에도 회계가 채 안 되는군. .모두 오십이 원인데."

하고 다시 계산을 틀어 본다.

"어떻게 그렇게 되오."

최서방은 자기의 예산과는 엄청나게 틀린다는 듯이 깜짝 놀라며 이렇게 반문을 했다.

"본[元金]이 사십 원에 변[利子]을 십이 원 더 놓으니까."

"무어 그 돈에다 변까지 놓아요."

"변을 안 놓으면 어쩌나. 나도 남의 돈을 빚낸 것인데."

"그렇다기로 변은 제해 주세요."

"그 돈으로 자네 부처가 일년이란 열두 달을 먹고 산 것인데 변을 안 물닷게. 안 돼 안 돼, 건."

그는 엉터리없는 수작이라는 듯이 '안 돼' 하는 '돼'자에 힘을 주었다.

최서방은 보통의 농채와도 다른 이 물 푼 쉾[引水稅]에 고가의 변을 지우는 데는 젖 먹던 밸까지 일어났으나 송지주의 성질을 잘 아는 그는 암만 빌어야 안 될 줄 알고 아예 아무 말도 안 했다. 실상 그는 말하기도 싫었던 것이다. (383~384쪽)

행여나 벼로나 받을까 하고 온종일 추움에 떨면서 깔고 앉았던 볏섬을 놓아 준 차인꾼들은 마치 닭 쫓아가던 개가 지붕을 쳐다보는 격으로 눈들만 멀뚱멀뚱하여 어쩔 줄을 모르고 멀거니 서서 송지주의 분주히 왔다갔다하는 꼴만 쳐다보고 있었다. 그들은 한껏 분하면서도 우스웠다. 그래서 하하 하고 웃었다. 그러나 다시,

"돈 내라, 이놈아."

"오늘 저녁에 안 내면 죽인다!"

"저렇게 속이기만 하는 놈은 주먹 맛을 좀 단단히 보아야 아마 정신이 들걸."

하고 제각기 이렇게 부르짖으며 달려들었다. 그것은 마치 이제는 돈도 받기 글렀는데 그 사이에 품 놓고 다니던 분풀이로나 때워 버리려는 듯하였다.

그들은 골이 통통히 부어서 갖은 욕설을 거들며 덤비었다.

호밋값 차인꾼은 최서방의 멱살을 붙잡았다.

"놓아, 이렇게 붙잡으면 누굴 칠 테야."

최서방은 이제는 팔아서 준단 말도 할 수 없었다.

"못 치긴 하는데 이놈아."

호밋값 차인꾼은 최서방의 귀밑을 보기 좋게 한 개 갈겼다.

약값 차인꾼과 포목 차인꾼도 각각 한 개씩 갈겼다.

"아이."

최서방은 뒤로 비칠비칠하며 전신을 떨었다. 그리고 당연히 맞을 것이라는 듯이 아무런 반항도 안 했다.

"돈 내라 이놈아!"

호밋값 차인꾼은 이번에는 불두덩을 발길로 제겼다. 여러 차인꾼들도 또한 같이 제겼다.

"아이고."

최서방은 기절하여 번듯이 뒤로 나가넘어졌다. 넘어진 그의 코에서는 피가 흘렀다.

추움에 떨던 차인꾼들은 땀이 흠뻑이 났다.

최서방은 죽은 듯이 넘어진 그대로 누워 있었다. 한참 만에 그는 알뜰히 아픔을 강잉히 참는 듯이 얼굴을 찡그리고 이빨을 뿌득뿌득 갈며 손을 허우적거렸다. 그리고 불두덩을 한 손으로 움켜쥐고 간신히 일어섰다. 그이 일어선 자리에는 코피가 군데군데 빨갛게 물들어 있었다. (384~385쪽)

그는 밤이 깊도록 오력을 잘 못 썼다. 더구나 불두덩이 아파서 잘 일지도

못했다. 그는 이렇게 남 못 보는 고초를 맛보지만 어느 뉘더러 호소할 곳도 없었다. 있다면 오직 사랑하는 아내가 있을 뿐밖에. 다만 자기 혼자서 아파할 따름이었다.

그는 참으로 불쌍한 사람이었다. 이같이 불쌍한 처지에 있는 소작인(小作人)이 이 나라에 가득 찬 것이 그것이지만 그 중에도 최서방처럼 불행한 처지에 앉았는 사람은 별로 없을 것이다. 이렇게 그가 불행한 처지에 앉았게 된 원인은 오직 단순한 두 가지가 있을 뿐이다. 하나는 악독한 독사 같은 지주를 가졌다는 것이요, 하나는 그가 본래부터 성질이 착하다는 것이니, 모든 사람들은 정의와 인도를 벗어나 남의 눈을 감언이설로 속이어 가며 교활한 수단으로 목숨을 연명하여 가지만, 이러한 비인도적요 비윤리적인 행동에는 조금도 눈떠 보지 않은 그에게는 밥이 생기지 않았다. 이따금 밥을 몇 끼씩 굶을 때에는 도죽질이란 것도 생각해 본 적이 한두 번이 아니었지만 이런 것을 생각할 때마다 비인도적이라는 것이 번개처럼 머리에 번쩍 떠오르곤 하여 그는 차마 그를 실행하지 못하였던 것이었다. (386쪽)

※※

최서방은 지금 불김이 기별도 하지 않는 차디찬 냉돌에 누워서 발길에 차인 불두덩과 주먹에 맞은 귀밑이 쑤시고 저림도 잊어버리고 불덩이같이 뜨거운 햇볕이 내리쪼이는 들판에서 등을 구워 가며 김메는 생각과 오늘 하루의 지난 역사를 머릿속에 그리어 본다.

'나는 왜 여름내 피땀을 흘리며 김을 매었노. 그리고 호밋값을 왜 미리 못 끊어 주었을꼬 송지주는 왜 그렇게 몹시도 악할꼬 나는 왜 그리 약한고 나는 못난이다. 사람의 자식이 왜 이리 못났을까? 그런데 차인꾼들은 나를 왜 때렸노 그들은 너무도 과하다. 아니 아니 그런 것이 아니다. 그들도 밥을 얻기 위하여 나와 그렇게 피를 보게 싸웠던 것이다. 그들은 내가 피땀을 흘리며 여름내 농사를 짓는 것과 조금도 다름이 없이 그래야만 입에 밥이 들어오기 때문일 것이다. 아니 그들은 농작이 없어 농사도 짓지 못하고 막벌이로 품팔이로 저렇게 남의 돈을 거두어 주고 목숨을 붙여 가는 그들이 나보다 도리어 불쌍하다. 나는 조금도 그들을 욕할 수 없다. 야속달 수 없다. 그러나 그러나 지주네들은 왜 아무러한 노력도 없이 평안히 팔짱 끼고 뜨뜻한 자리에 앉았다가 우리네의 피땀을 송두리째로 들어먹을까, 암만해도 고약한 일이다. 금년만 하더라도 우리 부처가 얼음이 갓 녹아 차디찬 종아리를 찢어 내는 듯한 봄물에 들어서서 논을 갈고 씨를 뿌리었으며 불볕이 푹푹 내리쪼이는 볕에 살을 데어 가며 물 푸고 김메고 가으내 단잠 못 자고 벼 베기와 실거리질이며 겨우내 추움을 무릅쓰고 굶어 가며 마당질을 하였는데 우리는 한 알도 맛보지 못하고 송지주네 곳간에 모조리 들여다 쌓았다. 괘씸한 일이다. 그리고 우리 부처가 이렇게 노력을 할 때 송주사는(그는 늘 송지주를 송주사라 부른다) 긴 담뱃대 물고 뒷짐지고 할 일 없어 술 먹고 장기 두고, 더우면 그늘을 찾고 추우면 뜨뜻한 아랫목에서 낮잠질이나 하였것다.'

이까지 머릿속에 그리어 생각해 온 그는 실로 분함을 참지 못하였다.

"예이."

그는 자기도 모르게 이렇게 부르짖으며 두 주먹을 불끈 쥐었다. 그리고 부르르 떨었다. (387~388쪽)

※※

"여보게 마누라, 남 보기에는 우리가 송주사네의 덕택으로 먹고 입고 사는 줄 알지만 실상 우리는 우리의 두 주먹으로 우리의 몸을 살린 것일세. 우리는 송주사의 은혜라고는 반푼 어치도, 도리어 그들한테 피를 빨리운 것일세. 내가 자네나 이렇게 핏기 없이 뽀독뽀독 마른 것이 모두 송주사한테 피를 빨린 탓일세. 우리가 그렇게 피와 땀을 흘리며 죽을 고생을 다하여 벌어 놓으면 그들은 그것을 가지고 잘 먹고 잘 입고, 그리고도 남으면 그 돈으로 또 우리의 피를 빠는 것일세. 그러면 금년의 우리가 벌은 그것으로 또 내년에 우리의 피를 줄 것이 아닌가. 어떻게 생각하면 그런 줄을 번연히 알면서 피를 빨리는 우리가 도리어 우스운 것일세. 그러기에 우리는 이제부터 피를 빨리우지 않게 방책을 연구하여야 되겠네. 그래서 자유롭게 살아야 되겠네. 만일 우리의 두 주먹이 없다 하면 그들은 당장에 굶어죽을 것일세. 죽고말고. 암 죽지, 죽어."

하고 그는 매우 흥분된 어조로 이렇게 장황히 부르짖었다. 그는 상당히 무엇을 깨달은 듯하였다. 아내는 이런 소리를 남편에게 듣기는 실상 이번이 처음이었다. 그리고 가슴이 시원하다는 듯이 빙그레 웃었다.

"글쎄, 참 그렇긴 하지만 어찌하우?"

아내는 무엇을 생각하는 듯하더니 한참 만에 어찌할 바를 모르겠다는 듯이 이렇게 물었다.

"어찌해, 싸워야 되지. 싸울 수밖에 없네. 그들의 앞에는 정의도 없고 인도도 없는 것을 어찌하나. 아니 이 세상이란 또한 역시 그런 것이니까. 남의 눈을 어떻게 파렴치한 수단으로라도 가리우지 않고는 밥을 먹을 수 없는 것을 나는 이제야 비로소 깨달았네. 우리는 이제부터 이 모든 더러운 독사 같은 무리와 필사의 힘을 다하여 싸워야 되겠네. 싸워야 돼. 그래서 우리는……."

하고 그는 무엇을 더 말하려다가 참기 어려운 듯이 주먹을 또다시 부르르 떨었다. (390~391쪽)

꽃

그 이튿날 아침 일찍이 송지주는 최서방을 불러다 놓고 어젯저녁 벼에 탕감이 채 되지 못한 나머지 십 원을 들채기 시작했다.

어젯밤 밤새도록 한잠도 자지 못한 최서방의 눈은 쑨 죽처럼 풀어지고 눈알엔 발갛게 핏줄이 거미줄처럼 서리어 있었다.

(… 중략 …)

"그런데 어제 오십이 원에서 사십이 원은 귀정이 된 모양이나 이제 나머지 십 원은 어쩔 셈인가? 조속히 그것도 해물고 세나 쇠야지?"

최서방은 없는 돈을 갚겠다지도 또한 안 갚겠다지도 어떻게 대답을 하여야 좋을지 몰라 한참이나 주저주저하다가,

"금년엔 물 수 없습니다. 그대로 지워 주십시오."

하고 그는 낯을 들지 못했다.

　(… 중략 …)

　"이놈, 그럼 없다고 안 물테냐, 응! 이놈아, 내가 너희들은 그래도 불쌍한 것이라고 특별히 먹여살렸건만, 에이, 이 은혜 모르는 놈, 이 놈 썩 나가, 전답도 모조리 다 내놓고 이 도야지 같은 놈, 아직도 밥을 굶어 보지 못하였던 거로구나."

하고 그는 누구를 집어삼킬 듯이 벌건 눈을 홀근거리며 댓새로 최서방의 턱을 받쳤다.

　최서방은 이렇게 여지없는 욕설을 들을 때에, 아니 턱을 댓새로 받치울 때 담박 달려들어 댓새를 부러치고 대항도 하고 싶었으나 그는 약하였다. 그리고 머리끝까지 치밀어오르는 분이 진정할 수 없이 가슴을 뛰게 하였지만 또한 그는 말을 못 하였다. 나오려던 말은 입 안에서 돌돌 굴다 사라지고 말 뿐이었다. 최서방이 집으로 나간 뒤 끝에 송지주는 곧 멈돌을 불러 가지고 막살이로 쫓아 나와서 약간한 가장으로 십 원을 또한 탕감치려 하였다. 위선 그는 멈돌을 시켜 김장을 하여 넣은 독과 부엌에 건 솥을 뽑아 내왔다.

　이때에 최서방은 더 참을 수 없었다. 여러 해를 두고 굶겨 오던 분은 일시에 탁 터져 나왔다. 마치 병의 물을 꿀덕꿀덕 거꾸로 쏟듯이,

　"이놈!"

　최서방은 주먹을 부르쥐었다. 그리고 입술을 푸들푸들 떨며 송지주와 마주 섰다.

　"이놈이라니, 야이 이이 무지한 버릇없는 놈……아."

　송지주는 어쩔 줄을 모르고 몽둥이를 찾아 사방을 살피며 덤볐다. 실상 그는 나이 오십에 이놈이라는 소리를 듣기는 이번이 처음이라, 젖 먹던 뱔까지 일어나 섰을 것도 그리 무리는 아니었다.

　"에이, 이 독사 같은, 사람의 피를 빠는……."

하고 최서방은 허청 기둥에 세웠던 도끼를 들어 솥과 독을 단번에 부쉈다. '찌렁때' 하고 깨어져 사방으로 달아는 소리는 마치 폭발이나 터지는 듯이 요란하였다.

"독을 깨깨깨 깨치면 이이 십 원은."

"이놈아, 이이 내 피는."

그들의 형세는 매우 험악하였다. 최서방은 앞에 들어오는 것이거든 무엇이든지 모조리 때려부술 듯이 주먹과 다리는 경련으로 와들와들 떨렸다. (391~393쪽)

꽃

겨울은 가고 봄이 왔다. 어느 일기 좋은 따뜻한 날 석양에 무순(撫順) 차표를 손에다 각각 한 장씩 쥔 최서방 내외의 그림자는 S정거장 삼등 대합실 한구석에 나타났다. 그들의 영양부족을 말하는 수척한 얼굴은 몹시도 핼끔한 것이 마치 꿈속에서 보는 요물을 연상케 하였다. 더구나 아내의 등에 업힌 겨우 두 살밖에 안 되는 어린애는 추움에 시달렸음진지 한줌도 못 되리만치 배와 등이 거의 맞붙다시피 쪼그린데다가 바지저고리도 걸치지 못하고 알몸대로 업히어서 빼악빼악 하고 울며 떠는 꼴이란 차마 볼 수 없었다.

그들은 송지주와 싸운 그 자리로 그 막살이를 떠나, 끼니를 굶어가며 혹은 방앗간에서 그도 없으면 한길에서 밤새워 가며 정처없이 일자리를 찾아 돌아다니다가 어떤 조그마한 도회지에서 최서방은 삯짐과 품팔로, 아내는 삯바느질과 삯빨래로 간신간신히 차비를 장만하였던 것이다.

그들이 그 막살이를 떠날 때의 본래의 목적은 어떻게 죽을지 몰라도 두 내외의 배를 채울 수만 있다면 내 고국은 떠나지 않으리라 생각하였건만 그것조차 여의치 못하여 최후의 수단으로 마침내 서간도길을 단행한 것이었다.

그의 내외는 차 시간도 차차 가까워 와 몇 푼 격하지 않은 앞에 잔뼈가 굵은 이 땅, 같은 피가 넘쳐 끓는 동포가 엉킨 이 땅을 떠나 산 설고 물 선 이역의 타국에 고생할 것을 생각할 때에 실로 사무쳐 흐르는 눈물을 금할 수 없었다.

(… 중략 …)

"아! 차는 그만 가누나! 우리는 왜 이같이 눈물을 뿌리며 조국을 떠나지 않으면 안 되노?"

하고 그는 입 속으로 중얼거리며 바람이 씽씽 들이쏘는 차창으로 머리를 내밀고 차마 고국을 못 잊어하는 듯이 눈물에 서린 눈으로 사방을 힘없이 살펴보았다. 그리고 좀더 기차가 머물러 주었으면 하는 듯하였다. 그러나 내닫기 시작한 사정없는 기차는 흰 연기, 검은 연기 번갈아 토하며 세 생명의 쓰라리게 뿌리는 피눈물을 싣고 줄달음치기 시작하였다. (393~395쪽)

● **송지주**

성   별 남자

나   이(추정포함) 쉰 살

출생지 및 거주지, 활동 공간 출생지는 알 수 없으며, 이 농촌에서 지주로 살아감.

직   업 지주

출신계층 지주인 점으로 미루어 중류계층 이상이었을 것으로 추정함.

교육정도 수판을 놓고 계산하는 것으로 보아 보통학교 이상의 학력이거나 그에 버금하는 교육을 받았을 것으로 추정함.

가족관계 알 수 없음.

인물관계

　　① 자신의 땅을 부치는 소작인들에게 악독하게 굴어 원성이 많음.

　　② 특히 최서방의 빚에 과도한 변을 붙여 수확한 벼를 모두 자신의 곳간으로 들임으로써 최서방의 분노를 촉발시킴.

인물의 존재방식(사회계층) 소작농들을 과도하게 수탈하는 악독한 지주

성   격

　　① 소작농들을 악독하고 교활하게 수탈함.

　　② 빚 탕감을 이유로 최서방이 농사지은 벼 모두를 빼앗아 갔음에도 불구하고 다음 날 나머지 빚을 갚으라며 김장독과 솥을 뽑아 가려고 할 정도로 인색하고 탐욕적임.

성격 지표 및 인물 제시방식

✿

　새벽부터 분주히 뚜드리기 시작한 최서방네 벼마당질은 해가 졌건만, 이제야 겨우 부채질이 끝났다. 일꾼들은 어둡기 전에 작석을 하여 치우려고 부리나케 섬멍이를 튼다. 그러나 최서방은 아침부터 찾아와 마당질이 끝나기만 기다리고 우들부들 떨며 마당가에 쭉 둘러선 차인꾼들을 볼 때에 섬멍이를 틀 힘조차 나지 않았다. 그는 실상 마당질 끝나는 것이 귀치않다느니보다 죽기만치나 겁이 난 것이다.

　(… 중략 …)

　"열 섬은 외상 없이 나지."

　사랑 툇마루 위에서 수판을 앞에 놓고 분주히 계산을 치고 앉았던 송지주는 이렇게 물었다.

　"열 섬이야 아마 더 나겠지요."

　최서방은 열 섬이 못 날 줄은 으레 짐작하지만 일부러 이렇게 대답을 했다.

　"글쎄…… 그리고 벼는 충실하지."

　지주는 놓았던 산알을 떨어 버리고 마당으로 내려와, 들여놓은 벼를 여물기나 잘하였나 하고 시험삼아 한 알을 골라 입 안에 넣고 까보았다. (381~382쪽)

✿

　작석은 또한 끝이 났다. 열 섬을 믿었던 벼는 겨우 여덟 섬에 그치고 말았다. 송지주는 그것 가지고는 청장이 빳빳하다는 듯이 머리를 흔들며,

　"이번에도 회계가 채 안 되는군. .모두 오십이 원인데."

　하고 다시 계산을 틀어 본다.

　"어떻게 그렇게 되오"

　최서방은 자기의 예산과는 엄청나게 틀린다는 듯이 깜짝 놀라며 이렇게 반문

을 했다.

"본[元金]이 사십 원에 변[利子]을 십이 원 더 놓으니까."

"무어 그 돈에다 변까지 놓아요."

"변을 안 놓으면 어쩌나. 나도 남의 돈을 빚낸 것인데."

"그렇다기로 변은 제해 주세요."

"그 돈으로 자네 부처가 일년이란 열두 달을 먹고 산 것인데 변을 안 물닷게. 안 돼 안 돼, 건."

그는 엉터리없는 수작이라는 듯이 '안 돼' 하는 '돼'자에 힘을 주었다.

최서방은 보통의 농채와도 다른 이 물 푼 삯[引水稅]에 고가의 변을 지우는 데는 쩟 먹던 밸까지 일어났으나 송지주의 성질을 잘 아는 그는 암만 빌어야 안 될 줄 알고 아예 아무 말도 안 했다. 실상 그는 말하기도 싫었던 것이다.

"그러니까 태반이 넉 섬썩이지. 한 섬에 십 원씩 치고도 모자라는 십이 원을 어쩌나? 옳아 가만있자, 또 짚[藁]이 있것다. 짚이 마흔 단이니까 스무 단씩이지. 그러면 한 단에 십 전씩 치고 이 원, 응응, 겨오 우수 떼논 그래 십이 원은 어쩔 테야."

그는 최서방이 그리해 주겠다는 승낙도 얻지 않고 자기 혼자 이렇게 계산을 치고 다짜고짜로 일꾼들을 시켜 한 섬도 남기지 않고 모두 자기네 곳간으로 끌어들였다. (383~384쪽)

※※

이 지방 풍속에 으레 소작인이 먹을 것이 없으면 추수를 할 때까지 식량을 지주가 당해 주는 법이건만 유독 송지주만은 먼저 당해 준 식량에 고가의 이자를 지워 계산을 틀어 가다가 추수에 넘치는 한이 있게 되면 예사로 그때에 잡아떼고 작인은 굶어 죽든지 말든지 그것을 상관하지 않고 다시는 주지 않는 것이었다. (후략 …) (387쪽)

※※

그 이튿날 아침 일찍이 송지주는 최서방을 불러다 놓고 어젯저녁 벼에 탕감이 채 되지 못한 나머지 십 원을 들채기 시작했다.

어젯밤 밤새도록 한잠도 자지 못한 최서방의 눈은 쑨 죽처럼 풀어지고 눈알엔 발갛게 핏줄이 거미줄처럼 서리어 있었다.

"자네 농사는 참 금년에 장하게 되었네. 농사는 그렇게 근농으로 하지 않으면 이즘 전답 얻기도 힘드는 세상일세. 참 자네 농사엔 귀신이야. 그렇기에 그래도 근 백 원 돈을 이탁데탁 청당했지, 될 말인가."

하고 송지주는 점잖음을 빼고 최서방을 추어 하늘로 올려 보내며 다시,

"그런데 어제 오십이 원에서 사십이 원은 귀정이 된 모양이나 이제 나머지 십 원은 어쩔 셈인가? 조속히 그것도 해물고 세나 쇠야지?"

최서방은 없는 돈을 갚겠다지도 또한 안 갚겠다지도 어떻게 대답을 하여야 좋을지 몰라 한참이나 주저주저하다가,

"금년엔 물 수 없습니다. 그대로 지워 주십시오."

하고 그는 낮을 들지 못했다.

"물 수 없으면 어쩐단 말이야."

"그럼 없는 돈을 어찌합니까?"

"물지도 못할 걸 쓰기는 그럼 왜 그렇게 썼어, 응!"

"그 돈 꿨기에 주사님네 농사를 지어 바치지 않았습니까?"

"이놈, 나를 거저 지어 바친 것 같구나. 바루 원 천하의 말버릇 같으니. 에이 이놈."

그는 기다란 댓새를 최서방의 턱 앞에 훌근 내밀었다.

"아니 그럼 아시는 바, 한 말도 없는 벼를 무엇으로 돈을 장만해 내라하십니까."

"이놈, 그럼 없다고 안 물테냐, 응! 이놈아, 내가 너희들은 그래도 불쌍한 것이라고 특별히 먹여살렸건만, 에이, 이 은혜 모르는 놈, 이 놈 썩 나가, 전답도 모조리 다 내놓고 이 도야지 같은 놈, 아직도 밥을 굶어 보지 못하였던 거로구나."

하고 그는 누구를 집어삼킬 듯이 벌건 눈을 훌근거리며 댓새로 최서방의 턱을

받쳤다.

최서방은 이렇게 여지없는 욕설을 들을 때에, 아니 턱을 댓새로 받치울 때 담박 달려들어 댓새를 부러치고 대항도 하고 싶었으나 그는 약하였다. 그리고 머리끝까지 치밀어오르는 분이 진정할 수 없이 가슴을 뛰게 하였지만 또한 그는 말을 못 하였다. 나오려던 말은 입 안에서 돌돌 굴다 사라지고 말 뿐이었다. 최서방이 집으로 나간 뒤 끝에 송지주는 곧 멈돌을 불러 가지고 막살이로 쫓아 나와서 약간한 가장으로 십 원을 또한 탕감치려 하였다. 위선 그는 멈돌을 시켜 김장을 하여 넣은 독과 부엌에 건 솥을 뽑아 내왔다. (391~393쪽)

● **아내** ─────────────────────────────

성 별 여자

나 이(추정포함) 이십대 후반쯤으로 추정함.

출생지 및 거주지, 활동 공간 출생지는 알 수 없으며, 십 년 전에 남편 최
　　　　　　서방과 이 농촌으로 이사와 남편의 농사일을 돕다 송지주와 남
　　　　　　편이 싸우고나서는 막살이를 떠나 조그마한 도회로 나가 삯바
　　　　　　느질과 삯빨래를 하여 서간도 행 차비 마련을 도움.

직 업 일정한 직업이 없음.

출신계층 하류계층일 것으로 추정함.

교육정도 무학일 것으로 추정함.

가족관계 남편 최서방과 두 살짜리 어린애가 있음.

인물관계 남편의 심정을 이해하고 그를 도움.

인물의 존재방식(사회계층) 집안일과 남편의 일을 도우며 어린애를 키우는
　　　　　　최서방의 아내로서 집안의 어려움을 함께 헤쳐나가려는 의지를
　　　　　　보임.

성 격

　　① 남편의 울분을 들어주고 그의 뜻을 이해해 줌.

② 가난한 집안의 어려움을 남편과 함께 헤쳐나가려는 의지를 보임.

성격 지표 및 인물 제시방식

～～～

"에이."

그는 자기도 모르게 이렇게 부르짖으며 두 주먹을 불끈 쥐었다. 그리고 부르르 떨었다.

"왜 그러우?"

산후에 중통을 하고 난 그의 아내는 발치목에서 어린애 젖을 빨리고 있다가 무엇을 생각하고 있는 듯하던 남편이 그같이 알지 못할 소리를 지르고 떠는 주먹을 보고 의아하게도 이렇게 물었다. 남편은 아무런 대답도 없이 여전히 부르쥔 주먹을 펴지 못하고 떨었다. 한참 만에 그는 입을 열었다.

"여보 마누라, 우리는 여름내 무엇을 하였소."

이 소리는 매우 친절하고 측은하고 어성이 고왔다.

"무엇을 하다니요. 농사하지 않았어요."

"그러면 지은 농사는 왜 없소."

아내는 이 소리에 실로 기가 막혔다. 정신이 아찔하여지고 대답이 나오지 않았다. 저녁때 남편이 매를 맞던 꼴과 송지주의 벼를 떼어 들어가던 현장이 눈앞에 갑자기 환하게 나타났다.

"에이."

그는 또다시 주먹을 부르르 떨었다.

아내는 어쩔 줄을 모르고 남편의 곁으로 다가앉으며 눈물을 흘렸다.

"울기는 왜 우오, 우리 의논 좀 하자는데."

하고 그는 다시 무엇을 생각하더니 아내를 노려보며 말끝을 이었다.

"마누라, 우리는 왜 빚을 졌는지 아시오?"

"호미와 강냉이(옥수수) 사다 먹지 않았어요?"

"그런데 우리는 그 호밋값을 왜 못 무오?"

아내는 기가 막혀 또 말문이 막혔다. 지난 여름에 사흘씩 굶어 떨던 그때의 현상이 또다시 눈앞에 나타났다. 남편도 이렇게 묻고 보니 생각은 새로이 알지 못할 눈물이 눈초리에 맺혔다. (388~389쪽)

※

"여보게 마누라, 남 보기에는 우리가 송주사네의 덕택으로 먹고 입고 사는 줄 알지만 실상 우리는 우리의 두 주먹으로 우리의 몸을 살린 것일세. 우리는 송주사의 은혜라고는 반푼 어치도, 도리어 그들한테 피를 빨리운 것일세. 내가 자네나 이렇게 핏기 없이 뽀독뽀독 마른 것이 모두 송주사한테 피를 빨린 탓일세. 우리가 그렇게 피와 땀을 흘리며 죽을 고생을 다하여 벌어 놓으면 그들은 그것을 가지고 잘 먹고 잘 입고, 그러고도 남으면 그 돈으로 또 우리의 피를 빠는 것일세. 그러면 금년의 우리가 벌은 그것으로 또 내년에 우리의 피를 줄 것이 아닌가. 어떻게 생각하면 그런 줄을 번연히 알면서 피를 빨리는 우리가 도리어 우스운 것일세. 그러기에 우리는 이제부터 피를 빨리우지 않게 방책을 연구하여야 되겠네. 그래서 자유롭게 살아야 되겠네. 만일 우리의 두 주먹이 없다 하면 그들은 당장에 굶어죽을 것일세. 죽고말고. 암 죽지, 죽어."

하고 그는 매우 흥분된 어조로 이렇게 장황히 부르짖었다. 그는 상당히 무엇을 깨달은 듯하였다. 아내는 이런 소리를 남편에게 듣기는 실상 이번이 처음이었다. 그리고 가슴이 시원하다는 듯이 빙그레 웃었다.

"글쎄, 참 그렇긴 하지만 어찌하우?"

아내는 무엇을 생각하는 듯하더니 한참 만에 어찌할 바를 모르겠다는 듯이 이렇게 물었다.

"어찌해, 싸워야 되지. 싸울 수밖에 없네. 그들의 앞에는 정의도 없고 인도도 없는 것을 어찌하나. 아니 이 세상이란 또한 역시 그런 것이니까. 남의 눈을 어떻게 파칙한 수단으로라도 가리우지 않고는 밥을 먹을 수 없는 것을 나는 이제야 비로소 깨달았네. 우리는 이제부터 이 모든 더러운 독사 같은 무리와 필사의 힘을 다하여 싸워야 되겠네. 싸워야 돼. 그래서 우리는……."

하고 그는 무엇을 더 말하려다가 참기 어려운 듯이 주먹을 또다시 부르르 떨었다.

"글쎄요, 아이 참 낼 아침밥 질 게 없으니 이 일을 또 어찌하우."

아내는 새삼스럽게 잊히지 못하던 아침거리가 머리에 또 떠올랐다.

"그러기에 싸우잔 말이야."

해어진 창 틈으로 바람은 씽씽 들어오지만 추운 줄도 모르고 이렇게 그들 내외는 생활고에 쪼들려 닥쳐오는 고통을 서로 하소연하며 정차 어찌 살꼬 하는 앞잡이길에 온 정신을 잃고 깊은 명상 속에서 밤이 새도록 헤매었다. (390~391쪽)

❀ _____

이때에 최서방은 더 참을 수 없었다. 여러 해를 두고 곪겨 오던 분은 일시에 탁 터져 나왔다. 마치 병의 물을 꿀덕꿀덕 거꾸로 쏟듯이,

"이놈!"

최서방은 주먹을 부르쥐었다. 그리고 입술을 푸들푸들 떨며 송지주와 마주 섰다.

"이놈이라니, 야이 이이 무지한 버릇없는 놈……아."

송지주는 어쩔 줄을 모르고 몽둥이를 찾아 사방을 살피며 덤볐다. 실상 그는 나이 오십에 이놈이라는 소리를 듣기는 이번이 처음이라, 젖 먹던 뱃까지 일어나 섰을 것도 그리 무리는 아니었다.

"에이, 이 독사 같은, 사람의 피를 빠는……."

하고 최서방은 허청 기둥에 세웠던 도끼를 들어 솥과 독을 단번에 부쉈다. '찌렁 때' 하고 깨어져 사방으로 달아는 소리는 마치 폭발이나 터지는 듯이 요란하였다.

"독을 깨깨깨 깨치면 이이 십 원은."

"이놈아, 이이 내 피는."

그들의 형세는 매우 험악하였다. 최서방은 앞에 들어오는 것이거든 무엇이든지 모조리 때려부술 듯이 주먹과 다리는 경련으로 와들와들 떨렸다.

이런 광경을 멀거니 보고 있던 그 아내는 세간의 전부인 독과 솥이 깨어져 없어지는 아까움보다 승리가 기쁘다는 듯이 빙그레 웃었다. (391~393쪽)

겨울은 가고 봄이 왔다. 어느 일기 좋은 따뜻한 날 석양에 무순(撫順) 차표를 손에다 각각 한 장씩 쥔 최서방 내외의 그림자는 S정거장 삼등 대합실 한구석에 나타났다. 그들의 영양부족을 말하는 수척한 얼굴은 몹시도 헬끔한 것이 마치 꿈속에서 보는 요물을 연상케 하였다. 더구나 아내의 등에 업힌 겨우 두 살밖에 안 되는 어린애는 추움에 시달렸음진지 한줌도 못 되리만치 배와 등이 거의 맞붙다시피 쪼그린데다가 바지저고리도 걸치지 못하고 알몸대로 업히어서 빼악빼악 하고 울며 떠는 꼴이란 차마 볼 수 없었다.

그들은 송지주와 싸운 그 자리로 그 막살이를 떠나, 끼니를 굶어가며 혹은 방앗간에서 그도 없으면 한길에서 밤새워 가며 정처없이 일자리를 찾아 돌아다니다가 어떤 조그마한 도회지에서 최서방은 삯짐과 품팔이로, 아내는 삯바느질과 삯빨래로 간신간신히 차비를 장만하였던 것이다. (394쪽)

● **차인꾼들**(호밋값 차인꾼, 포목값 차인꾼, 약값 차인꾼 등) ────────

성   별   남자

나   이(추정포함) 모두 삼십대쯤으로 추정함.

출생지 및 거주지, 활동 공간 그들의 출생지는 알 수 없으며, 주로 이 지역에 거주할 것으로 추정하며 막벌이로 품팔이로 남의 돈을 거두어 주기 때문에 활동 공간은 다양할 것으로 추정함.

직　　업　차인꾼

출신계층　하류계층

교육정도　무학이거나 보통학교 이하의 학력일 것으로 추정함.

가족관계　알 수 없음.

인물관계

　　　① 송지주가 빚 탕감으로 최서방이 한 해 농사지은 벼를 모두 빼
　　　　앗아 가자 냉소적으로 바라봄.

　　　② 송지주에게 한 해 농사지은 벼를 모두 빼앗긴 최서방의 처지를
　　　　이해하기는 하나, 돈을 받을 수 없어 화풀이로 최서방을 때림.

인물의 존재방식(사회계층)　농작이 없어 농사도 짓지 못하고 막벌이로 품팔
　　　　이로 남의 돈을 거두어 주는 사람들로서 하류계층에 속하는 인
　　　　물들임.

성　　격　인정이 있기는 하나, 빚을 받아 내야 하기 때문에 다소 거친 행
　　　　태를 보임.

성격 지표 및 인물 제시방식

꾰───────────

　섬멍이 틀기는 끝이 나고 이제는 작석이 시작되었다. 차인꾼들은 제각기 적
개책을 꺼내어 든다.

　"십오 원이니 섬 반은 주어야겠소."

　호밋값 차인꾼은 한 섬을 갓 되어 놓은 벼를 가로 깔고 앉으며 이렇게 말을
건넨다.

　"글쎄 준다는데 왜, 이리들 급하게 구오."

　최서방은 또 한 섬을 묶어 놓았다.

　"오 원이니 나는 반 섬이면 탕감이 되오."

　이것은 포목값[布木價] 차인꾼이 들채는 소리였다.

"섬 반이고 반 섬이고 글쎄 벼를 팔아서야 돈을 갚아도 갚지, 있는 벼가 어디로 도망을 치겠기에 이리들 보채오."

최서방은 위선 이렇게밖에 대답할 수 없었다.

"벼도 돈이고 볏값도 빤히 금이 났으니 어서들 갈라 주소. 괜히 이 치운데 어둡기나 전에 가게."

약값 차인꾼이 이렇게 말을 붙이고 또 한 섬을 깔고 앉는다.

"여보, 그것이 무슨 버릇들이오. 남의 벼를 그렇게 함부로 깔고 앉으니."

"그러니 날래들 갈라 주어요."

"글쎄, 팔아서야 준다는데 무얼 갈라 달라고 그래요."

"그러면 그럼 오늘도 안 주겠다는 말이오? 말이."

"안 주겠다는 게 아니라 벼를 팔아서 주마 하는데 되어 놓는 족족 한 섬씩 덮쳐 깔고 앉으니 어디 체면이 되었단 말이오, 그럼."

"그래 오늘내일하고 속여 온 당신의 체면은 그래서 잘됐단 말이오, 그래."

"오늘이야 글쎄 벼를 팔아서지요."

"그럼 오늘도 정말 안 줄 테요?"

"아니 못 주지요."

"정말."

"정말 아니고."

"정말."

"정말이야 글쎄."

"정말이야 글쎄가 무어야 이 자식!"

호밋값 차인꾼은 분이 치밀어 부들부들 떨리는 주먹을 부르쥐고 최서방의 턱 앞으로 바싹 다가섰다. 그리고 주먹을 훌끈 내밀었다. (382~383쪽)

행여나 벼로나 받을까 하고 온종일 추움에 떨면서 깔고 앉았던 볏섬을 놓아 준 차인꾼들은 마치 닭 쫓아가던 개가 지붕을 쳐다보는 격으로 눈들만 멀뚱멀뚱하여 어쩔 줄을 모르고 멀거니 서서 송지주의 분주히 왔다갔다하는 꼴만 쳐다보고 있었다. 그들은 한껏 분하면서도 우스웠다. 그래서 하하 하고 웃었다. 그러나 다시,

"돈 내라, 이놈아."

"오늘 저녁에 안 내면 죽인다!"

"저렇게 속이기만 하는 놈은 주먹 맛을 좀 단단히 보아야 아마 정신이 들걸." 하고 제각기 이렇게 부르짖으며 달려들었다. 그것은 마치 이제는 돈도 받기 글렀는데 그 사이에 품 놓고 다니던 분풀이로나 때워 버리려는 듯하였다.

그들은 골이 통통히 부어서 갖은 욕설을 거들며 덤비었다.

호밋값 차인꾼은 최서방의 멱살을 붙잡았다.

"놓아, 이렇게 붙잡으면 누굴 칠 테야."

최서방은 이제는 팔아서 준단 말도 할 수 없었다.

"못 치긴 하는데 이놈아."

호밋값 차인꾼은 최서방의 귀밑을 보기 좋게 한 개 갈겼다.

약값 차인꾼과 포목 차인꾼도 각각 한 개씩 갈겼다.

"아이."

최서방은 뒤로 비칠비칠하며 전신을 떨었다. 그리고 당연히 맞을 것이라는 듯이 아무런 반항도 안 했다.

"돈 내라 이놈아!"

호밋값 차인꾼은 이번에는 불두덩을 발길로 제겼다. 여러 차인꾼들도 또한 같이 제겼다.

"아이고."

최서방은 기절하여 번듯이 뒤로 나가넘어졌다. 넘어진 그의 코에서는 피가 흘렀다.

추움에 떨던 차인꾼들은 땀이 흠뻑이 났다. (384~385쪽)

예년은 말고 금년 일년만 하더라도 이 동리 앞벌에 지독한 가뭄이 들어 모두를 볏모를 말려 죽이다시피 하였지만 송지주의 작인치고도 오직 최서방 하나만이 인력으로도 도저히 인수(引水)할 수 없는 물을 빚을 얻어 가며 펌프를 세내어 물을 한 방울, 두 방을 빨아 올리게 하여 볏모를 꾸준히 구하여 온 것이었다. 이렇게 그는 오직 살겠다는 생존욕에서 남이 아니 하는 고생을 하여 가며 남 못 하는 수확을 하였지만 '수확'이라는 것을 걸금 주었던 송지주의 빚이라는 것이 고가의 이자까지 쓰로 나와 그로 하여금 도리려 가해를 지게 하여 그들의 피땀의 결정은 결국 송지주네 고방으로 들어가게 된 것이었다. 그리고 보니 그는 당장에 먹을 것이 없는 것이라, 농사를 지어 줄 셈치고 안 쓸 수 없어 사소한 용처를 외상으로 맡아 썼던 것이 일이 이렇게 되고 보니까 차인꾼들한테 매를 얻어맞는 경우에까지 이른 것이었다. 실상 그들의 빚은 송지주의 그것과는 다른 관계로 감사히 절하고 갚아야 될 것이건만, 더구나 호밋값이란 잊을 수 없는 것이었다.

이 지방 풍속에 으레 소작인이 먹을 것이 없으면 추수를 할 때까지 식량을 지주가 당해 주는 법이건만 유독 송지주만은 먼저 당해 준 식량에 고가의 이자를 지워 계산을 틀어 가다가 추수에 넘치는 한이 있게 되면 예사로 그때에 잡아떼고 작인은 굶어 죽든지 말든지 그것을 상관하지 않고 다시는 주지 않는 것이었다. 그래서 금년에 최서방은 사흘이라는 기나긴 여름날을 굶다 못하여 이전부터 친분이 있던 그 고을에서 호미장사하는 사람을 찾아가서 그런 사정을 말하였다. 그도 가난을 겪어 본 사람이라 지극히 불쌍히 여겨, 호미를 두 포대나 맡아 준 것이었다. 그래서 최서방네 내외는 주린 창자를 회복시켜 오늘까지 목숨을 이어 온 그러한 호밋값이었다.

그런데 그는 오늘 마지막으로 뚜드린 벼를 지주의 권력에 못 이겨, 이 아닌 추운 겨울에 쫓겨날까 두려워 호밋값을 미리 끊어 주지 못하고 그의 빚에 그만 탕감을 치워 버린 것이었다. (387쪽)

※※

최서방은 지금 불김이 기별도 하지 않는 차디찬 냉돌에 누워서 발길에 차인 불두덩과 주먹에 맞은 귀밑이 쑤시고 저림도 잊어버리고 불덩이같이 뜨거운 햇볕이 내리쪼이는 들판에서 등을 구워 가며 김메는 생각과 오늘 하루의 지난 역사를 머릿속에 그리어 본다.

'나는 왜 여름내 피땀을 흘리며 김을 매었노. 그리고 호밋값을 왜 미리 못 끊어 주었을꼬 송지주는 왜 그렇게 몹시도 악할꼬 나는 왜 그리 약한고 나는 못난이다. 사람의 자식이 왜 이리 못났을까? 그런데 차인꾼들은 나를 왜 때렸노 그들은 너무도 과하다. 아니 아니 그런 것이 아니다. 그들도 밥을 얻기 위하여 나와 그렇게 피를 보게 싸웠던 것이다. 그들은 내가 피땀을 흘리며 여름내 농사를 짓는 것과 조금도 다름이 없이 그래야만 입에 밥이 들어오기 때문일 것이다. 아니 그들은 농작이 없어 농사도 짓지 못하고 막벌이로 품팔이로 저렇게 남의 돈을 거두어 주고 목숨을 붙여 가는 그들이 나보다 도리어 불쌍하다. 나는 조금도 그들을 욕할 수 없다. 야속달 수 없다. (후략 …)' (387~388쪽)

저본 1995년 동아출판사 출간 『한국소설문학대계 22』

계용묵 桂鎔默 1904~1961

평부 선천 출생. 1922년 단편 「상환(相換)」이 『조선문단』에 당선되어 문단에 등장했다. 초기에는 「최서방」(1927), 「인두주지(人頭袾蜘)」(1928) 등 신경향파적인 작품을 발표했다. 10년 여의 침묵을 지킨 다음, 1934년 「제비를 그리는 마음」으로 문단에 다시 등장한 그는 1935년 수작 「백치 아다다」를 발표하면서 활발한 작가활동을 전개한다. 그는 「장벽」(1935), 「금순이와 닭」(1935), 「신사 허재비」(1935), 「오리알」(1936), 「고절」(1937), 「청춘도」(1938), 「마부」(1939), 「병풍에 그린 닭이」(1939), 「캉가루의 조상이」(1939) 등을 발표하는데, 여기서는 본래적인 인간의 순수한 인간성을 탐구하는 한편, 현실에 적응하지 못하는 지식인의 갈등과 좌절을 다루고 있다. 「회서」(1940), 「신기루」(1940), 「시골 노파」(1941) 등의 단편을 발표하였는데, 순수묘사, 압축된 정교미로써 서민들의 애환을 그려내었다. 이후로 계용묵은 단편 「금단(禁斷)」(1946), 「별을 헨다」(1946), 「바람은 그냥불고」(1947) 등에서 해방 직후의 혼란한 사회상을 반영하고 그 문제점들을 적극적으로 비판하고 있다.

조명희

낙동강

발 표 년 도	『조선지광』 제69호(1927.7)
시대적 배경	1920년대 일제강점기, 이른 겨울 낙동강 건너마을
핵 심 서 사	① 이른 겨울의 어두운 밤, 낙동강 어귀에서 청년회원, 형평사원, 여성동맹원, 소작인조합 사람, 사회운동단체 사람들이 ○○감옥의 미결수로 있다가 병이 위중하여 보석 출옥하는 박성운을 인력거에 싣고 마을로 들어가는 길임.
	② 낙동강을 건너는 배에서 로사가 부르는 강개하고도 굳센 맛이 있는 뱃소리를 듣는 박성운은 해외에 가서 다섯를 떠돌아다니는 동안에도 낙동강을 잊어 본 적이 없다며 회한에 젖는데, 다시 배에서 내린 일행은 병인을 인력거에 싣고 건넌마을을 향해 어둠을 뚫고 움직여 나감.
	③ 조부는 뱃사공이었고 부친은 농부였으며, 농업학교를 마치고 군청 농업 조수로 일하던 박성운은 3 · 1 운동이 발생하자 이에 가담하여 적극적으로 활동하다 붙잡혀 1년 6개월간 옥살이를 함.
	④ 출옥하여 보니 모친은 세상을 뜨고 부친은 집도 없이 누이동생에게 얹혀살고 있음을 안 박성운은 아버지를 따라 서간도로 이주하지만, 그곳에서도 그 나라 관헌의 압박과 횡포에 이리저리 떠돌다 급기야는 아버지조차 잃어버리지만, 그 뒤에도 일관하게 독립운동을 하다 5년 후 민족주의자에서 사회주의자로 변모하여 귀국함.
	⑤ 귀국한 박성운은 서울에서 사회운동에 가담하였으나, 극심한 파벌다툼에 실망하고 민중 속으로 들어가기 위해 귀향함.
	⑥ 고향으로 돌아온 박성운은 고향 개혁운동을 시작하여 야학을 설립하고 농민 교화를 시도하며, 소작인조합을 결성하고 소작쟁의를 일으키자 당국이 이와 같은 활동들을 탄압하기 시작하여 더 이상 사회운동을 할 수 없게 되고 조직은 분열되어 신뢰하던 동지는 서간도로 떠나는데, 박성운은 조선에 남아 더욱 강고한 현실변혁의 의지를 고취함.
	⑦ 이와 같은 개혁운동의 과정에서 형평사원의 딸인 로사를 만남.
	⑧ 농민들이 기대어 생계를 유지하던 낙동강 기슭 수만 평의 갈밭이 일본인 소유가 되자 혈서 동맹회를 조직하여 당국에 항거하다 실패하자 갈밭의 갈대를 베어버리는 사태가 발생하고 이를 말리는 관리자와 농민들 사이에 싸움이 벌어지고 이 과정에서 성운은 주동자로 지목 받아 투옥되어 지독한 고문을 받아 병이 위독해져 병보석으로 풀려났으나 결국 죽고 맘.
	⑨ 마을 사람들이 박성운의 장례를 장엄하게 치른 후, 백정의 딸 로사는 박성운이 걸었던 길을 새롭게 가기 위해 구포역을 떠나 대륙으로 향함.
주 제	① 가난에 대한 계급적 인식
	② 일제의 수탈상과 잔인성
	③ 현실을 변혁하기 위한 실천적 투쟁 의지
등 장 인 물	박성운, 로사, 박성운의 아버지, 로사의 아버지, 로사의 어머니

● 박성운 ────────────────────────

성 별 남자

나 이(추정포함) 이십대 중후반으로 추정함.

출생지 및 거주지, 활동 공간

　① 고향인 경상도 낙동강 어귀 구포마을에서 어부의 손자, 농부의
　　아들로 태어남.

　② 서당으로, 보통학교로, 도립 간이 농업학교를 다님.

　③ 군청 농업조수로 한두 해를 일함.

　④ 독립운동에 참여함.

　⑤ 서간도로 이주함.

　⑥ 남북만주, 노령, 북경, 상해 등지를 다섯 해 동안을 떠돌아다니며
　　독립운동을 함.

　⑦ 고국(조선)으로 돌아와 서울에서 일을 하려 함

　⑧ 자기 출생지인 경상도로 와서 남조선 일대를 망라하여 사회운동
　　단체를 만들고 낙동강 하류 연안지방의 한 부분을 떼어 맡아서
　　일을 함.

　⑨ 낙동강 갈밭 문제 선동자로 붙들려 가 검찰당국의 지독한 고문을
　　당하고 두어 달 동안 검사국에 갇혀 있음.

　⑩ 감옥이 미결수로 있다가 병이 위중한 까닭으로 보석 출옥하였으
　　나 며칠 뒤 죽음. (서당, 보통학교, 도립 간이농업학교를 마치고, 군청
　　농업조수로 한두 해 있음, 독립운동투사로 활동하다 일년 반 동안 철창
　　생활함, 아버지와 서간도로 이주 후 떠돌다가 아버지를 여의고 남북만
　　주, 노령, 북경, 상해 등지를 돌아다니며 독립운동에 노력함, 고국에
　　돌아와 경상도로 와서 사회운동단체를 만들었음, 농민교양과 교화에
　　힘쓰고 소작조합을 만들어 동척에 대항운동을 일으킴, 낙동강 기슭의

갈밭이 국유 미간지처리로 일본인 가등에게 넘어가버려 항거 중 선동
자라는 혐의로 검사국에 두어 달 동안 있음.)

직   업   군청농업조수, 민족주의자, 사회주의자

출신계층   낙동강 어귀의 하류계층

교육정도   서당, 보통학교, 도립 간이농업학교를 마침.

가족관계   낙동강 어부인 할아버지, 농부인 아버지·어머니, 성운의 누이
         (자씨) 등이 있었음.

인물관계   사회주의자로서, 연인 사이이며 여자청년회동맹원인 로사, 청년
         회원, 소작조합의 친구, 소작인조합원, 여성동맹원, 형평사원,
         사회운동단체 사람들과 유대가 깊음.

인물의 존재방식(사회계층)   경상도 낙동강 어귀 하류계층의 사회주의자로서
         독립운동과 사회주의 운동에 헌신하는 지식인

성   격
         ① 1920년대 일제강점기 아래에서 조선의 현실을 자각하면서 독립
           운동과 사회주의 운동을 전개하는 등 강인한 정신과 신념을 지님.
         ② 낭만적이고 정이 많으나 단연하고 책임감이 강함.

성격 지표 및 인물 제시방식

    이른 겨울의 어두운 밤, 멀리 바다로 통한 낙동강 어귀에는 고기잡이 불이
근심스러이 졸고 있고, 강기슭에는 찬 물결의 울리는 소리가 높아질 때다. 방금
차에 내린 일행은 배를 기다리느라고 강 언덕 위에 옹기종기 등불에 얼비쳐
모여 섰다. 그 가운데에는 청년회원, 형평사원, 여성동맹원, 소작인조합 사람,
사회운동단체 사람들이 대부분을 차지하였다. 동저고시 바람에 헌모자 비스듬
히 쓰고 보따리 든 촌사람, 검정 두루마기, 흰 두루마기, 구지레한 양복, 혹은
루바시카 입은 사람, 재킷 깃 위에 짧은 머리털이 다팔다팔하는 단발랑, 혹은

그대로 틀어 얹은 신여성, 인력거 위에 앉은 병인, 그들은 ○○감옥의 미결수로 있다가 병이 위중한 까닭으로 보석 출옥하는 박성운이란 사람을 고대 차에서 받아서 인력거에 실어 가지고 마을로 들어가는 길이다.

"과연, 들리는 말과 같이 지독했구면. 그같이 억대호 같던 사람이 저렇게 될 때야 여간 지독한 형벌을 하였겠니. 에라 이 몹쓸놈들."

이 정거장에 마중을 나와서야 비로소 병인을 본 듯한 사람의 말이다.

"그래 가지고도 죽으면 병이 나서 죽었다 하겠지."

누가 받는 말이다.

"그러면, 와 바로 병원을 갈 일이지, 곧장 이리 온단 말고?"

"내사 모른다. 병인 당자가 한사라고 이리 온닥 하니……." (256~257쪽)

٭٭٭

병인은 인력거에서 내리며 부축되어 배에 올랐다. 일행이 오르자 배는 삐꺽삐꺽 하는 노 젓는 소리와 수라수라 하는 물 젓는 소리를 내며 저쪽 기슭을 바라보고 나아간다. 뱃전에 앉은 병인은 등불빛에 보아도 얼굴이 참혹하게도 야위어졌음을 알 수 있다.

"보소, 배 부리는 양반, 뱃소리나 한마디 하소. 예?"

"각중에 이 사람, 소리는 왜 하라꼬?"

옆에 앉은 친구의 말이다.

"내 듣고 싶다…… 내 살아서 마지막으로 이 강을 건너게 될는지도 모를 일이다……."

"에라 이 백주 쩜 없는 소리만 탕탕……."

"아니다, 내 참 듣고 싶다. 보소, 배 부리는 양반, 한마디 아니 하겠소?"

"언제, 내사 소리할 줄 아능기오."

"아, 누가 소리해 줄 사람이 없능가? ……아, 로사! 참 소리하소, 의…… 내가 지은 노래 하소."

옆에 앉은 단발랑을 조른다.

"노래하라꼬?"

"응, '봄마다 봄마다' 해라, 의."

"봄마다 봄마다
불어 내리른 낙동강물
구포벌에 이르러
넘쳐넘쳐 흐르네
흐르네— 에 — 헤 — 야.
……"

(… 중략 …)

그 노래 제삼절을 마칠 때에 박성운은 몹시 히스테리컬하여진 모양으로 핏대를 올려 가지고 합창을 한다.

"천 년을 산 만 년을 산
낙동강! 낙동강!
하늘가에 간들
꿈에나 잊을쏘냐
잊힐쏘냐— 아— 하야."

노래는 끝났다. 성운은 거진 미친 사람 모양으로 날뛰며, 바른팔 소매를 걷어 들고 강물에다 잠그며, 팔을 물에 적셔보기도 하며, 손으로 물을 만지기도 하고 끼얹어 보기도 한다. 옆사람이 보기에 딱하던지

"이 사람, 큰일났구먼. 이 병인이 지금 이 모양에, 팔을 찬물에다정구고 하니, 어쩌잔 말고."

"내사 이래 죽어도 좋다. 늬 너무 걱정 마라."

"늬 미쳤구나…… 백죄……."

그럴수록에 병인은 더 날뛰며 옆에 앉은 여자에게 고개를 돌려

"로사! 늬 팔 걷어라. 내 팔하고 같이 이 물에 정궈 보자, 의."

여자의 손을 잡아다가 잡은 채 그대로 물에다 잠그며 물을 저어본다.

"내가 해외에 가서 다섯 해 동안을 떠돌아 다니는 동안에도, 강이라는 것이 생각날 때마다 낙동강을 잊어 본 적은 없었다…… 낙동강이 생각날 때마다, 내가 이 낙동강의 어부의 손자요, 농부의 아들임을 잊어 본 적도 없었다…… 따라서, 조선이란 것도."

두 사람의 손이 힘없이 그대로 뱃전 너머 물 위에 축 처져 있을 뿐이다. 그는 다시 눈앞의 수면을 바라다보며 혼자말로

"그 언제인가 가을에 내가 송화강(松花江)을 건널 적에, 이 낙동강을 생각하고 울은 적도 있었다…… 좋은 마음으로 나간 사람 같고 보면, 비록 만리 밖을 나가 산다 하더라도 그같이 상심이 될 리 없으련마는……"

이 말이 떨어지자, 좌중은 호흡조차 은근히 끊어지는 듯이 정숙하였다. 로사의 들었던 고개가 아래로 떨어지며 저편의 손이 얼굴로 올라갔다. 성운의 눈에서도 한 방울의 굵은 눈물이 뚝 떨어졌다. (258~260쪽)

꽃

그의 말과 같이, 박성운은 과연 낙동강 어부의 손자요 농부의 아들이었다. 그의 할아버지는 고기잡이로 일생을 보내었었고 그의 아버지는 농사꾼으로 일생을 보내었었다. 자기네 무식이 한이 되어 그 아들이나 발전을 시켜 볼 양으로 그리하였던지, 남 하는 시세에 좇아 그대로 해보느라고 그리하였던지, 남의 논밭을 빌려 농사를 지어 구차한 살림을 해나가면서도, 어쨌든 그 아들을 가르쳐 놓았다. 서당으로, 보통학교로, 도립 간이농업학교로…….

그가 농업학교를 마치고 나서, 군청 농업 조수로도 한두 해를 있었다. (…중략…)

그러다가, 마침 독립운동이 폭발하였다. 그는 단연히 결심하고 다니던 것을 헌신짝같이 집어던지고는, 독립운동에 참가하였다. 일 마당에 나서고 보니 그는 열렬한 투사였다. 그때쯤은 누구나 예사이지마는 그도 또한 일년 반 동안이나 철창생활을 하게 되었었다.

그것을 치르고 집이라고 나와 보니 그 동안에 자기 모친은 돌아가고, 늙은 아버지는 집도 없게 되어 자기 딸(성운의 자씨)에게 가서 얹혀 있게 되었다. 마침 그해에도 이곳에서 살 수가 없게 되어 서북간도로 떠나가는 이사꾼이 부쩍 늘 판이다. 그들의 부자도 그 이사꾼들 틈에 끼여 멀리 고향을 등지고 떠나가게 되었었다.(아까 부르던 그 낙동강 노래란 것도 그때 성운이 지어서 읊던 것이었다.)

서간도로 가보니, 거기도 또한 편안히 살 수가 없는 곳이었다. 그 나라의 관헌의 압박, 횡포는 여간이 아니었다. 그들 부자도 남과 한가지로 이리저리 떠돌았다. 떠돌다가 그야말로 이역 타향에서 늙은 아버지조차 영원히 잃어버리게 되었다.

그 뒤에 그는 남북 만주, 노령, 북경, 상해 등지에 돌아다니며, 시종이 일관하에 독립운동에 노력하였었다. 그러는 동안에 다섯 해의 세월은 갔다. 모든 운동이 다 침체하고 쇠퇴하여 갈 판이다. 그는 다시 발길을 돌려 고국으로 향하게 되었다. 그가 조선으로 들어올 무렵에, 그의 사상성에는 큰 전환이 생기었다. 그것은 다른 것이 아니라 이때껏 열렬하던 민족주의자가 변하여 사회주의자로 되었다는 말이다.

그가 갓 서울로 와서, 일을 하여보려 하였으나, 그도 뜻과 같지 못하였다. 그것은 이 땅에 있는 사회운동단체란 것이 일에는 힘을 아니쓰고, 아무 주의주장에 틀림도 없이, 공연히 파벌을 만들어 가지고, 동지끼리 다투기만 일삼는 판이다. (… 중략 …) 그는 분연히 떨치고 일어서며,

"이 파벌이란 시기가 오면 자연히 궤멸될 때가 있으리라."

고 예언같이 말을 하여 던지고서는, 자기 출생지인 경상도로 와서 남조선 일대를 망라하여 사회운동단체를 만들어서 정당한 운동에만 힘을 쓰게 되었다.

그리고 자기는 자기 고향인 낙동강 하류 연안지방의 한 부분을 떼어 맡아서 일을 보게 되었다.

그리고 그는 이 땅의 사정을 보아,

"대중 속으로!"

하고 부르짖었다. (261~262쪽)

그가 처음으로, 자기 살던 옛마을을 찾아와 볼 때에 그의 심사는 서글프기 가이없었다. 다섯 해 전 떠날 때에는 백여 호 대촌이던 마을이 그 동안에 인가가 엄청나게 줄었다. 그 대신에 예전에는 보지도 못하던 크나큰 함석지붕집이 쓰러져 가는 초가집들을 멸시하여 위압하는 듯이 둥두렷이 가로 길게 놓여 있다. 그것은 묻지 않아도 동척창고임을 알 수 있다. (… 중략 …) 다만 그 시절에 사립문 앞에 있던 해묵은 느티나무[槐木]만이 지금도 그저 그 넓은 마당 터에 홀로 우뚝 서 있을 뿐이다. 그는 쫓아가서, 어린아이 모양으로 그 나무 밑동을 껴안고 맴을 돌아 보았다 뺨을 대어보았다 하며 좋아서 또는 슬퍼서 어찌할 줄을 몰랐다. 그는 나무를 안은 채 눈을 감았다. 지나간 날의 생각이 실마리같이 풀려 나간다. 어렸을 때에 지금 하듯이 껴안고 맴돌기, 여름철에 꼭대기까지 기어 올라가 매미 잡다가 대머리 벗겨진 할아버지에게 꾸지람당하던 일, 마을의 젊은이들이 그네를 매고 놀 때엔 자기도 그네를 뛰겠다고 성화 받치던 일, 앞집에 살던 순이란 계집아이와 같이 나무그늘 밑에서 소꿉질하고 놀 제 자기는 신랑이 되고 순이는 새악시가 되어 시집가고 장가가는 흉내를 내던 일, 그러다가 과연 소년 때에 이르러 그 순이란 처녀와 서로 사모하게 되었던 일, 그 뒤에 또 그 순이가 팔려서 평양인가 서울로 가게 될 제, 어둔 밤, 남모르게 이 나무 뒤에 숨어서 서로 붙들고 울던 일, 이 모든 일이 다 생각에서 떠돌아 지나가자 그는 흐르륵 느껴지는 숨을 길게 한 번 내어쉬고는 눈을 딱 떴다.

"내가 이까짓 것을 지금 다 생각할 때가 아니다…… 에잇…… 째……."
하고 혼자 중얼거리고는 이때껏 하던 생각을 떨어 없애려는 듯이 획 발길을 돌려 걸어나갔다. 그는 원래 정(情)의 사람이었다. 그러나 그는 근래에 그 감정을 의지로 누르려는 노력이 많은 터이다.

'혁명가는 생무쪽 같은 시퍼런 의지의 마음씨를 가져야 한다!'

이것이 그의 생활의 모토이다. 그러나 그의 감적은 가끔 의지의 굴레를 벗어나서 날뛸 때가 많았다.

그는 먼저 일할 프로그램을 세웠다. 선전, 조직, 투쟁 — 이 세 가지로. 그리하여 그는 먼저 농촌 야학을 실시하여 가지고 농민 교양에 힘을 썼었다. 그네와 감적을 같이할 양으로 벗어붙이고 들이덤비어 그네들 틈에 끼여 생일도 하고, 농사 일터나, 사랑구석에 모인 좌석에서나, 야학시간에서나, 기회가 있는 대로 교화에 전력을 썼었다.

그 다음에는 소작조합을 만들어 가지고 지주, 더구나 대지주인 동척의 횡포와 착취에 대하여 대항운동을 일으켰었다. (262~264쪽)

❀ ―――――――――

아무리 열성이 있으나, 아무리 참을성이 있으나, 이 땅에서는 어찌할 수 없었다. 모든 것이 침체되고 말 뿐이다. 그리하여 작년 가을에 그의 친구 하나는 분연히 떨치고 일어서며,

"내 구마 밖으로 갈란다. 여기에서 무슨 일을 할 수 있는가? 하자면 테러지. 테러밖에는 더 없다."

"아니다. 그래도 여기 있어야 한다. 우리가 우리 계급의 일을 하기 위하여는 중국에 가서 해도 좋고 인도에 가서 해도 좋고 세계의 어느 나라에 가서 해도 마찬가지다. 하지마는 우리 경우에는 여기 있어 일하는 편이 가장 편리하다. 그리고 우리는 죽어도 이 땅 사람들과 같이 죽어야 할 책임감과 애착을 가지고 있다."

이같이 권유도 하였으나, 필경에 그는 그의 가장 신뢰하던 동무 하나를 떠나 보내게 되고 만 일도 있었다. (264쪽)

❀ ―――――――――

졸고 있는 이 땅, 아니 움츠러들고 있는 이 땅, 그는 괴칠할이 생기고 말았다. 그것은 다른 것이 아니다. 이 마을 앞 낙동강 기슭에 여러 만 평이 되는 갈밭이 하나 있었다. 이 갈밭이란 것도 낙동강이 흐르고 이 마을이 생긴 뒤로부터, 그 갈을 베어 자리를 치고 그 갈을 털어 삿갓을 만들고, 그 갈을 팔아 옷을

구하고, 밥을 구하였었다. (… 중략 …) 그 갈밭은 벌써 남의 물건이 되고 말았다. 그것은 이 촌민의 무지로 말미암아, 십 년 전에 국유지로 편입이 되었다가 일본 사람 가등이란 자에게 국유미간지 철일[拂]이라는 명의로 넘어가고 말았다. 이 가을부터는 갈도 벨 수가 없었다. (… 중략 …) 자기네 목숨이나 다름없이 알던 촌민들은 분김에 눈이 뒤집혀 가지고 덮어놓고 갈을 베어 제쳤다. 저편의 수직꾼하고 시비가 생겼다. 사람까지 상하였다. 그 끝에 성운이 선동자라는 혐의로 붙들려 가서 가뜩이나 검찰당국에서 미워하던 끝에 지독한 고문을 당하고 나서 검사국으로 넘어가 두어 달 동안이나 있다가 병이 급하게 되어 너온 터이다.

그런데 여기에 한 에피소드가 있다. 그것은 이해 여름 어느 장날이다. 장거리에서 형평사원들과 장꾼 — 그중에도 장거리 사람들과 큰 싸움이 일어났다. 싸움 시초는 장거리 사람 하나가 이곳 형평사 지부 앞을 지나면서 모욕하는 말을 한 까닭으로 피차에 말이 오락가락하다가 싸움이 되고 또 떼싸움이 되어서, 난폭한 장거리 사람들이 몽둥이를 들고 형평사원 촌락을 습격한다는 급보를 듣고, 성운이가 앞장을 서서, 청년회원, 소작인조합원 심지어 여성동맹원까지 총출동을 하여가지고 형평사원 편을 응원하러 달려갔었다. 싸움이 진정된 후,

"늬도 이놈들, 새 백정이로구나"
하는 저편 사람들의 조소와 만매(慢罵)를 무릅쓰고도 그는,

"백정이나 우리나 다 같을 사람이다…… 다만 직업의 구별만 있을 따름이다…… 무릇 무슨 직업이든지, 직업이 다르다고 사람의 귀천이 있는 것은 결코 아니다. 그것은 옛날 봉건시대 사람들의 하는 말이다…… 더구나 우리 무산계급은 형평사원과 같이 손을 맞붙잡고 일을 하여나가지 않으면 아니된다…… 그러므로 형평사원을 우리 무산계급은 한 형제요, 동무로 알고 나아가야 한다……."
하고 여러 사람 앞에서 열렬히 부르짖은 일이 있었다. (264~266쪽)

이러할 때도, 로사는 으레같이 성운에게로 달려가서 하소연한다. 그럴 것 같으면 성운은,

"당신은 최하층에서 터져나오는 폭발탄 같아야 합니다. 가정에 대하여, 사회에 대하여, 같은 여성에 대하여, 남성에게 대하여, 모든 것에 대하여 반항하여야 합니다."

하고 격려하는 말도 하여준다. 그럴 것 같으면 로사는 그만 감격에 떠는 듯이 성운의 무릎 위에 쓰러져 얼굴을 파묻고 운다. 그러면 성운은 또,

"당신은 또 당신 자신에 대하여서도 반항하여야 되오. 당신의 그 눈물— 약한 것을 일부러 자랑하는 여성들의 그 흔한 눈물도 걷어치워야 되오…… 우리는 다 같이 굳센 사람이 되어야 합니다."

이같이 로사는 사랑의 힘, 사상의 힘으로 급격히 변화하여가는 사람이 되었다. 그의 본 성명도 로사가 아니었다. 어느 때 우연히 로사 룩셈부르크의 이야기가 나올 때에 성운이가 웃는 말로,

"당신 성도 로가로 하니, 아주 로사라고 지읍시다, 의. 그리고 참말로 로사가 되시오."

하고 난 뒤에 농이 참이 된다고, 성명을 아주 로사로 고쳐버린 일이 있었다. (268쪽)

● **로사**

성   별 여자
나   이(추정포함) 이십대 초반으로 추정함.
출생지 및 거주지, 활동 공간
        ① 서울 여자고등보통학교에 가기 전까지 부모의 고향인 경상도 낙동강 연안에서 자람,

② 서울로 가서 여자고등보통학교를 졸업하고, 사범과까지 마침.

③ 함경도 보통학교의 여훈도가 됨.

④ 하기방학 중 고향(경상도)에 내려옴.

⑤ 여성동맹원이 됨.

⑥ 성운이 죽자 그가 밟았던 길을 따르기 위해 고향을 떠나 북으로 향함.

직   업 함경도 보통학교 판임관(여훈도)

출신계층 낙동강 어귀의 형평사원인 하류계층

교육정도 여자고등보통학교 졸업, 사범과를 마친 뒤 여훈도가 됨.

가족관계 수육업을 하는 형평사원인 부모, 여동생 등이 있음.

인물관계 사회주의자인 박성운의 영향을 받아 사회주의 사상을 접하고 여성동맹원으로 활동함.

인물의 존재방식(사회계층) 경상도 낙동강 어귀의 형평사원의 딸로서 고등교육을 받아 여훈도가 되지만, 사회운동에 참여하고 사회주의자의 길을 걸음.

성   격

① 귀염성이 있고 눈물이 많지만, 신식교육을 받은 여성으로 의지가 굳으며 의연함.

② 일제강점기 조선의 현실을 체험하며 여성동맹원으로 활동하며 사회주의자의 길을 걷고자 하는 실천력과 결연함이 있음.

성격 지표 및 인물 제시방식

"아, 누가 소리해줄 사람이 없능가?…… 아, 로사! 참 소리하소, 의…… 내가 지은 노래 하소."

옆에 앉은 단발랑을 조른다.

"노래하라꼬?"

"응, '봄마다 봄마다' 해라, 의."

"봄마다 봄마다

불어 내리는 낙동강물

구포벌에 이르러

넘쳐넘쳐 흐르네

흐르네 – 에 – 헤 – 야.

…………."

경상도의 독특한 지방색을 띤 민요(民謠) '닐리리 조'에다가 약간 창가 조를
섞은 그 노래는 강개하고도 굳센 맛이 띠어 있다. 여성의 음색으로서는 핏기가
과하고 음률로서는 선(線)이 좀 굵다고 할 만한, 그러나 맑은 로사의 육성은
바람에 흔들리는 강물결의 소리를 누르고 밤하늘에 구슬프게 떠돌았다. 하늘의
별들도 무엇을 느낀 듯이 눈을 끔벅끔벅하는 것 같았다. 지금 이 배에 오른
사람들이 서북간도 이사꾼들은 비록 아니었지마는 새삼스러이 가슴이 울리지
아니할 수 없었다. (258~259쪽)

───

이 말이 떨어지자, 좌중은 호흡조차 은근히 끊어지는 듯이 정숙하였다. 로사
의 들었던 고개가 아래로 떨어지며 저편의 손이 얼굴로 올라갔다. 성운의 눈에
서도 한 방울의 굵은 눈물이 뚝 떨어졌다.

한동안 물소리만 높았다. 로사는 뱃전에 늘어져 있던 바른손으로 사나이의
언 손을 꼭 잡아당기며,

"인제 그만둡시다, 의."

이 말끝 악센트의 감칠맛이란 것은 경상도 여자의 쓰는 말 가운데에도 가장
귀염성이 드는 말투였다. 그는 그의 손에 묻은 물을 손수건으로 씻어 주며 걷었
던 소매를 내려준다.

배는 저쪽 언덕에 가 닿았다. 일행은 배에서 내리자, 먼저 병인을 인력거

위에다 싣고는 건넌마을을 향하여 어둠을 뚫고 움직여 나갔다. (260쪽)

※※

    그것은 이해 여름 어느 장날이다. 장거리에서 형평사원들과 장꾼 ─ 그중에도 장거리 사람들과 큰 싸움이 일어났다. 싸움 시초는 장거리 사람 하나가 이곳 형평사 지부 앞을 지나면서 모욕하는 말을 한 까닭으로 피차에 말이 오락가락하다가 싸움이 되고 또 떼싸움이 되어서, 난폭한 장거리 사람들이 몽둥이를 들고 형평사원 촌락을 습격한다는 급보를 듣고, 성운이가 앞장을 서서, 청년회원, 소작인조합원 심지어 여성동맹원까지 총출동을 하여가지고 형평사원 편을 응원하러 달려갔었다. 싸움이 진정된 후,

    "늬도 이놈들, 새 백정이로구나"

하는 저편 사람들의 조소와 만매(慢罵)를 무릅쓰고도 그는,

    "백정이나 우리나 다 같을 사람이다…… 다만 직업의 구별만 있을 따름이다…… 무릇 무슨 직업이든지, 직업이 다르다고 사람의 귀천이 있는 것은 결코 아니다. 그것은 옛날 봉건시대 사람들의 하는 말이다…… 더구나 우리 무산계급은 형평사원과 같이 손을 맞붙잡고 일을 하여나가지 않으면 아니된다…… 그러므로 형평사원을 우리 무산계급은 한 형제요, 동무로 알고 나아가야 한다……."

하고 여러 사람 앞에서 열렬히 부르짖은 일이 있었다.

    이 뒤에, 이곳 여성동맹원에는 동맹원 하나가 더 늘었다. 그것이 곧 형평사원의 딸인 로사다. 로사가 동맹원이 된 뒤에는 자연히 성운과도 상종이 잦아졌다. 그럴수록에 두 사람의 사이는 점점 가까워지며 필경에는 남다른 정이 가슴속에 깊이 들어 배게까지 되었었다.

    로사의 부모는 형평사원으로서, 그도 또한 성운의 부모와 마찬가지로 딸일망정 발전을 시켜 볼 양으로 그리하였던지 서울을 보내어 여자고등보통학교를 졸업시키고 사범과까지 마친 뒤에 여훈도가 되어 멀리 함경도땅에 있는 보통학교에 가서 있다가 하기 방학에 고향에 왔던 터이다. 그의 부모는 그 딸이 판임관

이라는 벼슬을 한 것이 천지개벽 후에 처음 당하는 영광으로 알았었다.
(265~266쪽)

그러나, 천만뜻밖에 그 몹쓸 큰 싸움이 난 뒤부터 그 딸이 무슨 여자청년회동맹이니 하는 데 푸떡푸떡 드나들며, 주의자니 무엇이니 하는 사나이 틈바구니에 끼여 놀고 하더니, 그만 가 있던 곳도 아니 가겠다. 다니던 벼슬도 내어놓겠다 하고 야단이다. 그리하여 이네의 집안에는 제일 큰 걱정거리가 생으로 하나 생기었다. 달래다, 구슬리다, 별별 소리로 다 타일러야 그 딸이 좀처럼 듣지를 않는다.

필경에는 큰소리까지 나가게 되었다.

"이년의 가시네야! 늬 백정놈의 딸로 벼슬까지 했으면 무던하지, 그보다 무엇이 더 나은 것이 있더노?"

하고 그의 아버지가 야단을 칠 때에,

"아배는 몇백 년이나 몇천 년이나 조상 때부터 그 몹쓸 놈들에게 온갖 학대를 다 받아 왔으며, 그래도 그 몹쓸놈들의 썩어 자빠진 생각을 그저 그대로 가지고 있구먼. 내사 그까짓 더러운 벼슬이고 무엇이고 싫소구마…… 인자 참사람 노릇을 좀 할란다."

하고 딸이 대거리를 할 것 같으면,

"아따 그년이 가시내, 건방지게…… 늬 뭐라 캤노? 뭐라 캐?"

그의 어머니는 옆에서 남편의 말을 거드느라고,

"야, 늬 생각해 보아라. 우리가 그 노릇을 해가며 늬 공부시키느라꼬 얼마나 애를 먹었노 늬 부모를 생각기로 그럴 수가 있는가? …… 자식이라꼬 딸자식 형제에서 늬만 공부를 시킨 것도 다 늬 덕을 보자꼬 한 노릇이 아니냐?"

"그러면, 어매 아배는 날 사람 노릇 시킬라꼬 공부시킨 것이 아니라, 돼지 키워서 이(利) 보드끼 날 무슨 덕 볼라꼬 키워 논 물건으로 알았는게오?"
(266~267쪽)

이리하고 난 뒤에 로사는 그 자리에 폭 엎으러져서 흑흑 느껴 가며 울기도 하였다. 그것은 그 부친에게 야단을 만나고 나서 분한 생각을 참지 못하여 그러하는 것만도 아니었다. 그의 부모가 아무리 무지해서 그렇게 굴지마는, 그 무지함이 밉다가도 도리어 불쌍한 생각이 난 까닭이었다.

이러할 때도, 로사는 으레같이 성운에게로 달려가서 하소연한다. 그럴 것 같으면 성운은,

"당신은 최하층에서 터져나오는 폭발탄 같아야 합니다. 가정에 대하여, 사회에 대하여, 같은 여성에 대하여, 남성에게 대하여, 모든 것에 대하여 반항하여야 합니다."

하고 격려하는 말도 하여준다. 그럴 것 같으면 로사는 그만 감격에 떠는 듯이 성운의 무릎 위에 쓰러져 얼굴을 파묻고 운다. 그러면 성운은 또,

"당신은 또 당신 자신에 대하여서도 반항하여야 되오. 당신의 그 눈물— 약한 것을 일부러 자랑하는 여성들의 그 흔한 눈물도 걷어치워야 되오…… 우리는 다 같이 굳센 사람이 되어야 합니다."

이같이 로사는 사랑의 힘, 사상의 힘으로 급격히 변화하여가는 사람이 되었다. 그의 본 성명도 로사가 아니었다. 어느 때 우연히 로사 룩셈부르크의 이야기가 나올 때에 성운이가 웃는 말로,

"당신 성도 로가고 하니, 아주 로사라고 지읍시다, 의. 그리고 참말로 로사가 되시오."

하고 난 뒤에 농이 참이 된다고, 성명을 아주 로사로 고쳐버린 일이 있었다. (268쪽)

병든 성운을 둘러싼 일행이 낙동강을 건너 어둠을 뚫고 건넌마을로 향하여 가던 며칠 뒤 낮결이었다. 갈 때보다도 더 몇 배 긴긴 행렬이 마을 어귀에서부터

강 언덕을 향하고 뻗쳐 나온다. 수많은 깃발이 날린다. 양렬로 늘어선 사람의 손에는 긴 외올 벳자락이 잡혀 있다. 맨 앞에 선 검정테 두른 기폭에는 '고 박성운 동무의 영구'라고 써 있다.

(… 중략 …)

이루 다 셀 수가 없다. 그 가운데에는 긴 시구같이 이렇게 벌여서 쓴 것도 있었다.

'그대는 평시에 날더러, 너는 최하층에서 터져나오는 폭발탄이 되라, 하였나이다. 옳소이다. 나는 폭발탄이 되겠나이다.

그대는 죽을 때에도 날더러, 너는 참으로 폭발탄이 되라, 하였나이다. 옳소이다. 나는 폭발탄이 되겠나이다.'

이것은 묻지 않아도 로사의 만장임을 알 수 있었다.

이 해의 첫눈이 푸뜩푸뜩 날리는 어느 날 늦은 아침, 구포역(龜浦驛)에서 차가 떠나서 북으로 움직이어 나갈 때이다. 기차가 들녘을 다 지나갈 때까지, 객차 안 들창으로 하염없이 바깥을 내다보고 앉은 여성이 하나 있었다. 그는 로사이다. 그는 돌아간 애인의 밟던 길을 자기도 한번 밟아 보려는 뜻인가 보다. 그러나 필경에는 그도 멀지 않아서 다시 잊지 못할 이 땅으로 돌아올 날이 있겠지. (269쪽)

● **박성운의 아버지** ─────────────────────────

성   별 남자
나   이(추정포함) 성운의 나이로 볼 때 사십대 중후반 정도로 추정함.
출생지 및 거주지, 활동 공간
　　① 경상도 낙동강 부근에서 농사꾼으로 일생을 보냄.
　　② 독립운동이 일어나고 집도 없게 되어 딸(성운의 자씨)에게 가서 얹혀 있게 됨.

③ 성운과 함께 서북간도로 이주함.

④ 이리저리 떠돌다가 이역 타향에서 죽음.

직 업 농사꾼

출신계층 소작농으로서의 하류계층

교육정도 무학으로 추정함.

가족관계 낙동강 어부인 그의 아버지, 그의 아내, 딸, 아들 성운 등이 있음.

인물관계 소작농으로서 아들을 교육시키는 데 정성을 쏟음.

인물의 존재방식(사회계층) 경상도 낙동강 부근(구포마을) 소작농으로서 구
차한 살림을 해나가면서도 무식이 한이 되고 아들을 발전시켜
볼 양으로 교육을 시킴.

성 격

① 자식을 교육시켜 자신 무식의 한을 풀고 자식을 발전시켜야겠다
는 의지가 강함.

② 아들을 보람스럽고 대견하게 여김.

③ 성실하고 책임감이 강함.

성격 지표 및 인물 제시방식

꽃

　그의 말과 같이, 박성운은 과연 낙동강 어부의 손자요 농부의 아들이었다.
그의 할아버지는 고기잡이로 일생을 보내었었고 그의 아버지는 농사꾼으로
일생을 보내었었다. 자기네 무식이 한이 되어 그 아들이나 발전을 시켜 볼 양으
로 그리하였던지, 남 하는 시세에 좇아 그대로 해보느라고 그리하였던지, 남의
논밭을 빌려 농사를 지어 구차한 살림을 해나가면서도, 어쨌든 그 아들을 가르
쳐 놓았다. 서당으로, 보통학교로, 도립 간이농업학교로……

　그가 농업학교를 마치고, 나서 군청 농업조수로도 한두 해를 있었다. 그럴
때에 자기 집에서는 자기 아들이 무슨 큰 벼슬이나 한 것같이 여기며, 만나는

사람마다 자기 아들 자랑하기가 일이었었다. 그리할 것 같으면 동네 사람들은 또한 못내 부러워하며, 자기네 아들들도 하루바삐 어서 가르쳐 내놀 마음을 먹게 된다.

(… 중략 …)

그것을 치르고 집이라고 나와 보니 그 동안에 자기 모친은 돌아가고, 늙은 아버지는 집도 없게 되어 자기 딸(성운의 자씨)에게 가서 얹혀 있게 되었다. 마침 그해에도 이곳에서 살 수가 없게 되어 서북간도로 떠나가는 이사꾼이 부쩍 늘 판이다. 그들의 부자도 그 이사꾼들 틈에 끼여 멀리 고향을 등지고 떠나가게 되었었다.(아까 부르던 그 낙동강 노래란 것도 그때 성운이 지어서 읊던 것이었다.)

서간도로 가보니, 거기도 또한 편안히 살 수가 없는 곳이었다. 그 나라의 관헌의 압박, 횡포는 여간이 아니었다. 그들 부자도 남과 한가지로 이리저리 떠돌았다. 떠돌다가 그야말로 이역 타향에서 늙은 아버지조차 영원히 잃어버리게 되었었다. (261쪽)

● **로사의 아버지**

성　　별　남자

나　　이(추정포함)　로사를 이십대 초반으로 보았을 때 사십대 중반 정도로 추정함.

출생지 및 거주지, 활동 공간　경상도 낙동강 부근의 마을에서 자라 백정으로 수육업을 함.

직　　업　수육업, 형평사원

출신계층　하류계층(하층민)

교육정도　무학으로 추정함.

가족관계　형평사원인 부인, 딸 로사를 비롯한 딸자식 형제가 있음.

인물관계　형평사원으로 활동함.

인물의 존재방식(사회계층)

　① 경상도 낙동강 어귀의 하층민인 백정으로서 형평사원으로 활동함.

　② 여훈도가 된 딸의 덕을 보려고 하지만, 딸인 로사가 사회운동에 빠져들자 딸과 대립함.

성　격

　① 딸일망정 자식을 교육시키겠다는 의지가 강함.

　② 백정의 딸이 벼슬을 하였다고 영광스럽게 생각하며 자식 덕을 보려함.

　③ 딸의 벼슬을 기틀삼아 신분상승을 꾀하려 함.

　④ 다소 가부장적임.

성격 지표 및 인물 제시방식

　로사의 부모는 형평사원으로서, 그도 또한 성운의 부모와 마찬가지로 딸일망정 발전을 시켜볼 양으로 그리하였던지 서울을 보내어 여자고등보통학교를 졸업시키고 사범과까지 마친 뒤에 여훈도가 되어 멀리 함경도 땅에 있는 보통학교에 가서 있다가 하기 방학에 고향에 왔던 터이다. 그의 부모는 그 딸이 판임관이라 벼슬을 한 것이 천지개벽 후에 처음 당하는 영광으로 알았었다. 그리하여 그는,

　"내 딸이 판임관 벼슬을 하였는데, 나도 이 노릇을 더 할 수 있는가?"

하고는, 하여 오던 수육업이라는 직업도 그만두고, 인제 그 딸이 가 있는 곳으로 살러 가서 새 양반 노릇을 좀 하여볼 뱃심이었다. 이번에 딸이 집에 온 뒤에도 서로 의논하고 작정하여 놓은 노릇이다. 그러나, 천만뜻밖에 그 몹쓸 큰 싸움이 난 뒤부터 그 딸이 무슨 여자청년회동맹이니 하는 데 푸떡푸떡 드나들며, 주의자니 무엇이니 하는 사나이 틈바구니에 끼여 놓고 하더니, 그만 가 있던 곳도 아니 가겠다, 다니던 벼슬도 내어놓겠다 하고 야단이다. 그리하여 이네의 집안

에는 제일 큰 걱정거리가 생으로 하나 생기었다. 달래다, 구슬리다, 별별 소리로
다 타일러야 그 딸이 좀처럼 듣지를 않는다.

　필경에는 큰소리까지 나가게 되었다.

　"이년의 가시네야! 늬 백정놈의 딸로 벼슬까지 했으면 무던하지, 그보다 무엇
이 더 나은 것이 있더노?"

하고 그의 아버지가 야단을 칠 때에,

　"아배는 몇백 년이나 몇천 년이나 조상 때부터 그 몹쓸 놈들에게 온갖 학대를
다 받아 왔으며, 그래도 그 몹쓸놈들의 썩어 자빠진 생각을 그저 그대로 가지고
있구면. 내사 그까짓 더러운 벼슬이고 무엇이고 싫소구마…… 인자 참사람
노릇을 좀 할란다."

하고 딸이 대거리를 할 것 같으면,

　"아따 그년이 가시내, 건방지게…… 늬 뭐라 캤노? 뭐라 캐?"

　그의 어머니는 옆에서 남편의 말을 거드느라고,

　"야, 늬 생각해 보아라. 우리가 그 노릇을 해가며 늬 공부시키느라꼬 얼마나
애를 먹었노 늬 부모를 생각기로 그럴 수가 있는가? …… 자식이라꼬 딸자식
형제에서 늬만 공부를 시킨 것도 다 늬 덕을 보자꼬 한 노릇이 아니냐?"

　"그러면 어매 아배는 날 사람 노릇 시킬라꼬 공부시킨 것이 아니라, 돼지
키워서 이(利) 보드끼 날 무슨 덕 볼라꼬 키워 논 물건으로 알았는게오?"

　"늬 다 그 무슨 쏘리고? 내사 한마디 몬 알아듣겠다…… 아나, 늬 와 이라노?
와?"

　"구마, 내 듣기 싫소…… 내 맘대로 할라요."

할 때에, 그 아버지는 화가 버럭 나서,

　"에라 이…… 늬 이년의 가시내. 내 눈앞에 뵈지 마라. 내사 딱 보기 싫다
구마."

하고는 벌떡 일어나 나가버린다. (266~267쪽)

● 로사의 어머니 ─────────────────────────

성   별   여자

나   이(추정포함)   삼십대 후반이나 사십대 초반 정도로 추정함.

출생지 및 거주지, 활동 공간   출생지는 알 수 없으나, 경상도 낙동강 부근
　　　　　마을에서 남편의 수육업을 도움.

직   업   남편의 수육업을 도움.

출신계층   관습상 백정의 딸로 하류계층일 것으로 추정함.

교육정도   무학으로 추정함.

가족관계   딸 로사, 형평사원인 남편, 딸자식 형제가 있음.

인물관계   집안일을 전담하고 남편의 수육업을 도와주므로 다른 인물들과
　　　　　의 관계가 두드러지지는 않음.

인물의 존재방식(사회계층)   경상도 하층민인 형평사원으로서 자식을 교육시
　　　　　켜 덕을 보고자 함.

성   격
　　　① 남편에게 순종적이고 솔직함.
　　　② 딸의 행동에 답답해 하고 실망함.

성격 지표 및 인물 제시방식

꽃무늬
─────────

　로사의 부모는 형평사원으로서, 그도 또한 성운의 부모와 마찬가지로 딸일망
정 발전을 시켜볼 양으로 그리하였던지 서울을 보내어 여자고등보통학교를
졸업시키고 사범과까지 마친 뒤에 여훈도가 되어 멀리 함경도 땅에 있는 보통
학교에 가서 있다가 하기 방학에 고향에 왔던 터이다. 그의 부모는 그 딸이
판임관이라 벼슬을 한 것이 천지개벽 후에 처음 당하는 영광으로 알았었다.
그리하여 그는,

"내 딸이 판임관 벼슬을 하였는데, 나도 이 노릇을 더 할 수 있는가?"
하고는, 하여 오던 수육업이라는 직업도 그만두고, 인제 그 딸이 가 있는 곳으로
살러 가서 새 양반 노릇을 좀 하여볼 뱃심이었다. 이번에 딸이 집에 온 뒤에도
서로 의논하고 작정하여 놓은 노릇이다. (266쪽)

❀

"이년의 가시내야! 늬 백정놈의 딸로 벼슬까지 했으면 무던하지, 그보다 무엇
이 더 나은 것이 있더노?"
하고 그의 아버지가 야단을 칠 때에,
"아배는 몇백 년이나 몇천 년이나 조상 때부터 그 몹쓸놈들에게 온갖 학대를
다 받아왔으며, 그래도 그 몹쓸놈들의 썩어 자빠진 생각을 그저 그대로 가지고
있구먼. 내사 그까짓 더러운 벼슬이고 무엇이고 싫소구마…… 인자 참 사람
노릇을 좀 할란다."
하고 딸이 대거리를 할 것 같으면,
"아따 그년의 가시내, 건방지게…… 늬 뭐라캤노? 뭐라 캐?"
그의 어머니는 옆에서 남편의 말을 거드느라고,
"야, 늬 생각해 보아라. 우리가 그 노릇을 해가며 늬 공부시키느라꼬 얼마나
애를 먹었노 늬 부모를 생각기로 그럴 수가 있는가? 자식이라꼬 딸자식 형제에
서 늬만 공부를 시킨 것도 다 늬 덕을 보자꼬 한 노릇이 아니냐?"
"그러면 어매 아배는 날 사람 노릇 시킬라꼬 공부시킨 것이 아니라, 돼지
키워서 이(利) 보드끼 날 무슨 덕 볼라꼬 키워 논 물건으로 알았는게오?"
"늬 다 그 무슨 쏘리고? 내사 한마디 몬 알아듣겠다…… 아나, 늬 와 이라노
와?" (267쪽)

저본   1995년 동아출판사 출간 『한국소설문학대계 12』

조명희 趙明熙, 1894~1938

　　호는 포석(抱石). 처음에는 시를 쓰기 시작하여 「영혼의 한쪽 기행」, 「잔디밭 위에서」 등을 발표했으나, 『개벽』에 「땅 속으로」(1925)를 발표하여 소설가로 등단했다. 「R군에게」(1926), 「저기압」(1926), 「농촌 사람들」(1927), 「동지」(1927), 「한여름밤」(1927), 「낙동강」(1927), 「아들의 마음」(1928) 등의 단편으로 프로소설의 형성과 발전에 기여하혀 신경향파의 대표적 작가로 평가 받았다. 특히 「낙동강」(1927)은 이전까지 자연발생적인 수준에 머물던 '신경향파' 문학을 목적의식적인 '제2기' 문학, 즉 카프의 제1차 방향전환의 계기를 마련하여 프로문학운동이 발전하는 데 기여했다. 농민의 삶을 개혁하자는 내용의 「낙동강」은 일제 수탈의 구체적 현장이 농촌이었고 그 때문에 생긴 여러 궁핍상과 모순을 극복하기 위해서는 농민 자신의 목적의식적으로 조직화된 힘이 필요하다는 시각을 보여줌으로써 민족문학으로서의 성과를 성취하고 있다. 한편으로 그의 소설은 정치적인 목적의식은 짙으나 예술성이 희박하다는 평가를 받기도 한다.

　　작품에 「마음을 갈아먹는 사람들」(1926), 「새 거지」(1926), 「춘선이」(1928), 「이쁜이와 룡이」(1928) 등이 있다.

한설야

과도기

발 표 년 도	『조선지광』 제84호(1929.4)
시대적 배경	1925년 이후 함경도 흥남의 창리(흥남화학비료공장)와 구룡리
핵 심 서 사	① 창선이는 사 년 만에 되놈들의 등쌀에 간도에서 살 수 없어 아내와 어린 아들을 데리고 고향에 되돌아 옴.
	② 그러나 창선과 아내는 고향이 흘랑 없어진 것 같은 변화에 충격을 받고, 중국사람인지 조선사람인지 검푸른 공장복을 입은 사람들이 험상궂게 보여 그들을 지나친 다음, 흰옷 입은 사람에게 물어 그가 살던 고향 창리에 공장들이 들어서면서 마을 사람들이 구룡리로 옮겨갔다는 말을 듣고 다시 구룡리로 향함.
	③ 구룡리 뒷재가 둘로 갈라지고 갈라진 사이로 철돗길이 해변으로 뻗어져 있는 것을 본 창선은 정다웠던 옛 고향의 정경과 자신의 아내인 순남과 정분을 쌓던 일, 일본사람의 발동선이 들어오면서 목선으로 고기잡이를 하던 일도 그만두지 않으면 안되었고, 아버지마저 학대와 곤궁 속에 세상을 떠나고 형과 함께 바닷가 산전을 갈아먹을 수밖에 없었으며, 순남과 결혼한 창선은 살림이 점점 쪼들려만 가서 결국 고향을 떠나 간도로 갔던 일 등을 회상함.
	④ 그들이 찾아간 구룡리 역시 철돗길로 한복판이 끊어져버렸고, 창리에서 이사간 듯한 오막살이집들은 낯선 기차보다는 바다가 정다웠던지 바닷가 한쪽에 몰려가 있고, 형의 집을 찾으려고 물어볼 사람을 만나려고 했으나 한동안 사람이라고는 보이지 않음.
	⑦ 길가 어떤 아이에게 물어 형의 집에 찾아간 때는 날이 이미 어두컴컴한 때였으며, 놀랍고 반가워하는 어머니에게 중국인들의 억압과 일가족 몰살의 참상 등의 체험을 얘기하는데, 형은 포구를 만들어 주지 않아 고기가 잡히지 않자 살길이 막막하여 항의하러 읍에 가고 없었음.
	⑧ 밤이 이슥하여 형 창룡이 내외가 집에 돌아와 쌓이고 쌓인 회포와 지난 일들을 주고 받는 가운데, 처음 창리에 화학비료공장이 설 때 토지를 매수하여 동네사람들을 내쫓고, 읍내 유력자들과 공장주, 관청 등의 야바위에 넘어가 공장부지를 내주었는데 아직도 제대로 된 포구를 만들어 주지 않아 배를 맬 수도 없고 배가 부서져버려 고기를 제대로 잡을 수 없는 형편이라 회사로 도청으로 항의하러 다닌다는 사연을 형에게 들음.
	⑨ 그러는 사이 구룡리 주민들의 살림이 더욱 피폐해지자, 이 고장 주민들 중 뼈대 굵고 젊고 억대우같고 미욱스럽게 생긴 사람은 상투를 자르고 비료회사공장으로 들어가고, 늙고 약한 사람들은 개똥갈이나 부쳐 먹고, 잔고기 나부랭이나 잡으며, 또 어떤 사람은 화전이나 일궈 먹을까 하여 영원 장진으로 떠나가는데, 창선이 역시 공장으로 들어가기로 결심하고 직공시험(근력 다루기)에 합격하여 상투를 자르고, 감발 치며, 부삽 들고 콘크리트 반죽하는 생소한 사람이 됨.
주 제	일제 강점기 식민자본에 의한 조선 농어촌의 정략적 산업화와 그로 인한 농어민의 뿌리 뽑힌 삶의 참상, 그리고 노동자로의 전락 과정
등 장 인 물	창선, 창선의 아내, 어머니, 창선의 형 창룡

● 창선

─────────────────────────

성   별   남자

나   이(추정포함)   이십대 중후반쯤 되었을 것으로 추정함.

출생지 및 거주지, 활동 공간   흥남 창리에서 출생했을 것으로 추정하며,
그곳에서 거주하며 반농사(半農事), 반어로(半漁勞)로 생활을 하다
가세가 기울자 아내와 함께 간도로 갔다 다시 고향으로 돌아왔
으나 고향이 공장지대로 변하여 구룡리로 가족을 찾아와 노동
자가 되어 생활함.

직   업   반농민, 반어민

출신계층   어촌의 중류계층

교육정도   소학교나 보통학교 수준의 학력일 것으로 추정함.

가족관계   어머니, 형인 창룡 내외, 조카 남매, 아내인 순남, 아들인 간남,
등이 있음.

인물관계   주로 가족관계로서 어머니와 형 창룡과의 관계가 친밀하고 우
애 있게 나타남.

인물의 존재방식(사회계층)   흥남의 어촌 창리에서 농사일도 하고 자신의 집
어선이 들어오면 잡아온 고기도 팔며 어촌의 중류계층쯤으로
생활하다 일본사람의 발동선이 등장하면서부터 고기도 잡을 수
없게 되자 가정이 몰락하기 시작하여 간도로 갔다 그곳에서 온
갖 참상과 억압을 체험하고 고향에 돌아왔으나 공장이 들어서
고 철둣길이 놓여진 고향에서 자신도 어쩔 수 없이 피폐해져
가는 현실을 타개하고자 생소한 노동자로 전락함.

성   격
① 고향에 대한 애착이 많음.
② 인정이 많고 친화력이 있음.

③ 현실을 판단하는 안목과 결단력이 있음.

④ 현실에 안주하기보다는 현실을 타개하려는 의지와 비판력이 있음.

성격 지표 및 인물 제시방식

────────────────

창선이는 사 년 만에 옛 땅으로 돌아왔다. 돌아왔다느니보다 몰려왔다.

되놈의 등쌀에 간도에서도 살 수 없게 된 때에 한낱 광명과 같이 생각되며 덮어놓고 발끝이 향하여진 곳이 바로 예 살던 땅이었다.

그러나 밤을 타서 몰래 두만강 청얼음판 기어 이 땅에 넘어 들어 와본즉 벌써 제서 생각하던 바와는 아주 딴판이었다.

'밭 하루 갈이, 논 두어 마지기 살 돈만 벌었으면 흥타령을 부르며 고향으로 가겠는데……'

창선이는 간도에 살 때에도 고향을 잊어본 일은 없었고 어떻게 전량(錢糧)을 쥐기만 하면 고향으로 돌아가리라고 일구월심 생각하였다. 더욱 저쪽의 관리, 경찰, 군대 — 이런 것들이 겨끔내기로 갈마들며 세금이라 부역이라 잔등에서 피나게 굴고 엎친 데 덮치기로 구차한 사람은 밤 사이에 도망갈 염려가 있다고 매질, 글겅이질을 더 세우는 판에 고향 생각이 억세게 간절해졌다.

고향에도 물론 글겅이 패거리와 채찍 든 악바리들이 있는 것은 잘 알고 있었다. 또 그들의 학정도 무수히 받아보았다. 그러나 고향 생각만 밀몰아 사무쳐오는 통에 악바리들 생각보다 뒷소리로라도 입을 모아 함께 화풀이하던 이웃 사람 생각만이 고스란히 되살아와서

"에라, 같은 값이면 예 살던 땅, 옛 이웃 사람들을 찾아가느니라."

고 떠나 돌아왔던 것이다.

그러나 막상 돌아와 보니 자기를 반겨 맞아주는 곳은 아무데에도 없었다.

'고국산천이 그립다! 죽어도 돌아가 보리라'

하던 생각은 점점 엷어져갔다. 그리고 옛 마을 뒷고개에 올라선 때에는 두근두근하는 새로운 불안까지 생겼다.

'무슨 낯으로 일가친척과 동네 사람들을 대할까! 개똥밭 한 뙈기 살 밑천도 없이……'

그러며 창선이는

"후우."

길게 한숨을 쉬었다. 그래도 가슴은 막막할 뿐이었다. 그는 하염없이 고개 잔등에 턱 서며 꾸둥쳐 졌던 가장집물을 내려놓았다.

한숨 쉬어 가지고 좀 거뜬한 걸음으로 반가운 고향을 찾을 참이었다. (181~182쪽)

❁ _____

"여보, 이거 영 딴판이 됐구려!"

창선이는 흘낏 아낙을 보며 눈이 둥그레졌다.

고향은 알아볼 수가 없게 변하였다. 변하였다기보다 홀랑 없어진 것 같았다. 그리고 그 대신 오리만큼씩 되어 보이는 긴 벽돌집, 얼기설기한 쇠사슬집, 쇠고깔을 뒤집어쓴 둥그러 검은 무쇠통집, 그리고 겹으로 된 긴 철길이며 아슬아슬한 굴뚝들이 잠뿍 들어서 있었다.

"저게 다 무슨 기곗간인가?"

"참 원, 저 거먼 게 다 뭐유?…… 아, 저쪽이 창리(그들이 살던 곳)가 아니우?"

아낙은 설마 그래도 고향이 통째로 날아갔거나 영장이 되었으리라고는 믿지 않았다. 어디든지 그 근방에 남아 있을 것 같았고 금시 아물아물 뵈는 것 같기도 했다.

"저 바닷가까지 기곗간이 연달려 나갔는데 원 어디 마을이 있다구 그러우. 가만있자, 저기가 형제바위(바닷가에 있는 쌍바위)고 저기가 쿵쿵이(파도가 심한 여울)인데……."

"글쎄…… 저게 다 뭔가."

아낙도 둘레둘레 찾아보나 옛 마을의 모습이라고는 아무데서도 찾아볼 수 없었다.

"아무래도 마을은 날아난 것 같아."

"강면장네랑 최순검네도 다 어디 갔는가?"

"그런 사람이야 국록을 먹는데 어디 간들 못 살겠소."

"그래도 우리처럼 홀홀 옮기겠소? 강돼지(면장)네는 삼백 년인지 오백 년인지 어느 임금 때부터 이 땅에 살았다는데…… 그리고 최순검이야 독립군 잡아준 공으로 저 사람네도 만만히 굴지 못하다지 않소. 그러니 어디로 가라 마라 할 수 없지 않소." (183~184쪽)

창선은 끙끙거리면서 다시 짐을 짊어졌다.

"점심밥이 좀 남았던가?"

"웬 게 남아요…… 찔게(반찬) 없는 밥 암만 먹어야 배가 일어서야지."

그들은 턱도 없는 곳을 향하여 걸어갔다. 길쭉길쭉한 벽돌집(회사 사택)들이 병대같이 규칙 있게 산비탈에 나란히 서 있다.

평바닥에는 고래등같이 커다란 공장들이 들어차 있다. 높다란 굴뚝들이 거만스럽게 우뚝우뚝 버티고 서 있다.

이쪽에는 잘방게 같은 오막살이 집들이 굵은 벽돌집 서슬에 불려갈 듯이 황송히 쪼크리고 있다. 호떡집에서 나는 가는 연기가 자기네와 인연 있는 살림 표적 같아서 창선이는 다심한 눈으로 바라보며 걸어갔다.

검푸른 공장복에다 진흙빛 감발을 친 청인인지 조선사람인지 일인인지 모를 눈에 서투른 사람들이 바쁘게 쏘다닌다.

허리를 질끈질끈 동여맨 소매 기다란 중국사람들이 왈왈거리며 지나간다.

조선사람이라고 생각되는 사람들은 어울리지 않는 감발을 치고, 상투를 갓 자르고 남도 사투리를 쓰는 패뿐이다. 옛날같이 상투 짜고 곰방대를 든 친구들은 하나도 볼 수가 없었다.

창선이는 그런 패를 만날 때마다 무엇을 물어볼 듯이 머뭇머뭇하곤 하였다.

그러나 웬일인지 말이 나가지 않았다. 그리하여 여러 패를 그저 지나 보내었다. 입에서 금시 말이 나갈 듯하다가는 짐짓 막혀버리고 혹여 어디에 보던 사람이 있겠지 하는 생각이 들며 딴 데를 두릿두릿 살펴보았다.

얼마를 그렇게 가다가 창선이는 저 멀리서 흰옷 입은 사람이 하나가 오는 것을 보았다. 그러나 역시 멀리서 보아도 예 보던 사람같이 흙 냄새, 물고기 냄새 나는 텁텁한 사람은 아니다. 그런데 다만 그가 혼자서 오는 데서 적이 마음이 누그러지며 그에게 말을 물어보리라고 창선이는 생각하였다. (184~185쪽)

※

"저기 오는 사람에게 물어보문 알겠지. 설마 산 사람 입에 거미줄 치겠소. 막벌이라도 해먹지 뭘……."

창선이는 인제 막다른 골목에 서는 듯, 여기서 맨주먹을 휘두르면서라도 헤치고 나가야겠다는 생각이 들었다.

"여보시오."

창선이는 앞에 오는 흰옷 입은 사람을 부르며 주춤하였다.

"여기 저 바닷가 창리가 어디로 갔는지 모르겠소?"

"창리요?"

하고 그는 창선이 내외를 아래위로 훑어보다가 대수롭지 않게 대답하였다.

"저 고개 너머 구룡리로 갔소. 벌써 언제라구……."

"구룡리요?"

창선이는 조금 숨이 나왔다. 구룡리는 잘 아는 곳이었다. 고향은 아니라도 고향 사촌쯤은 되는 곳이다. 집이 몇 채 있고 길이 어떻게 난 것까지 머리에 남아 있었다.

"저 구룡리 말이지요…… 그래 창리 집들은 죄다 그리로 갔나요? 혹 창룡이(그의 형)라고 모르겠소?"

"알 수 없는데요."

하고 흰옷 입은 노동자는 바쁜 걸음으로 지나쳐버렸다.

창선이는 그 사람이 가는 편을 흘낏 바라보고는 아낙을 향하여 애오라지 웃음을 보였다.

"구룡리로 갔다는구려. 웬 판국인지 이놈의 조화를 누가 안담."

"뒈질 놈들, 해필 창리라야 맛인가……."

"거기가 알짬이거든. 생긴 것만 보라구…… 하기사 살기 좋은 곳부터 뺏들어 먹는 놈들이 아닌가."

두 내외는 바로 구룡리 뒷재를 향하여 걸어갔다.

좀 기운이 나는 것 같았다. 짐을 진 남편의 등판도 좀 가뿐해진 것 같았고 아낙의 보퉁이도 얼마쯤 가벼워지는 듯했다. (186~187쪽)

※

구룡리 뒷재는 언청이처럼 둘로 짝 갈라져 있고 그 째진 사이로 철돗길이 살대같이 해변으로 뻗어져 있었다. 철도 길목에 올라서니 레일이 남북으로 한없이 늘어져 있다. 어디서 왔는지, 어디까지 갔는지 끝간 데가 아물아물 사라져 보이지 않았다.

변해진 모든 것이 놀랍고 야단스러워 보였다. 그러나 그만큼 눈에 서툴고 인정모가 보이지 않았다. 소수레나 고깃배가 얼마나 정답게 생각혀지는지 몰랐다. 왱왱 하는 기차소리는 아무래도 귀에 아츠러웠다.

창선이는 꿈인 듯 옛일이 새로워졌다. 산비탈 다박머리 소나무 그늘 아래 낮잠 자던 그 옛일이 어제런 듯 새로워졌다. 두세 오리 전선줄에 강남제비 쉬어 가는 그 봄철에 밭 갈던 기억이 그리워졌다. 구운 가자미에 차조밥 점심을 든든 히 먹고 엉금엉금 김매던 그 밭이 정다워 보였다. 동네 아이들 — 검둥이, 센둥 이, 앞방녀, 뒷방쇠가 첫새벽부터 황소, 암소들을 척척 걸터타고 「아리랑」, 「산 염불」을 부르며 소먹이러 다니던 것도 바로 이 근방이다. (187~188쪽)

이 고장은 대개 절반 농사요 절반은 고기잡이기 때문에 어린아이들도 두 가지 일을 하였다. 고기 잘 잡히는 해면 어린아이들도 하루 수삼십 전 벌이를 하였다. 또 그 일 때문에 처녀 총각이 만나는 도수가 많았고 또 예사로 이야기들을 하였다.

이러한 중에서 창선이도 지금의 아낙을 만났던 것이다. 시쳇말로 하면 연애를 했던 것이다.

"야, 이거 안 먹니 뉘?"

창선은 개눈깔사탕을 사가지고 가서 소를 먹이다가 일부러 순남이(그의 아낙) 곁에 가까이 가서 개눈깔사탕을 쥔 손을 번쩍 들며

"뉘?"

하고 소리를 쳤다.

"내!"

"내다!"

아이들은 연해 연방 이렇게 나도나도 소리소리 외치며 덤비었다.

"옛다, 순남이 첫째다!"

창선은 누가 먼저 '내' 했겠든지, 그런 건 아잘 것 없이 애초의 예정한 대로 한두 알 순남에게 주고는 남은 것은 제 입에 몽땅 쓸어 넣었다.

"야, 순남아, 깨물어 먹지 말고 녹여라. 뉘가 더 오래 녹이나 내기할까?"

그러면 여러 아이들은 부러워서 침을 꿀떡꿀떡 삼킨다.

"저 간나새끼 사(私)를 쓰ㄴ 누나. 내가 먼전데 어째 순남일 주니."

"옳다, 저 애가 먼저다. 그 담에 낸데…… 너…… 순남이 네 각시?."

"내 순남이 어머니한테 이르지 않는가 봐라."

이렇게 철없는 불평이 터지곤 했다. 그러면 멋모르는 순남이는 약이 올라 악을 썼다.

"야, 이 종간나새끼, 각시란 건 무시기냐? 야, 이 간나야, 넌 울 어머니에게

무스거 이르겠니? 너는 어째 쌍돌이 꽈리를 가졌니?"

"이 간나, 내 언제 가졌니?"

이렇게 싸움이 터지기도 하였다. 그러나 이런 것이 모두 소박한 그들의 가슴에 잊을 수 없는 뿌리를 내리었다.

나이 먹을수록 창선이와 순남이는 서로 내외를 하게 되었다. 어떤 때는 까닭 없이 외면하는 일도 있었다. 그러나 내외를 하고 외면을 하니만큼 이면의 그 무엇은 커질 뿐이었다.

김을 매다가도 순남이가 메나물이나 달래 캐러 나온 것을 보기만 하면 창선이는 사람 보지 않는 틈을 타서 그리로 가곤 하였다.

"뭘 캐니? 메냐?"

"메를 캐는기 있어야지…… 깊이 파야 모래 속에 있어…….."

순남이는 흘깃 보고는 고개를 반쯤 돌렸다. 말씨도 전보다 한결 점잖아지고, 하는 태도도 마냥 숫처녀다워졌다.

"내 캐줄까? 오늘 저녁에 메떡을 먹으러 간다, 응?"

"누가 오지 말라니…… 오늘 저녁에 메떡을 하겠다."

"야 정말? 나 꼭 간다. 그러다가 너희 집에서 욕하문 어쩌겠니?"

"언제 욕먹어봐니. 와보지도 않구고…….."

이리하여 순박한 마음은 풀 수 없게 맺어졌다. (189~191쪽)

⁂

창선이는 자기 집 고깃배만 포구에 들어오면 부리나케 나가서 고기팔이를 하였다. 그 일 하는 것이 창선이에게는 가장 큰 기쁨이었다. 그것은 날마다 순남이가 고기받이를 오기 때문이었고 은근한 희망이 따르는 일이었기 때문이다.

창선이는 새벽부터 배에 올라가 신이 나서 고기를 세어 넘기곤 하였다..

"한 드름에 얼마요?"

고기받이꾼이 이렇게 물으면,

"석 냥어치면 목대가 부러지오."

하고 창선이는 대답하였다.

"석 두름만 세오."

그러면 창선이는 기다란 '찍개'를 들고 고기 대가리를 찍어 아낙네들의 함지박에 세어 넘기었다.

"하나요, 둘이요…… 열이요 이런나니 한 두름…… 자 세 마리 더 넘어가오 이런나니 또 새로 하나이요, 둘이요…….."

창선이는 나이 젊고 고기 다루는 데 그리 익숙하지 못해서 흔히 아낙네들 것만 세곤 하였다. 한차례 세고 이마에 땀이 주르르 해서 느른한 허리를 펴며 고개를 들면, 그를 둘러싼 아낙네 틈에는 으레 순남이가 끼여 있었다.

고기 세는 사람이 한둘이 아니니까 순남이는 똑바로 창선이의 앞에 함지박을 내려놓지 않고 그저 그저 그의 앞 비스듬히 내려놓고는, 발끝을 내려다보다가는 가없는 너른 바다에 말없이 시선을 주곤 하였다. 그때마다 순남이의 얼굴은 어쩐지 좀 붉어지는 듯했다.

그러면 창선이는 비쭉 웃고 명태 중에서 알 잘 든 놈을 골라가며, 찍개로 척척 찍어 그의 함지박에 세어놓았다. 어물어물 한 두름에 예닐곱 마리씩은 으레 더 넘겨주었다. (191~192쪽)

※

그런데 어느덧 세월은 점점 이 사람들에게 나쁘게만 변하여갔다. 발동선이 새로 바다의 주인으로 등장하였다. 그리하여 돈 가진 사람과 일본사람의 큰 배 하나가 이 고장 어부들의 조그만 목선 몇십 척씩을 밀어젖히면서 독판을 치게 되었다.

그래서 결국 창선이네도 대대로 해오던 고기잡이를 그만두지 않으면 안되었고 아버지마저 학대와 곤궁 속에 세상을 떠난 뒤 창선이는 형과 함께 바닷가 산전을 갈아 먹고사는 수밖에 없었다. 그때 창선이는 순남이와 결혼하게 되었으나 살림은 점점 쪼들려만 가서 하는 수 없이 정든 고향을 떠나 간도로 갔던 것이다.

그런데 이제 다시 고향에 돌아와 보니 옛 땅은 그때보다 또 더 달라졌다. 산도 그랬고 물도 그랬다.

검은 뱀 같은 철둣길이 어려서 뛰놀던 뒷고개를 갈라 먹고 포구에는 그립던 목선들의 그림자가 거의나 사라져버렸다.

구수한 흙냄새와 맑은 동해바람이 풍기던 옛 마을이 온데간데없어지고 맵짠 쇠냄새 나는 공장과 벽돌집들이 거만스럽게 배를 붙이고 사람을 깔보고 있는 것이다.

소수레 위에 구성지던 아리랑소리가 끊어지고 웽웽거리는 부수레(기차)소리 가 아무래도 내 것, 내 소리 아닌 딴청으로 울어댔다.

조그만 집들은 산비탈 으슥한 곳으로 밀려가고 노가다패가 제로라고 쏘다닌 다.

땅은 석탄 먼지에 꺼멓게 절고, 배따라기 요란하던 포구는 파도소리 홀로 쓸쓸하다. 그의 눈에는 땅도 바다도 한결같이 죽은 듯했다.

기곗간, 벽돌집, 쇠사슬, 떼굴뚝, 이런 것들이 아무리 야단스러워도 창선이 내외에게는 그저 하잘것없는 까닭 모를 것들이었다. (192~193쪽)

❀

내외는 철로둑을 넘어 고개턱에 올라섰다. 새로 옮겨간 고향 구룡리가 보인 다. 저 바닷가에……

그러나 그도 옛날 구룡리 마을은 아니었다. 철둣길 바람에 마을 한복판이 툭 끊어져버렸다. 마을 어귀를 파수보던 소나무들이 늙은이 앞니같이 뭉청 빠 져버렸다.

기차 굴뚝에서 날아 나온 석탄불이 집어삼킨 불탄 두세 집 초가가 보인다.

창리에서 이사간 듯한 오막살이집들은 생소한 그 서슬에 정떨어진 듯이 저 바닷가 한쪽에 몰려가 있다. 사정없는 바닷물이 삼킬 것만 같았다. 그래도 바닷 가 사람에게는 낯선 기차에 비해서 역시 바다가 정다웠던 모양이다.

"저기 가서…… 원, 밀물이 무섭지도 않나!"

"그래도 바다가 가까워서 고기받이하기는 좋겠소."

아낙은 고기받이해서 살던 옛일이 그리웠다.

"간도땅에서 생선을 못 먹어 창자에 탈이 났으니……."

"돈만 있어 보지. 간도 아니라 생국(서양) 간들 고기 못 먹겠소."

내외는 이런 얘기를 하며 형의 집을 찾으려고 말 물어 볼 사람을 만나려 두리번거리며 걸어갔으나 한동안 사람이라고는 보이지 않았다. 겨울이 되면 더 사람이 많이 나다닐 터인데 이상한 일이었다.

바다에서 고기만 잘 잡힌다면 벌써 오는 길에서 고기받이 아낙네와 수레꾼들을 많이 만났을 것이다. 그러나 여태 한 사람도 보지 못 하였다. (193~194쪽)

❈

창선이가 길가 어떤 아이에게 물어가지고 형의 집에 찾아간 때는 날이 이미 어두컴컴한 때였다.

어머니는 누더기를 쓰고 가마목에 드러누웠고, 조카 남매는 희미한 등잔불 아래에서 감자떡을 치고 있었다.

"어머니!"

"어머니! 창선입니다."

내외는 부엌문을 열고 들어서자 성큼 부엌간 구들에 올라서며 어머니 앞에 절을 넙적 하였다.

"아니, 창선이라니……."

어머니는 너무도 놀랍고 반가웠던 것이다.

"어머니, 그새 소환이나 안 계셨습니까…… 집안이 다 무고한가요?"

"응…… 원…… 이 추운데 그래 살아 왔구나!"

어머니는 눈곱이 긴 눈을 슴벅거리며 꿈속이나 아닌가 하듯이 자세히 쳐다만 보고 있었다.

(… 중략 …)

"그래 그곳 사는 일이 어떻더냐? 예보다는 좋다더구나."

"말 마십시오. 죽지 않은 게 천만다행입니다. 왜치들, 순경놈들, 지주놈들 등쌀에 몰려다니기에 볼일을 못 봅니다. 우리 살던 고장에서도 쉬남은 집 되는 데서 벌써 열 집이나 어디로 떠났습니다. 땅을 떼고 잡아가고 이름도 모를 세금을 내라고 죽여내는데 살 수가 있어야지요. 우리 동네 아랫동네 영남사람은 한 집이 몰살을 했답니다."

"저런…… 몰살을? 끔찍도 해라."

"늙은 어머니와 아낙과 어린 자식을 두고, 가장이 벌이를 갔더라나요. 한 게 뜻대로 되지 못해서 한 스무날 만에야 돌아와 보니, 늙은이가 방에서 얼어 죽고, 아낙은 어디로 갔는지 뵈지 않더래요."

"저런!…… 어느 놈이 차갔구나? 원 사람은 못살 데로구나!"

"알고 보니 그런 게 아닌데, 가장도 처음은 그렇게 생각했답니다. 그래서 칼을 들고 찾아 나섰대요."

"죽일라고, 원 저런 치가 떨리는 일이라구는……."

"남편이 미친 사람같이 두루 찾아다니는데 눈얼음 속에 사람 같은 것이 보이더래요. 그래 막상 가보니 아낙이 옳더라지요."

"아, 그래 살았니?"

"살기를 어떻게 살겠어요. 눈 속에서 얼어 죽었더래요. 머리에는 강냉이 한 되를 이고 어린애 하나는 업고 하나는 앞에 안은 채 얼어붙었더래요."

"원, 하늘도 무심하구나. 그것들이 무슨 죄가 있니."

"그뿐인가요. 남편까지 죽었답니다. 발광이 나서……."

"사람은 못 살 데다. 말도 마라. 원, 끔찍끔찍해서 그걸 누가 듣는단 말이냐…… 그래도 제 애비(창선이의 형)는 정 안되면 너 있는 데로 간다구 하더라만 거게도 딸깍발이가 갔구나. 그러니 살 수 있니. 그놈들이 삼재팔난을 다 싣구 다니느니라."

"그럼요. 거기도 그놈들 판입니다. 그러니 소문만 듣고 갔다가는 큰일납니다. 그렇게 죽고 몰려다니는 사람이 부지기숩니다. 여북해서 이 겨울에 나왔겠습니까." (195~197쪽)

"잘 왔다. 하기사 여기도 생불여사다만 그래도 앉아서 죽을 수야 있니. 그래 오늘도 어쩌면 살아볼까 제 애비서껀 모두들 읍으로 몰려갔다……."

(… 중략 …)

어머니의 말만 들어가지고는 자세한 내용을 알기 어려웠다. 그러나 온 동네 가 온통 쓸려나갔다는 것으로 보아 대체로 예사로운 일이 아닌 것은 짐작할 수 있었다. 창선이의 막막하고 답답하던 가슴이 어머니의 이야기에서도 도리어 해를 향하여 열리는 것 같음을 깨달으며 생의 의욕과 함께 문득 왕성한 식욕을 느꼈다. 아내도 배가 몹시 고팠다. 그래서 어머니가 권하는 대로 형의 내외를 기다리는 감자밥으로 우선 요기나 했다.

"이게 무슨 야단이 났구나. 갈 때에도 말이 많더니 왜 엽때 안 오는가?"

(… 중략 …)

"오겠습지요. 누우십시오."

창선이는 어머니를 안심시키려 해도 사정을 잘 몰라서 할 말이 나오지 않았 다. 어머니는 이쪽저쪽으로 돌아누우며 종시 마음 놓지 못하는 모양이었다. (197~199쪽)

창선이는 한심한 생각이 더쳐올 뿐이었다. 제 고향이라고 그리워하였고, 제 친족이라고 찾아는 왔으나 생각하던 바와는 아주 딴판이었다. 조선 가면 아무 일이라도 해먹으려니 했으나 막상 와보니 그 '아무 일'이란 아무 데서도 찾을 수 없었다. 부대 일궈먹을 땅도 없었다.

일하고 싶어도 할 일이 없고, 힘을 쓰려도 쓸 곳이 없고, 고기도 잡아먹을 수 없고, 농사도 지을 수 없고, 대대로 전하여온 손 익은 일, 맛들인 일은 아무 데서도 얻어 만날 수 없고 그저 눈이 멀개서 산송장이 될 것만 같았다.

그리고 제가 할 수 있는 정든 옛 일이 나그네와 같이 밀려간 자리에 낯선

새 놀음판(공장)이 범접하기 어려운 폭군처럼 도사리고 들어앉아 있었다.

검은 굴뚝이 새 소리를 외치고, 눈 서툰 무서운 공장이 새 일꾼을 찾으나 그것은 너무나 자기 몸과 거리가 먼 것 같았다. 그만큼 창선이는 아직까지도 그저 옛일에 대한 애착만이 뿌리 깊이 가슴을 부여잡고 있었다. 그런데 그 일은 어디 가고 꿈도 안 꾸던 뚱딴지 같은 일과 일터가 제맘대로 벌어져 있고 게다가 그것은 게트림을 하면서 턱으로 사람을 부르고 있는 것이다.

그러나 창선이는 아직도 차마 발이 떨어지지 않았다. 천하 없어도 후려넣는 절대명령이요, 울며불며라도 가지 않을 수 없는 그 길이건만 창선이는 아직도 발을 떼지 못하고 멍하니 바라보고 있었다. 이리하여 망설이는 과도기의 공포와 비애가 무시로 가슴을 쑤시었다. (203~204쪽)

꽃

구룡리 새 주민들의 살림은 더욱 말 아니었다. 겨울이 가고 봄이 오는 사이에 쌀독의 낟알을 세어내다시피 아껴 먹어도 춘경(春耕) 전에 벌써 용량이 떨어졌다. 그래도 언제부터 쌓아준다던 방파제는 아직도 감감 소식이 없어 포구에 흥겨운 배따라기소리 떠볼 날이 없었다.

(… 중략 …)

이 고장 주민들은 뒤를 이어 상투를 자르고 비료회사공장으로 들어갔다. 그러나 공장은 아무나 함부로 써주는 것은 아니었다. 힘꼴 세고 뼈대 굵고 젊고 억대우 같고 미욱스럽게 생긴 사람만이 뽑혔다.

그리고 거기서 까불려난 늙고 약한 사람들은 개똥갈이나 부쳐먹고 잔고기 나부랭이나 잡는 수밖에 없었다. 어떤 사람은 보따리에 가장집물을 꾸동쳐 지고 이고 영원 장진으로 떠나갔다. 화전이나 일궈먹을까 하는 것이었다.

창선이도 마침내 공장으로 들어가기로 결심하고 감발을 치고 직공시험 치러 갔다. 직공시험이라야 별것이 아니고 가만히 보려니까 순전히 근력 다루기였다. 체대와 손발을 훑어보고 커다란 모래섬을 들려보고 하더니 나중은 손바닥을 벌리라 하고 거기에 털솔 같은 데 잉크를 묻혀가지고 탁 치니까 손바닥에 푸른 글자가 찍혀졌다.

가만히 들여다보려니까 그것은 분명 소우(牛)자였다. 사람에게 소우자가 무슨 일인가 하고 어리벙벙해 있으려니까 감독인지 십장인지 한 우등퉁한 사나이가 헤벌쭉이 이빨을 드러내놓으며

"좋다, 일등이다. 내일부터 오너라."

하고 턱질을 하였다.

그리하여 다음 날부터 창선이는 상투를 자르고, 감발 치고, 부삽 들고 콘크리트 반죽하는 생소한 사람이 되었다. (204~206쪽)

● **창선의 아내**

성　　별　여자

나　　이(추정포함)　이십대 초중반쯤 되었을 것으로 추정함.

출생지 및 거주지, 활동 공간　흥남 창리에서 출생했을 것으로 추정하며, 그곳에서 거주하며 농사만 짓고는 살 수 없어 창선네가 잡아오는 고기를 받아다가 가까운 마을로 돌아다니며 팔아 겨우 생활하다 창선과 결혼함.

직　　업　창선의 아내

출신계층　흥남 창리에서 농사만 짓고는 살 수 없어 창선네가 잡아오는 고기를 받아다가 가까운 마을로 돌아다니며 그것을 낱개로 팔아 겨우 입에 풀칠이나 했던 최하류계층

교육정도　무학일 것으로 추정함.

가족관계　시어머니와 시아주버니 내외, 조카 남매, 남편 창선과 아들 간남 등이 있음.

인물관계　창선과 결혼하기 전에는 창리에서 또래들과 잘 어울렸으며, 시어머니나 남편과의 사이가 화목함.

인물의 존재방식(사회계층)　남편인 창선네의 가세가 기울어 시아버지마저

학대와 곤궁 속에 세상을 떠나고 바닷가 산전을 갈아 먹고 사는 처지가 되자 남편과 간도로 갔다 그곳에서 온갖 고통과 시련을 겪다 참지 못해 남편을 따라 다시 고향에 돌아옴.

성 격

① 결혼하기 전 또래들과 지내면서 자신에게 억울한 일이 있으면 분한 마음을 직접 표현함.
② 자신을 좋아하는 창선의 마음을 숨김 없이 받아줌.
③ 어렸을 때부터 창선네에게서 고기를 사가는 등 가난한 집안 살림을 묵묵히 도움.
④ 솔직하고 강단이 있어 남편과 뜻이 잘 맞음.

성격 지표 및 인물 제시방식

❀────────────

창선이는 사 년 만에 옛 땅으로 돌아왔다. 돌아왔다느니보다 몰려왔다.
되놈의 등쌀에 간도에서도 살 수 없게 된 때에 한낱 광명과 같이 생각되며 덮어놓고 발끝이 향하여진 곳이 바로 예 살던 땅이었다.
그러나 밤을 타서 몰래 두만강 청얼음판 기어 이 땅에 넘어 들어 와본즉 벌써 제서 생각하던 바와는 아주 딴판이었다.
(… 중략 …)
"여보, 그 어린애 좀 내려놓고 한숨 들여 갑시다."
"잠이 들었는데…… 새끼두, 또 오줌을 쌌구나, 에그 칙칙해라."
아낙은 추위에 얼지 않게 넝마로 둥덩산같이 꾸동친 어린것을 등에서 내려놓았다. 오줌에 젖은 그의 잔등에 우련히 김이 서리었다.
"여보, 이거 영 딴판이 됐구려!"
창선이는 흘낏 아낙을 보며 눈이 둥그레졌다.
고향은 알아볼 수가 없게 변하였다. 변하였다기보다 홀랑 없어진 것 같았다.

그리고 그 대신 오리만큼씩 되어 보이는 긴 벽돌집, 얼기설기한 쇠사슬집, 쇠고
깔을 뒤집어쓴 둥그러 검은 무쇠통집, 그리고 겹으로 된 긴 철길이며 아슬아슬
한 굴뚝들이 잠뿍 들어서 있었다.

"저게 다 무슨 기곗간인가?"

"참 원, 저 거먼 게 다 뭐유?…… 아, 저쪽이 창리(그들이 살던 곳)가 아니우?"

아낙은 설마 그래도 고향이 통째로 날아갔거나 영장이 되었으리라고는 믿지
않았다. 어디든지 그 근방에 남아 있을 것 같았고 금시 아물아물 뵈는 것 같기도
했다.

"저 바닷가까지 기곗간이 연달려 나갔는데 원 어디 마을이 있다구 그러우.
가만있자, 저기가 형제바위(바닷가에 있는 쌍바위)고 저기가 쿵쿵이(파도가 심한
여울)인데……."

"글쎄…… 저게 다 뭔가."

아낙도 둘레둘레 찾아보나 옛 마을의 모습이라고는 아무데서도 찾아볼 수
없었다.

"아무래도 마을은 날아난 것 같아."

"강면장네랑 최순검네도 다 어디 갔는가?"

"그런 사람이야 국록을 먹는데 어디 간들 못 살겠소."

"그래도 우리처럼 훌훌 옮기겠소? 강돼지(면장)네는 삼백 년인지 오백 년인지
어느 임금 때부터 이 땅에 살았다는데…… 그리고 최순검이야 독립군 잡아준
공으로 저 사람네도 만만히 굴지 못하다지 않소. 그러니 어디로 가라 마라 할
수 없지 않소."

겨울 해는 벌써 서산머리에 나불거린다. 검은 바다에서 불어오는 짜디짠 바
람이 살을 에는 눈기운을 머금고 휙휙 분다. 그들은 걸을 힘이 나지 않았다.
간도 땅에서 한낱 태산같이 믿고 온 고향이요 구주와 같이 믿고 온 형의 집이
죄다 간곳없으니 어디를 가면 좋을지 알 수가 없게 되었다.

"그래도 가봅시다. 저기 가서 물어 보면 알겠지."

아낙은 아직도 무엇을 믿기만 하는 모양이다. 가보면 무슨 도리가 혹 있을
것 같았던 것이다.

"원, 땅과 물어 본담, 바다와 물어 본담."

창선은 끙끙거리면서 다시 짐을 짊어졌다.

"점심밥이 좀 남았던가?"

"웬 게 남아요…… 찔게(반찬) 없는 밥 암만 먹어야 배가 일어서야지."

(181~184쪽)

얼마를 그렇게 가다가 창선이는 저 멀리서 흰옷 입은 사람이 하나가 오는 것을 보았다. 그러나 역시 멀리서 보아도 예 보던 사람같이 흙 냄새, 물고기 냄새 나는 텁텁한 사람은 아니다. 그런데 다만 그가 혼자서 오는 데서 적이 마음이 누그러지며 그에게 말을 물어보리라고 창선이는 생각하였다.

"원 모두 험상궂은 사람들뿐이니…… 사람조차 변했는지…… 공연히 나왔지, 이거 어디 살겠소?"

아낙은 근심스러운 푸념을 한다. 와보면 무슨 수가 있을 것 같던 희망이 이제는 후회로 변하였다.

"저기 오는 사람에게 물어보문 알겠지. 설마 산 사람 입에 거미줄 치겠소. 막벌이라도 해먹지 뭘……."

창선이는 인제 막다른 골목에 서는 듯, 여기서 맨주먹을 휘두르면서라도 헤치고 나가야겠다는 생각이 들었다.

"여보시오."

창선이는 앞에 오는 흰옷 입은 사람을 부르며 주춤하였다.

"여기 저 바닷가 창리가 어디로 갔는지 모르겠소?"

"창리요?"

하고 그는 창선이 내외를 아래위로 훑어보다가 대수롭지 않게 대답하였다.

"저 고개 너머 구룡리로 갔소. 벌써 언제라구……."

"구룡리요?"

창선이는 조금 숨이 나왔다. 구룡리는 잘 아는 곳이었다. 고향은 아니라도 고향 사촌쯤은 되는 곳이다. 집이 몇 채 있고 길이 어떻게 난 것까지 머리에 남아 있었다.

"저 구룡리 말이지요…… 그래 창리 집들은 죄다 그리로 갔나요? 혹 창룡이(그의 형)라고 모르겠소?"

"알 수 없는데요."

하고 흰옷 입은 노동자는 바쁜 걸음으로 지나쳐버렸다.

창선이는 그 사람이 가는 편을 흘낏 바라보고는 아낙을 향하여 애오라지 웃음을 보였다.

"구룡리로 갔다는구려. 웬 판국인지 이놈의 조화를 누가 안담."

"뒈질 놈들, 해필 창리라야 맛인가……."

"거기가 알짬이거든. 생긴 것만 보라구…… 하기사 살기 좋은 곳부터 뺏들어 먹는 놈들이 아닌가."

두 내외는 바로 구룡리 뒷재를 향하여 걸어갔다.

좀 기운이 나는 것 같았다. 짐을 진 남편의 등판도 좀 가뿐해진 것 같았고 아낙의 보퉁이도 얼마쯤 가벼워지는 듯했다. (185~187쪽)

이 고장은 대개 절반 농사요 절반은 고기잡이 때문에 어린아이들도 두 가지 일을 하였다. 고기 잘 잡히는 해면 어린아이들도 하루 수삼십 전 벌이를 하였다. 또 그 일 때문에 처녀 총각이 만나는 도수가 많았고 또 예사로 이야기들을 하였다.

이러한 중에서 창선이도 지금의 아낙을 만났던 것이다. 시쳇말로 하면 연애를 했던 것이다.

"야, 이거 안 먹니 뉘?"

창선은 개눈깔사탕을 사가지고 가서 소를 먹이다가 일부러 순남이(그의 아낙) 곁에 가까이 가서 개눈깔사탕을 쥔 손을 번쩍 들며

"뉘?"

하고 소리를 쳤다.

"내!"

"내다!"

아이들은 연해 연방 이렇게 나도나도 소리소리 외치며 덤비었다.

"옜다, 순남이 첫째다!"

창선은 누가 먼저 '내' 했겠든지, 그런 건 아잘 것 없이 애초의 예정한 대로 한두 알 순남에게 주고는 남은 것은 제 입에 몽땅 쓸어 넣었다.

"야, 순남아, 깨물어 먹지 말고 녹여라. 뉘가 더 오래 녹이나 내기할까?"

그러면 여러 아이들은 부러워서 침을 꿀떡꿀떡 삼킨다.

"저 간나새끼 사(私)를 쓰ㄴ 누나. 내가 먼전데 어째 순남일 주니."

"옳다, 저 애가 먼저다. 그 담에 낸데…… 너…… 순남이 네 각시?."

"내 순남이 어머니한테 이르지 않는가 봐라."

이렇게 철없는 불평이 터지곤 했다. 그러면 멋모르는 순남이는 약이 올라 악을 썼다.

"야, 이 종간나새끼, 각시란 건 무시기냐? 야, 이 간나야, 넌 울 어머니에게 무스거 이르겠니? 너는 어째 쌍돌이 꽈리를 가졌니?"

"이 간나, 내 언제 가졌니?"

이렇게 싸움이 터지기도 하였다. 그러나 이런 것이 모두 소박한 그들의 가슴에 잊을 수 없는 뿌리를 내리었다.

나이 먹을수록 창선이와 순남이는 서로 내외를 하게 되었다. 어떤 때는 까닭 없이 외면하는 일도 있었다. 그러나 내외를 하고 외면을 하니만큼 이면의 그 무엇은 커질 뿐이었다.

김을 매다가도 순남이가 메나물이나 달래 캐러 나온 것을 보기만 하면 창선이는 사람 보지 않는 틈을 타서 그리로 가곤 하였다.

"뭘 캐니? 메냐?"

"메를 캐는기 있어야지…… 깊이 파야 모래 속에 있어……."

순남이는 흘끗 보고는 고개를 반쯤 돌렸다. 말씨도 전보다 한결 점잖아지고, 하는 태도도 마냥 숫처녀다워졌다.

"내 캐줄까? 오늘 저녁에 메떡을 먹으러 간다, 응?"

"누가 오지 말라니…… 오늘 저녁에 메떡을 하겠다."

"야 정말? 나 꼭 간다. 그러다가 너희 집에서 욕하문 어쩌겠니?"

"언제 욕먹어봐니. 와보지도 않구고……."

이리하여 순박한 마음은 풀 수 없게 맺어졌다. (189~191쪽)

해마다 있는 일이건만 겨울이 되면 새 소식처럼 해사(海事) 이야기가 쫙 퍼진다. 은어가 잡히고 명탯배가 들어오면 고기 풍년이 들었다고, 살판을 만났다고 남녀노소 없이 야단들이었다.

아낙네들은 함지박를 이고 남자들은 수레를 몰고 고기받이를 다녔다. 순남이도 해마다 다녔다. 고기는 늘 창선이네 배에 가서 사오곤 하였다.

창선이는 자기 집 고깃배만 포구에 들어오면 부리나케 나가서 고기팔이를 하였다. 그 일 하는 것이 창선이에게는 가장 큰 기쁨이었다. 그것은 날마다 순남이가 고기받이를 오기 때문이었고 은근한 희망이 따르는 일이었기 때문이다.

(… 중략 …)

그러면 창선이는 기다란 '찍개'를 들고 고기 대가리를 찍어 아낙네들의 함지박에 세어 넘기었다.

"하나요, 둘이요…… 열이요 이런나니 한 두름…… 자 세 마리 더 넘어가오 이런나니 또 새로 하나이요, 둘이요……."

창선이는 나이 젊고 고기 다루는 데 그리 익숙하지 못해서 흔히 아낙네들 것만 세곤 하였다. 한차례 세고 이마에 땀이 주르르 해서 느른한 허리를 펴며 고개를 들면, 그를 둘러싼 아낙네 틈에는 으레 순남이가 끼어 있었다.

고기 세는 사람이 한둘이 아니니까 순남이는 똑바로 창선이의 앞에 함지박을 내려놓지 않고 그저 그저 그의 앞 비스듬히 내려놓고는, 발끝을 내려다보다가는 가없는 너른 바다에 말없이 시선을 주곤 하였다. 그때마다 순남이의 얼굴은 어쩐지 좀 붉어지는 듯했다.

그러면 창선이는 비쭉 웃고 명태 중에서 알 잘 든 놈을 골라가며, 찍개로 척척 찍어 그의 함지박에 세어놓았다. 어물어물 한 두름에 예닐곱 마리씩은 으레 더 넘겨주었다.

순남이네도 농사만으로 살아갈 수 없는 살림이었다.

그도 소수레나 있는 집에서는 한 번에 서른 두름, 쉰 두름씩 받아 가지고 면 농촌으로 돌아다니며 팔아 넘기지만 순남이네처럼 구차한 집들에서는 수레 대신 사람의 목대로 고기를 받아 이고 가까운 마을로 돌아다니며 낱개로 조아 팔아서 겨우 입에 풀칠이나 하였다.

그러나 그러니만치 그래도 바다는 아직 이 사람들에게 있어 은혜로운 존재가 아닐 수 없었다.

그런데 어느덧 세월은 점점 이 사람들에게 나쁘게만 변하여갔다. 발동선이 새로 바다의 주인으로 등장하였다. 그리하여 돈 가진 사람과 일본사람의 큰 배 하나가 이 고장 어부들의 조그만 목선 몇십 척씩을 밀어젖히면서 독판을 치게 되었다.

그래서 결국 창선이네도 대대로 해오던 고기잡이를 그만두지 않으면 안되었고 아버지마저 학대와 곤궁 속에 세상을 떠난 뒤 창선이는 형과 함께 바닷가 산전을 갈아 먹고사는 수밖에 없었다. 그때 창선이는 순남이와 결혼하게 되었으나 살림은 점점 쪼들려만 가서 하는 수 없이 정든 고향을 떠나 간도로 갔던 것이다. (191~193쪽)

※

내외는 철로둑을 넘어 고개턱에 올라섰다. 새로 옮겨간 고향 구룡리가 보인다. 저 바닷가에……

그러나 그도 옛날 구룡리 마을은 아니었다. 철둣길 바람에 마을 한복판이 툭 끊어져버렸다. 마을 어귀를 파수보던 소나무들이 늙은이 앞니같이 뭉청 빠져버렸다.

기차 굴뚝에서 날아 나온 석탄불이 집어삼킨 불탄 두세 집 초가가 보인다.

창리에서 이사간 듯한 오막살이집들은 생소한 그 서슬에 정떨어진 듯이 저 바닷가 한쪽에 몰려가 있다. 사정없는 바닷물이 삼킬 것만 같았다. 그래도 바닷가 사람에게는 낯선 기차에 비해서 역시 바다가 정다웠던 모양이다.

"저기 가서…… 원, 밀물이 무섭지도 않나!"

"그래도 바다가 가까워서 고기받이하기는 좋겠소."

아낙은 고기받이해서 살던 옛일이 그리웠다.

"간도땅에서 생선을 못 먹어 창자에 탈이 났으니……"

"돈만 있어 보지. 간도 아니라 생국(서양) 간들 고기 못 먹겠소."

내외는 이런 얘기를 하며 형의 집을 찾으려고 말 물어 볼 사람을 만나려 두리번거리며 걸어갔으나 한동안 사람이라고는 보이지 않았다. 겨울이 되면 더 사람이 많이 나다닐 터인데 이상한 일이었다.

바다에서 고기만 잘 잡힌다면 벌써 오는 길에서 고기받이 아낙네와 수레꾼들을 많이 만났을 것이다. 그러나 여태 한 사람도 보지 못 하였다. (193~194쪽)

● **창선의 어머니**

성　　별　여자

나　　이(추정포함)　오십대 이상일 것으로 추정함.

출생지 및 거주지, 활동 공간　출생지는 알 수 없으며, 홍남 창리에서 살다 가 그곳에 공장이 들어서는 바람에 구룡리 바닷가로 옮겨와 큰 아들 창룡 내외와 손자, 손녀 남매와 함께 살고 있음.

직　　업　없음.

출신계층　대대로 바닷가에 살며 반농반어(半農半漁)의 생활을 하는 하류계 층이었을 것으로 추정함.

교육정도　무학일 것으로 추정함.

가족관계　가세가 기울면서 남편은 학대와 곤궁 속에 세상을 떠나고, 큰

아들 내외와 손자, 손녀 남매, 그리고 간도로 갔다 돌아온 작은 아들 창선 내외와 손자 간남 등이 있음.

인물관계 창리에서 구룡리로 옮겨오는 과정에서 회사와 관청에서 고기잡이에 필요한 포구를 만들어주겠다는 약속을 지키지 않아 그들에게 강한 불만과 불신을 가지고 있음.

인물의 존재방식(사회계층) 새활 터전이었던 창리에서 쫓겨나와 생계활동의 조건이 갖추어지지 않은 구룡리에서 앞으로 살아갈 길이 막막하여 근심하는, 뿌리 뽑힌 최하류계층

성 격

① 남편이 없는 가정을 이끌며, 살던 터전을 빼앗긴 것에 대하여 대단히 억울하게 생각함.

② 이주 조건을 이행하지 않는 회사와 관청에 불만을 직접 토로하고 있으며, 큰아들의 항의 방문을 걱정스럽게 지켜보고 있음.

③ 아들들의 처지를 이해하고 현실의 모순을 인식하기 시작함.

성격 지표 및 인물 제시방식

✺

창선이가 길가 어떤 아이에게 물어가지고 형의 집에 찾아간 때는 날이 이미 어두컴컴한 때였다.

어머니는 누더기를 쓰고 가마목에 드러누웠고, 조카 남매는 희미한 등잔불 아래에서 감자떡을 치고 있었다.

"어머니!"

"어머니! 창선입니다."

내외는 부엌문을 열고 들어서자 성큼 부엌간 구들에 올라서며 어머니 앞에 절을 넙적 하였다.

"아니, 창선이라니……."

어머니는 너무도 놀랍고 반가웠던 것이다.

"어머니, 그새 소환이나 안 계셨습니까…… 집안이 다 무고한가요?"

"응…… 원…… 이 추운데 그래 살아 왔구나!"

어머니는 눈곱이 낀 눈을 슴벅거리며 꿈속이나 아닌가 하듯이 자세히 쳐다만 보고 있었다.

어머니 아니고는 날 수 없는 눈물이 괴었다.

"죽잖으문 그래도 만나는구나! 아들을 낳았다지. 어디 보자…… 이름은 무엇이라고 지었니?"

"간도에서 낳았다고 간남이라고 했습니다…… 추위에 고뿔을 만나서 영 죽게 되었어요."

아낙은 젖에서 어린것을 떼어 어머니에게 안겨드렸다.

"아이구, 컸구나! 이런 무겁기라구…… 작년 구월에 낳았다지? 원, 늙은 것은 어서 가고, 너희나 잘살아야겠는데……."

어머니 눈에서는 눈물이 굴러 떨어졌다.

(… 중략 …)

"잘 왔다. 하기사 여기도 생불여사다만 그래도 앉아서 죽을 수야 있니. 그래 오늘도 어쩌면 살아볼까 제 애비서껀 모두들 읍으로 몰려갔다……."

"아주머니도 가셨어요?"

"나 같은 늙은 것만 빼구는 다 갔다. 사다사다 안되니 오늘, 감사라든지 난 모른다만 그리로 온 동네가 몰려갔다."

"감사요…… 무슨 때문에요?"

"원, 세월이 없구나. 보지 못하니 태평이지. 모두 굶어 죽는다고 야단들이다."

"글쎄, 그렇다기로, 도 장관도 다 한속인데 그가 살려주겠습니까?"

"사흘 굶은 범이 원을 가리겠니. 그놈들이 한당해서 못살게 만들었으니 아무 놈이라도 물고 늘어진다더라. 글쎄 저놈들이 그 좋던 동네를 빼앗구 이리로 몰아내더니 고기가 잡혀야 살지. 무얼 먹고 산단 말이냐."

"배는 있는데 고기가 안 잡히는가요?"

"그럼사 세월 탓이지. 그러나 세월 탓이 아니란다. 포구가 나빠서 배도 못 들어오고 요행 들어붙으면 옥천바삭이 된다. 그놈의 파도까지 못된 놈의 심보를 닮아서 사람을 못살게 구는구나. 지난 시월에 작은돌이 애비네 은어배가 마사졌다. 그리고 사람이 둘이나 고기밥이 됐다. 그 집 맏사람은 분김에 그놈의 회사에 가서 행악을 하다가 순사놈들한테 끌려나고, 술이 잔뜩 취해서 마사진 뱃조각을 두드리고 통곡하다가 얼어죽었단다, 원!"

"그런데 회사는 무슨 회삽니까?"

"저게 있지 않니. 창리 바닥을 못 봤니…… 그게 회사란다. 내사 원……."

"어쨌어요?"

"이리로 몰려온 게 뉘 때문이냐? 글쎄 창리야 좀 좋았니! 운수가 고단하면 자빠져도 코가 깨진다고…… 글쎄 그 터를 내준 게 잘못이지."

(… 중략 …)

"이게 무슨 야단이 났구나. 갈 때에도 말이 많더니 왜 엽때 안 오는가?"

어머니는 오래간만에 아들을 만난 기쁨이 차차 엷어지고 잠시 잊었던 불안이 다시 고개를 쳐들었다.

"글쎄 날씨가 별안간 추워져서……."

창선이 내외도 적이 걱정되었다.

"날씨도 날씨지만…… 온 별일이더라. 동네에서 몰려나서기만 하면 어쩐지 순사들이 뿌득뿌득 못 가게 하더구나. 그래 오늘 아침은 장날 핑계를 대고, 신새벽부터 장으로 갑네 하고 띄엄띄엄 떠나갔다. 이게 필시 무슨 일이 났다 났어…… 원!"

"오겠습지요. 누우십시오."

창선이는 어머니를 안심시키려 해도 사정을 잘 몰라서 할 말이 나오지 않았다. 어머니는 이쪽저쪽으로 돌아누우며, 종시 마음 놓지 못하는 모양이었다.
(195~199쪽)

● 창선의 형 창룡 ─────────────────────

성　　별　남자

나　　이(추정포함)　이십대 후반에서 삼십대 초반으로 추정함.

출생지 및 거주지, 활동 공간　흥남 창리에서 출생하여 대대로 살다가 그곳
　　　　에 공장이 들어서는 바람에 구룡리 바닷가로 내몰려 포구가 적
　　　　당하지 않아 고기잡이를 할 수 없게 되자 이주 조건을 이행하
　　　　라고 회사와 관청을 쫓아다님.

직　　업　어민

출신계층　어촌의 중류계층

교육정도　소학교나 보통학교 이상의 학력일 것으로 추정함.

가족관계　어머니와 아내, 딸, 아들 그리고 동생 창선 내외, 조카 간남 등
　　　　이 있음.

인물관계
　　　　① 구룡리로 내쫓겨온 창리 사람들과 합심하여 이주 조건을 실행
　　　　해 자신들의 생계 문제를 해결해 줄 것을 회사와 관청에 요구
　　　　하며 항의함.
　　　　② 이주할 때 약속했던 조건을 이행하지 않는 유력자들과 관청,
　　　　회사에 적개심을 가지고 있음.

인물의 존재방식(사회계층)　일제 강점기 정략적으로 진행된 산업화의 여파
　　　　로 대대로 살던 고장에 공장이 들어서면서 삶의 조건이 열악한
　　　　구룡리로 내쫓기고 더욱이 이주 조건이었던 포구마저 축항해
　　　　주지 않아 살 길이 막막하여 순사들을 동원한 탄압에도 불구하
　　　　고 회사와 관청으로 이를 항의하러 다니는, 뿌리 뽑힌 최하류
　　　　계층

성　　격
　　　　① 부친이 없는 가운데 실질적인 가장으로서 책임감을 무겁게 느
　　　　낌.

1920년대 ｜ 한설야─과도기 675

② 자신들의 정당한 요구를 관철시키고자 하는 의지와 정의감이 있음.

③ 개인보다는 공동체를 위하는 대의를 중시함.

성격 지표 및 인물 제시방식

창선이의 형 창룡이 내외가 집에 돌아온 것은 밤이 좋이 이슥한 때였다. 피차 오래간만에 만나서 쌓이고 쌓인 회포와 그동안 지난 일들을 생각하는 대로 주고받는 때에 창선이는 다시금 놀라운 현실 앞에 선 자기를 깨달으며

"아니, 어쩌면 이렇게 변하였습니까. 영 딴 세상 같습니다. 이러구야 사람들이 살아가 수 있습니까. 무슨 도리든지 있어야지, 원⋯⋯."

"말 말게. 냉수에 이 부러질 노릇이네⋯⋯ 한둘도 아니고, 온 동네가 몰려나서 기지사경인데⋯⋯ 그래 이 소식도 못 들었나? 신문사라는 신문사는 다 왔다 갔네. 간도에는 신문도 안 가나."

"가지만 그거 어디 얻어 볼 수 있소 그래 이제야 어머니께 대강 들었습니다만⋯⋯ 그거 정말 이만저만한 일이 아닙니다. 그러니⋯⋯."

"죽으나 사나 해보는 수밖에 없네."

그리고 창룡이는 처음 창리에 화학비료공장이 설 때 형편을 대강 이야기하였다. 이 근방 토지를 매수하며 동네 사람을 내쫓던 전말과 그 사이에 저놈들의 앞잡이인 소위 읍내 유력자들이 나서서 춤을 추던 야바위에 대하여도 말하였다.

"이리로 옮기기만 하면 여게다 인천만한 항구를 만들어 주고, 시장, 학교, 무슨 우편소니, 큰길이니 다 해준다고 떠벌리고⋯⋯ 또 야단스러운 지도를 들고 와서는 구룡리를 가리키며 제2의 인천을 보라구⋯⋯ 산 눈깔 빼먹을 놈들이야⋯⋯."

"그래서요?"

"그래도 이천 명이나 되니 그리 얼른 떠나내겠나. 해서, 구룡리에다 창리만한

설비를 해주면 간다고 했지…… 그리고 우리 동네에는 한 집이라도 일이 해결되기 전에 먼저 가면 그 사람을 때려죽인다고 하고 딱 버티고 있었네. 했더니 이놈들 좀 보게. 관청까지 꺼들어가지고 아주 능청스럽게 이전만 하면 창리보다 나은 항구를 만들어주게 한다구 떡 먹듯이 말하지 않겠나. 그래서 좀 마음을 놓았더니 글쎄 저놈들이 그래 놓고 뒤로 한 사람씩 팠네그려……."

"파다니요?"

"하기야 글쎄 패우는 파는 놈이 병신이지. 저 우물 옆집 개수경이 있지 않나. 사람이 워낙 먹통인데 저놈들이 그걸 알고 먼저 그리로 꾀꾼을 보냈네그려. 그래 그놈이 커다란 봉투에 무엇을 수북이 넣어서 맡기며, 장차 장자가 되는 봉투라고…… 그러니 구룡리로 옮기기만 하면 그 봉투를 줄 텐즉 우선 잘 간수했다가 떼어보면 알조가 있다구……."

"무슨 봉툰데요. 사실이던가요?"

"무얼 사실이야? 엊그제야 떼어보니 십 원짜리 한 장인가 들었더래…… 그래도 그 바람에 개수경이 신이 나서 동네 약속을 깨뜨리고 먼저 옮겼네그려. 동네 사람에게 맞아죽을 심쳤겠지. 그러나 동네터에 그걸 죽이나 어쩌나…… 했더니, 구수한 풍설에 뜨여서 한 집 두 집 항구시설도 해주기 전에 그만 다 옮겨버렸네그려!"

"집값은 다 받았겠지요?"

"그야 받았지만, 그걸 가지고 뭘 하나. 고기가 잡혀야 말이지…… 워낙 금년은 어산이 말 아니네."

"아주 안 잡힙니까?"

"아따, 이 포구를 못 봤나…… 축항인지 무언지 해준다던 게 그 해논 꼴만 좀 보게. 포구란 게 쇠통 큰 집 마당만밖에 더 안되네. 겨우 한 발만한 낮은 방축을 쳐놓았을 뿐이니 거게 무슨 배를 매겠나. 일년도 못 돼서 마흔다섯 척 어선 중에서 아홉 척이 마사졌네. 저 유복이네와 모래 언덕집은……."

"그건 들었습니다만 사람까지 상패가 났다니……."

"글쎄 여보게. 예서 십 리밖에 안되는 서호에 가서 받아오면, 명태 한 바리에 스무 냥(사 원)은 더 주어야 하네. 한데 또 서호 다니는 길은 험로가 돼서 아낙네들이 많이 이고 다닐 수도 없고 수렛길이 없어서 수레도 못 다니고…… 게다가 해풍이 심해서 고기받이꾼이 얼마를 얼어 죽을지 모르네. 그래 기수 없이 회사에 말을 했건만 영 막무가내구만."

"저런 …… 그걸 그저 두어요?"

"축항인지 무언지 도청에서 설계를 했으니 회사는 모른다, 회사는 그대로 했을 뿐이다, 하고 모르쇠를 낸단 말일세. 그래 오늘은 도 장관 있는 데로 몰려 갔네. 그런데 도 장관은 꼴도 볼 수 없고 웬 년의 새긴지 코앞에 송충이 같은 수염이 붙은 놈이 나와서 덮어놓고 돌아가라구만 하지 않겠나."

"그래 못 만났어요?"

"석양에야 겨우 만나긴 했네. 그래 잘 해준다고 하기에 단단히 다지고 왔네만……."

"그런데 아낙네들까지…… 큰 난립니다. 바로……."

"제 발등이 따그니까 가지. 그걸 누가 말리겠나. 또 그래야 관청에서도 정신 차리네. 하긴 여기 번영회라는 게 있어서 벌써 사오 차나 회사라 도청이라 찾아 가서 하소했지만 개구리 대가리에 찬물 끼얹은 것이지 어디 들은 체나 하나. 막무가내란 말일세. 해서 이번엔 대표도 소용없다, 모두 가자 하고 온 동네가 밀려간 걸세."

"그럼 인제는 잘될 것 같습니까?"

"말만은 방축을 한 두어 마장 더 내쌓아준다고 하데. 그런데 이제 쌓을 그 자리는 바다가 깊어서 한 간에 몇만 원씩 든다네그려."

"그래도 회사에서 으레 해놓아야지 별수 있습니까. 안해주면 우리 동네를 도루 물러내라지요."

"하기사 축항이고 나발이고 할 거 없이 저놈들이 가고 우리 동네를 도루 찾았으면야 일등 좋겠지만, 저놈의 회사가 우리 말은 고사하고 경찰도 관청도 꿈에 네뚜리로 안다네그려. 일본서 제일가는 회사라거든. 돈이면 고만이야. 정 승이 부럽겠나, 순사가 무섭겠나, 무에 무서울 게 있어야 말이지…… 저 회사 사택만 보게. 순 무서운 궁궐이란 말일세. 뿡 하면 자동차가 나오고……."

자리에 누워서까지 이런 이야기를 하는 사이에 창선이는 그만 곤해서 어느새 코를 골았다. 그러나 창룡이는 이 궁리 저 궁리에 새날이 오도록 잠 들지 못했다.

창룡이에게는 동생의 가족이라는 무거운 짐 한 짝이 더 얹히어졌던 것이다.

(199~203쪽)

저본 2005년 창비 출간 『20세기 한국소설 4』

한설야 韓雪野, 1900~1963

본명은 병도(秉道). 1900년 함경남도 함흥 나촌에서 출생. 함흥고보를 거쳐 니혼[日本]대학 사학과 졸업. 1925년 『조선문단』에 「그날밤」으로 데뷔한 후, 카프에 참가하여 「프롤레타리아 예술선언」(1926), 「계급대립과 계급문학」(1927), 「문예운동의 실천적 근거」(192등의 평론을 발표했고, 단편 「그릇된 동경」(1927), 「그 전후」(1927), 「뒷걸음질」(1927), 「과도기」(1929), 「씨름」(1929) 등을 발표했다. 대중문화론이 강조되고, 프로문학의 볼셰비키화 과정을 통하여 작품활동이 강조된 시기에 발표된 이 작품들은 당시 프로 문단이 거둔 성과라고 할 수 있으나, 작품성에는 다소 미흡하다는 평가를 받는다. 그의 작품은 목적의식기와 유물변증법의 원칙에 입각하여 주로 도시를 무대로 하여 조직운동가나 공장노동자의 삶을 담아냈다. 그는 광복 후 월북하여 고위직에까지 올랐으나, 자유주의자라는 비판을 받고 전 직책을 박탈당하고 노무자로 전락하였다고 한다.

작품에 「교차로」(1933), 「황혼」(1935), 「태양」(1936), 「임금」(1936), 「철도교차로」(1936), 「부엌」(1937), 「이녕」(泥濘, 1939), 「술집」(1939), 「마음의 향촌」(1939), 「청춘기」(1939), 「탑」(1940) 등이 있다.

찾아보기

아

이종호

건국대학교에서 국어국문학을 전공하고, 같은 학교 대학원에서 현대문학을 전공하여 석사·박사 학위를 받았다. 건국대학교 인문과학대학 국어국문학과에서 강의하고 있다. 주로 현대소설의 서사기법에 관심을 갖고 한국 현대소설의 담론체계를 형성하는 서사기법을 통시적으로 규명하는 작업을 하고 있으며, 구비문학과 현대소설의 문화콘텐츠화에도 관심을 갖고 양자의 차이화를 규명하는 작업도 병행하고 있다.

주요 저서

『이무영 소설의 서술시학』, 『우리말 속담사전』, 『한국 현대소설의 서사담론』 등

주요 논문

「한국 현대소설과 각색 드라마의 서사학적 비교 연구」, 「서사무가〈원텬강본푸리〉와 애니메이션〈오늘이〉비교 연구」, 「고전소설〈던우치전〉과 영화〈전우치〉의 서사구조 비교 연구」, 「「오세암」모티프의 장르, 매체별 서사학적 비교 연구」 등

한국 현대소설 인물사전 1-1920년대

2011년 7월 20일 초판인쇄
2011년 7월 25일 초판발행

지은이   이 종 호
펴낸이   한 신 규
편 집   김 영 이
펴낸곳   도서출판 **문현**
주 소   138-210 서울특별시 송파구 문정동 99-10 장지빌딩 303호
전 화   Tel.02-443-0211 Fax.02-443-0212
E-mail   mun2009@naver.com
등 록   2009년 2월 24일(제2009-14호)

ⓒ 이종호 2011
ⓒ 문현, 2011, printed in Korea

ISBN   978-89-94131-65-8 91810 정가 50,000원
ISBN   978-89-94131-64-1 (세트)